# Die houtbeen
# van St Sergius

## opstelle oor Afrikaanse romans

Chris N van der Merwe

SUN PRESS

*Die houtbeen van St Sergius – Opstelle oor Afrikaanse romans*

Uitgegee deur SUN PRESS
www.africansunmedia.co.za
www.sun-e-shop.co.za

Die publikasie van hierdie boek is moontlik gemaak deur 'n ruim subsidie van die LW Hiemstra Trust – opgerig deur Riekie Hiemstra ter herinnering aan Ludwig Wybren (Louis) Hiemstra.

Eerste uitgawe 2014
ISBN 978-1-920689-17-9
ISBN 978-1-920689-18-6 (ePub)

Geset in Adobe Caslon Pro 11/14
Ontwerp en uitleg deur SUN MeDIA Stellenbosch

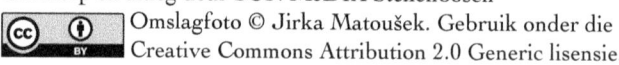 Omslagfoto © Jirka Matoušek. Gebruik onder die
Creative Commons Attribution 2.0 Generic lisensie.

SUN PRESS is 'n drukkersnaam van AFRICAN SUN MeDIA.
Akademiese, professionele en navorsingswerk word onder hierdie drukkersnaam gepubliseer in druk- en elektroniese formaat. Hierdie publikasie kan direk bestel word by www.sun-e-shop.co.za.

Gedruk en gebind deur SUN MeDIA Stellenbosch.

"I am far from being a master", he says. "There is a crack running through me. What can one do with a cracked bell? A cracked bell cannot be mended".

What he says is true. Yet at the same time he recalls that one of the bells of the Cathedral of the Trinity in Sergiyev is cracked, and has been from Catherine's time. It has never been removed and melted down. It sounds over the town every day. The people call it St Sergius's wooden leg.

JM Coetzee. *The Master of Petersburg*: 141.

# INHOUD

# VOORWOORD

Wat hier volg, is 'n keuse uit my literêre opstelle van die afgelope twee dekades.[1] Waarom hierdie opstelle in 'n boek publiseer terwyl hulle reeds elders verskyn het? Dit het vir my duidelik geword, toe ek die opstelle saam begin lees het, dat hulle 'n gesprek met mekaar voer – die geheel is meer as die onderdele. Hulle vul mekaar aan; saam vorm hulle 'n verhaal, die verhaal van my omgang met Afrikaanse boeke.

Toe ek 'n student was, is ons geleer om uitsluitlik teksgerig te lees – hoewel ons nie die terme geleer het wat met 'n dergelike benadering verbind word nie: terme soos "strukturalisme" en "New Critics" en die frase "die outonomie van die teks". Warren en Wellek[2] was ons literêre Bybel, en ons is geleer om slegs op die struktuur van die literêre teks te fokus – wat daar te sê was oor "buite-tekstuele elemente" soos die skrywer, die leser of die samelewing, het niks met literatuurstudie te make nie, so is ons geleer. Maar vir my het verbande tussen die letterkunde en die lewe steeds heimlik geïnteresseer, en ek onthou die verligting wat deur my gestroom het toe prof. Harvey in die Engels III-klas sê, "literature is a commentary on life". As die professor dit sê, dan kan ek dit ook sê – of ten minste kan ek dit dink, het dit by my opgekom.

Sonder dat dit 'n bewuste strewe by my was, was ek in my navorsing oor die jare heen in reaksie teen die beperkinge van die teoretiese benadering waarbinne ek opgelei is. Destyds is ons geleer die teksgerigte benadering is die alfa en die omega van alle literatuurstudie; later het ek besef dit is wel die alfa, maar nie ook die omega nie. Alle literatuurstudie moet begin met die noukeurige lees van die literêre teks; maar die teks vind sy volle betekenis eers in die verbinding van die teks met die lewe; die temas van die literatuur vind hulle diepste geldigheid deur die heenwysing na die mees wesenlike kwessies van die menslike bestaan.

Die studie van Afrikaanse oorlogsprosa (die sogenaamde "grensprosa" en die verhale oor die Anglo-Boereoorlog) het my uitgebring by die verwerking van trauma in die literatuur. In dieselfde tyd het die werksaamhede van die Waarheids- en Versoeningskomitee by enkele letterkundiges soos Hennie van Coller die vraag laat ontstaan of die letterkunde nie ook as 'n soort WVK kan funksioneer nie – om individue en samelewing te help met die deurwerk van 'n traumatiese verlede en hede. Dit was 'n ryke studieveld, wat in daardie stadium (die negentigerjare van die vorige eeu) onvoldoende aandag in die Afrikaanse literatuurstudie ontvang het. Met hierdie benadering het ek my vereenselwig, en daaruit het 'n hele aantal artikels van my verskyn, asook die boek wat ek en Pumla Gobodo-Madikizela saam geskryf het.[3]

---

1   Vroeëre opstelle het in 1988 verskyn in: *Sirkel en sfeer. Opstelle oor literatuur en werklikheid*. Kaapstad: Perskor.

2   Wellek, René & Austin Warren. 1949. *Theory of Literature*. London: Jonathan Cape.

3   *Narrating our Healing. Perspectives on Working through Trauma*. Newcastle: Cambridge Scholars Publishing, 2007.

In sy boek *Nederlandse schrijvers en religie, 1960-2010*[4] argumenteer die Leidse hoogleraar Jaap Goedegebuure dat Nederlandse literatore in die afgelope halfeeu die religieuse element in die literatuur verwaarloos het. Sy betoog was vir my 'n stimulus om aan spiritualiteit in die Afrikaanse literatuur aandag te gee, en die analise van *Die sneeuslaper* van Marlene van Niekerk het my traumanavorsing en die spirituele element in die literatuur by mekaar laat uitkom – in *Die sneeuslaper* kom die raakpunte tussen trauma en mistiek naamlik voortdurend na vore.

*Die houtbeen van St Sergius* bestaan uit drie afdelings: eerstens essays oor die top-twintig Afrikaanse romans van die negentigerjare van die vorige eeu; vervolgens opstelle oor literatuur, waarheid en versoening; en ten slotte studies oor literatuur en spiritualiteit. Die afdelings staan nie los van mekaar nie. In die eerste afdeling, oor die top-twintig romans, is die temas van die latere twee afdelings, naamlik waarheid, versoening en spiritualiteit, reeds aanwesig; die eerste afdeling wys as 't ware vooruit na wat kom. Die tweede afdeling vloei op 'n natuurlike wyse voort uit die eerste, en die derde uit die tweede.

Hoewel die tema van heling prominent in die opstelle aanwesig is, is hulle nie geskryf binne die raamwerk van die narratiewe terapie nie. Narratiewe terapie is 'n benadering in die sielkunde wat heling soek deur die vertel van verhale. My analises van die literêre temas van versoening en heling het wel raakpunte met die narratiewe terapie, maar die verwesenliking van die helende potensiaal van die teks deur individuele lesers is nie die onderwerp van my opstelle nie. Ek is 'n letterkundige, nie 'n sielkundige nie.

Die boek handel oor die Afrikaanse literatuur, maar dit bevat tegelyk die verhaal van my eie omgang met die letterkunde. Dit is uiteraard 'n persoonlike verhaal, maar hopelik kan hierdie opstelle 'n stimulus wees vir ander lesers en navorsers wat belangstel in verbande tussen letterkunde en lewe. My benadering is egter nie die enigste manier waarop die literatuur benader kan of moet word nie; dit is slegs een van vele moontlike benaderings.

Die opstelle wissel in styl. Sommige is geskryf as akademiese artikels, ander as resensies, ander as essays. Die resensies en essays is meer informeel in toon en bevat minder verwysings en bibliografiese besonderhede as die akademiese artikels. Op enkele plekke is daar oorvleueling, maar ek wou nie die herhalings skrap nie, omdat dit die vloei van die betrokke opstelle sou benadeel. 'n Paar opstelle is in Engels – getuienis van my verlange om die boeiende veld van die Afrikaanse letterkunde te deel met mense wat Afrikaans nie magtig is nie of nie genoegsaam van Afrikaans notisie neem nie.

---

4  Nijmegen: Vantilt, 2010.

# I Top-twintig van die negentigs

# Die GAR

In aanloop tot die jaar 2000 is daar op allerlei maniere teruggekyk. Teruggekyk op 'n dekade, 'n eeu en 'n millennium wat tot 'n einde sou kom. Ook in die letterkunde kon ons terugkyk. In die dekades van die vorige eeu is daar dikwels, agter prof Gerhard Dekker aan, beweer dat hoewel die Afrikaanse poësie van wêreldformaat is, die GAR, die Groot Afrikaanse Roman, nog nie sy verskyning gemaak het nie.

In die sestigerjare van die twintigste eeu was daar wel 'n sterk opleweing van die Afrikaanse prosa. Maar die groot roman-vis, het die meeste van ons gevoel, is nog nie in die fyn net van die woord gevang nie. Die sewentigs was veral die dekade van die wag op die Groot Afrikaanse Roman, op die prosa-ekwivalent van *Gestaltes en Diere, Tristia, Joernaal van Jorik* en dies meer.

In die tagtigerjare, 'n somber tyd in die Suid-Afrikaanse geskiedenis en in die Afrikaanse letterkunde, het die afwagting op die koms van die GAR stadigaan verflou. Dit is die era van die grensletterkunde, van kortprosa oor die ontstemmende oorlogservarings op en oor die grens, met boeke soos *'n Wêreld sonder grense, My Kubaan, Jonkmanskas* en *Klaaglied vir Koos*. Dit is 'n neerdrukkende tyd waarin die oue verby is, maar die nuwe nog nie aangebreek het nie, om met Gramsci saam te praat. In só 'n tyd skep skrywers nie maklik romans met 'n omvattende visie op die lewe nie, maar gee hulle eerder ervaringsflitse in kort prosastukke. Die lewe is té deurmekaar vir 'n panoramiese blik.

Die negentigerjare het 'n radikale omwenteling van die samelewing meegebring, en ook van die Afrikaanse prosa. Die kortprosa skuif na die agtergrond, die roman tree weer op die voorgrond. Dood gewaande skrywers maak 'n herverskyning, soms ná 'n stilte van meer as twintig jaar, soos Chris Barnard met *Moerland* (1992) en Berta Smit met *Juffrou Sophia vlug vorentoe* (1993). Ou romanskrywers skryf voort, maar anders as vroeër, en langer. Dikke romans soos Etienne van Heerden se *Casspirs en Campari's* (1991) en Elsa Joubert se *Die reise van Isobelle* (1995) kom aan die orde van die dag.

Vroeër gemarginaliseerdes beweeg na die sentrum van die Afrikaanse prosa. 'n Hele aantal vroueskrywers lewer werk van belang, en as mans nog skryf, is dit dikwels vrouekarakters wat hulle interesseer. André P Brink skryf 'n hele "vrouegeskiedenis" met sy roman *Sandkastele* (1995). "Gekleurde" skrywers raak 'n al hoe belangriker stem in die Afrikaanse literêre dialoog – AHM Scholtz word met sy debuut *Vatmaar* (1995) dadelik 'n man van naam in die Afrikaanse letterkunde, en ook ander noemenswaardige nuwe stemme klink op uit die stil domeine van vroeër – soos Abraham Phillips, SP Benjamin, EKM Dido, Kirby van der Merwe.

Die verlange om terug te kyk na die verlede om helderheid oor die hede te verkry, word een van die prominentste kenmerke van die Afrikaanse prosa. Maar dit word nie meer gedoen in ontoeganklike werke waardeur die leser moet worstel nie. Die storie maak sy terugkeer tot die Afrikaanse letterkunde, en (dankie vader) die grens tussen "hoë" en "lae" literatuur vervaag – "hoë" literatuur mag weer lekker lees. Jeanne Goosen se roman, *Ons is nie almal so nie* (1990), is veral lekker leesstof, maar beslis ook goeie letterkunde. Francois Bloemhof en Deon Meyer skryf rillers wat ook eersteklasletterkunde is; en met *Kikoejoe* skryf Etienne van Heerden 'n literêre *whodunit*.

Tussen alles deur, sonder dat baie dit opmerk, beleef die Afrikaanse romankuns 'n oplewing soos nooit vantevore nie. Die negentigs word die Dekade van die Afrikaanse roman. *Wie moet ons bedank?* vra die advertensie, en miskien is dit tyd om in die openbaar M-Net te bedank, wat met die instelling van die jaarlikse M-Net-prys van R50,000 vir romans in die belangrikste Suid-Afrikaanse tale, 'n beduidende rol gespeel het. Maar die oplewing van die roman hang sekerlik ook saam met ander faktore: stimuli om die verwarrende hede en verlede te begryp en dit tot uitdrukking te bring in 'n roman.

Sommer "virrie sports", soos Boerneef sê, gee ek hierna my lysie van die top twintig Afrikaanse romans van die negentigerjare. Romans is anders as items op 'n treffersparade – jy kan hulle nie sommerso rangskik in volgorde van waarde nie, of met 'n etiket hul prys aandui nie. Die bedoeling is nie dat lesers dit met my lys eens moet wees nie, maar om hul oë oop te maak vir die rykdom van Afrikaanse romans wat in die betrokke dekade verskyn het. Die lysie sou met 'n aantal ander goeie romans aangevul word.

Te midde van die groenigheid van 'n nuwe lente, maak ook 'n GAR sy verskyning. GAR'e is soos profete, hulle slaan oral uit, en die meeste van hulle is vals. Maar myns insiens het daar een egte GAR in die dekade verskyn – miskien meer. Dié GAR het stilweg verskyn, soos 'n onopgemerkte engel te midde van die alledaagse sleurgang van die lewe. Op my alfabetiese lys hieronder staan hy onopvallend, omring deur boeke aan alle kante, op die elfde plek.

'n Persoonlike lys van die top twintig Afrikaanse romans van die negentigerjare – in alfabetiese volgorde:

Mark Behr – *Die reuk van appels* (1993)

André P Brink – *Inteendeel* (1993)

Christoffel Coetzee – *Op soek na generaal Mannetjies Mentz* (1998)

Joan Hambidge – *Die Judaskus* (1998)

Elsa Joubert – *Die reise van Isobelle* (1995)

Anna M Louw – *Wolftyd* (1991)

Deon Meyer – *Feniks* (1996)

John Miles – *Kroniek uit die doofpot* (1991)

Karel Schoeman – *Verliesfontein* (1998)

Karel Schoeman – *Hierdie lewe* (1993)

Karel Schoeman – *Die uur van die engel* (1995)

AHM Scholtz – *Vatmaar* (1995)

Berta Smith – *Juffrou Sophia vlug vorentoe* (1993)

Alexander Strachan – *Die jakkalsjagter* (1990)

Marita van der Vyver – *Griet skryf 'n sprokie* (1992)

Ettienne van Heerden – *Kikoejoe* (1996)

Piet van Rooyen – *Die olifantjagter* (1997)

Marlene van Niekerk – *Triomf* (1994)

Eben Venter – *Ek stamel ek sterwe* (1996)

Lettie Viljoen – *Belemmering* (1990)

[Die artikel oor die "GAR" en die keuse van die twintig romans het oorspronklik verskyn in *Insig,* April 2000: 68-69. Na die verskyning van die artikel is ek versoek om die romans wat in die lys genoem is, vir *LitNet* te bespreek. Die hieropvolgende twintig hoofstukke is 'n geredigeerde weergawe van die besprekings wat op *LitNet* verskyn het, in die Leeskringe-rubriek. Die volgorde waarin die romans bespreek word, verskil van die alfabetiese lys hierbo. Die volgorde van die besprekings is bepaal deur die wyse waarop die romans by mekaar aansluit en mekaar afwissel.]

# Elsa Joubert: *Die reise van Isobelle*

Dit lyk my ons kan nie daarvan wegkom nie: sedert die dertigerjare verdeel ons die Afrikaanse letterkunde in dekades. Eers was daar die Digters van Dertig met die debutering van die broers Louw, Uys Krige, Elisabeth Eybers, en andere. Hulle was die Dertigers, ondanks alle verskille saamgegroepeer, waarskynlik deels as gevolg van die bekende studie van DJ Opperman: *Die digters van Dertig*.

In reaksie teen die direkte belydenisverse van Dertig volg die gestalteverse van die Veertigers, met Opperman en Ernst van Heerden as die leidende figure. Die Vyftigers is nie juis 'n groep nie, maar die poësie van die "Vyftiger" Peter Blum verskil tog aanmerklik van wat voorafgegaan het, met onder andere 'n sterker Europese neerslag in die skryfkuns. Hierdie Europese invloed breek kragtig deur in die prosa van die Sestigers, wat min of meer almal 'n tyd lank in Parys gewoon het – Jan Rabie, André Brink, Etienne Leroux, Bartho Smit en Breyten Breytenbach. Hulle bring die wantroue teenoor oorgelewerde waarhede en konvensionele strukture wat die na-oorlogse Europa kenmerk, na die Afrikaanse letterkunde.

Een van die spanninge in die Afrikaanse letterkunde is dié tussen Europa en Afrika, tussen internasionale strominge en plaaslike omstandighede. In die sewentigerjare, die dekade van die Soweto-opstande, word die aandag van Afrikaanse skrywers na die apartheidsopset in Suid-Afrika gedwing, en as gevolg daarvan verskyn sleutelwerke soos André Brink se *Kennis van die aand* en Elsa Joubert se *Die swerfjare van Poppie Nongena*.

In teenstelling met hierdie "Sewentigers" is die "Tagtigers" duidelik 'n nuwe geslag, met onder andere die kortverhaal wat in die sentrum te staan kom en die oorlog op en anderkant die Suid-Afrikaanse grens wat die aandag trek. Die tagtigerjare was somber jare in die Afrikaanse letterkunde, met introspeksie en uitsigloosheid, waaraan Koos Prinsloo miskien sterker as enigiemand anders uiting gegee het.

Hierdie indeling van die Afrikaanse literatuur in dekades is vol halwe waarhede en vereenvoudigings, en tog bied dit 'n sleutel tot begrip – solank as 'n mens maar onthou dat dit 'n erg simplistiese raamwerk is.

En nou wil dit my lyk of die Afrikaanse letterkunde van die negentigerjare ook al weer 'n eie karakter ontwikkel het. Waar die Afrikaanse prosa vroeër, behalwe miskien in die sestigerjare, die mindere van die Afrikaanse poësie was, het die Afrikaanse prosa in die negentigs, meer nog as in die sestigerjare, op die voorgrond getree. Anders as met Sestig, is die werke van Negentig toegankliker, en die verhaal-element kry toenemend aandag – die onderskeid tussen "hoë" en "lae" literatuur vervaag. Anders as in die tagtigerjare is dit die roman wat in die sentrum staan. Daar word in lywige werke op die verlede teruggekyk, in 'n poging om 'n beter begrip van die hede te kry; in die proses beweeg die literatuur en die geskiedskrywing nader aan mekaar. 'n Ontwikkeling wat in die sewentigerjare begin het, en in die negentigerjare sterker as ooit geword het, is dat die vrou – as skrywer én as karakter – die Afrikaanse prosa oorheers, in teenstelling met die vroeëre oorheersing deur manlike skrywers en karakters. Waar die tagtigerjare deur somberheid en sinloosheid gekenmerk is, breek die hoop deur in die negentigerjare – ten dele as gevolg van 'n sterker religieuse belangstelling.

Alles wat hier oor die "Negentigers" gesê is, is van toepassing op Elsa Joubert se roman *Die reise van Isobelle* (1995). Die boek is 'n samevatting en indrukwekkende uiting van die strewes van Negentig. Dit is 'n kroniek van vier geslagte, oor vier afdelings heen, waarin die verontregting van en deur die Afrikaner belig word.

Die eerste afdeling, getitel "Vooraf", speel af in die tyd van die Anglo-Boereoorlog van 1899-1902. In hierdie deel staan dominee Josias van Velden sentraal. Hy is getroud met 'n Engelse vrou, en sy vrou se suster, wat by hulle inwoon, is 'n outydse Boerehater. So beleef Josias dan in hom die verskeurdheid van die Afrikaner-Christen, betrokke by die lyding van sy mede-Afrikaners, maar deur sy geloof aangespoor om sy vyand lief te hê. Die mistieke band met sy God gee ten slotte by Josias die deurslag, sodat hy (na die dood van sy vrou) ook vir sy verkrampte skoonsuster deernis kry. Die feit dat hierdie deel "Vooraf" heet, suggereer dat dit die agtergrond vorm vir die "eintlike" geskiedenis, die geskiedenis van die opkoms en val van apartheid; dit suggereer ook 'n noue verband tussen die apartheidsjare en die verontregting van die Afrikaner wat dit voorafgegaan het.

Agnes, getroud met die oudste seun van Josias, staan in deel twee in die sentrum. Omdat sy nie weet wie haar pa of ma is nie, het sy 'n diepliggende verlange om êrens te hoort en 'n duidelike identiteit te hê. Dit is begryplik dat sy 'n Verwoerd-ondersteuner word, omdat sy meen om in hierdie Afrikanerverbondenheid 'n veilige identiteit te vind. Omdat sy so verlang na die man wat haar as "vader" opgevoed het, word sy tot owerspel verlei deur iemand wat haar aan haar "pa" herinner. Hierdie owerspel vind plaas by die inwyding van die Voortrekker-monument, waar die nasionalistiese feesvierings feitlik 'n godsdiens word – 'n afgodediens. Deur die plasing van die owerspel hier, word 'n verband gesuggereer tussen die ekstremistiese uitings van nasionalisme en owerspel. Agnes se wit rok wat simbolies met modder besmeer word, verbind haar met albei hierdie sondes.

In 'n mooi toneel aan die begin van die afdeling druk Agnes haar wang teen die poot van 'n opgestopte leeu. Agnes se naam beteken "lam" – en 'n mens sou verwag dat 'n "lam" liewer van 'n leeu sou wegbly! Haar gebaar is in die eerste plek 'n realistiese uiting van verlange na die Afrika-omgewing waar sy grootgeword het; maar die leeu is ook in die roman 'n veelduidige simbool van God en die goddelike. Die leeu wat hier so veilig op die vloer lê, is dieselfde dier wat mense kan vernietig. Hennie, Josias se broer wat op die sendingveld deur 'n leeu vermink is, is 'n lewende herinnering aan die feit dat die mistieke verbintenis met God 'n skrikwekkende ervaring kan wees, meer as waarvoor die mens kans sien. Sommige karakters durf dit wel aan om God te soek en God se wil te doen, en word dan self "leeus", draers van die goddelike in hul stryd teen onreg. Hierdie goddelikheid word in hul name weerspieël: by Leonara en veral Leo. In hul stryd word die "leeus" terselfdertyd "lammers", offerdiere, wat ly en soms gedood word (soos die opgestopte leeu). Dit lyk asof "lyding die instrument is waarmee God sy kinders na Hom toe bring" (46). Die leeu moet 'n lam word om werklik leeu te kan wees.

Die konflikte van die karakters word uitgebeeld teen die agtergrond van 'n simboliese stryd van lig teen donker. Die simboliese ligmotief word aan die begin van hierdie afdeling gegee in die beskrywing van Agnes wat by haar aanstaande skoonpa op besoek kom, asof geklee in 'n stralekrans van lig. Die suggestie is dat haar persoonlike stryd deel vorm van die groter, universele stryd tussen lig en donker, tussen waarheid en onwaarheid, reg en onreg, liefde en haat.

Hiermee hang die fotografiemotief in die roman saam. *Fotografeer* beteken letterlik "skryf in lig", soos wat Josias aan sy dogter Leonora verduidelik. Die seun van Josias, die fotograaf Frikkie, neem 'n foto van die oppervlakkige, flerrieagtige Kowie waarin sy 'n onverwagte skoonheid verkry – vervals die foto die werklikheid, of bring dit 'n verborge werklikheid aan die lig? Romankuns is kennelik vir Elsa Joubert soos fotografie: dit beteken om te "skrywe in lig" – om die werklikheid, paradoksaal, te weerspieël sowel as te omvorm. Daar word gesuggereer dat die roman op biografiese gegewens steun – die foto op die omslag is dieselfde foto wat in die roman beskryf word, waarop Leonora verskyn (590) – maar die biografiese gegewens word omskep sodat die goddelike lig helderder na vore kan kom.

In die geskiedenis van Belle, die dogter van Agnes en die hooffiguur van die derde afdeling, word op die onreg van die "Ontugwet" gefokus. Belle reis na Kenia waar sy op Hussein, 'n Indiër, verlief raak, wat die menswaardigheid van die Indiër by haar tuisbring en haar leer om die hoë vlugte van die Oosterse mistiek te waardeer, onder andere in die poësie van Muhammed Iqbal. Hussein word deur Britse soldate vermoor en Belle keer later terug na Suid-Afrika, waar sy verplig word om as getuie in 'n "Ontug"-saak op te tree – die liefde, wat van jou 'n mens maak, wat jou die wese van die heelal laat ken (331), is nou 'n strafbare misdaad indien dit "gepleeg" word tussen mense van verskillende rasse. Belle se heilige liefde vir Hussein is hier 'n wetsoortreding. Die episode is vir Belle so ontstellend dat sy die lewe nie meer kan aandurf nie. Sy begin al haar tyd in die skynwêreld van die bioskoop deur te bring en verwaarloos sodoende haar simpatieke man Holtzhausen en hul dogter Leo.

Dit is egter juis hierdie Leo wat tot die heldin van die roman ontwikkel, in die vierde afdeling wat die klimaks van die verhaal vorm. Sy, wat eers 'n "momios" was, 'n tipe mummie wat niks van die omgewing waarneem nie, moet as eerste stadium in haar ontwikkeling bewus word van wat om haar aangaan. Dit gebeur wanneer sy 'n skool in Manenberg besoek en die gesinsverbrokkeling onder Kleurlinge waarneem – die gevolg van die "forced removals" (510). Leo raak nou deel van die "struggle" en word aangehou sonder verhoor. Haar bewuswording het dus gelei tot stryd, en haar stryd tot martelaarskap. In die tronk beleef sy 'n mistieke ervaring, waarin eenwording met God en meelewing met die lydende medemens saamval. So word Leo dan 'n voorbeeld-karakter vir die leser – 'n sterk vrou wat triomfeer. In skerp kontras met haar, die heldin, staan die ietwat karikatuuragtige, konserwatiewe Afrikanermans Philip, Hendrik en Robert, die ooms van Leo. Die mans is die skuldiges wat in die politiek verbrou het; die vrou moet dit regmaak.

Wanneer Leo aan die einde besluit om met haar kind in Suid-Afrika te bly, ondanks die uitbreek van geweld en ongeag wat haar man besluit om te doen, beteken dit onder andere twee dinge: (a) die weifeling tussen gebondenheid aan Afrika en die begeerte om na Europa uit te wyk is besleg ten gunste van Afrika; en (b) anders as met die generasie van ds. Josias van Velden, is dit nie meer die man wat die vrou se lot beheer nie; sy neem nou self die belangrike besluite. Die roman handel nie net oor die bevryding van die swartmense nie, maar ook oor die bevryding van die vrou.

Die boek eindig met Leo se besluit dat haar dogter Isobelle sal heet. Die karakter wat in die titel van die roman genoem word, speel dus geen rol in die verhaal nie; aan die einde moet sy nog gebore word. Dit beteken dat die inhoud van die voorafgaande vertellings, *al* die verskillende lewensreise van die voorgeslagte, die "bagasie" is wat Isobelle met haar geboorte meekry – hulle reise sal haar reise word. Want geen mens se lewe begin "skoon", van voor af nie. Jy kry die "bagasie" mee, daaroor het jy geen keuse nie; jy kan alleen besluit wat jy met jou bagasie gaan doen. Leo se kind sal "voluit" Isobelle heet (616) – geen deel van die verlede sal ontken of geïgnoreer word nie: nie die onderdrukking van die Afrikanernasie óf van die swartmense óf van die vrou nie – dit is aan hierdie verlede dat die volgende geslag betekenis sal moet gee.

Naas Leo speel haar groottante Leonora ook 'n prominente rol in die vierde afdeling. Leonora, deurgaans 'n belangrike karakter, een wat telkens in 'n verteller-figuur en 'n alter ego vir die skryfster wil-wil ontwikkel, smag daarna om die mistieke belewenis van haar pa, Josias, te ervaar – maar huiwer tegelykertyd daarvoor. In 'n roerende toneel na aan die einde van die boek het sy tog wel 'n omvattende mistieke ervaring. Dit gebeur in die nag in die buitelug, saam met twee van die heel armoedigstes, by 'n maaltyd van brood en die sing van Kersliedere. So word verskeie religieuse en mistieke elemente verbind: die ontdekking van God in die lydende naaste, van God in die natuur, van God in die nagmaal deur die geboorte en sterwe van Christus. Sterwe en hergeboorte, die nag wat gevolg word deur dag, word gesuggereer as die weg tot genesing, vir die individu sowel as die samelewing.

Met 'n panoramiese blik, deur 'n magdom gegewens tot eenheid te bring, verrig Elsa Joubert met hierdie roman 'n kragtoer, in 'n ryke visie van skuld sowel as hoop.

# André P Brink: *Inteendeel*

Wat is waarheid? het Pilatus gevra, en hy was nie die eerste of die laaste om die vraag te stel nie. Ongeveer vierhonderd jaar vroeër het die Griekse wysgeer Aristoteles ook die vraag gestel, en sy definisie van waarheid het wysgere oor baie eeue heen besig gehou. André P Brink se roman *Inteendeel* (1993) handel oor dieselfde vraag. Op 'n diepsinnige en tegelyk speelse wyse word hierdie probleem ontgin, in 'n verhaal waarin die historiese figuur Etienne Barbier die hoofkarakter is – iemand wat as leuenaar en opstandeling ter dood veroordeel is. Dié romankarakter, een van die boeiendste uit die omvangryke oeuvre van Brink, neem in die boek sy eie verdediging waar, en gee sienings oor die waarheid en reg van sy saak wat direk ingaan teen die historiese verslae oor sy veroordeling.

Estienne Barbier, 'n interessante figuur in die Kaapse geskiedenis van die 18e eeu, het 'n bekende onderwerp in die Afrikaanse taal- en letterkunde geword. In 1980 is die proefskrif van Roy Pheiffer gepubliseer wat handel oor die gebroke Nederlands van Franssprekendes aan die Kaap in die agtiende eeu. Die analise van die taalgebruik van Estienne Barbier maak 'n groot deel van die navorsing uit, en in die inleidende gedeelte oor Barbier vertel Pheiffer van die lewensloop van hierdie merkwaardige man, wat in 1734 uit Frankryk na die Kaap gekom het. Drie jaar later raak hy betrokke in 'n siviele geding teen RS Alleman; in die loop van die hofsaak word daar 'n tweede siviele eis teen hom ingestel. Barbier was so verontwaardig toe hy die eerste van die twee hofsake verloor, dat hy luidkeels in die hof teen die vonnis te velde getrek het; vir hierdie opruiende gedrag beland hy vyf weke in die berugte Donker Gat onder in die Kasteel.

Ook die tweede hofsaak verloor Barbier, en hy word gelas om "met opene deuren en onder 't luiden der clocke, God, de Justitie en [...] Luitenant Alleman om vergiffenis te bidden" (Pheiffer 1980: 24). Vir die rebelse Estienne Barbier was dit eens te veel. Hy ontsnap kort daarna uit die Kasteel en vir byna twee jaar swerf hy deur die Kolonie en tree op as kampvegter vir gegriefde koloniste. Hy word deur die owerheid aan die Kaap voëlvry verklaar, maar hy moes baie steun onder die koloniste gehad het, want niemand lewer hom uit nie, totdat hy homself aan die owerheid oorgee in die hoop op genade. Maar sy hoop het beskaam. Op 12 November 1739 word die vonnis oor hom uitgespreek: eers sal sy regterhand afgekap word, en daarna sy kop; die afgekapte hand en kop moet dan by die Roodesand Kloof tentoongestel word. En dit is nie genoeg nie. Sy liggaam sal in vier stukke gekap en langs "de meest gepasseert werdende wegen opgehangen [...] worden".

By sy pynlike en skandelike dood sou Barbier nooit kon vermoed wat met sy nagedagtenis in die Afrikaanse letterkunde sou gebeur nie. Behalwe die studie van Pheiffer is daar ook drie Afrikaanse romans oor die lewe van Barbier geskryf, onder andere die roman van André P Brink: *Inteendeel*. In die roman laat Brink hom net ten dele deur die historiese dokumente lei; waar die dokumentêre gegewens ontbreek, vul hy dit aan met sy verbeelding. Hy skryf nie net oor wat was nie, maar ook oor wat sou kon wees en wat behoort te wees.

"Maar degeenen die de waerheijt seggen, hebben geen herberg [...] in deese lant". Hierdie woorde van Barbier staan as motto vooraf. Barbier, die verteller in Brink se roman, wil "Inteendeel" sê teenoor die beskuldigings wat teen hom ingebring is, maar dan word hy op die titelbladsy voorgestel as: 'n beroemde rebel, soldaat, reisiger, ontdekker, bouer, skribent, leser, latinis, minnaar en leuenaar" – hier is kennelik meer as een persoon aan die lieg. By Barbier se "inteendeel" kan die leser al onmiddellik sy eie "inteendeel" voeg.

Die leser se skeptisisme word versterk deur die openingswoorde van die roman: "Ek is dood: jy kan nie lees nie: dié sal (daarom) nie 'n brief gewees het nie." 'n Dooie persoon kan tog nie skrywe nie, en Barbier is immers dood – daarmee word die hele illusie van 'n ware vertelling ondermyn. 'n Verdere komplikasie is dat hierdie openingsin twee verwysings na die kontemporêre Franse filosoof Jacques Derrida bevat. Die leser wat die aanhalings herken (en Brink gee self die verwysings na Derrida in sy "Erkenning") besef dat Barbier nie van Derrida kon geweet het nie; die skrywer Brink loer bewustelik van die begin af oor Barbier se skouer. Voeg hierby die bekende siening van Derrida dat daar geen waarheid "agter" 'n teks is nie; dat die teks self die enigste "waarheid" is wat 'n mens kan vind, dan besef jy dat daar 'n fundamentele twyfel is, reg van die begin af, oor die mens se vermoë om "die waarheid" te kan ken.

Dit is opmerklik dat die verhaal van Barbier in Brink se roman met twee ander verhale verbind word: dié van Cervantes oor Don Quixote, en die geskiedenis van Jeanne d'Arc. 'n Historiese verhaal en 'n literêre verhaal word saam hier ingebring – geskiedenis en fiksie loop deurmekaar.

Don Quixote is die aartsromantikus, wat die ou ridderideale wil laat herleef in 'n tyd dat die ridderromantiek se dae getel is; sy metgesel Sancho Panza, daarenteen, is die nugtere realis wat Quixote telkens na die aarde terugbring. In Brink se roman *Inteendeel* is Estienne Barbier die Quixote-figuur wat homself as held en as redder beskou; wat oral mense in nood sien of meen dat hy hulle sien, en dan die rol van die redder wil vertolk. Hy skep uit die benouende alledaagse werklikheid vir homself 'n werklikheid wat betekenis maak; 'n wêreld met duidelike teenstellings van reg en verkeerd waarin hy 'n sinvolle rol kan speel. As die werklikheid nie is soos wat hy dit wil hê nie, omskep hy die wêreld. As die Kaap dan nie so eksoties en wonderbaarlik is soos wat die mense in Europa mag dink nie, dan skep hy deur sy verbeelding 'n wonderbaarlike wêreld; dan vertel hy van ontmoetings met fabelagtige diere, die eenhoring en die hippogrief. Feitelike leuens, maar wáár oor die menslike natuur, met sy behoefte aan betekenis, sy verlange na 'n lewe van uitdagings en oorwinnings, en wonderbaarlike verlossings uit gevare.

In Cervantes se verhale is Sancho Panza die teenhanger van Don Quixote; in *Inteendeel* is daar in Estienne Barbier self 'n Sancho Panza, wat sy ontvlugting en verdraaiing van die werklikheid raaksien en erken. Telkens vind ons dat 'n duidelike versinsel van Barbier gevolg word deur die erkenning dat dit darem nou nie heeltemal die waarheid is wat hy vertel het nie. Deur die hele roman is daar 'n spanning tussen die werklikheid van die verbeelding en dié van die alledaagse realiteit; albei is nodig vir 'n volledige menslikheid. Sonder die romantiese verbeelding is daar geen sin in die lewe nie; maar as die band met die werklikheid heeltemal losgelaat word, lei dit tot leuens en selfbedrog. Die romantikus en die realis het mekaar nodig.

Naas *Don Quixote* is daar 'n tweede lewensloop wat met dié van Estienne Barbier verbind word: dié van Jeanne d'Arc, die Franse vrou wat vanaf haar dertiende jaar hemelse stemme gehoor het. Onder haar leiding en deur haar inspirasie behaal die Franse leërs belangrike militêre oorwinnings teen die koalisie van Engeland en Boergondië; maar later draai die gety, en Jeanne d'Arc word deur haar vyande gevange geneem. Op 30 Mei 1431, na 'n twyfelagtige verhoor en skuldigbevinding, word sy op die brandstapel verbrand. In 1456, vyf en twintig jaar na haar dood, word haar vonnis egter deur die pous herroep; in 1894 word sy tot "eerbiedwaardige" verklaar; in 1909 tot "salige"; en in 1920 tot heilige.

Die lewe van Jeanne d'Arc bring 'n vraag na vore wat sentraal in Brink se *Inteendeel* is: Wat is die waarheid? Wie het die regte siening oor Jeanne gehad: haar ondersteuners of haar vyande? En: watter siening van Jeanne se ondersteuners is reg: dié van 1456, van 1894, van 1909 of van 1920? Verder: is die innerlike stemme van Jeanne werklikheid of hallusinasies? En is daar 'n wesenlike verskil tussen die twee? Want *vir Jeanne* was die stemme werklikheid, en deur haar optrede het sy die innerlike opdrag van die stemme tot "buite-werklikheid" gemaak. Haar subjektiewe waarheid het 'n waarheid vir baie geword.

Ook vir Estienne Barbier, in *Inteendeel*, is Jeanne d'Arc sy rigsnoer en leidsvrou. Sy, wat na haar innerlike stemme geluister het, is nou die innerlike stem van Estienne. Sy is vir hom 'n gids en 'n voorbeeld; 'n vrou en 'n moeder; sy is vir hom, soos hy dit stel: "onmisbaar en inspirerend ... 'n veegsel van 'n veer van Anderkant, 'n roering van die onmoontlike" (178).

In die dokumente oor Barbier word beweer dat 'n slavin Rosette 'n nag by hom deurgebring het voordat hy haar tussen 'n klomp bandiete laat opsluit en daarna vrygelaat het. In *Inteendeel* is Barbier die skrywer van sy eie verhaal en rig hy sy geskrif tot Rosette. In die roman het Rosette uit slawerny ontsnap en na die binneland gevlug; en sy kry in die loop van die roman verskeie simboliese betekenisse – sy is die steeds ontwykende bron en versadiging van al sy verlangens; die stem van sy gewete; en die Oermoeder en Skepper van alles wat bestaan.

Barbier se geskrif is as 't ware 'n antwoord op sy gedokumenteerde skuldig-bevinding. Hy sê "inteendeel" vir sy beskuldigers; hy sê ook "inteendeel" vir die maghebbers aan die Kaap, vir die magsugtiges wat hulle nie aan geregtigheid steur nie. Barbier wil een van dié wees wat "nee" sê vir alles wat moreel onaanvaarbaar is. Maar die leser kry op sy beurt die kans om "inteendeel" vir Barbier te sê. Want ook Barbier is subjektief, en sy voorstelling van sy vyande is sekerlik bevooroordeeld. Waarheid en reg is sulke ingewikkelde begrippe dat niemand hulle kan omvat nie.

Dit lyk of Barbier nie net woedend vir sy vyande is nie, maar ook 'n seksuele nyd teenoor hulle koester – hy is die laaste een wat objektief oor hulle kan oordeel. Barbier maak graag van skeldtaal gebruik wat met die geslagsdele te doen het (227), en wanneer hy visioene van wraak op sy vyande optower, is die geslagsdele dikwels daarby betrokke (123, 158, 238). Barbier, wat nie vrou of kinders het nie, wat as man "misluk" het, voel waarskynlik afgunstig teenoor dié wat in hierdie opsig beter daaraan toe is as hy. Dink maar net aan sy verlange na 'n mitiese vroulike redder wat die manlike jagter van impotensie en onvrugbaarheid red (61). Hierdie storie van hom is waarskynlik 'n uiting van sy onderdrukte seksuele begeertes. Soos hy dit stel: "Miskien gryp alle stories na die knaters?" (178). Miskien het Barbier selfs 'n moederbinding en mis hy die vryheid wat Rosette verwerf het, dié van los van 'n moeder te wees (66). Is dit daarom dat hy steeds vir Jeanne aan sy sy moet hê – die verpersoonliking van die moeder aan sy sy? En is sy woede teen sy vyande 'n uiting van 'n onderdrukte vaderhaat wat op hulle geprojekteer word?

Die komplekse karakter van Barbier word deurgaans met 'n speelsheid uitgebeeld; die ingewikkelde kwessies van waarheid en reg word met ligte aanslag gehanteer. Ons het hier nie 'n eenvoudige patroon van 'n goeie hoofkarakter wat 'n bose vyand beveg nie; in die hoofkarakter self is goed en kwaad sáám aanwesig. Dit is onseker hoeveel hy die waarheid praat en hoeveel leuens is; maar dat hy verdraai en oordryf en romantiseer, dit is seker. Rosette, die vrou aan wie hy sy verhaal vertel, is grotendeels die skepping van sy verbeelding.

In die boek wat Barbier skryf, is hy op reis na Rosette; sy boek *is* inderwaarheid sy reis na haar. Die reis na Rosette is 'n pad van stroping en suiwering. In die eerste twee dele van die roman word Barbier sterk deur eiebelang gemotiveer, en sy stryd om "reg" is dikwels sterk ironies. Barbier wil in deel 2 sy vonnis herroep hê; en wanneer hy sogenaamd opstaan vir "die reg" van die koloniste, wil hy in werklikheid sy eie teenstanders bykom en pleeg hy onreg teen die "Hottentotte". Dit is sy beheptheid met eiebelang wat hom skeef na die wêreld laat kyk.

Veral die eerste deel van die roman is vol ironie en dubbelsinnighede; maar die verhaal bestaan uit drie dele, en deel 2 sê "inteendeel" vir deel 1, en deel 3 sê "inteendeel" vir deel 1 en 2. In deel 1 is daar 'n onsekerheid by die leser oor wat waar en onwaar is, en wie reg en verkeerd het; maar in deel 2 skemer die onreg van die koloniste al hoe duideliker deur; en in die skuldbekenning en boetedoening van Barbier in die laaste deel oorheers die "vreeslike lig" (300) van 'n ondubbelsinnige morele reg. Die reis na Rosette is ook 'n reis na die dood, en soos wat hy nader aan haar reis, word hy grootliks gestroop van wat onsuiwer is.

Anders as in baie van sy vorige romans, word die romantiese patroon van helde en skurke hier met humor en ironie aangebied. Dit is byna of Brink tong in die kies na sy eie werk terugkyk. Hierdie roman is in 1993 gepubliseer; die dae van apartheid was getel, en dit lyk of Brink hom kan veroorloof om meer genuanseerd as vroeër, in sy politieke romans, na die wêreld te kyk. En tog, ondanks die sinies-geamuseerde kyk op sake, is daar nog 'n onderstroming van moraliteit, 'n besef van onreg en skuld aanwesig.

Opmerklik is die religieuse element in die slot. Teenoor die tradisionele patriargale godsdiens vind ons hier 'n matriargale mistiek. In ooreenstemming met Barbier se verlange na 'n moeder en 'n beminde, is die Skepper na wie hy op pad is, 'n Vrou. Ook in dié opsig sê die roman "inteendeel" vir die tradisie.

Na Barbier se aanskoue van die "vreeslike lig" kom 'n nuwe wending met die aanhaling van Don Quixote se sterfbedwoorde: "Laat ons maar suutjies verder gaan, want vanjaar is daar nie voëls in verlede jaar se neste nie" (301). Die parallel tussen Barbier en Quixote word weer eens bevestig; die sterfbedwoorde herinner verder aan die onvermydelikheid van die dood, ook vir Barbier – dis 'n dwingende realiteit waarvan selfs hy, met sy groot verbeeldingskrag en vindingryke planne, nie kan ontsnap nie. Maar deur die aanhaling word ook die onsterflike kunswerk van Cervantes opgeroep – die mens vergaan, maar die kuns triomfeer oor die dood.

In die laaste sin van die roman word die slot van Barbier se verdedigingsbetoog gegee, waarin hy by die regters pleit vir 'n gunstige oordeel. Agter die skrywer Barbier rys weer eens die figuur van die skrywer van die roman, wat 'n beroep doen op die guns van die leser. Daarmee word ook bevestig dat die verhaal van Barbier in laaste instansie "maar net" 'n storie is, 'n spel tussen skrywer en leser, vir die plesier van die leser; en dat die leser alleen die potensiële betekenis van die skrywer se skepping 'n waarde kan gee wat verby die dood nog spreek. Dit is op hierdie "genade" van die leser dat die skrywer sy hoop vestig.

VERWYSING

Pheiffer RH. 1980. *Die gebroke Nederlands van Franssprekendes aan die Kaap in die eerste helfte van die agtiende eeu.* Kaapstad: Academica.

['n Vollediger en meer akademiese bespreking van my oor die waarheidstema in *Inteendeel* het verskyn in 'n huldigingsbundel aan prof Roy Pheiffer. Dit is getitel "Die 'waarheid' oor Estienne Barbier". (Van der Merwe Chris *et al.* 1994. *Rondom Roy – Studies opgedra aan Roy H Pheiffer.* Kaapstad: Universiteit van Kaapstad. 89-96.)]

# Marita van der Vyver: *Griet skryf 'n sprokie*

*Griet skryf 'n sprokie* het sedert sy publikasie in 1992 die een herdruk na die ander beleef, en is ook met die ATKV- en die M-net-pryse bekroon. In die jaar 1992, en ook in die jare daarna, moes ek dikwels die vraag beantwoord: "En wat dink jy nou eintlik van Griet?" Dit was nie nodig om te vra: "Watter Griet?" nie, want ek het geweet dit kan net die Griet van *Griet skryf 'n sprokie* wees, die roman van Marita van der Vyver. As die vraag oor *Griet* aan my gestel word, dan korrel die ondervraer so met die een oog na my, en dan weet ek: as ek nie die regte antwoord op die vraag gee nie, gaan my verhouding met die persoon 'n ernstige knou kry. Nogtans wil ek dit hier waag om die vraag te probeer beantwoord: "Wat dink ek nou eintlik van Griet?" In die wete dat, wat ook al my standpunt is, ek vriende gaan wen en verloor.

Maar eers enkele algemene opmerkings oor die roman. Dit handel oor 'n vrou wat deur verskeie traumas gegaan het: 'n aborsie, gevolg deur miskrame, die dood van 'n kind, en 'n egskeiding. As deel van haar terapie word sy deur haar sielkundige aangeraai om te skryf oor haar ervaringe. Die verhaal word in drie dele verdeel. Die eerste deel handel veral oor haar traumas, oor miskrame, dood en egskeiding; in die tweede deel is die ontmoeting met 'n nuwe minnaar sentraal; in die derde deel het sy van die minnaar afskeid geneem en moet haar eintlike nuwe lewe in 'n nuwe woonstel begin.

In die loop van die verhaal vind daar 'n geleidelike proses van genesing plaas. Aanvanklik wil Griet nie praat oor haar gewese man nie; en wanneer sy wel oor hom praat, is dit met woede en bitterheid; maar langsamerhand begin sy haar eie skuld in te sien, ontwikkel daar 'n groter deernis teenoor hom, en kan sy met begrip oor hom skryf. Die volgende stap is 'n verhouding wat bloot fisies van aard is, en nie lank duur nie, maar wat 'n belangrike stap is in die afskeid neem van haar gewese man. Ten slotte, wanneer die minnaar vertrek het, is daar tekens van 'n meer stabiele volgende verhouding met 'n liewe goeie mens, iemand wat haar al deur baie jare getrou bygestaan het.

Op die vlak van die verhaal gaan dit dus oor 'n vrou se verwerking van 'n reeks pynlike ervaringe. Maar die roman handel oor meer as dit. Diegene wat die vooraf bemarking van die boek gevolg het, sou gemeen het die boek handel oor seks. Vir diegene wat in seks belangstel, kan ek egter baie beter boeke as *Griet* aanbeveel. Die eksplisiete vertelling van Griet se seksuele verlangens en ervarings vorm maar 'n klein onderdeel van *Griet skryf 'n sprokie*.

Sentraal in *Griet* is 'n oeroue tema: die spanning tussen droom en realiteit; die ontluistering van 'n verhewe ideaal deur die banale alledaagse werklikheid. Om hierdie tema uit te beeld, word die verhaal op 'n reeks sprokies gebaseer, waarvan die sprokie van Hansie en Grietjie die belangrikste is. Van der Vyver beklemtoon die teenstelling tussen die wonderbaarlike gebeure van die sprokies en die banaliteit van die alledaagse ervarings; maar aan die ander kant suggereer sy ook deur die volgehoue sprokiesmotief dat sy, teen alle rasionaliteit in, halsstarrig bly vasklou aan die geloof in 'n wonder.

Op 'n uiters vernuftige wyse word verskillende temas en motiewe in die eerste paragrawe van die boek verbind. Griet probeer selfmoord pleeg deur haar kop in 'n oond te druk, maar word van die dood gered wanneer sy haar byna doodskrik vir 'n kakkerlak in die oond. In plaas van selfmoord te pleeg, begin sy maar liewer die oond skoon te maak. Die opskrif van hierdie eerste hoofstuk is "Sneeuwitjie skil 'n appeltjie". Die sprokiesfiguur Sneeuwitjie staan teenoor die romankarakter Griet Swart – die wit reinheid van die sprokiesfiguur teenoor Griet, wat haar onskuld verloor het. Die woorde "skil 'n appeltjie" in die titel dui op die woede wat Griet in hierdie stadium voel teenoor die mansgeslag wat haar in die steek gelaat het; maar dit dui ook op die motief van Adam en Eva en die appel, op die sondeval en die verlies van die idilliese paradys. Die karakter Griet hou verband met Grietjie van die sprokie, wat van die verbode soetigheid geproe het; maar aan die ander kant is sy ook die heks by die oond, die skurk van die samelewing wat die norme oortree het, die verworpene wat nie inpas nie.

In die derde en laaste deel van die roman skuif die sprokiesmotief op die agtergrond, 'n teken van groter aanvaarding van die realiteit deur die hoofkarakter. Die dinge wat vir haar te pynlik was, wat sy alleen indirek deur middel van sprokies wou noem, word nou meer direk gekonfronteer. Wanneer sy wel nog van sprokies vertel, gee sy nou meer kommentaar daarop uit die "werklikheid" – 'n aanduiding dat droom en realiteit vir haar nader aan mekaar kom, dat haar persoonlikheid nou van sy basiese tweespalt genees raak. Die tekens in die verhaal raak al hoe meer gunstig – daar kom beter vooruitsigte vir die een na die ander van haar vriende en familielede, almal mense wat met verhoudingsprobleme geworstel het.

Die slot van die verhaal kontrasteer met die begin. Griet staan aan die einde weer voor die oond, maar hierdie keer lag sy in plaas van om selfmoord te probeer pleeg. In haar huwelik het sy as kok misluk, maar nou begin sy weer peuselhappies te bak wat hemels ruik; teenoor die appel van die begin as simbool van die sonde is die appel nou simbool van voortdurende jeug en van genesing; en dit lyk of Griet uiteindelik haar Hansie van die sprokie ontmoet, in Jans, haar vriend van baie jare.

In die roman is daar van begin tot einde telkens die teenstelling tussen styg en val, wat saamhang met die teenstelling tussen die skone droom en die ontnugtering van die realiteit. Die motief van die opstyg berei die leser voor op die verrassende, "sprokiesagtige" slot, wanneer Griet en Jans saam van die grond af opstyg. Waar die sprokie vroeër in die roman telkens deur die werklikheid ontluister is, gebeur nou die omgekeerde: die fantasie en die droom dring die werklikheid binne om dit tot iets verrassend moois te omskep.

En tog het ons nie hier 'n sentimentele en onoortuigende "happy ending" nie. Die laaste woorde van die roman word gesê deur Jans terwyl hy en Griet deur die lug beweeg: "Verbeel ek my ... of hoor ek 'n kriek skree?" Die kriek herinner aan die kakkerlak van die begin; dis 'n waarskuwingsteken uit die werklikheid, wat herinner dat hierdie droom miskien net te goed is om waar te wees. Die suggestie is dat Griet, ondanks al die tekens van genesing, met een onoplosbare spanning sit – dat sy nooit ontslae sal kan raak van die konflik tussen droom en werklikheid nie.

Dit is vir my een van die bekoorlikhede van die boek: aan die een kant hierdie verwikkelde verbinding van temas en motiewe; aan die ander kant 'n ligte, humoristiese aanslag. "Was daar al ooit iets soos 'n Snaakse Afrikaanse Roman?" vra Griet se vriendin Gwen aan haar (78), en Griet bly haar 'n antwoord skuldig. *Griet skryf 'n sprokie* is miskien Griet se antwoord op hierdie vraag; dit handel oor pynlike ervarings sonder om die glimlag en die lag te verloor.

Uit die bespreking tot sover het julle seker agtergekom waar my simpatie lê – ja, ek hou baie van *Griet*. Sommige lesers sal miskien teenpraat: "Met so 'n literêr-tematiese bespreking klink die boek so onskadelik; maar moet ek nou hou van 'n boek wat so vol is van onfatsoenlike taal en van die eksplisiete beskrywing van dinge wat maar in die slaapkamer kon gebly het?" 'n Mens moet egter onthou om te onderskei tussen die karakter en die boek as geheel, en tussen die karakter en die skryfster. Die skryfster het myns insiens probeer om so eerlik as moontlik die gevoelens weer te gee van iemand wat bepaalde krisisse deurleef het. Die karakter is wel soms immoreel, maar sy besef dit self, en erken dit. Wat die skryfster doen, is om met die moraliteit van die grootste eerlikheid die gevoelens uit te beeld wat iemand in dergelike omstandighede sou kon ervaar.

Want dit kan ons maar seker weet: daar is meer as een Griet in ons samelewing. In baie opsigte praat *Griet* namens 'n generasie wat tussen die oue en die nuwe staan. Hulle kan nie meer die identiteit en die waardes van die ouer geslag vroue aanvaar nie, maar kan ook nie heeltemal daarvan loskom nie. Hulle pas nie meer in die ou rolmodel van die vrou nie, maar hulle het nog nie 'n nuwe rolmodel gevind wat vir hulle geluk kan bring nie. Hulle is ontnugter en sinies, maar hulle bly droom van 'n ridder op 'n wit perd. Die teenstrydige reaksies wat die boek by lesers uitgelok het, is nie soseer toe te skryf aan 'n verskil in literêre oordeel nie, maar aan 'n verskil in ervaring. Dit is omdat die boek die spanninge van een geslag uitspreek waarvan 'n ander geslag nie kennis dra nie.

Diegene wat dit nog nie gedoen het nie, gaan lees gerus vir *Griet* – ter wille van die baie Griete wat in die samelewing bestaan; en ter wille van 'n goed geskrewe boek wat die Afrikaanse letterkunde weer leesbaar gemaak het vir duisende lesers. Marita van der Vyver het van Hansie en Grietjie 'n grote *Griet* gemaak.

# Marlene van Niekerk: *Triomf*

"One book appears to have stood out above all its peers in the Afrikaans literature of the last decade". So skryf Shaun de Waal van die *Mail and Guardian* oor Marlene van Niekerk se roman *Triomf* (1994) – wenner van die CNA-prys, van die M-Net prys en van die Noma-toekenning vir literatuur in Afrika. Die waardering vir die roman was egter nie eenstemmig nie. Baie lesers was omgekrap oor die boek, onder andere omdat dit wemel van die f ..., p ..., k ... en m ..., maar sonder my welvoeglike beletseltekens.

Maar dan, kan 'n mens iets anders verwag van karakters wat in die uiterste armoede, angs en frustrasie leef? Triomf is die naam van die voorstad waarin armblankes gevestig is na die platstoot van die swart woonbuurt Sophiatown; maar vir die karakters in hierdie roman is daar nie sprake van enige triomf nie. Die rassisme wat in hul taalgebruik en maniere tot uiting kom, is 'n manier om hul gevoel van eiewaarde te bevestig – hulle is darem bo die "kaffers" verhewe.

Lambert is half vertraag, soos Van Bruggen se Ampie van ouds; hy kry epileptiese aanvalle, word gekwel deur seksuele frustrasie en bring soms sy frustrasies tot uiting in uitbarstings van woedende geweld. Lambert woon in die huis met Mol (sy ma), Pop (sy pa – moontlik) en Treppie, Mol se broer. Later kom dit uit dat Pop en Mol ook broer en suster is. Mol is die arme lydende vrou wat beurtelings vir die drie mans in die huis, haar twee broers en haar seun, moet gaan lê om die vrede te bewaar.

Die verhaal speel af in die maande voor die verkiesing van 1994. Vir die inwoners van Triomf is die komende demokrasie 'n verskrikking. Ná die verkiesing, wanneer die "kaffers" gaan oorneem, sal hulle moet padgee, en Lambert droom ironiese drome van 'n ontvlugting na die "vrye" Noorde, soos 'n moderne Dorslandtrekker of 'n Jerusalemganger.

*Triomf* is 'n moderne variant van die Ampie-geskiedenis; die uitbeelding van die arm Afrikaners. Waar Ampie egter beskerming en hoop op die boereplaas gehad het, is hierdie armblankes van Johannesburg sonder beskerming. Hulle is die nasate van Afrikaner-boere wat in die depressie-jare nie die mas op die plaas kon opkom nie en na die stad gelok is deur werksmoontlikhede, onder andere die plan van Hertzog om vir die verarmde blankes werk op die spoorweë te bied. Dit was 'n *catch 22*-situasie op die plaas; bly of trek was ewe problematies. Soos die pa van Pop, Mol en Treppie dit stel: "Nou word die oues van dae bywoners en die nuwe geslag trek af na Gomorra" (113). Die volgende generasie sit gevange in 'n buurt en in omstandighede waaruit geen ontvlugting moontlik is nie; en in hierdie situasie is en was daar 'n aantal dwaalligte wat vir hulle uitkoms beloof.

Een so 'n dwaallig is die kandidate van die Nasionale Party, wat hulle stemme wil werf. Treppie is die slimste en die mees siniese van die romankarakters; vir hom is die beloftes van die Nuwe Nasionale Party weer 'n liegstorie, soos wat 1948 se storie 'n liegstorie was. Hulle is bedrieg toe hulle 'n mistroostige woonplek ontvang het, afgeneem van die swart inwoners, en die wandaad verbloem is met die ironiese naam "Triomf". Noudat die Nasionale Party die vrugte van hulle beleid pluk, en Triomf vir alle mense oopgestel sal word, kom hulle weer met mooi stories, om te bedek dat hulle weer 'n keer die mense in die steek laat wie se stemme hulle in die verlede met hul valse propaganda gekoop het. Dis die armstes wat telkens die spit afbyt.

Nog 'n dwaallig is die Jehowa-getuies, wat met hul fokus op die komende oordeelsdag die oë van die ellendiges van die hede afwend en op die hiernamaals rig. Treppie sien ook deur hulle, maar hulle woorde is nie sonder effek op die mense van Triomf nie. Want die mens kan moeilik sonder illusies en ontvlugting oorleef, veral in omstandighede soos hier – of dit nou die hemel van die Jehowa-getuies is, of die Noorde van Lambert se drome, "vry" van swartmense, waarheen hy ná die verkiesing wil trek.

In hul benouende situasie moet die mense van Triomf hul eie vorme van ontvlugting en vermaak bedink. Een van die algemeenste vermake is om ander af te loer. So byvoorbeeld bring Lambert en Treppie lewe in 'n dooierige Saterdagaand met 'n bottel Klipdrift en 'n verkyker, en bespied die binnekante van die polisiewoonstelle in Brixton. As dit wat daar gebeur, nie interessant genoeg is nie, sit Treppie verbeelding by, om die werklikheid meer die moeite werd te maak.

> Treppie kyk die flats op en af met die verkyker. Hierie sal nou weer
> sports afgee, want Treppie sal weer lang stories lieg oor wat hy kastig
> alles sien (268).

So 'n bespiedery van die polisie kan ook ander voordele meebring, as hulle geheime skandes van die polisie ontdek. Dis nie net 'n vorm van vermaak nie, maar ook 'n wyse van oorlewing, in 'n bestaan vol botsings met die polisie.

> Treppie sê hulle kan die polisie druk met die polisie se skandes ...
> Treppie scheme mos al weke lank hulle moet 'n paar chips kry op die
> polisie. Solat as hulle weer moeilikheid het met Visoog of met Flying
> Squad, lat hulle hulle saak 'n bietjie kan druk. En hier is hulle nou, jy
> kan maar sê in die hartjie van polisieland, en hulle kyk vir hulle in hulle
> binnekamers (268).

Soms is die afloer 'n teken van verlange na dit wat die karakters moet ontbeer. Lambert, ondergemiddeld wat verstand betref, balanseer dit met 'n bogemiddelde seksuele drif, wat nie vryelik tot uiting kan kom nie. Op 'n Saterdagaand, die aand van vermaak, gebruik Lambert die tyd om te kyk na sy bure wat dit het waarna hy verlang – die egpaar vier die eerste herdenking van hulle troudag. Hulle het vriende, hulle het borde vol kos, die aand loop uit op 'n soenery wat Lambert van langsaan met lede oë betrag.

Frustrasie, woede en wraak is die tipiese siklus van Lambert se lewe. Al wat hy kan doen, is om sy ma te dwing om elfuur die aand die gras te sny, en sodoende genoeg lawaai te maak dat sy "die hele fokken Triomf ontstel" (91-92). Sodat, voorspelbaar, die aand op gewelddadige konfrontasie uitloop, en 'n besoek van die polisie.

Swartmense word buite hul bestaan geweer – gesien as 'n bedreiging, 'n wese minder as mens. Honde, daarenteen, het hier 'n spesiale waarde. Die twee honde, Toby en Gerty, is ál vriende wat die familie het; en wanneer Gerty sterf, is dit een van die min geleenthede waar selfs Treppie tot trane bewoë is. Gerty kry dan ook 'n grafskrif wat so 'n troue dier, inderwaarheid een van die lede van die gesin, verdien:

> Hier lê Gerty Benade
> Moeder van Toby Benade
> en hartshond van Mol ditto;
> Nou's sy in die hondehemel
> Waar dit van die ander honde wemel.

Een van die maniere om plesier te maak, wat Treppie van sy pa, Oupop, geleer het, is om soos 'n hond te huil, en daarmee al die honde in die buurt aan die huil te maak. 'n Deel van die plesier daarvan is om die buurt te irriteer; dis 'n vorm van wraak op die gemeenskap. Maar miskien is die huilende honde ook 'n indirekte uiting van die eie verdriet. Want hierdie gesinnetjie lei 'n hondelewe, hulle is as 't ware huilende honde in 'n skemertyd.

Nie al die karakters reageer dieselfde op hul omstandighede nie. Treppie is woedend; woedend teenoor almal wat hulle 'n rat voor die oë probeer draai en hulle in hul ellende laat; woedend veral teenoor sy ouers:

> As húlle pa en ma nie so ágterlik was nie, en as húlle beter gróótgemaak
> was en as Oupop hom nie so verskree het vóórlat hy sy verstand gekry
> het en hom so pap gedonner het nálat hy verstand gekry het nie, dan
> was alles anders ... van my is net 'n bloedkol oor, 'n natplek met 'n vel
> wat sukkel om lug te kry. Een klont scar tissue met 'n hart in die middel
> (360-361).

Teenoor Treppie is Pop die goedige een wat pleit vir vergiffenis, wat let op die positiewe dinge en die hoop behou. Hy is die enigste een wat sy suster-vrou Mol met deernis en liefde behandel. Na 'n dag vol drama en pyn bad hulle saam en huil hulle saam. Versterk deur hierdie samesyn, en ook deur 'n paar glase versterkwater, is dit asof die sterwende kooltjies van Pop se godsdiens weer begin te leef:

> "Moenie worry nie, Molletjie, as die lig van (die sterre se) vuur nog trek
> na ons toe, kan jy maar sê hulle is eintlik springlewendig. En Orion, al
> is hy oneindig ver hiervandaan, sy lig sal bly trek Triomf toe, vir ewig en
> altyd ... Jy kan maar sê dis die hemelse fireworks, Mol. Onse Vader in
> die hemel se Guy Fawkes. En dit hou aan en aan, geslagte lank."
> As Pop eers so begin, is dit die Klipdrift wat na sy kop toe is. Dan
> praat hy sulke far-fetched hemelpraatjies (252).

Maar dit lyk byna of die hemel Pop se hemelpraatjies hoor en saamgesels. Die weer eggo as 't ware die ervarings van die dag, en na 'n woeste donderslag begin die genadige reën te val, en raak die twee rustig aan die slaap.

Die vier hoofkarakters se perspektief word afwisselend weergegee, waarmee daar 'n afwisseling in die kyk op sake is, en 'n afwisseling in stemming. Daarmee word ook 'n gewigtige filosofiese kwessie aan die orde gestel: die feit dat daar nie so iets soos 'n objektiewe, vasstaande "werklikheid" is nie, omdat verskillende karakters dieselfde dinge verskillend waarneem en verskillende gevolgtrekkings daaruit haal. So merk ons, wanneer almal na dieselfde weerligstrale kyk, sien elkeen iets verskillends:

> "Toe nou maar", sê Pop. Hy beduie na Hillbrow se kant toe. "Diékant lyk dit aanmekaar na iets wat rank, ranke vol morning glory of iets. Elke keer wat dit blits, sit daar meer blomme aan die ranke, sulke bloues, wit in die middel."
>
> "Nee, fok, Pop," sê Lambert … "As jy my vra, lyk dit meer na 'n paar ouens wat agter 'n groot dowwe ruit sit en weld aan 'n donnerse lang silencer van 'n Mobil petrollorie, of iets" …
>
> "Take your pick", sê Treppie, "it's all in the mind. Sweisvlamme, morning glories, Oupa se glory, it's all in the mind" (77-78).

Die kontras tussen die ingesteldheid van Treppie en Pop is die kontras tussen 'n ingesteldheid op waarheid en op goedheid. Pop is die een wat die laaste flentertjies goedheid in Triomf probeer koester; Treppie daarenteen, beywer hom vir die waarheid ten alle koste, hy weier om die harde werklikheid te verdoesel:

> Pop maak waarheid en goedgeit met mekaar deurmekaar en as daar nou twee dinge is onder die son wat verder van mekaar af is as pêredrolle van sitroene af, dan is dit dáái twee, en of Pop nou wil hê hy wat Treppie is, moet lieg net om mense pyn en verdriet te spaar? (435)

Dit wat waar is, wat Treppie raaksien, is ver van goedheid af, en die goedheid wat Pop nastreef en uitleef, hou helaas nie altyd met die harde werklikheid rekening nie. Miskien omdat hierdie mense hul bestaan letterlik as godverlate ervaar, is daar nie meer 'n eenheidsbasis vir 'n morele lewensbeskouing nie, moet jy kies tussen die moraliteit van waarheid en die moraliteit van goedheid en liefde.

Die karakters het die egte belewing van die religie verloor, maar die taal van die religieuse belewenis behou, en in die taal leef die herinnering en die verlange voort. Dit is opmerklik hoeveel van die ervaringe in religieuse terme verwoord word – kyk maar net na die hoofstuktitels: "Urban angel"; "Vrede op aarde"; "Jesus blood never failed me yet"; "Die eerste miracle"; "Die tweede miracle"; en "Bergpredikasies". Maar die gebeure waarvan hier vertel word, is steeds deurtrek met ironie; dit sit vol ontnugtering en banaliteit; en die hoofstuktitels beklemtoon die skerp kontras tussen die mistieke wonder en die hemelse vrede waarna die woorde verwys en die vulgariteit van die daaglikse lewe in Triomf. Soms is die banale en die misterieuse verbind in die hoofstuktitel, byvoorbeeld "Die miracle van die yskaste" en "Wonder Wall".

Een religieuse begrip wat nog steeds in *Triomf* lewend bly, is die hoop, wat uitkoms moet bied te midde van die lewensangs en ontbering. Die struktuur van die roman word gekenmerk deur vooruitwysings na moontlike latere gebeurtenisse wat hul lewens kan verander – gebeurtenisse wat soms hoopgewend, soms egter ook angswekkend is. Daar is die uitsien na Lambert se veertigste verjaardag, en die spanning wat gewek word deur 'n vrou vir die nag vir hom te reël; die verwagting van die verkiesing; die vermoede dat Pop sal sterwe. Die R74 wat Pop met 'n Ithuba-kaartjie wen, is 'n voorbeeld van 'n klein bietjie hoop wat nie beskaam het nie, en sit 'n hele reeks ontwikkelinge aan die gang.

'n Patroon wat steeds meer reëlmatig na vore kom, is dié van die anti-klimaks. Nóg die uiters skrikwekkende, nóg dit wat met blydskap verwag is, word 'n werklikheid – net die saaie banaliteit bly. Die R74 bring die onverwagte geluk van 'n reeks gratis etes wat gewen word; maar Lambert verruil die geld vir 'n rewolwer – waarmee hy egter geen groot kwaad verrig nie. Die vrou bring nie geluk nie en die verkiesing bring nie 'n oorstroming van swartmense nie. Lambert se woede-uitbarsting bring wel Pop se dood mee, maar dis 'n dood wat in elk geval al lank verwag is – Pop sou nie meer lank kon hou nie.

Die slot bring geen helderheid vir enigeen nie, en bevestig nogmaals dat die verskillende karakters hul lot verskillend interpreteer. Mol glo aan 'n nadoodse heerlikheid vir Pop, 'n ewige bestaan tussen die sterre; Treppie spot daarmee. Treppie en Mol kyk albei na die sterrebeeld van Orion, en sê dieselfde woord, maar met verskillende bedoelings:

> Treppie wys.
> "Noordeloos", sê hy.
> Sy sê mos. Vóór die poorte.
> Noordeloos.

Treppie sien die sterre wat agter die westerkim verdwyn, en die lewe lyk vir hom uitsigloos, sonder ontsnapping. Die plan om na die Noorde te ontvlug, kan geen ontsnapping bied nie. In sy "Noordeloos" (met ander woorde, sonder die moontlikheid van 'n ontsnappingsroete), klink ook die woord "nodeloos" mee – dit is nodeloos om te probeer ontvlug van die meedoënlose realiteit. Mol hoor wat hy sê, maar begryp dit nie. Sy dink dat hulle saamstem, en, soos wat haar gewoonte is, eggo sy wat haar gespreksgenoot sê: "Noordeloos". Maar vir haar impliseer die woord 'n oneindigheid, sonder noord, oos, wes of suid. Dis die oneindigheid wat Pop volgens haar beërwe het, en wat vir haar voorlê.

'n Rykdom van gedagtes word in die roman verwoord ondanks die banaliteit van die karakters en hul lewenswyse; 'n verrassende taalverskeidenheid kom na vore ondanks die beperktheid van hul taalregister; en 'n groot deernis met die mense van Triomf, ondanks hul aanstootlikheid, straal deur die verhaal.

En tog, en tog. Ondanks al die positiewe kenmerke van die boek, sal dit nie die top tien van my top twintig haal nie. Dit wat aanvanklik verrassend was, word later soms 'n eentonige dreun; die skok-effek neem af; die antiklimaks word voorspelbaar. Daar is te veel van dieselfde. 'n Verstandige vriend moes die outeur aangeraai het om die verhaal te snoei, en sy moes na die raad geluister het.

# Lettie Viljoen (Ingrid Winterbach): *Belemmering*

Lank voordat die Anglo-Boereoorlog die Afrikaanse prosa getref het (met die honderdjarige herdenking van die aanvang van die oorlog) het 'n roman verskyn waarin dié oorlog, en ander sentrale gebeurtenisse uit die Afrikaner-verlede, 'n uiters belangrike rol speel – nie soseer as gebeurtenisse op sigself nie, maar as herinneringe wat die psige van die Afrikaner bepaal. Die roman is Lettie Viljoen se *Belemmering*, wat in 1990 deur Taurus uitgegee is. Dis 'n boek wat nie by baie mense bekend is nie – dis uitverkoop en moeilik verkrygbaar in die boekhandel; maar vir my is dit een van die tops van die top-twintig van die negentigerjare.

Die verhaal begin met 'n man en 'n vrou wat van mekaar afskeid neem, en hoewel hul name nie genoem word nie, vermoed die leser dat dit die twee sentrale karakters, Deneysen en Hannah, is wat mekaar hier groet. Deneysen verlaat Hannah, sy vrou, om deel te neem aan die gewapende stryd teen 'n outoritêre mag, waarskynlik die Suid-Afrikaanse regering; sy onderneem 'n reis waarin sy haar familie opsoek en probeer om haar lewensdrade bymekaar te kry.

Die man verlaat sy vrou om op sy "koue, ver paaie" te gaan, deel te word van 'n "broederskap van stryd" om sin in sy bestaan te vind; die vrou soek ook na sin, maar sy soek dit op 'n persoonlik-menslike vlak en nie in abstrakte politieke ideale nie. Die feit dat die twee karakters slegs as "hy" en "sy" aangedui word, suggereer dat dit nie hier alleen om twee individuele karakters gaan nie, maar om 'n meer universele man en vrou; om die man en die vrou wat steeds hul aparte weë gaan; elkeen steeds besig met 'n soektog wat wesenlik van die ander een s'n verskil.

Deneysen sluit by 'n groep aan wat hulself in 'n berg skuilhou. Skynbaar vorm hulle deel van die gewapende opstand teen die Suid-Afrikaanse regering in die tagtigerjare; maar die projek is ook simbolies van die "ewige man", altyd besig met projekte "daar buite", "manlike aktiwiteite" om die wêreld te "verander"; planne waarby die vrou agtergelaat word en waarvan sy dikwels die slagoffer is.

Deneysen wil "homself vind" deur deel te word van 'n groep medestryders; maar hy kom min van die karakters te wete wat saam met hom stry. Vir Deneysen (en vir die leser, wat deur Deneysen se oë die omgewing waarneem) bly hulle vreemdelinge. Hul gedagtes is onbekend en hul dialoog is dikwels onsamehangend en onduidelik. Hoewel die groep geheime opdragte deur 'n boodskapper ontvang, is die bedoeling van die opdragte vaag en die sin van hul optrede bly vir Deneysen en die leser 'n duistere saak. Tussen die mans onderling, en tussen hulle en hul leiers, is daar 'n totale "belemmering" in kommunikasie. So word hulle simbool van die mens vergeefs op soek na begrip van sy medemens, na 'n sinvolle taak, na 'n opdrag "van buite" – altyd "aan die beweeg", op reis sonder om te weet waarom of waarheen.

Vir hierdie mans is die Afrikaner-verlede 'n wesenlike deel van hul herinneringe; in baie opsigte is Boere-helde soos generaals De Wet en Beyers hul rolmodelle. Dit is ironies dat juis die Afrikaner-helde hulle inspireer om teen 'n regering te veg wat sterk Afrikaner-georiënteerd is. In hierdie ironie is alreeds 'n teenstelling te sien tussen ideaal en werklikheid – die Boerehelde het vir Afrikaner-vryheid geveg, maar die verwesenliking van die Afrikaner-vryheid was so 'n karikatuur van die Afrikaner-droom dat opstand opnuut nodig geword het.

Die stryd van die Boere-helde word met die huidige doellose stryd van die groepie mans gekontrasteer. Die verhaal wat een van die mans vertel oor 'n ontsnapping van De Wet tydens die oorlog, moet onderbreek word, want een van hulle, Kallas, het probeer selfmoord pleeg. De Wet se doelgerigtheid staan direk teenoor Kallas se uitsigloosheid. Maar selfs die Boerehelde van destyds, so seker van hul saak, se lewens verloop mistroostig – genl. Beyers verdrink, De Wet word tydens die Rebellie gevange geneem en beland in die tronk. In die verlede, soos in die hede, staan daar 'n "belemmering" tussen die ideaal en die bereiking daarvan.

Die verhouding tussen mens en mens word steeds gekenmerk deur afstand, onbegrip en vyandigheid – tussen man en vrou, tussen mans onderling, tussen mense van verskillende kulture of gelowe. Oorlog bly deel van die mens se bestaan. Die vertellings van die val van Konstantinopel openbaar die tragiese stryd tussen gelowe en kulture, en die vergeefsheid van heroïek en gebed om verlossing. Oorlog, nederlaag en verlies kenmerk steeds die mens se bestaan.

Waar die groepie mans doelloos en moedeloos voel, gaan dit met hul teenstanders nie veel beter nie. Die teiken van hul opstand is blykbaar die onbekende "Generaal C". Sy mag bring hom geen vrede nie; hy kry ontstellende visioene van swart landskappe en 'n wêreld wat onderstebo is. Uiteindelik kry hy gesigte van 'n verlore stryd, van dood, moontlik selfmoord, as laaste uitweg. Sy eie ryk, en ook God se ryk, soos hy dit ervaar, is aan onkeerbare verval onderworpe.

Die rebelle se aktiwiteite loop uit, soos te verwagte, op grootskaalse mislukking. Die een probeer selfmoord pleeg, die ander probeer dros na sy geliefde. Uiteindelik kry hulle tyding van die verdrinking van Geelgert, van wie al hul opdragte gekom het. In wanhoop veroorsaak Polla, nog een van die groep, 'n reuse-ontploffing van dinamiet, wat een van sy makkers verwond, maar 'n opening in die berg skiet waardeur hulle na buite kan ontsnap. Hul missie het in 'n doodloopstraat geëindig, en hulle verlaat die berg sonder dat hul aktiwiteite iets positiefs uitgerig het.

Ook Hannah gaan op reis wanneer haar man haar verlaat, maar haar reis is van 'n heeltemal ander aard: dis 'n meer innerlike, persoonlike reis, op soek na menslike verbintenisse. Sy het geen kontak met haar pa, ma of broer nie; haar man het haar verlaat, en sy het ook geen kind nie. Nou onderneem sy 'n reis na haar oom en tante; sy vertoef by hulle en raak lief vir die dogter Mirandah, die kleindogter van haar oom en tante – Mirandah se pa en ma is afwesig, soos Hannah s'n, en Hannah wil vir haar 'n substituut-ma wees. Hannah probeer dus 'n "alternatiewe gesin" opbou, met 'n substituut-pa, -ma en -kind. Sy raak ook betrokke by 'n nuwe verhouding met 'n man, Henrik, en besoek verskeie familielede met wie sy kontak verloor het, soos haar oom Dirkie en tant Drien op 'n boereplaas.

Verder doen sy navorsing in 'n museum in die Kaap om meer te wete te kom aangaande die mense se historiese en prehistoriese verlede. Soos Deneysen, is sy besig met 'n reis van verkenning en ontdekking. Deneysen se reis is veral 'n ruimtelike reis – hul groep moet die berg leer ken en kaarte maak van onbekende gebiede. Hannah se reis is in 'n groot mate 'n reis in die tyd, na die verlede, om haarself en die sin van haar bestaan te soek. Sy probeer haar identiteit vind deur alles uit die verlede na te speur wat haar gevorm het tot wat sy is, maar al wat sy vind, is losse flardes onbetroubare inligting. Sy probeer deel word van 'n familieverwantskap, maar steeds voel sy haarself 'n vreemdeling.

Soos Deneysen se missie, is ook haar pogings vrugteloos. Die verhouding met Henrik loop dood, en Mirandah raak geleidelik selfstandiger en meer op 'n afstand. Haar briewe en telefoonoproepe aan haar broer, om kontak tussen hulle te herstel, lewer geen sukses op nie. Die verhaal eindig met 'n gesprek tussen Hannah en haar broer wat in stilte en suising eindig, soos 'n telefoongesprek wat afgesny word. Die verbindingslyne raak versteur en die kommunikasie word verbreek. Ook by haar, soos by Deneysen, spreek "belemmering" die laaste woord in haar pogings om persoonlike kontak te maak en haar verbrokkelde familieverwantskappe te genees of te vervang.

Die reis van Deneysen sowel as van Hannah beweeg op twee vlakke. Dit kan realisties gelees word, as 'n reis van Deneysen om deel te word van 'n militêre opstand en van Hannah om haar familie beter te leer ken. Maar dit kan ook as 'n simboliese reis geïnterpreteer word waarin die psige ontdek en die argetipes van die onderbewuste verken word. Hannah ervaar haar laaste gesprek met haar broer as "so koud hier, onderaards" (251) – dit is asof sy met haar broer op die vlak van 'n gemeenskaplike onderbewuste kommunikeer.

Die geskiedenis van die Anglo-Boereoorlog is nie net buite Deneysen nie, maar ook in hom; sy psige is gevul met Boerehelde wat sy rolmodelle word. En Hannah se ouers en broer is nie net buite haar nie, maar ook verlore stemme wat in haar roep en wat haar reise bepaal. Deneysen se togte teen die berg is simboliese reise deur die onbekende landskap van die psige wat "gekaart" moet word; berg en afgrond dui op die geestelike uitdagings en gevare van die reis in die self. In hierdie opsig herinner die roman aan die Welgevonden-romans van Etienne Leroux, waar Welgevonden op realistiese vlak 'n Suid-Afrikaanse plaas is en op simboliese vlak die onderbewuste verteenwoordig.

Die sentrale tema van die boek is dié van leemtes wat ongevul bly, van belemmeringe tussen mens en mens, en tussen ideaal en werklikheid. Die tema van belemmering kom ook in die struktuur tot uiting. Die verhale van Hannah en

Deneysen is twee aparte verhale, om die kloof tussen man en vrou aan te dui – byna soos die verhale van man en vrou in Van Melle se *Bart Nel*. In albei hoofverhale in *Belemmering* is die doel onseker en die mate van progressie onduidelik. Daar is nie 'n doelgerigte, lineêre voortgang in die verhaal nie; dit beeld nie 'n reis na 'n bepaalde doel uit nie, maar eerder 'n toestand van onvervuldheid, van op-reis-wees sonder om te vind, sonder om te weet waarheen die reis is, van volgehoue belemmeringe in die soektog na geluk.

Viljoen skryf 'n liriese prosa – in hierdie opsig kom haar werk ooreen met Schoeman se "Stemme"-trilogie. Dit is prosa waarin onder andere die landskap van Afrika verken word; dit is soms asof "landskap-skilderye" met woorde gegee word. In hierdie "landskappe" keer sekere simbole herhaaldelik terug: byvoorbeeld die berg, met sy mistieke assosiasies, maar hier ook ongenaakbaar en koud. Dit is 'n landskap wat wemel van suggesties van betekenis, maar ook vervul met ontgogeling. Die skoonheid roep om vervulling, dit is 'n "immense aantyging teen alles wat onvervul bly" (74).

Die verhaal beweeg deur 'n siklus van seisoene, waar die lente kortstondig aanbreek:

> Die volgende oggend (oornag) staan die veld op.
> Die lug wapper soos huwelikslakens op die lyn.
> Die tarentale, eende, paddas, krieke, sprinkane; dit sing, hyg, skuur, skrop,
> roep, ritsel in die veld, in die bome, in die lug. Die lug is dik van die
> gesuis van vlerke. Die veld is nat (110.)

Maar die verhaal eindig in die winter, die tyd van koue, somberte en verlange, van aanhoudende gesug soos "die aanhoudende breek van branders op die strand" (197).

'n Uitgebreide kennis van die skilderkuns kom in die roman tot uiting, en die verwysings daarna is altyd ter sake by dit wat die skryfster in hierdie roman tot uiting wil bring. Dit geld byvoorbeeld vir die bespreking van die skildery wat Courbet van sy vriend Proudhon gemaak het:

> Madame Proudhon se teenwoordigheid word net aangedui deur 'n
> leë stoel met 'n werkmandjie daarop [...] Die mooiheid lê daarin dat
> die detail nie in terme van een of ander gesuperponeerde betekenis
> weergegee word nie, maar byna in metonimiese terme – die afsonderlike
> detail word suiwer deur hulle nabyheid geskakel (87).

So ook in *Belemmering*, is die landskap en die karakters tekens wat uitwys na 'n onbereikbare vervulling, iets wat om die rand van die romanwêreld sweef, maar nooit bereik word nie. Vervulling, juis in sy afwesigheid, deurtrek die roman, metonimies aangedui deur die verlange, die droom, die reis, die uitreik na ander.

"Dat skoonheid gebore word uit gemis" – daaraan het Elisabeth Eybers ons herinner, en dit blyk ook uit hierdie roman. Miskien is die troosrykste aspek van die boek geleë in die moontlikheid om verlange tot skoonheid te omskep. Hierdie tema word herhaaldelik in die roman gesuggereer. Wanneer Mirandah die onvoltooide metamorfose-proses van 'n papie aanskou – 'n papie wat mot word, maar dan nie bevrug word nie – dan raak dit haar so dat sy daarvan 'n tekening maak. Die teleurstelling is die stimulus vir die skep van kuns.

Die kwellings veroorsaak deur vaders en moeders was al vir baie skrywers die motivering vir die skep van kuns – voorbeelde hiervan is:

> Toergenjef se monsteragtige moeder [...] Dostojewski se skuldgevoelens oor sy vermoorde vader [...] Kafka, wat sy pa so gehaat het, maar eintlik sy ma wou straf" (181-182).

So ook is hierdie roman deurtrek van verbrokkelde verhoudings tussen ouers en kinders; juis dit is die stimulus tot die soek na vervulling, en 'n mate van vervulling word gevind in die omskepping van verlange tot kuns. Die onvolmaakte werklikheid is die prikkel waardeur 'n kunswerk geskep word waarin alles volkome sin maak.

*Belemmering* is nie 'n "maklike" boek met 'n duidelike storielyn, vol uiterlike spanning en drama nie. Maar solank as die Afrikaanse letterkunde nog, naas die lekker stories, ruimte bied vir 'n boek wat 'n innerlike reis uitbeeld, wat indring in die mens se situasie van gekneldheid en verlange, en dit met volledige oortuigingskrag weergee – so lank sal *Belemmering* een van die bakens in die Afrikaanse prosa wees.

# Piet van Rooyen: *Die olifantjagters*

Die mans het dit moeilik, die laaste paar dekades – in die samelewing en in die literatuur. Met die sterk oplewing van die feminisme vanaf die laat sestigerjare is die man in die spervuur geplaas – vrouens het die diskriminasie teen die vrou in 'n mansgedomineerde samelewing beveg. Ook in die literatuur het die vrou as kritikus, as skrywer en as romankarakter na die sentrum beweeg. In die Afrikaanse literatuur moes die Afrikaanse vaderfiguur boonop 'n groot deel van die skuld vir apartheid dra, en teen die oorheersing van die vader in die huis en buite die huis het die Afrikaanse letterkunde sterk geprotesteer. Veral vanaf die tagtigerjare was dit opvallend, onder andere in die prosa van Eben Venter en Etienne van Heerden. Ook die gay-tema het algemeen geword, byvoorbeeld in die kortverhale van Koos Prinsloo. Die sagte man het sy intrede in die Afrikaanse prosa gemaak, en die macho-man was uit, of ten minste in die moeilikheid, soos in die prosa van Alexander Strachan.

Maar in Piet van Rooyen se *Die olifantjagters* is daar weer 'n macho-manlike man in die sentrum, saam met 'n ou bekende "manlike" motief soos die olifantjag. In die primitiewe wêreld wat hier uitgebeeld word, word daar geveg om die vrou – die sterkste een kry haar as "besit". Dit is die man wat op 'n innerlike ontdekkingstog gaan, en die vrou is sy hulp om hom te steun en te help. So 'n inleidende karakterisering van die boek kan dalk genoeg wees om vurige feministe, en selfs flouerige feministe, van die boek weg te hou; maar ek sal probeer aantoon dat ons hier 'n boek het vir meer as manslesers.

Die roman werk met 'n motief wat nou alreeds welbekend in die Afrikaanse prosa is, onder andere in die werk van André Brink, Wilma Stockenström en Karel Schoeman – die reis na die binneland van Afrika. Dit is 'n reis wat 'n ontdekking van Afrika inhou, maar ook 'n ontdekking van die self. Van Rooyen se reisverhaal is egter uniek – in die eerste plek as gevolg van die skrywer se uitgebreide kennis van Afrika, van olifante en van die olifantjag. Sy olifante is eerstens herkenbare olifante, voordat hulle groei tot simbole; sy jagverhaal is volkome oortuigend as jagverhaal, voordat dit ontwikkel tot 'n sielkundige reis in die self. Die primitiewe wêreld van Afrika word gekontrasteer met die Westerse beskawing, verteenwoordig deur Westerlinge wat die Boesmans in Namibië tot selfstandigheid wil laat ontwikkel. Hierdie Westerse raam is 'n noodsaaklike inleiding tot die storie: dit verskaf die motivering vir waarom die verteller na 'n alternatiewe leefwyse soek, weg van die oorbeskaafde, rasionalistiese Westerlinge.

Aan die hoof van die Westerse stigting staan die twee vroue Christa en Christine – hulle "gebruik 'n groot deel van hul energie om almal te opponeer wat ander sienings het oor Boesman-ontwikkeling" (8). Hulle patroniserende houding is, binne die geheel van die roman, erg ironies. Hierdie twee vroue, wat soveel van bestuur en organiseer weet, het hul vroulike seksualiteit verloor – iets wat die Boesmanvrou nog besit.

Christine het 'n geskende gesig (39), waarskynlik die teken van 'n geskende innerlike, maar sy wil nie oor haar littekens, uiterlik en innerlik, nadink of praat nie.

Hulle is ateïste, ondanks hulle Christelik-klinkende name; maar hoewel hulle hewig protesteer as die verteller hulle "missionaries" noem, het hulle self veel van outydse sendelinge weg wat die "primitiewe" mense tot 'n "rasionele" Westerse leefwyse wil "verhef". Christa en Christine se ateïsme is miskien nóg 'n simptoom van hul oorbeskaafdheid, van die feit dat hulle kontak verloor het met die natuur en die natuurlike kant van die self; dat hulle nie met ontsag vervul kan word vir die ontsagwekkende nie; dat hulle die wonders van die aarde miskyk; dat daar in hulle rasionalisme nie plek is vir mistiek en ritueel nie. Van hierdie dinge kan hulle veel by die Boesmans leer; dit is nie die Westerling wat die Boesman moet red nie, maar omgekeerd.

Die effek van Westerse invloed op die Boesmans is maar twyfelagtig. Plastieksakke en papier lê die wêreld vol; die "Buschmansglück" (Boesmansgeluk) wat hier op 'n houtbord uitgebrand is, is bra ironies (10). Die romantisering van die Boesmans se lewe word uit 'n valse Westerse perspektief, in 'n Westerse taal, gedoen. As dit nie Duits is nie, is dit Engels: "Departement Onderwys en Kultuur het skooltjies opgesit waar die Boesmans moet leer Engels praat en dink" (13). Wat hier aan die gang is, is die kolonisasie van die menslike gees. Die probleem met die kontak tussen die Boesmans en die Weste is, tipies, dat die meeste invloed uitgaan van die sterkere na die swakkere – al is dit dan dikwels nie 'n invloed ten goede nie. Die Boesmans word byvoorbeeld aangetrek deur Westerse vermaak en die uitvindings van Westerse tegnologie – hulle speel kaart en luister na musiek oor 'n bandmasjien (11).

Ook die kontak met ander mense van Afrika is vir die Boesmans 'n bedreiging. Deur die kontak met Capriviane versprei sifilis en vigs met rasse skrede (45). Indringers koloniseer die Boesman se gees en verwoes sy liggaam; maar die ironie van die saak is dat die Boesman wie se identiteit vernietig word, juis soveel het om te gee aan diegene wat vir hulle bedreig. Die verteller is 'n tussenfiguur, 'n Afrikaner met 'n gedeeltelik-Westerse afkoms, maar met 'n weersin in die mentaliteit van die Europeërs in Namibië; self nie 'n Boesman nie, maar aangetrokke tot baie van wat hulle is en weet. In dié opsig is hy soos die Duitse olifantjagter Huger, wat vir hom die Boesmanvrou /Asa as vrou geneem het. Huger laat blyk: "Ek het in twee jaar saam met haar meer geleer as in veertien jaar skool in Duitsland" (32).

Die verteller se reis na die binneland, saam met Huger, is 'n reis weg van Christa en Christine, weg van die Westerse mentaliteit, dieper in die hart van Afrika in, waarin hy ook ten diepste beïnvloed word deur sy metgeselle, in sonderheid die Boesmanvrou /Asa. Dis 'n reis waarin hy 'n verlore deel van die self sal herontdek:

> In my onbewuste skaar ek my seker by kop-analiseerders soos Jung wat
> glo dat die primitiewe rasse soos die Boesmans iets uit ons onskuldige

pasgeskape natuur oorhou waarna ons kan teruggryp as die ontgogeling
te dringend raak (43).

Met sy koms na Boesmanland wou die verteller van alles wegvlug, ook van homself:

> Hier in Boesmanland is ek 'n skip op die diepsee, losgeseil van alle
> ankers en hawens. Dit is wat ek hier kom soek het: om vry te wees,
> om toe te laat dat die wind my saamvat soos hy waai [...] My koms na
> Boesmanland is seker maar 'n poging om weg te kom van alles wat my
> in die beskawing aan myself herinner.

Maar aan die ander kant is daar by hom 'n sterk besef van verbondenheid aan ander:

> Tog kan ek nie wegkom van die feit dat geen mens 'n eiland, volledig in
> homself is nie, maar altyd deel van 'n vasteland, van 'n groter geheel (41).

Op sy jagtog, wat skynbaar 'n vlug weg van alles is, word hy met sy dieper self gekonfronteer; leer hy van die redding wat 'n vrou hom kan bied; en het hy 'n mistieke ervaring. Soos Jona wat van God wou wegvlug, maar God as 't ware in die groot vis ontmoet het, ontmoet die verteller God in die gedaante van 'n olifant. Hy word gedryf deur 'n obsessie om die olifant te agterhaal, maar in 'n sekere sin is dit die olifant wat hom uiteindelik inhaal. Soos die walvis in Melville se beroemde roman *Moby Dick* kry die olifant hier mitiese afmetinge; maar meer as in Melville se roman, bied hierdie agtervolging hoop en betekenis.

Dit is 'n jagtog wat in drie fases voltrek word. Die eerste jag is meer van 'n toeristiese aangeleentheid, waarin hulle 'n Argentynse makelaar help om 'n olifant te skiet. Hierna maak die reusagtige, mitiese olifantbul Maxamesi sy verskyning, en van hier af word die jagtog 'n reis wat hulle tot in hul diepste innerlike raak. Op die tweede jagtog word Maxamesi gewond; die derde tog handel oor die agtervolging van Maxamesi totdat hulle hom vind.

Maxamesi is 'n reusagtige olifant wie se ivoor hulle kan ryk maak, wie se vleis genoeg sal wees vir 'n skare mense. Huger het hom een keer gesien, en daarna nooit weer opgehou om hom te soek nie. Maxamesi is half buite hom, half in hom, want van sy kinderjare droom hy oor olifante. Maxamesi is op realistiese vlak die jagter se droom; op simboliese vlak verteenwoordig hy dit wat die mens in sy diepste wese verlang: die vervulling van sy wesenlike begeerte vir innerlike heelheid.

Die wêreld waardeur hulle beweeg, is gevul met mistieke betekenis; die rituele, gebruike en verhale van die Boesmans versterk die mistieke sfeer. So is daar die Boesmansprokie van die olifant wat met die reën getroud was (92-93). Dis 'n storie vol simboliek – van 'n mistieke verbintenis, van sterwe wat lewe bring, van redding deur duister heen. Die verhaal laat die verteller "aan iets Bybels dink: Noag en sy vloed, Jona in die walvis, iets van die Verlosser en die graf, die drie dae in die Doderyk, opstanding en die uitgestorte seën" (93). Dit herinner aan die oeroue wortels van die Christelike simboliek, en aan parallelle opvattinge van sendelinge en "heidene".

Vir die Boesmans, anders as vir Christene, is God afstandelik en onbetrokke by die mens (133). Nogtans het hulle maniere gevind om 'n mistieke religieuse belewenis te hê. Een daarvan is die dans, 'n middel om oor te gaan in die trans-ervaring, die verlaat van die liggaam, 'n tipe sterwe en tegelyk intens-lewende ekstase. Op die dans volg die ritueel van die sjamaan, wat sy kop in 'n vuur druk en daarna op 'n sieke gaan lê; die sjamaan is die middelaar wat die hitte van die vuur oordra op die sieke wat dit nodig het.

Die Boesmans is besonder bewus van die geheimsinnige genesende krag wat in aardse dinge is: in water, in vuur en in heuning: "As jy weet waar om te soek, as die geluk hulle vir jou oopmaak, kan die aarde jou baie dinge gee" (205.) Vir die Boesmans is God ver bo die mens; maar aan die ander kant het hulle goddelike kragte ontdek in die aardse dinge rondom hulle waarvan die beskaafde Westerse mens nie meer notisie neem nie. Dit is asof elke natuurding 'n misterieuse lewe kry: die landskap en diere van Afrika word gelaai met 'n innerlike lewe. Vleis en bloed, water en vuur speel 'n besondere rol.

Dit blyk dat die olifant op wie se spoor hulle is, in der waarheid die gids is wat hulle red uit gevaar. Dit is die olifant wat hulle deur 'n rivier lei, byna soos die Israeliete se tog deur die Jordaan, na 'n nuwe gebied; die olifant lei hulle veilig deur die slagveld van landmyne (183); hy trap 'n gat oop waardeur hulle lewegewende heuning kan vind (202); in 'n onverklaarbare, vernietigende veldbrand is dit olifantpanne wat hulle red.

Uiteindelik loop die jagtog uit op die konfrontasie met Maxamesi, op die vernietiging van een van die indrukwekkendste diere van Afrika. Die olifant se dood is egter nie vir die verteller 'n oorwinning nie, maar eintlik die teenoorgestelde:

> Een lang afgemete ewigheid sien ek hoe hy op sy knieë probeer sak om my met die voorkop plat te druk, maar sy tande is te lank om behoorlik te buk. Ek lê en huil sag in my vuis. Sal so 'n dier jou genadig wees as hy sien hoe jammer jy oor alles is? Asof van kilometers weg hoor ek weer twee skote knal. Die olifant draai stadig om en begin wegstap deur die bos. 'n Ent verder hoor ek hom val, 'n dowwe slag, maar een wat die grond laat dreun (222).

Die gebeurtenis laat die verteller met 'n diepe gevoel van leegheid en skuld:

> Op daardie oomblik, lang Huger met die geweer in sy hande, het ek die nutteloosheid van ons hele projek werklik verstaan, die holheid, die futiliteit van ons bestaan in Afrika, ons pogings om kamtig "alles vir die Boesmans" te doen (223).

Hierdie skuldgevoel sal hom toenemend kwel; veral nadat hy /Asa as vrou by Huger afgeneem het en Huger homself om die lewe gebring het. Innerlik leeg en liggaamlik uitgeput, word die terugtog 'n toenemende marteling. Dit is /Asa wat sy lewe red deur haar vol water te drink en in sy mond te urineer; en deur duiwe te jag en vir hom te gee. Die duiwe, soos so baie ander dinge, kry 'n geestelike betekenis: "Duiwe is voëls met deernis; op hulle lê die bloed van die Heer" (265). Dit is belangrik om daarop te let dat hierdie liggaamlike en geestelike verlossing deur die bemiddeling van die vrou /Asa plaasgevind het. /Asa, as vrou en as primitiewe mens, help hom om die verlore deel van die self te vind.

Hierna, waarskynlik as gevolg van sy uiterste liggaamlike ontberings, gaan hy in 'n trans-ervaring, waarin hy 'n staat van verhoogde persepsie bereik (hoofstuk 59). Op die vlak van die gebeure was die konfrontasie met Maxamesi die hoogtepunt; op die vlak van die innerlike reis is hierdie ervaring die klimaks. Sy visioen is van mistieke religieuse simbole deurtrek: water, bloed, kruis, duif en son. Weer eens is die Boesmanvrou /Asa die bemiddelaar tot sy verlossing. Dit is die bekende Christelike nagmaalsboodskap van bloed wat reinig, van lewe deur die dood, van skuld en bevryding; maar dis ook anders. 'n Wesenlike deel van die verlossing kom tot stand deur die vind van die verlore "primitiewe" deel van die psige, deur die herontdekking van die natuurlike aardse kragte, deur bemiddeling van 'n Boesmanvrou wat na aan die natuur leef. 'n Grootse sintese word bereik tussen die Christelike simboliek en leer en die primitiewe wysheid van die Boesmans.

Die verhouding tussen die verteller en /Asa is besonder interessant. Hulle kan nie mekaar se tale praat nie, maar wat die verteller van haar moet leer, het taal nie nodig nie – kan trouens nie in taal vasgevang word nie. Miskien is talige kommunikasie juis 'n struikelblok vir die lesse wat die verteller moet leer. Dis 'n aardse, liggaamlike kommunikasie wat tussen hulle plaasvind, die soort kommunikasie wat in 'n oorbeskaafde samelewing deur taalkommunikasie verdring kan word. Wat /Asa hom leer, dring dieper en is blywender as enigiets wat hy vantevore gehoor of gelees het. Die roman het 'n oop einde, waarin die besluit nog geneem moet word of hulle by mekaar sal bly, maar selfs al sou hulle skei, sal /Asa altyd 'n wesenlike deel van hom wees.

Dit is belangrik om te onthou dat /Asa nie 'n willose dienaar van die man is nie. Sy besluit self watter man sy wil hê – eers Huger, later die verteller. Telkens neem sy die inisiatief; en aan die einde sal sy weer eens self die besluit neem. Sy behoort net uit eie keuse aan 'n man. Die roman moet gelees word, nie as 'n manlik-gesentreerde boek nie, maar eerder as 'n erkenning van die innerlike krag van die vrou wat dié van die man oortref; dit is 'n uitroep van hulp aan haar, sodat die man se manlikheid kan herstel en hy innerlik heel kan word.

My bespreking van *Die olifantjagters* het veral gesentreer in die simboliese betekenis van die boek en het die realistiese kant daarvan verwaarloos – die oortuigende uitbeelding van die meedoënlose reis, die opwindende jag, en die glorie en verskrikking van die primitiewe Afrika-wêreld. Dit is duidelik dat die skrywer weet waarvan hy praat, en weet hoe om 'n storie te vertel. Ek het gehoor daar word gesoek na geskikte romans om te verfilm. Hierdie boek, met sy manjifieke uitbeelding van die onbekende Afrika, gepaard met 'n diepsinnige ontginning van religieuse en sielkundige temas – dit is nou die ideale geskenk vir 'n voornemende filmmaker!

# Alexander Strachan: *Die jakkalsjagter*

In sy klassieke teks oor die Suid-Afrikaanse oorlog in Angola, *'n Wêreld sonder grense* (1984), beeld Strachan die lewe van die machosoldaat uit – 'n harde lewe van drank, geweld en onderdrukte emosies, maar ook van sensitiwiteit en innerlike verwonding. Baie van hierdie elemente is later ook te bespeur in sy roman *Die jakkalsjagter* (1990).

Die sentrale karakter is 'n man wat ontbied word om 'n jakkals te skiet op die plaas van 'n weduwee met twee dogters. Dit gaan egter nie in die eerste plek om 'n "letterlike" jakkalsjag nie, maar eerder om die konfrontasie van simboliese jakkalse wat die man se innerlike wingerd verniel. Die jakkalsjagter is 'n skrywersfiguur wat terugkyk op traumatiese gebeurtenisse uit sy verlede en wat dit opteken en omvorm tot 'n boek. Wat die jagter opteken, is uiteindelik die roman van Strachan; sodoende word 'n verband tussen die skrywer en die hoofkarakter gelê.

Dit is slegs een van vele verbintenisse tussen karakters en situasies wat in die loop van die roman tot stand kom – die verhaalstruktuur is soos die Russiese poppies wat die een binne die ander pas, en wat 'n mens een na die ander kan uithaal tot 'n hele stel soortgelyke poppe sigbaar is. Die boek bevat 'n reeks variasies op 'n tema: die tema van die jagter wat terselfdertyd prooi is, die verwonder wat self verwond is; en dit is 'n boeiende spel vir die leser om hierdie "Russiese poppe" te herken en uitmekaar te haal.

Die verklaring vir die skrywer-karakter se gedrag is in 'n groot mate in sy jeug geleë – in die jeug-episodes heet hy Lenka. Dit blyk dat die roman uit 'n ryke verskeidenheid variasies en alter ego's bestaan. Die duidelikste verbintenis van die hooffiguur, die jakkalsjagter, is met 'n ander jakkalsjagter in die roman, die jakkalsjagter wat die hoofkarakter se plaas besoek het toe hy 'n kind was. Tydens daardie besoek moes die jakkalsjagter se jaghond geskiet word omdat die hond onder die skape begin vang het. Hier het ons duidelik die tema van die jagter wat die getroffene word. Die een jakkalsjagter is verbind met die ander; albei is verbind aan Lenka; die sterwende ou man is 'n tipe visioen van Lenka se toekoms; die twee onderwyseresse, die een hard en vreesaanjaend en die ander vroulik en verleidelik, is alter ego's van Lenka se pa en ma. Lenka word verbind met die jaghond sowel as met die jakkals; alles is uiteindelik aan alles geskakel.

Deur die jagter wat jakkalse jag, maar ook 'n (potensiële) jagter van vroue is, word die motiewe van jag en seks verbind. Die skrywersfiguur moet 'n jakkals skiet, maar of hy daarin slaag, weet ons nie vir seker nie – wel weet ons dat hy die mank dogter van die weduwee by hom in die bed gekry het. Die man word deur die verminking aangetrek, waarskynlik omdat hy daarin sy eie verwonding herken. Die verhouding is egter van korte duur en bring geen genesing nie, maar eerder verdere verwonding. Die skrywer was met Gillian getroud, maar die huwelik het misluk. Elkeen het sy eie koers gegaan, maar tog kan hulle nie werklik 'n nuwe begin maak nie; hulle verlang na mekaar, hoewel hulle weet dat hulle nie blywend by mekaar geluk kan vind nie.

Kortstondigheid, afskeid en vertrek kenmerk al die verhoudings in die roman. Dood is die finale afskeid, die uiteindelike bevestiging van die kortstondigheid van alle fasette van die menslike bestaan.

Dit is nie net mans wat jagters is nie, maar ook vroue. Die skrywer se moeder, Magda, het belangstelling in haar heelwat ouer man verloor en het 'n seksuele begeerte na die jakkalsjagter. Magda is soos die jaghond wie se jagtersinstink nie kan onderskei tussen jakkalse wat hy moet jag en skape wat hy nie mag jag nie. So ook kan die moeder nie haar seksuele drif beperk tot dit wat maatskaplik toelaatbaar is nie, naamlik seks binne die huwelik.

Die tema van oorlog, wat so prominent is in *'n Wêreld sonder grense*, is ook hier aanwesig. Die skrywer dink terug aan 'n insident toe hulle 'n vyand agtervolg het, en nog eens kom hier die patroon te voorskyn dat die agtervolgers aangeval word – die teenstelling tussen agtervolgers en vlugtelinge word dus opgehef. Die temas en motiewe smelt ineen: op bladsy 30, waar vertel word van die agtervolging tydens die oorlog, gaan 'n skoot af, en dan is dit 'n hond wat getref word. Hiermee word die motiewe van die oorlog en die jakkalsjag met mekaar verbind, en ook met die psige van die verteller. Die lewe self is vir hom 'n jagtog, 'n oorlog, gekenmerk deur vervolging, verwonding en vernietiging, met agtervolgers en agtervolgdes wat steeds rolle omruil en ten slotte nouliks van mekaar te onderskei is.

Op bladsy 104 word die siening van die Russiese semiotikus Jurij Lotman aangehaal, dat die grens die belangrikste eienskap van 'n ruimte is. In *Die jakkalsjagter* gaan dit egter juis om die deurbreking van grense. Verskillende tye uit die man se verlede word ineengeweef deur assosiatiewe skakels; die een ruimte vloei in 'n ander; die een karakter versmelt met die volgende; alles is verstrengel in die gedagtes van die skrywer-verteller. Die werklikheid wat hy weergee, is 'n geprojekteerde werklikheid, waarin hy sy eie konflikte indirek weergee deur die karakters en verhoudings wat hy skep. Die werklikheid van die roman is 'n omvormde werklikheid, 'n verbeelde werklikheid.

Hierby kom dat dit 'n tekstuele werklikheid is, met ander tekste as basis en 'n teks as eindpunt. So lees die skrywer se ma, Magda, byvoorbeeld 'n boek oor Bruce; dit word waarskynlik later deur die skrywer gelees, en lei tot die skepping van die Bruce-karakter van sy eie verhaal. Die skrywer stel belang in die woord *palimpses*, en dit is nie verbasend nie, want sy eie boek is 'n palimpses, 'n teks met onderliggende tekste wat op 'n verdoeselde wyse daarin aanwesig is.

Die skrywer-karakter is op reis, en dit is 'n reis met verskillende fasette. In die eerste plek is dit 'n tekstuele reis, 'n reis na samehang, na singewing uit die verskillende fasette van die ervaring wat weergegee word. Verder is dit 'n reis na 'n nuwe begin, nadat die verhouding met die mank dogter van die weduwee op niks uitgeloop het nie. Dit is ook 'n reis na die verlede, waarin die konfrontasie van wat agter lê, helderheid moet bring vir die pad vorentoe. 'n Sentrale aspek van sy reis is die reis na Gillian – dit is 'n reis "agtertoe" sowel as "vorentoe": hy herinner hom sy eertydse huwelik, hy dink aan die briewe wat hy van Gillian ontvang het (of verbeel hy hom dit?); maar hy gaan ook na haar in 'n poging om 'n nuwe toekoms te skep. By haar aangekom, vind hy 'n ander man, Albert, by haar; die patroon van die onvervulde liefde word dus herhaal. Die man se reis beweeg in 'n voorwaartse en terugwaartse lyn; en bowenal vorm sy bewegings 'n sirkel van vergeefsheid.

Die roman is 'n kragtoer, onder andere omdat Strachan so goed daarin slaag om deurentyd die spanning vol te hou in 'n werk waarin dieselfde patrone steeds herhaal word. Die spanningslyn wat geskep word, werk na agter en na voor: die leser word steeds aan die raai gehou oor die verlede, omdat slegs 'n brokkie inligting gegee word, en veel meer verswyg word; ook wonder die leser of die karakter daarin gaan slaag om 'n nuwe verhouding in die toekoms op te bou. Belangrik is verder die estetiese spanning wat geskep word deurdat die leser soos 'n speurder al die verhaaldrade en temas met mekaar moet verbind.

Agter alles wat gebeur, is die raaisel van waarom die skrywer-karakter nie rus kan vind nie. Hierdie raaisel word reg aan die einde opgelos wanneer die karakter sy geweer op sy vader rig.

Agter al die konflikte is met ander woorde 'n onopgeloste verhouding met sy ouers, veral met sy pa: die vader wat meestal afwesig is, en as hy aanwesig is, die sweep hanteer, is Lenka se fundamentele probleem – dit veroorsaak 'n onoplosbare innerlike verskeurdheid. Hy is die sensitiewe kind wat met sy ma simpatiseer en sy pa haat; maar hy begeer ook om die sterk, "manlike" karakter te wees wat met die sweep slaan, wat skiet en wat vrees inboesem; hy is die "manlike" jagter sowel as die sensitiewe slagoffer.

Die roman eindig met die woorde: "Hy het weggery in die reën." Hiermee is die afskeid van die hoofkarakter voltrek – sy verblyf op die plaas van die weduwee het tot 'n einde gekom, ook sy konfrontasie van die verlede, van die moontlikhede van die toekoms; en verder is sy verhaal voltooi. Die motief van die reën hang aan die een kant saam met 'n stemming van droefgeestigheid by 'n nuwe afskeid; aan die ander kant is die reën 'n simbool van vrugbaarheid: die droogte is verby, die ervaring het tot 'n kreatiewe einde gekom met die tot stand bring van 'n skeppingswerk.

Die oplossing vir die jakkalsjagter se konflikte sou daarin geleë kon wees om vrede te maak met sy vader en sy moeder, en daarmee saam om die "sensitiewe" sowel as die "harde" kante in hom te aanvaar – en dit is juis wat in die skrywer se verhaal gebeur, waarin daar ten slotte 'n deernis en 'n identifikasie met ál die karakters, in hulle verskeidenheid, tot uiting kom. Die versoening vind plaas deur die teks: die malende kringloop van onsekerheid is herskep tot 'n romanwêreld waarin elke onderdeel waarde besit.

# Berta Smit: *Juffrou Sophia vlug vorentoe*

Dis 'n mooi storie – die storie van die publikasie van Berta Smit se laaste roman, *Juffrou Sophia vlug vorentoe* (1993).

Berta Smit het aandag getrek met haar eerste roman, *Die vrou en die bees*, uit 1964. Op 'n verrassende manier het sy in dié werk tradisionele Christelike temas met 'n sterk eksperimentele struktuur verbind. Daarna het nog twee romans van Berta Smit gevolg: *Een plus een* (1967) en *Die man met die kitaar* (1971); maar sedert 1971 het daar vir 22 jaar geen literêre werk uit haar pen verskyn nie.

In dié tyd het daar 'n mislukte verhaal in haar laai gelê. Die hoof van Queillerie-Uitgewery, Hettie Scholtz, het Berta Smit aangemoedig om weer na die verhaal te kyk en sy het daaraan begin werk – aarselend en met rukke en stote. Later het sy en die uitgewer elke week bymekaar gekom om die oes van die week te inspekteer; en uiteindelik, na al die op en die af van die skeppingsproses, het daar iets verskyn wat meer as die moeite werd is: die roman *Juffrou Sophia vlug vorentoe*.

*Juffrou Sophia* handel oor 'n ou vrou wat 'n groot operasie ondergaan het en nou in haar woonstel aansterk. Sy is afgetakel en eensaam, met 'n lewe vol skynbare onbenullighede waaruit geen sin te maak is nie. Boonop word sy gekwel deur die politieke onrus en die geweld in die land. En dan begin sy 'n roman te skryf om sin te gee aan haar onopwindende bestaan en om hoop te bring aan 'n verskeurde land.

Soos wat 'n mens kan verwag van 'n verhaal oor iemand wie se lewe grotendeels uit flardes gedagtes bestaan, het die boek 'n losse struktuur: dit is opgebou uit kort stukke, elk van 'n opskrif voorsien. Dikwels suggereer die opskrif 'n gewigtige gebeurtenis, terwyl die betrokke gedeelte handel oor klein gebeurtenisse soos die binnekoms van die bediende Mavis (wat haar bad), 'n gemeentelid wat op besoek kom, ensovoorts. Deur hierdie kontras tussen die titel en die inhoud word die strewe van juffrou Sofia bevestig om waarde aan die klein ervarinkies van haar lewe te gee.

In die loop van die verhaal gebeur die verrassende: die losse brokke word aan mekaar verbind, en alles dra by en loop op tot die klimaks van die slot. Sodoende word die gedagte bevestig wat herhaaldelik geuiter word: dat alle dinge in die lewe 'n geheimsinnige onderlinge verband en 'n betekenis het.

Die Paasfees-motief staan sentraal, en daarmee saam die temas van sterwe en opstanding, van die aflegging van die skuld van die verlede en die begin van 'n nuwe lewe, van versoening en van liefde. Hiervan is al die gebeure in die roman deurtrek: die klein dingetjies wat met juffrou Sophia gebeur, die wonde uit haar kinder- en jeugjare, die probleme in die land, en ook die verhaal wat sy skryf.

Die roman is die verhaal van juffrou Sophia en ook die verhaal van die storie wat sy skryf. Op 'n subtiele manier word allerlei verbande gesuggereer tussen juffrou Sophia en die verhaal wat sy skep. Die geheime kwellinge van haar eie lewe word geprojekteer op die karakters wat sy uitbeeld, en deur oor hulle te skryf, kan sy haar eie kwellinge en skuld indirek konfronteer, en kan die skryf vir haar as terapie dien.

Juffrou Sophia se heelwat jonger buurvrou, Issa, het 'n verhouding met 'n getroude man en het nou plotseling uit haar woonstel verdwyn. Hierdie owerspelige verhouding van Issa het daartoe gelei dat die man se vrou selfmoord pleeg en dat Issa se bediende sonder werk sit. Die bediende trek dan in by juffrou Sophia se bediende Mavis en veroorsaak baie probleme met haar dranksug. En so versprei die ellende wat Issa deur haar sonde veroorsaak. Wat kan Juffrou Sophia nou aan hierdie situasie doen?

Daar vind 'n paar belangrike ontwikkelinge in die verhaal plaas. Sentraal is die ontwikkeling in die verhouding van juffrou Sophia en haar bediende Mavis. Juffrou Sophia leer om nie neer te kyk op haar bediende nie, en Mavis laat vaar haar koelheid. Aan die einde is hulle as 't ware deel van dieselfde span, en gee hulle aandag aan mekaar en aan ander se lyding. Op 'n klein skaal word die oplossing van die land se probleme hier geïllustreer, met die liefde wat die afgronde van die verlede oorbrug.

Net so belangrik, maar minder opvallend, is die ontwikkeling in juffrou Sophia van bedekking tot konfrontasie van die werklikheid. Daar is aanduidings (88-89) dat Issa meer as 'n buurvrou van juffrou Sophia is; dat daar, in elk geval van juffrou Sophia se kant, erotiese gevoelens vir Issa was, en dat juffrou Sophia meer as 'n Christelike besorgdheid oor haar het – sy is in werklikheid jaloers op Issa se verhouding met 'n man.

Daar is 'n tweede verband tussen Issa en juffrou Sophia: Issa is nie net haar verbode beminde nie, maar ook 'n parallelle karakter, deels deur juffrou Sophia se gedagtes en verbeelding geskep, op wie sy haar heimlike probleme projekteer. Juffrou Sophia en Issa het albei deel gehad aan 'n verbode verhouding; albei het skuld om te bely; albei het 'n sombere jeug gehad – Issa verdruk deur twee onmenslike tantes, en juffrou Sophia onderdruk deur haar strenge moeder. Ten slotte word die opvoeders en die jeugomgewing van juffrou Sophia heeltemal vereenselwig met dié van Issa (227, 229). Issa is eintlik maar juffrou Sophia self; en juffrou Sophia se uitreik na Issa is indirek 'n uitreik na haarself.

Aanvanklik het juffrou Sophia in die storie wat sy skryf, die pynlike waarheid van haar verbode liefde probeer verbloem. Sy skep in haar roman 'n karakter Gulda wat op Issa gebaseer is, en wat op 'n vrome wyse tydens Paasfees tot bekering kom, soos wat juffrou Sophia dit graag in die werklikheid sou wou hê. Die bekering staan in skrille kontras tot die verhaal van Issa, wat tydens Paasfees met 'n getroude man weggegaan het. Gulda se verhaal is meer geïdealiseerd as die verhaal van Issa; maar wesenlik is albei verhale 'n verbloeming van die werklikheid. Ook Issa is, net soos Gulda, 'n projeksie van juffrou Sophia self; niks wat in die roman gebeur, staan los van juffrou Sophia nie. Alles word deur haar waargeneem en deur haar omvorm. Op 'n manier is ál die karakters in die boek gestaltes van haar vrese, skuldgevoelens en verlangens.

So ook is Christoff, die broer van Issa, die simbool van wat juffrou Sophia graag wil wees. Hy is die ware Christen, besorg oor sy sondige suster; hy is ook die sterke wat kan losbreek uit die knellende opvoeding deur sy tantes. Die woede waarmee hy die tantes konfronteer, is ook die woede van juffrou Sophia oor haar streng ouers; en die bevryding wat hy vind wanneer hy die tantes berispe oor hul liefdeloosheid, is ook die woede wat juffrou Sophia graag tot uiting sou wou bring teenoor haar moeder.

Die konfrontasie tussen Christoff en sy tantes is duidelik nog een van die verbeeldingsvlugte van juffrou Sophia, en wanneer sy klaar van die konfrontasie vertel het, is dit asof sy deur die vertelling verligting gevind het. Die waarheid van haar woede is gekonfronteer en tot uiting gebring, en nou kan sy 'n slot van ware versoening skryf. Die pynlike woede, gevolg deur versoening en omgee vir ander, is die pad van kruisiging en opstanding wat juffrou Sophia beleef en beskryf. Hierdie tema van woede is nog 'n verband tussen juffrou Sophia se lotgevalle en dié van die land: die woede is 'n noodsaaklike stap in die proses van genesing, en moet deur vergiffenis en harmonie gevolg word.

Die slot, waarin juffrou Sophia hulp verleen aan haar beseerde bediende en waarin juffrou Sophia sorg dat 'n maatskaplike werker na Issa se verlore bediende gaan soek, is duidelik 'n verbeeldingsvlug. 'n Belangrike leidraad hier is die verandering van perspektief in die vorige toneel, waarin juffrou Sophia presies vertel wat tussen 'n man en sy vrou in 'n naburige woonstel plaasvind. Juffrou Sophia se verbeelding is duidelik besig om met haar op loop te sit. In die tonele hierna beskryf sy nie wat is nie, maar wat sou moet wees – dit is die siening van die hoop waarna sy die hele roman deur op soek was, en wat uiteindelik deurbreek.

Juffrou Sophia, radeloos deur verskeie kwellinge, vlug dan ten slotte vorentoe, soos die titel aandui. *Sophia* beteken "wysheid", en ten slotte kry juffrou Sophia iets van die wysheid wat sy verlang. Dit is die wysheid van die nar, wat sy eie dwaasheid besef en sy hoop nie meer op homself vestig nie; wat homself laat kruisig het en gereed is vir die nuwe lewe van die opstanding. Juffrou Sophia het dit nog nie bereik nie; maar ná haar konfrontasie met die verlede is sy ten minste in staat om 'n visioen te kry van wat moet wees: sy vlug nog steeds van die ontstellende werklikheid, maar sy vlug ten minste vorentoe – sy maak vordering, sy is nie meer met die verlede behep nie, en kan die weg berei vir 'n nuwe toekoms. Die slotparagraaf, met die aanhaling uit Jesaja, slaan op al die karakters van die boek: die fiktiewe karakters soos wat juffrou Sophia hulle geskep het, en ook die reële karakters uit die Suid-Afrikaanse samelewing na wie verwys word – almal word betrek by die trooswoorde van die profeet, wat spreek van vergiffenis en versoening.

Ons moes lank wag vir hierdie roman van Berta Smit, maar dit was die wag werd. Dis 'n boek waarin vele van die vondste van die postmodernisme opgeneem is, met 'n verwikkelde spel van historiese en verbeelde werklikheid, van fiksie en metafiksie; waarin losse flardes ervaring geleidelik tot geheel verbind word; waarin die steeds relevante tema van versoening uitgediep word, met 'n troosryke slot wat nie in oppervlakkigheid verval nie.

Wat 'n verstommende terugkeer, wat 'n indrukwekkende swanesang van juffrou Berta!

# Anna M Louw: *Wolftyd*

Dis 'n interessante ontwikkeling wat Anna M Louw se werk oor die jare deurgegaan het. Haar vroeër werk was, wat lewensbeskouing betref, in baie opsigte tradisioneel: Christelik, patriargaal en blank-gesentreerd. Die hoogtepunt van hierdie vroeër werk was haar roman oor Paul Kruger: *Die groot gryse* (1968). In Kruger was baie van die ou ideale saamgetrek: die Christelike, die nasionale en die patriargale.

Hiervandaan het die skryfster haar eie verdere ontdekkingsreis gemaak. In *Kroniek van Perdepoort* (1975) is die plaas aan die verval, die idilliese ou Afrikaner-wêreld, oor vyf geslagte heen, aan die agteruitgaan. Haar roman *Op die rug van die tier* (1981) handel nie oor 'n Afrikaner-held, soos *Die groot gryse* nie, maar oor 'n doodgewone mens in sy alledaagse gesukkel, in sy moeisame reis na wysheid en betekenis. In *Wolftyd* (1991) – vir die eerste keer in haar romankuns – staan die vrou in die sentrum. Waar haar vorige werke gekenmerk is deur 'n wyse ou man wat êrens sy intrede maak, is hier nie 'n wyse ou man nie, maar (ten slotte) 'n wyse ou vrou. Hier is 'n vroulike verteller, 'n vroulike gesigspunt, en 'n tipies-feministiese tema van die vrou wat deur die man gebruik word en die slagoffer van sy bedrog is.

Die titel "Wolftyd" word ten dele vooraf deur die outeur verklaar. Wolftyd slaan, in die Germaanse mitologie, op die tyd net voor die godeskemering – die wolftyd was 'n tyd waarin mense soos wolwe geword het: "die familieliefde het vergaan, 'n era van oorlog, geweld en verraad het ingetree." Meer spesifiek het "wolftyd" in die roman betrekking op die geskiedenis van Hitler en die Nazi's, toe die medemenslikheid verdwyn het en Europa deur die verskrikking van 'n wêreldoorlog geteister is.

Op die agtergrond van die oorlog op aarde en die mens se innerlike onrus is die groot kosmiese stryd tussen God en Satan. Die verhaal van Job word herhaaldelik opgeroep, toe God die Satan toegelaat het om sy kneg Job te beproef en te toets. Wolftyd is 'n tyd waarin die Satan tydelik (skynbaar) die oorhand op aarde het. Enkele kere is daar suggesties dat Hitler duiwelbesete was (24-25, 162); en dit lyk soms ook of die duiwel los is in die lewe van die romankarakters Luk en Leonie. Leonie roep dan ook 'n godsdienstige groep in om haar te help om die duiwel uit haar huis te verdryf. Die komieklike priester verseker haar dat die duiwel haastig by die kamervenster uitgeglip het (76). Leonie se demone is egter subtieler en slinkser as dit en word eers na 'n lang proses van selfkonfrontasie en loutering verdryf.

In die roman van Louw is "wolftyd" duidelik van toepassing op Luk, die oorlede eggenoot van die hoofkarakter, Leonie. Luk sterf in 'n stemming van intense, alles-insluitende woede. "Schweinerei! Verdomde verneukspul!" is sy kommentaar op die lewe. En wat homself betref, is sy begeerte: "Töte mich" – maak my dood! (33) In notas en dokumente van hom wat Leonie na sy dood ontdek, vind sy vir die eerste keer uit van sy ontrouheid in hul huwelik. Hierdie dokumente het hy moontlik doelbewus agtergelaat sodat sy dit kan vind, as 'n makabere wraak wat haar na sy dood sal tref.

Luk se sterwe is 'n wolftyd; maar eintlik was die jare van hulle huwelik ook 'n wolftyd, besef Leonie ná sy dood.

Daar is 'n noue verbintenis tussen Luk se wolftyd en die Nazi-wolftyd. Luk was naamlik 'n "Mischling", iemand van gedeeltelik Joodse afkoms. Hy wou graag deel van die Nazi-beweging wees, maar word as gevolg van sy afkoms 'n verworpene wat uiteindelik vir sy lewe uit Duitsland moet vlug. Die gevolg van hierdie treurige geskiedenis is dat hy die Nazi's haat, maar ook homself haat, omdat hy in sy diepste wese so graag deur die Nazi's aanvaar wou word. Luk se haat en woede teen homself en die Nazi's is soos 'n kanker wat uitsprei tot sy medemens, tot die lewensbestel in die algemeen en tot God.

Saam met die haat gaan 'n lewe van leuens en bedrog. Luk probeer (tevergeefs) om sy gedeeltelik Joodse identiteit weg te steek. Hierdie weiering om sy identiteit te aanvaar, lei later tot 'n lewe van leuens en is die voorspel tot die bedrog van sy vrou. Ook die Nazisme se manlike chauvinisme laat sy stempel op Luk: hy is hooghartig teenoor vrouens (213) en 'n "toepasser van koue seks" (216). Op 'n mikroskaal weerspieël Luk die groot wolftyd van die Nazi's.

Na die skok van Luk se dood en van haar ontdekking van sy ontrouheid probeer Leonie haar man se lewe te begryp – wat hom gevorm het tot wat hy uiteindelik geword het. Soos wat haar ondersoek vorder, draai haar blik egter al hoe meer op haarself, en ontdek sy tot haar verbasing dat sy nie soveel van hom verskil as wat sy gedink het nie; dat sy self aan 'n wolftyd onderworpe was. Luk se woede en wraak word gespieël in Leonie se woede en wraak wat op sy dood volg. Sy word in besit geneem deur "siniese, mensveragtende, godlose gedagtes" (70). Dit voel vir haar of al haar jare van selfopoffering tevergeefs was; sy voel van God en mens bedroë. Die gehoorsaamheid aan morele kodes het haar niks in die sak gebring nie, in 'n wêreld wat "net diegene respekteer wat met geweld vát wat hulle wil hê" (64). Sy besluit dan ook om met die stroom saam te gaan en te vat wat sy meen haar toekom.

Dit loop uit op die eintlike wolftyd in Leonie se lewe: haar seksuele verhouding met die jongman Anton. Haar dryfveer in hierdie verhouding is die begeerte om erotiese plesier te ervaar, om te gryp wat sy verlang en wat sy al die jare moes ontbeer – sonder onderwerping aan God of sy gebod. Maar weer eens kom sy bedroë daarvan af: Anton het naamlik 'n verhouding met 'n ander vrou wat 'n kind van hom verwag. Nou breek 'n ware wintertyd vir Leonie aan, maar dis 'n winter wat noodsaaklik is voor haar uiteindelike rypwording. Die hele tyd na haar man se dood het sy gesoek na innerlike harmonie; haar pogings om vrede te verkry, is egter steeds gevolg deur nuwe aanvalle van woede en verbittering. Hierdie pendulum-beweging kom nou egter op 'n einde; 'n meer permanente verandering vind plaas.

'n Belangrike ontwikkeling is die opbruising van skeppingskrag, sodat sy 'n reeks grafiese kunswerke, met die oorkoepelende titel "Op dryfys", voltooi wat 'n nuwe rigting in haar kuns begin en later aan haar roem sal bring, plaaslik sowel as oorsee.

Haar trauma het haar kuns verryk; die pyn het betekenisvol geword. Op 'n indirekte manier gee die kuns haar eie ervarings weer en, deur selfkonfrontasie en selfekspressie, bring dit vir haar emosionele bevryding. Die swart en wit landskappe op haar etse is die (omskepte) Karoo van haar jeug; die reeks met 'n huwelikspaar as tema gee haar eie ervarings indirek weer: die toenemende vervreemding en emosionele afstomping. Noudat Leonie deur haar kuns emosioneel ontlaai is, is sy in staat tot 'n gebed van lof en danksegging.

En dan gebeur 'n wonder, in 'n baie alledaagse gedaante. Die "wonder" vind plaas met die besoek van Horst Obach, Luk se seun by 'n ander vrou. Hierdie besoek kom vir Leonie soos 'n antwoord op haar gebede. Horst se gesindheid teenoor sy pa stel in verskeie opsigte 'n voorbeeld vir Leonie. Hy het sy pa liefgehad en is baie hartseer oor sy dood; en hoewel hy nie onbewus van Luk se foute is nie, het hy 'n simpatieke insig in die geestelike skade wat die Nazi's aan Luk aangerig het. Horst, wat self 'n pastoor is, kyk nie vas in Luk se ongelowigheid nie, maar sien die beste in hom raak: "Ek het hom geken as 'n edel gees. Nie gelowig nie, maar 'n humanis in die beste sin van die woord" (150).

Sy stelling aan Leonie, dat dit die gees in die mens is wat hom insig gee (150-151), is waarskynlik 'n subtiele vermaning aan haar dat haar geestelike ingesteldheid moet verander as sy haar gewese eggenoot wil begryp. Afgesien van sy voorbeeld, bring Horst ook 'n geskenk aan Leonie wat die begrip van Luk makliker maak: Luk se *Sorgenbücher*, die dagboeke oor sy ervaringe as jongman. Teen dié tyd – na alles wat met haar gebeur het – is Leonie geestelik gereed om hierdie inligting te verwerk; is sy gereed vir die laaste deel van haar reis na insig in Luk en in haarself.

Leonie se simpatie met Luk, en saam met haar dié van die leser, neem toe soos wat meer van sy agtergrond bekend word. Ons leer van sy vereenselwiging met die ideale van Hitler vir die "redding" van Duitsland, maar ook hoedat hy deur die Nazi-broederskap verwerp word. Wanneer hy sy Joodsheid ontken om lid van die party te word, moet hy hoor: "Ons sal die jonge heer na die toilet moet neem om seker te maak" (173). Hy veg saam met die Nazi's teen die Kommuniste, in 'n opwindende "kameraadskap van geweld" (204), maar word nogtans nie tot die Party toegelaat nie. Vernedering en verwerping is die sleutelwoorde tot die begrip van sy jeug.

Luk raak al hoe meer van 'n alleenloper, vervreemd van sy vriende en van sy familie. In 'n opwelling van woede verwyt hy sy ma omdat sy met 'n Jood getrou het (174). Ook in die liefde wil dinge nie vlot nie, omdat hy as halwe Jood nie toegang tot sy vriendin se familie het nie. In sy gefrustreerdheid maak hy hom los van die geloof: "Geloof maak mense net ongelukkiger, want as dit nie vrugte afwerp nie, is die teleurstelling des te groter" (189-190) – en in Luk se geval lyk dit onwaarskynlik dat die geloof hom met sy groot begeerte sal kan help, naamlik om toegang tot die kring van die Nazi's te verkry.

Luk, die alleenloper, soek in sy diepste wese aanvaarding, en wanneer hy dit nie kry nie, verander hy in 'n ongelukkige mens wat totaal negatief na die lewe kyk:

> Die mens, valslik beskou as die kroon van die skepping, is soos volg saamgestel: dertig persent domheid, twintig persent ydelheid, tien persent selfsug, tien persent wraaksug. Die ander dertig persent verteenwoordig die worsteling om oorlewing en voortplanting [...] Die vrou is slegter as die man (212-213).

Uiteindelik is Luk verplig om uit Duitsland te vlug; en in sy nuwe vaderland sit hy belas met "sy noodlottige afstamming en sy verbondenheid met Duitsland waaroor hy al die jare in Suid-Afrika geswyg het" (232) – 'n psigologiese tydbom wat noodwendig die een of ander tyd sal afgaan.

Luk se lewe is deur die omstandighede uit sy jeug vernietig, maar hy het wel aanvanklik hoë lewensideale gehad. Sy begeerte was:

> [...] om voortskrydende begrip te kry van die wêreld se samehang, 'n proses van verdieping te ondergaan wat aan my al groter kennis van die kunste en die verbasende kreatuur, die mens, sal verskaf. Liefde te toon teenoor dier en mens, en gemeenskapsin en kameraadskap te ontwikkel tot die hoogste offervaardigheid (235).

Hierdie ideale bemaak hy ook aan sy nakomelinge, met die wens dat "die toekomstige mensegeslag liefdeswaardiger mag wees as die huidige". Aan die einde van hierdie "geestelike nalatenskap" het Horst "Amen" geskryf, as teken van sy ondersteuning, en waarskynlik ook as subtiele teken van die versugting van die skryfster van die boek (235-236).

Aan die einde van die *Sorgenbücher* blyk dit dat Luk die hoë strewes van Leonie gedeel het – soos sy, soek hy na die sin van die lewe en streef hy na liefde tot alles in die skepping. In die lig van sy aanvanklike idealisme blyk die tragiek van wat sy rassistiese omgewing aan hom gedoen het. Verder: ook Leonie het, soos Luk, in haar ideale van Christenskap gefaal. Haar godsdiensbelewing was immers dikwels hard en koud: "die Ou Testament staan geskryf op die landskap waarvan sy afkomstig is" (42). In haar was "die knorrige, hardkoppige, Germaanse afsaksel" – die Germaanse hardheid waaronder Luk moes ly (42). Luk se koue geaardheid word in haar eie koudheid gespieël.

Aanvanklik het Leonie op die siniese Luk neergesien en hom hard veroordeel; uiteindelik sien sy haarself en Luk as parallelle gevalle, hoog in hul strewes en klaaglik in hul mislukking. Sy verkry 'n begrip en deernis wat hul albei insluit. By haar jong minnaar Anton het sy erotiese liefde gesoek; maar uiteindelik vind sy 'n ander vorm van die liefde – *caritas*, 'n welwillende, simpatieke liefde wat die kern uitmaak van die Christelike leer wat sy met die mond bely, maar met die hart verloën het.

Die sentrale tema in die roman is Leonie se reis na begrip van Luk en van haarself. Hierdie twee dinge hang saam – soos wat sy haarself beter leer ken en haar eie skuld besef, verander haar gesindheid teenoor Luk en kan sy hom beter leer ken.

Die gebeurtenisse word nie chronologies vertel nie – die volgorde word bepaal deur die vordering in hierdie geestelike reis van Leonie. Die boek begin met die verste ruimtelike reis, na Berlyn, wat egter geen vordering in die geestelike reis bring nie. Daarom is hierdie eerste hoofstuk die oppervlakkigste in die boek, 'n ruimtelike reis sonder geestelike vooruitgang. So ook is die verhouding met Anton 'n ontvlugting, 'n episode wat die eintlike reis vertraag, wat haar weglei van Luk en van sy verlede. Mettertyd leer Leonie dat 'n reis na die verlede noodsaaklik is as sy die hede wil begryp. Deur Luk se *Sorgenbücher* word sy in ruimte en tyd verplaas. Op hierdie reis word sy self betrek, word sy verander, en is daar 'n gedurige wisselwerking tussen die dinge wat sy ontdek en die nuwe houding wat daardeur by haar ontstaan. Die roman eindig met die voltooiing van die dubbele reis: Leonie het oor Luk uitgevind wat sy wou, en sy het geword wat sy moes.

In die eerste hoofstuk is daar 'n opvallende wisseling tussen die eerste en derde persoon, tussen "ek" en "die weduwee" om na Leonie te verwys. Later kom die "ek" minder voor, hoewel dit nog nou en dan opduik. Wat sou die funksie daarvan wees? Dit lyk of die verteller haar besonder sterk met die weduwee Leonie vereenselwig, sodat sy kort-kort in die eerste persoon na haar verwys. Die vereenselwiging van die verteller met Leonie kan ook op 'n ander vereenselwiging wys, naamlik een tussen Leonie en die skryfster van die roman – die outobiografiese "ek" steek as 't ware telkens die kop uit. Dat daar wel 'n outobiografiese element in die boek aanwesig is, word ook in die skadeloosstelling vooraf gesuggereer, hoewel die outeur aandui dat die feitelike geskiedenis deur die verbeelding omskep is:

> Die verwysingsraam van hierdie teks is duidelik 'n bekende stuk geskiedenis. Die karakters is, soos alle romankarakters, skeppings van die verbeelding, en spesifieke persone, lewend of dood, word nie bedoel nie.

Die aanhoudende voorkoms van die "ek" in die eerste hoofstuk, wat met verloop van tyd afneem, kan suggereer dat die skryfster aan die begin van haar vertelling nog sterk belas met haar eie ervaring is, dat sy dit moeilik vind om van haarself "weg te skryf" en 'n selfstandige romankarakter te skep. Solank as wat die "eie ek" domineer, bly die uitbeelding van die weduwee betreklik vlak. Geleidelik, soos wat die skryfster/ verteller haar meer in die karakter van Leonie inleef, kry Leonie 'n boeiende lewe van haar eie – soos wat Luk ook 'n boeiende persoon met vele fasette word wanneer Leonie van haar eie woede en wraakgedagtes vry kom.

Die vertelproses is kennelik genesend: vir Leonie wat Luk se lotgevalle nagaan en opteken; en vir die verteller wat Leonie se geskiedenis vertel. Dit lyk of daar in albei gevalle sprake is van 'n uitstyg bo die eie ek; van lyding wat tot singewing lei; van pyn en die uiteindelike vind van rus. Dit is opmerklik dat Leonie 'n (grafiese) kunstenaar is; die kunstenaarskap is nog 'n band tussen skrywer en karakter. Albei moet die verlies omskep tot kuns.

*Wolftyd* is 'n roman wat fyn gestruktureer is, 'n werk wat uniek is in die oeuvre van Louw en in die Afrikaanse prosa in die algemeen. Soos wat die jare aangaan, sal die relevansie daarvan vir die Suid-Afrikaanse geskiedenis waarskynlik al hoe sterker blyk. Ons het byvoorbeeld ook ons "Mischlingen" gehad, die randfigure wat nêrens in die politieke struktuur ingepas het nie. Ook hier was mense wat dit onder die omstandighede raadsaam geag het om hul afkoms weg te steek, en wat daardeur 'n lewe van leuens en selfveragting moes lei. Daar is nog baie stories wat in Afrikaans kan en sal vertel word.

# Joan Hambidge: *Die Judaskus*

Joan Hambidge, bekend as digter, kritikus en akademikus, het vir 'n groot verrassing in die literêre wêreld gesorg met die publikasie van haar eerste ernstige roman, *Die Judaskus*, in 1998. Hierdie postmodernistiese teks is een van die belangwekkendste Afrikaanse letterkundige werke van die dekade, wat steeds gelees sal word wanneer die dekade (en miskien die postmodernistiese fase?) verby is.

Die roman sluit aan by berigte wat voor publikasie in die pers verskyn het oor 'n geval van beweerde seksuele teistering. Lesers wat die koerantberigte indertyd gevolg het, sal allerlei parallelle (én verskille) kan naspeur tussen die gerapporteerde gebeure en die voorstelling van sake in *Die Judaskus*. Die roman word geskryf, volgens die teks, om tot helderheid en singewing te kom, drie jaar na 'n intens pynlike voorval waarin 'n student 'n dosent van seksuele teistering beskuldig het.

Sentraal in die roman staan die komplekse verhouding tussen teks en "werklikheid", tussen geskiedenis en fiksie. Aanduidings van die kompleksiteit van hierdie verhouding kry die leser reeds in die "waarskuwingstekens" aan die begin van die boek. Daar word begin met 'n brief van die skrywer aan die uitgewer, skynbaar die oorname van 'n "werklike" teks – maar die brief is gerig aan "Pegasus-uitgewers", nie aan Kagiso wat die boek uitgegee het nie, en die brief word onderteken, nie deur JH nie, maar deur HL – miskien 'n verband met *Heil die Leser*? Ook heet die manuskrip *Die Affaire* en nie *Die Judaskus* nie; en die briefskrywer waarsku eksplisiet dat die gebeurtenisse gefiksionaliseer is.

Die hieropvolgende antwoord van die uitgewer krap sake egter deurmekaar, want die uitgewersbrief word onderteken deur CS, en die boek is ook opgedra aan CS – die grense tussen teks en geskiedenis vervloei. Later blyk dit ook dat *Die Affaire* moontlik die eerste titel van *Die Judaskus* was. Dus, reg van die begin af word die leser gewaarsku om nie maklike grense te trek tussen "fiksie" en "werklikheid" nie. *Die Judaskus* word feitlik 'n teksboek-illustrasie van "die postmodernistiese problematisering van teksgrense" (3), en van die twyfel aan die vermoë van die taal om "die werklikheid" te representeer (58-59).

Binne die raamwerk van die postmodernisme val ook die sterk intertekstuele struktuur op – in aansluiting by Derrida se beskouing van die uitstel van betekenis by teks-interpretasie, 'n beweging van teks tot teks sonder om by die uiteindelike ruspunt van 'n sluitende interpretasie van "werklikheid" en "teks" uit te kom. Dikwels het ons Hambidge die teoretikus in aksie, die skrywer van boeke oor psigoanalise en postmodernisme, wat die teorieë van Barthes, Freud, Lacan en Eco met die praktyk van lewe en skryfkuns verbind. Soms word daar na aktuele nuus verwys, byvoorbeeld oor Hugh Grant – maar steeds word die verwysings bepaal nie net deur "wat gebeur het" nie, maar ook deur die tekstuele struktuur van die nuusberig. Prominent is Van Wyk Louw se *Tristia* aanwesig, volgens die boek 'n teks wat die dosent met die student in die klas behandel het (weer eens 'n komplekse verbondenheid van teks en ervaring), en films wat die twee saam gesien het. Herhaaldelik is daar aanhalings van die formele aanklag van die student teen die dosent, wat dan die basis vorm vir die dosent se verweer. Literêre teorie, literêre teks, film, nuusberig, aanklag en verweer, liefdesgeskiedenis – dit alles word verbind tot 'n hegte en komplekse netwerk van tekstuele ervaring.

Die titel roep die verhaal (teks!) van die verraad van Jesus deur Judas op – die suggestie (aanvanklik) is dat die skrywer-dosent, soos Jesus, deur 'n Judas verraai is, 'n suggestie wat versterk word deur die verwysing na die verhoorkomitee as die "Sanhedrin" (38). Die implikasie van die verwysing is dat die skrywer onskuldig veroordeel is; maar mettertyd word die tema van skuld en verraad op 'n veel meer verwikkelde wyse ontgin. Skuld en onskuld loop deurmekaar; "ons posisies word voortdurend omgeruil van verraaier na verraai wees" (90), skryf die dosent. Een van die geopperde moontlikhede is dat die skrywer se soeke na kreatiewe prikkels 'n heimlike oorsaak van die verhouding was, sodat die soeke na 'n teks die verhouding bepaal het wat tot teks geword het. Dit lei tot die volgende vraag, na die mate waarin die kreatiewe mens deur 'n noodlotsmag voortgedryf word (133-134).

Die romanteks bevat vier dele. Die eerste deel, wat begin met die korrespondensie met die uitgewer en wat die sentrale aspekte van die liefdesgeskiedenis weergee, ontwikkel oor dertien dele heen – die "dertien" hou verband met die ongelukkige liefdesgeskiedenis. Die tweede deel, wat sterker verhalend is en waar 'n duidelik fiktiewe verteller optree, beweeg terug na die kinderdae en openbaar skrynende parallelle tussen kinder- en grootmenstyd. Die derde deel handel veral oor 'n reis na afloop van die gebeure in 'n poging om perspektief daarop te kry. Dit word in die vorm van 'n reisjoernaal vertel en hier is skynbaar min fiksionalisering – "die werklikheid" breek deur, soos dit voorkom. Die vierde deel handel oor die skepping van 'n roman oor die gebeure, 'n soort logiese einde. Die einde wys heen na die begin (die korrespondensie met die uitgewer), waardeur die hele geskiedenis in 'n sirkelgang binne die teks gevang bly. Grondliggende lewenspatrone word by die skrywer-dosent onthul: die steeds vergeefse verlange na die absolute geliefde (98), maar ook die ongemaklikheid met die oomblikke van vervuldheid; dieselfde destruktiwiteit (die "hell-bent on destruction"), die verslaafdheid aan afskeid en aan die pyn van verlies (132). Die spesifieke geval word verbreed tot algemene temas soos die verganklikheid van die mens en van menslike verhoudinge, die eensaamheid van die buitestaander, die pyn van verlies, loutering deur pyn, en genesing deur die kreatiewe skryfproses.

Soos te verwagte is, word die verhaal gekenmerk deur elemente van die biografie en outobiografie, deur briewe, dagboek-uittreksels en joernale – genres wat almal op 'n noue verband met "die werklikheid" dui. Daar is nie 'n sterk lineêre verloop, met 'n begin, middel en einde, en 'n chronologiese ontwikkeling nie; dit verloop eerder in sirkels, wat telkens na dieselfde sake terugkeer, in nuwe variasies, met 'n gedrewenheid om die verlede te verwerk – byna soos 'n afdaal in Dante se konsentriese sirkels van die hel.

Vroeg in die roman word melding gemaak van "skryf as die enigste oplossing, sinmakende aksie" (15). Maar ten slotte, in 'n Nawoord, word 'n aantal inskrywings gegee wat nêrens goed in die struktuur ingevoeg kon word nie, soos los drade wat nêrens inpas nie. Die suggestie is dat die pynlike ervaring nooit heeltemal tot 'n sinvolle patroon getransformeer kan word nie. Soos een van die inskrywings in die Nawoord dit stel:

> Ek skryf fragmente neer; die geheelbeeld ontglip my steeds. Die beeld
> van verlies bedreig my so dat ek net fragmentaries daaroor kan skryf
> (188).

Daar is pyn wat nie gestil word deur die neerskryf daarvan nie; daarom word dit in die Nawoord weer eens vermeld: "Jy dra nie meer my jin-jang-ring nie. Jy gee nie meer om nie" (187).

Die literatuur het te make met gebrokenheid, soos 'n ander inskrywing in die Nawoord suggereer: "In die gebreekte spieël van die self, iewers ook gespel poësie [...]" (186).

Die frase is dubbelsinnig. Die "gebreekte spieël van die self" bevat die suggestie dat die self gebroke is, dat dit nooit geheel kan word nie; maar die feit dat poësie gesien word as 'n gebreekte spieël, suggereer ook dat die literatuur nooit 'n betroubare weergawe van die self kan bied nie – daar bly elemente oor wat nie deur die woord gedek kan word nie. Saam vorm die gebroke self en die gebroke spieël van die literatuur die sentrale tema van die roman.

Agter in die boek is daar 'n uitgebreide bibliografie (genoem "Geselekteerde bibliografie!) wat die belangrikste tekste noem wat in hierdie roman meespreek. In die Nawoord word nog vir oulaas skrywers bygebring wat nie uitgelaat mag word nie – die lys van werke wat 'n invloed op die roman gehad het, is feitlik eindeloos. Van Thomas Mann word aangehaal: "Ek moes ly, omdat ek méér voel as jy" (185), en van Pablo Neruda: "hoe kort die liefde; hoe lank die herstel" (189). Die roman eindig met die volgende aanhaling van Francoise Sagan:

> Skryf is om uit te vind wat jy alreeds weet. Al ons swakhede van die
> intellek, geheue, hart, voorkeure en instink word saamgesnoer asof dit
> wapens is. Om jou te plaas teen die *niks*, die wit papier, dít wat ons
> fantasie voortdurend aan ons voorhou.

Volgens Sagan is skryf 'n wapen teen die "niks", teen die leegte. Dit is 'n dubbele leegte: die leegheid van die wit papier en ook die leegheid van die lewe; hopelik kan woorde op papier wapens teen die leegheid van die lewe wees. Die stryd teen die "niks" word nie met kragtige wapens gevoer nie, maar met swakhede – swakhede van die intellek, die geheue, die hart; swakhede van voor- en afkeure, en van instinktiewe reaksies. Die leegte kan daarom nooit met objektiewe waarheid gevul word nie, nie met 'n spieëlbeeld van die werklikheid nie. Maar die leegte kan miskien verdryf word deur 'n werklikheid wat gefantaseer is.

Ondanks die skynbaar "onafgeronde" opbou vorm die geheel 'n fyn beplande struktuur. Maar die roman is meer as 'n vernuftige konstruksie; deur al die tekstuele gegewens heen dring die intense pyn wat agter die woorde lê, met groot krag tot die leser deur. *Die Judaskus* is 'n roman wat 'n mens lank bybly.

# Eben Venter: *Ek stamel ek sterwe*

Toe ek 'n student was, het ons altyd smalend gepraat oor kritici, veral ouer kritici, wat in hul besprekings meer oor hul eie gevoelens praat as oor die boek wat hulle bespreek. Nou dat ek ouer word, begin ek net so oor boeke te praat. Oor *Ek stamel ek sterwe* is die eerste gedagte wat by my opkom – dis die roerendste verhaal wat ek in 'n baie lang tyd gelees het.

Sommige lesers het gesê dat hulle nogal langtand aan die eerste hoofstuk gelees het. Miskien is dit omdat die hoofkarakter, die jongman Konstant Wasserman, so onnodig aggressief en ongevoelig voorkom – dit is eers later dat die leser agterkom hoeveel deernis daar onder die aggressie skuil. Miskien is dit omdat Konstant se woede aanvanklik ongemotiveerd voorkom as reaksie op die onskuldige opmerkings van tant Trynie:

> En sê bietjie vir my Konstant, is jy nou hier om te kom boer? Kom jy jou pappie bietjie uithelp? Haai nee, wragties, hy verdien 'n blaaskans" (7).

Hierdie vrae sit 'n hele register van emosies in Konstant aan die gang wat voortspruit uit sy komplekse verhouding met die lede van sy gesin en met die mense van die omgewing. Wanneer Konstant "nee" sê vir boer, sê hy vir heelwat ander dinge ook "nee".

In die Afrikaanse prosa is 'n plaas altyd meer as 'n plaas; wanneer daar van Konstant verwag word om te boer, het dié verwagting dus 'n swaar ideologiese lading. 'n Plaas in die Afrikaanse prosa is die ruimte waarin konserwatiewe Afrikanerskap kan gedy. Dit is 'n ideologiese ruimte vir die handhawing van konvensionele Afrikaner-waardes, waar Protestantse Christendom 'n ongemaklike verbinding aangegaan het met Afrikaner-nasionalisme en 'n patriargale opset. Hier is die tradisionele Afrikaner-man die baas van die plaas. Dit is 'n boeiende studie om die veranderinge in die uitbeelding van die plaas in die Afrikaanse prosa na te gaan; dit dui tegelykertyd aan hoe die ideologiese waardes verander het – vanaf die verheerliking van die plaas by CP Hoogenhout, DF Malherbe, CM van den Heever en Boerneef, tot by die herskrywing van die tradisie van die plaasroman by Jan Rabie, André P Brink, Wilma Stockenström en Etienne van Heerden.

*Ek stamel ek sterwe* sluit duidelik aan by die werk van die laasgenoemde groep skrywers wat die romantisering van die plaas ondermyn. Die aansit by die Nagmaalstafel (2), die pa wat so hard werk as broodwinner van die gesin (2), die rassisme teenoor die werkers (6), die pa wat as hoof van die gesin namens die vrou besluite neem (11), die eis dat die seun in die voetspore van sy vader moet volg om die familietaak en die familielyn voort te sit – dit alles is eggo's uit 'n baie lang tradisie in die Afrikaanse prosa en die Afrikaner-geskiedenis. Daarby kom, in *Ek stamel ek sterwe*, die uitbuiting van die plaasdiere, wie se belangrikste funksie op die plaas is om te eet sodat hulle kan vet word en die boer kan ryk maak (2). Van al hierdie dinge wil Konstant wegkom.

Sentraal in Konstant se stryd is die konflik met sy vader – hierin sluit die roman aan by die prosa van (onder andere) Koos Prinsloo, Alexander Strachan en Etienne van Heerden. Konstant se opstand teen die vader, sy besluit om na Australië te emigreer, is in die eerste plek 'n weiering om in die voetspore van sy vader te volg. Nóú hiermee verbonde is die onmiskenbare tekens, reeds van die begin af, van 'n seksuele afwyking van die weë van die vadere. Konstant is, soos sy van "Wasserman" impliseer, 'n "waterman", 'n sagte man.

Konstant se verset teen sy omgewing is egter nie simplisties nie – sy *nee*'s is deurtrek met ironiese *ja*'s en *ja-nee*'s. Sy houding teenoor sy vader is byvoorbeeld vol ambivalensie. Dit word duidelik dat hy 'n verborge toegeneentheid teenoor sy pa voel, dat hy sy pa se liefde en goedkeuring verlang, en dat hy hom nie werklik van sy pa kan losmaak nie. Die trein waarmee hy van die plaas vertrek, is 'n simbool van ontvlugting uit die geknelde lewe op die plaas, maar dit blyk dat Konstant homself nie innerlik kan bevry nie. Die toebroodjies wat hy op die trein geniet, het sy ma gemaak; die perskes wat hy geniet, het sy pa vir hom ingesit. Konstant se reaksie is: "Dankie, my pa, jou perske smaak soet" (17). Net so ambivalent en ironies is sy preweling: "Ek's nou eens en vir altyd weg, die vreemde in, mag die Vader my bewaar" (17). Fisiek gaan hy weg van die huis, maar innerlik neem hy die godsdiens van sy gesin saam, met die patriargale God-die-Vader aan die hoof.

Die inleidende gedeelte gee die patroon aan wat die res van sy lewe kenmerk: 'n vergeefse poging om die verlede wat hom knel te ontvlug. Die eerste fase van sy ontsnappingspoging word in Johannesburg deurgebring – die "goddelose stad" in kontras met die plaas. Hy loseer in 'n "meidekamer", waardeur hy die verhouding tussen "baas" en "meid" omkeer (18); en hy knoop 'n verhouding aan met die meisie Delores wat hom aan dagga bekendstel en vir hom 'n alternatiewe, minder bekrompe leefwyse verteenwoordig. Maar, hoewel hy 'n nuwe meisie het, bly sy seksuele oriëntasie onveranderd. In Delores vind hy nie soseer 'n vrou wat van hom 'n man maak nie, maar 'n alternatief vir die moeder aan wie hy steeds verknog is; Delores is vir hom "die beste moeder ooit" (27).

In "Jack en sy vrou, Lorry, 'n paartjie wat hulself ryk boer deur modes af te kyk in oorsese tydskrifte" (25), hoop hy om 'n alternatiewe "ouerpaar" te vind – die "ryk boere" van die stad se modewêreld. Hy geniet 'n uitspattige ete saam met hulle, maar dan, onverwags, oorval die naarheid hom, telkens die teken van sy onaangepastheid en ongeluk. Ook die herontmoeting, kort hierna, van sy jeugvriendin Martie bevestig sy onvermoë om uit die verlede te ontsnap. Martie herinner hom aan 'n driedubbele vernedering uit sy jeug: sy ouers se afwesigheid by 'n seremonie waar hy as getroue koorlid 'n trofee ontvang het, sy gehuil van teleurstelling daaroor, en sy onvermoë om met Martie 'n seksuele verhouding aan te knoop toe sy haarself vir hom aangebied het.

Martie is nou verloof aan 'n boer, gereed om die rol te vervul wat van haar vereis word; hy, daarenteen, is steeds 'n randfiguur.

In die verhouding met Jude, vir wie hy in Johannesburg ontmoet, betree Konstant 'n nuwe fase. Dit is vir hom liefde met die eerste oogopslag. Waar Delores vir hom nie meer as 'n moederfiguur kon wees nie, bied Jude aan hom seksuele ekstase. Kan hy by Jude die vervulling vind wat hom nog altyd ontwyk het?

Iets waaroor baie lesers gewonder het, is of Jude 'n man of 'n vrou is. Wanneer Konstant vir Jude ontmoet, is Jude se geslag onduidelik. Die kleed wat Jude aan het, word 'n "rok" genoem (wat vroue dra), maar ook 'n "monnikekleed" (mansdrag). Jude word nie as man of vrou voorgestel nie, maar as "persoon". Dit is dan ook begryplik dat Konstant wonder: "En wat, as ek mag vra, is jy van geslag? Dis onmoontlik om vas te stel" (33). Alles aan Jude maak 'n androgene indruk. Later begin die verteller die vroulike voornaamwoorde "sy" en "haar" gebruik om na Jude te verwys. Dit sou 'n aanduiding kon wees dat Jude 'n vrou is, maar soms (veral wanneer Konstant kwaad is) glip 'n "hy" deur of verwys hy na Jude as "bastard" in plaas van die vroulike "bitch", wat die leser laat vermoed dat die vroulike verwysing na Jude 'n manier is om na die verleidelike "vroulike" man in 'n gay verhouding te verwys.

Dit is egter nie van groot belang om te weet of Jude 'n man of 'n vrou is nie; dit is veel belangriker dat die skrywer onsekerheid hieroor by die leser wek. Hy doen dit moontlik om die stereotiepe opvatting die nek in te slaan dat vigs 'n probleem is wat tot promiskue gays beperk is. Die twee karakters wat hier aan vigs ly, is in 'n liefdesverhouding betrokke waarmee die heteroseksuele leser maklik kan identifiseer; die verhaal verkry 'n breër toepaslikheid.

Daar is uit die staanspoor aanduidings dat Konstant nie die geluk wat hy soek, by Jude sal vind nie. Hy begeer 'n vaste, eksklusiewe liefde, soos wat sy naam Konstant suggereer – die waardes van die plaas, 'n troue huweliksverbintenis aan een persoon, geld nog steeds vir hom. Jude, daarenteen, beoefen 'n "vrye liefde" met verskillende persone – sy naam dui daarop dat hy 'n Judas-figuur is. Hy kry vigs, maar vertel dit nie dadelik aan Konstant nie; hy waarsku Konstant nie dat hulle versigtig moet wees nie, en dit is hoogs waarskynlik deur Jude dat Konstant later die siekte kry.

Maar ook in die voorstelling van Jude blyk Eben Venter se vermoë om elke karakter met deernis en begrip te teken. Die merk agter Jude se oor, waar Jude se vader hom met 'n gebraaide skilpad gegooi het, is 'n teken van die mishandeling deur die vader, veel erger as enigiets wat Konstant ervaar het. Jude het as kind te seer gekry om emosionele risiko's te loop; daarom loop hy met so 'n ongeërgde masker rond. Net nou en dan val die masker: byvoorbeeld, nadat hy vir Konstant van sy vigs vertel het, laat hy 'n onverwagte kermgeluid hoor (95). Jude is 'n veelkantige figuur – verraderlik maar ook deerniswekkend; die verraaier wat Konstant se dood veroorsaak, maar ook die beskermengel wat tot sy dood by hom bly.

Ná sy verblyf in Johannesburg emigreer Konstant na Australië, in 'n desperate poging om weg te kom van alles wat hom bind. Weer eens vlug hy tevergeefs, want hy dra sy verlede met hom saam. Jude volg hom hierheen, en saam met Jude die dreigende werklikheid van vigs, wat dan ook vir Konstant tref. Soos 'n Ikaros van ouds besef Konstant dat hy te hoog wou vlieg, dat hy in 'n illusie geleef het toe hy gedink het hy het homself bevry:

> Is dit dan tog waar dat ek my al die tyd saam met Jude so onoorwinbaar, so onaantasbaar in my goue waas van geluksaligheid gevisualiseer het dat ek verseg het om my met die realiteit van haar aansteeklikheid te konfronteer? Te hoog gevlieg, sal die oumense van my sê (151-152).

Die eerste ontdekking van sy siekte-tekens kom, ironies, op 'n besoek saam met Jude en sy nuwe vriend(in) Shane aan 'n idilliese vakansieoord langs die Wollondilly Rivier. Die vertelling van die besoek is vol simboliek. Die Wollondilly-gebied, met die slang wat sy verskyning maak (120-122), is simbolies van die Paradys, en vigs ontwikkel tot algemene doodsimbool. In teenstelling met die driehoeksverhouding van Konstant, Jude en Shane is daar die pragtige swanepaar, lewenslank getrou aan mekaar, met hul twee swaankuikens, simbool van die gesinsgeluk waarna Konstant sy hele lewe verlang het, maar wat hy nie kon vind nie. Konstant se ervarings word hier verbreed tot die ervaring van 'n verlore Paradys, van menslike onvolkomenheid, van verlange en sterflikheid. Dit is realiteite wat elke mens, soos Konstant, van nature wil ontvlug, maar verplig word om te konfronteer.

Die roman is in die eerste persoon en in die teenwoordige tyd geskryf, wat die indruk skep dat die verteller met 'n dagboek besig is en dat die leser as 't ware oor sy skouer lees wat hy skryf. Die verhaal kry daardeur 'n aangrypende onmiddellikheid. Dit geld in sonderheid vir die laaste gedeelte van die roman, wat Konstant se sterfproses uitbeeld, waar dit vir die leser voel of hy Konstant in sy sterfproses begelei.

Voor sy dood gaan hy deur 'n suiweringsproses, gekenmerk deur konfrontasie van die dinge waarvan hy wou wegkom. In sy "toespraak" by sy verbeelde "huwelik" met Jude, raak hy indirek verskillende aspekte van sy afwykendheid aan (141-144): die feit dat hy en Jude nie wil/kan trou nie; dat daar nie "kinders by dosyne" sal wees nie; sy verwerping van die Bybel; sy verlange om ondanks sy "andersheid" aanvaar te word; sy verdriet oor die gebrek aan ondersteuning van sy ouers. Anders as vroeër, waar hy sy verhouding met Jude as 'n "normale" heteroseksuele verhouding voorgestel het, is daar nou die konfrontasie van sy seksuele voorkeure in 'n herinnering aan 'n episode toe sy pa hom en 'n vriend agter die kraalmuur betrap en die vriend 'n kwaai pak slae gegee het. Hierdie herinnering gee ook aan Konstant die kans om van sy opgekropte woede teenoor sy pa ontslae te raak.

Konstant bring 'n besoek aan die heldersiende Gordana, waar hy in 'n visioen sy pa in 'n rivier ontmoet, simbool van die dood en van suiwering. Die verwyte en woede waarvan hy ontslae raak, is 'n noodsaaklike vereiste om in vrede te kan sterf. Hy raak vry van sy vyandigheid teenoor sy pa, en is bly dat hy na sy pa aard (207); en hy kan nou versoek dat sy broer Albert hom kom besoek – 'n teken van sy onlosmaaklike verbintenis met sy familie.

In sy laaste stadium, net voordat hy sterf, neem hy een vir een van sy geliefdes afskeid – van Delores, sy pa, sy ma, Shane, Albert, Jude en uiteindelik die lewe self. As teken van die naderende dood begin hy toenemend te stamel. Die leser is die enigste wat "by hom" is wanneer sy stameling uiteindelik ophou, en sy oupa hom vanuit die doderyk kom haal. Konstant, wat tydens sy lewe nooit sy konvensionele plek in die manlike familielyn kon inneem nie, word by sy dood deur sy voorvader aanvaar. Die aardse stryd is verby, sy suiwering is voltrek – "is wit lig wit ek sien om my ... dis om dis om my oral suiwer wit" (219).

# John Miles: *Kroniek uit die doofpot*

Ek meen dit was Tolkien wat gesê het: "If you want to know what's news, read literature." Hierdie stelling geld in 'n besondere mate vir John Miles se roman *Kroniek uit die doofpot* (1991), veral teen die tyd van sy publikasie. Dit was voor die tyd van die Waarheids- en Versoeningskommissie, en van die aktiwiteite van die Veiligheidspolisie in die tagtigerjare was nog min bekend. Miles se roman fokus op een ontstellende geval: 'n moord gepleeg deur polisiemanne op 'n medepolisieman. Sy roman is 'n tipiese voorbeeld van "faction", dit wil sê fiksie wat op feite gebaseer is.

Eers heelwat later, met die publikasie van Antjie Krog se verslag oor die Waarheids- en Versoeningskommissie, *Country of my skull* (1998), sou die feite uitkom waarop die roman gebaseer is. Dit sou blyk dat Tumelo John Moleko, die hoofkarakter van Miles se boek, die "skuilnaam" is van Richard Mutase, wat met sy vrou in November 1987 deur die polisie doodgeskiet is. (Krog 1998: 82 en verder). Die skrywer verander die name van die karakters, maar ook nie altyd nie. In die roman heet die kind van Tumelo John "Tshidiso", en dit is ook werklik die naam van die kind van die vermoorde Richard Mutase. Die boek word opgedra aan dieselfde Tshidiso, verteenwoordiger van 'n jong geslag wat gely het onder die onreg van die apartheidsjare en dit oorleef het, en wat 'n nuwe toekoms vir die land moet bou.

Die roman bevat dieselfde soort "dubbelverhaal" as die beroemde *Max Havelaar* van Multatuli, en net soos in die geval van *Max Havelaar* bevat die struktuur 'n sterk suggestie dat die boek op feitelike gegewens gebaseer is. Dit is 'n raamvertelling, waarin die skrywer met gereelde tussenposes sy verhaal as karakter binnetree en teenoor sy vriende en kennisse kommentaar lewer op dit wat so pas in die verhaalgedeelte vertel is. In die "raam"-gedeeltes waarin die skrywer optree, is daar konstant sprake van dokumentasie: van 'n stel lêers wat die skrywer by 'n prokureur ontvang het en wat die materiaal van sy verhaal bevat; van foto's van die karakters van wie vertel word; van plekke wat besoek word waar die verhaal afspeel, ensovoorts. Biografiese persone wat in die raam-deel voorkom, kom ook in die verhaalgedeelte voor, wat suggereer dat dit om 'n ware verhaal gaan. Die woord *kroniek* in die titel van die roman het 'n soortgelyke suggestie: 'n kroniek is immers die "verhaal van gedenkwaardige gebeurtenisse chronologies gerangskik" (HAT) – en dit is presies wat die leser hier vind: 'n chronologiese verhaal, met datums en plekke presies aangestip, van 'n uiters gedenkwaardige gebeurtenis.

*Kroniek uit die doofpot* is nie net geskiedenis nie, maar ook "teen-geskiedenis": dit vertel wat nie in die amptelike geskiedskrywing staan nie, en wat ook nie die koerante gehaal het nie. Dit wat die koerante nie kon waag om te skryf nie, in 'n tyd van sensuur op die media, word hier verhuld vertel; wat die koerante nie wou skryf nie, omdat koerante deur ideologie gedryf word, word hier geopenbaar. Dit gaan in die eerste plek om die lotgevalle van 'n individu, nie 'n abstrakte politieke betoog nie, maar hierdie individu is een van baie. Die roman neem geleidelik die vorm van 'n aanklag aan – 'n "hofsaak", met 'n opstapeling van getuienis van mense wat verdruk, veronreg, gemartel en vermoor is. In hierdie opsig laat dit mens dink aan Elsa Joubert se roman *Die swerfjare van Poppie Nongena*, die verhaal van 'n doodgewone mens, een van baie wat onder rassediskriminasie gely het.

Tumelo John is 'n boorling van die Vrystaatse platteland, en wanneer hy by die polisiediens aansluit, is hy vol jeugdige idealisme. Hy wil die skelms vasvat; hy wil die onreg bestry. Met verloop van tyd verloor hy sy onskuld, soos wat die skrywer sy onskuld verloor het by die kennisname van Tumelo se verhaal, en soos wat die leser sy onskuld sal verloor by die lees daarvan. Die werklikheid wat in die roman geopenbaar word, is skrikwekkend: dit gaan om 'n samelewing waarin verdruk en veronreg word; waarin weerloses vervolg en vernietig word; waarin die reg nie meer kan funksioneer nie; en wat sigself vernietig (329). Gemeet aan standaarde van geregtigheid en medemenslikheid, is dit 'n verstommende beeld wat na vore kom, "want wat kan ons meer verbyster as dit wat die een mens in staat is om die ander aan te doen?" (16).

Op die buiteblad word die boek ironies 'n "polisieroman" genoem, asof dit handel oor die vervolging van misdadigers deur die polisie. Maar hier is die polisiemanne die misdadigers, en 'n sentrale ontwikkeling by Tumelo is dat hy hierdie feit erken en "van kant verander", hom distansieer van die polisiemag en hom skaar aan die kant van die opstandelinge teen onreg en diskriminasie. Hy het leer "sien", maar dit is 'n sien wat sy ondergang meebring: "Daar's een gesig van die Polisiemag wat jy liewer nie moet sien nie. As jy dit eers gesien het, is dit verby met jou, dan's dit te laat" (331). So ook het hy leer luister. Die vuishou wat hy van 'n kolonel teen sy oor kry, lei tot aanhoudende oor-infeksies, later tot doofheid, en ook tot die siekte tinnitus met 'n geraas in sy oor wat hom byna mal maak. Maar ironies laat sy doofheid hom juis hoor wat vroeër by hom verbygegaan het: dit is asof die stemme van die lydendes in sy land nou in hom kerm – hy moes "doof word om te kan luister" (263).

Tumelo ondergaan 'n wesenlike identiteitsverandering. Aanvanklik is 'n belangrike deel van sy siening van homself die feit dat hy deel van die polisiemag is. Maar reeds vroeg kom die vraag by hom op wie nou eintlik "sy mense" is. Is mense wat uit armoede staak, deel van die vyand wat hy moet bestry, of moet hy hom met hulle vereenselwig omdat hy self ook uit 'n armoedige agtergrond kom? Al hoe meer sien hy homself as Afrika-mens; identifiseer hy met die verdrukte Afrika-mense in sy eie land.

Maar vir Tumelo gaan dit nie in die eerste plek om swart of wit nie, maar om geregtigheid wat teenoor alle mense moet geskied. Daarom: wanneer hy onregverdiglik deur kolonel Van Niekerk met die vuis geslaan word, maak hy 'n aanklag teen die kolonel. Want vir Tumelo John gaan dit nie om blank of swart, om senior of junior rang nie; die geregtigheid is 'n beginsel waaraan alle mense onderworpe moet wees: "Geregtigheid, Brigadier, dis die woord wat ek soek, maar as jy swart is, kan jy melk soos jy wil, jy melk en jy melk, maar hulle gee daardie woord nie vir jou nie" (208).

In die loop van die verhaal vind daar twee sentrale ontwikkelinge plaas: Tumelo kom in aanraking met al hoe meer onreg, geweld en sadisme gepleeg deur die polisie en die regeringsmagte wat hulle verteenwoordig; en in sy konfrontasie met die onreg word hy al hoe meer afgetakel, word sy ondergang stap vir stap voltrek. In sy verbete stryd om reg te laat geskied, gaan hy na steeds hoër instansies in die polisiemag, tot uiteindelik na 'n generaal by die hoofkantoor. Hy probeer die "regte kanale" volg, soos wat hy steeds deur vriende en kollegas gemaan word, maar hierdie kanale blyk onregskanale te wees – deel van 'n sisteem wat deurtrek is van ongeregtigheid. Soos die hoofkarakter in Kafka se *Der Prozess*, word hy aangekla sonder dat hy iets verkeerds gedoen het; word hy al dieper ingetrek in 'n labirint waarin sy gesiglose teenstander onvindbaar is. Uiteindelik word Tumelo self deur die geweldsindroom aangesteek, en haat hy Van Niekerk – en waar haat is, verdwyn geregtigheid (306). Voordat sy vyand ten slotte sy lewe neem, neem hulle die waardevolste wat hy het, van hom weg: sy sin vir geregtigheid.

As sentrale gebeurtenis neem die skrywer 'n insident wat nie deur almal as 'n verskriklike vorm van rassisme erken sal word nie: 'n vuishou deur 'n senior polisieman aan sy ondergeskikte, in 'n oomblik van woede en irritasie. Maar onreg wat nie duidelik herkenbaar is nie, is des te gevaarliker: die vuishou is 'n punt van die ysberg; daaronder is 'n wêreld van onreg (174). Dit gaan in die roman nie net om die onreg van apartheid nie, maar ook om die subtiele vorme van ongeregtigheid wat in elke mens is – ook die leser moet sigself in die gebeure herken (176). Die tragiek van die gebeure is onder andere geleë in die feit dat twee diskoerse teenoor mekaar staan wat mekaar nie begryp nie, en nie tot mekaar kan deurdring nie. Die een is die diskoers van mag, waarin die mag van die witman reg is; die ander is 'n diskoers van geregtigheid vir alle mense, waarin almal gelyk voor die reg is.

'n Vraag onderliggend aan die optredes van die karakters is die vraag: Hoe is dit die beste om te leef in 'n wêreld waar mag reg is? Verskillende karakters leef verskillende antwoorde op hierdie vraag uit. Tumelo John se kompromislose verset staan direk teenoor die kruiperige onderdanigheid by swart polisiemanne soos Sithebe en Mabe. Hulle onderdanigheid is in werklikheid 'n strategie om vir hulself mag, status en rykdom te kry, binne die perke wat die blanke oppergesag dit toelaat. Tussen hierdie uiterstes is daar diegene wat 'n tussenposisie probeer vind, soos kaptein Opperman, wat reg optree en Tumelo ondersteun sover as wat hy kan, maar wat hom tog maan om nie sy stryd tot onmoontlike uiterstes te voer nie (252).

Die struktuur van *Kroniek uit die doofpot* is gebaseer op dié van die tipiese tragedie. Soos by die ou Griekse tragedies, en ook in tragedies van die sewentiende eeu in Engeland en Frankryk, is daar 'n verandering by die hoofkarakter van 'n toestand van geluk en voorspoed tot 'n toestand van rampsaligheid. Die raam-gedeeltes in die roman funksioneer soos 'n Griekse koor wat kommentaar lewer op die afgelope gebeure. Die woord *tragedie* kom van die Griekse woord *tragos*, wat "bok" beteken, na aanleiding van die bok wat geslag is by die opvoering, maar ook na aanleiding van die tragiese held wat self 'n tipe offer is. In *Kroniek uit die doofpot* is Tumelo die offer, die sondebok.

Soos die klassieke tragiese held, styg hy uit bo die gewone mens, maar hy is nie sonder foute nie. Sy poging om as enkeling die totale sisteem van onreg om hom uit te daag, is 'n tipe hubris, 'n oormoed. Met verloop van tyd maak ook hy, soos die tipiese Griekse tragiese held, oordeelsfoute: hy luister byvoorbeeld nie na stemme wat hom herhaaldelik waarsku teen die dwaasheid van sy hardnekkige verset nie (165 e.v.). Soos die hoofkarakter in Van Wyk Louw se tragedie *Germanicus* wil hy nie "modderig" wees nie: hy veg met wettige middele teen 'n vyand wat van geen wette weet as dit hom pas nie.

Tumelo John is naïef en misreken hom heeltemal met sy teenstander. Hy is 'n held en 'n martelaar, maar dis 'n dwase heiligheid, 'n waansinnige heroïek wat hy mettertyd openbaar. En tog behou hy ons simpatie en bewondering deur die grootsheid van sy strewe en die volharding waarmee hy dit najaag. Ook op hom is die woorde van Shakespeare se koning Lear van toepassing: "more sinned against than sinning".

Soos by die klassieke tragedie, is 'n noodlotsmag werksaam – 'n noodlot wat deels geleë is in die aard van die held, maar deels ook in 'n "toevallige" sameloop van omstandighede wat die uiteindelike katastrofe noodwendig maak. Dit lyk asof 'n onverskillige noodlot Tumelo se lotgevalle beheer en dit op 'n rampsalige wyse laat verloop. So byvoorbeeld het die hou op sy oor onvoorsiene mediese gevolge; die koors en griep wat hy opdoen, laat hom dwaashede begaan, waarby die onsimpatieke kaptein Welgemoed "toevallig" aanwesig is (237-238). Hierdie toevallige omstandighede help om 'n noodwendige patroon te voltrek: die vergeefse stryd om geregtigheid in 'n bevlekte samelewing. Tree Tumelo John onverstandig op in sy kompromislose verset teen onreg? Die afloop van die gebeure laat dit so voorkom. Tumelo sterf; sy vrou Busi, wat hom gemaan het om nie so krities teen die polisiemag te wees nie, sterf ook; sy geliefde kind bly alleen agter. Daarteenoor gaan diegene wat nie die gesag uitgedaag het nie, skynbaar vooruit in die lewe. Was sy strewe na reg dan verkeerd? Dit lyk immers of die bestes ondergaan, en die kruiperiges oorleef. Bowendien is daar aan die einde, anders as dikwels by die klassieke tragedie, geen vooruitsig op 'n toekomstige verbetering van toestande nie: die "Nuwe Suid-Afrika" wat tot stand kom, lyk in die roman nie juis reënboogkleurig nie. Die jongmense het 'n geweldskultuur geërf wat niks goeds vir die toekoms voorspel nie (334); en bowendien is die nuwe kultuur skynheilig: almal praat een taal en almal dink eenders (354).

Beteken dit dat *Kroniek uit die doofpot* 'n boek sonder hoop of uitsig is? Nie heeltemal nie. Aan die een kant gee dit wel 'n skrikwekkende beeld van 'n bose samelewing; dit beeld kompromisloos die triomf van die kwade uit. Maar die roman is nie net geskiedenis nie, maar ook teen-geskiedenis: uit die doofpot waarin die maghebbers Tumelo se verhaal gestop het, word 'n kroniek gebore: die "terroris" van die amptelike siening word 'n tragiese held in Miles se boek; die chaotiese werklikheid wat uitgebeeld word, word omskep tot 'n meesleurende roman. Die roman eindig met die sluiting van die saak van Tumelo se moord; maar die boek is tegelyk 'n heropening van die saak. Tumelo is dood; maar Tumelo het die laaste woord.

# Deon Meyer: *Feniks*

Met sy eerste roman, *Wie met vuur speel* (1994) het Deon Meyer skynbaar sy gebied afgebaken: dié van die spanningsverhaal in Afrikaans. Hier wil ek sy tweede boek, *Feniks* (1996), betrek – 'n meesleurende polisieroman wat sowel ontspanningslektuur as ernstige literatuur is.

Die hoofkarakter in *Feniks* (1990) is kaptein Mat Joubert van Bellville-Suid se Moord- en Roofeenheid. Hy het die regte naam gekry, want kaptein Mat Joubert is afgemat. Sy vrou is oorlede (die leser weet nie presies hoe sy dood is nie, maar 'n mens kom agter dat dit 'n verskriklik traumatiese gebeurtenis moes gewees het), hy het belangstelling in sy werk verloor, en hy is oorgewig, onfiks en lewensmoeg.

Op hierdie laagtepunt in sy lewe word 'n nuwe hoof deur regstellende aksie bó hom aangestel, kolonel Bart de Wit, en hy waarsku vir Mat om hom reg te ruk. Hy gee aan Mat twee uiters moeilike sake om op te los. In die eerste plek is daar 'n reeks bankrowe, almal op dieselfde bankgroep, met die skuldige wat telkens in 'n ander vermomming verskyn; en in die tweede plek die moorde deur 'n geheimsinnige reeksmoordenaar wat met 'n antieke Mauser die een slagoffer na die ander neervel.

En so ontwikkel 'n konflik wat Mat op verskeie fronte moet veg – 'n konflik teen sy hoof wat vir hom 'n bedreiging is; 'n konflik met die misdadiger of misdadigers wat vir die bankrowe en die Mauser-moorde verantwoordelik is; maar bowenal 'n konflik met homself om homself te rehabiliteer – om die traumas van die verlede te verwerk, om sy lewenslus te herwin, en om 'n wenner in plaas van 'n verloorder te word.

Hierdie persoonlike herstel is die eintlike tema van die roman. Die titel *Feniks* suggereer dit al – Mat Joubert worstel om te wees soos die feniks, die mitologiese voël wat uit die as herrys. Sy stryd teen die misdadigers vorm 'n simboliese parallel met sy eie stryd om genesing. Hierdie dubbele stryd van hom word mooi met die volgende woorde beskryf:

> Elke saak, elke dossier is soos om 'n krans uit te klim. Soms is die
> vashouplek, die trapplek maklik en jy vorder vinnig tot bo by die
> kruin, waar jy die lasbrief oorhandig, 'n netjiese pakkie van motief en
> bewysstukke, oorsaak en gevolg. Maar soms, soos dié een, is die krans
> glibberig en glad, sonder skeure waar jy voete en hande kan inwikkel. Jy
> klim en jy gly, klim en gly sonder vordering, sonder 'n pad na bo (244).

Mat Joubert se stryd om herstel word gespieël in ander karakters, soos byvoorbeeld speurder-adjudant Bennie Griessel, wat met 'n groot drankprobleem te kampe het wat sy gesinslewe verwoes. Bennie Griessel kry die ondersoek na die bankrowe as sy verantwoordelikheid; ook sy stryd teen misdaad is nóú verbonde met sy eie persoonlike stryd. Selfs die skynbaar ongenaakbare hoof, Bart de Wit, is betrokke by 'n proses van persoonlike groei; wanneer hy van sy troon afklim en sy masker van "altyd in beheer van die situasie wees", laat val, word hy mensliker en genadiger. En dan is daar nog 'n karakter wat besig is met die verwerking van 'n groot trauma uit die verlede. Maar hierdie aap mag ek nie uit die mou laat nie.

Die roman *Feniks* kan as 'n gids vir die genesing van 'n trauma gelees word. Die belangrikheid van konfrontasie van die traumas van die verlede word beklemtoon; die noodsaak om met iemand daaroor te praat, hoe pynlik dit ook al is. Verder word die alomteenwoordigheid van menslike skuld gesuggereer; dat dit tot allerlei psigiese stoornisse lei as die mens hom- of haarself moreel wil regverdig en al die skuld op ander pak, as jy self die rol van morele regter en laksman wil opneem. Want almal is besmet, en almal het behoefte aan mededoë en vergiffenis. Vervolger en misdadiger is nie so verskillend van mekaar nie.

Die skrywer, Deon Meyer, het in 'n radio-onderhoud vertel hoe hy met die polisie saamgewerk het terwyl hy besig was om hierdie roman te skryf. Sodoende het hy baie van die werk van die polisie geleer, en het hy 'n roman geskryf wat nie 'n karikatuur van die polisiemag en van hul werk maak nie. Ons het in die Afrikaanse literatuur baie soorte uitbeeldings van die polisiemag gehad; in die sewentiger- en tagtigerjare meestal 'n negatiewe uitbeelding. Miskien is dit 'n teken van die volwassenheid wat ons nou bereik het dat polisiemanne nie meer verheerlik of afgekraak hoef te word nie. Die polisiemag is maar eintlik 'n mikrokosmos, en jy kry van alle soorte daarin, die goeies, die slegtes, en veral dié tussen-in.

Met groot simpatie word die moeilike lewe van die polisieman weergegee: die geestelike krisisse wat veroorsaak word deur hul daaglikse omgang met misdaad en die dood. Een van die polisiemanne stel sy saak soos volg vir Mat Joubert:

> Here, kaptein, daar is net só baie moeilikheid. My vrou ... My vrou wil my los. Sy sê ek is nooit by die huis nie. Sy sê my dogters het 'n pa nodig. Sy sê 'n stiefpa wat by die huis is, is beter as 'n bloedpa wat hulle nooit sien nie. En sy sê daar is in elk geval nooit geld vir niks nie. Jy werk soos 'n executive en jy pay soos 'n gardener, sê sy (176).

En Griessel, die polisieman met die drankprobleem, kla soos volg:

> Mat, ek droom in die nag. Ek droom dit is my kinders wat dood lê. En my vrou. En ek. Met bloed teen die mure en AK-skote deur die kop of derms wat op die vloer uitloop. Hulle kan dit nie wegvat nie, Mat. Ek droom, al is ek nugter. Al drink ek nie 'n druppel nie (82).

Maar dit is nie net 'n boek oor traumas en probleme nie; dit is veral 'n boek wat heerlik lees, met 'n skrywer wat skitterend daarin slaag om jou belangstelling van begin tot end lewend te hou deur die verstrengeling van 'n hele aantal spanningslyne. Daar is spanning by die leser oor wat presies met die vrou van Mat Joubert gebeur het – hoe het sy gesterf? Dit word met allerlei ander vrae verweef: Gaan Joubert die misdadigers vind? Wie is vir die bankrowe verantwoordelik? En: Wie het die Mauser-moorde gepleeg? Is dit dieselfde persoon? Verder: wat gaan met Mat Joubert se persoonlike stryd gebeur? Gaan hy die verlede kan verwerk? Gaan hy weer 'n verhouding met 'n vrou aanknoop? Gaan hy 'n sukses of 'n mislukking wees?

Met meesterlike vakmanskap wissel die skrywer die verskillende spanningsdrade af, breek die verhaal telkens op 'n spanningshoogtepunt af, stel dit uit om die inligting te gee wat die leser verlang, lok jou uit, mislei en verras jou voortdurend. Uiteindelik bied hy 'n ontknoping wat miskien nie almal sal bevredig nie, maar sekerlik almal sal verras.

Saam met die volgehoue spanning is daar die humor wat die plesier van die leser verhoog. So is daar byvoorbeeld die polisie-offisier wat Engels op die TV moet praat:

> What I can tell you, are that the investigating officer, captain Mat
> Joubert, have as many policemen at his disposal as he needs"(165).

Dis 'n herkenbare hedendaagse werklikheid wat in die roman opgeroep word – met misdaad en regstellende aksie; met Engels op die TV; met roof, verkragting en moord, en die Suid-Afrikaanse polisie wat in die hitte van die stryd staan. Lesers wat die Kaap ken, sal 'n hele paar keer die omgewing kan herken. Ook "Premier Bank", die bank waar die bankrowe plaasvind, kom bra bekend voor:

> Vir die gewone kliënt is daar Robyn-plan, die ligpers en grys tjekboek
> met die afbeelding van 'n rooi edelgesteente daarop. Dié met 'n hoër
> inkomste en meer skuld kwalifiseer vir Smaragplan – en 'n groen steen.
> Maar dit waarna Premier wil hê al sy kliënte moet streef, is Diamantplan
> (16).

Dis 'n wêreld dié waarmee die hedendaagse leser kan identifiseer.

*Feniks* is 288 bladsye van louter genot. As daar nie 'n draaiboekskrywer en ander kundiges is wat hierdie boek omwerk tot 'n film nie, dan is iemand êrens baie dom.

# Etienne van Heerden: *Kikoejoe*

Vanaf die 1990's begin ernstige Afrikaanse skrywers al hoe meer aandag aan die storie-element in hul verhale te gee, en die ou grens tussen "hoë" en "lae" literatuur is (genadiglik) aan die vervaag. 'n Genre wat as 't ware "vra" om deur literêre skrywers benut te word, is dié van die spannings- en speurverhaal. Reeds in 1964 het Etienne Leroux met *Een vir Azazel* 'n diepsinnige roman geskryf op die patroon van die speurverhaal. En in 1996 verskyn daar weer 'n meesterlike literêre roman op die patroon van die "whodunit", naamlik *Kikoejoe* deur Etienne van Heerden.

Een van die aantreklikhede van die tradisionele speurverhaal is die duidelike onderskeid tussen goed en kwaad, en die oorwinning van die goeie aan die einde – die misdadiger word uiteindelik deur die speurder vasgetrek. Etienne van Heerden gebruik hierdie patroon, maar vul dit met allerlei ironieë en dubbelsinnighede.

*Kikoejoe* handel oor 'n middeljarige skrywer, Fabian, wat in New York sit en terugdink oor die somer van 1960 op Halesowen, die vakansieoord van sy ouers op hul plaas in die Karoo. Verskeie merkwaardige gaste het daardie somer op Halesowen vertoef: onder andere Pa se mannetjiesrige suster Geert, op besoek uit Amsterdam, besig met opspraakwekkende navorsing oor die familie; dr. Clark, wat Fabian se pa vir depressie behandel en onder andere met LSD as medisyne eksperimenteer; die "Veteraan" wat homself as oudgediende uit die Tweede Wêreldoorlog voordoen en Fabian se ma se hart steel met sy bekoorlike verhale; Pa se verkrampte broer Boeta uit Pretoria, met 'n bediende wat saamkom – die pragtige Sjona-vrou Tsitsi op wie Reuben, die hoofkelner van Halesowen, smoorverlief raak.

Twee groot gebeurtenisse in die geskiedenis van die omgewing val saam in hierdie somer: die besoek van dr. Verwoerd aan Cradock, en die optrede van die cowboy-sanger Charles Jacoby op die dorp. Maar Verwoerd en Jacoby word mettertyd op die agtergrond geskuif deur enkele dramatiese gebeurtenisse op Halesowen. Tydens die besoek van dr. Verwoerd word die plaashek deur een van die werkers oopgelaat sodat 'n hele aantal plaasdiere lusern vreet en vrek. 'n Kommando van boere ondervra Pa se werkers om die skuldige te ontdek en dan word die mied aan die brand gesteek waarin die hoofverdagte, die werker Windpomp, homself versteek het, en word die brandende mied 'n smeulende grafkamer vir Windpomp. 'n Tweede skrynende gebeurtenis is die nagtelike verkragting van die beeldskone Tsitsi – die vraag is, wie is die skuldige? Want "dit kon een en almal gewees het, iedereen" (244). Met hierdie vraag word die genre van die speurverhaal geaktiveer.

Die eerste vanselfsprekende verdagte is Kikoejoe, die monsteragtige dier wat in die nag op Halesowen rondsluip, vir wie die Veteraan en Fabian vergeefs probeer opspoor en doodmaak. Die dier word "Kikoejoe" genoem omdat sy besoeke aan die werf telkens gekenmerk word deur die beskadiging van die kikoejoegrasperk. Die naam is verder gepas omdat Kikoejoe 'n grassoort is wat besonder moeilik is om uit te roei

– op die simboliese vlak verteenwoordig "Kikoejoe" dus die onuitroeibare "monster" in elke mens. Die dier is simbolies van die onderdrukte skadukant in elke mens se psige, die donker skuilplek van gewelddadigheid en onbeteuelde seksuele drif. Simbolies gesien het almal op Halesowen dus vir Tsitsi verkrag, omdat die aggressie en seksuele veroweringsdrif wat in elke mens bestaan, vir haar dood verantwoordelik is. Kikoejoe is die skuldige, maar nie die Kikoejoe "daarbuite" nie, maar die Kikoejoe "hierbinne".

Hiermee dan die eerste variasie op die patroon van die spanningsverhaal – nie een persoon, of enkeles nie, maar almal is skuldig. Nogtans word daar, op die realistiese vlak, wel 'n antwoord gegee op die vraag wie vir Tsitsi verkrag het. Vir die leser wat misdade wil ontrafel, is die leidrade aanwesig, en wie fyn lees, sal die skuldige persoon kan aanwys – die een wat die Kikoejoe-kant in homself so onderdruk dat hy 'n lewe van leuen lei. (Genoeg gesê – snuffel maar self vir die leidrade, en vergeet nie van bladsy 294 nie.)

Een persoon is die skuldige, maar Kikoejoe (die "skuldige") is ook in almal. Die mens is geneig om die "Kikoejoe" in jou wat vir jouself en die gemeenskap onaanvaarbaar is, te ontken en te onderdruk, en die aanvaarbare na te streef. In die roman blyk dit dat die onderdrukking van Kikoejoe dit nie kan vernietig nie; inteendeel, dat die onderdrukking die "monster" met dubbele krag laat terugkeer. 'n Verstandiger benadering is om die "dier" te konfronteer, selfs al is dit pynlik; om dit te aanvaar as deel van die psige wat nie weggewens kan word nie; om dit te akkommodeer in plaas van om dit te probeer vernietig. Hierdie tema word op 'n simboliese manier "verduidelik" deur die feit dat die besoekers op Halesowen oor die kikoejoegrasperk moet loop om by die ablusieblok te kom. Dit wil sê, die ontmoeting met "kikoejoe" is noodsaaklik voordat die (psigiese) reiniging kan plaasvind.

Die mens wil die rasionele, geordende kant skei van die irrasionele, impulsiewe, "primitiewe" kant van die psige; eersgenoemde is "goed", laasgenoemde is "boos". Maar die twee kan nie so van mekaar losgemaak word nie. Dit word pragtig geïllustreer met die aankoms van Charles Jacoby in 'n trein op die stasie van Cradock. Die kragtige swart stoomtrein is simbolies van die magte uit die onbewuste – dit is wat die mens "dryf". Die "ordentlike" Jacoby met sy wit perd Valour is simbolies van die rasionele, die "mooie" en ordelike. Die seun Fabian maak die aankoms van Jacoby mee. Fabian sit hoog op 'n watertoring – simbolies van die mense se strewe na die "hoë", die "suiwere". Maar, soos Ikaros al lank gelede uitgevind het – wie te hoog wil vlieg, kom tot 'n val. Fabian val van sy toring en verloor sy bewussyn en word as 't ware as 'n nuwe mens wakker, met 'n nuwe lewensinsig. Net voor sy val het hy hom verbeel hy jaag op die rug van die perd Valour oor die vlakte; maar hierdie visioen word teruggedring deur die herinnering aan die donker dier wat oral op die plaas rondsluip (97-98). Valour en Kikoejoe, "goed" en "kwaad", kan nie van mekaar geskei word nie – albei is deel van die mens. Wie op Valour wil wegjaag, word onvermydelik deur Kikoejoe gekonfronteer.

Die konfrontasie met Kikoejoe is nie net 'n onaangename ervaring nie; daar is ook iets positiefs aan verbonde. Die ontdekking van jou innerlike wonde, van jou verskeurdheid en onvolmaaktheid, is 'n stimulus tot kreatiwiteit, tot die vertel van verhale. Soos tante Geert dit stel: "Almal is op 'n manier in die enkel gepik" – waarop dr Clark, die psigiater, reageer: "'Ourselves as epic stories' – ons moet die wond al vertellende heel. Dis terapie" (141). Of, soos hy dit later stel: "Die wond is 'n mond wat praat" (145). Daarvan is ook die roman *Kikoejoe* 'n voorbeeld – 'n verhaal gebore uit die menslike gebrokenheid, uit die verlange na die volmaakte, uit die hunkering na 'n verlore paradys.

Tot dusver is alleen na die psigiese kant van die Kikoejoe-simboliek gekyk. Daar is egter ook 'n sosiale betekenis aan die dier verbonde wat van die uiterste belang is. "Kikoejoe" is nie net die naam van 'n grassoort nie, maar ook van 'n stam in Kenia wat in die vyftigerjare aktief aan die opstand teen blanke oorheersing deelgeneem het. Die opstand van swartmense is die sosiale parallel van die opstand van die skadusy in die psige van die enkeling. Fabian se pa se woedende reaksie op die bewerings van sy suster Geert dat hul voorgeslagte nie "suiwer blank" was nie, is 'n tipiese voorbeeld van die weiering om die Afrika-element in die Afrikaner te erken en die Afrikaan as medeburger van die land te aanvaar.

Terwyl Verwoerd sy droom van 'n "wit Suid-Afrika" op Cradock propageer, is swartmense besig met allerlei ondergrondse bedrywighede teen die blanke bewind, maar hiervan is die blankes onbewus. Die brandende werker in die mied is 'n aangrypende beeld van die Afrikaan wat ly buite die gesigsveld van die blanke, deur sy (die blanke se) toedoen. Soos met die individuele Kikoejoe in die psige, is daar die suggestie in die roman dat die aanvaarding van Afrika in en om die Afrikaner nuwe kreatiewe kragte sou kon vrystel. Nie verniet is die naam van die lydende werker "Windpomp" nie – daar is ondergrondse water wat hy sou kon aanwys.

Fabian se naam en die manier waarop hy oor die land skryf, verbind hom met die "Fabian Society", waarvan George Bernard Shaw die beroemdste lid was, wat hulle beywer het om deur hul geskrifte die doelstellings van die sosialisme te bevorder. Deur die oorredende mag van die taal eerder as deur die strewe na politieke mag wou hulle die samelewing verander. Van belang in dié verband is die toneel waar Fabian en sy swart vriend Willempie die beendere van Olive Schreiner uit die graf laat "opstaan". Dis 'n toneel wat herinner aan Opperman se "Gebed om die gebeente", en Esegiël se visioen van die herrysenis van Israel. Teenoor die steriele visioen van Verwoerd wil Fabian 'n alternatiewe visioen stel waarin hy by Olive Schreiner aansluit: van 'n land waarin die onderdruktes vry sal word – die swartmense en die vroue (van alle rasse).

Aan die een kant is daar in die roman 'n dwingende besef van 'n sosiale "werklikheid" wat gekonfronteer moet word; aan die ander kant is daar 'n grondige, postmodernistiese twyfel aan die skrywer (en die mens in die algemeen) se vermoë om "die werklikheid" te ken en in taal weer te gee. Vroeg in die roman word die leser gewaarsku om die werk nie as 'n realistiese teks te lees wat lewensgetrouheid probeer nastreef nie. Die somer van 1960 waarvan vertel word, is miskien nie een somer nie, maar vele somers wat geteleskopeer word. In die geheue setel nie bloot die spieëlbeelde van wat gebeur het nie; dit is ook:

> [...] 'n skelm opvoerder van verbeeldings, vermoedens, hunkerings [...]
> Waarskynlik gaan dit eintlik maar oor vrese en hunkerings wat tot
> verhaal gevoer word, opgevoer [...] in die herinnering aan wat dalk 'n
> skynsomer was, daardie Halesowen-somer op Soebatsfontein (12-13).

Die vertellings is dus subjektief, en *Kikoejoe* blyk uiteindelik 'n roman te wees wat net soveel, of meer, van Fabian openbaar as van die tyd en plek waarvan hy vertel. Wat jy in ander raaksien, wat jy jou van hulle verbeel, openbaar veel van jouself. Dit blyk dat Fabian geobsedeer is met fundamentele aspekte van die menslike bestaan: in die worsteling met 'n sosiale en individuele "kikoejoe"; in die gewonde psige; in die menslike onvoltooidheid en verlange; en in die genesende krag van vertelling en kreatiwiteit. Die roman as geheel is 'n kleurryke kaleidoskoop, nie net van die Suid-Afrikaanse landskap nie, maar ook van die psige van die verteller-karakter Fabian.

Hiermee kry die roman as speurverhaal 'n nuwe, verrassende gestalte. Want die "skuldige" agter alles, die skepper van Kikoejoe, is die skrywer-verteller Fabian (en agter Fabian is natuurlik die skrywer Etienne van Heerden). In die laaste instansie moet die skrywer-verteller die verantwoordelikheid vir alles dra, en dit word 'n boeiende spel vir die leser om Fabian oral te ontdek. Fabian is in almal en alles, en sommige van die karakters is duidelike alter ego's van Fabian, byvoorbeeld die onrustige tante Geert, soos Fabian afwisselend afgestoot en aangetrek deur haar geboortewêreld.

'n Uiters interessante karakter is die kelner Reuben, die swart alter ego van die blanke Fabian. Reuben is die enigste een op die plaas wat weet hoe om die vuur te stook vir die "donkie" – die stoomenjin wat krag vir die plaas verskaf. Die donkie is simbolies van die kragtige energie uit die onbewuste: soos die skrywer hom met hierdie gevaarlike kragte besig hou en dit op 'n positiewe manier in sy kunswerk benut en beheer, beheer Reuben die gevaarlike stoomenjin. Wanneer Reuben die donkie "Antjie Provee" doop, die naam van die beweerde gekleurde voorsaat in die familiegeskiedenis, dan dui hy, soos Fabian, op die onderdrukte Afrikaan-skadufiguur in die onbewuste van die Afrikaner wat aan hom die noodsaaklike lewensenergie kan verskaf.

Reuben is, soos Fabian, 'n randpersoon, op die grens tussen twee wêrelde. Soos Fabian, is hy leergierig, gretig om te ontsnap uit die eng wêreld waarin hy deur sy geboorte beland het. Reuben se geliefde Tsitsi word verkrag, en later pleeg sy selfmoord; dit vorm 'n parallel met die toneel waarin Fabian se geliefde sterf, deur moord (of selfmoord?) (266-267) – in albei gevalle beteken dit die vernietiging van paradyslike geluk.

Die sterwe van die twee beeldskone, onskuldige jong vroue dui waarskynlik nie net op die vernietiging van die paradys nie; hulle is ook argetipiese sondebok-figure wat, soos in Etienne Leroux se *Een vir Azazel*, vir die duiwelse monster geoffer moet word om vir menslike skuld te betaal en die voortsetting van die lewe moontlik te maak. Die sondebok-tema is ook aanwesig in die dramatiese toneel waarin die onskuldige Reuben deur die werkers bedreig en daarvan beskuldig word dat hy die staldeur oopgelos het sodat Jacoby se perd Valour ontsnap het. Die werkers, gedagtig aan die gruwelike straf wat Windpomp gekry het vir die hek wat hy oopgelaat het, soek 'n sondebok, en die vinger word na die onskuldige Reuben gewys. Dis 'n toneel van skuld, angs en woede, waarin psigiese kragte ontplof, gesimboliseer deur Reuben wat die donkie al hoe driftiger stook totdat die stoomtenk bars en kokende water oor Reuben uitstort (283). Fabian se ma beskerm egter vir Reuben teen die woede van die werkers en red hom van verdere verwonding en die dood. Is hierin ook 'n subtiele parallel tussen Fabian en Reuben? Vir Fabian, wat as skrywer met die gevaarlike kragte uit die onbewuste omgaan, en Reuben, wat met stoom en kookwater werk, kan die kragte buite beheer raak en hulle vernietig. Dit is die troue liefde van die werkgeefster van Reuben, wat ook die moeder van Fabian is, wat (psigiese) vernietiging voorkom.

Hierdie toneel is die ware hoogtepunt van die verhaal. Die leser wat gewag het op 'n hoogtepunt met die besoeke van Jacoby en Verwoerd aan Cradock, vind in plaas daarvan 'n swart werker in die middelpunt; die leser wat 'n realistiese streekvertelling verwag het oor die verlede op die plaas, kom bedroë daarvan af – die fokus van die roman is op die psige van die mens. Tipies van die speurverhaal is 'n spel van misleiding met die leser gespeel. Op die patroon van die speurverhaal (die soek na die verkragter) en van die jagverhaal (die soektog na die dier Kikoejoe), twee genres uit die ontspanningslektuur, ontwikkel *Kikoejoe* tot een van die heel sinrykste Afrikaanse romans van die negentigerjare – tot 'n diepsinnige uitbeelding van die innerlike kragte wat die mens beweeg, bedreig en red.

# AHM Scholtz: *Vatmaar*

"Uit Afrika kom altyd iets nuuts." So lui 'n ou Romeinse spreekwoord. Miskien kan 'n mens ook sê: "Uit Afrikaans kom altyd iets nuuts" – want die verskyning van *Vatmaar* in 1995 was vir Afrikaanse lesers soos 'n verstommende verrassingspakket. Wat was dit aan hierdie boek wat mense so verbaas en laat lekkerkry het?

Wie het nou al ooit gehoor van iemand wat net sewe jaar skool gehad het, wat dan, op 72, 'n roman (sy eerste) publiseer, in 'n taal wat hy nooit op skool geleer het nie – en wat met hierdie roman onder andere die grootste Afrikaanse letterkundige prys, die M-Net-prys van R50,000, verower – 'n boek wat ook in vertalings in Nederlands en Duits 'n top-verkoper word? Soos die Nederlanders sou sê: "Hoe kan dat nou?"

Wel, Scholtz het 'n verhaal gehad het om te vertel, en hy weet hoe om 'n verhaal te vertel. Hierdie man, wat in sy lewe baie dinge ervaar het, onder andere (as soldaat) die gevare en leed van die Tweede Wêreldoorlog en later die pyn van diskriminasie in die tyd van apartheid, het op sy oudag besluit dat hy sy stories met ander wil deel.

Afrikaans was sy moedertaal, en ook die taal van die mense van sy omgewing, maar Engels was die taal waarin hy op skool onderwys ontvang het. Daarom het hy sy verhaal in Engels geskryf, met Afrikaanse dialoog. Toe Scholtz met sy manuskrip by Kwêla Boeke kom, het die uitgewer gevoel Scholtz se verhaal is 'n storie wat vra om in Afrikaans vertel te word. Met die hulp van Wium van Zyl is die manuskrip volledig in Afrikaans oorgesit, en Scholtz het dit nagegaan om te sorg dat die Afrikaans is soos wat hy dit graag wil hê. So het die boek dan in sy huidige vorm ontstaan.

*Vatmaar* is nie 'n karakterroman, waar een karakter van begin tot einde 'n sentrale plek inneem nie. Eerder is die dorp Vatmaar sentraal, soos wat die titel dan ook suggereer. Die dorp is as 't ware die "hoofkarakter" – al die verskillende karakters en verhale in die boek vorm 'n mosaïekpatroon, waarin alles saam bydra om 'n beeld te gee van die tipe plek wat Vatmaar was.

Die dorp is begin met "vatmaar"-goed, wat "gekleurdes" gekry het na die oorlog wat hulle in diens van die "Queen" teen die Boere geveg het. Die naam "Vatmaar" suggereer dat die "gekleurdes" 'n bestaan uit die oorskiet van die blankes maak, soos wat hulle kerkgebou ook tot stand gekom het uit 'n saal wat die blankes nie meer gebruik het nie. Die naam "Vatmaar" gee egter ook iets van die gesindheid van die mense; hulle staan saam en gee vir mekaar om; elkeen hou nie net vir hom- of haarself wat hulle het nie, maar laat toe dat ander ook "maar vat". Teenoor die moderne samelewing met sy individualisme staan die simpatieke gemeenskap van Vatmaar. Vatmaar is 'n toevlug waar mense tuis kom, ook mense wat teen die rassistiese norme van die samelewing ingaan – mense soos Oupa Lewies en sy swart vrou, Ruth, en Ma Khumalo en haar wit seun, Norman. Aan die een kant is Vatmaar 'n geromantiseerde plek, beter as die wêreld wat ons ken; aan die ander kant is Vatmaar net soos die wêreld wat ons ken, met sy slegtes en sy goeies, sy tant Wonnies en sy Martha Septembers; sy nederiges soos Oupa Lewies en sy hoogmoediges soos Lewies se dogter Elsa.

Binne die gemeenskap van Vatmaar is daar tog 'n aantal persone wat uitstaan. As daar een held(-in) in die boek is, dan is dit Tant Wonnie. Sy is as 't ware die verpersoonliking van liefde. Sy het 'n groot liefde vir haar oorlede man en vir haar kinders; 'n goeie mens wat ondanks haar armoede ook vir ander omgee en help waar sy kan. Al is sy arm, het sy 'n innerlike adel wat haar verhef bo ander wat ryker as sy is. Sy is ook 'n toonbeeld van onskuldige lyding, 'n moderne Job, soos wat ons sien wanneer sy vals van diefstal beskuldig word. Ondanks hierdie onreg word sy nie bitter nie, maar staan vas in haar goedheid. Haar vertroue op God en haar oorgawe aan God is vir haar 'n anker wat haar selfs in die moeilikste tye staande hou. As gevolg van haar innerlike krag is sy in staat om te oorleef en te triomfeer ondanks haar moeilike omstandighede. Uiteindelik word sy vir haar goedheid beloon en sy leef op haar oudag sonder finansiële kommer. Sy sterf soos 'n goeie mens, rustig, sonder sorge.

Daar is 'n rykdom van temas in *Vatmaar*, maar veral twee temas staan vir my uit. Die eerste is die probleem van onskuldige lyding. Die roman bring die vraag na vore: waarom verhinder God nie dat 'n goeie mens swaarkry nie? Sorg God dan nie vir die goeies en straf die slegtes nie – waarom gebeur daar soveel dinge op aarde wat onregverdig lyk?

Tant Wonnie is seker die duidelikste voorbeeld van 'n goeie mens wat onverdiend swaarkry. Waarom moet sy so arm wees? Waarom moet sy onregverdig van diefstal aangekla word? Waarom moet sy in die tronk beland? Uit die geskiedenis van Tant Wonnie blyk dit egter dat die goeie mens (dikwels) wel geluk vind, maar eers na 'n tyd van swaarkry. Nadat sy in die tronk was, word Tant Wonnie vrygespreek en kry sy 'n pensioen. So ook, nadat Kenneth sy geliefde Kaatjie aan die dood afgestaan het, vind hy geluk met Suzan. Die feit dat hy Kaatjie verloor het, bring hom na Vatmaar, waar hy geluk saam met Suzan vind en vir Vatmaar 'n kliniek laat oprig. Die slegte dinge het wel 'n gelukkige en sinvolle einde – alles werk ten goede uit.

Wanneer Tant Wonnie deur die polisieman na die tronk geneem word, bid sy saam met die nugtere Suzan, wie se geloof bra wankelrig is. "Die Here weet beter, my kind," sê Tant Wonnie, en Suzan antwoord: "Ons sal sien, Ma-Ma" (125). Tant Wonnie worstel met God, sy probeer sin maak uit wat met haar gebeur het, en dan word sy getref deur 'n gedagte wat vir haar rus bring. Sy onthou wat haar geliefde man aan haar geskryf het: "Remember, it is said that God is within us at all times."

Tant Wonnie kom nou tot 'n belangrike gevolgtrekking. Sy dink aan die godsdiens van Vatmaar se mense en besluit:

> Ek wil nie deel wees van hulle se God nie. Hulle sê almal: Onse Vader.
> Onse Vader, terwyl elkeen van hulle sy eie gedagtes het en die meeste
> van die tyd iets vir niks wil hê. Toe kom dit by haar op, asof daar 'n stem

binne-in haar praat: Soek eers die Koninkryk van God binne-in jou,
want Ek woon binne-in jou (126).

Tant Wonnie soek hierna nie meer na God daar buite of daar bo nie, maar in
haar, as die Een wat haar die krag gee om in alle omstandighede sterk te bly en te
triomfeer.

Dieselfde gedagte kry ons ook in die fyn-humoristiese toneel tussen Tant
Wonnie en Suzan (231):

> Toe sê Suzan: Ma-Ma, die lewe is lekker.
> "Wat dink jy maak die lewe lekker, my kind?"
> "Ek weet nie, Ma-Ma."
> "Dink net 'n bietjie, dink."
>  Na 'n tydjie sê Suzan: "Geld."
> "Jy het die spyker op die kop geslaan. Ja, Suzan, geld kan byna alles
> koop, maar tog ook nie alles nie. En ons moet nooit die tyd vergeet toe
> ons niks gehad het nie. Want daar was een ding waarsonder ons nooit
> was nie."
>  "Wat is dit, Ma-Ma?"
> "Onse Vader" – en haar ma het haar hand op haar hart gesit.

Die skrywer bring dus, deur Tant Wonnie, hierdie positiewe boodskap; maar hy
is aan die ander kant ook bewus van dinge wat ons nooit sal kan verklaar of begryp nie;
hy sien die ironieë en teenstrydighede in die lewe raak.

In die toneel waar Tant Wonnie op pad na die tronk is, bid sy om uitkoms
omdat sy nie meer die krag het om verder te loop nie. Dan, juis op daardie oomblik,
hou 'n vragmotor stil, en sy word opgelaai en na die tronk gery. Dit lyk na 'n volmaakte
voorbeeld van 'n antwoord op gebed. Maar wie was hierdie man wat haar opgelaai het?
Dit is Piet de Bruin, vir wie Tant Wonnie in die verlede woedend gemaak het toe sy sy
seksuele geweld teengestaan het. De Bruin is dus nie haar vriend nie, maar iemand wat
die geleentheid gebruik om haar in die openbaar te verneder en haar sodoende terug
te betaal. 'n Mens sou kon vra: kon God nie maar liewers iemand anders gestuur het
om Tant Wonnie op te laai nie? Nogtans is Tant Wonnie tevrede: "Ek sê dankie, my
Meester ... My Meester wat in my binneste woon, ek het U gevind."

Tant Wonnie is egter bewus van die baie onreg in die wêreld. Terwyl sy agter
op Piet de Bruin se vragmotor sit, dink sy aan 'n paar gevalle van onreg wat ongestraf
gebly het: Piet de Bruin se poging om haar te verkrag; die feit dat sy sonder dank of
loon weggestuur is ná die dood van Piet se suster Sannah, vir wie sy getrou opgepas
het; Piet se gruwelike mishandeling van sy werker Onie-as; die swartman Duma wat
ontman is tydens die oorlog waaraan hy geen deel gehad het nie. Dit is meestal die
swakkeres wat ly, dié aan die onderpunt van die sosiale leer – die donkerkleurigies, by
name die "gekleurde" vroue.

Ook in die hofsaal blyk dit dat geregtigheid nie altyd geskied nie, onder andere in die lotgevalle van Benny O'Grady die vleisdief, wat met kostelike humor uitgebeeld word. Benny steur hom nie aan die waarheid nie. Sy advies aan 'n medebeskuldigde, Hendruk Jannewarie, is: "Onthou, sê altyd jy is onskuldig en doen jou bes om nie skuldig te lyk nie" (163). Sy taktiek werk, en hy wen sy saak, hoewel hy in werklikheid skuldig aan diefstal is. "Met 'n glimlag het hy gesê sodat almal dit kon hoor: Geregtigheid het geseëvier – en gedink aan die ander vyf skape wat hy by Meneer Lambrecht gesteel het" (165). Die ironie is duidelik. In teenstelling met Bennie se mooiklinkende woorde oor geregtigheid, het die onreg in der waarheid geseëvier, omdat die dief vry weggekom het. Hendrik daarenteen, wat werklik onskuldig is en altyd die waarheid praat, wat dink: "Noulat ek die waarheid vertel het, sal die waarheid my vrymaak" (171) – hy kry agt jaar hardepad.

Daar is dus twee teenstellende tipes verhaallyne in *Vatmaar* – een tipe waarin goedheid beloon word, waarin goeie mense na 'n tyd van swaarkry uiteindelik geluk vind; en een waarin die swaarkry onverdiend is, maar waarin geen geregtigheid geskied nie. Dit is asof die skrywer aan die een kant 'n boodskap van troos wil bied deur 'n karakter soos Tant Wonnie – dat die mens deur innerlike krag oor omstandighede kan triomfeer, en uiteindelik vir sy/haar goedheid beloon sal word; maar aan die ander kant is daar 'n besef dat die mens se lewensloop nooit heeltemal verklaar kan word nie; dat daar onreg is wat skynbaar nooit reggestel word nie. Ondanks die skynbare eenvoud van die roman is daar 'n gesofistikeerde denker en verteller aan die woord.

Die tweede, uiters belangrike tema in *Vatmaar* is dié van die liefde. Dit gaan om die liefde tussen man en vrou, maar ook die liefde in die algemeen tussen mens en medemens. Die liefde wat in die roman waardeer word, is 'n goedheid wat oor grense gaan: grense van taal, van ras en kleur, van kerk en geloof. Teenoor die algemene menslike neiging om mense wat "anders" is, te veroordeel en te verstoot, is daar die helde en heldinne van *Vatmaar* met 'n grenslose goedheid: byvoorbeeld Ma Khumalo wat 'n blanke seun as kind aanneem en hom grootmaak; Oupa Lewies met sy liefde vir 'n swart vrou; Suzan wat vir Nellie Ndola troos, al is sy onaantreklik en donkerder van kleur.

Die ideale liefde word mooi geïllustreer in die toneel "Die eerste begrafnis" (40-41). Dit handel oor die begrafnis van die swart vrou Ruth. Alhoewel die mense van Vatmaar Afrikaanssprekend is, word daar dié dag nie in Afrikaans gepreek of uit 'n Afrikaanse Bybel gelees nie. Oom Chai haal 'n Engelse Bybel uit en lees: "In my Father's house are many mansions" – en in hierdie toneel is dit asof Vatmaar baie na die Vaderhuis begin lyk. Oom Chai is 'n voorbeeld van bedagsaamheid, en van liefde wat vir ander omgee. Hy en Oupa Lewis, wat sy vrou verloor het, omhels mekaar en huil saam – "soos net tweelinge kan". Ondanks die feit dat die een blank is en die ander "gekleurd", die een Engels en die ander Afrikaans, is hulle 'n "tweeling" wat oor alles saam voel. Aan die einde van die toneel sê Oom Flip die woorde wat nie net die sentrale tema van hierdie toneel saamvat nie, maar ook van die roman in die algemeen: "Die liefde ken nie grense nie."

Scholtz se romantiese uitbeelding van die wêreld van sy jeug, sy nostalgiese terugkyk na 'n verlore platteland – dit is in die Afrikaanse prosa nie onbekend nie. Maar Scholtz se boek is totaal anders as die tradisionele plaasroman. Hier is die "gekleurdes" nie op die rand van die verhaal nie, maar in die sentrum. Hier is die opset nie patriargaal nie, maar vroue en mans is gelykes, met vrouekarakters wat dikwels die hooffigure is. In Scholtz se roman is daar nie 'n enkele verteller nie, maar 'n reeks vertellers, want *Vatmaar* is almal se storie – *Vatmaar* gee stem aan 'n hele gemeenskap.

# Christoffel Coetzee: *Op soek na generaal Mannetjies Mentz*

'n Verbasende geval in die Afrikaanse letterkunde: die *De Kat*/SANLAM-roman-wedstryd in 1996, met 'n besonder groot getal inskrywings, word gewen deur die debuut van 'n skrywer van wie niemand nog ooit gehoor het nie, Christoffel Coetzee. 'n Mens neem aan dat dit die debuut van 'n jong skrywer is; maar dan sien jy sy foto, en hy lyk na 'n patriarg van by die tagtig jaar. Nog later hoor jy hy is pas vyftig.

Na die verskyning van die manuskrip in 1998 word die boek, *Op soek na generaal Mannetjies Mentz*, ook met die M-Net-prys bekroon; die boek word tot Afrikaanse toneelstuk verwerk wat groot sukses inoes. En toe sterf die skrywer plotseling in 1999. Sekerlik die verstommendste verskietende ster ooit aan die Afrikaans literêre horison.

Coetzee se roman staan midde-in die honderdjarige herdenking van die uitbreek van die Anglo-Boereoorlog in 1899. In die voorafgaande dekades was daar 'n opmerklike skaarste aan Afrikaanse fiksie oor die Anglo-Boereoorlog. Een rede vir hierdie stilswye was moontlik die begeerte om die traumatiese verlede te "vergewe en te vergeet", as gevolg van die potensieel verdelende effek wat die herinnering daarvan op die samelewing sou kon hê. Rondom die herdenking van die oorlog was daar egter 'n kragtige oplewing in die prosa oor die Anglo-Boereoorlog – by verre die sterkste oplewing sedert die beëindiging van die oorlog in 1902. Jeannette Ferreira het drie romans geskryf met die oorlog as agtergrond, en was ook redakteur van 'n versameling kortverhale oor die oorlog; verder het daar ook in dié tyd oorlogsromans verskyn deur Eleanor Baker, Johnita le Roux, AHM Scholtz, Christoffel Coetzee, Karel Schoeman, Ingrid Winterbach en Engela van Rooyen.

Die klaarblyklike rede vir die oplewing in Afrikaanse fiksie oor die Anglo-Boereoorlog in die laaste dekade van die twintigste eeu was die honderdjarige herdenking van die begin van die oorlog in Oktober 1899, maar dit was hoogs waarskynlik nie die enigste rede nie. Die belangstelling van Afrikaanse skrywers in die oorlog was 'n onderdeel van 'n groter, byna obsessionele, belangstelling in die persoonlike en algemene geskiedenis van die land, met 'n fokus op die rol van die Afrikaners. 'n Stimulus vir hierdie historiese belangstelling was kennelik die feit dat Afrikaners in meer as een sin aan die einde van 'n tydperk gekom het: die einde van 'n eeu, die einde van 'n millennium, en die einde van die era van apartheid.

Onder sulke omstandighede is dit normaal om terug te kyk; en dit is te verwagte dat parallelle getrek sal word met die einde van die negentiende eeu, wat ook vir die Afrikaner 'n krisistyd was en die oorgang na 'n nuwe era ingelui het. In albei gevalle moes die Afrikaner sy politieke mag prysgee, met gevolglike gevoelens van angs en disoriëntasie. Daar is egter 'n kardinale verskil tussen die twee tye. Met die einde van die Anglo-Boereoorlog is die Britse Ryk deur Afrikaners in die beskuldigdebank geplaas; met die einde van die twintigste eeu staan die Afrikaner self in die beskuldigdebank. Met (onder andere) die getuienis van menseregteskendings onder die apartheidsbewind wat voor die Waarheids- en Versoeningskommissie gelewer is, is dit te verwagte dat die Afrikaners se persoonlike en kollektiewe skuld ook aandag sou ontvang by hul besinning oor die verlede.

Twee teenoorgestelde tipes uitbeelding van die Anglo-Boereoorlog is moontlik, wat skakel met verskillende reaksies op die krisis van die aanbreek van 'n nuwe era. 'n Skrywer kan vertel van die oorlog wat algemeen beskou is as die mees heroïese tyd in die geskiedenis van die Afrikaner om sodoende verlore selfrespek te herwin, en moontlik ook wys op die onreg wat teen die Afrikaners gepleeg is – dat die Afrikaners nie die uitsluitlike skuldiges van die geskiedenis is nie. Hierdie benadering is te vinde in die roman *Groot duiwels dood* (1998) deur Eleanor Baker. 'n Ander moontlikheid is om die heroïek van die verlede te relativeer en te dekonstrueer as deel van die konfrontasie met en verwerking van die skuld van die verlede. Dit vind ons onder andere in *Op soek na generaal Mannetjies Mentz* van Christoffel Coetzee.

Geskiedenis en fiksie is nóú verbonde in die boek. Die teks word aangebied asof generaal Mentz 'n historiese figuur was; die inleidende gedeelte is getitel "Redakteursnota", asof die skrywer niks anders gedoen het as om historiese dokumente te orden en te redigeer nie. In die inleiding is daar 'n aantal voetnotas met onberispelike historiese gegewens en verwysings na historiese persone soos kommandant Chris van Niekerk en kaptein Slegtkamp; daar is drie aanhalings uit *Commando*, die feitelike vertelling oor die Anglo-Boereoorlog deur Deneys Reitz, as stawing van die skrywer se betoog; daar is inligting oorgeneem uit die SA Biografiese Woordeboek; en selfs 'n vermelding van die filosofiese werk van Saul Kripke, *Naming and Necessity*, as teoretiese basis van die skrywer se argumentasie oor die identiteit van Mannetjies Mentz. Die hele opset is dié van 'n dokumentêre verslag en 'n feitelike betoog.

Die tweede en derde dele van die roman is hoofsaaklik fiksioneel en bevat die storie van Mentz en sy kommando, wat in die berge van die Oos-Vrystaat geveg het na die (historiese) oorgawe van generaals Prinsloo en Roux aan die Britse magte. Die "wraakkommando" van Mentz het dit as hul taak beskou om Boere te bevry wat deur die Engelse gevange geneem was, sodat hulle na die Boerekommando's kon terugkeer. Dit was egter nie hul enigste doelwit nie en, met 'n toenemende ignorering van morele beginsels, is Engelse soldate sowel as Boere wat nie meer wou veg nie, op verskriklike maniere gemartel en tereggestel.

Die vierde en laaste gedeelte bevat 'n fiktiewe verslag deur 'n historiese figuur, generaal Coen Brits. Die verslag handel oor generaal Brits se besoek aan Mentz, tydens die Eerste Wêreldoorlog, in die destydse Duits-Oos-Afrika. Die roman is deurgaans stewig veranker in die geskiedenis, selfs al bly dit nie altyd aan historiese gegewens getrou nie. In 'n onderhoud met Stephanie Nieuwoudt in *Die Burger* het die skrywer genoem dat Mannetjies Mentz 'n fiktiewe persoon is – of "dalk is hy 'n saamgestelde figuur". Met aanhalings uit Reitz se *Commando*, en deur herhaalde verwysings na die beroemde Boeresoldaat, kaptein Slegtkamp, suggereer die skrywer in die roman dat daar historiese parallelle met die wraakkommando van Mentz was: selfaangestelde groepe wat onafhanklik van die oorlogsleiding van die Boere werksaam was, en wat dikwels meer soos 'n groep struikrowers opgetree het as 'n gedissiplineerde afdeling soldate.

Deur die *Huisgenoot*-artikels van Dirk Mostert oor kaptein Slegtkamp en die verwerking daarvan tot die boek *Slegtkamp van Spioenkop* (1935) het Slegtkamp in die volksgeheue tot een van die helde van die Boerestryd ontwikkel. Eleanor Baker, in *Groot duiwels dood*, beeld Slegtkamp en sy makker, Jack Hindon, dan ook as helde van die Boerestryd uit (185-186). Christoffel Coetzee daarenteen, deur die uitbeelding van die onmenslikheid van die wraakkommando van generaal Mannetjies Mentz en die implisiete assosiasie van hulle met Hindon en Slegtkamp, ondermyn hierdie tradisionele siening. In sy voorstelling van die oorlog laat Coetzee 'n hele aantal Afrikaner-mites tuimel.

Boere-soldate word nie in die boek geromantiseer nie – maar aan die ander kant is daar ook nie sonder meer Boere-aftakeling nie. Mentz en sy manskappe is nie bloot wrede monsters nie, maar ook deerniswekkende slagoffers van geweld. Dis nie die Boere-kommando nie, maar die oorlog as verskynsel wat in die eerste plek die oorsaak is vir die eskalering van wreedheid. Die geweld van die oorlog versprei steeds verder, en laat uiteindelik niemand in die land onaangeraak nie. Die vroue word, ter wille van oorlewing, hard en meedoënloos; ook die Witsies, swartmense wat aanvanklik niks met die oorlog te doen het nie, moet genadeloos soos Mentz se kommando word om laasgenoemde te kan verdryf. 'n "Gentleman's war" bestaan nie; en daar is geen sin in die romantisering van 'n oorlog nie, soos wat so maklik by 'n herdenking gebeur.

Dit is duidelik dat die Anglo-Boereoorlog nie slegs tussen wit mans uitgeveg is nie; wit vroue en swartmense is eweseer daardeur getref. Soms is vroue die ware helde van die Boerestryd. Die vroue voel baie sterker oor die voortsetting van die oorlog, en briljante oorlogstrategieë word soms deur vroue beplan, en nie mans nie (46-48). Afrikaner-vroue word in die oorlog gedwing om "mannerolle" te speel, en hulle doen dit voortreflik. Die mite van die tradisionele Afrikaner-patriargie, met sterk mans en onderdanige vroue, word duidelik ondermyn.

Nog 'n mite wat in die slag bly, is dié van die tradisionele "apartheid" tussen wit- en swartmense. In 'n hele aantal tonele blyk dit dat seksuele drifte nie deur verskille van ras gekortwiek word nie. Wat meer is, wit en swart vroue is goeie vriende voor die uitbreek van die oorlog; hulle dans saam en hulle bid saam (36-39). 'n Sterk band van vriendskap bestaan ook tussen die wit boer en sy vertroueling, Jan Witsie. Hulle het saam by Majuba geveg, en saam gaan hulle op jagtogte uit. Op hierdie jagtogte blyk daar 'n wedersydse respek te wees tussen die wit man en die Zoeloes in wie se gebied hy jag (140-141). Die oorlog verander egter hierdie harmonieuse saambestaan, en die eerste tekens van verandering kom wanneer, in 'n intens dramatiese toneel, die verteller se moeder vir Jan Witsie beveel om hul plaas af te brand (40). Die moeder wil nie die Engelse die plesier gee om die plaas aan die brand te steek nie, maar sy wil dit darem ook nie self doen nie – Jan Witsie moet die vuil werk doen, en hy haat dit.

Dit is duidelik dat die skrywer uitgebreide navorsing oor die oorlog gedoen het. Hy lewer kommentaar op tradisionele geskiedenisbeskouings, en staaf sy beskouings met historiese verwysings. Tog is die boek nie bloot 'n historiese weergawe van die oorlog nie. Sommige lesers het gekla oor die fokus op die negatiewe; maar ons moet onthou dat die Wraakkommando 'n klein wegbreek-groepie uit die Boeremagte was. Die roman wil nie beweer dat die Boere so 'n klomp skurke was nie. 'n Tradisionele Boere-held soos president Steyn word byvoorbeeld met groot waardering in Coetzee se boek genoem – maar dít is nie waar die nadruk in die roman val nie. Die skrywer bring 'n fiksionele element in wat daaraan 'n breër toepaslikheid gee – dit handel oor fundamentele aspekte van die mens se aard en bestaan.

Die roman is 'n studie in boosheid, in die donker "tweede natuur" van die mens wat altyd aanwesig is en in tye van oorlog sterk na bo kom. Die twee sentrale elemente van die "tweede natuur" wat in *Mannetjies Mentz* uitgebeeld word, is wrede geweld en ongetemde seksualiteit. Die twee vertrouelinge van Mentz, Voss en Niemann, het (soos wat hul name suggereer) hul menslikheid verloor en dierlik geword; hulle is simbole van gewetenlose gewelddadigheid. Hierdie twee is die mees skrikwekkende verteenwoordigers van die bose, maar geen karakter ontsnap aan hierdie "laere natuur" van die mens nie. Mentz se naam suggereer dat hy 'n simbool van die mens is, 'n Elckerlijc-figuur – veral van die donker kant van menswees, in sonderheid van die "mannetjiesmens".

Die roman vang aan met die vraag oor die identiteit van Mannetjies Mentz; algaande blyk dit dat Mannetjies Mentz nie iewers "daar buite" is nie, maar binne-in alle mense. Hiermee word die funksie van die verbinding van fiksionaliteit en historisiteit duidelik; die suggestie is dat Mentz homself inderdaad in die geskiedenis gemanifesteer het, maar dan nie as 'n spesifieke persoon nie, maar as deel van die menslike psige. Selfs die skynbaar "goeie" karakters verloor hul onskuld in die loop van die verhaal. Aunt Soph byvoorbeeld, 'n wyse figuur, soos haar naam trouens aandui, word gekwel deur allerlei teenstrydige gevoelens. Sy neem 'n leidende rol in die stryd teen Mentz; sy is woedend oor sy onbeskaamde gedrag; maar desnieteenstaande begeer sy hom seksueel. Jan Witsie, aanvanklik nie deel van die oorlog nie, pleeg later wreedhede soortgelyk aan dié van Mentz se kommando, in 'n steeds spreidende vuur van geweld. Sommige karakters, hoewel nie skuldig aan wrede dade nie, is tog deel van die kollektiewe skuld deur hul troebel begeertes.

Die roman beeld intens gekwelde karakters uit, magteloos om hul drifte in toom te hou en terneergedruk deur die las van hul gewete. Nogtans, hoewel die boosheid soos 'n aansteeklike siekte versprei en 'n onontkombare skuldgevoel meebring, is daar ook tekens van hoop. Dit word veral bewerkstellig deur die Engelse soldaat Charlie White, 'n uitsonderlik eerbare man (wit is immers die konvensionele simbool van reinheid.) White word onskuldig gemartel en vermoor deur Niemann. Dit is betekenisvol dat, net voor die vertelling van White se dood, 'n vlekkelose lam deur Jan Witsie se grootmoeder geslag word ter beskerming teen die bose. Charlie White en die vlekkelose lam word sodoende op die simboliese vlak met mekaar verbind. Dit is veelseggend dat, kort na die dood van Charlie White, Jan Witsie en sy helpers daarin slaag om die kommando van Mentz te verdryf; die dood van die "slagoffer" White het die verlossing moontlik gemaak.

Witsie en White, "wit" simbole van goedheid en stryders teen die kwaad, oorwin uiteindelik Mentz se kommando. Dit impliseer dat daar 'n "teengif" werksaam is teen die bose – die goeie, soos die kwade, is "aansteeklik" en sprei sy reddende invloed uit. Goed en kwaad, skuld en onskuld is nie slegs persoonlike, individuele kwessies nie, maar ook kollektiewe botsende magte; naas kollektiewe skuld is daar onskuld met 'n kollektiewe werking. Hoewel die klem in die roman veral op boosheid val, is dit die goeie wat, danksy White en Witsie, triomfeer.

Nog 'n teken van hoop is die moontlikheid van bieg oor jou kwellinge teenoor 'n simpatieke luisteraar. In die derde deel van die roman vertel Blink Frans aan sy welwillende suster Ounooi van sy duister verlede om daardeur helderheid en vrede te vind. Die leser moet homself aan die een kant identifiseer met die Elckerlijc-figuur, Mentz, en met sy trawante in die boosheid; aan die ander kant met Ounooi om die belydenis van boosheid simpatiek aan te hoor – die leser word dus daartoe gebring om hom oop te stel vir sy eie verhaal. In dié opsig is die roman soos 'n grondige "Waarheids- en Versoeningskommissie", wat indring in die dieptes van die menslike psige om deur openhartige blootlegging vrede te bring.

Deur die verbreding van die geskiedkundige gegewens tot algemene aspekte van die menslike natuur verkry die roman van Coetzee 'n relevansie wat nie tot een plek en tyd beperk is nie. Die aktiwiteite van die kommando van Mentz vertoon 'n duidelike ooreenkoms met die ondergrondse aktiwiteite van die Suid-Afrikaanse veiligheidsmagte in die tagtigerjare van die twintigste eeu. Die roman handel nie net oor die trauma van die Anglo-Boereoorlog nie, maar meer nog oor die huidige verwerking van die apartheidsverlede. 'n Mens se natuurlike neiging, vandag soos in die verlede, is om jouself volkome van die "skurke" van die verlede te distansieer, soos wat die lede van die Mentz-familie wat deur die skrywer uitgevra is, alle verwantskap met hom ontken (18-21). Ons bly "op soek na generaal Mannetjies Mentz", en Christoffel Coetzee wys die weg na hom aan, as 'n eerste stap om versoen te word met onsself en met ons verlede.

# Karel Schoeman: *Verliesfontein*

The world turns and the world changes,
But one thing does not change ...
However you disguise it, this thing does not change:
The perpetual struggle of Good and Evil.
(TS Eliot: *Choruses from "The Rock"*)

Die publikasie van Karel Schoeman se roman *Verliesfontein* (1998) bring die voltooiing van die trilogie "Stemme". Hoewel *Verliesfontein* die laaste van die drie verskyn het, vorm dit deel 1 van die trilogie. Die roman bevat 'n besonder lang inleidende deel, byna sewentig bladsye lank, wat selfs die geduld sal beproef van Schoeman-aanhangers, wat weet van sy langsaam-rustige vertelwyse. Dis 'n boek vir literêre bergklimmers wat die lang steilte gewillig aandurf vir die perspektief wat uiteindelik gevind word.

Die lang inleiding is nie net die inleiding tot die een roman nie, maar tot die hele trilogie waarvan *Verliesfontein* die eerste deel is. Dit gee die worsteling van die skrywer weer teen die magte van *stilte* en *duisternis* – twee van die mees prominente motiewe in hierdie roman en in die trilogie as geheel. Juis die lengte van die inleiding dui op die moeitevolle "reis" van die skrywer na waarheid en betekenis; maar dit verklaar ook die opwinding by die vind van wat hy gesoek het, wanneer dit blyk dat die moeite nie tevergeefs was nie.

Op 'n hele paar plekke in die roman word aangedui dat die skrywer-verteller op 'n misterieuse wyse in sy soektog gehelp word; dat hy ánders, en beter, gelei word as wat hy self beplan het. Hy beplan om 'n verhaal te skryf oor die Boere-rebel Giel Fourie, maar word gelei na die aangrypende geskiedenis van Adam Balie, die Kleurling-held. In plaas van die bekende weergawe van die Afrikaner-geskiedenis word hy gelei na gegewens uit die duisternis en die stilte wat hy aan die lig moet bring. In hierdie soektog na 'n sinvolle verhaal blyk dit dat ontvanklikheid en geduldige afwagting die belangrikste vereistes vir die skrywer-verteller is (29); dat alles wat hy skryf, afhanklik is van 'n mistieke openbaring (50).

Die tema van die soeke na 'n tydlose waarheid bepaal die tydsaanbod in die roman. Die tydperk waarin die gebeure afspeel, kan taamlik noukeurig bepaal word – dit is die somer van 1900-1901, tydens die inval in en kortstondige besetting van 'n Kaaplandse dorp deur 'n Vrystaatse kommando. Ondanks hierdie presiese tydsaanduiding word daar in die roman wegbeweeg van lineêre tyd. Die tydstruktuur is meer soos dié van 'n mosaïek, wat stukkie vir stukkie voltooi word, as dié van 'n stroom wat in een rigting vloei. Daar is verder 'n "gelyktydigheid" in die aanbod, deurdat opeenvolgende verteller-karakters telkens verskillende perspektiewe op steeds dieselfde mense en gebeure gee. Sodoende kom ook 'n sikliese tydsaanbod tot stand, 'n wenteling om dieselfde dinge. Die sikliese element word versterk deur die intrede van die skrywer-verteller aan die begin en die einde van die roman.

Maar eintlik sou dit beter wees om die tydstruktuur as 'n spiraalgang te beskryf; want die voortgang is nie maar 'n sinlose herhaling nie, maar 'n progressie om tot 'n sinvolle waarheid te kom. Aan die einde van die roman is die doel bereik, die soektog na sin is voltooi. Die karakters wat wesenlike morele waardes beliggaam, dring steeds sterker op die voorgrond, totdat hulle aan die einde in die sentrum staan: die altruïstiese vroue, Miss Godby en Minnie Colefax; die skrywer-optekenaar Kallie, en bowenal die martelaar Adam Balie. Die volgorde van die gebeure word nie bepaal deur chronologie nie, maar deur die soeke van die skrywer na waardes. Wanneer die marteling van Adam uiteindelik geopenbaar is, word dit duidelik dat hierdie geskiedenis die fokuspunt moet wees waarna die skrywer-verteller van die begin af gesoek het. In die geskiedenis van Adam word die tydlose waarhede gegee wat sin aan die soektog van die skrywer verleen; daarin word die wese van goed en kwaad geopenbaar. In die struktuur van die spiraal word die voortgang van die tyd verbind met die steeds terugkerende aard van essensiële waarhede.

Ook in die uitbeelding van die ruimte is die spesifieke en die algemene nóú verbonde. Die skrywer-verteller is op soek na 'n spesifieke plek, Fouriesfontein. Aanvanklik word die reis realisties uitgebeeld (hoewel daar nie in die werklikheid 'n plek soos Fouriesfontein in die uitgebeelde omgewing bestaan nie). Maar dan, wanneer die afdraaipad nie gevind kan word nie, word die skrywer-verteller op 'n onverklaarbare, mistieke wyse na Fouriesfontein gelei. Dit is 'n reis waarin hy die fotograaf Eddie, 'n kleinburgerlike, verbeeldinglose tipe, agterlaat, om te kom by 'n tussenruimte, 'n verbeelde plek, 'n "ruimte tussen twee werklikhede" (44). Dit is hier waar buite- en binnewêreld ineenvloei, waar historiese figure met argetipes uit die onderbewuste verbind. Dit is 'n mistieke, tydlose plek – maar tegelyk 'n plek wat uiters sintuiglik aangebied word. Skerp waarneming van visuele en hoorbare detail kenmerk die verhaal; in hierdie sintuiglikheid word die spesifieke tydruimtelike elemente verbind met dit wat nie aan tyd en ruimte gebonde is nie. Daar is by die skrywer-verteller dikwels die begeerte om naby te kom aan diegene van wie hy vertel, om presiese (sintuiglike) besonderhede te kan gee – maar ook 'n begeerte om afstand op die gebeure te kry, om verbande raak te sien, en om uit te kom by wat van algemene waarde is.

Ook in Schoeman se aansluiting by en afwyking van historiese gegewens blyk die strewe na die verbinding van die spesifieke met die algemene. Die verhaal van Adam Balie roep duidelik die geskiedenis van die dood van Abraham Esau op 5 Februarie 1901 naby Calvinia in herinnering. Dit is 'n geskiedenis wat nie algemeen bekend onder Afrikaners is nie. Maxie Hugo, kurator van die Calvinia-museum, maak byvoorbeeld in twee artikels in *Die Burger* oor karakters van Calvinia in die Anglo-Boereoorlog, geen melding van Abraham Esau nie. In die eerste artikel noem sy wel gebeurtenisse wat ook in *Verliesfontein* uitgebeeld word: 'n Vrystaatse kommando wat Calvinia in Januarie 1901 binnegeval het, "'n paar dramatiese weke" waarin die landdros van sy pos onthef en deur 'n Boer vervang is; en ook dat in dié tyd "verskeie lojaliste [...] gevange geneem" is (Hugo 1999: III). Onder laasgenoemde frase lê die ongemaklike geskiedenis verswyg van die marteling en dood van Abraham Esau. Tereg skryf Bill Nasson, na aanleiding van die dood van Esau:

> The cleavage produced by this historic melodrama has equipped
> Coloured and Afrikaner people in Namaqualand with two different
> histories and two different memories (Nasson 1991: 137).

Deur sy roman wil Schoeman Afrikaners bewus maak van hierdie onderdrukte deel van hul kollektiewe geskiedenis.

'n Artikel van Karel Schoeman in die kwartaallikse *Bulletin van die SA Biblioteek* (Schoeman 1985) was een van die eerste pogings om die geskiedenis van Esau aan die vergetelheid te ontruk. Schoeman gee in die artikel die gegewens van die inhegtenisneming, marteling en wederregtelike teregstelling van die pro-Britse Esau. (In sy weergawe, gebaseer op ooggetuieverslae, is daar enkele foute, byvoorbeeld die versmelting van die twee hardhandige karakters, landdros Nieuwoudt en veldkornet Van der Merwe, tot 'n enkele figuur. Dit is later reggestel in Nasson 1991.)

Aan die einde van sy artikel verklaar Schoeman:

> 'n Nadere ondersoek na die oorsake van hierdie uitbarsting van geweld
> op Calvinia sou ongetwyfeld interessant wees, en waarskynlik ook
> verhelderend. Intussen bly die vermoede dat die dood van Abraham
> Esau deel was van 'n patroon wat veel wyer strek as bloot die besetting
> van Calvinia, die Boere-inval in die Kaapkolonie, of selfs die Anglo-
> Boereoorlog as geheel (Schoeman 1985: 64).

Dit is dan ook presies wat Schoeman openbaar in *Verliesfontein*: die oorsake van die geweld op Calvinia, en 'n dieperliggende "patroon wat veel wyer strek" as Calvinia.

Vir Schoeman gaan dit nie bloot om die spesifieke geval van Esau nie. Daarom soek hy nie na historiese verklarings vir wat met Esau gebeur het nie en plaas hy dit nie binne 'n historiese konteks nie. Hierin verskil hy van die benadering van Johnita le Roux in haar oorlogsroman *Kus van die winterskerpioen*, wat ook die "ander kant" van die saak stel, en die gebeure plaas binne die groter konteks van Britse rassisme en die gebruik van die "nie-blanke" deel van die bevolking in die stryd teen die Boere (Le Roux 1999: 182-185). Schoeman soek nie na historiese verklarings nie, maar na algemene patrone en argetipiese betekenis.

Daar is allerlei parallelle en verskille tussen die romankarakters en historiese persone wat 'n rol gespeel het in die Esau-geskiedenis. Die landdros in die roman, byvoorbeeld, is 'n saamgestelde figuur, met iets van landdros Nieuwoudt, van veldkornet Van der Merwe en van generaal Hertzog (wat aan die hoof van die Boere-invallers uit die Vrystaat gestaan het). Die feit dat die romankarakters nie 'n een-tot-een-verbinding met historiese persone het nie, bring mee dat die toepaslikheid van die roman verbreed word. Die gevangenisstraf sonder verhoor en die marteling in die tronk, waaraan Esau onderwerp is, kan toegepas word op Suid-Afrika van die sewentiger- en tagtigerjare; Esau het (onder andere) iets van 'n Biko-figuur. Die skuld van 1901 is ook die skuld van die apartheidsverlede. Fouriesfontein is nie Calvinia nie, maar 'n universele slagveld van onreg en reg; Adam Balie is nie sonder meer Abraham Esau nie, maar 'n argetipiese martelaar-held. Die roman is wel in die geskiedenis geanker, maar die geskiedenis is getransformeer tot algemene waarheid. Die patrone wat die karakters vorm, in hul interaksie met mekaar, is tydlose patrone van goed en kwaad.

Skerp karakterkontraste laat hierdie patrone van goed en kwaad helder uitstaan. Broodryk, die dominee, is 'n magsfiguur op Fouriesfontein – hy was "'n kwarteeu lank alleenheerser oor 'n afgeleë plattelandse gemeente" (79). Onder sy leiding word die Kerk 'n Afrikanerkerk, en dit is hy wat sorg dat die gedenkteken vir die Boererebel binne die ringmuur van die Kerk geplaas word (81). Teenoor hom, onopvallend, is die egte vroomheid van Mrs Rigby, wat in krisistye aandring op gesamentlike gebed, en wat daardeur troos bring in tyd van nood (212-3, 215). 'n Godsdiens deurdring van nasionalisme en mag kontrasteer met 'n godsdiens van kinderlike afhanklikheid van God in tyd van onreg en beproewing.

Die vertellings van Alice Macalister, dogter van die Skotse magistraat, en van miss Godby, suster van die dokter, vorm ook 'n duidelike kontras met mekaar. Vir Alice is die twee gebeurtenisse wat in die vertelde tydperk uitstaan, haar romantiese aand met die rebel Giel Fourie en die vertrek van haar vader met die besetting van die dorp deur die Boere. Sy is deel van 'n koue, geslote gesin, "'n sirkel wat wentel om hul eie as" (185); sy is meer geïnteresseerd in haar eie spieëlbeeld (186) as in die menslike drama wat hom in die dorp ontvou. Daarteenoor staan Miss Godby se belangstelling in die "alledaagse" goedheid van Minnie Colefax. Minnie word deur Alice geïgnoreer, maar miss Godby word geraak deur Minnie se hulp aan almal wat haar nodig het, in sonderheid die behoeftige bruinmense; deur haar woede oor alle vorms van onreg, en haar onverskrokke protes daarteen. Wat jy raaksien, openbaar wie jy is; Alice sien eintlik net haarself raak, terwyl Miss Godby die onopvallende goedheid van Minnie Colefax opmerk.

Al die karakters in die roman is variasies op die tema van goed en kwaad. Minnie Colefax en die nuwe Boere-landdros is skynbaar albei "ordentlike" mense, deel van 'n beskaafde gemeenskap – maar onder die oppervlak is hulle teenpole van mekaar. Dit is een van die verrassende openbarings van die roman, dat wat op die oppervlak so dieselfde lyk, so wesenlik van mekaar kan verskil; Minnie se "gewone" goedheid en die landdros se "beskaafde" boosheid. Miss Godby, in haar kontak met die landdros, kom tot die besef watter vorm van die boosheid hierdie man verteenwoordig:

> Ten slotte is dit vir my 'n kwessie van mag, sou ek sê, mag wat nie met 'n gepaste besef van verantwoordelikheid gepaard gaan nie, mag wat sonder wig of teenwig uitgeoefen word, sonder 'n stelsel van waardes wat dit sou kon rig of beheer, en sodoende onvermydelik misbruik word. Dit is wat ek met "boosheid" bedoel of met "duisternis" (227).

In die roman is daar twee tipes buitestaanders: dié wat deur eie keuse hulself van die gemeenskap afskei, soos Alice, en dié wat deur die gemeenskap uitgestoot word. Onder laasgenoemdes tel Miss Godby en ook die kreupel magistraatsklerk Kallie. Hierdie buitestaanders is dikwels die skerpste waarnemers van wat gebeur, omdat hulle nie self deur die stryd opgeneem word nie, maar ook nie so selfbehep is dat die gebeure onopgemerk by hulle verbygaan nie.

Kallie vertel aanvanklik niks van die Balie-geskiedenis nie. Wanneer dit aan die einde van sy vertelling wel geopenbaar word, is daar 'n sterk suggestie dat Kallie hierdie inligting aan die begin onderdruk het omdat hy skuldig voel deurdat hy niks gedoen het om die onreg teen Adam Balie en teen die bruinmense in die algemeen te keer nie. Sy obsessionele verontskuldigings, byvoorbeeld op bladsye 172 en 173, is waarskynlik tekens van skaamte en skuld. Maar ten slotte is daar tog blyke van genade vir Kallie. Kallie word die lyk van Adam getoon (174), met die suggestie dat hy moet bekend maak wat gebeur het. Kallie is die optekenaar, die skrywersfiguur, en ook hy kry sodoende 'n sinvolle rol in die gebeure. Die dinge van waarde waarna die skrywerfiguur vanaf die begin van die roman gesoek het, word teen die einde geopenbaar: die praktiese goedheid van Minnie Colefax, die heroïek van Adam Balie, en die getroue verslaggewing van die skrywer Kallie.

Adam is die held van die roman, die hoogste manifestasie van goedheid. Hy durf die noodlot aan, "soos 'n voël wat fladder in 'n kou en met sy vleuels al hoe driftiger teen die tralies slaan" (198-199). Hy lê hom nie neer by al die beperkinge wat die bruinmense opgelê word nie; hy wil 'n selfstandige lewe lei – en hy slaag ook daarin (199). Sy opstand bring hom egter onvermydelik in konflik met die gesag van die Boere op die dorp – nie alleen omdat hy pro-Brits is nie, maar veral omdat hy 'n Kleurling is wat "nie sy plek ken nie". Vir sy volgehoue selfstandige denke en optrede moet hy betaal met gruwelike marteling en uiteindelik die dood, maar desondanks verloën hy nooit die beginsels waarin hy geglo het nie.

Deur sy naam kry hy mitiese betekenis. Hy is die Bybelse Adam, soos wat die herhaalde assosiasie met vyeblare suggereer (202, 205). Soos die Bybelse Adam verloor hy die onskuld van die Paradys – anders as in die Bybel, nie deur sy eie sonde nie, maar deur die onreg hom aangedoen. Miss Godby deel hierdie verlies van onskuld met Adam – ook haar "Paradys" word deur die aanraking met die sonde verwoes:

> Dit was toe dat die grond voor my voete oopskeur en ek in die afgrond
> afkyk [...] die flenterdun korsie waarop ons almal gelewe en beweeg
> het, het gekraak, gebars en oopgeskeur, en ek het bewus geword van die
> donker (227).

Adam Balie is ook 'n Christus-tipe, die "tweede Adam" – vergelyk Romeine 12:5 een verder. Sy volgehoue stryd teen onreg, sy onskuldige marteling en sterwe, die feit dat hy homself vrywillig laat vang sodat sy mense vrede kan hê (218) – dit alles wys heen na Christus, die onskuldige martelaar, die sondebok-tipe. Met een belangrike verskil: van Christus word vertel dat hy opgestaan het; Adam is onherroeplik dood. Beteken dit dat die bose die oorwinning op Fouriesfontein behaal het?

Om hierdie vraag te beantwoord, moet 'n mens na die Schoeman-trilogie as geheel kyk. Adam Balie vorm in baie opsigte 'n parallel met Danie Steenkamp, die digter, profeet en martelaar in *Die uur van die engel*, deel 3 van Schoeman se trilogie. Steenkamp is "soos die man in die Bybel wat tussen die wiele tot onder die gerub ingaan en sy vuiste vul met vurige kole van tussen die gerubs" (368). Hierdie hemelse goedheid wat hy vir homself inpalm, word weliswaar nie in sy tyd waardeer nie; tog bly die herinnering daaraan voortleef en iets daarvan word na ander oorgeplant. By al die verskillende vertellers in die roman is Steenkamp die implisiete bron van inspirasie en betekenis. Hy is soos die onsigbare spoorelemente waarsonder geen lewe moontlik is nie, om 'n beeld van Martinus Versfeld te gebruik. Van geslag tot geslag verdof die herinnering egter, sodat daar met verloop van tyd 'n nuwe offer gebring moet word, 'n ander held moet verskyn om suiwering in die gemeenskap te bring. So 'n held is Adam Balie.

Die trilogie begin met Adam Balie, en eindig met Danie Steenkamp. Uit 'n chronologiese oogpunt begin die trilogie met Steenkamp en eindig met Balie, omdat die trilogie anti-chronologies verloop. Sodoende vorm die trilogie 'n sikliese beweging waarin die onskuldige sondebok-argetipe chronologies en verhaalmatig die begin- en eindpunt is. Of, anders gestel, waarin die verlossende sondebok die middelpunt is waarom alles wentel. In die geheel van die trilogie gesien, is Adam se dood nie bloot die einde van sy lewe nie, maar die begin van sy inspirerende lewe in die herinnering van sy mense.

Sodoende is Adam se dood nie net 'n verlies nie, maar ook 'n bron van lewe. Die titel van die roman suggereer dit dan ook: verlies sowel as fontein. Daar word vertel van die verlies van baie dinge: onder andere verlies van onskuld, verlies van harmonie tussen die inwoners van die dorp, verlies van kosbare lewe. Maar die verlies van Adam se lewe is tegelyk "fontein" – inspirasie en gids, suiwer bron van nuwe lewe.

## Verwysings

Hugo Maxie. 1999a. Calvinia en die rebelle van die Anglo-Boereoorlog. Bylae by *Die Burger*, 19 Junie.

— 1999b. Karakters van Calvinia in die Anglo-Boereoorlog. Bylae tot *Die Burger*, 26 Junie.

Le Roux Johnita. 1999. *Kus van die winterskerpioen*. Kaapstad: Human & Rousseau.

Nasson Bill. 1991. *Abraham Esau's War*. Cambridge: Cambridge University Press.

Schoeman Karel. 1985. Die dood van Abraham Esau: Ooggetuieberigte uit die besette Calvinia, 1901. *Kwartaallikse Bulletin van die SA Biblioteek*, 40 (2).56-66.

— 1995. *Die uur van die engel*. Kaapstad: Human & Rousseau.

— 1998. *Verliesfontein*. Kaapstad: Human & Rousseau.

# Karel Schoeman: *Hierdie lewe*

Schoeman verdien om vereer te word vir sy verbeeldingryke en insiggewende verbinding van geskiedenis en fiksie. Dit blyk besonder duidelik uit *Hierdie lewe* (1993), die tweede roman uit sy "Stemme"-trilogie, 'n verhaal wat histories volkome oortuigend is, maar tog uitstyg bo die tydgebondenheid van die geskiedenis.

Die roman speel af in die Roggeveld rondom die aanbreek van die twintigste eeu. Schoeman het hierdie tyd en ruimte deeglik ondersoek vir sy vroeëre studie *Die wêreld van die digter* (1986), wat handel oor die wêreld waarin NP van Wyk Louw grootgeword het en waar sy voorouers ook vandaan gekom het. Gunther Pakendorf (1994) het daarop gewys dat die moeder en vader van die verteller in *Hierdie lewe* in baie opsigte ooreenkom met die grootouers van Van Wyk Louw, soos voorgestel in *Die wêreld van die digter*.

Die landskap van die Roggeveld, 'n eg-Suid-Afrikaanse landskap met sy weidsheid en verlatenheid, word met groot oortuigingskrag uitgebeeld. Dit is 'n barre en ongenaakbare wêreld, maar tog met 'n eie oer-skoonheid. In die een werk ná die ander het Schoeman hom met die landskap van Afrika besig gehou, en met die mens van Europese afkoms se plek in hierdie landskap – titels soos *Na die geliefde land* (1972) en *'n Ander land* (1984) roep duidelik hierdie tema op. Maar in geen ander werk van Schoeman word so geobsedeerd na hierdie landskap gekyk soos in *Hierdie Lewe* nie; dis, soos Pakendorf dit gestel het, "'n byna nostalgiese beswering van die oer-Afrikaanse wêreld van ouds" (Pakendorf 1994: 74). Veral aan die begin van die boek kom die woord "land" soos 'n refrein voor, om die worsteling van die verteller na die wese van die landskap aan te dui.

Die obsessie met die Suid-Afrikaanse landskap, wat so sterk in *Hierdie lewe* aanwesig is, is deels 'n strewe na werklikheidsgetroue weergawe, en deels 'n strewe na die vul van die leegte van die land met betekenis. Een van die herhaalde motiewe, dié van "skerwe", suggereer dit dan ook die verteller kan net skerwe, flenters, versamel; haar eintlike uitdaging is om hierdie skerwe tot 'n sinvolle geheel te verbind.

Soos in sy aangrypende roman *'n Ander land*, so ook hier, word die realistiese landskap gelaai met simboliese betekenis. Simbole wat as 't ware uit die landskap groei, keer weer en weer terug, maar telkens met nuwe betekenisnuanses: lig en duister, sonlig en kerslig en die gereflekteerde sonlig op die dam; hitte en koue, water en droogte. Dit word 'n hele leesavontuur om die betekenis-ontwikkeling van die terugkerende simbole na te speur. Die Hantam groei soms tot 'n Bybelse landskap, met gevaarlike afgronde en skape wat soek raak en 'n slang wat die "paradys" ontluister (75). Daar is ook 'n eggo van die gelykenis van die verlore seun, wanneer Pieter na 'n sneeustorm hartlik tuis verwelkom word, terwyl sy broer nydig is, soos die ouer broer van die gelykenis.

'n Bekende Schoeman-motief is die pad en die (fisieke en geestelike) reis. Hier is dit die reis na die verlede wat voltrek word: "Die verlede is 'n ander land: waar is die pad wat soontoe loop?" vra die verteller (31). Dis 'n pad wat nie reglynig loop nie, want die verteller, op haar oudag, kyk na binne eerder as na buite, om haar herinneringe na te speur. Dit is 'n reis wat keer op keer na dieselfde plekke lei, met telkens nuwe vondste. "Oor en oor volg ek daardie bekende pad" (9), wat lei tot 'n verkenning van nie net die buitewêreld van die Roggeveld nie, of die innerlike van die verteller nie, maar van die pad waar binne- en buitewêreld ontmoet.

Daarom vind ons nie hier 'n reglynige vertelling van begin tot einde nie, maar eerder 'n sirkelgang steeds om dieselfde "skerwe", in 'n soeke na essensies. Dikwels is die sinne sonder werkwoorde, want dit gaan nie soseer om die verbygaande aktiwiteite nie as om die herinneringe wat in die geheue bly vassteek en wat opgeroep word. Dit is liriese beelde wat die verteller gee, subjektiewe herinneringe van plek, tyd en gebeure, in 'n tipe inkantasie van die landskap. Ons het hier van die mees stemmingsvolle prosa in die Afrikaanse letterkunde – byvoorbeeld:

> Dassies wat wegglip tussen die klippe wanneer hulle my gewaar, of 'n jakkalsvoël wat opstyg van sy prooi en met wydgestrekte vlerke in die lug bly hang, die skaaptroppe waar hulle tussen die bossies beweeg of die yl rook van 'n skaapwagter se eensame vuurtjie by die skerm myle ver, of hoogstens 'n enkele ruiter onherkenbaar oor die afstand of die wit tent van 'n wa wat verbygaan op die verre pad wat deur die pas gevoer het, vreemdelinge wat aan ons afgeleë opstal verbygaan sonder om dit self te oorweeg om af te draai en ons in ons afsondering te kom opsoek (83-84).

Landskap en mense is nóú verbonde, en die landskap weerspieël die verlatenheid en die ongenaakbaarheid van die mense wat dit bewoon. Die verteller is 'n ou vrou sonder man of kinders, wat nooit in enige intieme verhouding betrokke was nie en wat op haar oudag, in totale alleenheid, haar herinneringe versamel en tot 'n sinvolle geheel probeer orden. Die leser vind nooit uit wat haar naam is nie; sy bly die totale vreemdeling en die buitestaander in alle kringe.

In baie opsigte word hierdie wêreld en "hierdie lewe" as 'n gevangenskap uitgebeeld. In dié opsig kom die plattelandse Afrikaanse wêreld ooreen met die uitbeelding in JM Coetzee se roman *In the heart of the country*. Dit sou interessant wees om die werk van hierdie twee skrywers naas mekaar te lê en te vergelyk. Albei het die kompromislose uitbeelding van die buitestaander-figuur, albei die worsteling met Afrika en die plek van die mens van Europese afkoms daarin; in albei is daar 'n diepe besorgdheid oor morele waardes.

Vaste patrone en vaste rolmodelle is van toeka in die Roggeveld vasgelê, en wee die een wat daaruit probeer ontsnap. Die verteller het twee broers, Pieter en Jacob – Jacob is die tipiese boer-tipe, maar Pieter is anders: hy stel belang in lees en skryf, hy is vrolik en hou van musiek en dans, en pas dikwels nie in die tipiese "manne-geselskap" nie. Daar is 'n suggestie dat Sofie, die vrou van Jacob, vir haar swaer Pieter bo haar eie man kies, en dit lyk of Pieter dalk die vader is van haar kind Maans.

Pieter en Sofie probeer wegkom uit die voorgeskrewe rolle van man en vrou, van die man as boer en die vrou as dienaar van man en kind. Hul gevoel van vasgevangenheid dryf hulle tot uiterstes: skynbaar het Pieter met die hulp van die werker Gert vir sy broer Jacob vermoor; en Sofie laat haar kind Maans agter wanneer hulle vlug. In desperaatheid word morele wette in die wind geslaan. Pieter en Sofie se vlug het hulle egter suur bekom. Jare later keer Pieter na die plaas terug, waarskynlik ná Sofie se dood, as 'n totaal gebroke en diep vernederde mens. Die Roggeveld is genadeloos.

Op die oppervlak lyk *Hierdie lewe* na 'n outydse plaasroman, waar sake ooreenkomstig ou Afrikaner-waardes gereël word, met 'n Christelike inslag, patriargaal, en met die blankes die baas van die plaas. Onder die oppervlak is die werklikheid egter anders:

> Dit was net saans met die huisgodsdiens dat ons almal saamgekom het om ons in die oënskynlike eenheid van 'n gemeenskaplike handeling te verenig; of in elk geval saamgekom het in dieselfde vertrek, die lede van die huisgesin by die groot tafel in die voorhuis en die bediendes eenkant in die hoek by die kombuisdeur, terwyl Vader vir ons voorlees uit die Bybel en ons voorgaan in die gebed. Saam – ja, selfs oënskynlik saam, want was ons selfs binne die mure van daardie enkele vertrek verenig? (44).

Daar is op hierdie plaas min te vind van die erbarming wat die hart van die Christelike leer vorm. Daar is weinig sprake van 'n gemeenskapsin, soos die verteller se eensaamheid bewys. "Christelike beskawing" is dikwels maar 'n dun vernis oor 'n bestaan wat gekenmerk word deur materialisme, heerssug en manipulasie van ander. Miskien as 'n oordeel van Bo, loop die familielyn op die plaas, wat tradisioneel van vader na seun oorgedra (moet) word, dood by Maans en sy vrou, Stienie. So intens verlang sy om swanger te word dat sy haar 'n swangerskap verbeel; maar 'n swangerskap is een ding wat sy nie kan manipuleer nie.

Dit lyk of die man die baas op die plaas is, maar ook in hierdie opsig is dit skyn wat bedrieg. Dit is die vroue wat die sterkste, die heerssugtigste en manipulerendste is. Die verteller se pa is 'n sagte, vriendelike man; sy vrou daarenteen, is 'n erg dominerende karakter – miskien as gevolg van haar armoedige afkoms wil sy steeds meer en deftiger besittings hê, en sy dryf haar man om na haar pype te dans. Hierdie patroon van die vrou wat haar man domineer, word herhaal in die verhouding tussen die verteller se broerskind Maans en dié se vrou, Stienie. Met hierdie twee huweliksverhoudings suggereer die boek dat die Afrikaner-patriargie dikwels onder die oppervlak matriargaal was. Dit is die man wat hier die slagoffer van die vrou is, en nie die vrou wat die slagoffer in 'n patriargale Afrikaner-gemeenskap is nie, soos wat dit dikwels simplisties voorgestel word.

In die Afrikaanse prosa was daar baie strominge. Ons het die Sestigers gehad, en die Tagtigers; daar was die moderniste en die post-moderniste; en dan was daar Karel

Schoeman. Dit is vir my een van die groot aantreklikhede van die werk van Schoeman, dat daar reeds van die begin af so 'n eie stempel op sy werk was, dat hy hom nooit met 'n mode op loop laat neem het nie. Dit sien ons ook hier. Daar was vroeë plaasromans wat die plaas verheerlik het; daar was latere plaasromans wat die plaas aan die kaak gestel het; en dan was daar die plaasromans van Schoeman, waar die plaas nie in een van hierdie twee kategorieë pas nie.

Dit lyk of ons hier die tipiese Afrikaner-plaas van die ouer prosa het, soos in die werk van CM van den Heever, DF Malherbe en Boerneef, met die blanke karakters in die sentrum en die "Kleurlinge" as newefigure, wat op die rand van die roman die situasies en kenmerke van die sentrale blanke karakters weerspieël. Tog, anders as vroeër, is daar 'n duidelike bewustheid van verontregting van die "Kleurlinge", wat in die stryd om grond die onderspit gedelf het; en die een wat vir sy regte wil opkom, se huis word afgebrand (27). Bruinmense moet apart bly; maar Pieter en Sofie, wat "anders" is, gaan 'n keer tuis by die bruinmense van Basterfontein (108). Teenoor die hoofstroom van die tradisie, is daar suggesties van alternatiewe moontlikhede.

Dit sien ons ook in die uitbeelding van die godsdiens-belewing. Teenoor die oppervlakkige, harde Ou-Testamentiese godsdiens van die meerderheid, is daar die egte godsdienssin van die verteller se vader (45). Verder is daar die skoolmeester wat tydelik op die plaas bly en wat vir die verteller 'n klein kruis as geskenk agterlaat. Hy was waarskynlik Rooms-Katoliek, 'n geloof wat op hierdie plaas nie geduld sou word nie, en met groot innigheid het die meester, in die geheim, sy oortuigings uitgeleef. Die kruisie van die meester is dan ook een van die min dinge waaraan die verteller waarde heg en wat sy as kleinood bewaar.

Totaal anders as haar moeder, stel die verteller nie belang in materiële besit nie; sy bewaar die enkele tekens van liefde en toegeneentheid wat sy in haar lewe ervaar het. Daar is 'n suggestie dat die verteller verlief op Sofie was (40-41). Hierdie liefde tussen vroue is vanselfsprekend nie op die plaas toelaatbaar nie. Wat sy van Sofie oorhou ná die vlug van Sofie en Pieter, is die herinneringe, en ook die ring wat Sofie vir haar agtergelaat het, waarskynlik die kosbaarste liefdesteken wat sy besit.

Liefde wat nie ontvang of gegee is nie, is die sterkste kenmerk van die verteller se lewensloop. Ook haar vermoë om moederliefde te gee, kan maar net vir 'n kort tydjie tot uiting kom, terwyl sy die opvoeding van haar broerskind Maans waarneem. Maans groei op en word in beslag geneem deur sy vrou, Stienie, met uitsluiting van die verteller. Telkens is daar sprake van 'n driehoeksverhouding waarin een persoon uitgesluit is – Pieter en Sofie en die verteller; Pieter en Sofie en Jacob; die vader en die moeder en Coenraad; en onder die werkers, Gert en Jacomyn en Dulsie. By Schoeman is dit veral die eensames, die uitgeslotenes, wat die aandag kry, en wat in sy roman tot 'n sentrale plek verhef word.

Een van die redes hiervoor is dat die buitestaanders dikwels die oplettendste waarnemers is. Die verteller, steeds op die rand van elke geselskap, is vry om in te neem en waar te neem. Die verteller, op die punt om te sterwe, kyk terug en soek na die essensie van "hierdie lewe"; sy soek na die dinge wat van waarde is, en sy lê hulle vas in haar verhaal. Dit is een van die dinge wat betekenis aan haar lewe gee, dat sy dinge van waarde kan vasvang en vaslê – soos Kallie in deel 1 van die trilogie, *Verliesfontein*. Die verteller, soos Kallie, is 'n skrywersfiguur, en die roman besin oor die taak van die skrywer. Dit is 'n taak wat deels waarneming is en deels omskepping. Dit wat waargeneem is, moet tot 'n sinvolle geheel omskep word; patrone moet gevind en vasgelê word; daarmee moet bestendigheid verleen word aan "hierdie lewe" wat so deurtrek is van verganklikheid.

Tydelikheid en sterflikheid oorheers die verhaal; dat die aarde die mens sal besit, en nie die mens die aarde nie, is duidelik – juis daarom is die algemene drang tot die uitbreiding van grondbesit so ironies. Ook die verteller se lewe word deur die verganklikheid bepaal. In wese was haar lewe 'n afstropingsproses, waarin almal om haar haar ontval het en waarin haar wêreld al hoe kleiner word, tot die ruimte van die klein kamer waarin sy alleen op haar dood wag. Alleen met die dood – dit is die essensie van haar oudag. Maar vir haar wat in die lewe so min besit het en so weinig liefde ontvang het, is die dood nie 'n bedreiging nie, maar 'n bevryding, en sy verloor uiteindelik alle angs daarvoor:

> Vir 'n oomblik was ek bang vir hierdie donker en stilte wat soveel groter
> is as enigiets wat ek ooit verwag het, vir 'n oomblik was ek bang vir wat
> ek moes onthou, maar nou is die angs oorwin, die kennis opgedoen en
> die wysheid verkry, en met oop oë kan ek die donker aanskou (210).

Ondanks haar lewe van eensaamheid en teleurstelling ontwikkel die verteller se lewe en verhaal tot 'n triomf. Sy, 'n ou vrou aan wie niemand enige aandag skenk nie, ontferm haar oor 'n sterwende vrou, in 'n daad wat naasteliefde aan 'n ellendige is, maar ook 'n liefdevolle herinnering aan Sofie, wat ook in eensaamheid gesterf het. Een van haar laaste dade waarvan sy vertel, is 'n daad van liefde – en daarmee triomfeer sy as karakter oor haar alleenheid, byna soos die hoofkarakter aan die einde van *'n Ander land* hom oor 'n hulpelose sterwende ontferm. Die feit dat hierdie episode tot die einde gehou word, waar dit in 'n beklemtoonde posisie staan, dui aan dat die verteller besef dat hierdie skynbaar onbenullige gebeurtenis van wesenlike waarde is: 'n daad van liefde aan iemand in nood wat jou nie vir jou hulp kan beloon nie.

Maar in die laaste instansie lê haar grootste triomf in die vertelling self – in die vasvang, in manjifieke prosa, van die essensie van 'n landskap en sy mense; in die ontbloting van die hardheid en die ongenaakbaarheid van mens en wêreld en, daarnaas, ook die onopmerklike dinge van waarde; in die vul van die leegte met simboliese betekenis; in die skep van 'n kunswerk wat die tydelikheid oorwin.

## Verwysings

Pakendorf Gunther. 1994. Hierdie lewe, hierdie wêreld van die digter – Karel Schoeman lees Van Wyk Louw. In: Van der Merwe, Chris *et al* (reds). *Rondom Roy. Studies opgedra aan Roy H Pheiffer*. Kaapstad: Departement Afrikaans & Nederlands, UK. 68-74.

Schoeman Karel. 1986. *Die wêreld van die digter:* 'n *Boek oor Sutherland en die Roggeveld ter ere van NP van Wyk Louw*. Kaapstad en Pretoria: Human & Rousseau.

# Karel Schoeman: *Die uur van die engel*

Wanneer ek oor Karel Schoeman se werk skryf of praat, het ek altyd 'n bietjie daardie benoude gevoel op die maag wat ek gehad het toe ek vir die eerste keer 'n geliefde huis toe gebring het. 'n Mens was so bang jou mense sal nie haar waarde insien nie. Jy weet wel dat sy haar kwasterigheid het, haar dinge waaraan mens gewoond moet raak, maar jy hoop so almal sal insien dat sy in der waarheid haar gelyke nie het nie.

*Die uur van die engel* (1995) is 'n boek waarmee baie lesers probleme het, en nie net onervare en ongeskoolde lesers nie. Baie mense, ook literatore, reken dat die boek darem te traag voortbeweeg, dat dit darem veel gevra is om vir byna vierhonderd bladsye te lees aan 'n verhaal wat eintlik nie 'n verhaal is nie, wagtend op iets om te gebeur wat nie bra gebeur nie. Die skrywer het self waarskynlik hierdie besware geantisipeer, en antwoord indirek daarop in sy roman.

Nico Breedt, die televisiemaker en skrywer wat na sy geboortedorp kom op soek na gegewens oor die mistieke digter Danie Steenkamp, gesels met tannie Duifie, die kurator van die plaaslike museum, oor Steenkamp se verse. Nico besef dat die tema waarin hy belangstel, nie vir die televisie geskik is nie:

> Mens moet darem ook dinge wys wat gebeur, een of ander handeling
> [...] Mense hou nie daarvan om te lank te moet kyk nie [...] Hulle
> raak baie gou verveeld, net 'n paar sekondes dan wil hulle nie meer
> konsentreer en inneem wat mens hulle wys nie.

Tannie Duifie het baie wysheid – die duif is immers simbool van die Heilige Gees. Sy het 'n antwoord op Nico se argument: "Maar dis mos nonsens [...] Jy kan mense mos leer hoe om te kyk en te luister."

Tant Duifie tree op as verdediger van die gedigte van Danie Steenkamp en indirek as verdediger van Schoeman se roman, wat Steenkamp se verse as tema het. Sy antwoord op die bedenkinge van Nico: "In sy gedigte gebeur daar baie", en:

> "Wie't dan ooit gesê gedigte moet maklik wees?" werp sy teë op twee
> moontlike besware teen die roman, dié van 'n gebrek aan aksie en die
> ontoeganklikheid daarvan (52).

Nico meen nogtans dat sy tema nie vir die televisie geskik is nie, en besluit om liewer daaroor te skryf. Wat hy skryf, vorm dan die grootste deel van die roman wat die leser voor hom het.

Schoeman is deur die gesprek oor Steenkamp se poësie op 'n indirekte manier in gesprek met die leser oor sy eie roman; hy wil die leser gereed maak vir wat in die verhaal gebeur. Op die moontlike kritiek dat die boek vervelig is, kom die teenkritiek teen die mense van vandag: dat hulle nie meer kan konsentreer nie, dat hulle te gou verveeld raak. Op die moontlike kritiek dat daar nie genoeg gebeur nie, is die antwoord dat daar wel baie in Steenkamp se poësie gebeur – maar dis nie oppervlakkige aksie, vol moord en doodslag en geweld nie. 'n Ontmoeting met 'n hemelse besoeker is immers 'n belangrike gebeurtenis. Die probleem lê nie by die tema en struktuur van die roman nie, maar by die mense van vandag vir wie 'n mens moet leer hoe om te kyk en te luister. In die roman gebeur daar baie, maar dis meestal onder die oppervlak, innerlik, subtiel – vir die meeste onsigbaar. Dis waarna die leser moet soek.

Nico Breedt kom uit die stad na sy plattelandse geboortedorp. Die stadslewe en televisiewêreld waarvan Nico deel is, is 'n dekadente wêreld, vol van mag- en eersug, onderlinge stryd en verraad. Dit blyk verder dat Nico gay is, en dat sy minnaar hom verlaat het. Hy kom dus as 'n ontnugterde mens na die dorp. Sy leë en eensame lewe motiveer sy belangstelling in Danie Steenkamp, want Steenkamp het dít gehad wat hy in die stad ontbeer: 'n sinvolle lewe en 'n ervaring van die aanwesigheid van God in sy bestaan. Van mens en God verlate, het hy 'n diepe behoefte daaraan om, soos Steenkamp, 'n engel op die pad te ontmoet.

Hy ontmoet waarskynlik 'n paar engele, hoewel in so 'n alledaagse gedaante dat hulle nie dadelik as engele herkenbaar is nie. Een van hulle het ek reeds genoem: tannie Duifie, met haar wysheid en hulpvaardigheid, wat haar blymoedigheid behou ondanks die feit dat sy 'n baie siek man het vir wie sy moet sorg, naas haar daaglikse werk as kurator. Sy gee vir Nico wysheid en waardevolle inligting vir sy ondersoek. Ook die dominee met wie Nico 'n kort gesprek voer, is moontlik 'n engel, dit wil sê 'n boodskapper van God – hy is vol idealisme en geesdrif, en werk hard om die gemeente meer geïnteresseerd in die Bybel te kry (86). Sy waarde word in die vertelling bevestig deur die gebruik van die ligmotief – tydens sy gesprek met Nico breek die winterson deur die wolke (73). Hy is waarskynlik die een op wie Nico later die karakter van dominee Heyns modelleer.

Die duidelikste "engel" wat Nico teenkom, is die naamlose boer wat hy ontmoet op soek na die graf van Danie Steenkamp. Hierdie ontmoeting met die boer is 'n hoogtepunt in die verblyf van Nico op die dorp. Daar is iets besonder geheimsinnigs aan die man – hy wys die omtrekke aan van die graf wat Steenkamp s'n moet wees, sonder om iets te sê (82). Hoe weet hy waar die graf is? Hoe slaag hy daarin om woordeloos iets so belangriks te kommunikeer? Hy lyk baie na 'n bonatuurlike wese. Hy wys na sy woonplek, maar daar is geen teken van 'n woning nie (80). Ook sy verdwyning het iets misterieus, soos die plotselinge verdwyning van 'n engel (89). Hy gee Nico wat hy (Nico) nodig het: 'n sinvolle verduideliking van die verskynsel van engelebesoeke aan mense van die veld (85); hy leer Nico om opnuut te kyk na die predikant van die dorp en na tannie Duifie, om hierdie "engele" raak te sien (86-87); en hy getuig van sy tevredenheid om te bly woon naby Wonderkop, die koppie met sy assosiasies van 'n mistieke belewenis (88).

'n Mens kan van twee kante na hierdie geheimsinnige boer kyk. Jy kan hom beskou as 'n hemelse engel wat aan Nico verskyn, as 'n reïnkarnasie van die gestorwe Steenkamp om Nico op sy pad te lei, en wat vir hom wys waar hy (Steenkamp) begrawe lê. Daarteenoor kan hy "maar net" 'n boer wees, maar dan wel 'n engel in aardse gedaante, soos die dominee en tannie Duifie. Hy is 'n boaardse wese met 'n goddelike boodskap óf 'n gewone boer wat die stimulus is vir Nico se verbeelding, waaruit die romankarakter Danie Steenkamp gebore word. Hoe 'n mens ook al na hierdie boer kyk, binne die konteks van die roman is hy 'n engel – as "engel" gedefinieer word as boodskapper van God. Wat hier belangrik is, is die verskyning van die goddelike op aarde, waardeur Nico as skrywer met sy taak gehelp word en 'n aanduiding kry hoe om die leegheid van sy bestaan te vul met betekenis.

Wanneer Nico uit die dorp vertrek, is sy fisieke reis voltooi; maar dan begin sy eintlike reis van belang, 'n reis op soek na Danie Steenkamp. Dit is 'n reis wat, soos elke postmodernis sal weet, tekstueel van aard is, want daar is geen direkte toegang tot Steenkamp moontlik nie, maar alleen van teks tot teks. Nico kom in besit van twee uitgawes van die Steenkamp-verse – deur die onderwyser Jood en deur dominee Heyns. Hulle uitgawes is verskillende "herskrywings" van Steenkamp se oorspronklike liedere, wat op hul beurt neergeskryf is deur Steenkamp se suster. Dus, die oorspronklike ervaring is deur Steenkamp tot lied (teks) verander; dit is weer deur sy suster neergeskryf (sonder die musiek); en toe uitgegee en heruitgegee; en uiteindelik deur Nico tot teks gemaak. Om die oorspronklike ervaring te agterhaal, is 'n onbegonne taak; in elke teks gaan iets verlore. Die verlede is 'n vreemde "ander land", soos wat die skrywer dit telkens stel.

Alhoewel Steenkamp se visioene van engele vanselfsprekend 'n persoonlike, subjektiewe ervaring is, soek Nico na iets wat intersubjektiewe betekenis het – anders word die soektog bloot 'n ondersoek na "sielkundige afwykings of paranormale verskynsels" (65). Die aanduidings is daar dat die soektog vrugte afwerp – die frase "iets het gebeur" klink soos 'n refrein deur die roman. Die roman eindig dan ook met die positiewe stelling: "Bo die vlammende takke, in die swaar, trillende waas van die hitte, stralend in daardie groot donker, het die engel van die Heer verskyn met wydgespreide vleuels, die hand opgehef". Dit is wat gebeur het: die verskyning van 'n seënende engel aan 'n mens. Anders as wat Derrida beweer het, is hier wel iets buite die teks.

Buitewêreld en binnewêreld is op 'n besondere manier versmelt in Nico se reis na Danie Steenkamp. Die geografiese werklikheid wat uitgebeeld word, is dié van die Vrystaatse platteland – die weidsheid, die droogte, die koue. Maar landskap en mense groei ineen; die koue, donkerte en droogte is simbolies van die mense se innerlike tekort, en die leegheid van die landskap simboliseer die sinledigheid van die lewens, ook van Nico se lewe. Die sonlig en reën wat die duister en droogte verdryf, is deel van die Vrystaatse geografiese wêreld, maar ook tekens van die mense se ervaring van 'n goddelike aanwesigheid.

Daar is ook spore van 'n historiese werklikheid: die karakter van Steenkamp is, onder andere, gebaseer op die Sutherlandse versemaker DC Esterhuyse (vergelyk Kannemeyer 1998: 249), en op die digterlike visioene van Susanna Smit, oor wie Schoeman 'n historiese boek geskryf het, *Die wêreld van Susanna Smit, 1799-1863*

(1995). Verder is die vertelling van die stryd om grond tussen witmense en Basters kennelik op historiese navorsing gebaseer. Binne die wêreld van die roman baseer Nico ook dit wat hy vertel, op "objektiewe" getuienis: op die uitgawes van Jood en dominee Heyns as "bewys" van hulle bestaan, op sy herinneringe as skoolkind van die onderwyser Jood, en op die kamme van mevrou Heyns as teken van haar "werklike" bestaan.

Uiteindelik is hierdie "getuienis", hoofsaaklik tydens Nico se besoek aan die dorp versamel, egter 'n bra skamele basis waarop sy verhaal gebou word – totaal onvoldoende vir 'n "betroubare" weergawe van die verlede. Die verlede word dan ook nie soseer weergegee nie as omskep; die versamelde "fragmente" uit die verlede vorm maar 'n klein deeltjie van die verbeelde wêreld wat tot stand gebring word. Nico se omskepping van die verlede blyk uiteindelik 'n sterk subjektiewe verslag te wees, bepaal deur sy persoonlike aard en strewes; en tog is dit van intersubjektiewe waarde.

Die drie vertellers wat hy aan die woord stel, naamlik Jood, dominee Heyns en Danie Steenkamp, is duidelike alter ego's van Nico en, kan 'n mens verder vra, is Nico weer 'n alter ego van die skrywer? Daar is 'n hele aantal skakels tussen die vertellers. Hulle is almal buitestaanders in die gemeenskap; ontuis te midde van twiste en stryd om hulle. Daar is in ál die gevalle 'n duidelike verwantskap met Christus die verworpene. Hulle is almal skeppers en kunstenaars van die woord – in die geval van Heyns en Jood, skep hulle (soos Schoeman!) historiese sowel as literêre geskrifte. Sowel Jood as Steenkamp hakkel as hulle opgewonde raak – die hakkel is 'n teken van buitestaanderskap sowel as van die worsteling om te kommunikeer. Die tema van eensaamheid loop deur ál die vertellings; homoseksualiteit en mislukte huwelike kom herhaaldelik voor. Die vertellings is verskillende variasies op dieselfde temas.

Baie belangrik is die progressie wat deur die vertellings plaasvind – inderdaad, "iets het gebeur". Die eerste verteller wat Nico aan die woord stel, is die selfgesentreerde Jood, die uitgeworpene wat niks méér verlang as erkenning en eie eer nie, wie se vertelling deurspek is met die woorde "ek" en "my". Hy is so selfbehep dat hy byna geen melding van sy vrou maak nie; vir hom is dit net so goed of sy nie leef nie. Wanneer hy homself vir 'n soort Christus uitgee, met sy eie dissipelkring en 'n "onmeetbare invloed" (191), dan is hy in werklikheid 'n karikatuur van Christus. En tog, is hierdie "Jood" miskien op 'n vreemde manier wel 'n Christus-tipe, 'n "engel"? Sy belangstelling in die verse van Steenkamp is weliswaar gemotiveer deur die begeerte om eer te ontvang as ontdekker van 'n "volksdigter", maar sy uitgawe van die Steenkamp-gedigte, die enigste ongesensorde uitgawe, is vir Nico 'n kosbare getuienis in sy soektog na Steenkamp. Is selfs die miserabele Jood dalk tog die "draer van 'n heilige vlam" (191)?

Die volgende verteller, dominee Heyns, is 'n veel meer simpatieke persoon. Hy is veel meer altruïsties, veel meer beskeie, veel minder krities op ander, en 'n veel betroubaarder verteller. In sy jeug het Heyns 'n mistieke ervaring gehad, wat hy geïnterpreteer het as die roeping van God om in die bediening te gaan. Met verloop van tyd verdoof die vlam van sy jeugdige idealisme, te midde van die twiste en magstryd in die gemeente en die onbegrip van sy vrou. Aan die einde van sy lewe vind daar egter 'n merkbare verdieping by hom plaas. Ook hy het nou, soos Jood, sy "dissipelkring", maar in sy geval bestaan dit grotendeels uit armes en siekes. Hy begin inderdaad meer soos Christus te lyk, 'n ware bedienaar van die Evangelie aan die hulpbehoewendes. Net voor sy dood gaan besoek hy, ondanks die feit dat hy self siek is, 'n sterwende ou man, om hom te help en te troos. Heyns se lewe eindig in stralende, goue sonlig, teken van die teenwoordigheid van die goddelike (303), in teenstelling met Jood se dood "in die roerlose stilte en die donker" (206).

Hierna volg die vertelling van Steenkamp self. Hy, meer as enige van die ander vertellers, is 'n uitgeworpene, maar nie omdat hy daarna gesoek of gemaak het nie, maar omdat hy nie pas in 'n bevlekte wêreld nie. Hy is van gemengde afkoms en het geen kleurgevoel of rassisme nie; hy kom in 'n Sendingkerk tot bekering en sing sy religieuse liedere vir almal wat wil hoor. Hy, meer as die ander vertellers, is 'n Christus-figuur: mense bring hul siekes na hom vir genesing (316); hy bots met "Fariseërs" en word deur 'n Raad verhoor en veroordeel (324). Hy is verder 'n Dawid, 'n herder wat liedere maak (326); 'n Moses van wie die staf begin te blom (313); 'n Samuel wat die goddelike stem hoor (320); en 'n Elia vir wie God in die natuur sorg (328). Vir Steenkamp verander die wêreld van die Vrystaat in 'n Bybelse landskap van goddelike aanwesigheid.

Aan die einde van sy lewe, alleen in die natuur met sy God, het Steenkamp nie meer die verskyning van engele nodig nie. Hy ontdek dat God oral is; bo hom as Beskermer, in hom as goddelike inkarnasie en om hom in die natuur. Hierdie visie van God, hierdie versmelting van hemelse en aardse, is waarna Nico van die begin af gesoek het. Terugwerkend in die roman, is Steenkamp se visie die maatstaf waarmee alle ander karakters se lewensiening en sin vir waardes gemeet moet word; sy lewe is die kriterium vir die waarde van elkeen se lewe.

Steenkamp, in sy barmhartigheid teenoor ander, openbaar in sy eie vertelling nie die wandade wat teen hom en sy mense gepleeg is nie. Dit kom deur die vertelling van sy suster uit: hoedat Steenkamp byna doodgeslaan is (375), en hoedat die grond van die Basters wederregtelik deur die witmense afgeneem is (376-377). Dit blyk dat die voorspoed van die witmense op diefstal gegrond is en dat hul samelewing op onreg gebou is.

Nico se reis kan (onder andere) op twee maniere gelees word. In die eerste plek is dit 'n ál hoe dieper indring in die verlede, van Nico na Jood na Heyns na Steenkamp; van die moderne tyd tot vroeg in die negentiende eeu, tot by die openbaring van die oorspronklike onreg waarop die latere samelewing gebou is. Teenoor hierdie onreg staan die suiwerheid van Steenkamp, die man wat "tot onder die gerub ingaan en sy vuiste vul met vurige kole van tussen die gerubs" (368). Dit is 'n goddelike suiwerheid wat oor die generasies heen 'n uitwerking het en die lewens van Heyns, Jood en Nico aanraak. Geleidelik, van die een figuur na die volgende, raak die vlam egter flouer, tot by Nico, wat 'n sinlose lewe lei in 'n dekadente samelewing.

Maar Nico se reis kan ook gelees word as 'n louterende reis in die self. Tydens hierdie "reis" skil hy as 't ware laag op laag van homself af, en gaan hy al dieper in sy psige in, tot by die suiwer bron wat diep verborge lê, die Steenkamp in homself. In sy vertellings, in alter ego op alter ego, herskep Nico homself, al hoe suiwerder, tot by die doel van sy soeke, die heiligheid van 'n Steenkamp. In metamorfose op metamorfose verander hy, beleef hy 'n reis wat inderwaarheid 'n katarsis is.

Hierdie twee maniere van reis staan nie los van mekaar nie. Persoonlike geskiedenis en landsgeskiedenis is nóú verbonde; landsgeskiedenis het sy neerslag op die persoonlike en kollektiewe onderbewussyn gelaat. Nico se reis in die geskiedenis en sy reis in homself is een reis; sy grawe in die geskiedenis en sy grawe in homself, al dieper en dieper, lei uiteindelik tot dieselfde Bron.

Die prosa in *Die uur van die engel* bars as 't ware uit sy nate, om die onverwoordbare te verwoord; konvensionele grense van genre word oorskry. Liriek en epiek smelt saam – dit gaan om situasies wat uitgebeeld word, langsaam veranderende situasies, gevul met stemming en misterieuse betekenis. Die trae gang van gebeure is 'n realistiese weergawe van die plattelandse lewenswyse – met daarby die suggestie van verborge, opwindende moontlikhede vir wie sorgvuldig oplet. Dit is ook asof die roman neig in die rigting van die skilder- (landskaps-) kuns, met 'n veelheid van plastiese beelde, gelaai met simboliek. Verder het die prosa 'n musikale element, met sy ritmies golwende sinne en sy steeds terugkerende frases. Die afwisselende vertellings van die vroue van Jood en Heyns, in die afdeling "Vrouestemme", is soos 'n kontrapuntale komposisie, twee kontrasterende variasies op 'n tema. Om by die musikale metafoor te bly: in *Die uur van die engel* het die skrywer al die orrelpype oopgetrek, om op grootse wyse aan 'n grootse visie uiting te gee.

## Verwysings

Kannemeyer JC. 1998. *Op weg na 2000. Tien jaar Afrikaanse literatuur.* Kaapstad: Tafelberg.

Schoeman Karel. 1995. *Die Wêreld van Susanna Smit, 1799-1863.* Kaapstad: Human & Rousseau.

# Jeanne Goosen: *Ons is nie almal so nie*

"Hoekom het jy dan 'n 'mind', as jy hom nie kan 'change' nie," sê 'n vriend van my graag. Met dit in gedagte, het ek besluit om maar my "mind" te "change". Dit is nou die laaste aflewering in my reeks oor die top twintig Afrikaanse romans van die negentigerjare, en ek het by myself sit en dink: "Hoe op aarde kan jy dié reeks oor die top twintig romans skryf, en *Ons is nie almal so nie* is nie ingesluit nie?" Dus, jammer Mark Behr met jou reuk van appels, jy moet opsystaan, dat Jeanne Goosen kan verbygaan.

*Ons is nie almal so nie* is 'n boek wat aan duisende lesers plesier verskaf het, en wat die een herdruk na die ander beleef het. Wat miskien die meeste genot verskaf het, is die realistiese dialoog, deurspek met humor en ironie. Die verhaal speel af in die vroeë vyftigerjare in 'n Afrikaanse voorstad, en die hoofkarakters is die klein meisie Gertie (die verteller), haar ma Doris en haar ma se vriende, Mavis en Tank. Hulle taal is 'n mengsel van Engels en Afrikaans, dikwels onfatsoenlik en rassisties – 'n rassisme waarvan die skryfster haar met duidelike ironie distansieer. Byvoorbeeld, wanneer apartheid in die bioskope ingestel word, word dit soos volg deur Doris gemotiveer:

> Die mense het baie gekla, gesê die kleurlinge spoeg van bo af op die wit mense se koppe. Die kleurlinge het juis almal tering, sê my ma, dis hulle spoeg wat so vol kieme is (51).

Dit is die tyd van die instelling van apartheidswette, en dis wetgewing wat klaarblyklik die ondersteuning van arm Afrikaners het. Die mans is die rassistiesste, miskien omdat hulle die meeste bedreig voel deur kleurlinge en swartmense wat hul werk kan oorneem. Die vroue, hoewel nie vry van rassisme nie, is dikwels sagter in hul oordele oor ander. Gertie se pa noem Uncle Tank 'n kommunis, waarop Gertie aan haar ma vra: "Maar wat is 'n kommunis?" Haar ma antwoord:

> "Soos uncle Tank." My ma vat die lap en vee die sink droog. "Hy glo al die mense – wit en bruin en swart – is gelyk in die oë van die Here." My ma gaan sit by die kombuistafel en steek 'n Cavalla aan. "Come to think of it," sê sy, "die kommuniste het 'n punt beet daar" (47).

Dit is veral mans wat die Christelike godsdiens tot harde, rassistiese dogma verdraai – mense soos Gertie se oupa. Hy het 'n eie kyk op die geskiedenis, wat hy aan sy dogter Mavis (Gertie se ma) verduidelik:

> Neem nou jou oupa Hendrik. Hy was 'n goeie mens. 'n Afrikaner, 'n Boereheld met durf en daad. Hy het nooit 'n ding gedoen sonder om die Heer te ken nie. Kyk deur hoeveel kafferopstande is hy en hy het staande gebly omdat hy die geloof had (64).

Christelike onderskeidinge verander hy tot rassistiese skeidslyne wanneer hy praat oor die uitsetting van kleurlinge uit die gebied waar Gertie-hulle woon:

Dis wat die Skrif sê. Bokke en skape hoort nie saam nie. En jy weet wat het met Noag se nageslag gebeur. Ons kan die liewe Heer vandag dank vir Malan. Sy kop is reg aangeskroef. 'n Opregter Christen en Afrikaner sal jy nie sommer kry nie (64).

Die uitbeelding van hierdie arm Afrikaners is egter nie veroordelend nie, maar met deernis. Gertie se pa kom uit 'n welvarende voorgeslag, en juis daarom is sy werk van vlagswaaier by die Spoorweë vir hom so vernederend:

"Mens sal sweer ek is 'n hotnot, soos die inspector vandag met my gepraat het," vertel my pa (34).

Hy kry met moeite 'n beter werk, wat nou wel nie die blinkste geleenthede bied nie, maar wat op só 'n manier deur die pa beskryf word dat hy sy selfrespek kan behou:

Hulle het hom op 'n ander werk gesit, 'n báie beter een as dié van vlagman met 'n baie groter salaris én met 'n rang: stock verifier ... Hy sal in daardie job moet instaan vir elke spyker, skroef, moer, hamer, knyptang en ding wat daar maar in daardie stoor aangehou word. Hy sal 'n kantoor ook hê ... (35-36).

Goosen se verhaal bied 'n soort moment-opname van 'n tyd en plek, en gee 'n insig in die opkoms van die apartheidstaat. Dit is 'n realistiese verhaal van die alledaagse lewe van gewone mense, sonder idealisering.

In my studentedae was een van die dinge wat ons moes leer, die onderskeid tussen Realisme en Romantiek, met die onderskeie verteenwoordigers van die twee strominge in die Afrikaanse prosa. Maar die interessantste skrywers hoort meestal nooit volledig tot een literêre stroming nie. So is dit ook hier. Naas die realistiese uitbeelding het die vertelling, wat spreek van verlange en 'n ontgogeling met die werklikheid, sterk trekke van die Romantiek.

Elkeen van die karakters kry op 'n manier met die gebroke werklikheid te make. Uncle Tank se linkervoet is in die oorlog afgeskiet, en daarom sukkel hy om 'n werk te vind. Soms, na 'n mislukte poging om werk te kry, kom hy en sy vriendin Mavis troos soek by Doris en 'n bottel Old Brown-sjerrie:

Hy neem nog 'n sluk van sy sjerrie, staan op en buig bietjie vooroor.
"Dis bad luck," sê hy, snuit sy neus uit, maak sy glas weer vol en gaan sit.
"Cruel world," sê Aunt Mavis, steek 'n Cavalla aan en blaas die rook deur haar neus (16).

Aunt Mavis het self haar kruis om te dra: haar mongoolkind wat haar hart breek. Maar die sterkste kom ons die onvolkomenheid van die aardse bestaan teen by Doris, Gertie se ma. Teenoor die verliefdheid wat sy en haar man vir mekaar gevoel het toe hulle jonk was, staan nou haar gevoel van gekneldheid in die huwelik. Sentraal in die verhaal is Doris se vergeefse pogings tot ontvlugting uit die gevangeskap van haar bestaan. Haar werk as plekaanwyser by 'n bioskoop bied op 'n dubbele manier (tydelik) vir haar ontsnapping: deur die romantiese films waarin sy haar inleef, en deur die feit dat die werk haar van die huis af wegneem. 'n Tweede poging tot ontvlugting uit die banaliteit van haar huwelik is die owerspelige verhouding met die handelsreisiger Barnie, wat met sy gladde mond vir Doris weer soos 'n begeerlike vrou laat voel. Barnie laat Doris egter in die steek, sodat haar kortstondige genot gevolg word deur ontnugtering.

Dan sterf Doris se man onverwags op een van sy gereelde togte na Touwsrivier omdat hy nie sy asmapompie by hom gehad het nie, maar dit bring nie vir Doris die verlangde bevryding nie. Sy het vergeet om die pompie in te pak en voel verskriklik skuldig oor haar versuim. Haar skuldgevoelens laat allerlei vrae by die leser opkom. Was dit sy vrou se werk om die pompie in te pak – kon hy dit nie maar self gedoen het nie? Verder: daar is allerlei suggesties dat die man se swerftogte na Touwrivier, kastig vir die werk, waarskynlik nie so onskuldig was nie – soos Doris, het hy miskien ook sy ontvlugting in owerspel gesoek. Dit is opmerklik dat hy steeds langer in Touwsrivier bly, en 'n mens wonder of sy dood nie miskien deur oormatige opwinding veroorsaak is wat 'n asmapomp noodsaaklik gemaak het nie.

Maar Doris bly skuldig voel, en haar skuldgevoelens is waarskynlik die grootste aanleiding tot haar aansluiting by 'n sektariese godsdienstige groep – dit is haar laaste, ironiese poging om vrede met die lewe te maak. Doris voel 'n groot vrede oor haar daal in die kerk, maar daar is 'n duidelike ironiese distansie van die skrywer se kant. In hierdie "Christelike" kerk sit die kleurlinge apart (148); die man wat hulle welkom heet, het 'n somber swart pak aan (147); en die preek gee 'n plastiese beskrywing van 'n wrede oordeelsdag:

"Alles sal in bloed verander," sê die prediker. "Jy sal dors word en die
kraan oopdraai vir water, maar dit sal bloed wees wat daaruit stroom"
(153).

Die boek sluit af op 'n ironiese hoogtepunt. Doris se gesig blink, sodat Gertie glo dis die Heilige Gees wat in haar gekom het, en sy "spreek in tale" – maar hierdie "wonderwerk" is 'n sinnelose geklets, 'n buitetalige uiting van verlange wat haar afskei van haar medemens, ook van haar kind, in plaas dat sy deur die taal met ander kommunikeer:

Halo Christu Ku Marrti Sen Bielef Tar Ty Salem Jawé Christu!
Christu!! Rama Koerr Ja, O, Christu! Christu!!

Naas die verhaal van Doris se pogings om geluk te vind, bevat *Ons is nie almal so nie* ook heelwat indirekte selfopenbaring van die verteller, die kind Gertie. Gertie leef in 'n wêreld gedomineer deur vroue, in sonderheid haar ma – haar pa is toenemend afwesig uit haar lewe. Oor die algemeen is die mans in die verhaal swakker figure as die vroue. Dit geld in die eerste plek vir Gertie se pa; maar ook vir iemand soos oom Koos, wat so bang is om sy musikale item op die ATKV-fees te lewer – "Oom Koos het probeer loskom, maar my ma en ant Mietjie het styf aan sy arms vasgehou" (73). Uiteindelik lewer oom Koos wel sy item, maar op die verhoog lyk hy "nes 'n verdwaalde poep in 'n strontstorm" (75).

Daarteenoor het Gertie 'n groot bewondering vir Spider Lady, die fiktiewe vroulike karakter wat mans domineer (52-53). Wanneer Gertie se ma haar mooi maak vir 'n dans, dan lyk sy vir Gertie soos die Spider Lady (82). Gertie ontwikkel 'n steeds groter gehegtheid aan haar ma, en distansieer haar steeds meer van haar pa en van die mansgeslag in die algemeen. Sy skrik haar dood wanneer 'n seun haar broek wil uittrek (127), en hierdie skokkende ervaring word gevolg deur die waarneming van haar ma se owerspelige seksuele omgang met Barnie. Gertie is kennelik 'n lesbiër in wording. Mans word al hoe meer uit haar lewe uitgesluit; wat sy eintlik begeer, is om alleen met haar ma te wees. Haar beskrywing van haar ma se skoonheid aan die einde is byna soos dié van 'n verliefde:

> Sy het al mooier en mooier geword met haar blou oë wat heeltemal
> deurskynend word. Haar gesig het begin skyn en dan het ek geweet dis
> die Heilige Gees wat in haar ingekom het (158-159).

Soos al die ander karakters, kom Gertie bedroë daarvan af – telkens kom daar iets tussen haar en die ma wat sy verafgood. Wanneer haar pa afwesig raak, kom Barnie by Doris; en wanneer Barnie weg is en haar pa dood, neem die godsdiens hul plek. Onvervulbare verlange kenmerk ook Gertie se lewe.

Die titel *Ons is nie almal so nie* verwys in die eerste plek na Doris se woedende reaksie wanneer 'n bruin gesin uit die gebied gesit word (122). Met hierdie woorde distansieer Doris haar van die rassisme van die mense in die buurt. Maar die ironie wat die hele verhaal deurtrek, is waarskynlik ook in die titel aanwesig. Op bladsy 126 word 'n tweede keer genoem dat Doris nie soos ander mense is nie. Dit is haar dogter wat dit hier sê, maar die ironie van die saak is dat Doris ontrou in die huwelik is, en dat sy ook nie altyd van rassisme vry te spreek is nie. Miskien wil die titel juis sê: Ons is maar almal so. Almal onvolkome in 'n onvolkome wêreld.

Hiermee dan die einde van die bespreking, en ook van die reeks. Die feit dat ek in hierdie laaste bespreking seker meer aangehaal het as in enige ander bespreking, dui op die genot van die taal van die boek, op die feit dat hier geskryf word op 'n manier wat nie bra geparafraseer kan word nie. Met *Ons is nie almal so nie* het Jeanne Goosen een van die moeilikste dinge vir 'n skrywer reggekry: om 'n heerlike ligte, humoristiese verhaal te skryf wat tot 'n breë publiek spreek, maar om ook 'n subtiele werk te skep met diepte wat die teksluise kan bevredig.

'n Slotwens: Hopelik het hierdie reeks aangetoon dat die Afrikaanse prosa in die onlangse verlede 'n verhalerykdom opgelewer het. Waar is die mense wat hierdie verhale tot televisiedramas en films kan verwerk? Waar is die finansiële instellings wat die filmbedryf op groter skaal sal steun? Romans soos *Op soek na generaal Mannetjies Mentz, Die olifantjagters* en *Kroniek uit die doofpot* vrá om verfilm te word. Mag dit wees, wanneer ons oor tien jaar op die afgelope dekade terugkyk, dat dit die dekade sal wees van die verfilming van die Afrikaanse prosa.

# II Waarheid, versoening en heling

# Waarheid en versoening by Van Melle se drie Joiners

In die September 1997-nommer van *Stilet* was die dominante tema die verhouding tussen Afrikaanse literatuur en (Suid-)Afrikaanse geskiedenis. Dis 'n tema wat ook in hierdie artikel sentraal staan; dit sluit veral direk aan by twee bydraes in die genoemde *Stilet*, naamlik JP Smuts se "Die nuwe herinneringsliteratuur in Afrikaans" en "Die waarheidskommissie in die Afrikaanse letterkunde: Die Afrikaanse prosa in die jare negentig" deur HP van Coller.

Smuts wys daarop dat die kentering in die politieke situasie in Suid-Afrika in die 1990's verbonde is met die einde van 'n eeu sowel as die einde van 'n millennium. "Dit bring mee dat die *fin-de-siécle* intensiewer beleef word as tydens ander eeuwendings, die verlede belangriker word as op ander tye en daar anders gekyk word na wat agter lê" (1997: 2). Hierdie kentering van die tye en van die eeue verklaar die drang van Afrikaanse skrywers om in dié tyd die verlede te dokumenteer; daarvoor is veral die prosa die gekose medium (1997: 2-3).

Smuts noem die politieke en sosiale veranderinge wat met die toespraak van FW de Klerk in 1990 en die verkiesing van 1994 van stapel geloop het, "moontlik die grootste grens in die geskiedenis van Suid-Afrika". Dit is sekerlik die geval; maar dit is goed om te onthou dat die vorige eeuwending óók gepaard gegaan het met 'n gebeurtenis wat die lewe van almal in die land ingrypend beïnvloed het: die Anglo-Boereoorlog van 1899-1902. Ook hierdie traumatiese gebeurtenis het 'n beslissende rol in die Afrikaanse literatuur gespeel.

Van Coller, soos Smuts, verwys na die sterk gerigtheid op die geskiedenis in die Afrikaanse prosa van die laat-twintigste eeu: dit "word gekenmerk deur 'n bykans obsessionele belangstelling in en bemoeienis met die persoonlike en kollektiewe geskiedenis" (1997: 11). Hierdie tipe literatuur noem hy "post-mortem-literatuur" (1997: 14); dit is veral die Afrikaanse vertelkuns wat hier ter sprake is. Van Coller merk op, in aansluiting by Hayden White en McAdams, dat die vertel van stories 'n genesende potensiaal het. Die vertel van stories kan naamlik help om "ons bestaan betekenis te gee (deur) ons eie lewe retrospektief in die vorm van stories te herskep". Dit kan skrywer en leser help om 'n koherente beeld van die self te vorm (1997: 18).

Volgens Van Coller kan die Afrikaanse letterkunde 'n taak vervul soortgelyk aan dié van die Waarheids- en Versoeningskommissie:

> Dit mag vir verskeie lesers voel soos 'n regsproses waar elke boek 'n
> verdere getuienis of selfs aanklag verteenwoordig. Tog is dit meer van 'n
> terapeutiese proses waardeur skuld verwerk word; eers deur die skrywers
> self maar ook deur die leser wat verplig word om saam te skryf aan
> hierdie groot storie (1997: 18).

Een van die groot verskille tussen die kentering rondom die einde van die twintigste eeu en dié van 'n eeu tevore, is dat die Afrikaner honderd jaar gelede algemeen beskou is as die onskuldige slagoffer van Britse imperialisme, en sy heldhaftige verset daarteen is wêreldwyd bewonder. In die postapartheid-bedeling, daarenteen, is die Afrikaner veral in die beskuldigdebank en sy wandade in die kollig. Dit bring mee dat die aard van politieke "aanklag" van die literatuur in die twee tye verskil: die aanklag van die letterkunde van die Afrikaanse "tweede beweging" aan die begin van die twintigste eeu fokus op die onregverdige lyding van die Afrikaner en op die wandade van die Britse bewind; in die Afrikaanse literatuur van die laat-twintigste eeu is die algemene tendens 'n skerp kritiese kyk van Afrikaanse skrywers op die Afrikaner-gemeenskap, Afrikaner-waardes en Afrikaner-regeerders.

In hierdie artikel word daar gekyk na drie verhale van Johannes van Melle waarin 'n "joiner" voorkom. Die joiners, Afrikaners wat in die Anglo-Boereoorlog aan die kant van die vyand geveg het, is ná die oorlog deur die gemeenskap as verraaiers beskou en het verstotelinge geword. Van Melle, in sy uitbeelding van hierdie "skurke van die Afrikaner-geskiedenis", bied 'n visie op skuld, boete en vergiffenis wat ook vandag besonder relevant is.

"Oom Freek le Grange se derde vrou", uit die verhalebundel met dieselfde titel (1935), handel oor die liefde tussen Freek le Grange en die meisie Willie. As gevolg van haar flirtasie met 'n ander jongman, Petrus du Toit, en die trotse koppigheid van sowel Freek as Willie, ly hul verhouding egter skipbreuk, en Willie trou met Petrus. In die Anglo-Boereoorlog wat hierna uitbreek, is Freek 'n bittereinder en Petrus 'n joiner. Willie se veragting vir Petrus is intens, soos blyk uit haar uitlatings teenoor Petrus: "Hoe kan jy so laag wees om teen jou eie mense te gaan veg?" en "Was jy maar liewers doodgeskiet" (29). Daarteenoor het sy 'n groot bewondering vir Freek: "Hy sal nie join nie. Hy sal trou bly en sy plig doen. Freek sal nooit 'n verraaier word nie" (30).

In haar gedagtes het haar man nou 'n skurk geword, en die geliefde wat sy eens verwerp het, 'n held. Die verteller deel skynbaar haar gevoelens, want Willie se man word vanaf hierdie punt in die verhaal "Du Toit" genoem in plaas van "Petrus" – 'n teken van vertellersdistansiëring. Deur haar huwelik is Willie egter aan Du Toit gebonde: "Wat kan sy maak? Sy moet maar by hom gaan bly; hy is nou eenmaal haar man" (31). Dit is 'n plig wat sy teen wil en dank verrig; en hul huwelik raak met verloop van tyd al hoe somberder en eensamer.

By Van Melle is die implisiete outeur selde of nooit eensydig aan slegs een of enkele van die karakters se kant nie; dit merk ons ook hier. 'n Wending in sy simpatie kom met die vertelling van die absolute verstoting van die joiners deur die samelewing; hieronder ly ook hul onskuldige gesinslede (32). Dit word deur 'n tweede wending in die uitbeelding van die karakters gevolg: Du Toit raak al hoe nederiger; Willie word al hoe harder en trotser (33). Nie net Du Toit se skuld uit die verlede nie, maar ook Willie se onversetlike houding is nou 'n hindernis vir hul moontlike versoening met die gemeenskap. Die teenstelling tussen goeies en slegtes vervaag.

Hierna kom 'n nuwe karakter op die toneel: Pierre de Wet, buurman van die Du Toits, in wie ons 'n tipiese Van Melle-spanning kry, naamlik tussen die eise van Afrikaner-nasionalisme en Christelike geloof. De Wet was 'n bittereinder in die oorlog, 'n volksman wat joiners en hensoppers haat, maar hy is ook iemand wat sy Christelike plig wil doen en voel dat hy Du Toit moet vergeef en die kontak met hom moet herstel. Wanneer De Wet en sy vrou verby die plaas van Du Toit ry, besluit hy dus om by hulle aan te gaan, teen sy vrou Klasina se heftige verset in. Sy verlang geregtigheid, en glo dat die joiners die verwerping verdien wat hulle kry; Pierre daarenteen streef na die uitlewing van Christelike vergiffenis ook teenoor joiners.

In die besoek wat volg, bereik die poging tot versoening tussen die bure 'n beperkte mate van sukses. Dit blyk dat die gewese joiner en sy familie soseer van die samelewing geïsoleer is dat die gesprekke daardeur belemmer word – die raakpunte word minder. Joiners en bittereinders ontmoet mekaar nie eers meer in die kerk nie, want dit blyk dat sommige lidmate geweier het om met 'n joiner soos Petrus aan die Nagmaalstafel te sit; en dat Willie om dieselfde rede haar voet nie weer in die kerk gesit het nie (37). Reg en verkeerd raak al hoe meer verstrengel, en versoening al hoe meer kompleks.

Met verloop van tyd sterf Freek le Grange se eerste en ook sy tweede vrou; en ook Petrus du Toit. Die tyd is nou ryp vir 'n versoening tussen Freek en Willie. Freek tree as 'n gelouterde karakter na vore: hy het sowel die persoonlike onreg van Willie teenoor hom as die onreg van die joiners teenoor die Afrikaners vergewe, en vra Willie om met hom te trou en die verlede te vergeet. Ondanks haar liefde vir Freek, wat nooit verdwyn het nie, stem Willie nie in nie. Dit blyk naamlik nou hoe die kinders van joiners verstoot word as gevolg van die onreg van hul vaders, en Willie is bang dat die kinders van Freek haar kinders sal verag as hulle saam in een huis sou woon.

Dan volg die laaste wending in die verhaal, 'n wending wat 'n gelukkige einde moontlik maak. Die Rebellie breek uit, en die seuns van Willie (soos dié van Freek) besluit om by die rebellemagte aan te sluit. Die Rebellie bied aan Willie se kinders die moontlikheid tot verlossing van die skuld van hul vader. "Die rebellie het tog ook goeie dinge gedoen" (47) – dit het die moontlikheid gebied tot plaasvervangende restitusie vir die skuld van die verlede, sodat vervreemde Afrikaners mekaar weer kan vind.

'n Dergelike verbinding van die Anglo-Boereoorlog en die Rebellie kom voor in een van die bekendste verhale van Van Melle: "Die joiner", wat oorspronklik verskyn het in die bundel *Vergesigte* (1938). In "Die joiner" is die tema egter deurtrek van humor en ironie. Frans Nortjee was in die Anglo-Boereoorlog 'n joiner, maar het later in sy lewe berou daaroor en koester heimlik 'n vurige begeerte om homself te rehabiliteer in die oë van sy volk en sy God. Hy meen dat die Rebellie hom hierdie kans bied en word 'n rebel. Wanneer die soldate van sy kommando hulself oorgee, draai Nortjee alleen weg en sluit hom by Jopie Fourie se kommando aan, want hy, die joiner van die vorige oorlog, wil hierdie keer 'n "bittereinder" wees.

Nortjee boet dubbel vir die verlede wanneer hy gewond raak en ook agt maande tronkstraf kry vir sy aandeel aan die Rebellie. Die lyding maak hom bly, want dit bevry hom van sy skuldlas en van die veragting deur sy mede-Afrikaners. Wanneer hy uit die tronk kom, is dit vir hom 'n feesdag – nie in die eerste plek omdat hy uit die tronk kom of sy vrou weer gaan sien nie. Sy blydskap word meegebring deurdat hy:

> [...] reeds 'n ent afgelê [het] op die pad waarop aan die einde vir hom versoening en vergewing lê ... Hy was eenmaal 'n joiner, hy kom nou as 'n rebel huis toe (58).

Simbolies van die nuwe lewe wat nou vir hom voorlê, is die feit dat daar 'n baba vir hom en sy vrou gebore is.

Naas en teenoor die tema van loutering deur lyding en kwytskelding van skuld deur boetedoening, is daar ook 'n dekonstruksie en ironisering van hierdie enkelvoudige visie. Tekens van ironie is van die begin af aanwesig. Nortjee se hartstogtelike wens is om te "veg vir 'n Boere-saak" (57), maar die vraag is: Is die Rebellie noodwendig 'n Boere-saak? Dit blyk uit die inleidende paragraaf dat "die grootste deel van die Boere trou bly aan die regering", anders as in die Anglo-Boereoorlog. Wie kan dan bepaal wat in hierdie situasie "die Boere-saak" is? In hierdie oorlog word nie teen Engeland geveg nie, maar teen mede-Afrikaners, en dit blyk dat 'n hele aantal van die Boere wat aan die Rebellie deelneem, nie lus het om op Afrikaners te skiet nie (56). Die Anglo-Boereoorlog kan nie herhaal word nie, en wat Nortjee toe gedoen het, is onherroeplik.

Nortjee, om psigologiese redes, is vasberade om sy deelname aan die huidige oorlog simplisties te sien as betaling van sy skuld uit die vorige oorlog. Wanneer hy ná 'n veldslag afkom op die lyk van 'n ou vriend wat teen hom geveg het, 'n mede-joiner uit die Anglo-Boereoorlog, sluit hy sy hart vir medelye teenoor "die vyand". Hy word in hierdie houding gesteun deur een van sy mede-rebelle:

> "Dis nie vriendskap wat mense vandag bind nie," sê die man, "Dis nie die mense van jou eie nasie nie, dis die saak wat die één vir die ander laat omgee" (57).

Soos gewoonlik by Van Melle, lewer die verteller geen direkte kommentaar nie, maar die beskrywing van hierdie man suggereer die vertellerdistansie: "Dis 'n klein kêreltjie, maer, met harde gelaatstrekke" (57). Die verhaal loop op tot 'n klimaks van feestelike vreugde, met 'n onverwagte ironiese wending in die slot. Nortjee besluit om sy pasgebore dogtertjie nie 'n familienaam te gee nie, maar eerder 'n naam wat simbolies is van sy hoop op 'n nuwe toekoms. Hy noem haar *Hope*. Hierdie Engelse *hope* ondergrawe die Afrikaanse hoop wat hy gehad het; die Engelse vyand "daarbuite" vir wie Nortjee so graag wou beveg, het ongemerk in sy eie Afrikaanse taal ingedring. Skuld, boetedoening, "die Afrikaner-saak", en "reg" teenoor "verkeerd", dinge wat vir Nortjee so eenvoudig lyk, word deur die verhaal geïroniseer en gekompliseer.

In 1943, in die bundel *Begeestering*, verskyn die lang kortverhaal "Wraak", 'n verwerking van 'n gelyknamige toneelstuk van Van Melle wat in 1937 verskyn het. Dit handel oor Berend Viviers, wie se bywoner Strydom 'n joiner was en wat Berend se seun doodgeskiet het tydens 'n besoek van Engelse magte aan Berend se plaas. Berend het dus alle rede om Strydom te haat; maar dan kom Strydom ná die oorlog in groot nederigheid na hom en pleit om vergiffenis.

Die twee partye in die konflik word, soos 'n mens by Van Melle verwag, albei met groot simpatie geteken. Strydom is 'n volkome uitgestotene, en in die openbaar "gly [hy] verby soos 'n hond wat bang is vir 'n skop" (1943: 6). Aan die ander kant van die konflik staan Berend wat, anders as sy wraaksugtige gesinslede, vasberade is om sy Christelike beginsels in die praktyk uit te lewe, en om sy bes te doen om Strydom te vergewe (9). In hierdie stadium lyk dit of 'n redelik onproblematiese versoening tussen oortreder en slagoffer gevind sal word, met die oortreder wat sy skuld besef en bely en die veronregte wat bereid is om te vergewe. Maar dan kom 'n nuwe wending. Strydom vra om as bywoner na Berend se plaas terug te keer, en Berend, wat reken sy vergiffenis moet nie halfhartig wees nie, staan dit toe. Dit lei tot 'n noodlottige katastrofe, in die Griekse sin van die woord. Strydom en Berend is albei tragiese figure, met twee kontrasterende vorms van hubris. Grondliggend in Berend se strewe is daar 'n tipe hoogmoed – hy wil slaag in die toets wat hy meen God aan hom stel. Oom Jannie, 'n wysheidsfiguur in die verhaal, formuleer waarskynlik die siening van die implisiete outeur:

> Party mense wil Christeliker wees as wat dit vir 'n normale mens
> moontlik is […] Hy [Berend] is baie hoogmoedig, die ou vriend van my.
> Hy dink dat hy christeliker is as ander mense (25).

Oom Jannie wys ook op 'n ander belangrike punt: dat Berend diep in sy hart nie vir Strydom vergewe het nie, en dat hy innerlik teen sy eie skynbaar grootmoedige optrede rebelleer.

Strydom, aan die ander kant, voer sy skuldgevoelens onmenslik ver. Soos wat Berend hom nie werklik vergewe het nie, het hy homself ook nie vergewe nie, en hy gaan voort met sy wroeging. Daar is selfbejammering en masochisme in sy selfkastyding:

> Maar trek wil ek nie. Ek wil hier bly en al die dae aan my sonde dink.
> Ek wil hierdie mense en daardie plek voor my oë hê, dag na dag, en
> myself daarmee straf tot aan my dood … God sal my eendag jammer kry
> en my wegneem hiervandaan (26).

Berend en Strydom is parallelle én kontrasterende tragiese figure. Berend wil homself verhef bo wat van 'n mens verwag kan word; hy wil 'n engel wees, en word daardeur feitlik 'n duiwel. Strydom wil homself weer verneder en straf tot 'n onmenslike vlak. Albei is slawedrywers wat meer van hulself verg as wat van 'n mens verwag kan word. Hierdie dubbele hubris word deur 'n ramp gevolg.

Die sentrale spanning in ál drie die bespreekte joiner-verhale van Van Melle is dié tussen vergiffenis en geregtigheid. Hierdie spanning, wat by Berend 'n breekpunt bereik, lei tot 'n uiters boeiende ontwikkeling, gedryf vanuit die drange van die onderbewuste. Omdat Berend se gewete hom nooit sal toelaat om sy diep-gesetelde wraakbegeerte te bevredig deur moord te pleeg nie, neem die psige 'n nood-uitvlug. In 'n tydelike verval in waansin, waarin hy hom verbeel dit is weer oorlog, skiet Berend vir Strydom dood. Hiermee word Berend se teenstrydige verlangens vervul: die eise van die gewete is deur die "oorlogsituasie" ontduik én sy onderdrukte wens vir geregtigheid is vervul: Strydom sterf op dieselfde plek waar hy Berend se seun geskiet het. "Ja, nou is alles reg" (43), kan Berend inderwaarheid sê.

Berend word in die hof vrygespreek omdat hy nie die moord willens en wetens gepleeg het nie, maar daarmee is sy probleme nie opgelos nie. Berend het homself leer ken, en die kennis is nie vir hom aangenaam nie: "Die Here het my laat sien hoe klein en nietig 'n mens is" (51). Berend is nou in feitlik dieselfde dilemma as Strydom vroeër. Hy sukkel om die kennis van homself te verwerk, om homself te aanvaar en te vergewe. "Die Here het jou vergewe, Berend," sê sy vrou aan hom (52); waarop hy antwoord: "Ja, die Here is genadig – maar ek? Wat is ek?" (52).

Berend het uit sy krisis geleer, en ook nie geleer nie. Vroeër kon hy Strydom nie vergewe nie, nou kan hy homself nie vergewe nie. Die skynbaar troosryke vryspraak aan die einde word daarmee geïroniseer: Berend, wat eers onmenslik groot in sy vergiffenis aan ander wou wees, het nou na die ander pool geswaai en weier om homself te vergewe. Dwarsdeur die verhaal is sy mees fundamentele fout die gebrek aan mededoë met homself; dit veroorsaak aanvanklik die selfverheffing waardeur hy homself meedoënloos tot totale vergiffenis van sy vyand dryf; later lei dit tot hardvogtige selfkastyding. Berend kan, in sy eie woorde, nie genadig soos die Here wees nie.

Van Coller sien tereg die Afrikaanse literatuur as 'n middel waardeur die skuld van die verlede deur konfrontasie met die waarheid verwerk kan word. Van Melle, in sy verhale oor die Anglo-Boereoorlog en die Rebellie, was in hierdie proses 'n vroeë voorloper. Ondanks ál die historiese verskille tussen toe en nou, bly Van Melle se werk steeds aktueel. Sy stories waarsku teen eiegeregtigheid en die simplistiese teenstelling van helde en skurke; hy wys op algemene menslike skuld en bepleit vergiffenis en mededoë, met ander sowel as met jouself; hy maak inderdaad van die literatuur sowel waarheids- as versoeningskommissie.

## Verwysings

Smuts JP. 1997. Die nuwe herinneringsliteratuur in Afrikaans. *Stilet* 9(2): 1-8.

Van Coller HP. 1997. Die waarheidskommissie in die Afrikaanse letterkunde: Die Afrikaanse prosa in die jare negentig. *Stilet* 9(2): 9-21.

Van Melle J. 1935. *Oom Freek le Grange se derde vrou en ander verhale.* Pretoria: Van Schaik.

— 1943. Wraak. In: *Begeestering.* Kaapstad: Nasionale Pers.

— 1964. Die joiner. In: Uys Krige (red). *Keur uit die verhale van Van Melle.* Pretoria: Van Schaik.

**[Oorspronklik gepubliseer in: *Stilet* 10: 1, Maart 1997: 35-42.]**

# When Outsiders Meet: Boerneef and AHM Scholtz

In Afrikaans literature, the farm has had a symbolic power for many decades. In early fiction, it was a psychological home, a marker of identity for the Afrikaner; in later writing, it is an environment of oppression and racism. The masterly debut of AHM Scholtz, the novel *Vatmaar* (published in 1995, translated into English in 2000 as *A Place Called* Vatmaar), should be read within the context of this tradition of Afrikaans novels and short stories about the farm. *Vatmaar*, according to Gerwel "the first really literary significant novel in Afrikaans by someone who is not a white writer", holds a unique place in the tradition of Afrikaans farm writing (recommendation on the cover of the Afrikaans edition, my translation). In this chapter, I will focus on the "dialogue" between *Vatmaar* and one short story of an earlier Afrikaans author, Boerneef. "Boerneef", which means "country cousin", literally "farm cousin", was the pseudonym of IW van der Merwe, who wrote many nostalgic stories about life on an Afrikaans farm. Boerneef and Scholtz are in many ways very different and yet so similar. In the following analysis, I will discuss some of these differences and similarities and reach some general conclusions about the nature of identity.

Different, and yet similar. Boerneef was a professor in Afrikaans literature; Scholtz was educated only up to grade seven, and not in his mother tongue, Afrikaans. Boerneef was an Afrikaner; Scholtz was classified as "coloured". Yet both write in Afrikaans with the same kind of nostalgia about the lost world of their youth. Both Scholtz and Boerneef are romantics, feeling discontented with the world in which they live, searching in their past for a community more harmonious and morally sound. In neither case is the created fictional community without its shortcomings, but in both instances they point the way for modern people towards a more meaningful life.

Boerneef and Scholtz belong to opposite groups: those benefiting from and those suffering though apartheid – and yet, upon close analysis, the borderlines become diffuse. Robert Thornton., in an article entitled "The Potentials of Boundaries in South Africa: Steps Towards a Theory of the Social Edge" remarks that:

> There is no fundamental identity that any South African clings to in
> common with all or even most other South Africans. South Africans
> have multiple identities in multiple contexts, depending on factors of
> expedience, recruitment and mobilization, and the company one keeps
> (Thorton 1996: 150)

In accordance with Max Gluckman, Thornton sees boundaries as being at the centre of the South African situation. These boundaries are multiple and crosscutting – for instance, "a Muslim, or a Coloured, may span many religious, political, social and cultural contexts" (151). With different criteria for classification, like "race" or "religion" or "language", the dividing lines would every time be different. Each person belongs to various "cultural groups", and each group contains a variety of subgroups. Differences in identity in South Africa have continually led to conflict, but:

> South African identities have never polarized sufficiently to permit devastating conflict. It is the very complexity of all possible allegiances, together with the fact that maintaining multiple identities and cross-cutting allegiances has remained possible, that helps to make South Africa uniquely stable and violent at the same time (Thorton 1996: 152).

Zoë Wicomb, in an article entitled "Shame and Identity: The Case of the Coloured in South Africa", also stresses the existence of "multiple belongings" in South Africa, and condemns the rise of the totalizing concept of "colouredness":

> "Multiple belongings" could be seen as an alternative way of viewing a culture where participation in a number of coloured micro-communities whose interests conflict and overlap could become a rehearsal of cultural life in the larger South African community where we learn to perform the same kind of negotiations in terms of identity within a lived culture characterized by difference (Wicomb 1998: 105).

In postcolonial theory, much has been made of the dichotomy between the colonizer and the colonized, the Self and the Other, the centre and the margin. Yet even in a colonial situation, the divisions are never simply binary. In *The Colonizer and the Colonized* Albert Memmi describes his situation in a colonized country as follows:

> Like all other Tunisians I was treated as a second-class citizen, deprived of political rights, refused admission to most civil service departments, etc. But I was not a Moslem. In a country where so many groups, each jealous of its own physiognomy, lived side by side, this was of considerable importance. The Jewish population identified as much with the colonizers as with the colonized…they passionately endeavoured to identify themselves with the French (Memmi 1967: xiii-xiv).

Neither the position of the colonizer nor that of the colonized is uncomplicated. Nikos Papastergiadis, commenting on Stuart Hall's recognition of "the immense diversity and differentiation of the historical and cultural experience of black subjects," remarks:

> The black subject cannot be represented without reference to the dimension of class, gender, sexuality and ethnicity. Moreover, awareness of the complexity of affiliations which traverse subjectivity necessitates the recognition of the contradictory processes and investments which constitute identity (Papastergiadis 1998: 123).

In a complex coexistence of a plurality of identities in South African, apartheid tried to drastically simplify the situation, using only one criterion, that of race, to classify people – ignoring other difference and similarities; also ignoring the fact that "race" can never be an absolute and "pure" criterion. Races ravel out at the margins.

Furthermore, in a situation of continuously shifting identities, apartheid tried to freeze developments and maintain a rigid opposition of Self and Other, in which the Self could live safely and happily ever after. To give this a moral justification, the concept of "homelands" was developed, where the Others could also live "happily ever after," without bothering the Self.

The prose of Boerneef penetrates this illusory world created by apartheid where race acted as the only and absolute dividing line. Boerneef's early prose is in many ways "white-centered," focussing on the idealized life of the white farmer families and making caricatures of the coloured workers; yet even in his first book, *Boplaas*, he admiringly portrays a coloured character, Dirk Ligter, who defies the laws of the farmer and outmatches the policemen who try to catch him. Boerneef is, as it were, on the side of the coloured law-breaker.

In his later work, the sympathy with coloureds increase. In *Sketsboek*, the sad fate of the young coloured newspaper-seller Oupie is told with great compassion. In this article I want to focus on the title story in Boerneef's last collection of short stories, *Teen die helling (*Against the slope). The story is set *against the slope*, on the periphery of the city. The setting already suggests the central theme of the story – that of the outsider, the one who does not fit anywhere. The narrator longs for the farm of his youth but realizes that he would not fit in there any more. Neither does he feel at home in the city – therefore he stays in an in-between space, a suburb, neither farm nor city. The first opposition in the story is thus that of farm and city, with an in-between space inhabited by the outsider. Another opposition suggested in the first paragraphs of the story is that of youth and old age, which partly overlaps with the opposition of city and suburb:

> In hierdie stadswyk aan die onderste helling van die berg knoop
> stedelinge, veral dié van middelbare leeftyd en ouer, makliker 'n praatjie
> aan met iemand wat hulle net van sien ken, as die stadsmense wat op
> die gelykte woon [...] Die opdraand draai op sy eie manier die rem aan.
> Dit weet die middeljariges en bedaagdes heel goed, en daarom is hulle
> soms maar dankie-bly as hulle 'n bietjie kan staan en rus en gesels oor
> die weer of die politiek of die onmanierlikheid van die hedendaagse jeug
> (Boerneef 1979: 459).

Against the slope the Afrikaner narrator befriends two English-speakers, McCorkindale and McAlpine. They are all bound by the ways of the slope, and the connections to different language groups fade in importance. (The fact that their surnames are Scottish might suggest another link between them and the narrator – that of dissociation from "the English." The affiliations become even more complicated – there is a difference in language, but possibly an affinity between Afrikaner and Scottish identity; and a shared view of the ways of the city and the ways of youth.)

Then Andries Harlekyn, a coloured, appears against the slope. Initially the differences between him and the narrator are glaring. Andries Harlekyn seems to conform to all three coloured stereotypes mentioned by Jakes Gerwel in his study *Literatuur en Apartheid*:

> The stereotype of the "jolly Hottentot" – a comic stereotype: somebody superficial, unreliable, drinking too much. Indeed, Andries drinks excessively; he has no permanent work or fixed address, and he is very comical. His surname, "Harlekyn" ("clown"), suggests that his basic function is to amuse others. This surname is probably not his own but was given to him by whites who found him entertaining.

> The stereotype of the coloured as dependent child, with the white as parent or guardian. Andries addresses the narrator with great respect: "Middag Baas. As ek 'n hoed opgehad het, sou ek hom wis en seker afgehaal het. Dit woort so" (Boerneef 1979: 460). And when he begs for money, he does so in an extremely humble posture: "Kyk dan hoe maak ek my hande bak" (462). Andries acts the beggar, and the narrator mercifully provides him with money.

> Gerwel uses the phrase "I only came with the master" to characterize the third stereotypical presentation of coloureds: the whites are in the centre of the story; the coloureds derive their importance only from being in the presence of the white characters. In Boerneef's story, the white man is the narrator, and it is through his eyes that the reader views the world. The narrator is also the central character in the story.

And yet – as the story unfolds, the distance between Andries and the authorial narrator decreases. At this stage it should be mentioned that the story evokes various links between the narrator, the author Boerneef as revealed in his work, and the man Izak van der Merwe, so that it is not possible to make absolute distinctions between the theoretical concepts of the narrator, the implied author and the real author. They are, as it were, various manifestations of the same person; or, in the line of the argument here, multiple identities of one human being – and Andries is related to them all.

Andries grew up on a farm, and he has wandered though the same area that Boerneef portrays with so much nostalgia in his prose and poetry. Like Boerneef, Andries longs for the world of his youth; he talks in a lively manner about matters depicted in Boerneef's prose: working on the farmlands, driving the oxen, being instructed in the message of the Bible. He has a poetic way of expressing himself – he likes the sound of words, and uses them playfully – just like Boerneef in his prose and (later) in his poetry. In the story, he develops from "Hotnot" to poet, as Hein Viljoen has argued (1984: 129). No wonder the narrator is attracted to Andries, even though Andries has drunk too much:

Hy dwing om my kontrei se taal te praat, dié Andries Harlekyn. Andries
dwing om my hart week te maak. Vaaljapie ofte nie en almiskie. Met
hierdie taal en klinkende name van die ver wêreld sal ou McCorkindale
nie hond haar-af maak nie (461).

The dividing lines have moved. The narrator and Andries, white and coloured
respectively, are now in the same circle, joined by their common love of the farm, their
longing for the past, and their vibrant use of the Afrikaans language. In this circle,
McCorkindale and McAlpine are out.

At first, Andries's drunkenness is merely comical; later on, his love of liquor
is looked at more seriously. It is a cold, rainy evening when the intoxicated Andries
struggles up the slope, imagining that he is driving an ox wagon through the muddy
soil. After exchanging a few words with the narrator, he plods on, singing the Dutch
hymn "Ruwe stormen mogen woeden" at the top of his voice. It becomes clear that
the storm outside is symbolic of the storms of life that Andries cannot handle; the
imaginary ox wagon struggling through the mud is symbolic of the wearisome journey
of life; and Andries's excessive drinking is an escape route that he needs because he
cannot cope with life. Like the narrator, he does not fit anywhere – he complains: "Ek
verlang vanaand omtrent na my ver wêreld, maar ek sal hoeka nie meer daar aard nie.
Ek is al te ver heen" (461).

The presentation of the drunken coloured has by now changed drastically.
The narrator has grasped the reason behind Andries's behaviour, and as soon as
understanding has been reached, the distance between narrator and character shrinks
and the stereotype is undermined. One cannot help remembering that IW van der
Merwe himself, after losing his second wife to cancer, drank excessively for a while
before he became a teetotaller. Andries Harlekyn functions as an alter ego for the
writer Boerneef as revealed in his oeuvre and for the man IW van der Merwe in his
experience of life.

At the conclusion of the story, the portrayal of Andries Harlekyn reaches
its deepest and most profound level. Andries, properly under the influence of his
"Vaaljapie", mutters to himself:

Anries, Anries. Jy moet luister en hoor. Jy wil, maar jy kan nie. Die Here
woon hoog. Die Here siet laag. Anries. Ei-en-dee-aar-ee-joe. Hy woon
hoog. Hy siet laag … Die Vaaljapie die lê my vas. Maar ek voel onrustig
… Meulsrivier se waters is vir ammal te sterk. Agter die dipkraal runnik
die donkiehings: Maa-ek-het-'n-nuwe-ding-opgetel. Hoe-kort? Te-
kort-tekort. Wanneer blaas die laaste basuin? (463)

The "Meulsrivier", too strong for all, mentioned for the second time in the story,
is the River of Death, with its grinding mill which nobody can avoid. This interpretation
is strengthened by the reference to "the last trumpet." The suggestions of short-coming,

expressed by the onomatopoeic rendering of the donkey's braying, are linked to the concept of the last judgement and indicate fear of inescapable death.

There is no deliverance for Andries, no eternal home waiting. He is not at home anywhere, neither on the farm nor in the city; life is hard, but death is frightening. From his catechism on the farm he has retained the feelings of guilt but not the experience of salvation. In this respect too, Andries is an alter ego of Boerneef, as revealed in his prose and especially in his poetry – someone desiring to believe simply, as taught in his childhood, but caught up in the doubts of a rationalist age; uneasy on earth, yet threatened by death. How closely they are linked, Boerneef and Andries Harlekyn.

In the last few paragraphs of the story a third person enters the circle of Boerneef and Andries Harlekyn – the grand poet of the Netherlands, Adriaan Roland Holst, quoted by the narrator:

> Heb ik ooit wel in een ander lied geloofd
> Hier op aard dan de verloren kreet der meeuwen?
> (From: "Een winteravondval" – Holst 1971: 212)

The circle of three is complete, and what a surprising circle of soul mates it is. Here, differences of language and social class are of no consequence. The great poet writing in Dutch in the Netherlands; the Afrikaans writer, admiring Dutch poetry and identifying with the feelings expressed; and the drunken coloured, staggering against the slopes of Cape Town – they all belong together, paradoxically, by not belonging anywhere. They are misfits fitting together, outsiders who are insiders in this particular circle; all bound by the common experience of being lost on earth.

The author of AHM Scholtz's novel *Vatmaar* could in some ways be part of this circle, but in many ways not. As a matter of fact, his novel could be read as an oppositional dialogue with the prose of Boerneef and with the genre of the traditional Afrikaans *plaasroman*. Where early Afrikaner writers depicted the farm as their spiritual home, Scholtz depicts a village as a spiritual home. Where the *plaasroman* used to put the Afrikaner in the centre, and workers of colour as stereotypical figures on the margin, Scholtz portrays the place Vatmaar as a refuge for people of all races – for the Englishman, Corporal Lewis, as well as his black wife Ruth; for the black woman, MaKhumalo and her adopted white son Norman. The heroes and heroines of the book are those who transgress the conventional borders of race – people like the above-mentioned Lewis and his wife, MaKhumalo and her son, and also the coloured Aunt Vonnie and her German beloved Heinrich Müller. These are people who have come to realize, as Oom Flip puts it at Ruth's funeral, that "Die liefde ken nie grense nie" (Scholtz 1995: 41). Love is the binding factor – the erotic love between a man and a woman, and the parental love of a woman towards a child – love that destroys the divisions of race.

Friendship, too, may cross conventional boundaries. Uncle Chai, short for Charlie, is Afrikaans-speaking and classified as "coloured"; Corporal Lewis is English and white. Chai is an active member of the "missionary" (read: coloured) branch of the Dutch Reformed Church; Lewis refuses to attend their services (except when Chai, as elder, leads the service). Yet, in spite of these differences, Chai shows great compassion with Lewis at the death of Lewis's wife Ruth. Ruth was a faithful member of the Missionary Church, and her burial service was held in the Missionary Church.

The whole community of Vatmaar is present at the service, all sharing in Lewis's sorrow. Chai leads the service, and reads a passage from the Bible emphasizing that God's love includes different kinds of people: "In my Father's house are many mansions". Chai puts this message into practice by reading from the English Bible and conducting the ceremony in English – "uit respek vir sy vriend se taal" (40). Chai and Lewis cry on each other's shoulder, and embrace each other "soos net tweelinge kan." They are "twins" not through birth, but through true friendship.

The tolerant Christian community of Vatmaar respects the pre-Christian faith of the Griqua. TaVuurmaak (which literally means "Father fire-make"), one of the oldest people in town, who knows and retells the stories of the past. He is proud of his Griqua traditions, stemming from pre-Christian times, and informs the young people about the wisdom of his heathen forebears. When he dies, he is not buried in the Christian way, but according to his Griqua customs, as he requested. In spite of his deviant religious beliefs, TaVuurmaak is respected as founding father in *Vatmaar*, almost as mythological Prometheus (compare his name "Vuurmaak"), without whom the civilization in Vatmaar would never have come into being. The division between Christian and heathen fades away.

Women play a central role in the story of Vatmaar – unlike the *plaasromans* of Malherbe and CM van den Heever, and also the prose of Boerneef, where the set-up is patriarchal. The most prominent character in Scholtz's novel is a woman, Aunt Vonnie, who has lost her beloved in the war and brings up her two daughters admirably on her own. She plays a leading role in the community as well, as can be seen during the deliberations about the buying of a plot for the building of a church (31-32).

It is worthwhile to look closely at the love between Bet and Flip, two other important characters in *Vatmaar*. For them, there is never the issue of: who's the boss? Flip falls madly in love with Bet and believes he belongs to her:

> Bet was nou vir hom liefling, suiker, kondensmelk, heilig en alles wat lekker is. Vandat hy haar ontmoet het, was sy lewe nie meer dieselfde nie. Hy het gevoel hy behoort aan haar. God, sê hy terwyl hy bid-bid wegstap, is sy nie mooi nie? (50)

Bet, on the other hand, has a deep respect for Flip, and follows his instructions. After their first sexual intercourse, he says: "Nou is ons man en vrou. Asof dit 'n bevel was. Sy het hom geglo" (61). Oom Flip and Bet acknowledge each other's 'Otherness' in an essential way, not only affirming the other's 'I' as an object but affirming the other person as a subject, as Heilna du Plooy remarked (2002: 164).

As their tale unfolds, it is clear that Bet mostly takes the initiative in important matters. She is cleverer than her husband, yet she never uses her intelligence to make him feel inferior but rather uses it to create a better future for them both. There is no subordinate gender in Vatmaar – men and women work in harmony for the good of the whole community.

The unity of the community of Vatmaar comes to the fore especially at occasions that require all to be involved: funeral ceremonies, the founding of a church, the starting of a soccer club, and the inauguration of a clinic. At such times, it becomes clear:

> Die gees in Vatmaar was altyd een van saamstaan. Nie bure saam nie,
> maar die hele plek saam. En by elke nuwe onderneming wou ieder
> en elk sy hand in die sak sit, al was dit ook net vir 'n pennie op die
> kollektelys (294).

The unity of the people is illustrated by the way in which the story of Vatmaar is told. There is not one narrator, but rather a group of narrators, because the story of the town is a communal one. It is quite fitting that the first word in the novel is "Onse." The first narrator announces himself as the representative of all the people of Vatmaar, he is starting with *their* story. Soon the old patriarch, Ta-Vuurmaak, takes over as storyteller, but when Uncle Chai starts playing a leading role in the narration, Ta Vuurmaak readily hands the storytelling over to him. Often one narrator's story forms part of another one's story, in a tightly interwoven structure suggesting the organic unity of the people whose stories are told.

This place Vatmaar, providing a shelter for people of all races, for men as well as women, for Christians and non-Christians, seems to have no boundaries at all. Yet that is not the case, and there is a clear dividing line between Vatmaar and the outside world. As it was dangerous, in the traditional *plaasroman*, for the Afrikaner to leave the farm and go to the city, it is here dangerous to go beyond the safety of Vatmaar. For instance Kaatjie, Aunt Vonnie's daughter, suffers greatly when she goes out to the white community of Du Toitspan to do housework.

The unjust and jealous white woman who employs her causes most of Kaatjie's suffering, but there is also a very negative portrayal of the woman who tries to force an abortion on her, someone whose adherence to the Muslim faith is often repeated. There seems to be a wariness of Muslims in the novel. Significantly, when the Muslim woman Mariam Mohammed, chased away by her parents because of her illegitimate child, finds a home with MaKhumalo in Vatmaar, her name is changed to Mary and she adopts the Christian faith. The boundary between Christian and Muslim seems to be retained in the novel.

In general, trouble ensues when the people of Vatmaar enter the white community, or the white people enter Vatmaar. The wise old man, Ta Vuurmaak, warns the young people of the "Esau nature" of the whites; Flip and Bet both suffer badly through the inhumanity of their white masters; the experience of the people of colour seems to indicate that "hierdie witmense dink meer van hulle se honde as van ons" (55). Women of colour are often the victims of sexual abuse by the whites and pay dearly when they defy the advances of a white man, as Aunt Vonnie discovers when she resists Piet de Bruin.

Whereas the coloured was a marginal figure and negatively stereotyped in the old *plaasroman*, here the racist whites are marginalized and negatively stereotyped, like the *dominee* with whom Chai negotiates about the establishment of a congregation in Vatmaar:

> Die domanie was van gemiddelde lengte, nie maer nie, ook nie vet nie.
> Hy het 'n kop vol dun swart hare gehad en geelbruin oë. 'n Swaar, dik
> breë moestas het onder sy neus gehang. Hy was blas, soos die mees
> toegewyde Afrikaners, mense wat trots daarop is om Afrika as hulle
> tuiste te hê. Al teleurstellling is dat hulle ons vaderland net vir hulleself
> wil hê, het oom Chai gesê (26).

The sallow *dominee*, so proud of being "white", is extremely patronizing when dealing with the coloured community. There is a blatant discrepancy between his gospel of universal love and his authoritative, callous treatment of the people of Vatmaar. Ironically, he assures Vatmaar of the continuous "barmhartigheid van die moederkerk." Chai catches the irony and sighs: "Moederkerk. Wat 'n mooi naam ..." (27).

In comparison with the conventional plaasroman and also with much of the prose of Boerneef, the tables are turned in *Vatmaar* – the centre and the margin have changed places. Yet, as in Boerneef's story "Teen die helling," there comes a moment towards the end of *Vatmaar* when the boundary between centre and margin is blurred. This happens at the inauguration of the clinic, to which important whites like the local doctor and the members of the city council of Du Toitspan have also been invited.

In the *plaasroman* the comical behaviour of the coloured workers was often due to an excessive use of liquor. In contrast, in *Vatmaar* the whites start behaving like normal human beings when they become intoxicated, for example the *dominee*: "In sy dronkenskap het hy vir die eerste keer uitdrukking in sy oë gekry" (301). The whites begin to mix freely with the inhabitants of Vatmaar; they lose their inhibitions and air of superiority, and see Vatmaar in a different light:

> What a lovely place this Fatma is, sê nog 'n raadslid, sy gesig blink van
> die vleisvet, op pad mouter toe. Net voor hy omval (303).

All masks have been dropped by now, and conversations become quite earthy. The grand whites have discovered what Bet has known all along:

Mense is mense, sê Sus Bet. Al dra hy 'n goue ketting of al hou hy sy bal met sy hand in sy broeksak vas (303).

All borders seem to have vanished now – the outsiders have become insiders in Vatmaar. And yet, no writer, no human being is able to live without any borderlines – undifferentiated reality would be overwhelming. Scholtz lifts the barriers of race in his novel but creates a new division, a more moral one: that between racists and non-racists. The whites, with the help of liquor, have temporarily crossed the border but will most probably return to their previous way of life outside Vatmaar. The Muslims, too, stay outside.

The novel *Vatmaar* is in many ways engaged in a dialogue of opposition to the traditional Afrikaans writing on the farm, including the prose of Boerneef. But in other ways Scholtz's work and that of Boerneef are linked. Both are filled with nostalgia for a world gone by. The moral values of both authors, despite differences, are similar in many respects. Oom Karel, the noble farmer in Boerneef's story "Boplaas", and Aunt Vonnie, the heroine of *Vatmaar*, would have made an excellent couple – both live in humble submission to God's will and their charity includes everyone they know. The community spirit in Boerneef's story "Die basaar", published in *Van my kontrei* in 1938 (see Boerneef 1979: 167-174), in spite of the exclusion of coloureds, could in many ways be likened to the community spirit in *Vatmaar*. The white Afrikaner writer and the coloured Afrikaans writer, starting out from opposite poles, meet on the borders of their imagined worlds – where Boerneef's narrator discovers a common humanity in Andries Harlekyn, and Scholtz's coloured characters celebrate a joint festival with the whites.

Writers are inevitably attracted to borders. They test the validity of conventional divisions; they explore the existence on the other side of the boundaries laid down by society. Yet they can never do away with all boundaries. They could imagine an alternative society with less restrictive patterns. At best, they could dream of a mature society where boundaries are continually crossed, allowing free communication among people with various allegiances – all insiders in some circles and outsiders in others, and mostly inhabiting in-between spaces.

No life could be lived without boundaries; there is no freedom without restrictions – a rather hackneyed way to end this article. Therefore I will end it instead with a quotation from a more brilliant expression of similar thoughts, in Robert Frost's poem "The Silken Tent". Here the image of a tent is used to depict a woman bound by various cords of love. In the final analysis, the woman is attached to "everything on earth"; but as the wind changes, she becomes conscious, through the various cords, of the variety of her connections. I quote the last seven lines of the sonnet:

[She]…

Seems to owe naught to the single cord,
But strictly held by none, is loosely bound

By countless silken ties of love and thought
To everything on earth the compass round,
And only by one's going slightly taut
In the capriciousness of summer air
Is of the slightest bondage made aware (Frost 1946: 385).

## CITED WORKS

Boerneef [IW van der Merwe]. 1979. *Versamelde prosa*. Ed. Merwe Scholtz. Cape Town: Tafelberg.

Du Plooy Heilna. 2002. AHM Scholtz's novel *Vatmaar*. In: G Stilz (ed). *Missions of Independence*. ASNEL Papers 6. Amsterdam and New York: Rodopi. 157-168.

Frost Robert. 1946. *The Poems of Robert Frost*. New York: The Modern Library.

Gerwel JG. 1988. *Literatuur en Apartheid: Konsepsies van "gekleurdes" in die Afrikaanse roman tot 1948*. Bellville: UWC.

Holst A. Roland. 1971. *Verzamelde Gedichten*. The Hague: Bert Bakker.

Memmi Albert. 1967 [1957]. *The Colonizer and the Colonized*. Boston: Beacon Press.

Papastergaidis Nikos. 1998. *Dialogues in the Diasporas: Essay and Conversation on Cultural Identity*. London: Rivers Oram Press.

Scholtz AHM. 1995. *Vatmaar*. Cape Town: Kwela. [Translated in 2000 as *A Place Called Vatmaar*. Cape Town: Kwela.]

Thornton Robert. 1996. The Potentials of Boundaries in South African: Steps Towards a Theory of the Social Edge. In: R Werbner & T Ranger (eds). *Postcolonial Identities in Africa*. London: Zed Books. 136-161.

Viljoen Hein. 1984. Taalhandeling in "Teen die helling" van Boerneef. In: HP van Coller & GJ van Jaarsveld (eds). *Woorde as dade. Taalhandeling en Letterkunde*. Durban & Pretoria: Butterworth. 117-134.

Wicomb Zoë. 1998. Shame and Identity: The Case of the Coloured in South Africa. In: Attridge, David & Rosemary Jolly (eds). *Writing South Africa: Literature, Apartheid, and Democracy, 1970-1995*. Cambridge, UK: Cambridge UP. 97-107.

[Originally published in: Van der Merwe CN & Hein Viljoen (eds). 2004. *Storyscapes. Perspectives on Space and Identity*. New York: Peter Lang. 125-136.]

# Afrikaanse en Nederlandse oorlogsverhale:
## 'n Vergelykende perspektief

In die twintigste eeu is die Suid-Afrikaanse geskiedenis ingrypend deur vier oorloë beïnvloed: die Anglo-Boereoorlog van 1899-1902; die Eerste Wêreldoorlog, met sy Suid-Afrikaanse uitvloeisel, die Rebellie van 1914; die Tweede Wêreldoorlog; en die oorlog van die Suid-Afrikaanse Weermag in die sewentiger- en tagtigerjare, op en oorkant die Suid-Afrikaanse grense in Namibië, Angola en Mosambiek, teen die leërs van Swapo, die MPLA en Renamo. Alhoewel die fokus van hierdie artikel veral op die laasgenoemde twee oorloë gerig is, naamlik die Tweede Wêreldoorlog en die grensoorloë, wil ek inleidend kortliks aandag gee aan die Eerste Wêreldoorlog en die voorstelling daarvan in die Afrikaanse letterkunde deur skrywers wat in Nederland gebore is.

Die Eerste Wêreldoorlog was vir Suid-Afrikaanse literatuur van minder belang as die Suid-Afrikaanse Rebellie wat daaruit voortgevloei het, toe ongeveer 12,000 Afrikaners besluit het om die wapen teen die Regering op te neem as gevolg van die Regeringsbesluit om in die oorlog aan die kant van Engeland te veg. Een van hierdie opstandelinge was die Nederlandsgebore Johannes van Melle, wat in die Rebellie gevange geneem is, maande lank in die gevangenis sy vonnis moes afwag en uiteindelik vir drie jaar verbied is om sy beroep as onderwyser uit te oefen.

Vir die Afrikaanse literatuur was hierdie ervaringe van Van Melle van belang omrede die uitstekende kortverhale oor die Rebellie wat uit sy pen verskyn het, verhale soos "Die joiner" en "Weer by die huis", en veral vir sy meesterlike roman met die Rebellie as agtergrond: *Bart Nel*, oorspronklik in Nederlands gepubliseer onder die titel *Bart Nel, de opstandeling* (1936), met Afrikaanse dialoog. In Van Melle as persoon en skrywer is die Nederlands-Europese en die Afrikaanse wêreld saamgetrek; hy het hom heelhartig met die Afrikaner-"saak" teen die onderdrukking van die Britse imperialisme vereenselwig, maar hy het ook 'n sterk streep "Hollandse individualisme" behou. Soos 'n Bart Nel, wat volgens eie oortuiging handel, teen al die magte wat hom van sy koers wil dryf, het Van Melle dikwels teen die dominante Afrikaner-ideologie in geskryf. Hy het simpatie gevra vir die rebel Bart Nel sowel as vir die regeringsondersteuner ("Weer by die huis"). In sy beroemde kortverhaal "Oom Diederik leer om te huil" (1938) in die bundel *Vergesig* word gepleit vir simpatie met alle lydendes, met "de mensheid en haar weedom", in die woorde van Frederik van Eeden. Van Melle was tegelyk meer individualisties én meer universeel as enige van sy tydgenootlike Afrikaanse prosaïste.

Ook in sy uitbeelding van die Anglo-Boereoorlog het Van Melle afgewyk van stereotiepe patrone. In die tipiese fiksie oor die Anglo-Boereoorlog was die bittereinders die helde, en die hensoppers en veral die joiners was die skurke. 'n Terugkerende motief in Afrikaanse verhale is die skurkagtige joiner en die heldhaftige bittereinder wat meeding om die hand van 'n mooie Boeremeisie; en dit is die bittereinder wat ten slotte die meisie as beloning vir sy standvastigheid ontvang. Voorbeelde van die stereotiepe skurkheld-patroon is onder meer *Die tweede Grieta* (1912) deur JHH de Waal; *Vergeet nie* (1913) van DF Malherbe; 'n *Wiel binne* 'n *wiel* (1935)van Miemie Louw-Theron; en 'n *Merk vir die eeue* (1937) deur TC Pienaar.

Daarteenoor neem Van Melle in sy kortverhaal "Wraak", uit die bundel *Begeestering* (1943), die tipiese kontras van die goeie, Christelike bittereinder en die ontroue joiner slegs as beginpunt, en bring dan allerlei boeiende afwykings van hierdie patroon na vore. Aan die einde skiet albei hoofkarakters tekort; die een deur hoogmoed, die ander deur selfveragting. Ook in twee ander joiner-verhale, "Oom Freek le Grange se derde vrou" en "Die joiner", kom Van Melle se deernis na vore, ook met die Afrikaners wat deur hul volksgenote verag is.

Twee ander Nederlands-geborenes, die broers Jochem en JRL van Bruggen, het ook belangrike Afrikaanse verhale oor die Anglo-Boereoorlog geskryf. Ek dink hier aan die novelle *Teleurgestel* (1918) van Jochem van Bruggen, met sy simpatieke uitbeelding van die joiner Stols, en die roman *Die gerig* (1942) van JRL van Bruggen, waarin die oorlogsbitterheid van 'n Boeresoldaat uiteindelik tot waansin lei, en die vrou as die slagoffer van die man se fanatisme voorgestel word. Hierdie Nederlandsgebore skrywers, miskien as gevolg van die herkoms "van buite", was in staat om met meer as die gewone objektiwiteit na die Afrikaner se verlede te kyk; om die simpatie met die Afrikaner te verbind met 'n kritiese insig in sy tekortkominge.

## Twee oorloë, twee literature: skeiding en skakels

Die Tweede Wêreldoorlog het nie 'n groot direkte invloed op die Afrikaanse prosa gehad nie, hoewel daar enkele Afrikaanse verhale is met dié oorlog as agtergrond, byvoorbeeld "In die huis van my vader" en "Brood 2" van Abraham de Vries. Oor die algemeen lyk dit of die paaie van die Afrikaanse en Nederlandse oorlogsprosa hoofsaaklik geskei van mekaar geloop het, met Nederlandse immigranteskrywers in Suid-Afrika as die belangrikste verbinding tussen die twee wêrelde. Oor die Europese oorloë skryf die Europeërs; oor die Suid-Afrikaanse oorloë skryf die Afrikaners; "and ne'er the twain shall meet". Die Tweede Wêreldoorlog is 'n sentrale tema in die Nederlandse prosa; die grensoorlog van die tagtigerjare is sentraal in die Afrikaanse prosa; tussen die twee oorlogsprosas is daar min wisselwerking.

Twee "aparte" paaie, en tog: die hoofdoel van hierdie artikel is om te probeer aantoon hoe vrugbaar 'n vergelykende studie van die literatuur oor die twee "aparte" oorloë kan wees: die Nederlandse verhale oor die Tweede Wêreldoorlog en die Afrikaanse grensprosa. Dit is belangrik dat die Nederlandse prosa al 'n tydperk van vyftig jaar agter die rug het in die verwerking van 'n traumatiese oorlog; die Afrikaanse verwerking van die apartheidsoorloë is daarenteen nog maar in 'n beginstadium. Die vergelyking kan veral vir die Afrikaanse fiksie lonend wees – ontwikkelinge in die Nederlande naoorlogse prosa kan onontgonne moontlikhede vir die Afrikaanse prosa aandui; dit kan moontlik voorspel watter stadia van verwerking vir die Afrikaanse verhaalkuns voorlê. Naas die punte van verskil is daar allerlei ooreenkomste tussen die Afrikaanse en Nederlandse oorlogsprosa; saam bevestig hulle sekere essensieel-menslike ervarings wat in die oorlog helder belig word. Ek wil vervolgens die Afrikaanse en Nederlandse oorlogsprosa kortliks vergelykend bespreek, onder sewe punte van sentrale belang.

## 1. Literatuur as (alternatiewe) geskiedenis.

In Nederland, tydens die besetting, kon geen bo-gondse publikasie dit waag om openlik kritiese standpunte teenoor die Duitse oorheersers te plaas nie. Toe die oorlog verby was, is die sensuur opgehef, wat egter nie beteken het dat daar onmiddellik 'n verskeidenheid van standpunte oor die oorlog uitgespreek is nie. In Nederlandse historiese oorsigte oor die oorlog is die verset verheerlik en samewerking met die vyand verdoem. Dit was in die verhalende prosa dat 'n alternatiewe voorstelling van die geskiedenis die eerste gevind word: in die romans *Pastorale 1943* (1948) en *Bevrijdingsfeest* (1949) van Simon Vestdijk en *De tranen der acacia's* (1949) van Willem Frederik Hermans. Rolf Wolfswinkel merk op:

> […] dat in de letterkunde eerder dan in de officiële geschiedschrijving begonnen is met het aanbrengen van nuances in het simpele zwart-wit-schema van goed en fout. Met name in de genoemde werken van Vestdijk en Hermans is van een verheerlijking van de waarden van het verzet, die aan een geschiedkundig werk als bijvoorbeeld JJ van Bolhuis' *Onderdrukking en verzet* (1948) ten grondslag liggen, geen sprake (Wolfswinkel 1994: 72.)

Ook in Suid-Afrika was daar in die jare van die grensoorloë 'n streng sensuur op koerante, radio en televisie, en 'n totaal eensydige beeld oor die oorlog, in ooreenstemming met die regeringspropaganda, is aan die bevolking oorgedra. Oor die algemeen is 'n groot stilswye oor die oorlogsfront gehandhaaf. Die literatuur, daarenteen, is in die tagtigerjare vrygestel van sommige van die beperkinge van die media, sodat, ironies genoeg, verborge feite deur die fiksie na vore gekom het.

'n Goeie voorbeeld hiervan vind ons in die titelverhaal van Etienne van Heerden se verhalebundel *My Kubaan* (1983). Kort tevore is 'n program van Al Venter op die SA televisie vertoon waarin die optrede van die Weermag in Angola heroïes voorgestel is. Die verteller verwys hierna in die titelverhaal "My Kubaan": "Al Venter was pas hier om *Into Angola* te skiet, hy't sy kameras uiteraard net hier en daar gelig". Teenoor die selektiewe, positiewe beriggewing van Venter stel die verteller sy eie ooggetuieverslag, wat 'n totaal ander beeld na vore laat kom: een waarin die gewetenslas van soldate, die pyn en angs van oorlog en die sinloosheid van die oorlogspoging beklemtoon word.

Sowel in die Afrikaanse as die Nederlandse oorlogsprosa word dus 'n alternatiewe beeld, teenoor die algemeen-aanvaarde en gepropageerde voorstelling van die oorlogsgeskiedenis gegee. Dit lyk of die verhaalkuns dit verder kan waag teen konvensionele opvatting as die verslaggewing of die historiografie, omdat die geskiedenis in die verhaalkuns indirek, binne 'n fiktiewe raamwerk, gegee word. Feitelike verslaggewing in en om tye van oorlog is dikwels meer verbeeldingryk as fiksie; onder die dekmantel van fiksie daarenteen, maak ontstellende feite hul verskyning.

## 2.    Ontmensliking van die mens

Harde werklikhede wat in rustige tye gemasker kan word, word gedurende en na 'n oorlog ontbloot. Die mens se onderhewigheid aan die dood, sy geneigdheid tot aggressie en geweld, en sy basiese oorlewingsdrang waaraan morele oorwegings ondergeskik gestel word – hierdie fundamenteel-menslik ervarings kom in oorlogstye sterk na vore en word op 'n indrukwekkende wyse saamgetrek in die oorlogsnovelle van Willem Frederik Hermans, *Het behouden huis* (1951), waar die hoofkarakter agtereenvolgens sy oorlogsmakkers verlaat, saam met sy gewese vyande 'n private huis betrek, die eienaars van die huis vermoor, die huis met 'n handgranaat verwoes en uiteindelik saam met sy oorspronklike veggenote vertrek. Oorlewing, en nie morele kodes nie, bepaal die verloop van die verhaal.

In sy ongepubliseerde verhandeling, *Populêre versus literêre grensverhale: twee beelde van die Angolese oorlog*, wys Konstant van Huyssteen op die proses van ontmensliking by die Suid-Afrikaanse soldaat, soos uitgebeeld in twee seminale Afrikaanse prosatekste oor die grensoorlog: *'n Wêreld sonder grense* (1984) deur Alexander Strachan en *Wie de hel het jou vertel?* (1988) deur Gawie Kellerman. Hierdie ontmenslikingsproses sluit in dat die soldate opgelei word om soos vegmasjiene te word, met uitsluiting van "sagte" emosies; dat hulle soos 'n groep optree, sonder enige individuele wilsbesluit; en dat die aansprake van die gewete onderdruk word (Van Huyssteen 1998: 139-146).

Die besef van die negatiewe eienskappe van die oorlogvoerende mens kan tot twee reaksies by skrywers lei:

a) 'n negatiewe siening van die mens in die algemeen, 'n opvatting dat die oorlog slegs duideliker na vore bring wat steeds versluierd by die mens aanwesig is (Hermans);

b) 'n aanklag teen oorlogvoering, wat onnoemlike leed veroorsaak en die mens daartoe dwing om onmenslikhede te pleeg (Mulisch: *De aanslag*).

## 3. Manne en/of vroue se oorlog?

Die grensprosa van die Afrikaanse Tagtigers was byna uitsluitlik die werk van manlike outeurs. Hulle beeld die "manlike" wêreld van die Weermag uit, waarin daar nie plek vir "vroulike sagtheid" is nie, en waar vroue objekte vir seksuele gebruik vir die mans is (byvoorbeeld in "Nagvlug" uit Strachan se 'n Wêreld sonder grense). In die plek van romantiese liefde tussen man en vrou vind ons die soldaat se banale seksuele prikkeling deur 'n papiermeisie uit die *Scope* (vergelyk Viktor Munnik se verhaal "Mej. Augustus" in Donaldson *et al* 1987).

Tog, te midde van hierdie wêreld van manne, is daar enkele vroueskrywers wat leser daaraan herinner dat vroue ook deur die oorlog getref is. *Klaaglied vir Koos* (1984) van Lettie Viljoen handel oor 'n vrou wie se man haar verlaat het om by die Swapomagte aan te sluit, en oor haar stryd om haar eie identiteit, onafhanklik van die man, te vind. En Riana Scheepers se novelle, *Die heidendogters jubel* (1995), handel oor 'n vrou wat deur 'n soldaat as "wip" gebruik word, as seksuele vermaak om die vervelige lewe in die Weermag op te vrolik. Die situasie van die vrou in die Weermag is hier 'n ikoon van die vrou vasgevang in die oorheersing van 'n patriargale gemeenskap.

In Nederlandse literatuur is dit veral outobiografiese tekste wat die vrou se oorlogslyding beklemtoon. Die bekendste werke hier is die Amsterdamse dagboek van Anne Frank en Etty Hillesum se *Het verstoorde leven* oor die lewe in die deurgangskamp Westerbork. By Hillesum is dit opmerklik dat aansprake van die godsdiens en die gewete selfs in 'n uiterste krisis bly opklink.

## 4. Die siening van die vyand

Deel van die Suid-Afrikaanse regering se propagandaveldtog in die tagtigerjare was die voorstelling van die vyand as 'n goddelose Kommunis wat die Christelike beskawing in die land wil vernietig. Om die vyand te demoniseer, moet hy van 'n afstand beskou word; sodra hy te naby kom, blyk sy medemenslikheid. Dit merk 'n mens in "Twee dagboekinskrywings" uit *Heupvuur* (1974) van PJ Haasbroek, die eerste Afrikaanse skrywer wat oor die grensoorlog geskryf het.

In een van die "dagboekinskrywings" word die "vyand" wie se geslagsdele weggeskiet is, van naby gesien. Hy is oud en geklee in 'n "flenterkakiejas"; hy dra 'n kierie en het geen wapens by hom nie. Moontlik is hy deur die vyand gedwing om die pad vir hulle te wys. Van naby kan die verteller sien hoe sy oë wit word van vrees; dit versterk die leser se meegevoel. Die ou man, van ver gesien as vyand, blyk van naby een van die weerlose onskuldiges te wees wat deur die oorlog getref word.

So ook, in die reeds genoemde *My Kubaan* van Etienne van Heerden, blyk die Kubaanse vyand van naby gesien 'n medemens te wees, selfs 'n alter ego. Die Afrikaanse en die Kubaanse soldate is beide onskuldig lydendes, pionne in die magspel van regerings.

In 1967 verskyn *De SS'ers* – onderhoude van die skrywers Armando en Hans Sleutelaar met agt SS-vrywilligers. Die SS'ers word aan die woord gestel sonder enige kommentaar of kritiek deur die ondervraers; wat hulle (die ondervraers) later erg kwalik geneem is in die media (vergelyk Wolfswinkel 1994: 96-97). Uit die onderhoude kom die SS'ers nie as Nazi-monsters na vore nie, maar as gewone mense, "nochte heel vroom, nochte onvroom". Die meeste van hulle kom uit die Hervormde Kerk en het steeds hul godsdienstige bande behou. Hulle verklaar dat hulle werklik in die Nazi-ideale geglo het en gemeen het dat Nederland daardeur ekonomies opgehef sou word.

Hierdie meer simpatieke kyk op die vyand vind ook in die Nederlandse literatuur neerslag. In *De aanslag* van Harry Mulisch is die oorlog die monster, nie die Duitsers nie. Waar die oorlog verskille tussen mense wil beklemtoon en bevestig, bring die literatuur, in reaksie daarteen, die medemenslikheid van die vyandelikes na vore.

## 5. *Goed en fout*

Na 'n oorlog staan die kwessie van skuld gewoonlik sentraal. Wie se verantwoordelikheid was dit? Wie moet boet? Aanvanklik is die teenstelling tussen die *helde* en die *skurke* van die verlede skynbaar glashelder. Faktore wat 'n kardinale rol speel in die bepaling van die skurke en die helde is vrae soos die volgende: Wie was die aggressor? Wat was die morele kwaliteit van die samelewings wat deur die oorlogvoerendes gepropageer en opgebou is? En ook, iets wat soms vergeet word: Wie is die oorwinnaar van die oorlog? Dit is die verloorders van 'n oorlog wat normaalweg in die morele beskuldigdebank staan, nie die oorwinnaars nie.

Wat die twee oorloë betref wat hier met mekaar vergelyk word, verkeer die Nederlandse en Afrikaanse literatuur ná die oorlog, in morele opsig, in teenoorgestelde situasies. Die Geallieerde magte het die oorlog teen die rassistiese en imperialistiese Nazi-Duitsland gewen; in Suid-Afrika daarenteen het die regering sy mag verloor en met die morele skuld van die apartheidsverlede gesit. Na die oorlog is die Nederlanders in die "goeie" kamp, en die Afrikaners in die "slegte".

Voor die hand liggende antwoorde op die vraag wie se skuld die oorlog was, was (in Nederland) die Nazi's en (in Suid-Afrika) die voorstanders van apartheid. Dit is dié mense wat die verantwoordelikheid vir die ramp van die verlede moet dra. Hierdie eenvoudige siening is in Nederland met verloop van tyd genuanseer. In *De zaak 40/61* (1962) lewer Harry Mulisch 'n joernalistieke verslag van die verhoor van die gewese Nazi Adolf Eichmann. In die verslag kom 'n Eichmann na vore wat afgetakel en lewensmoeg is; hy ontken nie dat hy die dinge gedoen het waarvan hy beskuldig word nie, maar hy ontken morele verantwoordelikheid vir sy dade. Volgens hom was hy 'n ratjie in 'n groot masjien wat slegs die bevele van sy base na die beste van sy vermoë uitgevoer het.

Met Eichmann het die boosheid skielik so normaal gelyk, so gewoon. Soos Hanna Arendt dit stel:

The trouble with Eichmann was precisely that so many were like him,
and the many were and still are, terribly and terrifyingly normal … this
normality was much more terrifying than the atrocities put together
(aangehaal as motto in Pauw 1997).

Teenoor Eichmann wat sy persoonlike verantwoordelikheid ontken, staan die
biografiese roman *Montyn* van DA Kooyman: die verhaal van Jan Montyn, 'n man
wat saam met die Nazi's geveg het, maar hom ná die oorlog met 'n diepe skuldgevoel
aan die Nederlandse polisie oorgegee het (Wolfswinkel 1994: 122-126). Daarna het
Montyn boete gedoen vir sy "foute" verlede en homself gerehabiliteer: hy het onder
andere Nederlandse beroepsmilitêr geword, tydens die vloed van Nederland in 1953
verligting aan die noodlydendes gebring en hom gewy aan die saak van vrede in
Viëtnam en Kambodia.

In die onlangse verlede het in Nederland feite na vore gekom wat nuwe lig op
die morele skuld van die oorlog gewerp het. Kollaborasie van die Nederlanders met
die Nazi's was veel meer uitgebreid as wat voorheen gemeen is; nie net 'n klein aantal
"swart skape" was skuldig nie, maar kollaborasie was in mindere of meerdere mate oor
verreweg die meerderheid van die bevolking versprei (vergelyk Francken 1996: 67-68).

Ook in die Afrikaanse literatuur en die Suid-Afrikaanse samelewing was en is
die kwessies van skuld en verantwoordelikheid van sentrale belang. Erkenning maar
veral ontkenning van skuld was na die oorlog aan die orde van die dag. Aansoekers
om amnestie voor die Waarheids- en Versoeningskommissie het beklemtoon dat hulle
bevele van bo uitgevoer het; gesagvoerders en politici was traag om kennis van en
verantwoordelikheid vir die gebeure te aanvaar.

Afrikaanse skrywers het reeds baie jare voor die beëindiging van die regering van
die Nasionale Party volgehoue kritiek teen die immoraliteit van die apartheidsbeleid
gelewer – skrywers soos Jan Rabie, Elsa Joubert, André P Brink, John Miles en
Etienne van Heerden. Soos Harry Mulisch in Nederland, het Antjie Krog onlangs hier
as verslaggewer van die verlede opgetree. Haar boek *Country of my skull* (1998) lewer
op ontstellende en aangrypende wyse verslag van die getuienis voor die Waarheids- en
Versoeningskommissie. Hierin word die wreedhede van die werktuie van die regering
skerp belig; met daarby die aanvulling: die vyande van die regering het hulle ook aan
sinnelose dade van wreedheid skuldig gemaak. Ronald Palm, 'n Kleurling wie se dogter
in 'n kroeg in Observatory deur APLA-soldate doodgeskiet is, het die volgende aanklag
voor die Waarheidskommissie gemaak:

I cannot begin to describe the rage I feel and have felt for the past years
at her senseless killing. You say you did so to liberate Azania. I say to
you you did it for your own selfish and criminal purposes. I have lost
two children to the system. My son to the Apartheid system of justice
and my daughter at the hands of killers that the system seems to protect
(Krog 1998: 228).

Persoonlike verantwoordelikheid, die las van morele skuld en die psigiese verwerking van die traumatiese verlede is kwessies wat regdeur die Suid-Afrikaanse samelewing loop en wat deur die oorlog in die sentrum van die aandag gebring is.

## 6. Die ineenstorting van ou ideologieë

Oorlog is soos 'n vuur: 'n instrument van verwoesting, maar (miskien) ook van suiwering. Oorlog vernietig nie alleen stede en mense nie, maar ook ideologieë. In Suid-Afrika het die einde van die oorlog die ineenstorting van die praktyk van apartheid en van die ideologiese verbinding van die Christelike godsdiens en nasionalisme meegebring. Hierdie ideologiese verbinding van godsdiens en nasionalisme, van Kerk en Staat, was ook in Vlaandere lank aan die orde van die dag, en het in die oorlog sy finale nekslag gekry. In Nederland het die "apartheid" van die suilesamelewing na die oorlog tot 'n einde gekom, ondanks 'n kortstondige poging om dit te herstel. Ekonomiese kragte was grotendeels vir die ineenstorting van die stelsel verantwoordelik, maar is gesterk deur die deurbreking van ideologiese grense tydens die oorlog deur 'n gemeenskaplike vyand.

Ook die konvensionele gerusstellende geloof in die wysheid en die beskerming van God het deur die oorlog onder skoot gekom. Waar was God dan tydens Auschwitz? Waarom het soveel mense onskuldig gesterf? Die twyfel oor die bestaan van God en die goedheid van God het uitgekring tot 'n krisis van die tradisionele moraal.

Die lewensbeskoulike krisis wat deur die oorlog na vore gebring is, is in die Nederlandse literatuur treffend verwoord deur die skrywer WF Hermans. Sy romans word gekenmerk deur 'n fundamentele lewensonsekerheid en chaotiese verwarring. Die besef van sterflikheid, so benouend deur die oorlog beklemtoon, het ook die moraal in 'n krisis gedompel. Soos een van die karakters dit stel in *De donkere kamer van Damokles*:

> Voor wie weet dat hij eenmaal sterven moet, kan er geen absolute
> moraal bestaan, voor hem zijn goedheid en barmhartigheid niets dan
> vermommingen van de angst [...] in een wereld waar iedereen de
> doodstraf krijgt, daar kan er geen verschil tussen onschuld en schuld
> bestaan (1971: 361).

Ook in *'n Wêreld sonder grense* van Alexander Strachan is daar 'n beklemmende gevoel van absurditeit, van 'n sinnelose sikliese herhaling van gebeure. 'n Afrikaanse geesgenoot van Hermans is John Miles, wie se roman *Blaaskans* (1983) die aktiwiteite van die Weermag in die tagtigerjare onder die loep neem. Deur 'n doelbewuste verwarrende spel met historiese gegewens word die verhaal deurtrek met onsekerheid; maar daarnaas plaas Miles ook sy eie stempel van morele betrokkenheid. Ons vind in die roman 'n paradoksale verbinding van absurditeit en onsekerheid met heroïese politieke betrokkenheid. Die realiteit van politieke onreg in Suid-Afrika maak dit vir Miles onmoontlik om die spel met onsekerheid enduit te voer (vergelyk Van der Merwe 1994: 107).

Die beëindiging van die stryd teen apartheid, soos die einde van die oorlog in Europa, het nuwe fundamentele vrae na vore geroep: Wat moet die plek inneem van die ou ideologieë asook van die rigtinggewende stryd om bevryding? Ou lewenspatrone is vernietig; watter strukture kan en moet die nuwe lewe aanneem?

## 7.    Die helende funksie van die literatuur

Marlene van Niekerk het in 1995, by die aanvaarding van die Nomaprys vir haar roman *Triomf*, die volgende gedagtes uitgespreek oor die potensiële genesende funksie van die literatuur:

> I imply that the reader and the writer are souls that are wanting and that
> the process of reading and writing can be seen as forms of psychotherapy.
> That is the therapy of active imagining that is associated with Jung [...]
> I want to recognise in surprising ways things that I have lang suppressed
> or forgotten and I want to be released from the confines of my actual
> self and set free in the play of imaginative variations of the ego, in other
> words, in the play of my possible selves.

In die konfrontasie van aspekte van die psige wat "suppressed or forgotten" is, kan die verhaalkuns 'n besondere rol vervul. Wanneer die direkte konfrontasie met 'n skadelike herinnering te pynlik sou wees, kan die oplossing lê in 'n indirekte, verhulde konfrontasie deur middel van 'n verwante fiktiewe verhaal.

Die Nederlandse psigoloog Petra Aarts (1992) merk op dat 'n oorlog dikwels 'n gevoel van diskontinuïteit agterlaat. Ou godsdienstige en morele waardes verkrummel, en die selfvertroue en sekerheid van vroeër bly in die slag. Vir heling is dit noodsaaklik om die gevoel van diskontinuïteit op te hef, om die traumatiese verlede met die res van die lewensverhaal te integreer. In hierdie genesingsproses kan die literatuur volgens Aarts 'n belangrike rol speel – in besonder die vertel van stories.

'n Storie oor 'n pynlike gebeurtenis is 'n eerste stap in die strukturering van 'n ervaring wat diskontinuïteit meegebring het. Die leser, deur identifikasie met die karakters van 'n storie, kan deel hê aan hierdie betekenisgewing van 'n trauma. Die identifikasieproses is 'n komplekse saak en is van fundamentele belang in literêre kommunikasie; dit is uiters gewens dat literatore en psigoloë dit gesamentlik ondersoek.

Uit die bogenoemde blyk dat die proses van heling deur die verhaalkuns onder andere drie belangrike fasette behels:

(a) betekenisgewing van 'n trauma deur die gebeure tot verhaal te integreer;

(b) die konfrontasie van onderdrukte emosies en herinneringe;

(c) die skep van alternatiewe moontlikhede deur die skrywersverbeelding. Soos Van Niekerk (1995) dit stel: "I want to be released of the confines of my actual self and set free [...] in the play of possible selves." Miskien is die profete-rol vir die skrywer nog nie uitgedien nie. Dit is my wens dat die Nederlandse en Afrikaanse literatuur, en by name die verhaalkuns, 'n essensiële rol sal vervul in die heling van die oorlog en ander traumas van die verlede en die opbou van 'n betekenisvolle tydperk van vrede.

## Verwysings

Aarts Petra GH. 1992. Kinderen van de oorlog. De doorwerking van de Tweede Wereldoorlog en de identiteits-formatie. Utrecht: Stichting Combi. Voorlesing gehou op 13 Junie 1992.

De Vries AH. 1965. *Vliegoog*. Kaapstad: Tafelberg.

Donaldson A. 1987. *Force's favourites*. Emmerentia: Taurus.

Frank Anne. 1986. *De dagboeken van Anne Frank*. Inleiding deur Harry Paape, G van der Stroom & D Barnouw. Den Haag/Amsterdam: Staatsuitgeverij – Bert Bakker.

Haasbroek PJ. 1974. *Heupvuur.* Kaapstad: Human & Rousseau.

Hermans WF. 1949. *De tranen der acacia's*. Amsterdam: GA van Oorschot.

— 1951. *Het behouden huis*. Amsterdam: GA van Oorschot.

— 1971. *De donkere kamer van Damokles*. Amsterdam: GA van Oorschot.

Hillesum Etty. 1982. *Het verstoorde leven*. Haarlem: De Haan.

Kellerman G. 1988. *Wie de hel het jou vertel?* Kaapstad: Tafelberg.

Krog Antjie. 1998. *Country of my skull*. Johannesburg: Random House.

Miles John. 1983. *Blaaskans*. Emmarentia: Taurus.

Mulisch H. 1962. *De Zaak 40/61*. Amsterdam: Bezige Bij.

— 1982. *De aanslag*. Amsterdam: Bezige Bij.

Pauw J. 1997. *Into the heart of darkness. Confessions of apartheid's assassins*. Johannesburg: Johathan Ball.

Scheepers Riana. 1995. *Die heidendogters jubel*. Kaapstad: Tafelberg.

Strachan A. 1984. *'n Wêreld sonder grense*. Kaapstad: Tafelberg.

Van Bruggen JRL. 1942. *Die gerig*. Pretoria: Unie-Boekehandel.

Van Bruggen Jochem. 1918. *Teleurgestel*. Pretoria: Van Schaik.

Van der Merwe CN. 1994. *Breaking Barriers. Stereotypes and the changing of values in Afrikaans writing, 1875-1994*. Amsterdam: Rodopi.

— 1998. Waarheid en versoening by Van Melle se drie joiners. *Stilet*, Maart: 35-42.

Van Heerden Etienne. 1983. *My Kubaan*. Kaapstad: Tafelberg.

Van Huyssteen Konstant. 1998. Populêre versus literêre grensverhale: Twee beelde van die Angolese oorlog (1966-1989). MA-tesis. Kaapstad: Universiteit van Kaapstad.

Van Melle Johannes. 1938. *Vergesigte*. Pretoria: Van Schaik.

— 1940. *Mense gaan verby.* Pretoria: Van Schaik.

— 1941. *Begeestering.* Pretoria: Van Schaik.

— 1950. *Bart Nel.* Pretoria: Van Schaik.

Van Niekerk Marlene. 1995. Aanvaardingstoespraak by ontvangs van die Nomaprys vir letterkunde in Afrika vir haar boek Triomf. Teks verskaf deur die skrywer.

Vestdijk Simon. 1948. *Pastorale 1943.* Den Haag: Nijgh & van Ditmar.

— 1949. *De bevrijdingsfeest.* Amsterdam: WL Salm.

Viljoen Lettie. 1984. *Klaaglied vir Koos.* Emmerentia: Taurus.

Wolfswinkel Rolf: 1994. *Tussen landverraad en vaderlandsliefde. De collaboratie in naoorlogs proza.* Amsterdam: Amsterdam University Press.

[Oorspronklik gepubliseer in: Chris van der Merwe & Rolf Wolfswinkel (reds). 2001. *De helende kracht van Literatuur.* Haarlem: In de Knipscheer. 203-223.]

# Die laaste woord oor 'n Afrikaanse boek *of*
# Die verhaal van die afgesnyde voete

## 1.    RESENSIES OOR DIE LAASTE AFRIKAANSE BOEK

Oor min Afrikaanse boeke het die oordele van resensente so wyd uiteengeloop soos oor Karel Schoeman se outobiografiese *Die laaste Afrikaanse boek* (2002). Henning Snyman (2003: 9) noem dit "'n gevoelige bestekopname van die invloeds- en ervaringswêreld van 'n ruim en ontwikkelde gees". Johann Rossouw (2004) begin sy resensie op *LitNet* soos volg:

> Daar is min ervarings wat so aangrypend is om mee te maak as die gebaar waarmee 'n groot kunstenaar die laaste steen in die gebou van sy lewenswerk lê.

My eie resensie op *LitNet* (Van der Merwe 2002: 5) sluit ek af met die volgende woorde:

> Oor die jare moes ek uit plig en het ek vir die plesier baie Afrikaanse boeke gelees. Van al hierdie boeke is die laaste Afrikaanse boek wat ek gelees het, die een wat my miskien die langste sal bybly.

Hoewel Gerrit Olivier (2003) meen dat "herhalings en dowwe 'kultuurhistoriese' kolle" daarin voorkom, is hy oor die algemeen geesdriftig oor die outobiografie, en gebruik hy adjektiewe soos "aangrypend", "ontroerende", "insiggewend" en "fassinerend" om dit te beskryf.

Willie Burger (2003a) wys daarop dat Karel Schoeman altyd teenoorgestelde reaksies by lesers wek, en akkommodeer beide groepe in sy slotsom: "Hy is 'n groot kunstenaar wat by al sy irriterende aanstellings en eienaardighede, oor uitsonderlike wysheid en insig beskik." Op *LitNet* spreek Hennie Aucamp (2003) waardering uit vir sommige aspekte van die boek, maar gee ook heelwat kritiek. Die titel pla hom; die suggestie dat "dit aan Karel Schoeman gegee is om die Afrikaanse letterkunde af en toe te sluit". Veral hinderlik vind hy die "ongedissiplineerdheid van die skrywer", die groot hoeveelheid ruimte wat aan aanhalings, veral Duitse aanhalings, afgestaan word – wat die skrywer volgens Aucamp vergeet, is "dat hy hom nie op Europese bodem bevind nie". As die boek herdruk sou word, verlang Aucamp (2003: 4) 'n "drastiese teruggesnoeide uitgawe".

Daniel Hugo (2004) begin sy resensie in *Die Volksblad* soos volg:

> *Die laaste Afrikaanse boek* is die boeiendste en verveligste, openhartigste en terughoudendste, briljantste en dofste, deerniswekkendste en irriterendste boek wat daar ooit in Afrikaans verskyn het.

Hy betreur die gebrek aan humor in die boek en, soos Aucamp, meen hy die boek moes heelwat korter gewees het:

> Die boek kon gemaklik met 200 bladsye verkort gewees het. Die Trompsburgse dagboek aan die einde is niks meer as 'n vervelige aanhangsel nie.

In *Die Burger,* onder die opskrif "Blanko bladsye is ook vol spore van verdwene mense", reageer Daniel Hugo (2003: 9) krities op Schoeman se negatiewe voorstelling van Bloemfonteinse akademici wat hy ontmoet het, akademici onder wie Hugo getel het. Schoeman skryf soos volg oor sy ervaring van die akademici van Bloemfontein:

> Die "vriendekring" wat by my vestiging in Bloemfontein soos 'n lugspieëling voor my oë gesweef het, het ek op onrealistiese wyse verwag om in eerste instansie onder akademici te vind [...] Die sporadiese kontak wat ek af en toe met individuele dosente gehad het, bly my eweneens as eienaardige herinnerings by, en kan die beste met die Duitse woord *unerfreulich* beskryf word (507-508).

Hierop vertel Hugo dan van sy Bloemfonteinse ervaring van Schoeman, wat eweneens *unerfreulich* was. Sy vertelling dui 'n ander kant van die saak aan, dat Schoeman se optrede potensiële vriende afgestoot het.

Die mees afwysende resensie is deur André P Brink (2003) geskryf, aanvanklik in die *Sunday Independent* gepubliseer en later op *LitNet* oorgeneem. Die bespreking begin op die volgende sarkastiese toon:

> In the mid-seventies, having decided that monastic life was not for him and after spending a few desultory years in Amsterdam, the Afrikaans writer Karel Schoeman decided to take a course in nursing at Stobhill Hospital in Glasgow. Amidst the "phlegm and blood and mucus and bile and the juices of chewed food" he experienced a kind of mystical identification with one of his heroes, St Francis. But the horrors were made bearable by regular excursions to London, where he would lodge at Brown's Hotel and imbibe champagne at the Ritz. Some St Francis.

Ander besware van Brink is onder andere die volgende:

> The problem is that the landscape of this text, as (it seems) of Schoeman's life, is so sparsely populated by human beings. There is a dismaying lack of "human interest."

Voorts:

> [...] This rather laborious charade of political correctness in an attempt to turn himself, retroactively, into an "aware" or "conscious" citizen is not very convincing [...] by no stretch of the imagination could [his novels] be read as the work of a man with a conscience about apartheid,

as Schoeman now tries to make himself out to have been (Brink 2003: 2-3).

Die slot van die boek is volgens Brink besonder problematies:

> The impression of the poseur is established by the framework of the whole book: memoirs written from the grave as it were, as the author spends what he himself defines (ad nauseam) as his twilight years, looking back over a long life with the accumulated wisdom of extreme old age. Yet Schoeman was not yet sixty when he wrote most of these memoirs (Brink 2003: 1-2).

Oor Schoeman se weergawe van die Afrikanergeskiedenis was daar ook skerp kommentaar. In 'n persoonlike e-pos, aangehaal met verlof van die skrywer, lewer JC Steyn (2004) die volgende kritiek:

> Kyk in die eerste paragraaf op bladsy 366, waar hy beweer dat 'n swart man ter dood veroordeel is omdat hy 'n skaap gesteel het – "of sou so iets teen 1964 selfs in Suid-Afrika buitensporig gewees het?" Op die goedkoop maklike manier wil hy 'n gemene insinuasie maak, terwyl hy moes geweet het dis absoluut onwaar – hy kon dit ook maklik gekontroleer het. Die insinuasie bly nou egter staan.

Op 'n ander gedeelte van Schoeman se boek lewer Steyn ook skerp kritiek in sy epos (2004) – waar Schoeman vertel van Benidictus Kok wat as professor in Afrikaans by die Universiteit van die Oranje-Vrystaat aangestel is ten koste van WEG Louw:

> Op bladsy 261 wei hy uit oor "die verheffing van 'Afrikaansheid' tot alleensaligmakende kriterium" by die Universiteit. Lees die hele paragraaf en jy sal sien die implikasie is dat WEG Louw nie aangestel is nie omdat hy nie "Afrikaans" genoeg was nie.

Steyn (1998: 358-359) het self hierdie geskiedenis ondersoek en in sy biografie oor Van Wyk Louw vertel. Die waarheid, sê hy in sy e-pos (2004), is die teenoorgestelde van wat Schoeman beweer: "dit was in werklikheid die Afrikanernasionaliste wat Louw wou aanstel en die anti-nasionaliste wat sy aanstelling voorkom het."

## 2.    DIE HIBRIDIESE AARD VAN DIE OUTOBIOGRAFIE

'n Faktor wat 'n rol speel in die uiteenlopende oordele oor *Die laaste Afrikaanse boek* is die hibridiese aard van die outobiografie as genre. Vergelyk in hierdie verband ook Louise Viljoen (2004: 110-116) se opmerkings aangaande "Schoeman se outobiografie as hibriede teks". Schoeman wei self uit in die hoofstuk "Outobiografiese aantekeninge; 'n ekskurs" (54-62). Aan die een kant is die boek 'n historiese, feitelik gegronde relaas oor die skrywer se lewe en oor die tydperk waarin hy geleef het. Op bladsy 59 sê hy byvoorbeeld:

[Ek kan] ook nie anders nie as om 'n sekere verpligting te voel om hier meer spesifiek 'n rekord te laat van die verlore Afrikaanse wêreld wat ek self nog geken het en daarvan getuienis te probeer aflê.

Woorde soos "rekord" en "getuienis" impliseer ongetwyfeld 'n pretensie van historiese betroubaarheid, en dit is die gebrek aan historiese betroubaarheid wat deur meer as een kritikus geopper is.

Ons weet egter, danksy Haydon White en vele ander, dat historiografie nie 'n blote weerspieëling van die werklikheid is nie. Feite word deur historici tot verhaal omvorm, 'n verhaal met 'n struktuur wat in wese literêr van aard is. Met die integrasie van historiese gegewens tot verhaal gaan baie feite verlore, en deur die seleksie en organisasie van die gegewens word die persoonlike stempel van die skrywer op die verhaal afgedruk. Schoeman noem eksplisiet dat hy baie lewensfeite in sy vertellings uitlaat, dat hy byvoorbeeld nie daarin belangstel om anekdotes oor homself en ander te vertel nie. Wat vir hom sentraal staan, is sy ontwikkeling as mens en as skrywer (59), en sy verhaal word deur hierdie fokus gerig. Sodoende kry die boek 'n eenheidstruktuur soortgelyk aan dié van 'n goeie roman. Die frase "outobiografiese aantekeninge" in die newetitel dui dan ook op die tweeslagtigheid van die boek: "outobiografie" dui op 'n verband met die skrywer se lewe; "aantekeninge" suggereer 'n persoonlike aanbod van die gegewens. Dieselfde suggestie van tweeslagtigheid skemer deur in die volgende stelling op bladsy 59: "Hierdie is my boek oor my lewe" – die woorde "my boek" openbaar die subjektiwiteit, "my lewe" die historiese relevansie.

In my resensie het ek daarop gewys dat *Die laaste Afrikaanse boek* die struktuur van 'n karakterroman het, by name 'n louteringsroman, wat fokus op die innerlike groei van die hoofkarakter (Van der Merwe 2002: 1-2). In sy kinder- en jeugjare is die verteller dikwels manipuleerder, onbeteueld in sy woedebuie, soms kil en ongevoelig (vergelyk byvoorbeeld 147-148.) Algaande daag daar egter by hom "die oorweldigende sekerheid van die wete dat elke mens, elke individu, geroepe is om heilig te word, en dat heiligmaking moontlik en haalbaar is" (359). Op die weg van heiligmaking word Schoeman diepgaande deur drie denkstelsels beïnvloed: die opvattings van Carl Jung, die Christelike mistiek en die Zen-Boeddhisme. Uiteindelik, in die slothoofstuk, word die heiligheid bereik waarna hy gestrewe het: 'n lewe van Boeddhistiese eenvoud en aanvaarding, van volkome sereniteit, ingestel op spirituele dinge, rustig wagtend op die dood.

Die hibridiese aard van Schoeman se "outobiografiese aantekeninge" bied ten dele 'n verklaring vir die verskillende oordele van resensente oor die boek. Resensente wat op estetiese struktuur gekonsentreer het, was oor die algemeen meer positief oor die boek as diegene wat die historiese betroubaarheid daarvan ondersoek het. Laasgenoemde verwys krities na die aanbieding van persoonlike of nasionale geskiedenis (Steyn, Hugo) of na diskrepansies tussen Schoeman die hoofkarakter van die outobiografie en Schoeman as mens en skrywer (Brink). Sowel Brink as Aucamp is verder krities oor die aanmatigende houding van die skrywer wat spreek uit die titel *Die laaste Afrikaanse boek.*

## 3.   DIE NARRATIEWE VERWERKING VAN 'N TRAUMA

Ek wil hier 'n alternatiewe manier aandui waarop *Die laaste Afrikaanse boek* benader sou kon word, naamlik as die narratiewe verwerking van 'n grondliggende trauma. Hiermee hang 'n tweede kwessie saam: dat onthulling en verhulling op 'n komplekse wyse in die vertelling verbonde is. 'n Gewysigde weergawe van die Nederlandse digter Martinus Nijhoff se woorde ("Lees maar, er staat nie wat er staat") kan 'n sleutel bied tot beter begrip van Karel Schoeman se boek: "Lees maar, er staat wat er niet staat".

Schoeman gee eksplisiet 'n aanduiding van die belangrikheid van bogenoemde twee sake, naamlik die verhaal as 'n weg tot innerlike heling van 'n trauma en die belangrikheid van dit wat nie openlik gesê kan word nie. Op bladsy 249 word die skryf van die boek as 'n tipe katarsis beskou:

> Wanneer ek hierdie aantekeninge voltooi het, sal ek 'n groot deel van wat
> ek tot dusver onthou het seker ook as 'n las van my skouers kan afwerp
> en daarvan bevry wees.

Reeds met sy eerste poging tot 'n roman, geskryf op 14-jarige ouderdom, wou hy die verlede verwerk deur die verwoording daarvan:

> My eerste poging tot die verwerking van my eie verlede, op persoonlike
> vlak die uitbanning daarvan deur middel van verwoording, maar op
> ruimer vlak tewens die verewiging daarvan, die veiligstelling en behoud
> daarvan teen die verwering van die tyd (254).

*Op 'n eiland*, lees ons op bladsy 402, was vir hom die literêre verwerking van 'n baie pynlike ervaring; hy stem saam met die insig wat 'n karakter in *Spiraal* uitspreek: "Jy kan jou van alle dinge losmaak as jy skrywe." Met hierdie beskouing van die terapeutiese funksie van kreatiewe skryfwerk vereenselwig hy hom met Virginia Woolf:

> "I suppose that I did for myself what psychoanalysts do for their
> patients [...] I expressed some very long and deeply felt emotion.
> And in expressing it I explained it and then laid it to rest." Of, soos
> 'n Afrikaanse skryfster juis in hierdie krisistyd nugter teenoor my
> opgemerk het: ons lag so maklik oor mense wat psigiater toe loop; maar
> as ons nie geskryf het nie, sou ons dit ewe goed moet doen (403).

Die bogenoemde "explaining", die ontstaan van begrip, hou verband met die omskepping van pyn tot 'n sinvolle literêre struktuur. Wanneer Schoeman oor sy moeder skryf, noem hy dat die vertelling vir hom, deur die skep van 'n patroon, tot insig en begrip lei:

Hoe kon sy alle liefde, goeie wil en goeie bedoelings ten spyt, moontlik
verstaan, terwyl ek self eers vyftig jaar later, moeisaam en met heelwat
pyn, kon begin om die skerwe en splinters bymekaar te doek en 'n soort
patroon tot stand te bring aan die hand waarvan begrip moontlik sou
kon word? (148)

Hieruit blyk dit dus dat Schoeman se skryfkuns, insluitende sy outobiografiese
aantekeninge, vir hom 'n terapeutiese waarde het. Die konfrontasie en die uiting van
die pyn van die verlede lei tot 'n katarsis, dit dryf die psigiese skade van onderdrukte
emosies uit. Verder is die omskepping van trauma tot verhaal 'n manier om te kom tot
singewing en begrip. Bowendien is sy outobiografie, waarin pynlike verganklikheid
so 'n sentrale tema is, 'n middel om die verbygaande te verewig – 'n bolwerk teen "die
verwering van die tyd".

Ook die tweede punt hierbo genoem, naamlik dat verhulde openbaring van die
uiterste belang in *Die laaste Afrikaanse boek* is, word direk deur die skrywer genoem. Hy
beklemtoon dat "dit die onuitgesproke en onuitspreekbare is wat die volle gewig van
die mededeling dra en nie dit wat toevallig uitgespreek is nie"; hy haal Wittgenstein in
dié verband aan: "Die onuitspreeklike is – onuitspreeklik – in die uitgesprokene vervat"
(132). Louise Viljoen noem ook in haar artikel hierdie punt: "Verhulling van die self is
[…] net so belangrik as onthulling in hierdie lewensbeskrywing" (Viljoen 2004: 111).

Daar is 'n noue verband tussen die bogenoemde twee kwessies – skryf as
terapie en verhulde openbaring. Alhoewel hierdie artikel streng gesproke nie binne
die raamwerk van die narratiewe terapie pas nie, omdat dit nie op die heling *van die
leser* gerig is nie, kan dit tog nuttig wees om hier melding te maak van dié rigting in
die sielkunde, 'n rigting wat in die laaste dekades groot opgang gemaak het. Daar is
vasgestel dat die begeerte om te openbaar sowel as om te verhul tipies by slagoffers van
trauma is. Aan die een kant is daar 'n verlange om die pyn van herinnering met iemand
te deel, aan die ander kant 'n angs om deur vertelling die trauma te herbeleef.

In haar baanbrekende boek, *Trauma and recovery,* skryf Judith Herman (1997)
insiggewend oor die konfrontasie en vertelling van traumatiese herinnering. Veral die
hoofstuk "Remembrance and Mourning" is ter sake by die interpretasie van vertelling
vir die heling van 'n trauma-slagoffer:

Out of the fragmented components of frozen imagery and sensation,
patient and therapist slowly reassemble an organized, detailed, verbal
account, oriented in time and historical context (177).

Sy wys voorts op die belangrikheid van singewing deur vertelling:

Reconstructing the trauma story also includes a systematic review of the
meaning of the event, both to the patient and to the important people
in her life. The traumatic event challenges an ordinary person to become
a theologian, a philosopher, and a jurist. The survivor is called upon to
articulate the values and beliefs that she once held and that the trauma

destroyed. She stands mute before the emptiness of evil, feeling the insufficiency of any known system of explanation (178).

Ook vermeld Herman die spanning tussen terughouding en ontbloting by traumaslagoffers:

As the narrative closes in on the most unbearable moments, the patient finds it more and more difficult to use words (177);

en:

The need to preserve safety must be balanced constantly against the need to face the past [...] so that the uncovering work remains within the realm of what is bearable (176).

Hierdie bevindinge van die narratiewe terapie sluit nóú aan by heelwat aspekte van *Die laaste Afrikaanse boek*. Die spanning tussen openbaring en verswyging lei byvoorbeeld tot 'n ambivalensie in die styl. Dit is asof die skrywer sy pynlike verlede benader maar tegelykertyd daarvan wegskram. Snyman (2003) merk hieroor die volgende op:

Die afsydige waarnemer skryf dikwels in 'n klinies-waarnemende styl; die egte en opregte mens stuit nie om 'n eerlike verslag te gee oor die lewe, ervaring en denke van die groot romanskrywer nie.

## 3.1 Die verhaal van die foto's

Die tema van verwonding en ook van verhulling kom betekenisvol uit in die foto op die voorblad van Schoeman as kind saam met sy halfsuster. Hieroor het ek die volgende insiggewende brief per e-pos van Chérie Collins (2004) ontvang:

As boekontwerper het ek 'n tyd lank baie van Karel Schoeman se boeke ontwerp en hy was baie presies met hoe die uitleg moet lyk en hoe foto's "gecrop" moes word. Dit was soms 'n kwessie van millimeters op of af skuif en hyself het 'n hekel daaraan gehad as voete onderaan afgesny word. Gevolglik was ek baie verbaas [...] en om die eerlike waarheid te sê, dit het my hart geruk toe ek die omslagontwerp van sy boek by die uitgewers sien. Dis die foto van hom as 'n klein seuntjie met sy halfsuster agter hom wat hom probeer vang of jaag of so iets – en die voete is afgesny! Miskien was dit maar 'n ou foto'tjie en het die oorspronklike wel so gelyk, maar dit is vir my baie betekenisvol dat hy juis so 'n foto van homself sou plaas en dit ook nog op die voorblad. Vir my som daardie foto die hele boek op: die lewe van 'n "verwonde" kind – 'n kind sonder voete.

Die ontbrekende voete suggereer twee dinge: die verwonding van die kind, en die verswyging van bepaalde gegewens. Dit is veral pynlike dinge (die "afgesnyde voete") wat nie eksplisiet genoem word nie, maar eerder deur suggestie aanwesig is.

Binne hierdie konteks is die vrolike glimlagge van die klein Schoeman en sy halwe suster op die foto besonder ironies.

Die "wegsteek" van essensiële inligting is besonder opvallend as 'n mens die foto's in die boek van naderby beskou. Afgesien van die foto op die omslag (die een sonder voete) is daar nog 27 foto's in die boek. Schoeman is op slegs twee van hierdie foto's aanwesig. Op die eerste is hy 'n baba van onder 'n jaar oud; die byskrif is besonder vaag: "Die familie Schoeman, met die egpaar Van Rooijen en twee verdere kleinkinders, voor die Nederlandse konsulaat, Hillstraat 19, Bloemfontein, 4 Februarie 1940." Wat hier noukeurig weergegee word, is die datum van die foto, en die adres waar dit geneem is, nie wie op die foto verskyn nie. Die leser moet (onder andere uit die datum) aflei dat Schoeman die baba op sy grootmoeder se skoot is, en saam met hom op die foto is verder kennelik sy moeder en sy grootvader. Om die ander mense op die foto se identiteit af te lei, is moeilik – wie die ouers van die "twee verdere kleinkinders" is, is onseker; en die ander vier ongenoemde volwassenes is waarskynlik twee van Schoeman se drie halfsusters, sy halfbroer en laasgenoemde se vrou, óf Schoeman se drie halfsusters en een van hulle se man. Opvallend afwesig (sonder enige kommentaar) is die "groot afwesige" in Schoeman se lewe, naamlik sy vader.

Die enigste foto waarin Schoeman as volwassene verskyn, is 'n foto waarin hy die Orde van Verdienste van die president, Nelson Mandela, ontvang, met Mandela se sekretaris, Jakes Gerwel, wat bystaan. Vir een keer is Schoeman prominent op die foto (hoewel die bolyf, geen voete nie!), en is die opskrif volledig en duidelik. Baie betekenisse kan aan hierdie foto geheg word. Dit is die laaste van die foto's in die boek – duidelik 'n gebeurtenis van die hoogste belang vir die skrywer, as 't ware die eindpunt en klimaks van die "foto-verhaal". Dit kan ook as 'n oomblik van heling gelees word, 'n vulling van 'n lewenslank gevoelde leemte. Mandela tree op as 'n "alternatiewe vaderfiguur" wat sy "seun" na waarde skat en hom die erkenning gee wat hy verdien en wat hy begeer. Teenoor die verwerplike sisteem van apartheid, die "orde van die vader" deur 'n patriargale opset tot stand gebring, verskyn hier drie mans, wit, swart en bruin, in harmonie saam – verteenwoordigers van 'n alternatiewe orde. Hier, uiteindelik, is dit waarna Schoeman moontlik sy lewe lank gehunker het: om aanvaar te word in 'n (manlike) kring wat vir hom ook aanvaarbaar is. (Is dit betekenisvol dat, van die drie mans, Schoeman as die langste een voorkom, gevolg deur Mandela en dan Gerwel? Die skrywer rys as 't ware uit bo die ander.)

'n Mens sou elkeen van die ander foto's kon ontleed om hul belangrikheid vir die outobiografie te ondersoek – die prente uit Nederlandse kinderboeke, die Vrystaatse landskap, die foto's van Afrikaners, ensomeer. Ek wil my hier tot 'n kort bespreking van twee verdere foto's beperk.

Die foto van die beeld van Hermes en die kind Dionusos deur die Griekse beeldhouer Praxiteles (4de eeu voor Christus – nie ná Christus, soos onderaan die foto beweer word nie) bevat die volgende aangehaalde kommentaar in die byskrif: "Faultlessly faultless, icily regular, splendidly null." Daar is geen krag in die liggaam of in die gesigsuitdrukking van Hermes nie. Die mond en die ken is swak, die geslag is geskend, een arm is afgebreek. Hermes maak 'n verwyfde indruk, wat versterk word deur die baba op sy (oorblywende) arm. Die baba kry nie moedersmelk nie, maar (skynbaar) druiwekorrels – die latere wyngod word vroeg reeds touwys gemaak! Ydelheid word moontlik gesuggereer deur die weelderige kleed wat uitgetrek is om die liggaam te ontbloot. Hermes is nóg man nóg vrou, maar 'n swakke imitasie van beide.

In sterk teenstelling hiermee is die volgende foto van die kragman Paul Smit. Smit is die ene spiere, die gesig een en al onnoselheid. Hierby staan die volgende hoogs ironiese kommentaar uit *Die Landstem* van 19 Oktober 1953:

> En Paul Smit het rede om te spog! Met hierdie mooi gespierde liggaam
> het hy nou die aand almal uitgestof met die Mnr Kaapstad-kompetisie
> vir mooigeboude mans. P Baird was tweede, en B Barnett, die kêrel
> wat links op die foto na Paul staan en kyk, het derde gekom. Vir die
> nooientjies kan ons net sê dat nie een van die kêrels al getroud is nie!

Die foto sluit aan by ander foto's in die boek van onaantreklike Afrikanermans, en suggereer die skrywer se weersin teen die Afrikanerman en sy partydigheid vir vroue. Saam suggereer die foto van die Hermes-beeld en van die kragman Paul Smit moontlik die skrywer se worsteling met sy manlike identiteit, 'n verwerping van twee teenpole deur die twee foto's verteenwoordig: aan die een kant 'n verwyfde swakheid, aan die ander kant 'n breinlose beheptheid met spierkrag. Schoeman se homoseksualiteit, en ook sy afkeer van die Suid-Afrikaanse homoseksuele subkultuur, soos in die outobiografie verwoord, hou waarskynlik met hierdie twee foto's verband – hy het geen behae in die "macho" óf in die verwyfde man nie.

Die drie bespreekte foto's, saam met die foto op die omslag, bevestig die een sentrale tese van hierdie artikel: dat Schoeman in die outobiografie onthul deur te verhul; dat kardinale inligting "weggesteek" word, en dat juis dit wat nie eksplisiet geskryf staan nie, van wesenlike belang is. Dit sluit aan by die tweede sentrale tese van die artikel: dat die aanbod deur verhulling eie is aan die narratiewe verwerking van 'n oorweldigende trauma. Die trauma wat kennelik in Schoeman se lewe 'n deurslaggewende rol gespeel het, wat sy hele lewe bepaal het, is sy ouers se egskeiding toe hy vier jaar oud was, gevolg deur die verlies van 'n vaderfiguur en 'n eensame lewe saam met 'n komplekse moeder.

## 3.2   Die trauma van die egskeiding

Net voordat Schoeman van die "wesenlike onversoenbaarheid" (26) tussen sy ouers vertel, wys hy daarop dat hy hul privaatheid sal respekteer, en nie alles sal vertel nie:

> Ek sal uitsoek en self besluit oor wat vir my doel opgeteken moet
> word, want dit is vir niemand nodig om álles te weet nie. Wat in die
> stiltes tussen die versigtig uitgesoekte woorde en die wit tussen die
> behoedsaam saamgestelde reëls vir die aandagtige leser sigbaar word, is

in elk geval uiteindelik meer insiggewend as wat die eksplisiwiteit van 'n reeks kompulsiewe en krampagtige onthullings sou kan wees (26).

Onthulling en verhulling is onlosmaaklik verstrengel. Hy vertel hoe sy vader op 'n keer sy moeder se radio met 'n leerriem stadig en berekend stukkend geslaan het, maar dat hy nie gedurf het om haar self te lyf te gaan nie. Op bladsy 68 vertel hy van 'n keer toe sy pa wel sy ma geslaan het, maar bied die episode getemperd aan. Die vader het uit die motor geklim en 'n tak opgetel "waarmee hy haar herhaaldelik en woedend in die sy gestamp het waar sy in die motor sit", en dan volg die skrywer se kommentaar: "dit was al, niks besonders nie". Maar in sy herinnering moes die episode wel iets besonders gewees het. Hier, soos op bladsy 26, word die skuld deels op drank gepak – die vader het te veel gedrink, maar dit was die moeder wat as sosiale drinker die drank in die huis gebring het (26). Verder word die blaam vir die pyn wat sy ouers, veral sy ma, gely het, ook op "Afrikaner-kringe" geplaas, wat sy ma laat dink het dat 'n egskeiding "so sleg lyk vir die mense" (26). Sodoende is sy ouers geforseer het om vir agt jaar by mekaar te bly en mekaar seer te maak.

Die ongelukkige huwelik en egskeiding van sy ouers, wat hier so rasioneel, so getemper, sonder skerp aanklag teen die ouers, aangebied word, het egter klaarblyklik 'n diepgaande psigiese verwonding by die kind veroorsaak. Dit het gelei tot 'n eensame lewe saam met 'n komplekse en a-sosiale moeder, en die gemis van 'n vaderfiguur. Die jong Schoeman het sy verwonding nie verwerk nie, maar "verdring":

> Die skokkende en troumatiese verlies van vader, gesin en ouerhuis en van alle sekerheid wat ek tot dusver nog geken het, feitlik oornag en heeltemal onvoorbereid, is, so vermoed ek, verdring; en so het ek verder gelewe (71).

Tipies van 'n trauma-slagoffer, het hy die besef van verlies onderdruk, met die gevolg dat hy die skeiding van sy ouers "verdoof of bedwelm" meegemaak het en dit "'n menseleeftyd" sou kos om die verdronge pyn bloot te lê (73). Dit is hierdie onderdrukte gevoelens wat nou na baie jare in sy lewensbeskrywing tot uiting moet kom om psigiese heling te bring, maar wat nog steeds selektief en indirek aangebied word omdat sekere dinge te pynlik is om volledig te konfronteer en direk te openbaar.

## 3.3   Die verhouding met sy moeder

Die verhouding met sy moeder is kennelik die mees diepgaande verbintenis in sy lewe, en 'n fundamentele rede vir die skryf van die outobiografie is om hieroor tot klaarheid te kom. Op bladsy 146 vertel die skrywer hoedat hy as klein kind, met sy moeder wat op die rand van sy bed sit, gebid het: "Laat Dadda naar de pomp dansen", met ander woorde, laat hy wegbly – dit was toe sy vader "ons samesyn op een of ander manier bedreig het". Hier is die tipiese oedipale situasie, 'n vooruitwysing na sy latere homoseksuele ontwikkeling. Sy jeugjare word so saamgevat: "Die vrou alleen met die kind in die groot huis, *making the best of things,* saam in 'n wêreld wat oor die algemeen nie besonder welwillend was nie" (146).

Hierdie eensame lewe met sy ma, wat 'n buitestander in die gemeenskap was, lê die grondslag vir sy latere lewe. Die opnoem van ritse boeke en films wat hy tydens sy kinderjare in die Paarl gelees en gesien het, dui nie alleen op tekste wat 'n invloed op hom as skrywer uitgeoefen het nie, maar teken ook die situasie wat hom toenemend sou kenmerk: 'n mens sonder vriende, met boeke en films as sy geselskap.

Tussen hom en sy moeder ontwikkel 'n egte haat-liefde-verhouding. Hy is volkome op haar ingestel, maar soos wat hy 'n eie persoonlikheid ontwikkel, kom "die onvermydelike wrywing tussen twee mense wat mekaar vir 'n té lang tyd té ná was" (149). Hy is 'n moeilike kind wat sy irrasionele woede teen die lewe op sy moeder projekteer, op haar wat sy ervaringswêreld oorheers. In sy strewe na onafhanklikheid doen hy soms dinge wat haar diep moes seergemaak het (368). Die verhouding was vir hom onhanteerbaar:

> Die innige bande tussen ons, haar liefde vir my, haar morele en
> emosionele aanspraak op my, my eie onduidelike gevoelens teenoor haar,
> my blinde, ongeformuleerde strewe na onafhanklikheid, na 'n eie lewe
> en identiteit – dit alles het 'n situasie geskep wat ek nie kon oorsien,
> verstaan of hanteer nie, en waarvoor ek op die vlug geslaan het in wat ek
> sonder oordrywing as paniek sou wil beskrywe (369).

Hierdie paniekerige vlug weg van sy moeder tydens sy lewe lei nou tot 'n konfrontasie van die verhouding in sy outobiografie, 'n soeke na begrip en deernis. In die louteringsroman wat *Die laaste Afrikaanse boek* in wese is, speel die versoening met sy moeder 'n sentrale rol. Al skrywende kom hy tot 'n waardering vir sy moeder, ondanks haar beperkinge. Hy sien in dat hy sy moeder "goed genoeg en lank genoeg leer ken (het) om haar swakheid, feilbaarheid en beperktheid te besef, en des te meer moet (hy) die feit waardeer dat sy daarby op háár manier ook 'n uitsonderlike vrou was." Hy "moes egter sestig jaar oud word om hierdie waarheid te besef, lank na haar dood" (326).

Dit was eers met die skryf van die outobiografie dat hierdie besef by hom gedaag het.

In die gekonstrueerde lewensvertelling word versoening tussen hulle wel bereik voor die moeder se dood, naamlik in die vertelling van haar uitgerekte sterwe:

> Dit was deur hierdie uitgerekte sterfproses dat die probleme in die
> moeilike verhouding tussen my moeder en my opgelos of oorwin is of
> eenvoudig net verdwyn het: toe sy hulpeloos was en volkome afhanklik,
> het ek gevind dat ek my kon gee, sonder aarseling of voorbehoud,
> op 'n wyse wat sedert my vroegste kinderjare onmoontlik was, en
> hierdie bittere tyd was dus ook 'n tyd van toenadering, versoening en
> heling (589).

## 3.4    Die verhouding met sy vader

Schoeman se verhouding met sy vader vertoon nog meer ambivalensies as dié met sy moeder. Hierbo is genoem dat daar 'n stadium in sy kindertyd was dat hy volkome opgegaan het in die verhouding met sy moeder en sy vader uitgesluit het. Ná die egskeiding het hy en sy moeder van Bloemfontein na die Kaap verhuis en die kontak tussen die seun en sy vader het feitlik doodgeloop. Die vader was die een wie se woede-uitbarstings en moontlike wraak deur die moeder gevrees is (70), 'n vrees wat waarskynlik op die kind oorgedra is. Paradoksaal was die vader as afwesige deurgaans aanwesig in die kind se vorming. In die proses van heling deur die neerskryf van die lewensherinneringe is versoening met die vader van kardinale belang. Anders as met sy moeder, is sy vader oorlede sonder dat die kontak tussen hulle herstel is. Tog, toe die kind van sy pa se dood hoor, het hy in trane uitgebars (73), wat aantoon dat hy sy pa nooit vergeet het nie. Na die voorbeeld van sy moeder wat vergiffenis vir haar man by sy graf bely het (73), moet hy nou ook tot vergiffenis en begrip van sy vader kom.

Dit is opmerklik dat Schoeman net 'n paar negatiewe glimpe oor die vader laat deurskemer en dan telkens as korrektief daarop positiewe dinge oor hom kwytraak. Ek het reeds aangetoon hoedat hy die vader se gewelddadige optrede teenoor die moeder eufemisties stel. Wat hy nou, by die skryf van sy outobiografie, onthou, is veral die aangename. Hy onthou sy versoek aan sy moeder om die vader "Dadda" te noem en nie "Markus" nie, as hulle twee oor hom praat – hy wil dus nog die vader-seun-verhouding handhaaf. Ná die trek na die Kaap het sy vader hom nooit daar kom opsoek nie, maar hierdie versuim word met 'n bra flou verskoning afgemaak: hy "het glo een keer 'n poging aangewend om ons te kom opsoek maar al vier sy motorbande het langs die pad geblaas, so is my later vertel, en hy het die poging laat vaar" (72). In hierdie sinnetjie sit paradoksaal sowel die aanklag teen die vader as die poging om hom te verskoon, verskuil.

Sy moeder neem hom tog 'n keer na Bloemfontein sodat hy by sy grootouers kan bly en sy vader hom daar kan besoek. Wanneer sy vader hom dan na sy eie huis wil neem, verset die klein Schoeman hom soos 'n besetene en openbaar daarmee "allerlei onbewuste of verdronge angste" (72). Wanneer hy nou, al skrywende aan sy outobiografie, aan hul kontak by hierdie geleentheid terugdink, onthou hy egter veral die vader se "liefde, sorgsaamheid en geduld in sy omgang met my" (72). Sy vader is oorlede toe Schoeman twaalf jaar oud was, sonder dat die band tussen vader en seun ooit herstel is. Ná sy vader se dood, as "plaasvervangende herstel van die verlore band met (die) vader" en as teenwig vir sy "te eensydige verwikkeldheid met sy moeder en haar mense" (291), neem hy kontak met sy vader se familie op.

In die outobiografie wil die skrywer die pynlike verhouding met die vader transformeer deur daaroor te skryf; deur veral die positiewe dinge op te roep, wil hy die jarelange angs en woede verdryf. Loutering, innerlike groei en genesing tree na vore; maar onder die positiewe oppervlak is daar tekens van onopgeloste trauma. Paradoksaal verbind, is deurentyd die suggestie dat iets verskrikliks met hom gebeur het sowel as die troostende versekering dat dit nie so erg was nie. Waar hy in sy kindergebed gevra het vir die verdwyning van sy "Dadda", kom daar met verloop van tyd 'n besef van die psigiese skade wat die afwesigheid van die vader hom aangedoen het. Hy vertel van sy paniese angs as volwassene toe 'n kollega huis toe is sonder om hom te laat weet. Terugskouend moes hy "vasstel dat dit 'n kind van drie is wat oor die jare nog altyd besig is om blindelings op die onbegrepe verlies van sy vader te reageer" (75). Hy besef dan ook "dat ek die verlies van my vader soos 'n afsterwe ervaar het wat eers teen die einde van my lewe verwerk kon word, 'n trauma waarvan ek eers teen die einde van my lewe genesing kon begin vind" (75-76). Die verdwyning van sy vader het hy akuut as verwerping aangevoel, wat sy selfbeeld ernstig geknou het (76).

Wanneer sy ma hom om vergiffenis vra vir die leed wat sy hom aangedoen het deur haar verkeerde huwelik, antwoord hy dat hy niks het om te vergewe nie (73); maar die hele outobiografie getuig teen sy stelling – die verhouding met sy ouers het hom lewenslank geskaad. Sy bevestiging van Paulus se stelling dat alles ten goede meewerk vir wie God liefhet (74-75), word gerelativeer deur die onherstelbare verlies van 'n vader, deur die feit dat geen versoening plaasgevind het gedurende sy pa se lewe nie. Wat nou gebeur, in die outobiografie, is 'n tekstuele substituut vir wat in die lewe nie gebeur het nie – 'n literêre herstel van die verhouding met sy vader.

Dat die verhouding met die vader nooit heeltemal verwerk is nie, word ook gesuggereer deur sy kritiese houding teen Afrikanermans en sy partydigheid vir Afrikanervroue, reeds genoem in die bespreking van die foto's hierbo. Vergelyk byvoorbeeld die volgende stelling:

> Hoe meer my kennis van die gemiddelde Afrikanerman met sy
> onvolwassenheid, grootpraterigheid, selfsugtigheid en gebrekkige
> selfvertroue in hierdie jare en daarna toeneem, des te groter my
> bewondering vir die Afrikanervrou wat bereid is om hom te duld (505).

Wat hy self "die eensydige verwikkeldheid met my moeder" noem, en die distansiëring van sy vader, word kennelik op die Afrikanermans en -vroue geprojekteer. Sy "kennis van die gemiddelde Afrikanerman" kan, volgens die outobiografie, nie baie grondig wees nie, want hulle is, soos sy vader, steeds afwesig – en tog word hulle hard geoordeel. Die stelling hierbo, oënskynlik gegrond op versamelde kennis van Afrikanermans, is 'n volslae subjektiewe, ontoetsbare mening. Gepaard met die "onthulling" van die aard van die Afrikanerman gaan die verhulde suggestie van 'n onverwekte verhouding met die vader.

Hierby sluit ook sy homoseksualiteit aan. Ek het reeds genoem dat daar in sy kinderjare 'n Oedipale verhouding met sy pa en ma bestaan het, en dat dit ongetwyfeld met sy later homoseksualiteit verband hou. Hy identifiseer met die moeder en verwerp die vader. Dit is egter nie die volle verhaal nie. Soos reeds genoem, is daar 'n intense verbintenis met die moeder, maar ook 'n opstand teen haar. Aan die ander kant is daar 'n verwerping van die vader, maar ook 'n verlange na hom – dit kan onder andere in sy belewing van sy homoseksualiteit waargeneem word. Hy aanvaar, aanvanklik sonder wroeging, sy homoseksualiteit – die feit dat hy nie in die voetspore van sy vader volg nie – maar dit bring nie vir hom bevryding nie. Die gesag en die goedkeuring van die vader speel steeds onder Afrikaner-homoseksueles 'n rol, en lei tot gevoelens van angs en skuld oor hul seksuele oriëntasie – gevoelens waarvan Schoeman dit self moeilik vind om los te kom (372-373).

Ook die houding teenoor apartheid, die "orde van die vader" in 'n patriargale samelewing, is ambivalent. Aan die een kant is daar 'n krasse veroordeling van apartheid. Hy beskryf die stelsel as "wesenlik boos" (421); hy besef dat die voorregte wat blankes geniet het, op die ontkenning van die swartmense se menswaardigheid berus het (268), en dat die sisteem tot ondergang gedoem was (423). Aan die ander kant is die verhaal van die opkoms en ondergang van die mag van die Afrikaner deel van die sentrale tema van verganklikheid en van die nostalgie wat daarmee gepaard gaan. Reeds die titel van die boek impliseer ongelukkigheid omdat lywige Afrikaanse boeke na verwagting nie meer gepubliseer gaan word nie – die Afrikaners kan dit nie meer bekostig nie. Die doelstelling van die vertelling is onder andere om "'n rekord te laat van die verlore Afrikaanse wêreld wat (hy) self nog geken het" (59). Die feit dat hy juis hierdie Afrikaanse wêreld wil vaslê, wil bewaar van verganklikheid, toon aan hoeveel hy dit op prys stel.

## 3.5    Grensfiguur en buitestander

Uit die bostaande blyk dit dat die egskeiding van sy ouers en die verhouding met sy vader en moeder sy hele lewe lank 'n bepalende rol in Schoeman se lewe gespeel het. Hierdie invloed word soms direk, soms indirek in die vertelling aangedui – die indirekte openbaring is waarskynlik soms onbedoeld. Die karakter wat op dié manier na vore kom, is een met allerlei teenstrydighede, maar juis deur die ambivalensie uitermate boeiend. Hy is 'n man met allerlei knoetse, maar juis daarom interessant. Die boek mag nie verwerp word omdat 'n resensent nie van aspekte van die hoofkarakter hou nie. Dit is soms die geval in die resensie van André P Brink.

Brink maak beswaar daarteen dat Schoeman se teks, soos Schoeman se lewe, so "sparsely populated by human beings" is. Maar dit is juis kenmerkend van hom, en enige ander weergawe van sy lewe sou vals gewees het. Brink maak egter 'n fout as hy die skaarste aan medemense in Schoeman se lewe identifiseer met 'n "dismaying lack of 'human interest'" – juis van 'n afstand is daar 'n intense belangstelling in mense en die menslike natuur.

Verder het Brink ook 'n probleem met die teenstrydigheid tussen Schoeman as navolger van Franciscus van Assisi en sy uitstappies na Londen, waar hy in 'n deftige hotel vertoef en duur sjampanje gedrink het. Hierdie teenstrydigheid is egter deel van die mens wat uitgebeeld word. Nog belangriker is die feit dat die toneel waarna Brink verwys, gelees moet word binne die konteks van die karakterontwikkeling wat in die loop van die verhaal plaasvind. Die sjampanje wat in die Ritz gedrink word, vorm 'n funksionele teenstelling met die serene eenvoud wat aan die einde bereik word.

Die mees wesenlike karaktertrek van Schoeman wat in die outobiografie na vore tree, 'n karaktertrek wat ook fundamenteel in al sy fiksie aanwesig is, is dié van buitestanderskap. Soos reeds genoem, lê die eensame kinderjare saam met 'n a-sosiale moeder die grondslag vir sy latere lewe. Mettertyd word hierdie eensaamheid nie as 'n straf ervaar nie, maar 'n seën, en volkome aanvaarding van sy alleenheid is ten slotte deel van die louteringsproses waardeur hy moet gaan. As buitestander bevind hy hom telkens op die grens tussen verskillende groepe – in sy soeke na identiteit vind hy nêrens punte van volledige identifikasie nie.

Hibriditeit vorm 'n belangrike deel van sy buitestanderskap, maar dan hibriditeit van 'n eie "kleur". Normaalweg dui die term "hibriditeit" op die ras-, kultuur en identiteitsvermenging van kolonis en gekoloniseerde; by hom gaan dit in die eerste plek om die verstrengeling van sy bande met Afrikaners en Europeërs. Wat taal betref, weifel hy tussen verskillende opsies – hy praat Nederlands met sy ma, het 'n voorliefde vir Duits (te oordeel na sy baie Duitse aanhalings), maar word 'n Afrikaanse skrywer. Kultureel en emosioneel is hy sterk aan die Britse eilande en die Europese vasteland verbonde, en hy vertoef dan ook jare in Ierland, Skotland en Amsterdam – maar keer dan permanent na Suid-Afrika terug en skryf historiese en fiksionele werke oor Suid-Afrikaanse temas in Afrikaans. Hy is aangetrokke tot die Vrystaatse landskap, maar het 'n hekel aan die Vrystaatse Afrikaners met wie hy te doen kry; en met Engelssprekende Suid-Afrikaners kan hy hom hoegenaamd nie vereenselwig nie.

Uiteindelik vind hy wel 'n werkbare oplossing vir sy identiteitskrisis. Tydens sy historiese navorsing in Bloemfontein ontdek hy 'n band met:

> Die ou Vrystaat wat ek geken het en geleer het om lief te hê en waar
> ek gevoel het dat ek hoort, vir sover ek dan wel êrens tuishoort, die ou
> Oranje-Vrystaat van weleer waarvan selfs die naam vandag nie meer
> bestaan nie (484).

Dit is die Vrystaat van die 19de eeu waarmee hy hom kan identifiseer, gekenmerk deur 'n "beskeie waardigheid en eenvoud" (488) in die mense sowel as in die argitektuur. Hiervan het vandag bloedweinig oorgebly; nou en dan is spore daarvan nog in enkelinge te bespeur (489-490). Dus, die enigste ruimte waarin hy tuis voel, is 'n ruimte wat nie (meer) bestaan nie, 'n konstruksie van sy gees waarin hy die afstand bewaar tot die reële plekke en mense wat hy tydens sy lewe teenkom. Dit is 'n liminale ruimte wat in spanning met die alledaagse werklikheid verkeer, wat die bron van sy kreatiwiteit is en die maatstaf bied waaraan hy die reële wêreld toets.

Van Europese herkoms, bevind hy hom in Afrika – maar daar is byna geen Afrikane in sy verhaal aanwesig nie. Ook hierin is 'n skrynende paradoks geleë. Intens bewus van die rassediskriminasie deur Afrikaners, steek hy self nie die grens oor na die swartmense van Afrika nie omdat, soos hy self met verloop van tyd insien, hy nie van nature in staat is tot die sluit van enige persoonlike verbintenisse nie. Net een keer, op 'n enkele foto, maak 'n swartman van Afrika sy verskyning, naamlik Nelson Mandela, wat hom die hand van erkenning reik, maar dis 'n oomblik wat juis die algemene afwesigheid van Afrikane, ook van 'n alternatiewe vader van Afrika, aksentueer. Op die rand van die gemeenskap van Afrika, sonder menslike kontak, neem Schoeman egter in sy romans die grootsheid van die Afrika-ruimte waar en vind hy 'n landskap waarmee hy hom kan verbind, 'n wêreld van mistieke moontlikhede.

Ook in 'n ander opsig bevind Schoeman hom in 'n grenssituasie: op die grens tussen "manlikheid" en "vroulikheid". Met verwysing na Jill Conway se onderskeid tussen "manlike" en "vroulike" outobiografieë in *When memory speaks* wys Willie Burger daarop dat Schoeman sy lewensverhaal aanvanklik skoei op die model van 'n "vroulike" outobiografie, waar die hoofkarakter passief en ontvanklik is en nie kragdadig haar eie lotgevalle bepaal nie. Nogtans, sê Burger, kom daar ook oomblikke van beslissing (soos wanneer Schoeman besluit om na Suid-Afrika terug te keer) waarin die verloop eie aan dié van 'n "manlike" outobiografie is (Burger 2003b: 167-171).

As homoseksueel bevind hy hom buite die konvensionele teenstelling van manlike teenoor vroulike seksualiteit. Hy vind egter nie onder homoseksuele 'n "derde ruimte" waar hy hom kan tuismaak nie, vry van binêre opposisie, omdat Suid-Afrikaanse homoseksuele vir hom aanstootlik is. Afstandelikheid is steeds 'n sentrale kenmerk van die posisie wat hy inneem.

Die lyn van my argument tot sover was dat die trauma van die kinderjare gelei het tot die pynlike posisie van die buitestander, die een wat nêrens inpas nie. Daar is egter 'n aantal positiewe aspekte aan hierdie posisie verbonde:

a. Die pyn van psigiese verwonding is by Schoeman die stimulus tot kreatiwiteit, tot die omvorming van trauma na 'n sinvolle literêre patroon, soos reeds hierbo genoem. "Die wond is 'n mond wat praat," sê 'n karakter in Etienne van Heerden se *Kikoejoe* (1996: 145), en in Elisabeth Eybers se gedig "Die eerste nag" (1958: 34) lees ons "dat skoonheid gebore word uit gemis". Die juistheid van hierdie stellings word bewys deur Schoeman se lewe van kreatiewe skryfwerk, en by name ook deur *Die laaste Afrikaanse boek*.

b. Deur sy grensposisies kan die skrywer 'n sintese tussen verskillende wêrelde tot stand bring – op soek na die wese van Afrika, is hy deurdrenk met Europese en ander buitelandse literatuur; "vroulike", mistieke ontvanklikheid word gekombineer met intense "manlike" aktiwiteit van die gees. Deur die sintese van teenoorgesteldes kan 'n ryker literêre teks tot stand kom.

c. Schoeman self sien afstand en afstandelikheid nie as 'n belemmering nie. Hy noem inderwaarheid die belangrikheid van emosionele afstand vir die skrywer, en stel dan die vraag (536): "As ek nie buite die kring van die Afrikanerdom grootgeword het nie, moet ek in hierdie verband wonder, sou dit vir my ooit moontlik gewees het om oor of vir die Afrikaners te skryf?" Maar ook hier, soos in soveel ander opsigte, is daar iets paradoksaals in Schoeman se houding. Sy afstand is nie afsydigheid en sy eensaamheid nie isolasie nie. Hy skryf "oor" en "vir" die Afrikaners, wat die band met die Afrikaners bevestig. Die afstand stel hom in staat om beter te kyk na die mense wat sy belangstelling wek. Sy visie word neergeskryf ondanks die groot moeite en inspanning wat daarmee gepaard gaan (soos hy in sy outobiografie aandui), en dit word gerig aan die Afrikaners, die mense van wie hy vervreem voel maar met wie hy gemoeid is. Schoeman se houding is afstandelike betrokkenheid. In die lewe is hy verstoke van vriendskappe en verstil die direkte kontak met medemense; maar deur sy skryfwerk soek hy op 'n ander manier kontak, en ontvang hy dan ook herhaaldelik waardering en literêre toekennings van die groep van wie hy hom distansieer.

## 3.6    Ambivalensies in die slothoofstuk

Die paradokse in die karakterbeelding sowel as die spanning tussen onthulling en verhulling bereik 'n hoogtepunt in die laaste hoofstuk van die boek, wat handel oor die skrywer se uiteindelike terugkeer na Trompsburg, sy geboortedorp. Dit is by name teen die slot dat Brink in sy resensie beswaar maak, oor die feit dat die skrywer 'n "posteur" is wat voorgee dat hy terugkyk "with the accumulated wisdom of extreme old age", terwyl hy in werklikheid nog skaars sestig jaar oud is:

> A spring chicken compared with one of his heroes, Goethe, who at
> seventy-five could still fall passionately in love with a teenage girl; not
> to speak of Picasso or Chagall, or Toscanini, or Chaplin, or Karajan, or
> Mandela, or Bertrand Russel, or others too numerous to mention (Brink
> 2003: 2).

Louise Viljoen wys egter tereg daarop dat hierdie einde 'n "doelbewuste konstruksie" is waardeur die outobiografie in die rigting van die roman beweeg en afsluit word met die "sense of an ending" (Viljoen 2004: 115). Die outobiografie is in sy geheel soos 'n roman gestruktureer, met sentrale temas wat verbind en tot 'n sluitende eindpunt ontwikkel word. Die slothoofstuk handel oor die einde van sy lewe – die natuurlike manier om 'n outobiografie af te sluit, wat ook verband hou met die sentrale tema van verganklikheid. Saam met die verganklikheidsbesef kom egter die troos van literêre werke wat die verganklikheid transendeer. 'n Latynse aanhaling uit die *Bucolica* van Vergilius vorm die slotparagraaf van die boek. In Afrikaans vertaal, lui dit soos volg:

> Maar laat ons opstaan;
> Skaduwees is skadelik
> Vir sangers en vir koring,
> En gevaarlik boweal
> Jenewerstruik se skaduwee.

Dus, huis toe nou,
My dikgevrete ooitjies!
Kyk,
Die Aandster kom al op;
Loop, my bokkies loop!
(Vertaal deur NA Blanckenberg)

Die aanhaling verskaf 'n dubbele troos. Dit spreek die idee uit dat die aanbreek van die aand die tyd is waarop die bokke "huis toe" gaan. Die "aand" van die lewe, waaroor hierdie hoofstuk handel, is dus nie net tyd vir afskeid nie, maar ook vir tuiskoms. Verder dui die aanhaling daarop dat die werk van die kunstenaar die verganklikheid oorwin, want Vergilius is dood, maar sy poësie, wat meer as 2000 jaar gelede geskep is, bestaan nog en word steeds gelees – is hierin moontlike troos vir die skrywer Schoeman geleë?

Ook op ander maniere bied die slothoofstuk 'n afsluiting van die boek. Die einde van die skrywer se lewe val naamlik saam met die einde van 'n tydperk; die vertelling handel nie net oor die lewe van Schoeman van begin tot einde nie, maar ook oor die opkoms en ondergang van Afrikanermag. Die skrywer noem aanvanklik dat sy boek handel oor 'n "verlore Afrikaanse wêreld" (59), en aan die einde het die "nuwe Suid-Afrika" gekom en baie blankes verlaat die land (624). Die tema van die verganklikheid van individue en ryke word versterk deur die skrywer se besoek aan 'n begraafplaas en die talle verwysings na vergane beskawings.

'n Verdere afsluiting word gebied deur die feit dat die heiligheid en wysheid waarna die skrywer sy lewe lank gesoek het, in hierdie hoofstuk bereik word. In sy serene eensaamheid, omring deur die boeke wat sy lewe verryk, in eenvoud en tevredenheid, vind hy die vrede waarna hy sy lewe lank gesoek het: "Wat ek buite my wou gaan verower, het ek na lange dooltogte uiteindelik binne-in my gevind" (675). Hier is hy vervul met die besef van die mistieke nabysyn van God en van sielsgenote, en weet hy: "Daar is niks om te vrees nie" (676). Dit is 'n kernmoment in die vertelling, die oomblik waarop die hele louteringsverhaal afstuur.

Maar ook wat die afsluiting van die outobiografie betref, is daar talle paradokse, talle pynlike insigte wat verhuld aangebied word. In skerp kontras met die illusie van afronding wat in die laaste hoofstuk geskep word, staan die feit dat die hoofstuk in paragrawe en kort afdelings opgebreek word, elkeen met 'n aandagstreep aan die begin. Daardeur word die struktuur fragmentaries, soos losse gedagtes uit 'n dagboek, en word die suggestie van 'n afgeronde geheel teengewerk – dit eggo die woord "aantekeninge" in die newetitel van die boek. Die hoofstuk bring dus afronding maar tegelyk ook die besef dat dit onmoontlik is om in die lewe of in die outobiografie volkome afronding te bereik.

Die aanhaling van Vergilius, hierbo bespreek, het 'n aantal ironiese bowetone. In teenstelling met die troos deur die onsterflikheid van die skrywer, kom die inligting oor die Albanese letterkunde, wat hom daaraan herinner "dat Afrikaans vir die ruime buitewêreld ewe onbekend, onbelangrik en oninteressant is as Albanees" (649). Teenoor Vergilius se magtige Romeinse Ryk en hul invloedryke taal, Latyn, staan die klein groepie mense wat Afrikaans skryf en lees. 'n Ander ironiese aspek van die Vergilius-aanhaling word deur Viljoen bespreek – dat Vergilius se gedig geskryf is in 'n tyd van oorgang toe daar in baie opsigte chaos in die Ryk geheers het. Talle kleinboere het hul grond verloor en moes vir veteraansoldate plek maak; ook Vergilius het sy grond verloor. Viljoen noem dat die dooie skilpad, deur kinders met 'n klip verbrysel, waarop die skrywer tydens 'n wandeling afkom, op gewelddadigheid in die huidige Suid-Afrikaanse samelewing kan slaan en op 'n kultuur-pessimisme van die outeur kan dui (Viljoen 2004: 119). Met ander woorde, aan die een kant word die verhaal afgesluit met die einde van die onregverdige sisteem van apartheid; aan die ander kant ontwikkel 'n nuwe tipe boosheid. Die "gelukkige einde" waarna die verhaal dwing, wil maar net nie aanbreek nie.

In die bespreekte kernmoment, waarin die skrywer totale vrede vind (675-676), word die insigte van die drie denkraamwerke wat hom fundamenteel beïnvloed het, met mekaar verbind: die Christelike mistiek, die idees van Jung en die Zen-Boeddhisme. Hierdie sintese is in die vorige hoofstuk voorberei. Hy vertel hoe hy hom in die Christelike mistiek verdiep het (602-603); daarna vertel hy van sy aanvaarding van die Boeddhisme, spesifiek Zen (603-607); vervolgens word laasgenoemde met die Christelike mistiek van Johannes van die Kruis verbind (607). Alles het tot klaarheid en sintese gekom.

Tog is daar 'n aantal dinge wat nie klop nie. "Geen sonde, geen skuld", so word die lewe deur Zen gesien (605) – dit bots egter met die opvattings van die Christelike mistici wat hy vereer. Ook die aanhalings "De schepping is perfect" en "Alles is perfect zoals het moet zijn" (606-607) klink direk in stryd met die Christelike leer. Dit blyk nie so maklik te wees om verskillende denkstelsels tot 'n sintese te bring nie. Verder lyk dit onmoontlik om hierdie siening van die perfektheid van die lewe te verbind met die persoonlike en nasionale geskiedenis wat in die outobiografie vertel word. Was apartheid perfek? Was sy ouers se verhouding perfek? Wat hier na vore kom, is myns insiens eerder die tipe sintese wat die skrywer begeer, saam met die onvermydelike suggestie dat die werklikheid nie met die verlange klop nie. Die versoening van teenstrydighede, die stil van die lewenspyn waarop die outobiografie teen die einde afstuur, is eerder verlange as werklikheid. Dit bestaan alleen in 'n konstruksie van die verbeelding.

Om dit met 'n woordspeling te stel: die onrus en pyn van die lewe kan alleen gestil word as die lewe self verstil. Die lewensonttrekking wat die laaste lewensfase van die skrywer kenmerk, waar die pyn verdoof, is die voorspel tot die uiteindelike stilte van die dood. In die laaste paragraaf van die boek, net voor die Vergilius-aanhaling, wag hy :

> […] dat die oorspanne en ooraktiewe geheue en verbeelding tot rus kom,
> tot die stemme stil word en die eggo's wegsterf, sodat jy onverstoord

kan kyk en luister en dit wat jy sien of hoor eenvoudig kan belewe, onvergesel van oordeel of besinning.

Die idee hier geuiter, word op bladsy 639 reeds voorberei, waar hy die besef uitspreek dat "woorde en werklikheid mekaar nooit naastenby kan oorvleuel nie". Die insig groei dat woorde miskien nie meer nodig is nie, "dat dit voldoende is om die werklikheid eenvoudig te belewe, woordeloos: om te kyk, in gedurige verwondering". Die laaste wat dus afgelê moet word, is woorde, om in verwondering, sonder verduideliking of verklaring, die werklikheid onbelemmerd te kan ervaar. (Vergelyk Burger (2003b: 171-172), wat ook hierdie punt bespreek.)

## 3.7    Paradokse in die vertelling van 'n trauma

Ten slotte het die skrywer dan sy verhaal vertel, maar ook gesuggereer dat woorde nie sy lewe noukeurig kan weergee nie; hy het sy verhaal afgerond, maar tegelyk aangedui dat volledige afronding nie moontlik is nie, nóg in die lewe, nóg in die vertelling wat die lewe moet weergee. In die verwoording van 'n oorweldigende trauma is dit onmoontlik om te kom tot afsluiting, tot *closure*. Lisa Schnell (2003: 6), professor in Engelse literatuur aan die Universiteit van Vermont, het tot hierdie ontdekking gekom toe sy 'n boek begin skryf oor die dood van haar tweejarige dogtertjie:

> My students get tired of hearing me ask, over and over again, "What is the point, where is this essay headed?" Yet when it comes to my own project, and people ask what the "thesis" is of my book, I have to say rather shamefacedly, that there really is none. There can be none. There is no coherent shape, no traceable outline, in the encounter of life and death, just as there is hardly ever a coherence to lives.

Die fundamentele teenstrydigheid wat in die narratiewe verwerking van 'n trauma opduik, is die drang tot singewing teenoor die onvermoë tot (volledige) singewing. Schoeman kies daarom die polifoniese struktuur van die roman om sy lewensverhaal te vertel, omdat dit ruimte laat vir teenstellings en ambivalensies. Soos Hans Ester (2002: 130) dit stel: "Schoeman legt ons een wereld voor die een spectrum aan potentiële betekenissen bevat." Hy rond sy outobiografiese roman af, maar met 'n suggestie dat niks ooit volkome afgerond is nie; hy vertel 'n verhaal met 'n sinvolle struktuur wat tegelykertyd suggereer dat volledige singewing onmoontlik is; sy weergawe van die lewe bevat, verhuld, die onbereikbare lewe waarna hy verlang. Die sleutel tot die teks word verskaf deur die foto op die voorblad: die gesigte glimlag, maar die afwesige voete getuig van pyn.

VERWYSINGS

Aucamp Hennie. 2003. Magtig opgesette werk kort drastiese terugsnoeiing. *LitNet*. Aanlyn beskikbaar by: www.oulitnet.co.za/seminaar

Brink André. 2003. St Francis of the Ritz. Review of Karel Schoeman: Die laaste Afrikaanse boek. LitNet. Aanlyn beskik by: www.oulitnet.co.za/seminarroom

Burger Willie. 2003a. Karel Schoeman: Die laaste Afrikaanse boek – outobiografiese aantekeninge. Rapport, 26 Januarie: 28.

— 2003b. "Bolwerk teen tyd en vergetelheid": Karel Schoeman se outobiografiese aantekeninge. Tydskrif vir Nederlands en Afrikaans 10(2), Desember: 159-175.

Collins Chérie. 2004. E-pos ontvang op 6 Julie.

Ester Hans. 2002. Over de relatie tussen ethiek en hermeneutiek, toegelicht aan de hand van Na die geliefde land. In: W Burger & H van Vuuren (reds). Sluiswagter by die dam van stemme. Pretoria: Protea Boekhuis. 120-132.

Eybers Elisabeth. 1958. Versamelde gedigte. Amsterdam: GA van Oorschot.

Herman Judith. 1997 (1992). Trauma and Recovery. New York: Basic Books.

Hugo Daniel. 2003. Blanko bladsy is ook vol spore van verdwene mense. Die Burger, 3 Februarie. 9.

— 2004. Beste Afrikaanse romanskrywer ... Maar laaste uit "Karel die Grote" se pen? Aikona! Die Volksblad, 7 Julie.

Olivier Gerrit. 2003. Schoeman se grootse gebaar. Beeld, 3 Februarie: 11.

Rossouw Johan. 2004. Die geeste van Karel Schoeman. *LitNet*. Aanlyn beskikbaar by: www.oulitnet.co.za.

Schoeman Karel. 2002. Die laaste Afrikaanse boek. Outobiografiese aantekeninge. Kaapstad: Human & Rousseau.

Schnell Lisa. 2003. The language of grief. Vermont Quarterly. Fall, 2000: 24-29.

Snyman Henning. 2003. Oor afskeid en vertrek. Die Burger, 10 Februarie: 9.

Steyn JC. 1998. Van Wyk Louw: 'n Lewensverhaal, Deel 1. Kaapstad: Tafelberg.

— 2004. E-pos ontvang op 1 Julie.

Van der Merwe Chris. 2002. Miskien die boek wat my die langste sal bybly. *LitNet*. Aanlyn beskikbaar by www.oulitnet.co.za.

Vergilius. 1975. Landelike poësie. NA Blanckenberg (vert). Kaapstad: HAUM

Viljoen Louise. 2004. "'n Brief in 'n bottel": 'n Lesing van Karel Schoeman se Die laaste Afrikaanse boek. Tydskrif vir Literatuurwetenskap 20 (1/2), Junie. 109-131.

**[Oorpronklik gepubliseer in: *Stilet* 17 (2), Junie 2005. 26-49.]**

# Die argument van 'n storie – Etienne van Heerden se *Asbesmiddag*

## 1.   NARRATIEWE EN WETENSKAPLIKE WAARHEDE

Aan die einde van Etienne van Heerden se *Asbesmiddag* is daar 'n uitgebreide reeks erkennings. Dit bevat nie alleen dankbetuigings aan persone wat hom gehelp het met die skryf van die roman nie, maar ook verwysings na 'n groot aantal boeke en artikels wat hy gelees het; hy praat eksplisiet van die navorsing wat hy vir die roman gedoen het (344). Die erkennings neem byna die vorm aan van die bibliografie van 'n akademiese verhandeling. Dit is asof die skrywer, wat 'n akademiese betrekking beklee, met die roman wil verklaar: "Hier is mý akademiese publikasie. Dit is my bydrae tot die diskussie van sentrale kwessies in die filosofiese en literêre debat van ons tyd – nie op die wyse van die akademiese betoog nie, maar op die wyse van die roman."

Inderdaad is daar 'n toenemende besef van die waarde van die narratief as 'n medium vir die oordra van kennis. In 'n invloedryke publikasie onderskei Jerome Bruner twee wyses waarop die mens kennis kan vind en kommunikeer: die wetenskaplik-logiese wyse, wat hy die pragmatiese metode noem, en die narratiewe metode. Hierdie twee maniere om tot kennis te kom, verskil volgens hom fundamenteel van mekaar:

> They differ radically in their procedures of verification. A good story
> and a well-formed argument are different natural kinds. Both can be
> used as means for convincing another. Yet what they convince of is
> fundamentally different: arguments convince one of truth, stories of
> their lifelikeness. The one verifies by eventual appeal to procedures for
> establishing formal and empirical proof. The other establishes not truth
> but verisimilitude (Bruner 1986: 11).

Die twee weë tot kennis vul mekaar aan. Deur die pragmatiese metode het die natuurwetenskappe met rasse skrede vooruitgegaan; maar dit was nie in staat om die volle spektrum van die menslike lewe te ondersoek nie. Narratiewe (in hierdie betoog spesifiek literêre narratiewe) hou hul besig met die "concern for the human condition" (Bruner 1986: 14). Waar die pragmatiese metode met abstraksies besig is, staan die mens sentraal in die literêre narratief; waar die empiriese wetenskaplike met vasstelbare data werk, gaan dit vir die literêre verteller om transformasies deur die verbeelding; die wetenskaplike verhandeling is rasioneel, die literatuur is ryk aan emosies. Die natuurwetenskaplike verklaar: "So *is* die (fisiese) wêreld"; die skrywer toon aan: "So *ervaar* die mens die wêreld."

Tog moet 'n mens versigtig wees om nie die verskille tussen die twee metodes te oorbeklemtoon nie; daar is ook allerlei raakpunte. Albei metodes is daarop uit om die mens en sy wêreld beter te begryp; om 'n onthutsende werklikheid beter te beheers.

'n Wetenskaplike verklaring bevat 'n *eksplenandum* (dit wat verklaar moet word) en 'n *eksplanans* (die redes wat aangevoer word om die eksplenandum te verduidelik – Botha 1978: 184). Wetenskaplike verklarings het die logiese struktuur van 'n argument wat op 'n *gevolgtrekking* uitloop; die reeks proposisies waarop die gevolgtrekking gebaseer is, verteenwoordig die *premisse* van die argument (Botha 1978: 186).

Volgens Botha bestaan daar verskeie tipes verklaring. 'n *Kousale verklaring* bied 'n verklaring van die eksplenandum deur die oorsake daarvan aan te gee – byvoorbeeld, herfs is die oorsaak daarvan dat bome se blare verkleur. 'n *Teleologiese verklaring* toon die doel of funksie van die verskynsel wat verklaar moet word – byvoorbeeld, rose het 'n aangename geur sodat hulle daarmee insekte kan lok; terwyl 'n *motivasionele verklaring* die motief aangee van dit wat verklaar moet word – byvoorbeeld, 'n moord is gepleeg weens die begeerte om 'n erfenis te bekom (Botha 1978: 190).

Op 'n unieke manier is ál bogenoemde punte op die literêre narratief van toepassing. Ook die literatuur handel oor *eksplenanda*, aspekte van die lewe wat verwondering wek en verklarings vra. Sofokles se *Koning Oedipus* handel byvoorbeeld oor die vraag: Hoe kan iets so verstommends gebeur – dat iemand soos Oedipus, met sulke buitengewone deugde en talente, tot so 'n verskriklike einde kom? Vir die ou Grieke het die antwoord gelê in 'n kombinasie van blinde noodlot en menslike verantwoordelikheid; en in die intrige van die drama word hierdie antwoord uitgebeeld. Of 'n moderne voorbeeld: in Sindiwe Magona se roman *Mother to mother* kom die vraag van 'n moeder aan bod: Hoe kan dit wees dat die seun aan wie ek geboorte gegee het, betrokke was by die moord op die onskuldige blanke meisie Amy Biehl? 'n Komplekse antwoord op hierdie vraag word gegee in terugflitse na die verlede, wat oorsake en gevolg met mekaar verbind en die optrede van die swart seun meer begryplik maak.

Dus, op die wyse van die verhaal word daar 'n *kousale verklaring* gegee vir die implisiete probleem wat in die verhaal gestel word. 'n Goeie intrige word meestal gekenmerk deur die element van verrassing (dat iets so vreemds kan gebeur!) saam met die motivering van die verrassende ontwikkeling. In die intrige word nie alleen 'n kousale verklaring vir die gebeure gegee nie, maar dikwels ook 'n *teleologiese* en 'n *motivasionele* verklaring; dus, ál drie tipes verklaring wat Botha noem. Die verbinding van karakters en handeling in die intrige bring op dié manier groter begrip van vreemde, verrassende aspekte van die lewe.

Die onderdele van 'n verhaal kan vergelyk word met die *premisse* van 'n argument, die "proposisies" waarop die gevolgtrekking gebaseer is (Botha 1978: 186). Hier kom egter weer 'n wesenlike verskil tussen die wetenskaplik-logiese argument en die "argument" van 'n storie na vore. Eersgenoemde moet onweerlegbaar en afdoende wees, terwyl die einde van 'n storie dikwels oop is en sy gevolgtrekkings onseker en ambivalent.

Omdat die mens so 'n sentrale posisie in die literêre verhaal inneem, neem die literêre verklaring ander vorme aan as dié van 'n abstrakte wetenskaplike argument. Omdat 'n literêre verhaal die *menslike ervaring* van die werklikheid weergee, is dit dikwels deurspek met ambivalensies, onsekerhede en oop eindes. 'n Verhaal kan oor onlogiese optredes handel; die konklusie kan wees dat daar geen finale konklusie uit die storie gehaal kan word nie. 'n Sinikus sou daarom kon beweer dat die literatuur geen wesenlike bydrae tot die oplossing van menslike probleme lewer nie; maar die waarheid waarna die literatuur op soek is, is nie die waarheid van 'n formule nie, maar die waarheid van 'n lewensin. Die koherensie van 'n verhaal, selfs 'n verhaal oor menslike onwetendheid en inkonsekwentheid, is 'n stap tot singewing, tot ordening van die chaos – want sonder koherensie is geen verhaal moontlik nie. Selfs as 'n verhaal tot die konklusie lei dat daar geen sekerheid te vind is nie, is dit ook 'n konklusie. Die literatuur gee nie in die eerste plek antwoorde op die lewensvrae nie, maar openbaar wát die wesenlike lewensvrae is. Die waarheid van die verhaal is 'n waarheid oor die menslike kondisie; dit skep ruimte vir die uiting van menslike emosies soos verlange, woede en frustrasie; die onbeheerde drifte word geopenbaar en terselfdertyd, op die wyse van die verhaal, onder beheer gebring.

In die literêre narratief is die algemene en die spesifieke op 'n besondere manier met mekaar verbind; dit beklee 'n posisie tussen die wetenskaplike proposisie, wat uit veralgemenings en abstraksies opgebou is, en die historiese narratief, wat oor spesifieke persone en gebeure handel. Ook die literêre verhaal handel oor spesifieke persone en gebeurtenisse, maar die algemene is in die spesifieke vervat. In die woorde van Aristoteles, soos vertaal deur Wimsatt en Brooks (1964: 25-6; kursivering deur vertalers): "Poetry [...] deals with the universal [...] while history deals with particulars; [...] it cares not for what *has* happened but for what may happen."

Die waarheid van 'n letterkundige storie is 'n waarheid wat nie net *ontdek* is nie, maar ook *geskep* is. In Engels sou 'n mens kan sê die literatuur handel net soveel oor *inventions* as oor *discoveries*. 'n Grootse narratief gee nie alleen 'n openbaring van die werklikheid nie, maar deur 'n verbeeldingryke visie kan dit die werklikheid herskep. "Stories create a reality of their own – in life as in art" (Bruner 1986: 43). In hierdie herskepping van die werklikheid speel die leser 'n wesenlike rol. Die letterkundige storie bevat, in die terminologie van Iser, *Leerstellen*, "oop plekke" (vergelyk Segers 1980: 39-42). Daar is, met ander woorde, veel wat ongesê is en wat die leser moet invul; deur die aktiwiteit van die leser word die potensiële struktuur van die verhaal tot leserswerklikheid gemaak.

'n Verdere punt: wanneer die leser die oop plekke "ingevul" het om 'n koherente verhaal uit die verhaalgegewens te skep, moet hy die verhaal met sy eie lewensverhaal verbind; hy moet 'n lewensin daaruit haal. Hierdie denk-aktiwiteit het twee kante. Aan die een kant moet die leser uit die spesifieke verhaal 'n algemene tema of temas abstraheer – 'n proses van induksie. Daarnaas moet hierdie algemene temas met die spesifieke lewensnarratief van die leser verbind word – 'n deduktiewe proses. In die interaksie tussen teks en leser word die spesifieke met die algemene verbind; daar is die moontlikheid van die skepping van 'n lewensin met 'n lewensveranderende potensiaal.

Daar is een wesenlike verskil tussen die "argument" van 'n storie en 'n wetenskaplike argument waarby ek nog nie uitgekom het nie: etiese kwessies is van meer fundamentele belang in die literêre narratief as in die wetenskaplike argument. Dit is wel so dat enige wetenskaplike aktiwiteit 'n etiese dimensie bevat – byvoorbeeld, in die erkenning van bronne, in die onderneming om die resultate van die ondersoek nie te manipuleer ter wille van eie gewin of politieke dienstigheid nie, in die respek vir ondervraagdes se menswaardigheid, ensovoorts. Maar by die literêre verhaal reik die etiek veel dieper. Geen verhaal word ooit neutraal vertel nie; die etiek van 'n lewenshouding is allesbepalend. Dit is 'n etiek wat skrywer, verteller en karakters insluit. Die karakters word geopenbaar deur die etiek van hul besluite en handelinge; die verteller se keuse van wat vertel en wat verswyg word, is 'n etiese keuse; die perspektief waaruit die gebeure weergegee word, het 'n etiese element – so ook die volgorde van die gebeure en die afsluiting van die verhaal – spore van etiek is op elke bladsy van die teks te vind. Kearny (2002: 154) wys daarop dat "what we consider *communicable* and *memorable* is also what we consider *valuable*". Daarom verklaar hy: "Storytelling [...] is never neutral. Every narrative bears some evaluative charge regarding the events narrated and the actors featured in the narration" (Kearny 2002: 155).

Hierdie etiese element is vanselfsprekend ook in Etienne van Heerden *Asbesmiddag* aanwesig. Wat egter uitsonderlik is, is dat etiek 'n sentrale tema in die roman is – dit handel oor etiese kwessies in die algemeen en baie spesifiek oor die etiek van die skrywer. In haar studie oor die Retorika en die Afrikaanse roman noem Van Zyl (1997) dat Aristoteles betoë in drie genres verdeel het: die geregtelike rede, die politieke redevoering en die geleentheidsrede. Eersgenoemde, die *genus iudicale*, is veral van belang by 'n retoriese analise van *Asbesmiddag*. "(Dit) het te doen met die juridiese vraagstelling of 'n daad wat in die verlede gepleeg is wettig of onwettig was. Bewyslewering staan sentraal" (Van Zyl 1997: 3). Van Heerden se romanstruktuur vertoon aspekte van 'n geregtelike ondersoek waarin 'n aanklag oorweeg word, en skuld en onskuld sentraal is.

Van Zyl gaan in op *etos* as een van die belangrike metodes om die hoorder/ leser te oorreed. "Die ontvangers moet daarvan oortuig word dat die sender beskik oor oordeelkundigheid (*phronésis*), deugsaamheid (*aréte*) en welwillendheid of betrokkenheid (*eunoia*)" (Van Zyl 1997: 6). Ek sal argumenteer dat Van Heerden se roman aanvanklik op hierdie basis gekonstrueer is, die basis van die betroubaarheid van die karakter uit wie se perspektief die wêreld waargeneem word, maar dat dié basis met verloop van tyd gedekonstrueer word. Die etiek van die roman is gebaseer op 'n implisiete aanklag teen die aanklaer.

## 2. FIKSIE EN WERKLIKHEID

Die katalisator in die verhaal is die skrywer-karakter se voorneme om 'n aanklag op te bou teen die magnaat, die sakereus wat sy empire met asbes gebou het. "Rotbloggers" het naamlik op die internet aangevoer dat die ryk van die magnaat "gebou is op die beskadigde longe van vele dooie en sterwende mans" (26). Hierdie aanklag word bevestig deur die geskiedenis van die oupa van die sjampoemeisie in die haarsalon wat die skrywer besoek – die ou man se gesondheid is op die asbesmyne verwoes (120). Hierby kom 'n ander aanklag: die gerug dat die skrywersfiguur se vader as kind heg met die magnaat bevriend was, maar dat die magnaat later sy kindervriend verraai het. Hierdie geskiedenis wek by die skrywer die verpligting om die onreg teen sy vader te wreek (47).

In die uitbeelding van sowel die magnaat as die skrywer-karakter word 'n spel van fiksie en werklikheid met die leser gespeel. Daar is duidelike parallelle tussen die skrywer-karakter en die skrywer Etienne van Heerden; en die magnaat roep vele parallelle met die sakereus Anton Rupert op. Die magnaat en Rupert het albei 'n groot sakeryk opgebou; albei woon op Stellenbosch; albei het in die Karoo grootgeword; albei is beskermhere van die kuns; met die skryf van die roman is Rupert 'n ou man, soos die magnaat, wie se vrou pas oorlede is (21) – Rupert is in 2006 oorlede; die roman het in 2007 verskyn. Die skrywer-karakter het, net soos Etienne van Heerden, in die Karoo grootgeword; hy woon op Stellenbosch; hy doseer ook Kreatiewe Skryfwerk aan 'n universiteit – die parallelle is te veel om op te noem. Verskillende koerantberigte en resensies het dan ook melding van hierdie parallelle gemaak. Een van vele voorbeelde is te vind in die resensie wat Etienne Britz in *Die Burger* oor die roman geskryf het:

> Die plek is 'n ou en deftige rykmansbuurt op Stellenbosch. "Die skrywer" [...] na wie verwys word, is die protagonis van die roman, onmiskenbaar gemodelleer op die beroemde Etienne van Heerden self. Dié protagonis ly aan 'n Oedipuskompleks en betree hier die huis van die antagonis, duidelik gebaseer op die beroemde sake-magnaat Anton Rupert (Britz 2007).

Naas defiksionalisering vind fiksionalisering plaas; die feitelike gegewens word vir die roman aangepas. Van Heerden het byvoorbeeld op die plaas Doornbosch grootgeword; in die roman heet die plaas "Nooitgedacht". Van Heerden is getroud, die skrywer-karakter nie. Waar Rupert se empire met tabak gebou is, het die magnaat van die roman sy geld uit asbes gemaak. Die parallel tussen fiksie en werklikheid word egter nie opgehef nie – wat die laasgenoemde verband betref: rook en asbes is albei sleg vir die gesondheid. In albei gevalle gaan dit om iemand wat ryk geword het uit ander se skade, dus om rykdom met 'n twyfelagtige etiek.

Die verhaal het aanvanklik nogal 'n sensasionele allure; dit gaan oor 'n skandaal rondom 'n sakereus, 'n geëerde Afrikaner-intellektueel. Die aanklaer verskuil homself binne die genre van fiksie, maar die erns van die aanklag bly staan as gevolg van die vele raakpunte met die werklikheid. In die loop van die verhaal sal die etiese aanklag egter 'n radikaal ander vorm aanneem: die skrywer-karakter word uiteindelik die primêre aangeklaagde. Verder: in die kennelik fiktiewe slot word die raakpunte met die werklikheid grotendeels opgehef. Dit blyk dat die parallelle met bekende persone as 'n tipe lokaas gedien het om die leser te betrek; maar ten slotte handel die roman eerder oor universele etiese kwessies as die skuld of onskuld van een spesifieke sakeman of skrywer. Nogtans, hoewel die verwysing na reële persone ten slotte in 'n groot mate opgehef word, bly dit nog op die agtergrond meespeel: die roman handel nie oor Rupert of Van Heerden nie. En tog …

## 3. AANKLAER EN AANGEKLAAGDE

### 3.1 Simpatie vir die protagonis

Deur die skrywer-karakter bring die roman die tema van die buitestander sterk na vore, die een wat 'n randfiguur geword het in 'n tyd waarin alles skynbaar aan die vergly is. "Alles wat vir hom belangrik is, het op 'n vervoerband beland" (230). Vir die skrywer, vir wie die woord sentraal is, is die opkoms van die visuele media 'n krisis; as ouer skrywer voel hy bedreig deur 'n jonger geslag skrywers; as Afrikaanse skrywer is die dominasie van Engels 'n gevaar; by die universiteit waar hy werk, waar alles uit 'n utiliteitsoogpunt beoordeel word, kry letterkunde min waardering. Die roman beeld met heelwat simpatie die krisis uit van die uitgestotene in 'n snelveranderende wêreld; maar dit bevat ook implisiete kritiek teen die buitestander wat nie bereid is om aan te pas by nuwe tye nie.

In die roman is daar dus die tipiese "veelkantigheid" van die argument van 'n storie. Dit bevat kritiek teen veranderinge in die samelewing, byvoorbeeld die oordrewe klem op relevansie by die universiteit; maar dit suggereer ook die nodigheid vir aanpassing by nuwe tye, byvoorbeeld deur van jonger skrywers te leer. Dit wys op die noodsaak van verandering, maar gee ook die "versagtende omstandighede" van die karakter wat dit moeilik vind om by die eise van die tyd aan te pas. Dit gee vryelik die argumente van die protagonis weer, maar bevat implisiete kritiek teen sy onderliggende motiewe.

Dit is belangrik om tussen die skrywer-karakter en die implisiete skrywer te onderskei. Die skrywer-karakter is die hoofkarakter en fokalisator van die roman; die gebeure draai om hom, en die romanwêreld word deur sy oë waargeneem: dit is sy visie wat in die roman voorop gestel word. Met "implisiete skrywer" bedoel ek die "organiserende, vormgewende, selfs vertolkende instansie ágter die verteller" (Brink 1987: 148); die "vertolkende instansie" sluit die etiese waardes en lewensingesteldheid in wat uit die teks as geheel afgelei kan word (vergelyk Van der Merwe en Viljoen 1998: 133). In *Asbesmiddag* is daar 'n afstand tussen die waardes van die skrywer-karakter en dié van die implisiete skrywer. Dit beteken nie dat alles wat die skrywer-karakter beweer, sonder meer onsin is nie; maar omdat daar vraagtekens geplaas word agter die onderliggende motiewe van sy handeling, is sy redenasies tog deurtrek van 'n ironiese element.

## 3.2   Die allesoorheersende verhaal

Die gerug dat die magnaat die skrywer se vader veronreg het, staan duidelik op wankele gronde (vergelyk 45-46), tog wil die skrywer nie die saak daar laat nie. Dit blyk dat die skrywer in die eerste plek op soek is na 'n verhaal (39), en 'n aanklag teen so 'n bekende sakeman het die potensiaal vir 'n wonderlike storie (144-145). Die skrywer se belangstelling in die magnaat se etiek is nie besonder eties nie. Die grondliggende dryfkrag in die intrige van *Asbesmiddag* is die soeke na 'n storie. Die een gebeurtenis na die ander het te make met die skrywer se desperate soeke na 'n verhaal; ander karakters is vir hom van belang omdat hulle materiaal vir 'n storie kan oplewer. Die haarsalon is vir hom veral waardevol omdat daar 'n potensiële storie in skuil; die sjampoemeisie wie se oupa aan asbesvergiftiging ly, is vir sy storie belangrik, dis nie dat hy besorg is oor die lyding van die oupa nie.

Die krisisse in die storie is verhaalkrisisse: die skrywer se verhaal val uitmekaar wanneer die temas van die haarsalon en die geboorteplaas hom ontneem word. Die haarsalon word gesluit as gevolg van beweerde rassisme – die swart man wat die diskriminasie ervaar het, is blykbaar in diens van die magnaat. Dieselfde swart man is skynbaar betrokke by die koop van die skrywer se familieplaas (202). Die besoek aan die familieplaas laat in ieder geval blyk dat die plaas van sy jeug nie meer te vinde is nie; dat hierdie verlede finaal verby is, ook as bruikbare tema. Die belangrike punt is hier dat die skrywer se soeke na 'n verhaal in die een doodloopstraat na die ander beland. Twee belowende verhaaltemas, naamlik die haarsalon (met die magnaat as sentrale karakter) en die familieplaas (die verwonding van sy jeug), verloor hul betekenis; en saam met sy verhaal val ook die skrywer se lewe uitmekaar.

Wanneer al sy pogings om 'n bruikbare verhaaltema te vind, misluk, kom daar 'n onverwagte wending. Wanneer 'n "lamheid" die skrywer oorval (256), duik 'n nuwe moontlikheid op: "om die roman as *storie* uit te daag; om die grootste krag van die roman, naamlik om 'n reeks tonele uit te beeld, te onderbreek met bespiegeling, essaymatige uitweidings, redenasies. Protesteer teen die gladheid van die verbruikersroman, die een wat jou uitasem sleep van een toneel na die volgende" (257). Hiermee word 'n leidraad gegee wat die struktuur van *Asbesmiddag* betref: dat die verhaalelement bewustelik uitgedaag word, onderbreek word met redenasies en essaymatige uitweidings. Die argument herinner aan wat Kundera geskryf het, in 'n boek wat in die erkennings aan die einde van die roman genoem word:

> I can never emphasize it enough: integrating such intellectually rigorous thinking into a novel and making it, so beautifully and musically, an inseparable part of the composition is one of the boldest innovations any novelist has dared in the era of modern art (Kundera 2005: 69–70).

Die ontwikkeling van die intrige is 'n ontwikkeling in die metafiksionele argument – 'n verandering van beskouing oor die struktuur van 'n roman. Ook wat hierdie ontwikkeling betref, is die onderskeid tussen die sentrale karakter en die impliesiete skrywer van groot belang. Die argument oor die strukturele kenmerke van die roman dra aan die een kant duidelik die goedkeuring van die impliesiete skrywer weg, want dit bied 'n apologie vir die struktuur van dié Van Heerden-roman waarin bespiegeling en redenasies so 'n wesenlike rol speel. Aan die ander kant is die argument subjektief, omdat dit voortvloei uit die doodloopstraat waarin die skrywer-karakter beland het – vir 'n karakter vir wie *storie* alles beteken, is dié verandering van visie immers 'n lewensreddende verandering. Die roman stel 'n besondere uitdaging aan die leser om die volgehoue spanning tussen erns en ironie na te speur, om die komplekse verhouding tussen skrywer-karakter en impliesiete skrywer na te gaan. Op hierdie manier word die leser sterk by die argumente van die intrige betrek; en elke leser sal in 'n mate subjektief-persoonlik daarop reageer. Die roman skep sodoende 'n "driehoeksverhouding" tussen die argumente van die karakter, die impliesiete skrywer en die leser.

### 3.3    Mislukte verhoudings

Soos reeds genoem, is die *etos* van die redenaar van fundamentele belang in die klassieke retorika: die redenaar moet die gehoor van sy betroubaarheid oortuig. Hier gebeur byna die omgekeerde: die leser word met verloop van tyd van die gebrekkige etiek van die redeneerder oortuig. Die "proposisies" wat hierdie aanklag teen die argumenteerder inbring, word verhaalmatig aan die leser oorgedra. Ek gee enkele verdere voorbeelde.

Die skrywer se huwelik het misluk, en dit is geen wonder nie. Iemand wat so behep is met stories en, op stuk van sake, met die voordele wat hy uit die skryf van 'n suksesvolle storie kan haal, kan nie 'n suksesvolle huwelik sluit nie, want "min vroue kan die selfsug van die kreatiewe gees vir lank verduur" (88). Stories het hom afgesluit van kontak met ander mense; anders gestel, ander mense word uit die oogpunt van hul storie-potensiaal bejëen.

Die motief wat die skrywer aanvanklik voorhou vir sy ondersoek teen die magnaat, is dat hy die onreg teen sy biologiese vader wil wreek. Mettertyd word die magnaat egter al hoe meer van 'n vaderfiguur vir hom (159) – die magnaat word vir hom meer "[...] as wat sy vader vir hom was" (208). Sy vaderkompleks is nog steeds onopgelos: in die skynpoging om sy biologiese vader te wreek en sodoende met hom versoen te raak, kom hy in opstand teen 'n alternatiewe vaderfiguur – 'n vaderfiguur wat hy aan die een kant bestry, terwyl hy aan die ander kant naarstiglik die aandag en guns van hierdie gedistingeerde vader soek. Wanneer hy sê: "Ons is albei boereadel" (208), is dit meer wensdenkery as werklikheid – hy wíl tot dieselfde klas as die magnaat behoort. Meer as enigiets anders soek hy die goedkeuring van hierdie man; wanneer die magnaat 'n briefie van waardering oor sy roman skryf, kry hy trane in sy oë (318). Daar is dus 'n komplekse stel verborge motiewe by die skrywer in sy "vervolging" van die magnaat.

Ook met sy Ierse student in Kreatiewe Skryfwerk het die skrywer 'n komplekse verhouding. As lid van 'n opkomende generasie is sy vir hom as ouer skrywer 'n bedreiging. Sy irriteer hom, omdat sy so 'n ander opvatting van skryfwerk het as hy en sulke skerp kritiek teen hom uitspreek. Maar sy wond hom nie net nie; sy laat hom weer lewendig voel (163); sy het "storie-waarde", omdat sy hom stimuleer (136). Hul gesamentlike besoek aan sy geboorteplaas het die dubbele doel om vir hom weer 'n verhaal op gang te kry, en om haar te manipuleer om oor sý temas te skryf. Sy houding teenoor haar is strydvaardig, 'n kombinasie van aggressie en verdediging.

Daarom mis hy 'n belangrike geleentheid tot vernuwing van hul verhouding. Iemand gee in die nag 'n ligte kloppie aan sy deur tydens die besoek aan Nooitgedacht (197), en daar is 'n sterk suggestie dat dit die Ierse student is. Die skrywer reageer nie, en bly vasgevang binne die isolasie van sy geykte idees. Daar is tekens dat hy en die Ier se opvattinge nie totaal onversoenbaar is nie, dat hulle mekaar kan aanvul en by mekaar kan leer. Haar manuskrip is getitel *Die pad van die dood* (277), en die skrywer se verhaal is ook een wat na 'n tipe dood lei. Hulle is met dieselfde temas besig, net op verskillende maniere – maar hiervan wil die skrywer niks weet nie.

Teenoor die Wes-Afrikaanse karakter het die skrywer dieselfde angstige, defensiewe houding. Hy sien die swart man in die eerste plek as 'n bedreiging, die een wat die oorsaak is dat hy sy salon en sy geboorteplaas moes prysgee. As nuuskierige waarnemer agtervolg hy die swart man tot by sy woning – maar vlug dan tog as hy daar kom (285). Hy handhaaf steeds 'n afstand ten opsigte van die Afrikaan; laasgenoemde is die enigste karakter wie se naam hy nie ken nie. Hy skenk min aandag aan die parallelle tussen hulle twee: dat hulle albei asielsoekers is (246). Hy sou van die Wes-Afrikaan kon leer, wat meer aanpasbaar as hy is, wat weet hoe om te oorleef, en wat 'n klinkende sukses van sy nuwe lewe maak. Hy sou ook, paradoksaal, 'n storie gekry het as hy die Afrikaan as medemens gesien het in plaas van as potensiële materiaal vir 'n storie, as vreemde objek vir observasie.

### 3.4 'n Subjektiewe waarnemer

Die waarheidsgehalte van die skrywer-karakter se waarnemings word in twyfel getrek. Tipies van die werk van Van Heerden, is alter ego's van die sentrale karakter oral te vind, en variasies op sy situasie. Wat die skrywer-karakter sien, is wat vir hom relevant is: hy transformeer die werklikheid tot sy eie belangstellings en behoeftes. Hy noem eksplisiet dat die mense van die haarsalon "almal gedaantes van sy gemoed" is (16): die fortuinverteller, wat "die Waarheid [...] teen 'n klein fooi" vertel (13); die oudburgemeester, wat besorg is oor die uitsterf van tale (16); Maria, vir wie hy as 'n moederfiguur sien (137); en Guiseppe, wat alles beheer, soos 'n impresario of 'n skrywer (15).

Die duidelikste alter ego van die skrywer is die magnaat. Die man wat hy aanvanklik as sy antagonis sien, word al gou sy dubbelganger. Die magnaat is ook 'n tipe skrywer: "hy het karakters sy gemoed sien instap en hulle gegryp om sy groot verhaal op die doek van die wêreld te skrywe" (37). Daar is jong magnate wat 'n vastrapplek in sy empire soek (20), soos jonger skrywers die skrywer-karakter bedreig. Soos wat die skrywer sy literêre "empire" op wankelrige etiese gronde bou, is ook die magnaat se sakeryk nie altyd teen streng etiese eise bestand nie (23); by albei lei dit tot 'n lewensmoegheid. Albei het 'n behoefte aan troos (204); albei ervaar die pyn van afskeid en verlies; by geleentheid huil die skrywer en die magnaat saam (206). Al hierdie voorbeelde dui daarop dat die buitewêreld wat die skrywer raaksien, 'n wesenlike refleksie van sy binnewêreld is.

Die objektiwiteit van die waarnemings van die skrywer-karakter word dus in twyfel getrek; en tog is sy waarnemings ál wat die leser het om op af te gaan. Paradoksaal is hy die bron van ons inligting en ook van ons onsekerheid. Insgelyks word die implisiete skrywer ten slotte by die fundamentele onsekerheid van die romanwêreld betrek. Die verhaal kom in baie opsigte nie tot 'n duidelike afsluiting nie; dit laat die leser met 'n groot mate van onwetendheid. Tog is daar te midde van die uiteindelike onsekerheid wat die verhaal omhul, sekere etiese kwessies waaroor die leser met min onsekerheid gelaat word.

## 4.    Die slot wat nie sluit nie

Die laaste hoofstuk van die roman het die titel "Die knoopkameel". Dit verwys na die sirkustoer van die ringmeester om twee kameelperde se nekke soos 'n koeksister aanmekaar te laat knoop. Die skrywer-karakter is ook so 'n ringmeester (318), en die roman wat hy skryf, het dan ook die voorlopige titel *Die knoopkameel*. Die skrywer is een wat verbande tussen verskillende persone en situasies sien (312); soos wat die skrywer-karakter met sy roman verskillende "kamele" aanmekaar moet knoop, moet die skrywer Van Heerden in hierdie hoofstuk die drade aanmekaar knoop. Die karakters, situasies en temas moet met mekaar verbind word; die spanning tussen fiksie en werklikheid, wat deur die hele roman so sterk aanwesig is, moet tot 'n knooppunt gebring word.

Die skrywer-karakter erken uiteindelik pertinent sy eie skuld. Hy, wat die magnaat wou aankla, is nou self die aangeklaagde:

> Sedert die asbesmiddag is hy knaend met sy verlede besig. Die magnaat het hom met sy vader gekonfronteer. Met sy moeder. Met wie hy was en wie hy is; wat hy gaan word. Met sy verwording. Met die verwording van sy lewe na fiksie. "Ek is 'n kannibaal," fluister hy. "Ek eet vlees van my vlees" ... Wat is die aard van die pligte van die burger van die republiek van die lettere?
> Dis 'n misdadige burgerskap. Hy weet hy's 'n dief. En hy weet by wie hy steel (321).

Vir oulaas probeer die skrywer beheer oor die lewe neem. Hy nooi die magnaat om op besoek te kom, en die uitnodiging word aanvaar. Hiermee wil hy onder andere twee begeertes verwesenlik: hy wil die magnaat oorreed om La Gratitude, die woning van sy moeder se familie, te koop. Hy hoop om sodoende sy twee geskiedenisse met mekaar te versoen: die geskiedenis van sy vader van Nooitgedacht, en van sy moeder van La Gratitude; en daardeur hoop hy om innerlike heelheid te bereik. Verder wil hy seker maak dat dit sy vader en die magnaat is wat saam verskyn op die ou foto wat hy pas ontdek het; hierdeur hoop hy om 'n "bewysstuk" te kry vir die aanklag teen die magnaat waaraan hy nog steeds desperaat vasklou.

Die een onverwagte wending na die ander laat egter sy planne in duie stort. Hy wat die jagter wou wees, word in verskillende opsigte die gejagte; hy wat ander wou wond, word self 'n verwonde. Een onverwagte ontwikkeling is dat die skrywer 'n opdrag van die universiteit kry "to discontinue Dutch Poetry ... due to lack of client demand" (331). Hy wat ander wou beheer, verloor beheer oor sy eie lewe; sy vreemdelingskap by die werk word finaal bevestig.

Nog 'n verrassende wending is die verskyning van die asbes-oupa met 'n mes in sy hand. Sy gesondheid is op die asbesmyne geruïneer, en die konfrontasie is 'n verleentheid vir die magnaat; die verhoudings raak gespanne. Die magnaat voel verraai deur die skrywer – die rolle van verraaier en verraaide is dus omgekeer – en die magnaat kyk vir die res van die aand nie weer na die skrywer nie (334). Dit blyk nou dat die skrywer in werklikheid na die magnaat se aandag gesoek het, en die verlies van die magnaat se aandag maak van hom 'n slagoffer van die gebeure (335).

'n Verdere verrassing is die verskyning van die Wes-Afrikaan op die toneel. Ook dit is 'n tipe oorwinning vir die magnaat oor die skrywer. Die swart man, wie se naam die skrywer nie eens ken nie, staan in diens van die magnaat, bereid om hom teen die asbes-oupa te verdedig (340). Maar dan keer die magnaat sy beskermer; hy toon 'n deerniswekkende weerloosheid, maar ook 'n kalme bereidheid om sy lewe af te lê: "Kom dan maar," sê die donker stem van die magnaat. "Hier is ek nou. Vat wat julle moet vat"(340).

Guiseppe bevestig dat die verhaal die einde gekry het wat die magnaat verlang het: "Dis presies soos die Doktor dit wou hê" (340). Die magnaat sterf nie as 'n oorwonnene nie, maar as 'n oorwinnaar.

Die einde van die verhaal, die afsluiting van die "argument" van die storie, is baie vaag en bied baie interpretasiemoontlikhede. Die waarskynlikste interpretasie is dat die asbes-oupa die magnaat verwond of doodmaak met sy mes; en Guiseppe, die salonbaas, van die begin af as 'n tipe ringmeester voorgestel, is die een wat dit so gereël het. Die slotsin lui: "En toe: die sirenes." Dit kan die sirenes van 'n ambulans wees wat die verwonde kom haal, of die sirenes van 'n polisievoertuig wat die moordenaar/ misdadiger kom arresteer.

Dit is belangrik om daarop te let dat die bloed van die magnaat wat die skrywer ten slotte sien, "in sy verbeelding" gesien word, "oor die uitwaaierende bladsye van sy manuskrip" (340). Die sterwe van die magnaat is 'n fiksionele dood; ook die ander karakters "sterf" nou, want dit is die einde van die storie. Guiseppe, byvoorbeeld, "is so leeg en bleek soos 'n vel papier waarop niks geskryf staan nie" (340) – sy storie is nou klaar. Die oupa met die mes word verbind met "Everyman, Elckerlijk, met die sekel van die dood in sy hand" (332). Hy herinner aan die sterflikheid van die mens, soos gesien by die ou magnaat; hy kondig egter ook die "dood" van al die fiktiewe karakters aan, want die einde van die storie is op hande. Maar die afsluiting van die storie kondig ook, paradoksaal, die herlewing van die karakters aan, as onderdele van 'n fiktiewe verhaal wat tot voltooiing gekom het.

Dit lyk dus asof die spanning tussen fiksie en werklikheid ten slotte in die guns van fiksie beklink word. Dit bevestig wat vooraf in die roman aangekondig word: "Die gebeure en karakters in hierdie roman is fiktief." Tog word die vele raakpunte met die werklikheid, waaroor vroeër uitgewei is, wel in die fiktiewe raamwerk opgeneem. Fiksie en werklikheid is onlosmaaklik met mekaar verknoop, soos die beeld van die knoopkameel so sterk suggereer. Die manier waarop die romanlewe van die skrywer-karakter beëindig word, bring die etiese argument, wat soveel relevansie vir die werklikheid het, sterk na vore.

Verhaalmatig sou 'n mens dink dat die skrywer-karakter tevrede sou voel met die magnaat se dood – hiermee is die wraak wat die skrywer reeds van die begin van die verhaal begeer het, immers voltrek. Maar soos reeds genoem, is die skrywer aan die einde meer van 'n verloorder as 'n wenner. Die dood van die magnaat is vir hom ook 'n tipe dood – "dis nie net die magnaat wat grond toe gebring word nie, maar ook ek" (338). Hierdie woorde het nie slegs betrekking op die einde van die skrywer as karakter in die roman nie, dit het ook allerlei etiese implikasies. Sy planne om die magnaat te vernietig, is planne teen sy vaderfiguur, ook teen 'n alter ego van hom. Sy planne werk soos 'n boemerang: wanneer die magnaat verwond/gedood word, word die skrywer ook getref. Die bloed van die magnaat is ook bloed aan die hande van die skrywer.

Die intrige het iets van 'n didaktiese patroon – die skrywer kry sy verdiende loon. Die argument van die storie spreek, deur die afsluiting, 'n oordeel oor hom uit. Die jagter word ten slotte self gejag; hy wat ander agtervolg het, word self deur sy karakters agtervolg. Hy het ander persone steeds vir sy eie doeleindes gebruik; maar nou kry sy karakters hul eie lewe; hulle neem wraak op die een wat hulle wou beheer. Hy vind dat sy "storielyn [...] dreig om die pad byster te raak" (325). Vir hom, vir wie storie alles is, beteken dit sy lewe val uitmekaar.

Die "dood" wat hom tref, suggereer verder dat die skrywer, vir wie stories alles geword het, sy kontak met die lewe verloor het. Sy ego is versplinter in die skep van alter ego's; sy eie identiteit het in fiksie opgegaan. Daarom is daar nóg 'n betekenis van die slot wat genoem moet word: die sirenes wat ten slotte gehoor word, bevat ook 'n verwysing na die mitologiese sirenes in Homeros se *Odusseia*, wie se skone sang so 'n gevaar vir Odusseus ingehou het dat hy homself teen die mas van sy skip moes laat vasbind om nie op die rotse te vaar nie. Die bekoring van die sirenes waarsku teen die vernietigende bekoring wat die skoonheid van die kuns kan inhou.

Die slot speel 'n komplekse spel met die leser. Die roman het 'n oop einde, met vele interpretasiemoontlikhede. Daarmee word 'n besondere rol aan die leser gegee – dit gee aan die leser baie ruimte om die oop plekke met die eie verbeelding in te vul. Die storie word nie met een definitiewe konklusie afgesluit nie; dit laat aan die leser ruimte om verskillende konklusies te bedink. Die argument van die storie is 'n stimulus tot verdere argumente oor die storie.

Tog lyk dit vir my die verhaal stuur af op een konklusie waaroor dit nie onsekerheid laat nie: dit spreek 'n oordeel uit oor die persoon wat ander gebruik en uitbuit, spesifiek die skrywer wat ander vir die doeleindes van sy storie gebruik. Die verhaal bevat sy eie logika, sy eie geregtigheid: die een wie se lewe deur stories ingepalm word, raak uiteindelik van die lewe vervreem; die een wat 'n ander wil vernietig, word self vernietig.

## 5.  KONKLUSIE VAN DIE ARGUMENT

*Asbesmiddag* bou, deur middel van 'n storie, 'n argument op teen 'n karakter wie se lewe deur stories ingeneem is. Deur die aard van die sentrale karakter, die fokalisator van die gebeure, beslaan argumente oor die aard van kreatiewe skryfwerk 'n groot deel van die roman. Anders as in 'n natuurwetenskaplike betoog, is argument en argumenteerder hier onlosmaaklik met mekaar verbonde – in die metafiksionele teoretisering word die aard van die hoofkarakter ontbloot en die tema van menslike tekort geopenbaar. Die roman gaan nie in die eerste plek oor die aard van die skryfkuns nie, maar oor die aard van die skrywer-karakter.

'n Spel tussen fiksie en werklikheid word deurgaans met die leser gespeel. Deur die talle raakpunte tussen die roman en die werklikheid van die alledaagse lewe bevat die roman 'n besonder groot dosis van die *verisimilitude* waarvan Jerome Bruner praat. Ten slotte word, in 'n duidelik fiktiewe slot, die noue verbondenheid met die historiese werklikheid egter skynbaar opgehef. Nogtans bly die verband bestaan, onder andere weens die eksemplariese aard van die literatuur, die bemoeienis van die literatuur met universele temas; dit wat hier in die fiksie gebeur het, is "not what has happened, but what may happen" (Aristoteles).

Die waarheid van die storie in *Asbesmiddag* is paradoksaal: dit bring algemene waarhede na vore, maar is deurtrek met die subjektiwiteit van menslike waarneming. Die logiese gang van die intrige bou 'n "saak" op teen die sentrale karakter – deur die gebrek aan etiek van die hoofkarakter maak die roman algemene "stellings" in verband met etiek; maar dit word gerelativeer deur die suggesties van die menslike kondisie van onkunde en onsekerheid. Daar is geen finale, definitiewe konklusie in die roman nie; wanneer die verhaal van die roman voltooi is, begin die aktiwiteit van die leser om die leë plekke in te vul. Want die waarheid van die storie is nie slegs 'n waarheid wat ontdek is nie, maar grotendeels 'n waarheid wat geskep word; en in die skepping van hierdie waarheid speel die leser 'n wesenlike rol.

## Verwysings

Botha RP. 1978. *Generatiewe Taalondersoek – 'n Sistematiese inleiding.* Pretoria: HAUM.

Brink André P. 1987. *Vertelkunde. 'n Inleiding tot die lees van verhalende tekste.* Kaapstad: Academica.

Britz Etienne. 2007. Die "skrywer" pak die "Doktor" aan. Die Burger, 26 November. 11.

Bruner Jerome. 1986. *Actual minds, possible worlds.* Cambridge, Mass./Londen: Harvard University Press.

Iser Wolfgang. 1970. Die Appellstruktur der Texte: Unbestimmtheit als Wirkungsbedingung literarischer Prosa. Konstanz: Universitätsverlag.

Kearny Richard. 2002. *On stories. Thinking in action.* Londen/New York: Routledge.

Kundera Milan. 2005. *The curtain. An essay in seven parts.* Uit die Frans vertaal deur Linda Asher. New York: HarperCollins.

Magona Sindiwe. 1998. *Mother to mother.* Kaapstad: David Philip.

Segers Rien. 1980. *Het lezen van literatuur.* Baarn: Ambo.

Van der Merwe, Chris N & Hein Viljoen. 1998. *Alkant Olifant. 'n Inleiding tot die Literatuurwetenskap.* Pretoria: JL van Schaik.

Van Heerden Etienne. 2007. *Asbesmiddag.* Kaapstad: Tafelberg.

Van Zyl Dorothea. 1997. Die retorika en die Afrikaanse roman. *Universiteit van Stellenbosch Annale* 1997/2. Stellenbosch: Departement Afrikaans en Nederlands, Universiteit Stellenbosch.

Wimsatt William K & C Brooks. 1964. *Literary Criticism. A short history.* New York: Alfred Knopf.

**[Oorspronklik gepubliseer op *LitNet Akademies*, Augustus 2009. Aanlyn by: litnet.co.za.]**

# *In stede van die liefde*: 'n "Terapeutiese perspektief"

In die jare 2005/2006 ontstaan 'n lewendige meningswisseling tussen Hennie van Coller en Philip John in *Tydskrif vir Letterkunde* rondom wat genoem is "die terapeutiese imperatief" in die letterkunde. Ter inleiding wil ek enkele opmerkings maak na aanleiding van Philip John se artikel (2006) "Die terapeutiese imperatief, stories en letterkunde: 'n repliek aan HP van Coller".

"Terapeutiese *imperatief*" lyk vir my na 'n ongelukkige benaming vir die gedagterigting wat in die terapeutiese potensiaal van die literatuur belangstel. In die artikel word 'n tweeledige "imperatief" gekritiseer, naamlik die "eis" van literêre kritici dat die letterkunde 'n terapeutiese waarde moet hê, en die "kolonisering" van die geesteswetenskappe deur die Sielkunde. Hierdie twee punte van kritiek is nie noodwendig geldig nie, want na my wete het geen literêre kritikus 'n terapeutiese benadering tot die literatuur as alleen-saligmakende benadering gepropageer nie. Verder beteken interdissiplinêre samewerking nie noodwendig "kolonisering" van een vakwetenskap deur 'n ander nie.

John het self 'n imperatief wat hy voorop stel: die handhawing van die outonomie van die letterkunde. Sy woordgebruik openbaar 'n nogal veglustige instelling. Hy betreur dit byvoorbeeld dat "die 'klassieke' siening dat letterkunde in die eerste plek verband hou met ... die estetiese, *weggeveeg* (is)", en hy kritiseer "literêre kritici wat *antagonisties* ingestel is teen die idee van letterkunde as 'n unieke en besonderse uitdrukking" (161; my kursivering). Hy verwys na 'n gepubliseerde toespraak van JM Coetzee, wat as volg weergegee word:

> Volgens Coetzee het hierdie kolonisasie van die letterkundestudie deur
> 'n ander dissipline 'n ongunstige uitwerking daarop, hoofsaaklik omdat
> dit die outonomiteit en koherensie van die letterkundestudie aantas
> (John 180).

Philip John sluit hom aan by die opvattings van die sogenaamde *New Critics* van die vyftiger- en sestigerjare van die vorige eeu, en is van mening dat die sentrale belang van die estetiese element in die letterkunde daarvan 'n unieke en outonome verskynsel maak. Dit is egter 'n vraag of die literatuur (of enige ander kennisveld) as volledig outonome verskynsel gesien kan word. "Geen sogenaamde 'studie-objek' behoort eksklusief tot 'n enkele vakwetenskap nie", sê Van Coller tereg in sy repliek op John (Van Coller 2006: 82); en verder:

> Daar [is] niks in die wêreld wat in afgeslote selfstandigheid bestaan nie –
> die sin, ook van die estetiese, kom slegs tot openbaring in die samehang
> daarvan met alles anders in die werklikheid (Van Coller 2006: 89).

John doen die "terapeutiese benadering" 'n onreg aan wanneer hy dit soos volg voorstel, al is dit ook in die vorm van 'n retoriese vraag:

Het ons weer te make met 'n ou bekende: die verdagmaking van "ingewikkelde", gefragmenteerde, diskontinue, "dissosiatiewe" tekste en 'n aandrang op narratiewe wat mooi sluit en minder ontstellend of verontrustend is? (165)

Die bedoeling van die "terapeutiese benadering" is egter hoegenaamd nie die propagering van "narratiewe wat mooi sluit en minder ontstellend is" nie; om die waarheid te sê, getraumatiseerde lesers mag sulke tekste as vals ervaar; daarenteen sal tekste met verontrustende temas en onbeantwoorde vrae vir hulle waarskynlik outentiek voorkom en geldigheid aan hul eie ervarings verleen.

Philip John is skepties oor "die entoesiastiese propagering van die wonderwerking van 'stories'", soos hy dit stel (159), en ter stawing vir sy skeptisisme noem hy dat baie skrywers, ondanks die skryf van stories, selfmoord gepleeg het. Belangstelling in die verwerking van trauma deur literêre narratiewe impliseer egter nie 'n naïewe geloof in 'n kitsgenesing van alle traumas deur alle literêre narratiewe vir alle skrywers en lesers nie, maar eerder dat 'n bepaalde boek vir 'n bepaalde leser op 'n bepaalde tyd 'n terapeutiese werking kan hê. Dit moet ook beklemtoon word dat "heling" nie met pynverdowing gelykgestel moet word nie. Ek sou die konsep wil verbind met die Jungiaanse begrip van individuasie, van heelwording – wat nie pynloosheid beteken nie.

Daar is in verskeie geesteswetenskappe oor die afgelope dekades heen 'n groot belangstelling in literêre narratiewe as middel tot insig, innerlike groei en heling. Afgesien van boeiende literêr-kulturele studies oor hierdie onderwerp (vergelyk bv. Caruth 1995 en 1996, Bal 1999, Robson 2004), is biblioterapie 'n gevestigde studieveld vir opvoedkundiges en sielkundiges (vergelyk bv Lerner 1992, Aiex 1993, Campbell 1999, Rossouw 2001); ook in die filosofie is daar belangstelling in hierdie rigting. Ek haal aan uit Martha Nussbaum se inleiding tot *The Poetics of Therapy*:

> This idea of philosophy as a compassionate art through which confused and suffering people may be brought from their current misery to a greater measure of flourishing – this is a deeply rooted idea in the major traditions of Hellenistic ethical thought, both Greek and Roman. Frequently it is expressed through the analogy between philosophy and the art of medicine: as medicine is to the body, so philosophy is to the soul (Nussbaum 1990: 1).

Vir 'n helende beoefening van die filosofie het die filosoof, volgens Nussbaum, ook 'n insig in die literatuur nodig:

> The philosophical critic needs [...] a familiarity with the relevant literary traditions, including a sensitivity to nuances of poetic language that may well play an important role in a complex therapeutic argument (Nussbaum 1990: 4).

In hierdie artikel wil ek Etienne van Heerden se roman, *In stede van die liefde*, analiseer vanuit die oogpunt van trauma en heling. Van Heerden self verwys na hierdie aspek in 'n onderhoud met Gerrit Brand op *LitNet*, wanneer hy die volgende idee goedkeurend aanhaal:

> If you don't take out that which is within you, that which is within you will kill you. But if you take out that which is within you, that which is within you will save you (*LitNet*, 8 November 2005: 5).

Hiermee word die moontlikheid geïmpliseer dat die leser, deur die herskepping van die teks in die leeshandeling, 'n soortgelyke proses van "saving" sou kon ervaar. Wilhelm Jordaan, ook na aanleiding van Van Heerden se roman, skryf oor die roman as lens:

> [...] om iets wat onduidelik is, tot helderheid te bring. Soos wanneer 'n skrywer woorde en beelde vind wat uitdruk wat lesers aanvoel, maar self nie kan verwoord nie (2006: 18).

Hierin is 'n tweeledige werking van die literêre teks geleë: die omskepping van wat vaag en onhelder is, tot groter helderheid, en die uiting daarvan wat 'n katarsis kan bewerk.[1]

Die estetiese aspek is nie uitgesluit wanneer die terapeutiese werking van die letterkunde ter sprake is nie; dit word net uit 'n ander gesigspunt beskou. Lisa Schnell, 'n professor in Engels wat skryf oor die verwerking van die dood van haar dogtertjie, haal Lucy Grealy soos volg aan: "Sometimes, the closest we get to answering the saddest questions life asks us is to respond in the most beautiful language we can muster" (Schnell 2000: 28). Ek sou *beautiful* hier met "adequate" of "appropriate" wou vervang, om duidelik te maak dit gaan nie om mooi-klinkende trooswoorde nie, maar om taal en struktuur wat gepas is vir die tema. Schnell laat blyk dat sy troos gevind het nie soseer in wat skrywers vir haar wou kommunikeer nie, maar in *hoe* hulle dit doen: "I appreciated that all of the writers I was leaning on had learned not just what to tell, but how to tell" (28). Die soeke na die gepaste woord en struktuur is deel van die soeke na sin en troos.

Vervolgens is dit nodig om te verduidelik wat ek onder die begrip "trauma" verstaan. Ricoeur, saam met baie ander skrywers, het gewys op die mens se neiging om die lewe as verhaal te sien, die lewensgebeure tot verhaal te omskep. Ricoeur vind in die lewe 'n "pre-narrative quality"; die lewe is vir hom 'n "incipient story ... *an activity and a desire in search of a narrative*". Hy argumenteer dat ons geneig is "to see a certain chain of episodes in our lives as *stories not yet told*, stories that seek to be told (Ricoeur 1991: 434) – kursivering deur Ricoeur.

Volgens Ricoeur is die mens geneig om kousale verbande te lê tussen verskillende ervarings, en patrone waar te neem. Deur die omskepping van ervaring tot verhaal word koherensie en betekenis aan die gebeure verleen. Trauma, aan die ander kant,

---

1  Bogenoemde uitsprake deur Van Heerden en Jordaan is van toepassing op die skrywer sowel as die leser – hierdie artikel fokus egter alleen op die potensiële uitwerking van die teks op die leser; dit is wesenlik teksgerig.

vernietig hierdie koherensie; dit is 'n psigiese wond wat die slagoffer woordeloos en verhaalloos laat. Die verwerking van trauma hou verband met die hervind van taal, met die herskrywing van die lewensverhaal. Ricoeur wys op die taak van die psigiater, wanneer iemand vir terapie kom met die "bits and pieces" van sy lewensverhaal, om die persoon te help met die transformasie van die versplinterde lewensverhaal tot "a story that is both more intelligible and more bearable" (Ricoeur 1991: 435). In die herskrywing van die lewensverhaal gaan dit in 'n belangrike mate om die ontdekking van 'n identiteit, 'n narratiewe identiteit wat al vertellende geskep word.

'n Tipiese reaksie op trauma is dat die traumatiese patroon herhaal word:

> Traumatized people relive the moment of trauma not only in their
> thoughts and dreams but also in their actions [...] Adults as well as
> children often feel impelled to re-create the moment of terror, either in
> literal or disguised form (Herman 1997: 39).

Wat dikwels gebeur, is dat die trauma-slagoffer die trauma herhaal maar die rolle omkeer, met haar/homself in die rol van die een wat die trauma aan 'n ander veroorsaak. Hierdie omkering van rolle kan gesien word as 'n poging om beheer oor die lewe te herwin, om van slagoffer oor te gaan tot viktimiseerder. Die ironie is dat die traumatiese patroon dan daardeur bevestig word. Die verlede behou sy houvas; die trauma bly in wese onverwerk. Die spanning tussen die herhaling van 'n traumatiese patroon en vordering deur die verwerking van trauma is een van die grondliggende spannings in Etienne van Heerden se roman.

In die literêre vertelling van trauma is daar verskeie verhaalpatrone tot beskikking van die skrywer om die verskillende moontlike reaksies op trauma uit te beeld. Die skrywer kan die sikliese patroon gebruik vir 'n verhaal waarin die traumatiese patroon steeds herhaal word, sonder enige vordering; of kan 'n storie vertel met 'n lineêre ontwikkeling om progressie aan te dui; of kan 'n spiraalpatroon gebruik as 'n sintese tussen die lineêre ontwikkeling en die sikliese herhaling. Die verhaal kan eindig met 'n duidelike afsluiting, 'n insig as konklusie van die voorafgaande ontwikkeling; of die slot kan geen voltooiing bring nie, geen duidelike insig of sekerheid nie. Van Heerden, in *In stede van die liefde*, gebruik 'n kombinasie van hierdie verskillende moontlikhede. Hy gee nie kitsoplossings nie, maar suggereer tog moontlikhede van heling; sekerheid, onsekerheid en ambivalensie wissel mekaar af; lineêre ontwikkeling en sikliese patrone kom saam voor. Sy einde bring progressie maar geen afsluiting nie.

In die duifmotief in *In stede van die liefde* val baie van hierdie kenmerke saam; baie van wat die leser oor duiwe agterkom, is ook op die karakters in die roman toepaslik. Die verwagting word aan die duiwe gestel om wenners in hul wedren te wees, hulle moet so vinnig moontlik vorder – maar die "vordering" is inderwaarheid altyd 'n terugkeer na hul tuiste; hul "vordering" vorm altyd 'n sikliese patroon. In die wedren van beginpunt tot identiese eindpunt kan die duiwe egter toon van watter stoffasie hulle gemaak is. Hulle neem deel aan stryd en oorlog en verrig soms heroïese prestasies, maar hulle word ook deur dwelmhandelaars gebruik – hulle het deel aan goed sowel as aan kwaad.

Die afbeen-duiwe van Hildegard Heuer hou verband met die verwonde mense van die romanwêreld, verwond veral deur wat andere hulle aandoen. Die "vlug" van die duiwe hou verband met "vlieg" sowel as met ontvlugting. Die hoë vlug van die duiwe dui op hul vermoë om bo die aarde uit te styg, dit kan geïnterpreteer word as simbolies van transendensie; aan die ander kant herinner die vlug van die duiwe aan ontvlugting en angs, aan ontduiking van verantwoordelikheid.

Die sentrale karakter Christian met sy obsessie om 'n wenner te wees, is egter in meer as een opsig 'n verloorder. Reeds in die dramatiese openingstoneel, met gevaarlike misdadigers skynbaar op sy spoor, word hy geopenbaar nie net as jaer nie, maar as gejaagde – die haastige vlieg en die beangste vlug van die duifmotief val hier saam. Die hartomleidingsoperasie wat hy ondergaan het, stempel hom as uiteindelike verloorder teen die dood; aan die ander kant dryf die bewussyn van die komende dood hom om te presteer voordat die dood hom inhaal.

In sy verhouding met sy vrou Christine is daar in meer as een opsig 'n behoefte aan heling en versoening. Hy het 'n geheime woonstel in Seepunt waarvan sy vrou nie weet nie, waarheen hy vlug van die beskermde lewe op Stellenbosch en aanraking soek met die onderwêreld van dwelms en prostitusie; sy eie gebruik van dwelms is 'n bevestiging van die soeke na vryheid van die lewe gebonde aan sy huisgesin. In sy besoeke aan oorsese stede wil hy wegkom van vrou en kind – net om telkens weer gekonfronteer te word deur die bewussyn van sy seun en veral van sy vrou. Dit sou 'n aparte artikel verg om hierdie oorsese besoeke grondig te analiseer; hier wil ek alleen daarop wys dat die reise sowel 'n wegvlug van as 'n terugkeer tot Christine behels. Sy pogings tot ontvlugting word gevolg deur berou en selfkonfrontasie; hy besef dat sy omswerwinge "*in stede* van die liefde" hom verlei het tot 'n substituut "*instede* van die (egte) liefde". Tereg sê Andries Visagie:

> Christian verken wel 'n uiteenlopende aantal idees en lewenstyle
> wat fatsoen en konvensie uitdaag, maar sy flirtasies met radikale
> nuwe reaksies op die tydsgees word uiteindelik ondervang deur sy
> "gesinspatriotisme" (Visagie 2005: 4).

Sy skuldbesef lei dan ook tot 'n progressie in die verhouding met sy vrou en seun; soos die simboliese duiwe, keer hy terug na sy tuiste, maar met 'n veranderde houding. Wanneer die skoolhoof hom probeer oorreed om sy seun in 'n toespraak voor die skool te verneder omdat Siebert die kuberruimte gekraak het, weier hy; hy kies sy seun se kant, wat Siebert se waardering wek en lei tot 'n positiewe ontwikkeling in Siebert se gedrag en ook in sy verhouding met Christian. Ook teenoor Christine kom daar 'n verandering. Hy openbaar meer betrokkenheid en groter geduld teenoor haar in haar worsteling met haar traumatiese verlede. In plaas van om haar alleen met haar worsteling te laat, soos hy vroeër meestal gedoen het, gaan hy saam met haar na

Matjiesfontein, waar sy haar moeder wat haar verstoot het, konfronteer; agterna het sy dan die geleentheid om haar reaksies op die belangrike ontmoeting met haar man te deel.

Hierdie ontwikkelinge loop uit op die slot met sy rykdom van assosiasies en moontlike interpretasies. Christian nooi sy vrou vir 'n ete in Seepunt, naby die plek waar hy sy geheime woonstel het. Die implikasie is dat hy openhartig teenoor haar wil bieg en versoening deur die waarheid verkry; dat hy haar wil verseker van sy liefde, ten spyte van sy tekortkomings en oortredings. Hy sê dan ook: "Ek het jou na 'n totaal nuwe plek gebring, want ons het geheime om uit te ruil" (538). Die suggestie van 'n nuwe begin in hierdie "totaal nuwe plek" is sterk. Christine se reaksie hierop is egter nie juis bemoedigend nie: "Die gordyntjie in die oë wat toetrek". Hy druk haar hande, maar "sy wil haar een hand onttrek" en sê kortweg "Nee". Dan sê hy: "My naam is Christian". Hoewel dit nie juis 'n pakkende begin van die gesprek of 'n verrassende openbaring is nie, wil hy duidelik aansluit by die vroeëre episode op Matjiesfontein, waar Christine haar ware naam aan hom bekend gemaak het (452). Soos sý vroeër, wil hy nou die inligting openbaar wat in die verlede bedek was. Sy belydenis word egter nie weergegee nie, en dit bly 'n ope vraag of hy die regte woorde sal vind om die komplekse waarheid te openbaar, en of sy positief daarop sal reageer. Die motto van Leonard Cohen wat as "epiloog" aangehaal word, handel oor 'n liefde wat sowel "vast" as "shattered" is; dit wys op die krag van die liefde sowel as die afgrond tussen die geliefdes. Eerder as dat die slot afsluit, sluit dit oop, en die leser word gelaat met 'n verskeidenheid van moontlike verdere ontwikkelinge.

Die feit dat Christian in die slot sy naam aan sy vrou noem, beklemtoon die feit dat hy en Christine se name byna dieselfde is. Word hiermee 'n verband met die Christelike geloof gesuggereer? Christian distansieer hom van Christenskap (103); maar die temas van belydenis en versoening wat aan die einde op die voorgrond kom, het tog sterk Christelike bowetone. Bevat die slot die suggestie van 'n moontlike toenadering tussen Christian en Christine, gegrond op Christelike sienings van vergiffenis en liefde? Indien dit die geval is, word hierdie suggesties egter tegelykertyd geïroniseer, want hoewel die hoofkarakter se naam "Christian" is, is sy van "Lemmer", met assosiasies van woede en wraak, van 'n jagter wat wond en vernietig.

Die ooreenkoms tussen die name van die twee hoofkarakters bied ook 'n ander moontlike interpretasie, naamlik dat hulle inderwaarheid twee kante van een persoonlikheid is. Die strewe om 'n wenner te wees en ander te beheer (Christian) word verbind met 'n stille lyding as slagoffer van 'n traumatiese verlede (Christine) – as 't ware beliggamings van die *yang* en die *yin*, van die "manlike" en "vroulike" prinsipes wat in elke psige aanwesig is. 'n Mens sou hierdie argument verder kan voer en tot die slotsom kom dat ál die karakters in laaste instansie vermommings en alter ego's van een persoon is, dié van die geïmpliseerde skrywer wie se waardes en belangstellings in die werk as geheel ekspressie vind. By ál die karakters is daar 'n verbinding met die sentrale tema in die roman: die deurwerk van die verlede en die strewe om 'n nuwe toekoms te skep. 'n Hele aantal van hulle is "kunstenaarsfigure": Snaartjie met haar viool, Hildegard met haar orrel; selfs in 'n mate sersant Jollies met sy "purper prosa" en die "entertainment manager" Freddie wat sake op Matjiesfontein bestuur en "entertainment" moet verskaf. Die feit dat kuns 'n katarsis kan teweegbring, word deur Hildegard ontdek wanneer sy op die orrel in die kapel haar pyn tot uiting bring.

Die spanning tussen 'n beweging vorentoe en een wat teruggaan, wat by Christian aangedui is, word ook by Christine gevind; maar by haar is dit 'n spieëlbeeld, 'n omgekeerde parallel met dié van haar man. Waar Christian vorentoe "beur" om 'n wenner te wees, maar uiteindelik terugkeer na sy tuiste by vrou en kind, dwing sy weer terug na haar verlede, en kom eers teen die einde daartoe om vorentoe te beweeg, na 'n nuwe toekoms. Haar werk in Groenpunt aan die skelet met die ongebore foetus, is simbolies van haar eie worsteling, want sy het self nog geen identiteit nie, sy moet as 't ware nog gebore word (471), omdat sy nie weet wie haar moeder is of waar sy vandaan kom nie. Deur haar pa gemolesteer, deur haar ma verstoot, is sy, tipies van trauma-slagoffers, voortdurend besig met haar traumatiese verlede – soos die duiwe geprogrammeer is om terug te keer na waar hulle vandaan kom.

Die leë poskaarte wat sy van haar ma ontvang, verswyg meer as wat dit verklap, hoewel hulle laat blyk waar haar moeder woon. Christine se lewe is soos die poskaarte met oningevulde inligting, soos 'n ongeskrewe verhaal, en sy moet dit self volskryf (453-454). Sy besluit om haar ma op Matjiesfontein te konfronteer om die waarheid oor haar verlede te ontdek, en vind tydens die besoek uit wat haar regte naam is. Die besoek aan haar ma bring egter nie die volledige waarheid wat sy gesoek het nie – daar is byvoorbeeld nie foto's van haar pa of van haar as kind nie (492); sy vind wel 'n foto van Snaartjie Windvogel, die jong meisie wat deur Hildegard as 'n tipe plaasvervanger vir Christine aangeneem is. Wanneer Christine haar woede tot uiting bring omdat Hildegard ook vir die onskuldige Snaartjie (soos vroeër vir Christine) die wye wêreld ingestuur het, is Christine se uitbarsting 'n indirekte uiting van woede oor wat haar ma aan haarself gedoen het. Wanneer Christine verantwoordelikheid aanvaar om vir Snaartjie te soek, is dit 'n indirekte aanvaarding van verantwoordelikheid vir haar eie lewe.

Haar verhouding met haar man ontwikkel nou – hy leer om geduldig na haar te luister (453), en sy vind troos in sy teenwoordigheid (456). Saam met Christian keer sy terug na die tuiste wat sy met haar man en kind deel; en sy en Christian aanvaar saam die verantwoordelikheid om Snaartjie te gaan soek. Hierdie positiewe ontwikkeling het egter 'n ironiese nadraai, want Snaartjie word nie gevind nie, en daar is suggesties van 'n verskriklike beëindiging van haar lewe. Die verhaalontwikkeling vertoon 'n kombinasie van 'n lineêre progressie, 'n sikliese beweging en 'n spiraalgang.

Die beweging na vore teenoor die beweging na agter, soos gesien in Christian en Christine, word herhaal in die twee hoofkarakters van die ander sentrale verhaallyn: Snaartjie Windvogel en Hildegard Heuer. In hulle gevalle is die klem veral op die onvermoë om 'n nuwe toekoms te skep, om uit die gevangeskap van die verlede te ontsnap. Snaartjie wil uit die armoede van Matjiesfontein kom en 'n nuwe toekoms, 'n nuwe identiteit skep as beroemde vioolvirtuoos; maar onder andere deur die manipulasie van haar pa Piet en van Hildegard, haar musiek-onderwyseres, lê haar droom ten slotte in skerwe.

In Hildegard word die tipiese patroonmatige herhaling van onverwerkte trauma die beste geïllustreer. Dubbel getraumatiseer deur die verlies van haar vader en die verlies van haar geliefde, is die bloedbesmeerde uniform wat sy bewaar, letterlik en figuurlik die geraamte in haar kas. In haar wanhopige soeke na 'n vader en 'n geliefde, laat sy haar deur Verhoef verlei en kom sy weer eens bedroë daarvan af. Hierna word die trauma herhaal met die rolle omgekeer; sy stuur eers haar dogter Christine weg, en daarna haar plaasvervanger-dogter Snaartjie, wat dan ook die pyn moet dra wat sy self so intens gevoel het. Die duiwe se pote wat sy afsny, wys op haar drang om te verwond, omdat sy self verwond is. Tog is daar ook by Hildegard, gevang soos wat sy is deur haar traumatiese verlede, 'n mate van ontwikkeling teen die einde. Sy leer om uiting aan haar verdriet te gee voor ander (470); sy beken dat sy die duiwe se pote afgesny het (530); en sy vind troos deur die uiting van haar diepste gevoelens op die orrel in die klein kapel (389, 528).

Die tema van selfvernuwing en die soeke na 'n outentieke identiteit word deur die hele roman geweef en soms op subtiele maniere na vore gebring. Christian se nuwe haarstyl kan dui op selfvernuwing – hy het nou meer volwasse geword en probeer nie meer soos 'n rebelse jongman lyk nie. Sy voorkoms kry dan ook 'n goedkeurende reaksie van vrou en kind en speel 'n rol in die toenadering tussen die lede van die gesin. Die simboliese motief het egter 'n ironiese kinkel deurdat die nuwe haarstyl nie bloot 'n poging tot selfvernuwing is nie, maar in werklikheid 'n poging tot selfvermomming om hom teen sy (gewaande?) agtervolgers te beveilig.

Op ironiese wyse word die leser betrek by die karakters se soeke na "die waarheid". Saam met die inligting wat die leser ontvang kom 'n hele klomp raaisels wat nooit heeltemal opgeklaar word nie. Vrae soos die volgende bly onopgelos: Wat is Stanley Syster se ware identiteit? Wat was Eaglejohn Fieldhouse se aandeel aan die daggasmokkelary? Wat het uiteindelik van Snaartjie Windvogel geword? Die leser word betrek by 'n soektog na verborge waarhede maar kom telkens voor ondeurdringbare onsekerhede te staan.

Die roman gee nie duidelike voorskrifte en kitsprogramme nie; maar deur 'n subtiele aanwending van die patroon van die speurverhaal word tog sekere suggesties van reg en verkeerd aan die leser oorgedra. Die "skurke" van die speurverhaal, die twee wat aan die einde gearresteer word, naamlik Eaglejohn Fieldhouse en Piet Windvogel, dui aan hoe outentieke selfontwikkeling *nie* plaasvind nie. Fieldhouse is 'n bedrieër, 'n opportunis wat moeiteloos glip van die een identiteit na die ander soos wat dit hom die beste pas: van Fieldhouse tot Raspoetin tot Kipling tot Al Capone. Piet Windvogel weer, is 'n draadspanner, en hy is dit ook in 'n simboliese sin. Hy is woedend oor sy pa wat selfmoord gepleeg het, maar hy beteuel sy woede meedoënloos en bring dit alleen indirek tot uiting in sy preke van vuur en swael en deur die gevegte waaraan sy honde deelneem (319). Iemand wat, by wyse van spreke, die drade so snaarstyf span, moet breek, en hy gee hom dan ook uiteindelik oor aan drank en smokkelary.

Daarteenoor is sersant Jollies die held van die speurverhaal. Anders as Christian, die 400 meter atleet, hardloop hy die marathon. Hy weet sy werk is soos 'n marathon – hy is bewus van die belangrikheid van geduldige volharding, van stap-vir-stap-vordering, en sy inspanning word dan ook met sukses beloon. Ook op die vlak van intermenslike verhoudings maak hy vordering. Hy wat uit 'n apartheidsverlede kom, het geleer dat ál die mense van Matjiesfontein sý mense is, van watter ras hulle ook is (462). Op die rand van die romanwêreld dra hierdie onopvallende held sy insigte aan die opmerksame leser oor.

Die roman handel nie net oor getraumatiseerde enkelinge nie, maar het ook 'n sosiale dimensie. Dit beeld 'n land met 'n versplinterde psige uit, waar die mooi vooraansig op Stellenbosch weinig weet van die armoede van Matjiesfontein en die misdaad in Seepunt. Arm en ryk; wit, bruin en swart; Nigeriërs en Suid-Afrikaners vind hier verhaalmatig 'n verbintenis wat meestal in die werklikheid ontbreek. Christian se strewe om Stellenbosch, Seepunt en Matjiesfontein in homself tot versoening te bring, is ook van toepassing op 'n land waar kennisname van die skadukant 'n voorwaarde tot heelwording is.

*In stede van die liefde* het geen kitsoplossings vir trauma of duidelike aanwysings vir die leser nie. Eerder as om maklike genesings te verkondig, lê dit die vinger op wonde. Die spanning tussen woede en versoening, tussen wil weet en nie kan weet nie, word nooit volledig opgelos nie. Waarheid en versoening bly altyd nodig, maar word steeds slegs gedeeltelik bereik. Die oop einde van die roman suggereer dat die versoeningsproses nooit afgesluit word nie; elke einde is terselfdertyd ook 'n begin.

Die oop einde dra aan die leser die verantwoordelikheid oor om op die gelese verhaal te reageer en te besluit hoe die romanwerklikheid met die werklikheid van die lewe verbind moet word. "The significance of a story wells up from the intersection of the world of the text and the world of the reader", beweer Ricoeur (1991: 430); die geskrewe teks moet lei tot die herskrywing van die lewensverhaal.

## Verwysings

Aiex N.K. 1993. *Bibliotherapy.* ERIC Digest. Bloomington. In: ERIC Clearinghouse on Reading and Communication Skills. ERIC Document Nr. ED357333.

Bal Mieke; Jonathan Crewe & Leo Spitzer (reds). 1999. *Acts of Memory. Cultural Recall in the Present.* Hanover/London: University Press of England.

Brand Gerrit. 2005. Hy bid vir ligte hand, groot ongenade. Op: *LitNet,* 8 November, www.oulitnet.co.za.

Britz Etienne. 2005. Van Heerden sien met helderheid. *Die Burger,* 24 Oktober.13.

Burger Willie. 2005. 'n Van Heerden-meesterstuk. *Beeld,* 28 November. 13.

Campbell LK. 1999. *Storybooks for Tough Times.* Golden, Colorado: Fulcrum Publishing.

Caruth Cathy (red). 1995. *Trauma. Explorations in Memory.* Baltimore/London: Johns Hopkins University Press.

— 1996. *Unclaimed experience: Trauma, Narrative, and History.* Baltimore/London: Johns Hopkins University Press.

Herman Judith. 1997 (eerste druk 1992). *Trauma and recovery.* New York: Basic Books.

John Philip. 2006. Die terapeutiese imperatief, stories en letterkunde: 'n Repliek aan HP van Coller. *Tydskrif vir Letterkunde* 43 (1), 154-167.

Jordaan Wilhelm. 2006. Met elke lees word 'n boek se gees sterker. *Beeld*, 25 Januarie.

Lerner A & UR Mahlendorf. 1992. *Life Guidance through Literature.* Washington, DC: American Library Association.

Nussbaum Martha C. 1990. The Poetics of Therapy. *Apeiron: A Journal for Ancient Philosophy and Science*, 23(4), Desember. Edmonton, Alberta: Academic Printing and Publishing.

Painter Desmond. 2006. 'n Dieretuin van die onbewuste: Etienne van Heerden se *In stede van die liefde. Vrye Afrikaan*, 16 Januarie.

Ricoeur Paul. 1991. Life: A story in search of a narrator. In Valdés, Mario J: *A Ricoeur reader*, 425-438. Toronto: University of Toronto Press.

Robson Kathryn. 2004. *Writing Wounds. The Inscription of Trauma in Post-1968 French Women's Life-Writing.* Amsterdam/New York: Rodopi.

Rossouw PJ. Die bevrydingstryd. Biblioterapie as kognitiewe herstrukturering by slagoffers van gewapende konflik in Suidelike Afrika. In: Van der Merwe, CN & Rolf Wolfswinkel: *De helende kracht van Literatuur. Over Nederlands en Suid-Afrikaans Oorlogsproza.* Haarlem: Indeknipscheer. 33-60.

Schnell Lisa. 2000. The language of grief. *Vermont Quarterly*, Fall. 24-29.

Van Coller HP. 2005. *Anderkant die stilte* (André P Brink) en die verwerking van trauma. *Tydskrif vir Letterkunde* 42 (1): 117-133.

Van Coller HP & DFM Strauss. 2006. Die dissonansie van die dissidente diskoers. *Tydskrif vir Letterkunde* 43 (2): 79-90.

Van Heerden Etienne. 2005. *In stede van die liefde.* Kaapstad: Tafelberg.

Visagie Andries. 2005. *In stede van die liefde:* Etienne van Heerden se *Gesamtkunstwerk. LitNet*, 20 Desember. Aanlyn op www.oulitnet.co.za.

[Oorspronklik gepubliseer in 2007 in: *Stilet* 19: 1 (Maart). 103-114.]

# Surviving a Lost War

## INTRODUCTION

Afrikaans writers have often found themselves in a marginal position. During the time of apartheid, they vehemently criticised racial discrimination, thus dissociating themselves from the centre of power. After the demise of apartheid, Afrikaans writers were marginalised in a different way, when the Afrikaans language lost its previous dominant position and truly became a minority language. They were then forced to re-examine their past and reinterpret their present. In this article, recent Afrikaans writers' radical reinvention of the ideological significance of the Anglo-Boer War (1899-1902) is discussed. One novel about the War, Ingrid Winterbach's *Niggie* ("Cousin"), is analysed in detail as an example of the search for meaning from a marginal position. The novel has a special relevance for Afrikaners in their painful adaptation to a new South Africa, but it is also linked to general themes like trauma, despair and hope.

At the outset it is necessary to give some background information on the Afrikaans language and literature. Afrikaans developed from the interaction between Dutch colonisers and the indigenous inhabitants of Africa (the word "Afrikaans" literally means "African"). It became (with English) an official language in 1925, and since then a vibrant Afrikaans literature has developed. Although it is a minority language in South Africa – the mother tongue of about 15% of the population of 45 million (Du Plessis 2001: 15) – it enjoyed a position of power while Afrikaners were dominating the political scene. ("Afrikaners" are the so-called "white" Afrikaans speakers.)

In 1948 the Nationalist Party, a party which represented Afrikaner nationalism, came into power, and it ruled until 1994. Before 1948, Afrikaans writers generally felt some loyalty towards the Afrikaners as "underdogs" who had suffered much under British imperialism. Now the situation changed, with the Afrikaners being in power, and writers did not feel the same urge to support the Afrikaner "cause" any more. In due course, a number of Afrikaans literary works with sharp social criticism against the apartheid laws, promulgated by Afrikaner rulers, were published. It is impossible to discuss this critical involvement by Afrikaans authors in detail here; I will mention only a few seminal texts.

One of the first examples of the above-mentioned social involvement is *Ons die afgod* (1958), a novel by Jan Rabie – caustic in its criticism of Afrikaner racism and selfishness. It is about a man who, being "coloured", is not allowed to buy a farm in the country of his birth; he becomes increasingly disillusioned and ultimately dies in a tragic way. *Kennis van die aand* (1973, translated as *Looking on Darkness*) by André P Brink was the first Afrikaans novel to be banned in South Africa. The hero of the story is a "coloured" actor and producer who falls in love with a white woman, thereby contravening the so-called "Immorality Act", and who uses theatre to protest against the racial laws of the country. After the banning of the book, Brink persisted in writing novels, simultaneously produced in Afrikaans and English, in which he vehemently criticised the apartheid system – novels that earned him an international reputation.

Other Afrikaans writers followed Brink's example to write books expressing strong political involvement. One of the most remarkable of these is *Die swerfjare van Poppie Nongena* (1978, translated as *Poppie Nongena*) by Elsa Joubert – a semi-factual account of a black woman's suffering under the country's discriminatory pass laws. Afrikaans poets also joined the protests – the most famous being Breyten Breytenbach, who wrote bitter poems against the promulgators of apartheid, and who received a jail sentence of nine years for his involvement in the armed struggle of the African National Congress.

In 1994, with the first fully democratic elections in South Africa, a "New South Africa" emerged, and a new situation arose for the Afrikaans language and literature. Firstly, Afrikaans writers did not feel the obligation to protest against apartheid any more, since the apartheid laws had been withdrawn. New themes had to be explored. Furthermore, Afrikaans lost its previous privileged position of power and became only one of eleven official languages – English absorbed most of the functions previously shared by the two official languages. Afrikaans authors are now on the margin as far as numbers and power are concerned. Afrikaans literature, although still flowering, is in a much more vulnerable position, and Afrikaans academic publications have diminished dramatically (Galloway & Venter 2005).

It looks like a gloomy picture for Afrikaans, but it is not completely so. Although literature does need economic and political support from the centres of power, it is the margin, and not the centre, that is the space for the most intense creativity. Boundaries are "the hottest spots for semioticizing processes", Juri Lotman remarked (Lotman 1990: 136). That is, indeed, the position of Afrikaans literature at the moment – even more than before, it has become a semiotic hot spot, a zone of transformation. The movement from the centre of power to the marginal position of a minority language has been accompanied by new visions of self and the other, and by the creation of new narratives to replace the obsolete ones.

South Africans entered the "New South Africa" with the ruins of the past still inside them. The philosopher Paul Ricoeur discusses the case of somebody who consults a psychiatrist about the conflicting episodes of his life story – the task of the analyst is then to recreate the shattered story into "a story that is both more intelligible and more bearable" (Ricoeur 1991: 435). That is what is happening, on a larger scale, after the end of apartheid, and many storywriters are assuming the role of the analyst, searching for stories that are more intelligible and more bearable than those of the apartheid era. "The wound is a talking mouth", says the narrator in a recent Afrikaans novel (Van Heerden 1996: 153). The wounds are being healed by talking, by story-telling.

It has now almost become a commonplace in Afrikaans literary criticism that writers should act as a "Truth and Reconciliation Commission", searching for truths that have been hidden, and for reconciliation between the peoples of South Africa. Authors, as storytellers, should take the lead in rewriting the past and reinventing the present for people with shattered stories. For, in the words of Richard Kearney, there is a time when a nation or a group of people has to discover that:

> [..] it is at heart an "imagined community" [...] a narrative construction to be reinvented and reconstructed again and again (Kearney 2002: 81).

It often has to be liberated from being

> [...] like an overgrown narcissistic infant [who] presumes that it is the centre of the world, entitled to assert itself to the detriment of others (Kearney 2002: 81).

## Rewriting the Anglo-Boer War

In the limited space available here, it is not possible to give a full picture of the rewriting of Afrikaner identity and the rethinking of Afrikaner history in recent Afrikaans literary works. In the following paragraphs, I will focus on Afrikaans writers' rethinking and rewriting one historical event which played a major role in their collective psyche: the Anglo-Boer War of 1899-1902, that bitter, drawn-out war waged between the British Empire and two Boer (Afrikaner) republics in Southern Africa, the Transvaal and the Orange Free State – which ultimately led to the loss of independence for the two Boer republics. During the past hundred years, the story of that war has been told and retold many a time. In the 1930s, when Afrikaners living in the cities were struggling with poverty, alienation and moral degeneration, these dire circumstances led to the transformation of the history of the war into an inspiring myth, with emphasis on the heroism of the Boer "bittereinders", those who persisted to fight until the end of the war.

After 1948, the year when the Nationalist Party, vehicle of Afrikaner nationalism, came into power, Afrikaans literature developed in a new direction. The theme of the Anglo-Boer War lost its interest for Afrikaans writers – Afrikaners had gained supremacy in the country; no need to grieve for the suffering of the past. In the following years, an ever-increasing rift developed between Afrikaans writers and the Afrikaner government. As mentioned above, Afrikaans writers dissociated themselves from the centre of power and adopted positions on the margins of society, from where they created narratives contrary to the master narrative of apartheid. With only a few exceptions, novels on the Anglo-Boer War, traditionally vehicles for Afrikaner nationalism, made their exit from the Afrikaans literary scene.

Since 1998, the war theme has made a dramatic reappearance. The year of the centenary commemoration of the outbreak of the war (1999) was approaching, and the commemoration stimulated a large number of publications on the war, fictional as well as historical. In some ways history seemed to have been repeated during the past century: for the Afrikaners, loss of power (1902) was followed by regaining of power (1948) and then loss of power once more (1994). But the contrast between past and present was more striking than the similarity. Whereas during and after the Anglo-Boer War Afrikaners received worldwide sympathy and admiration for their battle against the British army, their policy of apartheid was universally condemned and its demise was greeted with jubilation. This time the loss of power was without the consolation of having fought a "just war".

With the loss of power as well as self-respect, Afrikaans writers looked at the war with different eyes, and rejected the stereotypical patterns of the past. Some writers, for instance Karel Schoeman in the novel *Verliesfontein* and Christoffel Coetzee in *Op soek na generaal Mannetjies Mentz*, totally debunked commonplace romantic views on the war and created a sombre image of the Afrikaner, present and past.

## Ingrid Winterbach: *Niggie*

In this article, the novel *Niggie* by Ingrid Winterbach (2002), will be analysed. In many ways, *Niggie* complements the above-mentioned novels by Schoeman and Coetzee. More than Schoeman and Coetzee, Winterbach combines self-criticism with the possibility of retaining one's self-respect, and links suffering with signs of hope. In the context of the themes of minority and marginality, it is important to note that the Boer soldiers in *Niggie* form a small minority group staying on the margins of the war; they are powerless and depressed, and life seems absurd. Yet in such a desperate situation, life can be experienced with the greatest intensity, and creative thinking can reach a zenith. Winterbach's novel is alarming as well as inspirational; it has relevance for Afrikaners battling to find themselves in a New South Africa, but also for all who have been struck by trauma and have struggled with despair.

The well-known Afrikaans poet, Antjie Krog, describes Ingrid Winterbach on the blurb of the novel *Niggie*, as "verreweg een van die interessantste skrywers in Afrikaans". Krog's formulation is somewhat clumsy, but her positive evaluation is quite correct. Over the years Winterbach has earned a reputation as a highly intelligent and an original writer, and for *Niggie* she was awarded the prestigious Hertzog prize against quite stiff competition. She has written a number of novels under different names (Lettie Viljoen, Ingrid Scholtz), but in *Niggie*, her latest novel, she uses her real (maiden) name.

### The pain of loss

The novel is set at the end of the Anglo-Boer War and deals with a group of isolated Boer soldiers hiding in a cave, waiting for orders from an absent Boer general. It has become clear to them that the War is lost, but peace has not yet been declared; so they pass their time by waiting, without much hope or direction in their lives. They are a minority within the Boer minority fighting against the British Empire, living on the margin of the battlefields. The author universalises the war situation to write about a wounded humanity and possibilities of healing; she writes about losers as well as conquerors in situations of extreme sorrow. Winterbach focuses on these marginalised people, but through them, she expresses her view of the human condition in general: of humans as wounded and vulnerable, perplexed amid the caprices of life. The soldiers in their marginalised situation gain an insight into essential aspects of human life that easily escape the notice of those in power – those who live calm and protected lives. The characters in *Niggie* confront the absurdity of life caused by human folly and an incomprehensible Fate. On the other hand, they experience intensely the beauty and wonder of nature, and discover some healing features under wretched circumstances.

All the Boer soldiers in the novel have been struck by painful loss. If the Boers had won the war, victory could have compensated for all the losses; but having lost the war, their situation is desperate and their lives seem meaningless. Ruieben Wessels lost a leg in the war; Japie Stilgemoed, a character based on the Afrikaans poet Jan Celliers, having been thrown out of his ordered and calm existence ("geordende en rustige bestaan") (159), discovered his shadow side (81-82) and protects himself from the cruelties of life by vociferous reading; Kosie Rijpma, a former clergyman, lost his faith when he saw the suffering of Boer women in the war; and the young boy Abraham, whose brother was killed beside him in a horrible way during a battle, lost his senses. In some characters, traumatic loss leads to depression and melancholy; in others, like Gert Smal, to aggression.

The black man Esegiël, serving his Boer master faithfully during the war, lost his identity long before the war when his mind was filled with Boer history and ideology. Loss also characterises the lives of the two main characters: Reitz, a geologist, and Ben, a botanist and zoologist. Reitz lost his wife before the war; during the war he falls in love with a Boer woman, but when her husband returns after the war, he loses her again. All the members of Ben's family – apart from one daughter – die during the war; he also loses his voice due to a throat wound. And, when their camp is burnt down, both of them lose the scientific journals they kept during the war which have helped to keep them sane.

## Signs of hope

Yet there are signs of hope in the narrative. The novel could be read as an exploration of the possibilities of physical and mental survival of a severe trauma. I would like to mention a few of the most striking points in this regard:

(a) Ben and Reitz suggest the importance of being interested in the world around you. Amid the destruction of the war, they explore the wonders of nature and write down their discoveries for the benefit of others, even though their comrades show little interest in or understanding of their work. Heilna du Plooy makes the following salient point:

> Contrary to the colonial attitude which is usually described as the "domination of place" by means of the ideological appropriation and exploitation of the land [...] the main characters in *Niggie* have a conservational attitude. They do not want to possess the area they are documenting, they want to understand it and they admire it (Du Plooy 2005: 5).

After they have lost their journals, they do not give up their research – this work is vital for them to find meaning in their lives. Words associated with being interested, like "geïnteresseerd" and "belangstelling" (91) form a leitmotif in the portrayal of Ben, who is perhaps the most heroic survivor in the novel. He is excited and filled with gratitude when his research is rewarded after the war with the discovery of a new insect species. He names it after his new wife called Niggie – he has found fulfilment in spite of his physical and mental wounds.

(b) A cathartic expression of pain is essential for inner healing. This is suggested by the portrayal of the two children who live with Anna, the woman to whom Reitz grows attached. One child seems to be all right under adverse circumstances; but the other has bad nightmares – "sy probeer te hard om nie haar gevoelens te wys nie" (187). Reitz is important for the development of this theme. Initially he does not show strong emotions, but as the catastrophes strike, he changes. Repeatedly he is touched or moved (180, 187, 216). This leads up to the scene when Ben and Reitz ride away from the farm: Reitz stops his horse, and cries as never before ("Hy [...] huil soos hy nooit vantevore gehuil het nie") (246). Having learned to relax his "stiff upper lip" and express his feelings, he has become more human.

However, it could be asked to what extent Reitz is helped by expressing his feelings. In the end, he seems to have lost all interest in life. The expression of emotion is not a panacea for grief.

(c) Reitz and Ben, in their conversations, often resort to an associative game with words and morphemes, creating unexpected outcomes with their linguistic banter. In their enumeration of words, language becomes a tool of invention. As Heilna du Plooy puts it:

> If these sequences of words are studied, one finds that they start off with sombre, ominous and even threatening words, but as the sequence develops, there is a loosening up, and eventually the words seem to indicate new spaces, as if there were an opening up instead of a closing down of meaning (Du Plooy 2005: 15).

Sometimes words contaminated by a suppressed ideological content are used in a new, healing manner:

The unconscious of the language itself is examined, and the suppressed content is brought to the surface, recycled and used in a new way. Narration and interaction with narrative can thus be confrontational and unsettling, but also capable of healing (Du Plooy 2005: 17).

The language games of Ben and Reitz could be linked to the literary narrator's use of language as an instrument of invention. The literary narrative links the two signs of hope discussed under (b) and (c), namely cathartic expression and linguistic invention. By her creative use of language, the literary narrator, through fictionalised persons and situations, indirectly expresses the pain of loss and invents ways of survival.

(d) Caring for others, and being cared by others, play an important part in the healing process. Winterbach's novel could be seen as a response to the negative portrayal of Boer characters by the authors Karel Schoeman and Christoffel Coetzee, mentioned above. The characters in *Niggie* do include "bad guys" like Gert Smal, the leader of the group of soldiers, but on the whole the Boer soldiers display much caring and sympathy. Willem, a deeply religious man, cares for the boy who has lost his mind in battle and undertakes to bring him back to his parents; Reitz, in spite of being wounded himself, shows great caring for his friend Ben who has been shot in the throat, and helps to save his life. The black man Esegiël is also a healing figure. As his name suggests, he is a prophet, a mediator between the living and the dead (20); he builds a shelter to protect the Boers and makes food to nourish them (119-120). The Boer women especially are portrayed as care-giving, healing persons. Tante ("Aunt"), like Willem, is a deeply religious person, who puts her faith into practice by helping and encouraging others. Anna, allowing Reitz to sleep with her, helps him to recover from his grief and guilt following the death of his wife – though sadly this consolation is taken from him on the return of Anna's husband from the battle field.

## The trickster

The ambivalence between healing and hurting which we find in the relationship of Reitz and Anna, brings us to the theme of the trickster. The Jungian trickster archetype is both a deceiving and a healing figure. For Jung, the trickster is "a personification of traits of character which are sometimes worse and sometimes better than those the ego-personality possesses" (Jung 1990: 261-2). Jung continues by saying the trickster appears:

[...] naively and authentically in the unsuspecting modern man – whenever [...] he feels himself at the mercy of annoying 'accidents' which thwart his will and his action with apparently malicious intent (Jung 1990: 262).

On the other hand, the trickster also possesses healing qualities: "he is the forerunner of the saviour" (263), appearing "in magic rites of healing" (260).

The trickster, like the goddess Shiva in the Hindu religion, combines qualities of destruction and reparation. Modern consciousness tends to shield itself from the trickster's deception as well as her mercy; however, she insists on being acknowledged, especially in traumatic conditions. When the characters of the novel are propelled to the margins of life, without power and without hope, they meet the trickster in her intimidating and healing aspects. They find life to be more awesome than they imagined, in more than one meaning of the word – they are filled with terror and wonder.

*Niggie* begins with a reference to the Jungian trickster archetype. A farmer talks about a dream that he had:

> Hy het gedroom, sê die boer, van die triekstervrou – hy het altyd gedink dit is 'n man, maar in die droom was dit 'n vrou. Daar was 'n klomp mense rondom die dorpskerk vergader. Hy het niemand herken nie. Toe sien hy 'n vrou wat hy ken. Haar hare is rooi, haar gesit witgepoeier en sy dra 'n verehoedjie.
>
> Hy kan nie begin, sê die boer, om die aanvalligheid van daardie hoedjie te beskryf nie. Dit was sag soos die vlerke van 'n berghaan. Met 'n flits van blougroen lig daarin.
>
> Hy en die vrou beweeg mettertyd weg van die mense, na 'n kamer met 'n bed. Toe dit blyk dat dit tyd vir saamlê is en hy strek sy arms na haar uit, toe is daar skielik in haar plek 'n wildvreemde man, en sý lag buite op die stoep. Toe weet hy, dit was die triekster (7-8).

A number of things should be noted about the trickster here. She appears in a dream, indicating that she is an inhabitant of the subconscious mind. Her red hair could signify fiery passion, but her powdered face is like a mask, suggesting that she hides her feelings. With her powdered face and red hair, she looks like a clown, poking fun at the dreamer; red hair can also represent demoniacal characteristics (Cirlot 1971: 135). The suggestion of unreliability and mockery are strengthened later in the dream when a man suddenly takes her place and she laughs at the dreamer.

As often in the novel, she wears a hat of feathers. Ingrid Winterbach, in an interview published on the online literary magazine *LitNet*, had the following to say about this matter:

> Die strukturende beginsel van hierdie teks is die spel van veer en tussenruimte, die pterylae en die apteria. Laasgenoemde, die veerlose areas, skakel met Barthes se uitspraak oor die wese van sensualiteit: "where the garment gapes" (Winterbach 2005: 1).

The layer of feathers on the trickster's hat is a cover as well as an invitation to uncover. The dream illustrates the above-mentioned interrelation of covering and uncovering, of feathered and featherless areas, of desire and disappointment. A game is played out in which the dreamer is drawn to the trickster, hoping to uncover her;

but it is a fatal attraction, leading to delusion and betrayal. On the other hand, feathers are also positive symbols, linked to creativity. They are associated with birds and the air, and with transcendence (Cirlot 1971: 102-103).

Later in the novel, Ben has a dream about the trickster, and once again she is presented as a femme fatale. She is highly desirable, but when Ben embraces her, her body turns black, like "die liggaam van die dood" (158). Ben realises that it symbolises the temptation to succumb to the attraction of death.

The fact that the trickster, in one scene, suddenly changes from male to female, and in another, from white to black, points to the trickster as a destroyer of certainties and stereotypes:

> Die triekstervrou verkul dus haar slagoffers met haar geslag én met haar
> ras [...] Sodoende word die houding van die wit, heteroseksuele man ten
> opsigte van seksuele verhoudinge ondermyn, aangesien hy gekonfronteer
> word met die moontlikheid van seksuele intimiteit met iemand van 'n
> ander ras, of met iemand van dieselfde geslag (Foster 2005: 79-80).

In *Niggie*, the trickster appears as a supernatural force determining the unpredictable, absurd run of events; but she is also incarnated in the nature of people, whose unpredictability often defies their apparently reliable nature. There are various incarnations of the trickster in *Niggie*. General Bergh, the distant general who makes such a good impression when he visits the group of soldiers, may be the one who in the end leads Reitz and Ben into a trap so that they are wounded and almost killed; Oompie, the prophet, throws stones at Reitz and Ben but then welcomes them in a friendly way (42-43); he seems to have genuine prophetic qualities, but almost causes Reitz's emotional ruin by bringing him into a vague contact with his deceased wife. Anna allows Reitz to have sex with her, but turns her face away from him during sexual intercourse; she consoles him, but lets him go when her husband returns; although her husband is a difficult man, she feels obliged to stick to him, and sends Reitz away in deep sorrow, devastated by the caprices and calamities of his life story.

In the character of Niggie, as in that of Tante, the nourishing and healing qualities of the trickster are emphasized. The fact that the title of the book refers to Niggie suggests her importance, although she only appears in the last part of the narrative; she is a strong symbol of hope amongst all the sorrow. Her name, as that of Tante, is not a personal name, but an indication of familiarity – she is a familiar figure to all, willing to act in the way a relative should do – a cousin to all in need. The words "God help" act as a kind of refrain in Niggie's dialogue; however, there is not much evidence of supernatural help in the plot – unless Niggie is seen to be the answer to her own prayer. She is indeed a helper to people in need, and by marrying Ben after the loss of his wife, she enables him to make a new beginning and regain happiness – in contrast to his friend Reitz, who has lost his zest for life. Foster, however, notes that Niggie, unconsciously, also plays a harmful role by encouraging Reitz to have the relationship with Anna which later causes him so much sorrow (Foster 2005: 80). Although the healing qualities of Niggie are emphasized, she has a potentially destructive side to her personality too.

At the end of the novel the trickster with her feathered hat makes another, final entrance, so that the novel is "framed" by her appearance at the beginning and the end of the story. The reader is left with the suggestion that the author, the creator of the whole narrative, is herself a trickster figure. From beginning to end, she is behind the plot with its surprises and absurdities; she tricks and fools the reader, but ultimately gives him the hope of healing from trauma. She leads the reader along paths of intense loss and sorrow before suggesting possibilities of survival. The reader is left with two contrasting realities of life: that of Reitz devastated by sorrow, and that of Ben, heroically making a new start. Thus the trickster has revealed both sides of her ambivalent nature to the reader. In bringing the suppressed trickster archetype to the attention of the reader, the narrative has a healing quality in itself. A shadow figure is brought to light and dealt with. In truly tragic fashion, the reader follows the story with awe and sympathy, to reach a catharsis.

## Conclusion

In the reinterpretation of the Anglo-Boer War and the reinvention of Afrikaner identity currently taking place in Afrikaans writing, Ingrid Winterbach's novel *Niggie* takes a prominent place. More than the war novels of Christoffel Coetzee and Karel Schoeman, it delicately balances the bitterness of human failure with the value of caring relationships; the severe pain of loss with suggestions of consolation. The characters in *Niggie* are marginal characters from a minority group, without power and apparently without hope. In this situation, their mettle is tested and their creativity challenged. They lose the war, but retain their dignity. The minority voices contain a message of deep sorrow and touching hope.

The novel is permeated by pain, but the theme of pain has been transformed into a work of art. This connection between suffering and artistic expression, the balance between pain and beauty, is reminiscent of the clear-sounding but cracked bell mentioned in JM Coetzee's *The master of Petersburg*, playfully nick-named St Sergius's wooden leg:

> "I am far from being a master", he says. "There is a crack running
> through me. What can one do with a cracked bell? A cracked bell
> cannot be mended".

> What he says is true. Yet at the same time he recalls that one of the bells
> of the Cathedral of the Trinity in Sergiyev is cracked, and has been from

Catherine's time. It has never been removed and melted down. It sounds over the town every day. The people call it St Sergius's wooden leg.

(JM Coetzee: The master of Petersburg: 141.)

## CITED WORKS

Brink André P. 1973. *Kennis van die aand.* Cape Town: Buren. Translated as *Looking on Darkness.* 1979. London: WH Allan.

Cirlot JE. 1971 (2nd edition). *A Dictionary of Symbols.* London: Routledge & Kegan Paul.

Du Plessis Bertie. 2001. Universiteitsonderrig in Afrikaans. In: Giliomee, H & L. Schlemmer (eds). *Kruispad. Die toekoms van Afrikaans as openbare taal.* Cape Town: Tafelberg.

Du Plooy Heilna. 2005. Interfaces and Liminal Spaces: Survival and Regeneration in Ingrid Winterbach's *Niggie.* Unpublished paper read at a conference on Hybridity and Liminality at the University of the Northwest, 30 June-2 July.

Foster Lenelle. 2005. Die grenservaring is belangrik: trieksters in vier romans van Lettie Viljoen/Ingrid Winterbach. *Stilet* 17(2), June: 68-86.

Galloway F & R Venter. 2005. A research framework to map the transition of the South African book publishing industry. *Publishing Research Quarterly,* 20(4): 52-70.

Joubert Elsa. 1978. *Die swerfjare van Poppie Nongena.* Cape Town: Tafelberg. Translated as *Poppie Nongena.* 1987. New York: Norton.

Jung CG. 1990 (2nd edition). On the Psychology of the Trickster-figure. In: *The Archetypes and the Collective Unconscious.* London: Routledge. 255-272.

Kearney Richard. 2002. *On Stories.* London/New York: Routledge.

Lotman Juri M. 1990. *Universe of the Mind.* Bloomington/Indianapolis: Indiana University Press.

Rabie Jan. 1958. *Ons, die afgod.* Cape Town: Balkema.

Ricoeur Paul. 1991. Life: A Story in Search of a Narrator. In Mario J Valdés (ed): *A Ricoeur Reader: Reflection and Imagination.* Toronto: University of Toronto Press.

Van der Merwe Chris. 2005. Literature of Combat and Healing – South African Perspectives. In: R Ahrens, M Herrera-Sobek, Karin Ikas; FA Lomelí (eds): *Violence and Transgression in World Minority Literatures.* Heidelberg: Universitätsverlag. 249-262.

Van Heerden Etienne. 1996. *Kikoejoe.* Cape Town: Tafelberg. Translated as *Kikuyu.* 1998. Cape Town: Kwela Books.

Winterbach Ingrid. 2002. *Niggie*. Cape Town: Human & Rousseau.

— 2005. Ingrid Winterbach, wie se roman *Niggie* met die Hertzogprys bekroon is, word deur Ons Paneel onder hande geneem. *LitNet*, 13 October 2005. Available online at: www.oulitnet.co.za.

**[Originally published in: *Journal for the Study of Religion*, 19 (2), 2006: 87-98.]**

# Ingrid Winterbach: *Die benederyk*

Ingrid Winterbach het naam gemaak as skrywer en ook as skilder; geen wonder nie dat skilderskap so prominent figureer in haar jongste roman, *Die benederyk*. Die sentrale karakter, Aaron, uit wie se perspektief die gebeure weergegee word, is 'n skilder, terwyl sy broer, feitlik net so belangrik in die verhaal as Aaron, 'n verteller is. Hulle vul mekaar aan in hulle waarneming van die lewe; elk is op sy eie manier besig met die soeke na lewensin; hulle omskep die vrae en traumas van die lewe tot skilder- en woordkuns onderskeidelik.

Die buiteblad bied 'n bruikbare sleutel tot die aard en tematiek van die roman. Swart is die prominente kleur; maar teen die bokant van die blad is daar ook 'n heldergeel lig, en saam daarmee 'n verskeidenheid van kleure, met veral groen en rooi prominent. Ook in Winterbach se roman is daar heelwat vorms van donkerte; maar juis teen die agtergrond van hierdie duisternis is die "ligpunte" des te meer indrukwekkend – die tekens van positiewe ontwikkelinge en van hoop. Die verskillende kleure op die buiteblad is 'n voorteken van die unieke verskeidenheid van mense en ervaringe wat in die boek uitgebeeld word, van die "veelkleurigheid" van die lewe.

Die titel verwys na die onderwêreld en die hel; die "benederyk" maak dan ook in verskillende gedaantes sy verskyning in die teks. Daar is die hel van dwelmverslawing en van depressie; ook die hel van die demone in die mens wat jou tot ondergang kan dryf – 'n ondergang waarin diegene wat die naaste aan jou is, dikwels saam na onder getrek word. Die mens is kwesbaar op velerlei maniere; ook die realiteit van siekte en dood is immer aanwesig. In die woorde van Van Wyk Louw: "Niemand tref dit móói met die heelal nie"; die paradys is vir goed verlore. Maar naas die vele verskyningsvorms van die hel op aarde is daar ook in die roman karakters wat verlossing uit die benederyk ervaar; wat deur die donkerte heen beweeg om by lig uit te kom. Hiervan is die wonderlik beminlike Stefaans, die skilder Aaron se broer, die opvallendste voorbeeld.

By Stefaans is die tema van dwelmverslawing prominent; dit is nóú verbonde met die tema van hergeboorte, met die reis deur die donkerte na die lig. Oor baie dinge word in die roman slegs kursories vertel; baie dinge word verswyg; maar van die hellevaart van sy dwelmverslawing vertel Stefaans in besonderhede (230-243, 269-276). Hy het dit persoonlik beleef, en hy beskou dit as sy verantwoordelikheid om van sy verslawing en sy genesing te getuig (234). Aan die begin van die aangrypende vertelling van sy hellevaart (269-276) vertel Stefaans van 'n koerantberig wat hy gelees het: van 'n Australiër wat, as 'n tipe pelgrimstog, Everest gaan klim het. Vir die man was dit wesenlik 'n soektog na groter lewenshelderheid. Wanneer hy te midde 'n storm uitroep, "I've got it all figured out", betaal hy die tol vir sy hubris, en word hy "gatoorkop weggeboul die sneeustorm in". Sy makkers vind hom later, hy lyk "so dood as wat dood kan wees", maar wonderbaarlik herstel hy – hoewel met 'n halwe neus, 'n halwe arm, net een hand en 'n pikswart vel. Tog is die depressie waaraan hy gely het, weg, en hy begin met die wêreld te praat (269).

Hierdie verhaal vorm 'n parallel met Stefaans se storie; dit verbreed die tema van dwelmverslawing tot 'n 'n breër menslike ervaring van sterwe en hergeboorte, van 'n reis deur die duisternis na die lig. Dit is 'n reis met sterk religieuse bowetone. Stefaans vertel sy geskiedenis stap vir stap: die ervaring van 'n oerleegte (270); 'n tydlose ervaring waarin alle lig verdwyn (272); waarin hy nederiger raak, kleiner, nader aan die grond (273); waarin hy van vertroude konsepsies afstand moet doen (274) en leer om te berus in die nie-weet (275). Wanneer hy uit die put van dwelmverslawing kom, moet hy gedesensitiveer raak, sodat hy weer kan voel (276). Hy het die pad van verdorwenheid enduit gestap en kan nou van sy val en genesing getuig (243). Herhaaldelik word Stefaans met Lasarus vergelyk, want in 'n sekere sin was hy ook dood, en leef hy weer.

Stefaans, wat tydens sy verslawing alles verloor het – sy werk, sy huis, sy vrou (232) – word nou 'n bouer. Dit is 'n gepaste werk, want ook figuurlik gesproke is hy iemand wat opbou en herstel. Met die wysheid wat hy bekom het, met sy simpatie en sy hernieude belangstelling in die bonte verskeidenheid van die lewe, is hy 'n belangrike ligpunt in die verhaal. Hy is 'n troostende teenwoordigheid vir Aaron wanneer hy rou oor die dood van sy geliefde Naomi (113) en hy toon 'n bemoedigende belangstelling in die skilderye wat Aaron maak en wat vir hom so lewensbelangrik is (210).

Stefaans verdiep hom in die geskiedenis van die familie; hy werk soos 'n romanskrywer en soek na verbande, na samehang (314). Hy weet, om homself te verstaan, moet hy meer weet van die geestelike nalatenskap van die voorgeslagte, en hy stel veral in sy oupa Jesse belang, wat hom so diepgaande beïnvloed het en met wie hy hom in soveel opsigte kan identifiseer (236-237). Oupa Jesse was ook skuldig aan "substance abuse" (112); hy het lid geword van die Vrymesselaars, wat ook werk met lig en donker (247), wat ook belangstel in die ervaring van "terhelleneerdaal" (283) en die deurbreek na die lig (284).

In die geskiedenis van doktor Reynecke en sy seun Josua, so nóú verbonde aan die geskiedenis van Aaron en Stefaans se ouers, gaan Stefaans in op die fatale invloed van 'n demoniese vader op sy vriende en veral op sy seun Josua. Stefaans vertel die Reynecke-verhaal met groot deernis, veral teenoor Josua, en hy vind troos in die moontlikheid van verlossing vir die seun (219) en in die geloof dat die destruktiewe kringloop oor die geslagte heen uiteindelik verbreek kan word (228-229). Stefaans laat die lig van sy wysheid op die familiegeskiedenis val, 'n wysheid wat hy uit 'n verskeidenheid van bronne haal – of dit nou die I Ching, die Bybel of die Qur'an is (333).

Tog, ondanks sy insig, openbaar Stefaans ook die beperktheid van menslike kennis. Sy vertellings word dikwels per sms gestuur, wat 'n suggestie van onvolledigheid bevat – die enkele woorde laat meer ongesê as wat dit sê. Stefaans bly steeds 'n soeker; hy kom nooit uit by 'n finale punt waar hy alles weet en alles gevind het nie. Wanneer hy 'n nuwe belangstelling in die lewe en in die liefde kry, raak sy beminde weg en kan hy haar nie vind nie (295-7, 308) – byna soos Henry van *Sewe dae by die Silbersteins*, vir wie die begeerde Salome steeds ontwyk.

Ook by Stefaans se broer Aaron vind ons die tema van die "benederyk", van die deurgang deur depressie na nuwe lewensmoontlikhede. Na die dood van sy geliefde Naomi verval hy in 'n depressie (147); daarna hoor hy boonop van 'n gewas op sy nier (151); en 'n verdere slag tref hom wanneer dit lyk of sy jongste skilderkuns nie waardeer word deur Eddie Knuvelder nie, die man wie se van herinner aan die Nederlandse literatuurhistorikus Gerard Knuvelder, die kanoniseerder van die letterkunde. Eddie het in die verlede Aaron se werk bemark en dit is in sy lokale uitgestal, en nou voel dit vir Aaron of sy lewensaar afgesny is. Maar dan kom die verrassende wending in die slot, wanneer dit blyk dat Eddie gereël het dat Aaron se skilderye in Berlyn uitgestal word. Daarmee is Aaron uit die diepte; hy begin selfs erotiese fantasieë te kry oor Wanda, die kuratrise van Eddie, wat vroeër so ongenaakbaar voorgekom het – die rou oor Naomi is kennelik aan die verbygaan.

Die romangebeure word uit Aaron se perspektief gegee, en die leser is dus beperk tot wat hy weet en tot wat hy wil bekendmaak. Oor vele dinge is Aaron onseker – hy bly byvoorbeeld in die duister oor Eddie se sienings en motiewe; hy is nog meer in die duister oor sy raaiselagtige buurvrou Bubbles, wat blykbaar met allerlei maffia-bedrywighede besig is en wat op onverwagte oomblikke 'n pistool kan uitpluk, wat nogtans uit Milton se *Paradise lost* aanhaal en wat ten slotte net so onverklaarbaar uit sy lewe verdwyn as wat sy daarin verskyn het. Van Violet, Bubbles se vriendin wat steeds aan haar sy is, weet Aaron nog minder. Oupa Jesse, wat so 'n belangrike rol in Stefaans se narratief speel, se oorsprong is onbekend. Van Benjamin, Aaron se jongste broer, weet ons wel dat hy, soos Stefaans, deur 'n diep depressie gegaan het en wonderbaarlik herstel het; maar meer as dit gee Aaron nie te kenne nie. Ook van die vrou van wie hy geskei is, en van Naomi wat hy liefgekry het, vertel hy byna niks nie. Die roman is soos 'n skildery met oop ruimtes waar die leser/kyker self die oop plekke kan invul. Daarmee word die geheel in misterie gehul; daar is 'n suggestie, in die woorde van DJ Opperman, van die "klein wit kol van my wete", en daarteenoor: "'n duister land / bedreig my alkant" (uit die gedig "Man met flits").

Ook die herhaalde verwysings na *Josef en sy broers*, die magistrale epos van die Duitse skrywer Thomas Mann, sluit hierby aan. Mann se roman gaan diepsinnig in op verbande tussen die generasies, op vrye wil en voorbestemdheid, op patrone wat herhaal word. Maar die roman begin met 'n vermaning – ek haal aan uit die Engelse vertaling:

Very deep is the well of the past. Should we not call it bottomless?
[…] for the deeper we sound, the further down into the lower world of the past we probe and press, the more do we find that the earliest foundations of humanity, its history and culture, reveal themselves unfathomable.

*Die benederyk* bevat 'n sterk element van besinning oor kunstenaarskap. Aaron se volgehoue denke oor sy skilderkuns kan geïnterpreteer word as 'n indirekte besinning van die implisiete skrywer oor kuns in die algemeen, maar veral oor skilder- en verhaalkuns. Aaron se beskouings bied 'n indirekte kommentaar op die roman waarvan Aaron se besinnings 'n deel vorm. Baie van die dinge wat Aaron oor die kuns kwytraak, is dan ook van toepassing op Winterbach se roman. Aaron verwonder hom oor die eindelose tonaliteite van swart, hy is geïnteresseerd in swart as heroïese kleur (88); en ook Winterbach se roman gaan oor die "tonaliteite van swart", oor die heroïese worsteling met duisternis. Aaron is nie in pas met moderne modes in die skilderkuns nie – hy skep meer behae in die werk van die Romaanse, Middeleeuse en Renaissance-meesters (98). Hy strewe na "die diepte en eenvoud van Giotto se visie en na Piero se stralende klaarheid, sonder om die dissonansie van my eie tyd prys te gee; ek streef na Masaccio se humanisme, na die *Katzenkammer Kids* se streetwise streke" (100). Ook in *Die benederyk* is daar 'n verbinding van eenvoud en diepte, 'n helderheid sonder ignorering van die "dissonansie" van ons tyd. Verder is daar in Winterbach se roman die deernis en die humanisme van Masaccio. Saam met hierdie "hoë" kuns word die "streetwise streke" in die strokiesprent van die Katzenkammer Kids genoem, wat aansluit by die kennis van "straatwerklikhede" soos dwelmverslawing in die roman.

Aaron beweeg in sy jongste kuns weg van die nie-figuratiewe, hy begin representasie in die kuns te herwaardeer. Sy kuns het nou minder gedistansieerd geword, nader aan die lewe (165). As uiteindelike maatstaf geld vir hom die waarheid van die vorm – nie die waarheid van "alles weet" nie, maar die waarheid van deurleefdheid, van outentisiteit (256). Winterbach se werk het 'n soortgelyke ontwikkeling ondergaan, vanaf die eerste werke onder die skuilnaam Lettie Viljoen tot by *Die benederyk*. Haar werk het eenvoudiger geword, meer realisties, nader aan die lewe – oor lewenskwessies soos wanhoop, liefde en nood (143).

In skerp teenstelling met hierdie benadering tot die kuns, gekenmerk deur 'n helende deernis, vind ons die destruktiewe opvattinge van die kunstenaar Jimmy Harris – anargisties, sonder kennis van die tradisie, op die "cutting edge". Sy naels wat hy voortdurend byt, is 'n teken van sy "selfmutilasie" (61); ten slotte sterf hy, blykbaar nadat hy sy are gesny het en 'n video-opname daarvan laat maak het. Dit is die tipe vernietigende "post-moderne" kuns waarvan Aaron, en by implikasie die implisiete outeur, hom/haar distansieer; dit staan teenoor die kuns van iemand soos Masaccio, van wie daar gesê word dat sy kuns 'n helende element bevat (58).

Aanvanklik is Aaron 'n eensame man, worstelend met sy kuns en geïrriteerd wanneer hy lastig geval word. Geleidelik verander hy egter. Hy toon groter meelewing met sy dogter Stefanie in haar depressie, en 'n sterk band ontwikkel tussen hulle (185-186); hy begin hom bekommer oor die welsyn van sy broers en kinders (173), hy raak hartseer oor die leed wat sy ouers moes verduur (173); hy betreur die "verdorwenheid van die wêreld; die daaglikse onheil op elkeen se pad" (174). Aaron het, soos Van Melle se oom Diederik, geleer om te huil.

In hierdie verandering van Aaron het sy buurvrou Bubbles waarskynlik nie 'n geringe rol gespeel nie. Sy word binnegelaat deur die getroue bediende Gloria Sekete, wat normaalweg ongewenste besoekers buite hou. Gloria weet waarskynlik dat Aaron vir Bubbles nodig het; Bubbles ruk hom dan ook telkens (teen sy sin) uit sy eensaamheid en dwing hom na buite. Bubbles se naam herinner aan Bubbles Schroeder, die vrou van losse sedes wat vermoor is, en wie se moord onopgelos gebly het. Winterbach se Bubbles is ook (skynbaar) 'n vrou wat met gevaarlike bedrywighede besig is; sy word deur agtervolgers bedreig en kan onverwags 'n pistool uitruk (22); sy is gewillig is om diegene wat vir Aaron ontstel, uit die weg te ruim (31). Maar Bubbles het ook 'n ander kant. Haar oë is verskillend – die groter regteroog is die een waarvoor 'n mens in jou pasoppens moet wees; maar sy het 'n kleiner, milder, humane linkerogie (290). Die leser vermoed dat daar onder haar gevaarlike uiterlik 'n humaniteit skuil. Bubbles bedek haar gesig gereeld met 'n gorilla-masker; waar die meeste mense probeer om hulle "gorilla"-kant te verberg, gebeur die teenoorgestelde by Bubbles: sy hou 'n gevaarlike front voor waaragter 'n sagter kant skuil. Sy trek Aaron uit sy kluisenaarslewe; sy sien sy behoeftes raak; sy gee aan hom kasette waarop hy die belangrikheid van "patience" en "endurance" leer (139). Sy verskyn in sy lewe wanneer hy haar nodig het; en wanneer dit met hom beter gaan, verdwyn sy weer net so skielik.

Bubbles is 'n heerlike karakter, vol onverwagse streke; sy bring 'n noodsaaklike ligter element in die roman. Sy word so deur Aaron beskryf:

> Sy is deel van die militêre vleuel van Zen; hulle vat nie kak van enigeen nie. Hulle onderrig is direk, op die man af, brutaal as dit moet; hulle mors nie tyd met 'n gepamperlang van die student nie. Lê die plak ín. Kaplaks! Smak! Word wakker student, uit jou eeue-lange slaap, uit jou talle nederige inkarnasies van klip, slak, padda! Word wakker en smell the coffee, trek opsy die sluier van maya en kyk! Sién! Rol op die grond met die trane van vreugde en verheldering wat oor jou wange stroom! (172).

Die dialoog tussen haar en Aaron, waarin tale vryelik gemeng word en die leuen nie vir die waarheid skrik nie, is kostelik. Ek gee een voorbeeld:

> "Jy moet meer uitkom", sê Bubbles. "Kyk hoe lyk jy".
> "Amen", sê mevrou Sekete.
> "Hoe lyk ek?" vra hy.
> "Jy lyk worried en harrassed."
> "Ek voel dit nie", sê hy," ek voel trouens piekfyn."
> "You could have fooled me," sê sy.
> "Jy hoef jou in elk geval nie sorge te maak oor hoe ek lyk nie," sê hy.
> "Moet jy nie werk nie? Het jy tyd om so rond te hang?"
> "Confucius sê: Man who rebuffs friend, ends up in gutter," sê sy.
> Ter wille van mevrou Sekete se Christelike ore bedwing Aaron hom om nie iets lelik afwysends oor Confucius te sê nie (195-196).

Aan Bubbles se sy, soos 'n skaduwee steeds op die agtergrond, is haar vriendin Violet, onopsigtelik soos 'n viooltjie. Dit is opvallend hoeveel karakterpare in die roman voorkom, met een karakter wat op die voorgrond is, en die tweede van wie ons min uitvind. Soms vorm die karakters ook groepe van drie (241). Voorbeelde van karakterpare is, naas Bubbles en Violet, die skilders Jimmy Harris en Moeketsie Mosekedi en die kuratrises Wanda en Zelda. Dit herinner my aan die twee slanke, ononderskeibare Misses Silberstein in Etienne Leroux se *Sewe dae by die Silbersteins*, en ook aan Jock Silberstein se stelling wat as motto voor in Leroux se roman gebruik word:

> Ons is nie alleen nie [...] Ons besef aldag meer ons gesamentlike aandeel in die lot van die mensheid. Die eensaamheid is die verlange, die pyn by aanskouing van die valse beeld van die enkeling wat stuksgewys met ons nuwe insig verdwyn.

Soos genoem, stel Aaron, as fundamentele maatstaf vir goeie kuns, die waarheid van die vorm. Hierdie maatstaf kan ook op *Die benederyk* toegepas word; die vorm is inderdaad in ooreenstemming met die temas en strekking. Die uitdaging vir die skrywer van 'n boek soos *Die benederyk* is om die ervaring van die duistere, dikwels chaotiese werklikheid tot sinvolle struktuur te omskep. Die onverwagte gange van die intrige, soos die siekte van Eddie Knuvelder en sy uiteindelike ondersteuning van Aaron se kuns, die dood van Jimmy Harris en die verskyning en verdwyning van Bubbles, is tekens van die onvoorspelbare en ondeurgrondelike aard van die lewensgang. Die oop plekke in die verhaal, die leser se gebrekkige kennis van baie van die karakters en hul situasies, suggereer die tema van menslike onsekerheid en onkunde. Die paradoksale waarheid wat uitgebeeld word, is dié van menslike insig in 'n omringende see van onkenbaarheid.

Die vertelling wissel gereeld tussen verskillende verhaallyne. Daardeur word afwisseling verskaf wat help om die leser se belangstelling te behou – dit is amper soos 'n televisiedrama wat uit kort tonele opgebou is. Maar die wisseling tussen die verhaallyne het 'n dieper funksie: daardeur word die lineêre verloop deurbreek om te fokus op dit wat die verhaallyne verbind, die tydlose temas van ondergang en redding. Die vertellings wissel ook tussen hede en verlede, om die verstrengeling van die tye te suggereer. Die tydsverloop word as 't ware deur die vertelwyse gestol, sodat die struktuur soos 'n mosaïek is, of 'n skildery; soos wat die vertelling voortgaan, word telkens 'n nuwe deeltjie bygevoeg om die patroon van die geheel te voltooi.

'n Goeie voorbeeld van hierdie vertelwyse vind ons in hoofstuk 5. Dit begin met die vertelling van Stefaans se jeug, soos deur Aaron onthou. Dit word gevolg deur die vertelling oor die "Luceferiaanse" dr Samuel Reynecke. Die inligting wat Aaron oor hom verskaf, is kennelik ten dele deur Stefaans aan Aaron gekommunikeer – Aaron vertel dus oor wat hy by sy broer gehoor het (76). Hierna volg die tragiese verhaal van Josua, die seun van Samuel Reynecke, 'n verhaal waarin Stefaans hom verdiep het. In teenstelling met hierdie verhaal van demone en van ondergang, volg die intrede van die vrolike Bubbles, wat Aaron ompraat om haar met haar inkopies by Checkers te help. Terwyl hy op haar wag, dink hy na oor die kunsopvattinge van Jimmy Harris; hy word byna by dwelmsmokkelary betrek; sms-boodskappe van Stefaans stroom in oor die lot van Josua Reynecke; vervolgens laat Bubbles blyk dat sy die Russiese skrywer Gogol lees; en die verhaal word afgesluit met nog sms'e van Stefaans: oor Thomas Mann, Samuel Reynecke en oor die onbegryplike gang van die lewe.

Verskillende fasette van die "benederyk"-tema kom saam hier voor: demone en ondergang naas redding en omgee vir ander, kuns en (self-)vernietiging, dwelm-verslawing en genesing. Deur die naas mekaar stel van die verskillende verhaal-ontwikkelinge, deur die suggestie van verbande tussen hulle, word die veranderende, tydsgebonde gebeure opgeneem in onveranderlike, tydlose temas. Verder, deur die teruggang na die verlede vanuit die hede word die verstrengeling van hede en verlede gesuggereer. Die verskillende verhaallyne wat saam in die een hoofstuk gevoeg is, suggereer ook die verbintenis tussen Aaron en sy broer, tussen vader en seun Reynecke, tussen die Reyneckes en Aaron-hulle se familie; inderdaad, in die woorde van Jock Silberstein, is daar sprake van "ons gesamentlike aandeel in die lot van die mensheid". Om die besinning en rasionele denke ten opsigte van die Reynecke-verhaal te balanseer, word die tema van onkunde en onbegryplikheid ingebring deur die onbepaalbare Bubbles en deur die laaste sms'e van Stefaans. Hierdie hoofstuk is soos 'n kleiner, relatief selfstandige eenheid wat volmaak die groter geheel weerspieël.

'n Kenmerk van die roman is die groot hoeveelheid verwysings daarin. Sommige van die skilders na wie verwys word, het ek reeds genoem, maar daar is ook ander: Signorelli, Joseph Beuys en Goya. Wat skrywers betref, is daar naas Thomas Mann, ook Cormic McCarthy (*The Crossing*) en TS Eliot. Die insigte van die I Ching staan naas dié van die spirituele leier Krishnamurti en dié van die Bybel – veral die Ou Testamant is 'n inspirasiebron. Sangers (-esse) na wie verwys word, sluit in Branda Fassie, Sinead O'Connor en Laurie Andersen – almal mense wat lewenskrisisse tot kuns getransformeer het. Deur hierdie verwysingsveld word die romanwêreld grootliks verruim en verryk.

Jare gelede het ek as student geleer, via Warren en Wellek, wat die fundamentele kenmerk van groot literatuur is: "the amount and diversity of material integrated". Dié maatstaf het mettertyd uit die mode geraak, maar dit bly steeds 'n goeie formulering wanneer 'n mens na grootse literatuur verwys. Sonder twyfel gee dit 'n raak karakterisering van Ingrid Winterbach se roman *Die Benederyk*.

[Oorspronklik gepubliseer as resensie op: *LitNet*, 2012. Aanlyn by: www.litnet. co.za.]

# Sonja Loots: *Sirkusboere*

Sonja Loots het in 1995, op baie jeugdige leeftyd, die aandag getrek met die verskyning van haar debuut-roman *Spoor*. Nou, sestien jaar later, het haar tweede roman, *Sirkusboere*, verskyn – 'n publikasie waarna baie lesers uitgesien het.

*Sirkusboere* is 'n historiese roman, gebaseer op uiters boeiende historiese gegewens. Generaal Piet Cronjé, berug vir die Boere-neerlaag by Paardeberg tydens die Anglo-Boereoorlog, word 'n paar jaar ná die einde van die oorlog gevra om deel te neem aan 'n voorstelling van die Slag van Paardeberg in St Louis, VSA. Die eienaar van hierdie "sirkus" is Frank Fillis, en saam met hom in die projek is nog 'n Boere-generaal, Ben Viljoen. Daar is min wat Cronjé by die huis hou – sy plaas is verwoes, sy vrou is oorlede. Hy word aangetrek deur die moontlikheid om geld te maak en deur die hoop om waardering te kry wat ná sy oorgawe by Paardeberg vir hom maar skaars was; dus willig hy in. Dit word egter 'n patetiese skouspel waarin hy dag na dag die drama van sy grootste vernedering moet óórspeel. Boonop loop die projek op 'n finansiële mislukking uit, en Cronjé keer uiteindelik terug na sy plaas sonder die emosionele en finansiële vergoeding waarop hy gehoop het.

Saam met Cronjé, Frank Fillis en Ben Viljoen gaan 'n hele klomp Boere-oudstryders oorsee om as akteurs in die vertoning op te tree. Prominent in hierdie groep is Maans Lemmer, wat nog swaar dra aan die dood van sy vrou en seuntjie in die konsentrasiekamp. Ook swartmense is deel van hierdie projek om geld uit die oorlogsherinneringe te maak. Onder hulle is die swartman Fenyang, Cronjé se agterryer tydens die oorlog.

Die opkoms en ondergang van Frank Fillis se sirkusvertonings is die narratiewe raamwerk waarbinne 'n aantal boeiende temas vergestalt word. 'n Hooftema is die verwerking van die traumatiese oorlogsgeskiedenis. Elkeen van die sentrale karakters bied 'n eie variasie op hierdie tema. Cronjé bly vasgevang in die trauma van die verliese wat hy gely het: sy vrou is dood, sy plaas is verwoes, die oorlog is verloor, en boonop het hy die respek van die meeste van sy mede-stryders en hul naasbestaandes verloor deur sy oorgawe by Paardeberg. Die voorstellings waarin hy daagliks optree, is simbolies van die feit dat hy, soos in 'n maalkolk, in die geskiedenis van Paardeberg vasgevang is; dat hy moeilik 'n nuwe begin kan maak. Ben Viljoen is korrek in sy oordeel oor Cronjé:

> Die ou sukkelaar is seker nóú nog behep met die oorlog teen die
> Engelse [...] Hy rol dit al groter, soos 'n miskruier sy stink bal, en hy sal
> aanhou rol totdat dit hom heeltemal verdwerg (346).

'n Groot deel van Cronjé se probleem is dat hy nie sy skuld wil konfronteer nie; hy plaas steeds die blaam op ander, onder andere op die Boereheld, generaal De Wet. Hy beskou homself as 'n martelaar, as 'n Bybelse profeet of psalmdigter wat met God worstel, maar die waarheid is dat sy godsdiens bloot 'n dekmantel is wat eerlike selfkonfrontasie verhoed. Sy plaaswerkers het hom die bynaam "KaMongoele" gegee, wat "Op die knieë" beteken – omdat hy so baie bid. Maar die ervaring het hulle geleer dat "hy mos altyd begin bid het as hy verskoning soek vir kwaaddoen" (83).

In sy worsteling fokus Cronjé op Paardeberg en die Anglo-Boereoorlog, en kyk daarmee 'n belangrike faset van sy skuld van die verlede mis: sy rassistiese houding en optrede teenoor swartmense. Vir hom is swartmense se "harte ... so swart soos dassiepis" (133); besonder ironies is sy siening dat swartmense lief is daarvoor "om eiendom op te eis wat ander toekom" (210). 'n Donker vlek op sy verlede is sy deelname aan uitroei-ekspedisies teen swartmense, waarin soms ook kinders doodgemaak is (146). Selfs teenoor Fenyang, sy agterryer tydens die oorlog, faal hy – wanneer Fenyang byna doodgeslaan word deur 'n gruwelik rassistiese witman, het Cronjé nie die medemenslikheid of die durf om sy werker te beskerm en te red nie.

In hul houding teenoor die verlede vorm Frank, die sirkusbaas, sowel as Ben Viljoen 'n skerp kontras met Cronjé. Ben Viljoen, soos Cronjé, is opgesaal met die las van die verlede. Nie net het sy mense die oorlog teen Brittanje verloor nie, maar sy vrou het hom bedrieg. Ben beweeg egter aan, anders as Cronjé, deur die verlede gladweg van hom af te werp; hy dink: "moer toe met al die vrome ooms en tantes, met ónse mense, ónse taal, ónse kerk en ónse erfgrond" (22). Na die oorlog woon hy eers in Londen, dan in St Louis, uiteindelik in Nieu-Meksiko; hy is 'n opportunis wat hom telkens in 'n nuwe omgewing bevind en sy wieke na die wind draai om te oorleef. Hy is iemand wat eerder gly as om te bly.

En tog is Ben Viljoen nie heeltemal ongevoelig nie. Hy ly kennelik aan post-traumatiese stres na die slag van Elandslaagte: "Hulle het op hul perde gesit en ons manne met lanse stukkend gesteek. God, die goed wat mens daar gesien het" (24). "Daar was dinge wat ek nie kon aanskou nie, ek het myself gedwing om weg te kyk" (25). Sy manier om trauma te verwerk, is om stil te bly en sy gevoelens en gedagtes te onderdruk: "Wat sê 'n mens as jy so iets hoor? Niks. Jy sê absoluut niks. Jy suip. Mettertyd bedaar jy weer. Dit mos die nuwe manier van doen. Hou jou bek en bedaar. Sit in die hoek en *shut up*" (25). Viljoen is ook geraak deur Maans Lemmer se verdriet oor die sterwe van sy vrou en kind in die oorlog – duidelik meer geraak as Piet Cronjé, wat niks daarvan wil weet nie.

Viljoen vind nie waarlik bevryding nie; hy vind nie 'n plek waar hy tot rus kan kom nie, want in Nieu-Meksiko word hy uiteindelik, as gewese Boere-generaal, gemanipuleer om deel te word van die versetstryd van die rebelle teen die outokratiese regeerder. Wat hy ten slotte verkry, is nie 'n ruspunt nie, maar "'n hele inventaris verhale" (349) – getuienis van 'n avontuurryke lewe.

Daar is baie ooreenkomste tussen Ben en Frank die sirkusbaas. Albei was vroeër gerekende mense, maar dit is nou verby – die een was 'n Boere-generaal, die ander baas van 'n beroemde sirkus. Hulle wil albei die huidige verleentheid so gou moontlik agter die rug kry en 'n nuwe begin maak. Albei vind dit relatief maklik om met die verlede te breek, grootliks omdat etiese prinsipes nie by hulle groot gewig dra nie – albei raak byvoorbeeld betrokke in warm seksuele verhoudings sonder veel emosionele betrokkenheid. Hulle vergeet gou en beweeg aan. Frank het in sy sirkus 'n klomp mense versamel wat 'n swaar las van die verlede dra, maar hy stel nie in "treurmares" belang nie – "hy kan die gesanik oor hul droewe lot nie meer uitstaan nie" (201). Wat vir hom saak maak, is om baie kaartjies vir sy sirkus te verkoop, om geld te maak, en veral om onthou te word. Uiteindelik is hy 'n ongeluksvoël, 'n mislukking, "gister se nuus" (361) – deel van 'n vergete verlede.

Die vervalsing van die geskiedenis is 'n belangrike onderdeel van die tema van die houding teenoor die verlede. Frank gee nie om of hy die oorlogsverlede waarheidsgetrou voorstel nie; vermaak is vir hom die kriterium. Sodoende transformeer hy die geskiedenis tot sirkus. Die patetiese Cronjé word as 'n heldhaftige kryger voorgestel; Maans Lemmer, verswelg deur verdriet, word gereduseer tot 'n waaghalsige bomplanter in die oorlog; en in Frank se Afrika-tentoonstellings is dit weer die sonderlinge en die eksotiese wat die deurslag gee.

Buffalo Bill se voorstellings van die Amerikaanse geskiedenis (169v) betrek Amerika by die tema van die vervalsing van die geskiedenis. Buffalo Bill se "sirkus" word aangebied as "die verhaal van Amerika, die drama van oorlewing" (171). Die "egtheid en die akkuraatheid van alle stellings" word gewaarborg (170), maar in die vertoning word van moordenaars helde gemaak, en van slagoffers barbare: die held is "die man wat Yellow Hand se kopvel afgeskil het, die wreker van generaal Custer se eer" (169).

Ook Ben Viljoen, wanneer hy van Elandslaagte vertel, vervals die gebeure, omdat die traumatiese herinnering vir hom te pynlik is:

> Hy het begin besef dat 'n soldaat se verhale onvertelbaar is. Te stukkend, te deurmekaar. Onmoontlik om dit agterna te orden [...] Hy het dit só vertel, want dit was die soort verhaal waarmee 'n mens kan saamleef (113-114).

Ook wanneer Viljoen as skrywer ontpop, laat hy hom lei deur wat die lesers graag wil hoor (109); hy verander wat gebeur het om homself in 'n gunstige lig te plaas (109). Dieselfde geld vir Cronjé – wanneer hy sy memoires skryf, is dit deurtrek met vervalsings en verontskuldigings (350-355). Johanna, sy tweede vrou, is die een wat sy leuenagtigheid genadeloos ontbloot.

Die vervalsing van die verlede word tot 'n hoogtepunt gevoer in die aanskoulike voorstelling in Kaapstad, by Uniewording, van die Suid-Afrikaanse geskiedenis. Wat vir dié tyd nie polities korrek is nie, word gewoon uitgelaat – so byvoorbeeld, in 'n tyd waarin die stryd tussen Boer en Brit polities sensitief is, val die seminale geskiedenis van die Anglo-Boereoorlog weg. In dié voorstelling word vooroordele geopenbaar en bevestig – die koms van die witman na die land word eenvoudig voorgestel as "Het verdwijnen van de barbaarsheid in Zuid-Afrika" (369).

En so, agter die fasade van die sirkusvertonings, verdwyn die waarheid en gaan die egte pyn van die verlede verlore. Hierdie pyn word in die roman veral deur twee karakters beliggaam: Maans Lemmer en Fenyang. Hulle is blykbaar nie historiese karakters nie, maar figure "saamgestel" uit die historiese werklikheid. Anders as die selfgesentreerde Cronjé, die opportunistiese Ben en die "showman" Frank, ly Maans diep as gevolg van die liefde – sy liefde vir sy vrou en kind wat in die kamp gesterf het. Maans voel verplig om hulle te onthou, want as hy vergeet, dan bly daar niks van hulle oor nie. Sy vaderlike briewe aan sy seuntjie in die konsentrasiekamp is van die roerendste dele in die roman en suggereer hoe swaar die latere dood van die kind hom moes getref het. Hy probeer om sy verdriet te verwerk, hy rig sy gedagtes op matematiese formules en geordende skouspele om sy emosies te orden. Maar die verdriet breek steeds deur; op 'n dag sien Cronjé hom huil soos hy nog geen man sien huil het nie (maar Cronjé toon weinig tekens van medelye); en uiteindelik skiet Maans homself met 'n haelgeweer. 'n Deel van Maans se tragiek is geleë in die feit dat hy, in 'n tyd dat manne nie maklik hul gevoelens met mekaar deel nie, sy las alleen moet dra.

Fenyang se lydensgeskiedenis strek verder terug as die Anglo-Boereoorlog. Waar die ander sentrale karakters se pyn met die Anglo-Boereoorlog verbind kan word, is sy trauma 'n chroniese trauma, veroorsaak deur die onreg wat in die struktuur van die samelewing ingebed is. Van jongs af moes hy twee geskiedenisse leer: die Boere-geskiedenis wat sy baas hom vertel en die geskiedenis van sy mense wat hy by die inisiasieskool leer. Hy moet dus twee identiteite handhaaf, twee teenoorgestelde narratiewe gelyktydig uitleef – hy is Fenyang vir sy mense, maar vir Cronjé is hy Jan Windvoël. Hy word gedwing om die blankes se oorloë te help veg en raak so aandadig aan die dood van sy eie mense, sodat die skuld van die blankes aan hom oorgedra word. Wanneer die Anglo-Boereoorlog uitbreek, gaan hy saam as Cronjé se agterryer; ná die oorlog gaan hy teensinnig saam na Amerika as Cronjé se handlanger; hy is wesenlik sy baas se besit.

Nadat hy, soos reeds genoem, in Amerika lelik deur 'n rassis toegetakel is, keer hy terug na die plaas waar hy grootgeword het. Vir 'n kort tydjie beleef hy die geluk wat hy gedink het onbereikbaar is: in Cronjé se afwesigheid is hy vry om hom uit te leef as boer. Daar heers 'n kortstondige voorspoed – maar dan keer Cronjé terug en die ou orde word herstel. Fenyang se hele lewe word deur frustrasie gekenmerk, maar hy moet sy woede sluk om te kan oorleef. Hy het geleer "dis beter om die verlede toe te gooi" (145).

Die ervarings van Fenyang bring 'n belangrike faset van die tema van die vervalsing van die geskiedenis na vore. Fenyang se ondervindings herinner daaraan dat die Anglo-Boereoorlog nie net aan die Boere smart gebring het nie (dit ook natuurlik, soos Maans Lemmer aandui), maar dat die oorlog ook groot lyding onder swartmense veroorsaak het. Sy lot ironiseer die voorstelling van die geskiedenis by Uniewording – dat die blankes die beskawing gebring het wat die duisternis van barbarisme verdryf het. Fenyang se lotgevalle suggereer eerder die omgekeerde. Dit word duidelik, die titel van die roman slaan nie net op die "sirkusboere" in Frank Fillis se sirkus nie, maar ook op die universele menslike neiging om die feite van die verlede te manipuleer en tot sirkus te transformeer. Die pynlike kante van die verlede word verswyg, want die doel van die "sirkus" is om die kyker/leser te vermaak en die belange van die "sirkusbaas" te dien. Die "boere" van die titel verwys na Boere en Afrikaners, maar ook in die algemeen na die baie individue en groepe wat steeds weer 'n sirkus van die geskiedenis maak.

Die roman beeld verskillende tipes trauma en reaksies op 'n traumatiese verlede uit. Soms is dit skerp satiries oor die krampagtige vasklou aan 'n tyd wat verby is; dikwels bring die karakters 'n suggestie van hoe trauma *nie* helend verwerk word nie. Nêrens word 'n maklike oplossing vir die verwerking van trauma gebied nie, maar uit die worsteling van die sentrale karakters word die leser geprikkel tot nadenke, deur situasies wat so sterk met die huidige tyd resoneer.

In *Sirkusboere* word 'n boeiende stuk geskiedenis op meevoerende wyse verwerk. Die leser wat ná die eerste twee bladsye van die boek nie lus voel om verder te lees nie, moet selfondersoek doen. Die meevoerendheid word onder andere verkry deurdat die verhaal in die vorm van kort tonele opgebou is, en telkens wissel van een tyd en plek na 'n ander, sodat die leser nie 'n kans kry om verveeld te raak nie. Dit sou 'n heerlike teks wees om te verfilm! Die gedurige wisseling tussen die verskillende tye het, naas die meevoering van die leser, ook 'n ander funksie: dit sluit aan by die sentrale tema van die verbondenheid van hede en verlede.

Daar is wel enkele kleiner punte van kritiek. Piet Cronjé raak vir my soms oordrewe karikatuuragtig, hy is té een-dimensioneel. Verder: die plekke en tye van die verlede word deurgaans op 'n besonder oortuigende wyse voor die gees van die leser geroep, en die historiese plekke en gebeurtenisse word oor die algemeen goed met die roman as geheel geïntegreer – maar ek is nie seker of die perdry-kompetisie tussen Ben en Buffolo Bill (257v), boeiend soos wat dit op sigself is, 'n funksie het in die ontwikkeling van die tematiek nie. Derdens: die taalgebruik is oor die algemeen gepas, die dialoog sprankelend, maar soms wil-wil dit beweeg in die rigting van mooiskrywery. Ek dink aan 'n sin soos die volgende: "Die baklei het soos 'n jakkals weggesluip, en in sy plek het swartgalligheid en selfverwyt aan Piet se hande kom snuffel" (69).

Dis egter ondergeskikte punte. Die hoofsaak is dit: hierdie sirkus gaan nog aan baie mense baie plesier verskaf!

**[Oorspronklik gepubliseer as resensie op:** *LitNet*, **2011. Aanlyn by: www.litnet.co.za.]**

# III Literatuur en spiritualiteit

# "Ek is nog hy" ... en tog ook nie.
## Trauma, loutering en religie in *Bart Nel* van Johannes van Melle

### 1.　Narratief, Trauma en Religie

Toe ek gevra is om 'n artikel vir die huldigingsbundel van my vriend Eep Francken te skryf, het ek dadelik gedink aan Van Melle se roman *Bart Nel*,[1] omdat Eep hierdie teks (tereg) so hoog aanskryf, en omdat hy soveel daaroor gepubliseer het.[2] Hierdie artikel ondersoek Van Melle se klassieke roman vanuit die perspektief van narratief, trauma en religie.

Ek het uitvoerig, in aansluiting by verskeie belangrike trauma-teoretici, my siening van trauma uiteengesit in twee publikasies, geskryf in samewerking met Hans Ester en Pumla Gobodo-Madikizela, onderskeidelik.[3] Hier gee ek dus slegs 'n kort samevatting van my beskouings, wat sterk steun op die idees van Paul Ricoeur.

Volgens Ricoeur is die mens geneig om die lewe narratief te verwerk; "to see a certain chain of episodes in our lives as *stories not yet told*, stories that seek to be told" (Ricoeur 1991: 434). Hy verbind die narratiewe verwerking van die lewe met Socrates se bekende stelling dat die lewe wat nie ondersoek is nie, nie die moeite werd is om te lewe nie. Ricoeur glo: "Socrates's life examined is a life *narrated*" (435 – kursiverings in albei aanhalings deur Ricoeur). Om die lewe tot verhaal te transformeer, beteken dat daar 'n samehangende intrige gevorm word, 'n ketting van oorsaak en gevolg; dat herhaalde temas en patrone na vore kom, asook konstante onderliggende waardes; dit alles omskep die lewe tot 'n koherente, begrypbare geheel.

Identiteit kom vir Ricoeur op 'n narratiewe wyse tot stand. Hy onderskei tussen twee Latynse woorde wat albei met identiteit verband hou: *idem* en *ipse*. *Idem* dui op 'n onveranderlike identiteit; *ipse* daarenteen, dui op konstantheid binne verandering – *ipse* is die begrip wat sy siening van narratiewe identiteit die beste omvat:

> Unlike the abstract identity of the same (*idem*), this narrative identity, constitutive of self-constancy, can include change, mutability, within the cohesion of one lifetime" (Ricoeur 1988: 246).

Die narratief van die individu is ingebed in kollektiewe narratiewe; "my storie" is deel van "ons storie" – die storie van die familie, die stad of die land. Dit is onmoontlik

---

1　Die roman het oorspronklik in Nederlands verskyn, met Afrikaanse dialoog met die titel *Bart Nel, de opstandeling* (1936). In 1942 het dit volledig in Afrikaans verskyn met die titel *En ek is nog hy*. Die titel is met die herdruk in 1950 weer verander na *Bart Nel*.

2　Vergelyk Franken 1998a; 1998b; 2001; 2011.

3　Van der Merwe 2007, in sonderheid hoofstukke 1 en 4; Ester *et al* 2012, veral die inleiding.

om die individuele en kollektiewe verhale van mekaar los te maak. Identiteit kom nie in isolasie tot stand nie, maar in interaksie. Soos Alasdair MacIntyre dit stel:

> I am born with a past; and to try to cut myself off from that past, in the individualistic mode, is to deform my present relationships. The possession of an historical identity and the possession of a social identity coincide. Notice that rebellion against my identity is always one possible mode of expressing it (MacIntyre 1981: 205).

Trauma vernietig die koherensie wat narratiewe skep. Dit kan op individuele of kollektiewe vlak gebeur; dikwels val die twee vlakke saam. Trauma word gekenmerk deur verlies – verlies van narratiewe, van betekenis, van identiteit. Die identiteit wat narratief tot stand gekom het, stort ineen; die intrige verbrokkel, en die woorde om die ervaring te beskryf, ontbreek. Heling kan alleen tot stand kom deur die herdink en die omskepping van die versplinterde narratief tot 'n verhaal waarin die traumatiese ervaring sinvol geïnkorporeer word.

Literatuur kan in hierdie situasie van woordeloosheid 'n belangrike rol vervul. Skrywers het die verbeelding sowel as die taalvermoë om literêre narratiewe te skep wat traumatiese gebeure oortuigend weergee. Hulle kan trauma tot verhaal omskep deur die grense van die taal te verskuif en nuwe narratiewe moontlikhede te bedink (vergelyk Van der Merwe 2007: 59-63). In Van Melle se *Bart Nel* speel trauma 'n sentrale rol – trauma op individuele sowel as kollektiewe vlak – en die versplintering van narratiewe word omskep tot 'n verhaal gevul met betekenis.

Hiermee is kortliks ingegaan op twee van die begrippe wat in die titel voorkom, naamlik "trauma" en "literatuur". Hoe pas die derde begrip, "religie", in by die beskouing oor literatuur en trauma? In die eerste plek raak die religieuse ervaring, soos trauma, aan dinge buite die rasionele begripsvermoë. Versteeg lê daarom 'n verband tussen die traumatiserende gebeurtenis en die ontmoeting met dit wat heilig is (Versteeg 2012: 64). Sy wys daarop dat die traumatiese sowel as die sublieme raak "aan de grenzen van ons begrip" (69); in albei gevalle gaan dit om "een waarheid die juist niet in taal kan worden gevangen" (63). In die soeke na taal word daar dan na soortgelyke uitings gegryp om die ervaring te verwoord:

> Paradoxaal genoeg blijken wij juist voor de meest traumatische, armzalige en moeilijke omstandigheden terug te grijpen op dezelfde uitdrukkingen als voor het goddelijke en het transcendente [...] De wond lijkt in onze tijd een zekere aantrekkingskracht te hebben gekregen, als toegang tot een waarheid die we anders niet kunnen ervaren (Versteeg 2012: 63).

Trauma en religie ontmoet mekaar by "de grenzen van ons begrip" – hulle hoort tot die ryk van die onverwoordbare. Daar is ook 'n verdere raakpunt tussen trauma en religie: die traumatiese vernietiging van 'n narratief stimuleer die soeke na ewige dinge, na narratiewe wat kan standhou. Dit is te begrype dat die verplettering van trauma vra vir die vertroosting van die religie.[4] In *Bart Nel* is daar sprake van trauma sowel as van 'n helende en troostende religie.

## 2.   DIE KOLLEKTIEWE TRAUMA VAN DIE AFRIKANER

Die kollektiewe trauma van die Afrikaner wat in *Bart Nel* ter sake is, kan met twee tydperke verbind word: die tydperk van die Rebellie (1914), waarteen die verhaal afspeel, en die dertigerjare van die vorige eeu, toe die roman gepubliseer is – 'n tyd van ekonomiese depressie, van lae moreel en politieke verdeeldheid onder die Afrikaners. Dit is 'n verhaal oor die Rebellie vir die lesers van die dertigerjare.

Die woord "trauma" kom van 'n Griekse woord wat "wond" beteken; dit is iets wat pyn en skade meebring, dit maak stukkend wat heel was. Heling, daarenteen, impliseer die genesing van die wond, die toegroei van oopgeskeur was, die bedaring van die pyn. In *Bart Nel* blyk dit hoedat die Rebellie die Afrikaners in twee groepe geskeur het; die verdeeldheid het gelei tot geweld, lewensverlies en bitterheid. Daar is sprake van kollektiewe verskeurdheid in die roman, maar ook van individuele, innerlike verskeurdheid, soos wat dit by Bart voorkom.

Bart het 'n groot bewondering vir generaal Louis Botha, die Boereleier en oorlogsheld, gehad. Wanneer Botha egter besluit dat Suid-Afrika in die Eerste Wêreldoorlog aan die kant van Engeland moet veg en Duits-Wes (die huidige Namibië) binneval, is Bart woedend. Hy haal Botha se portret van die kamermuur af, gee dit aan die bediende en vra haar om dit stukkend te slaan en in die vuur te gooi (10). Sy held het 'n verraaier geword, en hy moet sy hele politieke visie heroorweeg. Hy moet kies tussen 'n gevierde Afrikaner-leier en Afrikaner-belange soos hy dit sien – maar die Afrikaners is nie meer 'n homogene groep nie, en Afrikaner-belange word verskillend beskou. Dit is eintlik nie meer vir hom moontlik om "die Afrikanersaak" te dien nie, want die Afrikaners is verdeel. Bart se Afrikaner-verhaal is verpletter.

Die simpatie van die implisiete skrywer lê in die roman as geheel by die opstand van die Rebelle, maar sy empatie is nie tot een groep beperk nie – hy het 'n helende visie van begrip en deernis met ál die karakters. In teenstelling met vele Afrikaanse romans wat in die dertigerjare (en vroeër) verskyn het, en wat karakters simplisties op Afrikaner-ideologiese gronde verdeel het, is daar in *Bart Nel* simpatie vir persone aan albei kante van die stryd.[5] Helde en skurke word nie volgens ideologiese oriëntasie gekategoriseer nie; en daarmee word implisiet gevra vir begrip en verdraagsaamheid wat die skeuring kan heel wat lank na die Rebellie nog onder Afrikaners voortgeduur het.

---

4    Hierdie inleidende opmerkings kom gedeeltelik ooreen met die inleiding van Van der Merwe 2012.

5    Voorbeelde van sulke romans wat in die vergetelheid geraak het, is *'n Wiel binne 'n wiel* deur Miemie Louw-Theron; *'n Merk deur die eeue* deur TC Pienaar; *Deur die smeltkroes* van Gordon Tomlinson; *Die tweede Grieta* deur JHH de Waal.

Bart, die sentrale karakter, is heldhaftig maar soms onredelik; standvastig maar ook hardkoppig – hieroor later meer. Oom Giel, wat besluit om nie aan die Rebellie deel te neem nie, is 'n twyfelende persoon, swakker van karakter as Bart, maar hy het wel sy deugde: hy help vir Bart se vrou Fransina op die plaas terwyl Bart weg is, sodat Fransina dink: "Tog 'n goeie ou oom" (89). In die uitbeelding een van die veldslae is daar 'n sterk teenstelling tussen twee van die Rebelle, Fransoois en Magiel. Fransoois kan dit nie verdra om mede-Afrikaners dood te maak nie en wil hulle liewer gevange neem; Magiel minag hom oor sy sagtheid. Fransoois bly lank en hartseer kyk na die regeringsman wat hulle doodgeskiet het; Magiel daarenteen het geen gevoel vir die "vyand" nie. Magiel is die beste soldaat van die twee; Fransoois is die menslikste. Die karakters is almal, in die woorde van Vondel, "nochte heel vroom nochte onvroom". Geeneen is "heeltemal reg" in die stryd nie; almal het erbarming nodig.

Wanneer Bart uit die tronk kom, word hy soos 'n held deur sy ondersteuners ontvang. By die ontvangs is daar 'n verskeidenheid mense: "stilsitters ook en twyfelaars, selfs regeringsmense wat bekeer is" (153). Die ideologiese verskille van die verlede werk nou nie meer verdelend nie. Bart hou 'n kragtige toespraak waarin hy ten slotte die volgende opmerkings maak:

> Maar dit [die Rebellie] het ons ook geleer dat die gees van vryheid en onafhanklikheid nie dood is onder ons volk nie [...] Dat die gevoel van reg nog leef in 'n deel van ons [...] Ons het nie verniet gely nie, manne. Die rebellie was soos wind wat 'n smeulende miskoek laat opvlam het en die wêreld se gras aan die brand steek (154-155).

Sy toespraak word 'n paar keer onderbreek met uitroepe van "hoor, hoor"; en aan die einde van sy toespraak word Bart soos volg beskryf: "Daar staan hy, Bart, hul kommandant, en praat die taal van hul hart" (155).

Tipies Van Melle, lewer die verteller nie direkte kommentaar op die toespraak nie, maar Bart se treffende formulering, die positiewe beskrywings van hom en die vertelling van die bewonderende reaksie van sy toehoorders suggereer tog instemming van die implisiete skrywer met dit wat Bart sê. Dit suggereer hoop dat die Afrikaner-verdeeldheid van die verlede aan die verbygaan is en dat die lyding van die Rebellie nie tevergeefs was nie. Hierby sluit die vertelling aan van die dominee wat "amper aanhoudend [gesels] oor die groei van die Nasionale Party" (152). Dit is betekenisvol dat juis 'n dominee, verteenwoordiger van die religieuse perspektief, op hierdie ontwikkeling wys. Op die politieke vlak skemer ondersteuning vir die Nasionale Party as draer van Afrikaner-eenheid deur; op 'n meer algemene vlak gaan dit in hierdie sentrale toneel om kollektiewe loutering, om die "gees van vryheid en onafhanklikheid" en "die gevoel van reg" wat onder Afrikaners moet en sal triomfeer. Die kern van die visie word só deur Bart verwoord: "Ons Boere-nasie sal eendag weer bymekaar staan en ons sal almal rebelle wees" (155).

Die lyding en loutering van Bart, wat in die volgende afdeling bespreek word, vind 'n parallel in die lyding en loutering van sy volk. Soos 'n Israel van ouds, het die Afrikanervolk deur die smeltkroes gegaan en na 'n tyd van beproewing erbarming van die Heer ontvang. In die narratief van die enkeling en in die kollektiewe narratief van die Afrikaner speel lyding, loutering en religie 'n sentrale rol.

So bied hierdie roman, deur die optrede en woorde van die hoofkarakter, inspirasie en riglyne vir die Afrikaner-leser in die donker dertigerjare, toe die boek gepubliseer is. Die visie is egter ook relevant vir die hedendaagse Suid-Afrika, wat weer eens verskeurd is. Vir Van Melle is die heling van die samelewing aan die een kant geleë in verset teen ál wat verkeerd is, en aan die ander kant in 'n inklusiewe empatie wat ideologiese grense oorskry en wat oor die verdelings van die verlede strek.

## 3. BART SE VERLIESE, LOUTERING EN TROOS

Aan die einde van die verhaal maak Bart 'n stelling wat een van die beroemdste aanhalings van die Afrikaanse literatuur sou word: "My kry hulle nooit," sê Bart. "Ek is Bart Nel van toe af, en ek is nog hy" (199). Die vraag is egter: Is Bart aan die einde nog "hy", of het hy in die loop van die verhaal fundamentele veranderinge ondergaan?

In belangrike opsigte is Bart aan die einde nie meer "hy" nie. In die eerste deel van die verhaal, tot aan die einde van sy verblyf in die gevangenis, is Bart soms baie hardkoppig, trots en onversoenlik. Wanneer Fransina aan hom die moontlikheid noem dat sy van hom wil skei, is sy reaksie per brief hardvogtig, asof hy nie omgee nie: "As jy wil skei, met plesier" (125). Daarmee wek hy Fransina se weersin en vernietig hy die moontlikheid om sy huwelik te red, want sy reageer kwaad op sy onversoenlikheid: "Maar nee, hy stel homself weer so ongenaakbaar trots bokant haar. Soos altyd maar" (125).

In sy bitterheid omdat Fransina van hom wil skei en met Ferdinand Basson wil trou, raak Bart heeltemal onredelik en maak hy in sy gedagtes skewe voorstellings van haar. Hy dink, valslik, dat sy en Basson waarskynlik reeds in 'n seksuele verhouding betrokke is:

> "Die ding is seker al so ver tussen julle dat hy jou al het, al weet ons dit
> nie." As hy sulke woorde mompel, is dit of die duiwel in hom gevaar het.
> Dan dink hy dat hy haar ook wel sou kan vermoor […] So is die mooi
> vrouens, selfsugtig en hard (149).

Bart verander in die tronk egter in belangrike opsigte. Daar gebeur iets wat slegs vlugtig genoem word, maar wat sy ontwikkeling wesenlik bepaal:

> Oom Gawie het een jaar gekry en gaan toe sy tyd om is, weg. Hy laat sy
> Bybel agter. Daarin lees Bart meer as vroeër, want in die Bybel vind 'n
> rebel veel troos, meer nog as ander mense (151).

In die laaste deel van die sin, die deel wat handel oor die troos wat die Bybel bied, is dit byna asof 'n objektiewe verteller hom met Bart se gedagtes verbind – alhoewel dit waarskynlik Bart se siening verteenwoordig, word dit met 'n neutrale stelligheid gegee wat aan Bart se subjektiewe ervaring 'n algemene geldigheid verleen. Die effek wat die lees van die Bybel op Bart het, word dan ook in die daaropvolgende toneel, waar Bart verwelkom word en 'n toespraak hou, bevestig. Die koppige Bart het standvastig geword; in plaas van die eiegeregtige trots van vroeër is daar nou beginselvastheid. Opmerklik is ook die bedagsaamheid waarmee hy ná hierdie toneel teenoor sy dogter Annekie optree – baie anders as sy vroeëre hardvogtigheid teenoor sy vrou.

Aan die ander kant het Bart in belangrike opsigte aan homself getrou gebly, en is dit wel waar wat hy aan die einde van homself sê: "Ek is Bart Nel van toe af, en ek is nog hy". Dat hy getrou aan homself gebly het, word bevestig deur die laaste sin in die roman, wat as volg eindig:

> [...] en hy sien in verbeelding homself daar loop oor die donker veld,
> swaar en swart, vermoeid, alleen in die wye eensaamheid, maar algaande
> na die ver ruim lig; en sy siel in hom.

Bart se stryd kry in die slot 'n ewigheidsdimensie – dit word 'n stryd teen die Bose, 'n stryd om die behoud van sy siel. Sy worsteling is met ongeïdentifiseerde magte wat alles van hom weggeneem het, maar "hom" nie gekry het nie: "Hulle het nou alles," sê Bart. "Net my het hulle nog nie" (199).

Die laaste vier woorde in die roman ("sy siel in hom") is 'n duidelike verwysing na Jesus se woorde in Matteus 16: 26 – ek haal aan uit die Nederlandse Statevertaling, waarmee Van Melle opgegroei het:

> Want wat baat het een mensch, zoo hij de gehele wereld gewint, en lijdt
> schade zijner ziel? Of wat zal een mensch geven tot lossing van zijne
> ziel?

Bart het as 't ware sy "gehele werelt" verloor: die Rebellie het misluk; hy het ook sy plaas, sy vrou en uiteindelik sy geliefde dogter Annekie verloor. Maar sy siel het hy behou, omdat hy steeds gedoen het wat vir hom reg was. Hy het aan die Rebellie deelgeneem omdat dit vir hom die regte ding was om te doen; toe Fransina besef sy het 'n fout gemaak om Bart vir Ferdinand Basson te verruil, en sy Bart probeer terugkry, weier hy, nie omdat hy haar nie meer liefhet nie, maar omdat dit 'n "dubbele hoereerdery" sou wees wat die Here afkeur (183); en wanneer sy suster versoek dat Annekie by hulle gesin moet kom bly sodat sy minder eensaam kan wees, stem hy met met 'n swaar hart in, want hy dink aan haar beswil. In geen geval gaan dit om sy eie voordeel nie, maar om wat reg is.

In vele opsigte vorm Fransina 'n kontras met hom. Sy het die "gehele wêreld" gewen: sy het 'n plaas en 'n ryk man – maar sy het in 'n sekere sin haar siel verloor deur haar eie belange voorop te stel in plaas van dit wat reg is. Sy ondergaan wel, soos Bart, 'n loutering, wat na vore kom in die mooi toneel aan die einde van hoofstuk 4. Dit word gekenmerk deur 'n groot eerlikheid tussen haar en Basson, en deernis by Fransina teenoor Basson, wat weet dat sy eintlik vir Bart bo hom verkies. Die toneel speel af in die flou lig van 'n kers. Aan die een kant suggereer die kers dat daar simboliese lig in hul huweliksverhouding gekom het; aan die ander kant kontrasteer die flou kerslig met die "ver ruim lig", die ewige lig, wat Bart uiteindelik beskore is.

Van Melle se *Bart Nel* is geskryf in die tradisie van die realisme; 'n tradisie gekenmerk deur sekerheid oor die waargenome werklikheid, en by Van Melle ook deur sekerheid oor onsigbare werklikhede. Sy hoofkarakter het die trauma van verlies ervaar – die verlies van sy narratief waarin plaas, vrou, kind en volk sentraal was. Maar hy het troos gevind in 'n ander narratief, die narratief van die Bybelse evangelie – 'n narratief wat niemand ooit van hom kan wegneem nie, nooit in der ewigheid.

Die realisme, waarvan Van Melle 'n eksponent was, is in die literatuur gevolg deur die modernisme, met merkbare barste in die sekerhede van vroeër, en daarna deur die postmodernisme, gekenmerk deur 'n fundamentele relatiwisme en die versplintering van sekerhede. Dit kan wees dat ons nou die post-postmodernisme betree, waarin die relatiwistiese onsekerheid van die postmodernisme verbind word met die verlange na verlore sekerhede en spirituele werklikhede. Tekens hiervan kom vir my voor in die spiritualiteit by Etienne van Heerden, Marlene van Niekerk en Ingrid Winterbach – by laasgenoemde spreek dit onder andere uit die woorde waarmee sy die Akademie bedank het by die toekenning van die CL Engelbrecht-prys vir *Die boek van toeval en toeverlaat*:

> 'n Mens wil nog iets kan sê oor die ewige dinge – maar dit word steeds moeiliker. Ons bemoei ons deesdae nie meer met die ewige nie, dit het 'n té relatiewe begrip geword. Dit het verdring geraak deur kennis van die eindigheid van alles – selfs van die uitdyende heelal. Al wat oorbly, is om die lieflike woorde van die sterflike taal aan die agterpoot te probeer beetkry, voordat hulle soos meerkaaie, soos jakkalse, in die erdvarkgat verdwyn [...] Edelmoedig en erbarming. Erbarming, so lieflik, die woord, en net soos ewigheid, in onbruik verval.

By Van Melle se Bart Nel is "erbarming" en "ewigheid" nog fundamentele boustene van die struktuur.

## VERWYSINGS

Ester Hans, Chris N van der Merwe & Etty Mulder (reds.). 2012. *Woordeloos tot verhaal. Trauma en narratief in Nederlands en Afrikaans*. Stellenbosch: Sun Press.

Francken Eep. 1998. Literatuur voor het oude en het nieuwe Zuid-Afrika? *Bart Nel* van J van Melle en de Afrikaner natievorming. *Tijdschrift voor Nederlandse taal- en letterkunde*, 114: 156-163.

— 1998. J van Melle in twee werelden. In: Elisabeth Leijnse & Michiel van Kempen (reds), *Tussenfiguren: schrijvers tussen de culturen*. Amsterdam: Het Spinhuis. 136-145.

— 2001. De onbekendste Nederlandse bestseller – *Bart Nel, de opstandeling* van J van Melle. In: Theo D'haen & Peter Liebregts (reds). *Tussen twee werelden*. Leiden. 37-58.

— 1980 (2011). J van Melle. In: Ad Zuiderent *et al* (reds). *Kritisch Lexicon van de Moderne Nederlandstalige literatuur*. Houten/Groningen. 1-14

MacIntyre Alasdair. 1981. *After Virtue. A Study in Moral Theory*. Indiana: Univ Notre Dame Press.

Ricoeur Paul. 1988 (1985). *Time and Narrative*, Volume 3. Kathleen Blamey & David Pellauer (vert). Chicago: University of Chicago Press.

— 1991. Life: A story in search of a narrator. In: Mario Valdés (red), *A Ricoeur Reader: Reflection and Imagination*. Toronto: University of Toronto Press. 425-437.

Van der Merwe Chris N & Pumla Gobodo-Madikizela. 2007. *Narrating our Healing. Perspectives on Working through Trauma*. Newcastle: Cambridge Scholars Publishing.

Van der Merwe Chris N. 2012. Trauma, religie en literatuur – Jan Siebelink, Willem Jan Otten en Louis Kruger. In: Yves T'Sjoen & Ronel Foster (reds), *Toenadering. Literêre grensverkeer tussen Afrikaans en Nederlands*. Leuven: Acco.

Van Melle Johannes. 1976 (Tweede uitgawe, 17e druk). *Bart Nel*. Pretoria

Versteeg Wytske. 2012. De afgrondervaring. Trauma tussen aporie en passage. In: Hans Ester *et al*. *Woordeloos tot verhaal. Trauma en narratief in Nederlands en Afrikaans*. Stellenbosch: Sun Press. 61-72.

[Oorspronklik gepubliseer in: Peter Liebregts, Olf Praamstra & Wium van Zyl (reds). 2013. *Zo ver en zo dichtbij, literaire betrekkingen tussen Nederland en Zuid-Afrika*. Amsterdam: Suid-Afrikaanse Instituut (SAI-reeks, No. 13): 261-271.]

# Rethinking Religion in a Time of Trauma

## Introduction

Some readers may find it strange that I should be raising the topic of religion in a modern, secularised world. We all know how religion has been used and abused for all kinds of dubious purposes. And yet I believe that if we were to omit religion from our study of the South African novel, it would leave an unfortunate gap in the research. In a significant number of South African novels religion has been portrayed as a possible way of providing continuity and renewal in times of trauma. In the revised edition of *The Post-Colonial Studies Reader*, the editors argue that:

> [T]he sacred has been an empowering feature of post-colonial experience in two ways: on one hand indigenous concepts of the sacred have been able to interpolate dominant conceptions of cultural identity; and on the other Western forms of the sacred have often been appropriated and transformed as a means of local empowerment. Analyses of the sacred have been one of the most neglected, and may be one of the most rapidly expanding areas of post-colonial study (Ashcroft 2006: 8).

In this article I will discuss two English South African narratives from the Muslim tradition and two Afrikaans novels written from within the Christian tradition. These texts were all published in a time of transition, a time when old narratives which used to provide meaning and guidance, were falling apart. Ellis and Ter Haar maintain that, "together with politics, religion has proved over time to be one of the two most important mechanisms for managing change in any society, in individuals and *en masse*" (Ellis & Ter Haar 2001: 164). In these four narratives about changing times, politics and religion are closely linked.

For the purpose of this article, I want to define trauma as a state of mind where, in the language of Yeats, the centre can no longer hold, when narratives which used to provide meaning are falling apart. Many philosophers have discussed the fact that people tend to form their personal and communal lives into narratives – narratives which find their coherence through the values and beliefs permeating the stories. However, when catastrophe strikes, such narratives are often shattered. It may happen to individuals or to communities – mostly the losses of individual and collective narratives are intertwined. In such times, an appropriate role for literary narratives could be to assist in the destruction of obsolete ideological narratives or to create new narratives to live by, or a combination of both of these. In other words, literary narratives could be expected, in times of transition, to wound as well as to heal.

Looking at trauma from the perspective of the loss of life-narratives puts the focus on the search for identity, meaning and value. In the search for values, religion often plays an important role – not religion as a simplistic answer to all life's problems, but as a source of meaning. Similarly, when I emphasise the potential role of literary narratives in the creation of new life-narratives, I do not have in mind neatly-structured tales, rounded off by positive endings – on the contrary. Very often literary narratives react against the way in which ideologies turn history into simplistic narratives. The fact that the literary narrative can contain ironies, paradoxes, ambiguities and open endings makes it an apt vehicle for the expression of the complexities of life.

## Zubeida Jaffer: Our Generation

The first text to be discussed is not a fictional literary narrative, but an autographical one: Zubeida Jaffer's *Our Generation*. It is included because there are so many parallels with the second text on my list, Rayda Jacobs' novel, *Sachs Street*, and it has so much relevance for our topic. Jaffer's story is set in a transitional time, the time of the struggle against apartheid; it deals with identity issues; it questions the role of religion in a time of crisis.

Zubeida Jaffer grew up in a Muslim household. Like the main character in *Sachs Street*, she has mixed feelings about her religion. She is attached to it but also rebels against it; she is critical of the many legalistic rules and criticises her religion's lack of involvement in the liberation struggle. In a conversation with her father, she voices a number of objections:

> Dad, I don't think I can believe in this religion that does nothing in the face of injustice[…] I don't see what use it has in my life when those who implement it ignore all the major injunctions of the Qur'an.

> Dad, the discussion here is about whether we can eat cheese or not. For me, this is truly ridiculous.

> We are choosing to make a big fuss over nothing and no fuss over big issues. Where are our imāms and our sheiks? They want to stay in their separate little groups and not reach out to other South Africans (73).

At a critical point in her life, however, Jaffer realises how vital her faith is to her. She is detained by the apartheid police because of her participation in the liberation struggle, and her parents come to the prison authorities with clean clothes for her. Sitting in prison, she hears her father's voice in the distance, and deliberates how she can reach him from her cell. She takes a deep breath and then shouts out a hymn which she learnt as a child:

> Ya Nabee salaam a'leika. Ya Rasool salaam, a'leika … (Oh prophet, peace be upon you. Oh prophet, peace be upon you) (74).

"Beida!" he responds, and at that moment she realises: "[…] how integral this religion, warts and all, was to my life" (74). The hymn gave her something to hold onto in a time of crisis, and it strengthened the precious bond with her father.

Jaffer's religious commitment becomes increasingly important to her, but her spirituality is not exclusive or intolerant, as she explains to her daughter:

> I am always telling Ruschka that people of different religions are in different cars but we are all travelling the same road. It does not matter which car you are in as long as it is a vehicle moving you along that path. I find it odd that intelligent human beings are entirely comfortable with the notion of making time for intellectual development [...] but question the need to dedicate time to nurture and develop their spiritual dimension (147).

In post-apartheid South Africa Jaffer is able to put the classification and division of people behind her. She realises that her identity consists of a variety of elements – making her a unique individual, but also binding her to other South Africans and to the human race as a whole:

> With apartheid gone, you can be many many different things at the same time. You are Muslim, you are South African, you are African, you are coloured, you are of this world and of another. You have it all (148).

She is especially attracted to the poetry of the Muslim mystic Jelaluddin Rumi, who wrote about loving God as well as the whole world. His poems bring peace to her mind – the struggle is over; she has survived; she has died and has been resurrected:

> And be quiet. Quietness is the surest sign
> That you've died.
> I have died and live again (151).

## RAYDA JACOBS: *SACHS STREET*

The issue of identity lies at the core of Rayda Jacobs' novel *Sachs Street*, published in 2001. There are three main elements in the quest for identity which are dealt with here: race, gender and religion. The story is set in Cape Town's "Bo-Kaap", a neighbourhood where Muslims are in the majority, but the population is a mixture of people and all sorts of boundary crossings take place. Khadidja, the main character, is a Muslim; her husband wants to have a second wife, which is permitted by their faith, but she cannot tolerate the idea and asks for a divorce. Subsequently she gets involved in an intense erotic relationship with a man aptly called Storm. He is a white man and belongs to a strict, narrow-minded Christian religious group; so two boundaries are crossed in the relationship, that of race and that of religion.

The complexity of religious and race relations in the family is further revealed when Khadidja's great-grandmother comes to live in their home. The old woman had been living with her son Solly, whose father was white – though Solly had been raised by his mother's second husband, a black man. To complicate matters further, Solly is married to a Christian woman, Olive. So Khadidja's great-grandmother, or "Little Gran" as they call her, was in a precarious situation when she lived with Solly for she, who was a Muslim, had to be careful not to offend her Christian daughter-in-law. "On Sundays Solly drives his family to church. He doesn't go in, but he takes them" (12). Solly did not want to become a Christian, because, as Little Gran explains to Khadidja, "A bird can't make a home with a fish, my girl. There's no common ground" (12). Yet Little Gran and Olive managed to live in peace, in spite of the differences – Olive pretended that Little Gran was a Christian, and the old woman refrained from speaking about religion (11). These conditions helped Little Gran to become the wise and tolerant person that she is.

When Khadidja is invited to visit a farm belonging to Little Gran's family, race relations become even more complicated. She discovers three different classes on the farm: the coloureds, the "play whites" (who pretend to be white), and the whites. Having breakfast with her distant cousin, she experiences a temporary harmony when she and a play-white boy are both spoilt by the "real coloured" maid – when shared humanity overshadows the differences of race and class. But under the surface the tensions remain. When she attends a Christian service in a church for whites, the dominee with his black cloak and booming voice accentuates the differences once more.

In the novel, the story of Khadidja's childhood in the Bo-Kaap alternates with the story of her unstable relationship with Storm. The reason for the continuing juxtaposition of child- and adulthood gradually becomes clear: her childhood experiences determine and explain her behaviour as a grown-up. It seems crazy that she cannot give up her relationship with Storm – who is clearly not a suitable companion for her – but Khadidja's therapist uncovers the reasons behind her behaviour: Khadidja's father left her mother to marry another wife, and after his departure Khadidja has never felt safe; she has been frightened all her life of being abandoned again. The relationship with Storm is an attempt to correct the past; through Storm's caring for her she wants to get back what she lost as a child. But the attempt is based on an illusion, for Storm, although he has redeeming features, is fundamentally driven by his impulses and has no sense of responsibility. As the therapist explains:

> You recreated your childhood with Storm, and that part's wonderful and healthy, but you're also looking to fix the past. We do that when we've been hurt. Children blame themselves for their parents' break-up [...] So you stay in the relationship so that you can reject him over and over again. You also stay because to leave would mean that you've failed again (266).

The novel exposes the harmful effects of polygamy, allowed by the Muslim faith, on women whose husbands take other wives. Khadidja's mother was abandoned by her husband; similarly, Khadidja's own husband left her before she got involved with Storm; her bosom friend Alison also meets the same fate. So Khadidja develops into a rebel – she repeatedly confronts her father about abandoning his first wife and not caring for her children; she also writes a book in which the fate of the first wife is brought to light. Her anger against her father contains an element of anger against God; abandoned by her father she also felt abandoned by God. When her mother chased her father away because of his adultery, Khadidja was:

> [..] just a silent bystander watching the last ugly moments of a man leaving his wife and children [...] I waited for him to roll down the window to say something to me (243).

When that did not happen, it had the following consequence: *I hate you, God,* I said. *I hate you.* I can still feel the coldness creeping into me" (243 – Jacobs's italics).

Khadidja's relationship with Storm was therefore also an act of rebellion, motivated by a deep-seated anger. By getting involved with a man who has a religion which is the complete opposite of hers, and who is moreover a white man, she tries to move out of her culture, out of her religion, and away from the influence of her father. But at the heart of her inner conflict is the dilemma that she is attached to what she flees from, and loves that which she rebels against; she also discovers that the grass is not greener on the other side. Trying to attain freedom, she is caught in a relationship which smothers her; the religion to which Storm wants to convert her is a prison house of tyranny and narrow-mindedness. When Khadidja attends one of their services, she hears that only a handful of people, a small group of believers, would be saved. Everyone else was slated for hell. "I don't believe this," she mutters (211). She discovers that Storm is not really interested in the person that she is, he is more interested in changing her into the convert he wants her to be. The basic problem is that he "has no respect for other people's beliefs" (262). The incompatibility of Khadija and Storm is obvious. The church is an easy way out for Storm; he does not have to think, the church leaders think on his behalf – this in contrast to Khadidja, who has a questioning, inquisitive mind. It turns out, in the end, that Storm's life is falling apart; the church is the glue which prevents him from total disintegration. It has become an addiction.

Although Khadidja rebels against this caricature-like church, she is not averse to religion itself. In a conversation with one of the leaders from Storm's church, she tells of how she had felt a desire to approach God one night when she had had terrible guilt feelings about a fatal accident which she had caused. She says, "… when I opened God's Book it spoke to me [...] I found the recipe, Underdeacon. Why change the ingredients?" (197). Khadidja is spiritually inclined; her heart yearns for God, but she rejects religions that consist merely of obedience to rules: "We get caught up in rituals and forget about the larger picture [...] Spirituality isn't a *doing* thing, it's a *heart* thing" (107).

Khadidja is a committed Muslim, but she also respects the Christian faith. She quotes Jesus on adultery (47); she owns many books about Jesus (120); she is interested in the Bible (223). This is part of her enquiring mind; she is in favour of dialogue between people of different faiths, but only if each person respects the other's beliefs. The failed relationship with Storm is indeed an illustration of what "interfaith dialogue" comes to when there is a lack of mutual consideration.

As Khadidja searches for identity and inner harmony, a number of potential role models present themselves to her. One of them is her mother. When Khadidja's relationship with Storm is over, she leaves her house and returns (perhaps temporarily) to her mother's home. She realises now what a brave and wise person her mother has always been. Her mother had the courage to stand up against Khadidja's father when he left her; she accepted the responsibility of being a single parent; she brought her children up to be people of whom any parent could be proud. She tells Khadidja, who is pregnant, of the blessings of parenthood, and encourages her to accept her future role as a single parent. Khadidja's mother has become an inspirational example to her.

Little Gran, to whom Khadidja grows extremely attached, is another example of wisdom, love and tolerance. Her views on religion, clearly echoed by the novel as a whole, are expressed in conversations with Khadidja:

> But it doesn't matter whether you're Christian or Moslem. The important thing is to love God, and not be a hypocrite (86).

> You don't have to be on a mus'lah to talk to God. And you don't have to talk in a language you don't understand. Any language you understand, God understands (87).

The emphasis on love and the aversion to hypocrites link the views of Little Gran to those of Jesus; Little Gran is a character that could fit as easily into Christianity as into the Muslim faith.

In many ways the life of Khadidja's friend Alison mirrors Khadidja's own life. But Alison also serves as an inspiration to her – Alison's life reveals the possibility of post-traumatic growth. She comes from a Christian home, but has decided to become a Muslim. Her religion is therefore one of choice, not tradition; she grew up among Muslims and learned to appreciate Muslim culture (163). As with Khadidja, her husband abandons her; like Khadidja in her relationship with Storm, Alison initially finds it difficult to resist her ex-husband's sexual advances when he occasionally visits her, although she knows he is bad for her mental health. Disillusioned with men, and with life in general, Alison starts taking drugs; but then she moves on – she attends a religious course offered by an imam, which leads to a sound relationship with the imam's son. When these two get married, her father-in-law leads the service and stresses the equality of men and woman:

> "Women are a garment unto men, and men are a garment unto women," he said. "In a sense you have to think of marriage as a mutual relationship, a mutual obligation" (248).

Partly through these constructive influences, Khadidja's life eventually takes a positive turn. There are various signs of hope: she confesses her intensely-felt guilt to Alison – she was the cause of an accident in which Alison's child was killed – her friend forgives her, and she manages to forgive herself as well (277); her first book gets published; she has a baby, symbolic of new life emerging; she is reconciled with her father (297); and she denies Storm access to her home (298).

Perhaps the most hope-giving factor is Khadidja's relationship with Ulf, the Norwegian tour guide and academic. It may not develop into something permanent; it may be a dream too good to be true – but it reveals what Khadidja needs; it fulfils all her contradictory desires. Like Storm, he is a white man and he does not adhere to her religion. But there the similarity stops. Ulf comes from a secularised world:

> [P]eople in Norway – academics anyway – do not care much about religion. The church is run by the state. And of course there are religious people there, but I'm not one of them (255).

> However, he shows a keen interest in the Muslim faith – he has heard a bit about it from a professor at the University of Cape Town, and would like to know more (257).

Because Ulf has feelings for Khadidja, he cares about her religion as well:

> I will not become a Muslim for I do not have a feeling for it, but I have a feeling for you and whatever you believe. That is perhaps a solution for you with a man outside of your faith. You must have made the discovery by now that you will not marry a Muslim. You will put a man to the ultimate test. How much does he want you? Will he give up queen and country to have you as his wife? (290)

So it is clear that something of the old Khadidja remains – the man has to prove himself to her, she wants to be sure that he loves her above everything else and will never abandon her. Ulf seems to have (perhaps partially) passed the test when he buys a house in Cape Town – but he will still live in Norway for a part of the year.

The novel ends with a letter that Khadidja has written to herself about Ulf. It reveals that she slept in Ulf's house the previous night, but there was no sex; she stayed in the attic. On the one hand it confirms that the relationship is not permanent yet; but more importantly, it shows that Ulf, unlike Storm, is not driven by sexual desires and does not want to force her into anything. He allows her freedom and does not question her behaviour – "he never asks". She stays with Ulf for various reasons, among them the fact that he "keeps me interested with his knowledge of things". Furthermore:

> Sometimes on Fridays he comes with me to mosque, and sits at the back against the wall listening to the imam deliver his message. He tells me that if he believed in God, he would be Muslim. I don't say anything. Ulf doesn't know it, but in his heart he is the best of believers (299).

A number of significant points emerge from this letter. Ulf was very probably right when he said that Khadidja would not marry a Muslim. She is attracted by worlds outside her own, therefore she loves to learn from his "knowledge of things" about matters unknown to her. Yet she cannot relinquish her faith – Ulf not only allows that, but shows a respectful interest in her religion. His religious views combine two opposite elements: he does not believe in God but is attracted to the Muslim faith; once again, the dream-like quality of this character – and of his relationship with Khadidja – comes to the fore. Khadidja calls Ulf "the best of believers" because, even though he does not believe in God, he believes in respect and mutual freedom in a relationship, and to her that is the most important belief.

In Ulf a number of opposites co-exist harmoniously. He is from Norway, but has bought a house in Cape Town; he is an atheist, but likes the Muslim faith; he is a white man but is without racial prejudice. In her relationship with him the contradictions within Khadija are reconciled: her commitment to her faith and her interest in other beliefs; her attachment to her environment and her insistence on learning about other places; her love for Muslim culture and her desire to explore other ways of living. It becomes clear that the over-arching values of friendship, love, consideration and respect are more crucial in a relationship than any attachment to faith and culture; they bind two people together but also allow them to develop freely according to their own desires, needs and beliefs.

## THE ARCHETYPAL SCAPEGOAT

In the next two novels to be discussed – both written from within the Christian tradition – the theme of the scapegoat plays a significant part. The notion of the scapegoat is found in many religious traditions, but it has lost much of its power in modern societies. The question is whether this concept can today still retain its cleansing power; and, moreover, whether it is a factor separating traditional Christianity from other faiths which do not have such a belief, and from secular humanists who strive to improve society without holding on to the archetype of the scapegoat. Is it then an obsolete, divisive element, or can it be revived to play a meaningful role in traumatic times?

James Frazer wrote extensively on the widespread practice of scapegoating in the religious experience of primitive societies. Scapegoating took on a variety of forms, but the purpose was the same: "a total clearance of all the ills that have been infesting a people". Often an animal, believed to have divine qualities, or a man regarded as divine, was used as scapegoat – the "evils are believed to be transferred to a god who is afterwards slain" (Frazer 1954: 575). The scapegoat was, paradoxically, first praised and honoured, but then cruelly killed – for instance, the Aztecs used to cut out the heart of the scapegoat while the person was still alive, and sacrifice the heart to the sun god (Frazen 1951: 279). As primitive societies developed, these cruel practices were abandoned, but a need seemed to remain for a sacrifice or an action to purge society.

The archetype was still lingering in the collective unconscious. David Lurie, the main character in JM Coetzee's *Disgrace*, formulates the problem:

> Scapegoating worked in practice while it still had religious power
> behind it. You loaded the sins of the city on to the goat's back and drove
> it out, and the city was cleansed. It worked because everyone knew how
> to read the ritual, including the gods. Then the gods died, and all of a
> sudden you had to cleanse the city without divine help. Real actions
> were demanded instead of symbolism (1999: 91).

In Jungian psychology, scapegoating is generally regarded as problematic: scapegoating is "a form of denying the shadow of both man and God. What is seen as unfit to conform with the ego ideal, or with the perfect goodness of God, is repressed and denied, or split off and made unconscious. It is called devilish" (Perera 1986: 98, 99). Yet the Jungian approach leaves open a possibility for a kind of scapegoating with a wholesome outcome, when an individual *is willing* to take on the role of the scapegoat:

> In contrast to the scapegoat psychology, in which the individual
> eliminates his own evil by projecting it onto the weaker brethren,
> we now find that the exact opposite is happening: we encounter
> the phenomenon of "vicarious suffering". The individual assumes
> personal responsibility for part of the burden of the collective, and he
> decontaminates this evil by integrating it into his own inner process
> of transformation. If the operation is successful, it leads to an inner
> liberation of the collective, which in part at least is redeemed from this
> evil (Perera 1986: 98, 99).

According to René Girard, the origin of all rites is to be found in the mechanism of the scapegoat (Girard 1986: 120). The crucifixion of Jesus, the victim who had to die for the sake of the nation,[1] is for him the example par excellence of a scapegoat narrative, and is linked to all similar stories. Yet Girard is critical of the Christian Church for keeping the scapegoat story at the centre of their doctrine; he believes that the real significance of the Passion narrative is to make an end to the scapegoat mechanism by uncovering the injustice of it (Girard 1987: 224-5).

However, the two Afrikaans novels to be discussed here suggest that the scapegoat mechanism can still play a meaningful role in the cleansing of a corrupt society. In both texts the protagonists' refusal to conform to the false norms of society inevitably leads to their rejection and punishment. The fact that they stick to their values amidst opposition proves their integrity; it also demonstrates that they adhere to values that retain their meaning even in times of trauma. This steadfastness is a potential source of inspiration for others, stimulating them to renew society according to the values displayed by the scapegoat. Thus it is suggested that the innocent scapegoat could play

---

1  John 11: 50, quoted by Girard 1986: 112.

a key role in the cleansing of society and the creation of a new value system appropriate to the changed times.

## ANDRÉ P BRINK: *LOOKING ON DARKNESS*

André P Brink's novel *Looking on Darkness* was published shortly before the critical Soweto uprisings of 1976. At that time, Christian religion was an important factor in the ideological make-up of white Afrikaners. Their focus was on an individual relationship with God, on the forgiveness of sins and the way to get to heaven. Political injustice was blatantly ignored, leading to what Douglas Bax called a "schizophrenic theology" – one that split individual and society, and tried to combine Christ's message of universal love with a politics of discrimination (Bax 1979: 50). The time was ripe for a reinterpretation of the Jesus narrative; the archetype of the sacrificial victim had become stultified and needed to be destroyed or revitalised.

The plot of *Looking on Darkness* is clearly linked to the story of Jesus. The main character is called Joseph; the name is a reminder of Joseph of the Old Testament, foreshadowing Jesus in many ways: like Jesus, who called himself the "bread of life", Joseph of the Bible provided the world with bread in a time of drought; like Jesus, he rose to glory after being humiliatingly arrested. The woman with whom Brink's Joseph falls in love is also linked to Jesus by her name "Jessica". But in many ways the novel goes against Christian beliefs of the time; it contains radical variations on conventional themes. Being a story with which readers can identify, the Jesus narrative functions as a strategy to involve and then challenge them to a reinterpretation of the well-known narrative.

Joseph in *Looking on Darkness*, like Jesus, challenges the authorities of his country – but unlike Jesus, he focuses on political injustice and confronts political powers. The love of Joseph and Jessica has an inevitable political dimension, for Joseph is classified as a "Coloured" and Jessica is a white woman, so that their relationship contravenes the "Immorality Act", prohibiting sexual relationships between people classified as "European" and those declared "Non-European". As an actor and director, Joseph uses drama to protest against the laws and customs of the country. Like Jesus, Brink's Joseph selects a small number of "disciples" to follow him. Initially, large crowds support their political reinterpretations of classical dramas, but later they are rejected – by the people as well as by the authorities. Eventually, Joseph is completely isolated, just as Jesus was. Joseph and Jessica plan to commit suicide together, but then realise that such an end would mean admitting defeat to those in power. So the story ends rather melodramatically with Joseph killing Jessica (at her request), and then handing himself over to the police. Jessica is killed on Good Friday and Joseph surrenders himself to the police on Easter Sunday – which creates another clear parallel with the story of Jesus.

The biblical element in *Looking on Darkness* is not restricted to the use of the Jesus narrative. When Joseph recounts the history of his forebears, the use of biblical names like Abraham, Jacob and Rachel is striking. Telling the history of his people is an important matter here – for the "Coloureds", who have been written out of the official history of South Africa, need to acquire a history and an identity. The Afrikaners also saw their history in Old Testament terms – their Great Trek has often been likened by them to the Exodus of the Israelites; their role in Africa was linked to that of the chosen people of Israel among the "heathen nations". This biblical connection gave value and meaning to their past; it provided them with a sense of a divine calling. Two ways of appropriating the biblical history are contrasted in the novel: the focus on the Old Testament stories of conflict and conquest, which was common among Afrikaners, and the focus on suffering that we find in Joseph Malan's story, linking his life to the life of Jesus.

To complement the Christian context, Brink creates the character Dulpert Naidoo, who is partly Hindu, partly Buddhist. He acts as a guide to Joseph, and teaches him about the wisdom of Zen and the holy eros of Hinduism (127). This character allows us to see that the spirituality glorified in the novel is not restricted to one religion; in fact it becomes clear that Westerners can learn much from the Eastern religious traditions.

The religious theme in *Looking on Darkness* contains no suggestion of a life after death; the story is focused completely on earthly life, but it is permeated by religious concepts and mystic symbolism. Familiar theological concepts are filled with new meanings – for instance, Joseph's feelings after an orgasm with Beverley (one of his lovers before Jessica) are described in the following words: "…it was like a return from heaven, purgatory and hell, all at the same time" (164). His longing for Jessica's body is depicted as a yearning for Holy Communion: "her body which I could eat and drink and change into wine" (336). Lovers experience death and rebirth in their erotic union, an "eternity" here and now, in a moment of "absolute extremity" (164) where the present seems to be liberated from its bondage to past and future. Christian religion is connected to Eastern mysticism in the statement that "the glorification of sexuality [is] in itself an experience of the sacred, the bodies united […] into the true temple of God" (127).

There is no trace in Brink's novel of a heavenly reward for the virtuous after death, or even of justice on earth, so one could ask whether Joseph's and Jessica's sacrifices make any sense – or do they merely confirm the supremacy of the powers of injustice on earth? The novel gives no indication of whether Joseph's life and death made any difference in the country, although there is the faint suggestion of a cleansing effect – the hope that, with Joseph's death, "society will once again be purged by the expulsion of an antibody from the collective organism" (17) – as in the ritual offerings accompanying ancient Greek tragedy.

In his personal life, as well as in his public performance of art, Joseph reveals the courage to protest – to say "no" to the injustices perpetrated by the powerful – and that is in itself portrayed as meaningful. Like Albert Camus, Joseph realises: "That is all which still makes sense: to continue saying No to them" (266). While interpreting a famous play by Pirandello, he muses: "Deep in the heart of his rejection of the others' story there must be a terrible conviction of *meaning* in the world: for only if he believes in the possibility of meaning can he demand the right to reject meaninglessness and madness" (249). This thought is supported by references to Albert Camus's *Les Justes*, a play about an activist who sacrifices his life for the cause of liberty, whose memory serves as an inspiration for others to continue the struggle against tyranny.

Joseph's spirituality is linked to the poems and treatises of the sixteenth century Spanish mystic poet, St John of the Cross, especially to his *Dark Night of the Soul*. Imprisoned in a small dark cell like St John centuries before him, Joseph quotes the saint:

> The active phase of purification, says St John, is followed by the passive phase of fulfilment. And to attain full knowledge of the "dark night of the soul" both processes must be experienced. To purge and empty and break you down. Only after you've transcended the body and its demands, its need of pleasure and of pain, its love and lust, its fears, its senses, its weight, are your ready to start loving anew; blindly in the dark, warmly, and in silence (260).

The motif of darkness, mentioned in the title and recurring throughout the novel, refers to an inward darkness, a time of cleansing, of death preceding rebirth – the birth of a transformed person, able to transcend the demands of the body. This is what finally happens to Joseph: after various relationships which were – to a greater or lesser extent – based on the needs of the body, he renounces his bodily desires and sacrifices himself and his beloved for a higher cause. It is suggested that his life has developed in a meaningful way.

The mystic poems of St John of the Cross are characterised by their strikingly erotic nature. Brink affirms the link between earthly and heavenly love but, whereas St John depicts the mystic union between God and humankind in terms of physical, earthly love, André Brink turns the saint's vision around: he depicts erotic love in mystical terms. Both writers believe in the sacredness of love, but with St John the focus is on the love of God, while Brink focuses on the love between man and woman. St John points the reader via physical love to the love of God; Brink leads the reader via spiritual love to erotic love. Although the love in *Looking on Darkness* does acquire a spiritual dimension, it is a spiritual love where God is not clearly present. In his novel, Brink expands as well as narrows the conventional theology of his time – politics and erotic love are included; God and the life hereafter are excluded.

## Etienne van Heerden: *30 nagte in Amsterdam*

Like all the other works discussed here, Etienne van Heerden's novel *30 Nagte in Amsterdam* was written in a time of transition – it was published at a time when the hope-giving stories of a rainbow nation and an African renaissance were being overtaken by a widespread feeling of disillusionment. Van Heerden, like Brink, appropriates and reinterprets the scapegoat narrative; he imagines new ways of living in a time of trauma.

The books tells the story of Henk de Melker – a museum assistant in Somerset East, a small town in the Eastern Cape – a drab little man whose life changes dramatically when he receives a letter from Amsterdam. The letter informs him that he has inherited a house in Amsterdam from his aunt, Zan, who disappeared from his life many years before. It seems that she has died – he has, after all, inherited her house – but the inheritance comes with a condition: he must break all bonds with his fatherland and go and live permanently in the house in Amsterdam. Henk has thirty days to make a decision, and he travels to Amsterdam to get clarity on the matter. These thirty days and thirty nights are filled with surprising revelations, among them the fact that his aunt is not dead at all, but wanted to lure him to Amsterdam to teach him to look anew at himself and at life in general. Henk, nicknamed "Ekskuus", is unimaginative, unemotional and eager to please; his exuberant aunt wants to lure him out of his shell.

Zan, who emigrated to the Netherlands some years before, had been active in the struggle against apartheid while living in South Africa, rebelling against the Afrikaner ideology which created an oppressive political system in the country. However, while collaborating with the resistance movement, she discovered to her dismay, the "valse gesig" of the revolution (154). Unethical deeds committed by the rebels, such as the theft of the family's precious inherited dinner service to obtain money for the movement, the murder of her brother (Henk's father), and especially the killing of Zan's lover Wehmeyer, proved that the hands of the freedom fighters were far from clean. Zan realised that the rigid discipline which she hated at school was also present in the struggle (324) – people who did not toe the line were punished cruelly, sometimes with the death penalty. "'n Nuwe vryheidsmanifes is nodig," Henk muses (65), and the novel seems to support the idea. Indeed, it is the search for true freedom that directs the actions of the two main characters, Henk and his aunt Zan. The freedom that they long for is a "paradyslike ding" (399), totally different from the false freedom promised by political systems and ideologies.

As the novel unfolds, Zan develops as a many-sided character. She is portrayed realistically as the sister of Henk's father; she can also be seen as a symbol of Henk's emotional, spontaneous and imaginative part, suppressed in his subconscious mind. She is furthermore a heavenly guide, leading Henk to truth and freedom – her "death" and "resurrection" lend her a magical, supernatural quality.

In the discussion that follows I focus on the journeys of Zan and Henk, ending at the grave of the innocent scapegoat Wehmeyer, a political activist who fought bravely against the oppression of apartheid, but also clashed with his fellow activists and was killed by them when he refused to stay within the narrow confines of the movement's ideological prescriptions.

Henk and his aunt both travel between South Africa and the Netherlands – Zan more than once. Ultimately they travel together from the Netherlands to South Africa – a journey that ends at the grave of the heroic Wehmeyer. Wehmeyer's death has proved his integrity; he chose to die rather than conform to false mores. He represents the scapegoat archetype, an archetype that appears in various works by van Heerden, for instance in the "fall-goats" of the novel *Leap Year* (*Die stoetmeester*) that save the flocks by their fainting fits and vicarious deaths.

The narrator in *Leap Year* has the name "Wehmeyer", just like Zan's deceased lover – and both of them are killed wrongfully. In Afrikaans, the name "Wehmeyer" calls forth many associations. "Wee my" (woe is me) reminds us that Wehmeyer is the one who has to receive the punishment deserved by others; but the name also contains the sound of the word "*eier*" (egg), which has the connotation of fertility, the promise of new life. In a scene close to the end of the novel, Zan and her nephew dance on Wehmeyer's grave, like phoenixes rising from the ashes. Among the ashes Zan finds one of Wehmeyer's vertebrae – which she sees as the relic she has been longing to find.

The travels of Henk and his aunt now prove to be symbolic journeys driven by a mystic desire, and when they arrive at Wehmeyer's grave and find the missing vertebra their journeyings have come to an end. Zan acknowledges the part she played in Wehmeyer's death, but she also accepts his death as a way towards her own liberation. Through his life and death he has shown her how to be free from narrow ideological demands, and she in turn points the way to her nephew. Wehmeyer's integrity has become infectious – infecting Zan first, and then gradually her hesitant nephew as well. Wehmeyer is like the proverbial salt of the earth, acting as a preservative in a society threatened by corruption.

Wehmeyer, the scapegoat, is in some ways similar to Jesus, who died for the sins of humanity; Galgenbosch (Gallows Bush) – the place where Wehmeyer was killed – is his Golgotha. But there are also important differences between Wehmeyer and Jesus – especially the Jesus as distorted by Henk's grandmother, OumaOlivier, who dominates their household, and by the dominee whose doctrine she follows. Wehmeyer challenges this distorted ideology; his resistance shows parallels to Jesus's rejection of obsolete traditions, but also marked contrasts. Whereas Jesus was not interested in rising against Rome, political resistance is of central importance to Wehmeyer; unlike the Jesus of the gospels, Wehmeyer gives free rein to his strong erotic drive. Wehmeyer is reminiscent of Joseph Malan in *Looking on Darkness*, the Christ figure in whom erotic mysticism and political protest are combined.

On the ethical scale of the novel, Wehmeyer is portrayed as the ideal. As time goes by, Zan moves closer to the ideal, and in the end even Henk takes a few hesitant steps in that direction. Wehmeyer is a symbolic rather than a realistic character. He is portrayed vaguely, which confirms his archetypal meaning; he represents an ideal type – or archetype – that is "incarnated" in various actual people. In the history of South Africa, the Afrikaner theologian Beyers Naudé, who was put under house arrest for his uncompromising resistance to the politics of apartheid, was an embodiment of the innocent scapegoat. It is notable that Wehmeyer is linked to Beyers Naudé as well as to Jesus: "Niemand wil hang aan die kruis nie. Net Wehmeyer die Beyers Naudé-dissipel" (226). This statement is made in a passage in the novel where the death of a sheep at the slaughtering place is described – a clear allusion to the archetype of the sacrificial lamb.

Zan is guilty of a number of betrayals. She betrays her own brother when she helps the activists to kill him; but then she also disappoints the people of the struggle when she is disloyal to them. Above all she is guilty of being involved in the killing of the innocent Wehmeyer. However, as the novel progresses, Zan gradually takes on the role of the scapegoat-saviour; she increasingly resembles the lover whom she betrayed. Like Wehmeyer, Zan is an outsider in the community – rejected not only by her family, but also by the members of the resistance movement that she joined. Like Wehmeyer, she suffers for the sake of others – her family regards her epileptic fits as vicarious suffering to purify them all: these were the hours "waarin Henk se familie van sy demone ontslae geraak het" (23). Zan is like the "fall-goats" in *Die stoetmeester* that saved the stock with their faintings – she was "die medium waardeur die ganske familie hul laste van hulle afgeskud het" (23). When Cecil, one of Zan's old friends, is left in the lurch by the struggle and is prosecuted by the State, she supports him by her presence in court. She is tortured by the Security Police but refuses to give them the information that they want. Because she has attained an inner freedom now, free from the pressure of power from above, she can point the way to freedom for others – a freedom that is more than the freedom that political movements can promise. She is ready for the final scene in the novel, when she dances naked on the grave of Wehmeyer and persuades Henk to join in her ecstatic dance. She has found the freedom that she has been desiring all along.

The dance on Wehmeyer's grave contains many echoes of old myths and rites. It is an indigenous whirling dance (440), one that was danced by the first inhabitants of southern Africa, the Khoisan. This dance was performed especially after a good harvest or a successful hunt.[2] Zan is performing a dance to celebrate the successful completion of her journeys. The Khoisan dance parallels the ancient customs of many nations. In his book *The Sacred Dance*, Oesterley includes a chapter on the "ritual dance round a sacred object" that Semites, Greeks, Romans and many other ancient nations used to perform. Encircling a sacred object was a sign of devotion and awe; in the case of Zan and Henk, Wehmeyer's vertebra is the sacred object on which the dance is focused, a "trofee" (441) that is held up high, triumphantly, as after a successful hunt.

---

2   See ATKV-projekte, http://atkvprojekte.co.za 2009: 1.

Zan's dance is ecstatic; in the chapter titled "The ecstatic dance", Oesterley elaborates on the religious meaning of such ecstatic dances:

> The ecstatic dance is performed as the outcome of strong religious emotion; it begins quietly and without any indication of what is to come; but the intention to increase it gradually to an extravagant pitch is there from the commencement, and it continues until semi-consciousness, and even total unconsciousness is reached. The excitement caused by the dance frequently becomes contagious, so that others join in. The purpose of this dance is to effect union with a superhuman spirit; the body, temporarily "emptied" of consciousness, is believed to be entered by the god or spirit in whose honour the dance takes place (Oesterley 1923: 135).

When she begins to dance, Zan is "kaalgat soos my vinger"; she dances a "paringsdans" (440). Zan's dance breaks down the traditional distinction between the spiritual and the erotic, for Zan's eroticism is spiritual, and her expression of sexuality is also a mystic ecstasy. Her dance is the climax of the narrative and provides meaning to all the preceding journeys. Wehmeyer's vertebra is like the Holy Grail (399), the object of Zan and Henk's deepest desires. Becoming a whole person on the grave of Wehmeyer, the archetypal scapegoat and role model, was the ultimate destination which had subconsciously directed all their journeyings.

The traditional Christian concept of salvation through the vicarious suffering of an innocent scapegoat is incorporated, but also radically reinterpreted, in this novel. In a time where a once life-giving myth has degenerated into rigid and oppressive dogma, in a time of confusion when "symbols become weak with age", van Heerden's narrative goes back to ancient rituals to provide the myth of the scapegoat with a new vigour and a primitive vitality.

The novel is not only about the liberation of individuals, but also of nations. Although Henk comes to know about "die komberse wat die mensdom gooi oor alles wat moontlik vry kan word", about nations "wat as kanaries opgehok word", he also gets "'n visie van 'n vrye wêreld" (217). It is a vision quite unlike the cliché of the "Rainbow Nation"; it is more like "Colour Eight" – the eighth colour of the rainbow – "buite die moontlikhede van die fisika" (217). Henk does not know what this freedom looks like, but "hy weet dat dit bestaan [...] dit wag om ontdek te word" (217). This vision of collective freedom should probably be regarded as an ideal rather than an actual reality – an ideal that should direct practical political activity. Even if the ideal can never be fully realised, even if it is part of the paradise which humanity has irrevocably lost, it is an ideal which we should nurture as a constant challenge to work for a better world.

## Conclusion

The discussion above indicates how religion has been a provider of inspiration, strength and creativity in both the Muslim and Christian traditions in South Africa in the recent past. It presents a bridge across the abyss left by trauma; it provides continuity as well as possibilities of renewal; it offers ways of restoring shattered identities; it is a source of hope in difficult times. The four texts analysed all portray a type of religion which is not exclusive – one which acknowledges an inclusive humanity and advocates respect for people who believe differently. Two of the novels suggest that the concept of the scapegoat is not obsolete, but can be "reinvented" and revitalised in the creation of new narratives to live by. All four texts stress the importance of attending to the religious element in the exploration of South African narratives of trauma. Indeed, the analysis of the sacred is vital in post-apartheid studies.

## CITED WORKS

Ashcroft Bill, Gareth Griffits & Helen Tiffin (eds). 2006 (1995). *The Post-Colonial Reader*. New York: Routledge.

Bax Douglas. 1979. *A Different Gospel: a critique of the theology behind apartheid*. Johannesburg: Presbyterian Church of South Africa.

Brink André P. 1974. *Looking on Darkness*. London: Vintage. Afrikaans version (1973) titled *Kennis van die aand*, published by Buren.

Coetzee JM. 1999. *Disgrace*. London: Secker & Warburg.

Ellis Stephen & Gerrie ter Haar. 2001. *Worlds of Power: Religious thought and political practice in Africa*. London: C Hurst & Co.

Frazer James G. 1951. *The Scapegoat*. London: Macmillan.

— 1954. *The Golden Bough: a study in magic and religion*. London: Macmillan.

Girard René. 1986 (1982). *The Scapegoat*. Baltimore: Johns Hopkins University Press.

— 1987 (1978). *Things Hidden Since the Foundation of the World*. Stanford: Stanford University Press.

Jacobs Rayda. 2001. *Sachs Street*. Cape Town: Kwela Books.

Jaffer Zubeida. 2003. *Our Generation*. Cape Town: Kwela Books.

Oesterley WOE. 1923. *The Sacred Dance: a study in comparative folklore*. Cambridge: Cambridge University Press.

Perera Sylvia B. 1986. *The Scapegoat Complex: toward a mythology of shadow and guilt*. Toronto: Inner City Books.

Van Heerden Etienne. 1993. *Die Stoetmeester*. Cape Town: Tafelberg. Translated (1997) as *Leap Year*. London: Penguin.

— 2008. *30 Nagte in Amsterdam*. Cape Town: Tafelberg.

[Originally published in: Ewald Mengel *et al* (eds). 2012. *Trauma, Memory and Narrative in the Contemporary South African Novel*. Amsterdam: Rodopi. 195-216.]

# Liminale reise in Etienne van Heerden se *30 nagte in Amsterdam*

## 1. INLEIDEND

In hierdie artikel wil ek die reismotief ondersoek in Etienne van Heerden se roman, *30 nagte in Amsterdam*. Dit is die verhaal van Henk de Melker, museum-assistent in die Ooskaapse dorp Somerset-Oos, 'n valerige mannetjie wie se lewe op 'n dag drasties verander wanneer hy 'n brief uit Amsterdam ontvang. Die brief deel hom mee dat hy 'n huis in Amsterdam geërf het by sy tante Zan, van wie hy vir jare niks gehoor het nie. Die voorwaarde van die erfenis is dat hy die huis in Amsterdam in besit moet neem en alle bande met sy vaderland verbreek. Henk het 30 dae om te besluit en reis na Amsterdam om die saak te oorweeg. Dit word 'n reis vol verrassende openbarings en ontwikkelings, 'n reis wat hom nuut na homself en na die lewe laat kyk.

## 2. LIMINALE REISE

Die reismotief leen hom by uitstek tot dit wat in die hart van die vertelkuns lê: verrassende openbarings, nuwe insigte, keuse-moontlikhede en ontwikkelings op die vlak van gebeure sowel as karakters. Daarom is dit nie verbasend dat die reismotief so 'n dominante posisie in die Afrikaanse prosa inneem nie – soos in *Die koningin van Skeba* (SJ du Toit – 1898), *Somer* (CM van den Heever – 1935), *Sewe dae by die Silbersteins* (Etienne Leroux – 1962), *Kennis van die aand* (André P Brink – 1973) en *Die kremetartekspedisie* (Wilma Stockenström - 1981). Die voorbeelde is te veel om op te noem.

Reis speel 'n belangrike rol in die teorie van liminaliteit, wat ek in hierdie bespreking as teoretiese basis gebruik – hoewel ek ook na ander teoretici sal verwys wie se beskouings by hierdie teorie aansluit en dit aanvul. Die baanbrekerswerk met die teorie van liminaliteit is vroeg in die twintigste eeu gedoen deur Arnold van Gennep; dit is later aangevul deur belangrike bydraes van Victor Turner. In *The rites of passage* (1908, eerste druk in Frans) analiseer Van Gennep die rituele wat gepaard gaan met essensiële lewensmomente, *rites de passage* in sy formulering. Die inisiasie- of deurgangsrite neem die vorm van 'n reis aan, en dit kan volgens Van Gennep in drie fases verdeel word: dié van skeiding, van transformasie, en van reïntegrasie. Die eerste fase word gekenmerk deur skeiding van die res van die gemeenskap; die inisiandus gaan oor die drumpel (*limen*) in 'n tyd van afsondering. Die tweede fase is 'n tussen-in-fase, waar die ou lewe verby is maar die nuwe nog nie aangebreek het nie; dit is 'n tyd van transformasie:

> [...] the state of the ritual subject [...] becomes ambiguous, neither here nor there, betwixt and between all fixed points of classification; he passes

through a symbolic domain that has few or none of the attributes of his
past or coming state (Turner 1974: 232).

Inherent in die liminale proses is dus:

[…] a state of outsiderhood, referring to the condition of being
permanently and by ascription set outside the structural arrangements of
a given social system, or being situationally or temporarily set apart, or
voluntarily setting oneself apart from the behaviour of status-occupying,
role-playing members of that system (Turner 233).

In die derde fase word daar na die gemeenskap teruggekeer, daar vind 'n
reïntegrasie van inisiandus en gemeenskap plaas:

In the final stage of the rite of passage the initiand is symbolically
(and also physically) reincorporated into society, but then as a different
person: the child has become an adult, the novice a proper member of
the group (Viljoen & Van der Merwe 2007: 11).

Die teorie van liminaliteit, soos ontwikkel deur Van Gennep en Turner, is in 'n
besondere mate toepaslik op die liminale reise van Henk en sy tante Zan in *30 nagte
in Amsterdam* en bied 'n waardevolle gesigshoek vir die analise van die roman. Dis 'n
boek waarin die reismotief so 'n sentrale rol speel dat dit feitlik as 'n reisverhaal getipeer
kan word.

Reis en liminaliteit het 'n noue verband met narratief en trauma. Die liminale
proses vertoon die struktuur van 'n narratief, van 'n reisverhaal wat deur drie stadia
ontwikkel. Paul Ricoeur het daarop gewys dat die ervaringe van die lewe 'n potensiële
narratiewe struktuur het; die lewe het volgens hom 'n "pre-narrative quality"; "life is
… *an activity and a desire in search of a narrative*" (Ricoeur 1991: 434; kursivering deur
Ricoeur). Wanneer mense hul lewens tot 'n narratief omskep, met ander woorde daarna
kyk in terme van 'n verhaal, is dit 'n manier om koherensie in die lewe te vind. 'n
Narratief bring eenheid in 'n lewe wat andersins 'n nagmerrie sou wees – dit skep
'n kausale verband tussen gebeurtenisse; dit bevat deurlopende temas en herhaalde
patrone. 'n Lewensnarratief verskaf sin aan die lewe, want dit ontstaan deur seleksie,
dit onderskei tussen die onbenullige en die betekenisvolle; dit gee 'n fokus aan die lewe.

Daarenteen verpletter trauma die eenheid van 'n lewensnarratief. Die gevolg
van trauma is 'n reuse-gat in die ou bekende verhaal wat die getraumatiseerde
woordeloos laat:

Overwhelming trauma is like an earthquake, wiping out the world as it
was known; and the daunting challenge is to build a new narrative that
connects the trauma with the life coming before and after it (Van der
Merwe & Gobodo-Madikizela 2007: 6).

Die liminale reis is dikwels 'n traumatiese reis, wanneer die bekende en
vertroude wêreld verbrokkel. Anders gestel, die verwerking van trauma neem dikwels

die vorm van 'n liminale reis aan. Daar is die fase van die vernietiging van die bekende wêreld; dit kan gevolg word deur 'n kreatiewe fase, waarin opnuut na sin gesoek word, waarin 'n nuwe narratief geskep word; en dit kan gevolg word deur die fase waarin die getraumatiseerde na die samelewing terugkeer, om die sin wat hy/sy gevind het, met ander te deel. Dit is inderdaad die vorm wat die reis van Henk en ook van sy tante Zan aanneem.

In *30 nagte* is baie van die ervarings van Afrikaners van die afgelope halfeeu vervat. Lakoff en Johnson (1980) praat van "metaphors we live by"; Van Heerden skep vir moderne Afrikaners 'n "narrative to live by", 'n verhaal waarin hulle punte van identifikasie kan vind, waarin die verlies van bekende lewensnarratiewe skeppend verwerk word. Dit is egter nie net 'n verhaal vir Afrikaners nie; want dit handel oor 'n algemene menslike ervaring, een wat ook in die Nederland van vandag relevant is: van 'n ou bekende wêreld wat verbygegaan het, en nuwe betekenis wat gevind en geskep moet word. Dit is 'n tipe ervaring wat volgens Van Gennep kenmerkend van die universele lewensgang is:

> Van Gennep saw "regeneration" as a law of life and of the universe: the energy which is found in any system gradually becomes spent and must be renewed at intervals. For him, this regeneration is accomplished in the social world by the rites of passage given expression in the rites of death and rebirth (Kimball in Van Gennep 1960: viii).

## 3. LOKALE REISE

### 3.1 In die huis van die ouma

Dit is van belang om 'n onderskeid te tref tussen Henk en Zan se binnelandse reise en die reis na Nederland. Henk het aanvanklik die bynaam "Henk Ekskuus" – hy het 'n "ekskuus-dat-ek-leef"-houding en is versigtig om niemand aanstoot te gee nie. Die huis op Graaff-Reinet waar hy grootword, word deur OumaOlivier en haar waardes gedomineer, en Henk bly binne die grense van die konvensies wat sy bepaal. OumaOlivier het 'n "Calvyngesig" (16); sy is kop in een mus met die dominee (129); sy wil Henk "snoei" ooreenkomstig gevestigde Afrikaner-waardes, om te "groei na Manlikheid, na Ordentlikheid, na Omsigtigheid" (168). Die ideale lewe wat sy vir Henk voorhou, sien só daar uit:

> [...] eerstespanrugby, luitenant in die weermag, dan studeer by Maties of Kovsies, nagraads en universiteitsrugby. Studenteraad en voorsitter van die Nasionale Party-studentetak, natuurlik Rapportryer en CSV-lid. Dan kom Henkie terug en hy's die blinkseun van Graaff-Reinet [...] (221).

Om hierdie ideale te verwesenlik, verkies sy ouma dat hy liefs op die erf bly (16), dat hy nie buite die grense van die bekende wêreld gaan nie, want reis is gevaarlik.

OumaOlivier is nie alleen 'n karakter wat naas Henk leef nie, maar op 'n manier is sy en haar waardes ook ín hom, vorm sy 'n lewende deel van Henk se psige – haar dominasie maak van hom 'n saaie cliché-persoonlikheid.

Daar is egter 'n ander, grotendeels onderdrukte kant van Henk se karakter. Hy is ook 'n nuuskierige waarnemer, 'n tipe ontdekker, wat David Livingstone as sy rolmodel beskou. Sy ontdekkingstogte bring hom soms in aanraking met gegewens wat OumaOlivier se ideologie in gevaar stel – hy kom byvoorbeeld af op Kleurling-huise wat onregmatig ontruim is as gevolg van apartheidswetgewing. Maar die "gevaarlikste" reise wat hy onderneem, is reise binne sy ouma se huis, heimlike besoeke aan die slaapkamer van sy tante Zan, met haar idees wat lynreg teenoor dié van sy grootmoeder staan. Haar kamer het 'n glaskamer wat haar "innerlikste inner" bevat (242), waarin haar diepste geheime gebêre word, en daar loer Henk in.

In die glaskamer is onder andere die instruksies van die politieke aktivis Cecil Dimaggio. Henk vind hier uit dat sy tante kop in een mus is met die "vyande van die volk", en dit lei tot verdeelde lojaliteite by hom. Die voorkamer waar sy ouma die baas is en die slaapkamer van tante Zan word as 't ware kontrasterende plekke in sy psige wat tot intense innerlike konflikte lei. Hy kies aanvanklik die konvensionele kant van sy ouma, wat ook die kant van sy vader is; maar op sy reis na Nederland maak tante Zan se slaapkamer weer sy verskyning, wat hom met nuwe oë na die verlede laat kyk.

Volgens Van Gennep is 'n samelewing:

[…] similar to a house divided into rooms and corridors […] In a semicivilized society […] sections are carefully isolated, and passage from one to another must be made through formalities and ceremonies which show extensive parallels to the rites of territorial passage […] An individual or group that does not have an immediate right, by birth or through specially acquired attributes, to enter a particular house and to become established in one of its sections is in a state of isolation. This isolation has two aspects, which may be found separately or in combination: such a person is weak, because he is outside a given group or society, but he is also strong, since he is in the sacred realm with respect to the group's members, for whom their society constitutes the secular world (Van Gennep 1960: 26).

Hierdie siening kan nie sonder meer op die huis in Graaff-Reinet toegepas word nie, maar daar is tog interessante parallelle wat opnuut die simboliese betekenis van ruimtes en plekke in Van Heerden se roman bevestig. Tante Zan word in haar slaapkamer afgeskei van die res van die familie – sy word as gevaarlik en "afwykend" beskou; en wanneer Henk na haar kamer gaan, moet hy deur die ideologiese grens breek wat sy ouma daargestel het. Tante Zan is aan die een kant swak, omdat sy geïsoleer is van haar familie en van die samelewing; maar aan die ander kant het sy innerlike kragte waarvan die familie niks weet nie. Haar plek in die huis is dié van die kreatiewe buitestander.

Daar is twee ander "binnelandse" reise wat Henk as seun onderneem; hulle is belangrik om die verhouding met sy vader en moeder te belig. Die jagtog saam met sy pa het ten doel om hom in te lyf in die wêreld van die vader. Henk is angstig, en neem Napoleon in sy gedagtes as rolmodel saam om hom krag te gee – veelseggend, kom hierdie rolmodel via sy moeder, in wie se besit kosbare borde is wat volgens oorlewering vroeër deur Napoleon gebruik is. Napoleon gee hom egter nie genoeg inspirasie om te doen wat van hom verwag word nie; wanneer die koedoebul voor hom verskyn, lê sy simpatie by die pragtige dier en kan hy dit nie skiet nie. Tot sy skande moet Piet Pyp, 'n bruinman wat ook op die ekspedisie is, die skoot aftrek; en tot verdere skande van Henk, word die leuen versprei dat hý die een is wat die koedoe geskiet het.

Tipies van die werk van Van Heerden, is daar 'n afstand tussen die seun en die vader; hierdie reis bevestig dat hy nie in die wêreld van die vader pas nie; en tog kan Henk nie die band met die vader verbreek nie. Wanneer hy van Zan se klandestiene bedrywighede uitvind, vertel hy dit aan sy pa, in 'n poging om sy guns te wen. Sy verhouding met die vader is 'n mengsel van afstand en begeerte tot intimiteit. 'n Tweede binnelandse reis waarvan Henk deel is, is die reis na die Boland waar sy ma die Napoleon-borde in haar besit kry. Henk is verskeur tussen vader en moeder, hy voel sy lojaliteit behoort by die Karoo van sy vader te lê eerder as by die pragtige Boland van sy moeder (56). Hoewel hy simpatie voel vir die moeder, word dit nog steeds ondergeskik gestel aan die lojaliteit wat hy reken 'n Afrikaner-seun teenoor die vader moet betoon.

Henk se lokale reise is variasies op 'n tema; dit hou hom binne die grense van konvensionele denke. Selfs die besoeke aan die kamer van sy tante Zan bevestig sy band met die tradisie, sy verwerping van haar onkonvensionaliteit. Dit is eers sy reis na Amsterdam wat hom op 'n meer radikale psigiese reis sal lei.

## 3.2   Zan se fietstogte

In teenstelling met Henk se versigtige lewe, begin Zan reeds op Graaff-Reinet oor tradisionele grense heen te beweeg. Na baie gesoebat kry sy 'n fiets van haar ma present, hoewel OumaOlivier baie ongerus is as gevolg van die "onveiligheid" daarvan vir haar eksentrieke dogter. OumaOlivier wil grense trek, sy bepaal die "Sperrgebiet" (87); sy maan Zan om versigtig te ry en die remme te gebruik, sy verbied haar om in die nag te ry. Zan daarenteen, is min gepla oor gevare – sy vra vir 'n rooi fiets, kleur van passie en gevaar. Sy wil haar broerskind Henk saamneem op haar fietstogte, om hom uit sy saaie lewe te lei, maar hy is te bang vir sy "maltannie" om dit te doen (88). Met haar fiets ry sy op Sondagmiddae na die swart woonbuurt; met ander woorde, sy ry oor die tradisionele grense heen wat wit- en swartmense van mekaar skei. Daar ontmoet sy 'n groepie wat aan die gewapende struggle deelneem, en sy word deel van hul aktiwiteite. Dus, haar fisiese reis lei haar op 'n ideologiese en psigiese reis wat haar baie ver van die tradisie van haar ma en haar broer wegneem – byna so ver as wat kan kom.

Tog, na haar besoeke aan die "lokasie", moet sy altyd terugkeer na die huis van haar moeder. Sodoende bly sy aan twee botsende wêrelde behoort; die twee ruimtes is psigiese ruimtes wat met mekaar in konflik kom en wat sy op 'n manier met mekaar moet versoen. 'n Mens kan in 'n sekere mate die bekende frase deur Van Wyk Louw geskep, "lojale verset", ten opsigte van haar gebruik – sy is in verset teen maar ook gebonde aan haar huis. Die fiets is dan ook 'n vervoermiddel wat haar slegs binne perke van haar omgewing wegkry; vir 'n meer volkome breuk is 'n boot of vliegtuig nodig wat haar uit die land kan neem.

## 4. Die Wit Nar en die Swart Nar

Wat van OumaOlivier gesê is, geld ook vir Zan: sy is nie net 'n karakter buite Henk nie; sy het ook 'n plek in sy psige ingeneem. Waar OumaOlivier vir Henk binne die grense van die konvensionele Afrikaner-denke wil hou, lok Zan hom uit om hierdie grense oor te steek – sy wil hom bevry van die gevangeskap van die tradisie. Henk se reis na Amsterdam vind plaas in opdrag van sy "gestorwe" tante (soos hy dink). Wanneer hy in Amsterdam kom, vind hy tot sy verrassing uit dat sy nog lewe; sy wil Henk, voordat sy doodgaan, tot nuwe kennis en 'n nuwe lewensingesteldheid lei.

Op simboliese vlak is haar "verrysenis uit die dood" 'n teken dat die innerlike Zan wat in Henk doodgemaak is, nou tot nuwe lewe kom – 'n teken van 'n hergeboorte waarin hy ruimte gee aan 'n kant van sy psige wat hy toenemend onderdruk het. Simbolies is die "huis" wat Zan hom wil laat erf, nie die fisieke huis in Nederland nie, maar 'n geestelike tuiste – die lewensbeskouing wat sy oor die jare opgebou het in teenstelling met dié wat in die huis van OumaOlivier geheers het. Dit is die boodskap wat Henk met verloop van tyd leer begryp.

Voordat ek verder oor Henk se verblyf in Amsterdam uitwei, is dit nodig om kortliks in te gaan op die skerp teenstelling tussen die karakter van Zan en die persoon wat Henk is voordat hy na Amsterdam reis. Die kontras vertoon ooreenkomste met die onderskeid tussen die "wit nar" en die "swart nar", soos deur die prominente Afrikaanse skrywer Etienne Leroux uiteengesit. Hy bespreek 'n artikel van Fellini wat in *Evergreen Review* nr 96, 1973, verskyn het om die onderskeid tussen die begrippe "Wit Nar" en "Swart Nar" te verduidelik:

> Die Wit Nar maak 'n parodie van "grace, harmony, intelligence, lucidity"
> – dit wil sê, van alles wat móét wees. Teenoor hom, Auguste, die Swart
> Nar, die een wat in opstand kom teen hierdie volmaaktheid. "He gets
> drunk and rolls on the ground. His spirit is a perpetual challenge"
> (Leroux 1982a: 50).

Leroux se simpatie lê duidelik by die bedreigde en onderdrukte Swart Nar:

My grootste vrees is dat in 'n nuwe, strak winterwêreld, die Wit Nar van neo-Marx, neo-Mao, die toonbeeld sal word van 'n komende semi-mite [...]

Selfs op die gebied van die roman dan, my onbeholpe kreet in hierdie rasionele wildernis: lank lewe die Auguste in sy ondergrondse verset teen die valse oppervlak!

Lank lewe die rumoerige Swart Nar in die hart van alle skrywers!
(Leroux 1982: 52-53).

Henk is die Wit Nar, wie se konvensionaliteit 'n parodie van innerlike harmonie maak; Zan is die Swart Nar, in opstand teen die skyn-volmaaktheid van die konvensionele lewe. Die teenstelling geld vir die individuele psige sowel as vir die samelewing as 'n geheel. Wat Leroux hier oor "neo-Marx" en "neo-Mao" sê, is ewe goed van toepassing op die sisteem van apartheid waarin Henk opgroei. In Leroux se visie, wat byvoorbeeld helder in sy roman *Onse Hymie* na vore kom, is apartheid 'n monster deur die Wit Nar geskep, wat die komplekse verskeidenheid van mense in simplistiese sisteme geklassifiseer en 'n tirannieke stelsel van onderdrukking tot stand gebring het. Ware harmonie, op die individuele en die sosiale vlak, is volgens Leroux nie geleë in die oorheersing van die Wit of die Swart Nar nie, maar in akkommodasie en versoening van die teenoorgesteldes.

Henk se reis na Amsterdam is 'n reis na heelwording deur konfrontasie van die onderdrukte kant van die psige; dit is 'n reis na 'n individuasie deur die versoening van die kontrasterende kante van die psige. Dit kan alleen tot stand kom deur die hernude kontak met sy tant Zan. Ons moet egter onthou dat die kontak ook vir Zan betekenisvol is – die Wit Nar het nie alleen die Swart Nar nodig nie, die omgekeerde is ook waar. Henk word deur Zan uit sy vaal, konvensionele lewe gelei; op sy beurt herinner Henk haar aan die band wat sy met haar landgenote het, en help hy haar om dit uit te leef. Versoening lê vir Henk in die oopstelling tot die vryheid waartoe Zan hom wil lei; vir Zan is dit geleë in die aanvaarding van haar verantwoordelikheid teenoor haar mense.

Henk het die bynaam "Henk Ekskuus", as aanduiding dat hy hom laat lei deur wat ander van hom verwag. Zan, daarenteen, het meer as een naam: aanvanklik het sy die Afrikanernaam "San" (afkomstig van "Susan", maar met bowetone van die San-bevolking); daarna neem sy 'n naam aan wat meer Engels klink, "Zan"; en vervolgens word dit die Khoisan-naam "Xan". Dit toon dat sy nie in 'n simplistiese identiteit van die "suiwer Afrikaner" glo nie, maar ruimte skep vir 'n ryker identiteit wat nie die band met Engelse en inheemse Afrika-mense ontken nie.

Henk is besadig, Zan is uitbundig; Henk is rasioneel en verbeeldingloos, terwyl Zan kreatief, verbeeldingryk en sterk emosioneel is. Henk staan (aanvanklik) by die konvensionele Afrikaner-waardes van sy ouma en pa, terwyl Zan met die mense van die struggle identifiseer. Waar Henk niemand aanstoot wil gee nie, is sy een vir protes teen alle vorms van onreg en verdrukking. Henk vereenselwig hom met die waardes van die groep, Zan is 'n buitestander (62). Henk is 'n waarnemer van die lewe (85), Zan is 'n deelnemer aan die lewe. In teenstelling met Henk, wat geen seksuele verhoudings het nie, gee Zan haar liggaam vrylik aan 'n groot verskeidenheid mans. Haar erotiese drif is 'n opstand van die lyf (370, 416), en sy gee haar "gawes" in verset teen onderdrukking en met deernis aan onderdruktes soos die bandiete. Hulle ervaring van haar "naakte waarheid" as openbaring (83) suggereer 'n verband tussen erotiek en religie – 'n verband waarop ek later terugkom.

Waar Henk se lewe, voordat hy na Amsterdam vertrek, rustig verloop, ly Zan aan aanvalle van *grand mal*. Henk is doodsbenoud dat hy die familiekwaal van epilepsie mag kry (43) – maar daar is ook 'n positiewe kant aan hierdie "siekte" verbonde. *Grand mal* is in die roman sowel 'n trauma as 'n "aanval" van kreatiwiteit. In so 'n aanval sien Zan die sogenaamde "Agste kleur, 'n kleur wat niemand nog gesien het nie [...] dit val buite die bekende kleure-spektrum" (27). Dit is 'n kleur wat net groot kunstenaars ken; dit is ook "die kleur wat alle dinge was voordat Eva die appel by Adam geneem het" (27). Zan se *grand mal* word verbind met intense trauma, maar ook met die inspirasie van die kunstenaar, met die visioene van die mistikus, en met die herwinning van die verlore harmonie van die paradys. Die naam "grand mal" bevat 'n suggestie van 'n "malheid" wat groots en heerlik is. Zan is die "maltannie", maar sy is ook die profeet van die familie.

Zan se intense emosies kom ook in haar toneelspel tot uiting. Die verhoog het vir haar 'n "uitgilplek" geword waar sy van haar gevoelens ontslae kan raak (361). Dit is 'n beheerde uiting van gevoelens, "'n soort harnas wat haar in toom gehou het"; daarom kan die toneelspel haar tot kalmte bring (371). Op die verhoog kan die Wit Nar en die Swart Nar met mekaar versoen word – simbolies gesproke, kan "Zan" en "Henk" mekaar daar vind. 'n Suggestie wat hieruit voortvloei, is dat die kuns tot heling en katarsis kan lei deur die beheerde uiting van emosies; deur die versoening van rede, emosie en verbeelding. Die potensiële katarsis, wat die literatuur betref, sou kon geld vir die skrywer maar ook vir die leser, wat deur betrokkenheid by die narratief op 'n indirekte wyse gelei kan word tot heling deur selfkonfrontasie.

## 5.   'N GEVANGENE GAAN OP REIS

Die feit dat Henk nooit voorheen oorsee was nie (40), het gehelp om hom binne die grense van die tradisie te hou. In Amsterdam aangekom, vind hy homself "steeds (i) ngehok. 'n Gevangene op reis" (66). Fisies is hy van sy jeugwêreld verwyder, innerlik is hy nog steeds "vasgekeer" in 'n ideologiese ruimte (66). Afgeskerm van die lewe, het hy nooit geleer om die volheid van die lewe te "hap" nie (66).

Daar is egter ook 'n ander kant aan Henk – "in sy hart brand die flikkering van vure en ontplooi die ritmes van ander landskappe" (66-67). Hierdie kant word deur sy verblyf in Amsterdam gestimuleer en kom uiteindelik tot sy reg. Die reis na

Amsterdam is 'n reis na 'n ander tipe lewe, 'n lewe soos deur Zan verteenwoordig. In Amsterdam is die regsgeleerde Grotius sy mentor en leidsman; en Grotius staan in diens van tante Zan. Reeds met sy aankoms voel Henk "iets roer in hom; hy weet nie wat nie" (64). Hierdie "iets" is die kreatiewe, irrasionele kant van sy psige wat Zan tot lewe wil roep. Spoedig kry hy dan ook 'n visioen wat ooreenkom met die visioene wat Zan kry met haar *grand mal* aanvalle, waarin hy waarneem wat vir die oë van die menigte verborge is. Dis 'n mistieke ervaring wat hom uit die tydruimtelike bestaan neem en waarin Zan soos 'n hemelse wese aan hom verskyn:

> Glansend lyk sy, asof sy elektrisiteit uit die oorhoofse drade tap.
> Uit haar voete spat vonke, en haar gesig straal (72).

Zan ontwikkel in die roman tot 'n figuur met vele fasette: sy is 'n realistiese karakter, die suster van Henk se vader; sy kan ook beskou word as 'n simbool van die onderdrukte kant van Henk se persoonlikheid – die emosionele, spontane en verbeeldingryke kant wat uit die onbewuste na vore gebring word; sy is ook 'n hemelse leidsvrou wat Henk na waarheid en vryheid neem – haar "opstanding uit die dode" verleen 'n magiese, bonatuurlike kwaliteit aan haar.

Wanneer Henk sy tante se huis in Amsterdam besoek, maak hy haar slaapkamerkas oop (212), wat lei tot 'n oopwaaiering van herinneringe uit sy jeug. Dit is belangrik om daarop te let dat Henk se kontak met Zan in Amsterdam hom na sy eie verlede teruglei. Dit is 'n herinneringsreis wat hom anders laat kyk na wat verby is; waarin hy deur die verlede moet werk voordat hy langs nuwe weë kan voortbeweeg. Die vertellershede in Amsterdam word verstrengel met Henk se Suid-Afrikaanse verlede; die Amsterdamse vertellersruimte word ingeneem deur die wêreld van Henk se jeug.

## 6.  Die verstrengeling van verlede en hede

Henk besef in Nederland dat:

> terwyl ons hier in die hede lewe, die verlede steeds sy gang gaan. Asof dit nooit afgehandel word nie. Soos in toneelbedrywe op 'n verhoog gaan mense wat al lank dood is, steeds deur hul lewenshandelinge; herhaal hulle dit eindeloos binne die nuwe kontekste van die steeds veranderende hede – só dat hul lewe voortdurend nuwe dimensie en betekenis kry (299-300).

Sowel Henk as Zan onderneem telkens "reise" na die verlede, na 'n tydruimtelike konteks ver verwyder van die hede van die karakter. Sulke "innerlike reise" is moontlik omdat daar plekke is wat vir die karakters besondere betekenis gekry het, wat as 't ware 'n plek in hul psigiese konstruksie ingeneem het, en waarmee hulle steeds weer kontak opneem, kontak wat telkens 'n "nuwe dimensie en betekenis" kry.

In 'n artikel wat in die tydskrif *Stilet* verskyn het, gaan Louise Viljoen in op die teoretiese onderskeid tussen "ruimte" en "plek" ("space" en "place" – Viljoen 1998: 2-4). Sy haal Darian-Smith aan wat die onderskeid soos volg formuleer:

> It is through the cultural processes of imagining, seeing, historicizing and remembering that space is transformed into place, and geographical territory into a culturally defined landscape (Darian-Smith 1996: 3).

Vir sowel Henk as Zan is die huis op Graaff-Reinet, in bogenoemde terminologie, nie 'n ruimte nie, maar 'n plek, gevul met persoonlike ideologiese betekenis. In hulle terugflitse besoek hulle nie die ruimte van die huis nie, maar die plek in hulle gemoed. Hulle innerlike reise na Graaff-Reinet is reise om dit tot 'n ander plek te transformeer, gevul met nuwe ideologiese en emosionele inhoud. En inderdaad, wanneer hulle ten slotte saam na Suid-Afrika reis, het die Suid-Afrikaanse ruimte vir hulle 'n ander plek geword. Daarenteen, wanneer hulle in Nederland is, probeer albei om van hierdie ruimte ook 'n plek te maak – maar die poging slaag nie, Nederland bly 'n ruimte "daarbuite" waarmee hulle nie innerlik kontak kan maak nie.

Henk en Zan se reise na die plekke van die verlede geskied veral om twee redes: ter wille van die konfrontasie van eie skuld en die insig in die verbondenheid met die vaderland. Henk ontdek in Amsterdam 'n nuwe verlede (271); hy kom uit, soos hy dit stel, by "dinge waarvan ek bewustelik probeer weglewe het" (283). Hy moet nou sy dubbele verraad van sy tante konfronteer: sy poging tot moord op haar met 'n knopiespinnekop, en die feit dat hy haar struggle-verbintenis op die lappe gebring het. Hy moet ook sy onbetrokkenheid by die sosiale kwessies van sy land erken – "alles het by my verbygegaan" (282).

Zan weer, steel die familie se erfstukke (die Napoleon-borde) en gee dit vir Cecil Dimaggio om die gewapende opstand te help finansier. Sy lig ook vir Cecil en sy vriende in dat haar broer te veel weet en uit die weg geruim moet word, en sy blyk deel te wees van die groep wat haar broer vermoor (319). Aan die ander kant is sy bekommerd oor haar broer se veiligheid en wil sy hê Henk moet sy pa waarsku, waardeur sy ontrou aan die opstand is (224). Die swaarste skuld van Zan is haar betrokkenheid by die struggle-moord op haar minnaar Wehmeyer. Zan is dus aan driedubbele verraad skuldig: teenoor haar heroïese minnaar Wehmeyer, teenoor die struggle, en teenoor haar bloedfamilie. Dis 'n skuld wat oor verskillende ideologiese grense strek.

Die insig in eie skuld is 'n noodsaaklike fase in die proses van bevryding wat uiteindelik by albei hoofkarakters plaasvind. Wanneer Henk met berou erken dat hy die een was was die giftige spinnekop in Zan se vaas geplaas het, is daar vir hom hoop want, soos Grotius hom verseker, "dis nooit te laat om spyt te voel nie" (267-268). Zan en Henk se skulderkennings lei tot 'n katarsis; die onderdrukte emosies kan nou na buite kom, in 'n pynlike dog suiwerende werking. Henk ervaar dit soos volg:

> Slordig mors weggedrukte herinneringe nou uit. Dis 'n vulkaan se
> binneste wat uitpeul [...] Maar niks keer die lawa nie, warm loop dit
> teen sy wange af en brand sy bors so ver dit tap (281).

Daar is suggesties in die roman dat die proses van katarsis deur pynlike
selfbeskouing nie slegs vir individue geld nie; ook nasies kom by die traumatiese besef
van die noodsaak van die aflegging van uitgediende narratiewe. Die geskiedenis, besef
Henk in 'n visioenêre oomblik, "is 'n grand mal-aanval [...] Skuimbolle en daarna die
massering van geskokte ledemate, die trooswoorde van patriotisme" (215). Wanneer
daar nie behoorlik deur die verlede gewerk word nie, bly 'n nuwe toekoms buite bereik
– dan kan mense maklik "vasgevang (bly) in ou opposisies wat nie meer geldig is nie"
(432). Dit geld vir Suid-Afrika, die land wat "uitmekaarbars soos 'n familie waarvan
die lede hul eie seerkry nie kan beheer nie" (209); dit geld ook vir Nederland, en vir
Europa in die algemeen, volgens 'n artikel wat Henk gelees het:

> Hulle moet nou nuwe oplossings vir Europa bedink terwyl hulle [...] te
> narsisties haper op hul eie bydrae tot die geskiedenis en die betekenis
> daarvan, en nie met oplossings vir die Europese toekoms vorendag kom
> nie (431).

Die salwing van trooswoorde ná 'n trauma kan egter tot 'n nuwe traumatiese
ervaring lei, tot ontnugtering wanneer die troos vals blyk te wees, soos by Henk: "Hier
in Amsterdam besef ek ek is keelvol vir begrippe soos burgerskap en patriotisme [...]"
(215).

## 7.   HEEN EN WEER TUSSEN NEDERLAND EN SUID-AFRIKA

Die verstrengeling van die hede en die verlede hou verband met die teenstelling
Nederland: Suid-Afrika. Twee kaarte is voor in die roman afgedruk: van die Oos-
Kaap en Amsterdam, wat verwys na die karakters se reise heen en weer tussen die twee
gebiede. Die keuses wat Zan en Henk moet maak, is onder andere 'n keuse tussen
Suid-Afrika en Nederland as permanente woonplek; Henk se besluit in watter huis hy
sal woon, in Amsterdam of Somerset-Oos, is 'n belangrike simboliese keuse. Hierdie
keuse dui op 'n dualiteit wat algemeen by "blanke" Suid-Afrikaners bestaan – die
gevoel van verwantskap met Europa asook met Suid-Afrika. Henk sowel as Zan moet
besluit waar hul finale lojaliteit lê.

Zan se vertrek na Nederland is die teken van 'n breuk met haar familie en die
ideologie wat hul uitleef; dit verteenwoordig ook 'n breuk met die mense van die
struggle. Sy word van die huis weggejaag deur haar broer, en deur die struggle oorsee
gestuur omdat sy vir hulle 'n verleentheid geword het. 'n Mens sou dink dat haar vertrek
na Nederland 'n finale afskeid van haar land beteken; die teenoorgestelde is egter waar.
Juis hier besef sy haar verknogtheid aan Suid-Afrika, aan sy mense en hul geskiedenis.

Na haar aankoms in Nederland onderneem sy drie reise terug na Suid-Afrika. Op die eerste reis gaan sy in die geheim na Pretoria, na haar vriend Cecil se verhoor, wat deur die staat aangekla word en deur die struggle in die steek gelaat is. Zan reis in 'n vermomming, as 'n man wat "Zondernaam Zuiderzinnen" heet. Die voornaam dui op haar onsekerheid oor eie identiteit; die van dui op die feit dat, hoewel sy in Nederland woon, haar hart steeds op die Suiderland gerig is. Zan se geheime besoek geskied uit trou, nie aan die struggle nie, maar aan 'n vriend wat deur die struggle verloën is – 'n buitestander soos wat sy self is. Sy word in Pretoria gevang en gemartel, maar weier om die inligting te verstrek wat die Veiligheidspolisie van haar verlang. Op hierdie reis ontwikkel Zan van verraaier tot heroïese figuur, tot een wat die bevryding kan lei wat aan die einde van die verhaal tot stand kom.

Op haar tweede reis na Suid-Afrika lê Zan by Henk besoek af sonder dat hy dit agterkom. Sy sien hoedat hy volkome deur konvensionaliteit ingeneem is en treur oor hom, want sy is lief vir haar nefie; daarom besluit sy om hom na Amsterdam te lok, tot 'n nuwe bestaansmoontlikheid. Sy wil hom reise laat onderneem soortgelyk aan dié wat sy self afgelê het. Eers moet hy uit Suid-Afrika kom om te ontsnap uit sy gevangeskap in die ideologie van sy vader. In Nederland moet hy met ander oë na die geskiedens van sy land en na sy eie betrokkenheid daarby leer kyk. Die Suid-Afrika waarvan hy hier kennis neem, is 'n ander land as die plek waarvan hy by sy vertrek bewus was. Hier in Nederland besef hy ook sy onlosmaaklike verbondenheid met sy geboorteland. Dis 'n verbintenis wat nie bestaan as gevolg van die heroïek van sy mense nie, maar eerder uit simpatie en 'n gevoel van verantwoordelikheid teenoor diegene met wie hy 'n geskiedenis deel. Daarom wys hy die aanbod af om in Nederland te gaan woon, in die huis van sy tante Zan, want:

> Ek is Henk de Melker.
> Henk van die Groot Karoo (434).

Op haar derde, finale reis gaan Zan en haar nefie saam terug na Suid-Afrika. Hy het nou die reise voltooi wat sy vir hom bestem het; hy is gereed om saam met haar 'n bevrydingstog te onderneem wat in sy geboortewêreld sal eindig. Zan sowel as Henk het daarmee hul liminale reise voltooi. Eers is hul uit hul samelewing verwyder ter wille van innerlike suiwering; dit is gevolg deur 'n tweede fase, een van transformasie; en in die derde fase is daar 'n terugkeer na die samelewing, maar nou as veranderde mense met die potensiaal om ook in die gemeenskap 'n transformasie teweeg te bring.

## 8.   METAFIKSIONELE NARRATIEF

Tipies van Van Heerden se werk, is daar 'n sterk metafiksionele besinning in die roman. Dit is vir hierdie artikel nie so direk relevant nie, maar daar is tog twee sake wat ek kortliks wil belig:

## 8.1    Historiografie teenoor fiksie

Henk is die skrywer van 'n aantal beknopte historiese monografieë. Hy is nou besig met 'n monografie oor Cornelius van Gogh, die onmerkwaardige broer van die beroemde skilder. Aanvanklik hou Henk hom by die versameling van saaklike feite, maar met verloop van tyd is daar tekens dat die saaie historikus innerlik skiet gee en plek maak vir gevoel en verbeelding; dat hy sy afstandelikheid prysgee en self by die skeppingsproses betrokke raak. Die waarheid wat Henk nou oor Van Gogh wil skryf, is 'n fiksionele waarheid, een wat deur die kreatiewe verbeelding geskep word. Deur Cornelius tot 'n sprankelende karakter te laat ontwikkel, word ook Henk tot nuwe lewe gewek:

> Is dit waar? "Ek gee nie om nie," sê Henk hard. "Ek máák dit waar."
> En opeens is dit asof 'n veer in sy binneste skietgee [...]
> Ek gaan Cornelius van Gogh tot lewe wek. Ek gaan hom uit sy graf
> laat opstaan, en myself in die proses ook; ek gaan opstaan uit my
> kindergraf (436).

Henk het van verbeeldinglose historiograaf tot betekenisvolle skrywer ontwikkel.

Vir ons tema van narratief en trauma is dit veral van belang om daarop te wys dat elke mens met 'n lewensnarratief besig is. Henk se ontwikkeling van saaie, afstandelike rasionalis wat alleen op "objektiewe feite" fokus, tot skrywer wat betrokke raak by sy narratief, wat hom nie beperk tot wat empiries vasstelbaar is nie, maar ook ruimte bied vir wat sou kon gebeur, wat innerlik skiet gee om plek te maak vir emosie en kreatiwiteit – dit is 'n ontwikkeling met 'n algemene menslike toepaslikheid.

## 8.2    Tuiste in eie taal

Die roman word beurtelings vanuit die perspektief van Zan en Henk vertel, en hulle verskil in geaardheid kom baie duidelik uit in hul kontrasterende taalgebruik. Henk se taal is konvensioneel, Zan s'n sprankelend en verbeeldingryk. Zan omvorm konvensionele taal – sy gebruik idiome en Bybelse aanhalings, en sy verdraai hulle, gebruik hulle in nuwe kontekste, gee aan hulle nuwe verwysingsvelde. Daardeur verbind sy tradisie en vernuwing op 'n steeds weer verrassende wyse. Sodoende tree sy as 'n skrywersfiguur op wat met die taal speel, dit opbreek en heropbou, om nuwe seggingsmoontlikhede te skep, om die onsegbare te kan uitsê. Aan die een kant is sy magiër wat die ou segswyses tot nuwe lewe wek; aan die ander kant is sy argivaris van die rykdom van Afrikaans. Wanneer "Zuiderzinnen" na Suid-Afrika reis, "vlie lank vergete gesegdes uit 'n vergete taal op" (360). Die terugkeer na haar geboorteland is tegelykertyd vir Zan 'n terugkeer na die tuiste van haar eie taal; hul moedertaal is deel van die plek waarheen Henk en Zan ten slotte teruggreis.

Waar Henk se taalgebruik aanvanklik skerp met dié van Zan kontrasteer, vloei die twee perspektiewe mettertyd in mekaar. Ná aan die einde van die roman (419), kan Henk weer die mooi Afrikaanse name onthou wat hy as kind gekoester het:

"Wildemakou, rooireier, lepelaar en geelbekwou. Bleeksingvalk [...]." En ten slotte, wanneer Henk in 'n verbeeldingryke skrywer begin ontwikkel, vloei die perspektiewe van hom en Zan ineen (435-436). Dit suggereer die wenslikheid van die versoening van die "Wit Nar" en die "Swart Nar" - in die skryfproses sowel as in die lewe. Die Swart Nar op haar eie lei tot chaos; die Wit Nar op sy eie is 'n bleeksiel.

## 9.  'N NUWE VRYHEIDSMANIFES

### 9.1  Die rol van Wehmeyer

In 'n vorige afdeling het ek Henk se reis van gevangeskap na bevryding bespreek – 'n reis waarin hy ruimte moes maak vir 'n onderdrukte deel van sy psige. Die temas van onderdrukking en bevryding is egter in die roman nie tot individue beperk nie, maar hou ook verband met politieke stelsels en ideologieë. Dit gaan om die rol van die enkeling binne 'n onderdrukkende ideologie – 'n ideologie wat dikwels voorgee om bevryding te bring. Zan kom tereg in opstand teen die eng ideologie wat haar moeder op haar wil afdwing – 'n ideologie wat 'n politieke en sosiale sisteem geskep het wat mense landwyd onderdruk. Tot haar ontnugtering ontdek Zan egter tydens haar samewerking met die opstandelinge "die dubbele bodem van die revolusie, die valse gesig" (154). Agter die mooi woorde van 'n vryheidsmanifes skuil dade soos die diefstal van die familie se borde, die moord op Zan se broer, en veral die moord op Wehmeyer. Zan kom agter dat dieselfde onbuigsame dissipline wat haar op skool in verset gebring het, ook in die "Beweging" geld (324) – afwykendes word gestraf, soms met die dood. "'n Nuwe vryheidsmanifes is nodig", dink Henk reeds vroeg in die verhaal (65); dit is inderdaad die soeke na 'n nuwe vryheid wat die rigting van sy en Zan se reise bepaal. Hierdie innerlike vryheid is 'n "paradyslike ding" (399), anders as die valse vryheid van politieke stelsels en ideologieë.

Die reise van Zan en Henk eindig by die graf van Wehmeyer, die gewese minnaar van Zan, die politieke vryheidstryder in opstand teen onderdrukking en onmenslikheid, wat uiteindelik deur sy strydmakkers tereggestel word omdat hy nie binne die enge grense van hul ideologie wou bly nie. Hy is die argetipiese onskuldige sondebok wat sy lewe verloor om lewe vir ander in die gemeenskap moontlik te maak; die plaasvervanger wat met sy lewe vir ander se skuld betaal. Sy voorbeeld word uiteindelik in die verhaal 'n bevrydende rolmodel vir Zan; deur die dans op sy graf vereer sy hom en identifiseer sy haarself met sy lewensiening. Dit is nie die enigste werk van Van Heerden waarin die argetipiese sondebok voorkom nie; die argetipe maak, in wisselende gestaltes, telkens sy verskyning in sy werk – byvoorbeeld in Druppeltjie du Pisani, die onskuldige kind wat in *Toorberg* geskiet word met die toestemming van almal op die plaas; in die floubokke van *Die stoetmeester* wat die veetrop red deur hul floutes; in die sterwe van die troue Edit in *Die swye van Mario Salviati*, wat haar lewe vir haar geliefde opoffer; en in die maagd Tsitsi wat in *Kikoejoe* verkrag word.

"Wehmeyer" is ook die naam van die verteller in *Die stoetmeester* – nog 'n Van Heerden-karakter wat onskuldig doodgemaak word. Die naam roep die frase "Wee my" op; want Wehmeyer is in *30 nagte* die een wat die straf moet dra wat ander toekom. Maar die naam bevat moontlik ook 'n suggestie van "eier", van vrugbaarheid, van nuwe geboorte uit die dood. Soos fenikse wat uit die as verrys, dans Zan en Henk ten slotte op die as van die graf van Wehmeyer. Die werwel van Wehmeyer, waarna Zan op soek was en wat sy uiteindelik vind, is 'n lewegewende relikwie. Die omswerwinge van Zan en Henk blyk ten slotte 'n mistieke reis te wees waarin Wehmeyer, die gestorwene wat lewe bring, die eindpunt is; die aankoms by die graf van Wehmeyer is vir Zan sowel erkenning van haar aandadigheid aan sy dood as die aanvaarding van bevryding daardeur.

Wehmeyer, die sondebok, vertoon parallelle met Jesus, wat gesterf het vir die mensdom se sondes; Galgenbosch, waar hy vermoor word, is as 't ware sy Golgota. Maar daar is ook belangrike verskilpunte tussen Wehmeyer en Jesus – veral die beeld van Jesus soos dit deur politieke ideoloë en magsbeheptes verwring is. Die lewe en leer van Jesus het in die hande van mense soos die dominee van Graaff-Reinet, die geesgenoot van OumaOlivier, tot 'n starre en onderdrukkende ideologie verword wat min ooreenkoms met Wehmeyer óf met Jesus van die Evangelies vertoon. Teen hierdie starre ideologie kom Wehmeyer in verset. In sy opstand is daar nie net raakpunte met Jesus nie, maar ook belangrike punte van verskil. Anders as Jesus, is politieke verset vir hom van sentrale belang; en anders as Jesus, gee hy in sy verhouding met Zan vrye uiting aan sy kragtige erotiese drifte. Wehmeyer herinner aan Josef Malan, die hoofkarakter in André Brink se *Kennis van die aand* – nog 'n Christus-tipe wie se politieke protes en erotiek sentrale elemente van die religieuse tema uitmaak.

Wehmeyer is in die roman meer van 'n simboliese as 'n realistiese karakter. Hy is 'n vae figuur, wat sy argetipiese betekenis bevestig; 'n ideale tipe met verskeie "afskaduwings" in die alledaagse lewe. In die geskiedenis van Suid-Afrika is die Afrikaner-teoloog Beyers Naudé, wat onder huisarres geplaas is as gevolg van sy standpunt-inname teen die apartheidspolitiek, so 'n afskaduwing van die sondebok-argetipe. Dis interessant dat Wehmeyer in die roman met sowel Jesus as Beyers Naudé verbind word: "Niemand wil hang aan die kruis nie. Net Wehmeyer die Beyers Naudé-dissipel" (226). Hierdie stelling word gemaak in 'n gedeelte waar die dood van 'n slagooi by die slagpale beskryf word – 'n duidelike heenwysing na die tema van die offerbok.

Ook Zan neem in die roman al hoe meer die rol van die sondebok-verlosser aan; sy word soos Wehmeyer, haar minnaar vir wie sy verraai het. Zan is die buitestander, soos Wehmeyer, verwerp deur haar eie mense en ook deur die mense van die struggle. Haar epileptiese aanvalle of "skuimbolle", soos die familie dit noem, het 'n suiwering vir haar naasbestaandes teweeggebring – "dit was die stond waarin Henk se familie van sy demone ontslae geraak het" (23). Sy is soos *Die stoetmeester* se "floubokke" wie se "floutes" tot ander se redding geskied – sy was "die medium waardeur die ganse familie hul laste van hulle afgeskud het" (23). Wanneer sy, as gevolg van haar betrokkenheid by die struggle, gebyt word deur die spinnekop wat Henk geplant het, verloor sy 'n vingerlit; dit is 'n blywende letsel van Henk se verraad. Nogtans pleit sy om vergiffenis en kwytskelding vir hom (259-263).

Deur haar vroeër genoemde driedubbele verraad verloor Zan die kwaliteit van die onskuldige offerbok. Maar 'n loutering vind by haar plaas, en wanneer sy tydens die hofsaak in Pretoria haar trou aan Cecil betoon en ondanks marteling weier om aan die Veiligheidspolisie se versoeke te voldoen, ontwikkel sy tot ware heldin. Omdat sy self nou innerlik vry is, kan sy 'n bereider van vryheid vir ander word, 'n vryheid wat anders en meer is as dié van politieke bewegings. Zan is nou gereed om haar maskers te laat val en naak op die graf van Wehmeyer te dans, en om Henk tot hierdie ekstatiese dans te oorreed.

## 9.2    Die rituele dans op die graf

Die dans op Wehmeyer se graf bevat vele eggo's van ou mites en rites. Oor die kosmiese betekenis van die dans, skryf Nel (2010), in aansluiting by Van der Leeuw 1930:

> Dans is [...] die lewensbeginsel, en 'n uitdrukking van lewensintensiteit en lewenspeil – nie net die mens nie, maar alle lewende dinge kan dans. Die oorspronklike betekenis van die dans is gesetel in die kosmiese beweging van lewe en dood, en die dansende mens leef gevolglik in 'n kosmiese verhouding tot dinge. Aangesien die beweging van die hele wêreld ritmies is, het die dans dieselfde beweging as dié van die kosmos. Alle beweging kan dus herlei word na dié oerbeweging (181).

Zan/San se dans is 'n inheemse dans, 'n riel (440) waarin teruggegryp word na die gewoontes van die oudste inwoners van die land, die Khoisan. Die rieldans word soos volg beskryf:

> Die rieldans kan met reg as die oudste danssoort in Suider-Afrika gereken word omdat die hedendaagse vorm direk na die Khoi-San, die eerste bewoners van die streek, herlei word. Vanmelewe het die Khoi-San na 'n goeie oes of jagtog en by hul verskeie feeste al sirkelend om die vuur gedans. Baie van die passies word vandag nog steeds in 'n sirkel gedoen. In Nama staan die dans as die !khapara bekend en dit is veral bekend vir die vernuftige voetwerk en energieke pas waarmee dit gedans word (http: //atkv-projekte.co.za 2009: 1).

Op sy beurt skakel hierdie dans van die Khoisan met oeroue gebruike by verskeie volkere. In sy studie *The sacred dance* wy Oesterley (1923) byvoorbeeld 'n hoofstuk aan die dans in 'n sirkel, die "ritual dance round a sacred object", wat gebruiklik was by die Israeliete, die Semiete, die Grieke, die Romeine en heelwat ander volkere. Die omsirkeling van 'n heilige voorwerp is 'n teken van toewyding; in die geval van Henk en Zan is Wehmeyer se werwel die heilige objek waarop die dans gefokus is, 'n relikwie met mistieke betekenis, 'n "trofee" wat triomfantelik omhoog gehou word (441), soos ná 'n jagtog.

Zan se dans is 'n ekstatiese dans. Nel wys daarop dat dans kan lei tot " 'n toestand waarin die mens besete raak, dit wil sê deur die bomenslike geïnspireer, en dié besetenheid is 'n gevaarlike toestand, want hierin lê die bose en die goddelike baie naby mekaar" (181). In die hoofstuk "The ecstatic dance" wy Oesterley uit oor die religieuse betekenis van die ekstatiese dans:

> The ecstatic dance is performed as the outcome of strong religious
> emotion; it begins quietly and without any indication of what is to
> come; but the intention to increase it gradually to an extravagant
> pitch is there from the commencement, and it continues until semi-
> consciousness, and even total unconsciousness is reached. The excitement
> caused by the dance frequently becomes contagious, so that others
> join in. The purpose of this dance is to effect union with a superhuman
> spirit; the body, temporarily "emptied" of consciousness, is believed to
> be entered by the god or spirit in whose honour the dance takes place
> (Oesterley 1923: 135).

Hierby dink 'n mens onwillekeurig ook aan die ekstatiese dans van die Boesman-sjamaan, wat deur die trans-ervaring deurgang vind na die wêreld van die onsienlike.

Wanneer sy begin dans, is Zan "kaalgat soos my vinger", en die dans wat sy dans, is 'n "paringsdans" (440). Oor die simboliese betekenis van "nudity" gee Cirlot, in sy woordeboek van simbole, die volgende relevante inligting:

> The distinction between nuditas virtualis (purity and innocence) and
> nuditas criminalis (lasciviousness and vain exhibition) was already clearly
> established by Christians in the Middle Ages. Hence every nude must
> always have an ambivalent meaning and imply an ambiguous emotion:
> [...] it lifts one's thoughts towards [...] moral and spiritual beauty; but
> it can never lose altogether [...] its irrational attraction rooted in urges
> beyond the control of the conscious mind (Cirlot 1973: 230).

Zan se dans is 'n deurbreking van die bogenoemde dualiteit tussen die spirituele en die erotiese. Want Zan se erotiek is spiritueel; haar uitdagend-liggaamlike dans is 'n uiting van 'n intense religieuse belewenis. Hierdie ekstatiese dans is die klimaks van die verhaal; dit gee 'n ryke betekenis aan die voorafgaande worsteling en soeke. Die vind van Wehmeyer se werwel is, simbolies, die vind van die heilige graal (399), die einddoel wat aan hul reis betekenis gee. En selfs al is daar geen verdere toekoms voor nie, selfs al sou hulle "die laaste van die De Melkers van Somersetstraat" wees (441), kan niks nou meer die vreugde van die hede demp nie – 'n hede wat bevry is van die skuld van die verlede en kwellings oor die toekoms.

Die Christelike idee van plaasvervangende verlossing word in die slot geïnkorporeer maar terselfdertyd radikaal vernuwe. In 'n tyd waar eens lewegewende idees by mense soos OumaOlivier en haar dominee tot starre dogma gedegenereer het, in 'n tyd van verwarring waar "symbols become weak with age" (Jung 2002: 22), gryp Van Heerden se narratief terug na oeroue rituele om 'n nuwe vitaliteit en 'n primitiewe krag aan die mite van die sondebok te verleen.

Die bevrydingstema van die roman slaan nie net op individue nie, maar ook op nasies. Saam met 'n benouende besef van "die komberse wat die mensdom gooi oor alles wat moontlik vry kan word", van "volke wat as kanaries opgehok word, in die kombuis van 'n regerende party", kry Henk 'n "visie van 'n vrye wêreld" (217). Dis 'n visie wat anders is as "die goedkoop frase 'die Reënboognasie'"; dit het eerder ooreenkoms met "Kleur Agt, die kleur buite die moontlikhede van die fisika [...]" (217). Henk weet nie hoe dit lyk nie, "maar hy weet dit bestaan. Dis daar. Dit wag om ontdek te word." (217).

Hierdie visie van kollektiewe vryheid moet waarskynlik gesien word as 'n ideaal wat die politieke aktiwiteit behoort te rig, selfs al kan dit nooit volledig verwesenlik word nie; 'n deel van die paradys wat wel in die praktyk verlore is, maar steeds in ons onbewuste uitdagend werksaam bly.

## 9.3    Die maskers laat val

Die motief van vermomming het verskillende aspekte. Dit hou onder andere verband met Zan wat as aktrise verskillende rolle speel, wat haar inleef in die leefwêreld van 'n ander persoon. Op dié manier kan sy soms 'n alternatiewe lewensvisie kommunikeer, byvoorbeeld deur die rol van Emily Hobhouse te speel (107). Die vermommingsmotief hou ook verband met iets wat tipies van Van Heerden is: die skrywersgestaltes wat orals in vermomde gedaante in sy romans opduik – hier byvoorbeeld die bediende Kytie, agter die skerms in beheer, soos OumaOlivier agter haar lessenaar (77); Cecil, die aktivis wat met woorde speel (100); die busker (straatmusikant), die bedelaar en die sakkeroller (191; 203), en nog vele meer. Hierdie aspek is egter vir dié artikel nie so relevant nie.

Van meer belang hier, is die feit dat vermomming soms noodsaaklik is in 'n tyd van krisis. Wanneer Henk sy tante se slaapkamerkas oopmaak, blyk daar vier pruike in te wees, 'n haardos vir verskillende situasies (217). Wanneer sy na Suid-Afrika reis om Cecil se verhoor by te woon, is sy ter wille van haar veiligheid soos 'n man vermom. Dit wys nie alleen op haar bedreigde situasie nie, maar suggereer ook 'n innerlike verdeeldheid – sy het "die kop van 'n omie, die lyf van 'n vrou" (389). Haar naam, Zondernaam Zuiderzinnen, suggereer dat sy in werklikheid "zonder naam" is en dat sy ontuis voel in Nederland omdat haar sinne nog in die Suide lê. Sy is op soek na 'n naam wat haar ware identiteit, haar "eieste eie" (242) sal aangee. Haar naam het oor die jare verander van Susan na San na Zan na Xan na Zondernaam. Eers wanneer sy naby Wehmeyer se graf kom, laat sy alle maskers val en neem sy haar oorspronklike naam aan, die een waarmee sy gedoop is. Sy gooi haar vermomming weg en trek haar klere uit, naak soos by haar geboorte.

Cirlot se lemma oor die simboliek van die masker is besonder toepaslik op Zan, wat haarself telkens in vermommings en rolspel verskuil:

> All transformations are invested with something at once of profound
> mystery and of the shameful, since anything that is so modified as to
> become "something else" while still remaining the thing that it was,
> must inevitably be productive of ambiguity and equivocation. Therefore,
> metamorphoses must be hidden from view – and thence the need for
> the mask. Secrecy tends towards transfiguration: it helps what-one-is
> to become what-one-would-like-to-be; and this is what constitutes its
> magic character [...] (Cirlot 1973: 205).

Zan se verskeie maskers is vermommings waaragter 'n heimlike transformasie plaasvind op pad na die punt van volkome eerlikheid, waar sy alle maskers afwerp en haar geworteldheid in die plek waar sy grootgeword het, erken. Dit is 'n reis waarin sy haarself en die wêreld beter leer ken het, wat uitloop op innerlike harmonie en vryheid (voorlopig?), wanneer sy haar laaste naam kry wat ook haar eerste naam was:

> Wanneer ons deur die Kamdeboo ry, sal ek my snor en hierdie simpel
> hoedjie by die karvenster uitgooi [...]. Ek kom in Graaff-Reinet as
> Susan die Melker aan (435).

Die positiewe ontwikkelinge aan die einde van Zan en Henk se reis moet egter gekwalifiseer word. Die roman het, soos dikwels by Van Heerden, 'n oop einde. Zan en Henk is terug waar hulle begin het, en in 'n sekere sin is dit 'n nuwe begin – hulle moet nou in werking stel wat hulle geleer en ervaar het. Hulle het by die derde fase van die liminale reis gekom; die integrasie met die gemeenskap lê nog voor – hulle moet die insigte waartoe hulle gekom het, in die praktyk gaan uitleef. Ook die leser, wat die liminale reise van die hoofkarakters in die verbeelding meegemaak het, het aan die einde van die boek by die punt gekom waar die insigte van die reis na die werklikheid van die lewe oorgedra kan word.

## 10. Samevatting en slot

Etienne van Heerden se *30 nagte in Amsterdam* is 'n verhaal van traumatiese verlies en kreatiewe wins. In 'n tyd waarin ou narratiewe, individueel en kollektief, hul vitaliteit verloor het, bied dit 'n narratief om mee te leef in veranderde tye. Dit is die verhaal van 'n liminale reis wat in drie fases verloop: afsondering van die gemeenskap, transformasie, en terugkeer na die gemeenskap as getransformeerde mense. Dit vertel van 'n reis wat via pynlike selfkonfrontasie en ontnugtering lei tot bevryding op die graf van Wehmeyer, die sondebok-argetipe uit wie se as nuwe lewe verrys. Dit is 'n reis waarin die "Wit Nar" en die "Swart Nar" met mekaar versoen word, in 'n proses van individuasie waarin 'n "nuwe vryheidsmanifes" gevind word wat op die enkeling sowel as die gemeenskap van toepassing is.

Verwysings

ATKV-webblad. Rieldans – Oor die projek. http://atkvprojekte.co.za/rieldans. Afgehaal 6 Februarie 2009.

Brink André P. 1973. *Kennis van die aand*. Kaapstad: Buren.

Cirlot JE. 1973 (1962). *A dictionary of symbols*. London: Routledge en Kegan Paul.

Darian-Smith K, L Gunner & S Nuttall. 1996. *Text. Theory. Space. Land, Literature and History in South Africa and Australia*. London/New York: Routledge.

Du Toit SJ. 1922 (1898). *Die koningin van Skeba*. Kaapstad: Nasionale Pers.

Jung CG. 2002 (1959). *The archetypes and the collective unconsciousness*. Vertaal deur RFC Hull. London: Routledge.

Lakoff G & M Johnson. 1980. *Metaphors we live by*. Chicago/Londen: University of Chicago Press.

Leroux Etienne. 1962. *Sewe dae by die Silbersteins*. Kaapstad: Human en Rousseau.

— 1982a. Wat beteken vernuwing in die prosa vandag? In: FIJ van Rensburg (red). *Oopgelate kring. NP van Wyk Louw-gedenklesings 1-11*. Kaapstad: Tafelberg.

— 1982b. *Onse Hymie*. Kaapstad: Human en Rousseau.

Nel A. 2010. "My lyf was my slagspreuk." Verset en die politiek van die liggaam in *30 nagte in Amsterdam van Etienne van Heerden*. In: *Stilet* 21: 1 (Maart). 165-186.

Oesterley W. 1923. *The sacred dance. A study in comparative folklore*. Cambridge: Cambridge University Press.

Pratchett T. 1985 (1983). *The colour of magic*. Reading: Corgi Books.

Ricoeur P. 1991. Life: A story in search of a narrator. In: Mario Valdés (red). *A Ricoeur Reader: Reflection and imagination*. Toronto: University of Toronto Press.

Stockenström W. 1981. *Die kremetartekspedisie*. Kaapstad: Human en Rousseau.

Turner V. 1974. *Dramas, Fields and Metaphors. Symbolic action in human society*. Ithaca/ London: Cornell University Press.

Van den Heever CM. 1935. *Somer*. Kaapstad: Nasionale Pers.

Van der Leeuw G. 1930. *In den hemel is eenen dans. Over de religieuze beteekenis van dans en optocht*. Amsterdam: HJ Paris.

Van der Merwe CN & P Gobodo-Madikizela. 2007. *Narrating our healing – Perspectives on working through trauma*. Newcastle: Cambridge Scholars Publishing.

Van Gennep A. 1960 (1908). *The Rites of Passage*. MB Vizedom en GL Caffee (verts). Inleiding deur Solon T Kimball. Chicago: University of Chicago Press.

Van Heerden Etienne. 1986. *Toorberg*. Kaapstad: Tafelberg.

— 1993. *Die stoetmeester*. Kaapstad: Tafelberg.

— 1996. *Kikoejoe*. Kaapstad: Tafelberg.

— 2000. *Die swye van Mario Salviati*. Kaapstad: Tafelberg.

— 2008. *30 nagte in Amsterdam*. Kaapstad: Tafelberg.

Viljoen H & CN van der Merwe. 2007. *Beyond the threshold. Explorations of Liminality in Literature*. New York: Peter Lang.

Viljoen L. 1998. Plek, landskap en die postkolonialisme in twee Afrikaanse romans. In: *Stilet* 10 (1), Maart. 73-92.

[Oorspronklik gepubliseer in: Hans Ester, Chris van der Merwe & Etty Mulder (reds). 2012. *Woordeloos tot verhaal*. Stellenbosch: Sun Press. 315-334.]

# Op soek na lig. Uitbeelding van die mistiek in
## *Die reise van Isobelle* deur Elsa Joubert

## GOEDEGEBUURE EN *DIE REISE VAN ISOBELLE*

Die verskyning van die boek *Nederlandse schrijvers en religie, 1960-2010* in 2010 deur die Leidse hoogleraar Jaap Goedegebuure, het my aan die dink gesit. Goedebuure argumenteer dat, veral in die sestiger- en sewentigerjare van die vorige eeu, Protestante en Katolieke so ontnugter met dominees en pouse was dat godsdiens nie beskou is as 'n gespreksonderwerp vir beskaafde mense nie. Onder dié omstandighede het die opmerklike religieuse element in baie Nederlandse literêre werke by literatore verbygegaan en het hulle byvoorbeeld nie opgelet dat 'n radikale vernuwer soos Lucebert in wese 'n "Godzoeker" was nie. Hierdie leemte wou Goedegebuure met sy studie aanvul.

In dieselfde tydperk wat Goedegebuure ondersoek, 1960-2010, het religie ook in die Afrikaanse letterkunde 'n belangrike rol gespeel sonder dat dit na behore ondersoek is. Ek dink hier aan religieuse elemente in prosatekste soos *Kennis van die aand*, *Toorberg*, *30 nagte in Amsterdam* en *Die sneeuslaper*. Om nie te praat van die werk van Karel Schoeman en Anna M Louw nie. Dit is 'n boeiende studieveld wat braak lê. Baie mense sal die wenkbroue lig vir so 'n studieveld, want hulle assosieer religie met benoude kerke en verkrampte dogmas. Die term "religie" moet egter verbreed word om by konsepte aan te sluit wat die laaste tyd al hoe meer in filosofiese gesprekke gehoor word: *spiritualiteit* en *mistiek*.

"Mistiek" is die fokus van hierdie essay. Die olie op my vuur was die verskyning van 'n nuwe druk, 'n sagteband-uitgawe, van Elsa Joubert se roman *Die reise van Isobelle*. Want 'n meer omvattende uitbeelding van die mistiek is daar nie in die Afrikaanse prosa as in hierdie werk nie.

## WAT IS MISTIEK?

Wat word met die begrip "mistiek" bedoel? Op hierdie vraag is daar net soveel antwoorde as wat daar boeke oor die mistiek is. *HAT* se definisie van "mistiek" is eenvoudig: "strewe na die innige vereniging van die siel met God". Maar dit is te eenvoudig; want daar is baie mistieke ervarings, by die Boeddhisme en Panteïsme byvoorbeeld, waar daar nie sprake van 'n ontmoeting met God is nie. Meer inklusief is die werkdefinisie van Denise en John Carmody: mistiek is 'n *direct experience of ultimate reality* (Carmody & Carmody 1996: 10). "Mistiek" verwys dus na 'n *direkte* ervaring, buite taal of sintuiglike waarnemings om – so direk, so oorweldigend, dat dit by die mistikus geen twyfel laat oor die werklikheid daarvan nie. Dit dui op 'n verbinding met 'n *ultimate reality*, met die grond van alle dinge, nie herleibaar tot 'n verdere, dieper grond nie. Hierdie definisie gebruik die Carmody's as "werkdefinisie", maar hulle erken dat dit nie alle probleme oplos nie. Is enige ervaring ooit volkome direk? Word 'n mens nie deur jou kulturele konteks beïnvloed nie? En kan enige mens ooit die "ultimate reality" konfronteer? Sou dit jou nie vernietig nie? Is 'n mistieke ervaring nie eerder slegs 'n glimp van die "ultimate reality" nie?

Ek begin dus hierdie essay sonder 'n omvattende definisie van die mistiek – slegs 'n werkdefinisie. Maar ek hoop om lig te werp op die verskillende vorms van mistiek wat in *Die reise van Isobelle* voorkom. As algemene opmerking net dit: in ál die gevalle wat bespreek word, is daar sprake van 'n persoon wat buite hom- of haarself gelig word – verbind word met iets groters, iets oorweldigends.

## Skrywe in lig

Die frase "om lig te werp" in die vorige paragraaf is doelbewus gekies. Want die ligmotief is nóú verbonde met die tema van die mistiek in *Die reise van Isobelle* – die verhaal is as 't ware deurtrek met 'n mistieke lig wat oor vier generasies heen strek. Emma van die eerste generasie, vrou van dominee Josias van Velden, skryf as laaste boodskap aan haar gesin 'n stuk met die titel "A Vision". Tot die dood toe siek, kry sy 'n visioen wat sy soos volg beskryf:

> In an instant of time, I know not how, I found myself in a place which
> for the grandeur and glory and the brilliancy of its light so dazzled me,
> that I was well nigh bewilderd, nor can pen ever describe the vastness
> and the wonderful glories of those mansions fair. I thought of all the
> beautiful scenes I had beheld on earth, sunrise and sunset and rainbow,
> it was all this and much more – floods and floods of golden light, tinted
> with the most exquisite colouring (116-117).

By Agnes, die skoondogter van Josias en Emma van Velden, word die ligmotief ook sterk beklemtoon. Sy verskyn in 'n "stralekrans sonlig" by die voordeur; sy loop deur "die koel donkerte van die gang" na die studeerkamer waar "klein speke sonlig die kleure in die vertrek laat skitter" (133-134). Die toneel herinner aan die etimologiese verklaring van die woord "fotografie", wat meer as een keer in die roman genoem word: "fotografie" beteken naamlik "om te skryf in lig". Wat die fotograaf met sy kamera doen, is soortgelyk aan wat die skrywer van die roman doen. Soos die fotograaf wil die skrywer die werklikheid vaslê, maar sy wil ook meer as dit doen: sy wil die werklikheid transformeer deur 'n mistieke lig daarin te bring.

## Lyding en mistiek

Emma van Velden kry haar "Vision" wanneer sy op sterwe lê. Meer as eens vloei die mistieke ervaring in die roman voort uit lyding. Wanneer Josias van Velden tydens die

Anglo-Boereoorlog as pastorale versorger 'n konsentrasiekamp besoek, kom hy by tant Hester Prinsloo uit, wat vir almal in die kamp 'n steunpilaar was en wat nou sterwend is. Dan, plotseling, verdwyn die doodsreuk uit die tent, "en kom daar iets soos die lieflike geur van soetemalings en vul die tent" (56). Haar laaste woorde voordat sy sterf, is: "Hoe heerlijk is dat, en kijk de menigte engelen om ons vergaderd" (56). Dominee van Velden peins hieroor:

> Is lyding die prys van die Godsbewussyn? dink hy toe hy na sy tent toe
> loop. Is dit dan tog waar dat lyding die instrument is waarmee God sy
> kinders na Hom toe bring? (56).

Die toneel in die konsentrasiekamp vind 'n parallel in die vertelling van 'n episode uit die Eerste Wêreldoorlog:

> By Mons in Vlaandere in die '14 oorlog, ná die groot slagting, het hulle
> vertel dat duisende sterwende en gewonde soldate in die hemel 'n skare
> engele sien verskyn het (60).

Ook by Hennie, dominee van Velden se broer, is lyding die prys wat betaal word vir 'n ontmoeting met die Absolute. Op die sendingveld is hy erg vermink deur 'n leeu – en dit is belangrik om te onthou dat die leeumotief in die roman simbool van die Goddelike is. Hennie worstel swaar met die lewe; maar sy dominee-broer troos hom:

> Is jou pad, boetie Hennie, wat soveel moeiliker was, dan uiteindelik
> nie meer geseënd as ander s'n nie? Jou uitdaging soveel groter? Die
> uiteindelike Eenwording soveel suiwerder? Het ons nie gelees dat die
> heiliges jaloers was op lyding nie? Eerder die leeu wat spring as die leeu
> wat verbyloop, sou verkies? (214).

Later onthou Josias se dogter Leonora wat haar pa nóg oor sy broer gesê het: dat hy "die heiligste van alles ervaar het: God in die oog van die leeu. En dat oom Hennie die Absolute geken het voor die vernietiging" (528).

## Afgodery

Nie alles wat na mistiek lyk, is egter waaragtig mistiek nie. Agnes, wat so mooi met 'n stralekrans van lig by die voordeur verskyn, gaan mettertyd op die weg van 'n valse mistiek, 'n ervaring wat as afgodery uitgebeeld word. Agnes weet nie wie haar pa of haar ma is nie, en soek daarom intens na geborgenheid, na identiteit. Dit vind sy in die opkomende Afrikaner-nasionalisme van haar tyd. Nasionalistiese gevoelens kom baie met die mistiek ooreen, soos wat Agnes se dogter Belle aan haar oupa Josias verduidelik: "Toe ek daardie fakkel gedra het, het ek so snaaks gevoel. Ek was nie meer ek nie, maar iets anders." Waarop haar oupa haar vermaan: "Mens moet baie, baie versigtig met so 'n gevoel wees [...] Mens kan so maklik verkeerde kant toe" (228-229).

In Belle se later lewe kom sy agter watter kwaad nasionalisme kan doen, wanneer sy aan eie lyf die ontmensliking ervaar wat daaruit voortgevloei het.

Agnes gaan, in die woorde van haar pa Josias, "verkeerde kant toe". Sy word deel van die opwelling van nasionalisme by die inwyding van die Voortrekker-monument in 1938 en raak daar betrokke in 'n owerspelige verhouding met iemand wat haar herinner aan die man wat vir haar as 'n "vader" opgevoed het. Sy soek dus haar identiteit en haar geborgenheid in die verbinding met 'n vaderfiguur sowel as met haar volksgenote. Maar die feit dat haar wit rok in die proses met modder besmeer word, is 'n duidelike teken dat sy dwase keuses gemaak het. Religieuse mistiek word hier vervang met 'n onsuiwer mengsel van nasionalisme en religie (oftewel van religie in diens van nasionalisme), en die verlange na 'n vader verlei haar tot huweliksontrou. Dit word duidelik: die waarde van die mistiek lê nie in die emosionele ervaring op sigself nie, maar eerder in die etiese resultaat wat met die ervaring gepaard gaan.

## ISLAM- EN BOEDDHISTIESE MISTIEK

Mistieke ervaring word in die roman nie met een spesifieke godsdiens verbind nie. Belle, die dogter van Agnes, kry 'n Indiër-Moslem, Hussein, lief, en deur hom leer sy die poësie van die Islamitiese digter Muhammed Iqbal ken. Ook hy het 'n mistieke lig in die mens ontdek:

> Hoewel ek net 'n stofdeeltjie is,
> Behoort die stralende son aan my (333).

Deur haar verhouding met Hussein ontdek Belle dat liefde die grense van geloof en ras oorskry; meer nog, dat liefde dié uiteindelike waarde is; dat dit, in die woorde van Iqbal, die wese van die heelal vorm:

> Liefde het my geboetseer: ek het 'n mens geword
> En kennis verkry van die wese van die heelal (396).

Die mistieke ervaring van Leo, die dogter van Belle, het weer parallelle met die Boeddhisme. Haar ontwikkeling op die weg van die mistiek begin met 'n proses van bewuswording; sy kom tot die besef dat sy 'n mummie is, 'n "momio": "Momios [...] kyk, maar sien nie. Hoor, maar begryp nie. Hulle beskou die wêreld met 'n kil oog" (512). Leo word algaande bewus van die onreg van apartheid, van die verskriklike gevolge van die "forced removals" (548); sy begin te sien, hoor en begryp; sy kry 'n passie vir wat reg is, en dan gaan sy tot optrede oor. Sy word deel van die *struggle* en kom daardeur in die tronk te lande. In haar verset ontwikkel sy tot heldin; word sy die "leeu" wat in haar naam verskuil is.

Hierdie proses van bewuswording, van "wakker skrik", sluit nóú aan by die leringe van die Boeddhisme. Gisela Ullyatt stel dit soos volg:

> Mindfulness cannot be separated from the word "consciousness", which
> comprises a spirit of mindful awareness [...] This waking-up experience
> is crucial in Buddhism; the root "budh" means to wake up; therefore the
> word "Buddha" means "Awakened One" (Ullyat 2011: 117).

In die tronk luister Leo na die sang van Xhosa-vrouens wat weeklaag oor hul dooies, en dan het sy 'n ervaring wat ongetwyfeld mistiek van aard is. "Nog nooit het sy so een gevoel met ander, so min haarself nie" (608). Sy kry "die gevoel van onteiening van die self" (609-610), "die gevoel dat sy van iets groters as sy self deel is" (611). Leo se weg tot die mistiek het anders verloop as by haar oupagrootjie Josias. Hy het 'n "waansin vir God" gehad, en sy omgang met die Goddelike het uiteindelik gelei tot versoening met sy jingo-skoonsuster Issy. Die mistiek by Leo, daarenteen, begin met simpatie vir die lydende naaste; by die aanhoor van die Xhosa-liedere vind sy: "Haar gees styg op: sy is nader aan God as wat sy al ooit gevoel het" (608). Josias het by God begin en by die naaste geëindig; Leo begin by die naaste en eindig by God.

## LEONORA, FRIKKIE EN 'N OMVATTENDE MISTIEK

Leonora, die dogter van Josias, is die mees sentrale karakter in die boek. Daar is herhaaldelik die suggestie dat dit haar herinneringe is wat die grondstof van die verhaal vorm. Sy is ook die een by wie die tema van die mistiek die sterkste na vore kom.

Sy verlang om 'n passie in die lewe te hê soos haar vrome vader; sy wil deel hê aan sy belewenis van die mistiek. Aanvanklik probeer sy om dit in die natuur te vind, maar sy ervaar die uitspansel as te oorweldigend, sy is bang vir "die onmeetlike nag in die woestyn" (284).[1] Maar uiteindelik het sy tog 'n mistieke ondervinding in die natuur:

> Sy buk langs die stroompie, laat die water oor haar hande spoel,
> kelk haar hande, buig vooroor en drink daaruit. Die gevoel van die
> verbintenis tussen haar liggaam en die bergwater oorweldig haar [...]
> daar is geen tyd of afstand of apart-wees nie (505).

Dié mistieke ervaring vloei voort uit 'n gesprek wat Leonora met haar broer, die fotograaf Frikkie, gevoer het. Frikkie het 'n passie vir sy kuns, hy wil die sluiers van die werklikheid afskeur met sy foto's (503). In sy soeke na die wese van die werklikheid vra hy 'n doktersvriend om hom met meskalien in te spuit ('n middel met nagevolge soortgelyk aan dié van LSD). Dan volg 'n tipe mistieke ervaring wat baie ooreenkom met wat Aldous Huxley beskryf in *The Doors of Perception* (1954), meegebring deur die gebruik van 'n dwelmmiddel:

> Ek het gesien hoe die lig wat ons omring, opbreek in miljarde deeltjies,
> in kleure en vorms. Voor my oë het die kleure honderde patrone gevorm,

---

1   Sy ervaar wat Pascal geskryf het: "When I consider [...] the small space which I fill and
    even can see, swallowed up in the infinite immensity of spaces of which I know nothing
    and which knows nothing of me, I am terrified" (Pascal 1995: 26).

en weer in nuwes vervorm, sterre en driehoeke en sirkels en patrone binne patrone. En hulle is almal hier teenwoordig, in die lig om ons, en ons sien dit nie (500).

Leonora het waardering vir Frikkie se ervaring; sy weet dat dit voortspruit uit sy passie vir sy kuns, en vir Leonora is die belangrikste ding in die lewe om "vir iets 'n passie" te hê (501). Hy verskaf haar die durf wat nodig is vir die toneel wat volg, wat die hoogtepunt en sintese vorm van ál die uitbeeldings van mistiek in die roman. Leonora neem haar twee bergie-vriende, Skottel en Maggie, na haar huis, gee aan hulle al die klere in haar koffer en die geld in haar handsak (638) en vra hulle dan om saam met haar die nag op haar agterstoep deur te bring, sodat hulle "die eensaameid van die naghemel vir haar oplaas bevatlik kan maak" (639). Skottel breek vir hulle brood en begin 'n Kerslied te sing:

Ko kinners, ko juig nou met vrolik geskal
Van wat da gebeur het in Betlehemstal [...] (639).

Dan word dit geleidelik donker, die sterre kom uit, die aandster word môrester, en uiteindelik breek die daeraad aan. In hierdie toneel word verskillende elemente van die mistiek-tema saamgevoeg: die religieuse handelinge van die breek van die brood en die sing van 'n Kerslied; die belewing van die grootsheid van die natuur; die lig wat volg op die duister, simbolies van hergeboorte; en die harmoniese samesyn oor sosiale grense heen.

## 'N HOOPVOLLE EINDE?

Ná hierdie toneel is daar ook op politieke gebied hoopvolle tekens, tekens van 'n nuwe bedeling wat op koms is. Maar dit word gevolg deur sombere gebeurtenisse, deur haat en gewelddadigheid. Nietemin het hoop die laaste woord. Daar vind landwye massabyeenkomste plaas om vir vrede te bid – oor geloofs- en kleur- en groepsgrense heen (657). Ook dit kan as 'n mistieke ervaring beskou word, omdat mense uit hulself gelig word om óór die ou grense heen met mekaar verbind te word, én met die Onsienlike. Hierdie gebeure word dan gevolg deur die "mirakel" van die verkiesing van 1994 – 'n teken dat die gesamentlike mistieke ervaring 'n helende uitwerking op die politiek van die land gehad het.

En nou, wanneer mens terugkyk, wat het van die hoop oorgebly? Rustum Kozain vra dan ook, aan die einde van sy *Rapport*-resensie van die heruitgawe van *Die reise van Isobelle*: "Die einde laat 'n mens wonder en wonder, veral as 'n mens die boek nou lees, 16 jaar ná sy eerste verskyning."

Miskien kan 'n mens só reageer op Kozain wat wonder of die slot nie té positief is nie: Die einde van die roman is 'n voorlopige slot, nie 'n finale afsluiting nie. Want die stryd tussen lig en donker duur voort – maar in die visie van die roman is dit die lig wat oplaas triomfeer, weer en weer ...

## Ten slotte

Die uitbeelding van die mistiek in *Die reise van Isobelle* is, soos ek aan die begin gesê het, groots en omvattend. Verskeie vorms van die mistiek kom na vore: in die waansin vir God wat Josias en sy vrou openbaar, maar ook in die gevoel van eenheid met medegevangenes wat Leo ervaar; in die natuurmistiek sowel as in die ontmoeting van die Absolute in ekstreme lyding; in die Christelike Kerslied en nagmaal asook in belewenisse van die Islam en die Boeddhisme. 'n Afwykende mistiek word uitgebeeld in Agnes se owerspel by die Voortrekker-monument – wat bevestig dat die waarde van die mistiek nie in die ervaring op sigself geleë is nie, maar in die helende werking daarvan in en deur die mistikus. Boeiend is die geval van die fotograaf Frikkie, wat met sy foto's "skrywe in lig"; hierin kom hy met Elsa Joubert ooreen, wat met haar roman ook "in lig" skryf, omdat sy die lig van die mistiek op die historiese werklikheid laat skyn. As 'n mens 'n studie sou wou maak van *Afrikaanse skrywers en religie, 1960-2010*, is *Die reise van Isobelle* 'n goeie beginpunt.

## Verwysings

Carmody Denise L & John T Carmody. 1996. *Mysticism. Holiness East and West*. Oxford: Oxford University Press.

Goedegebuure Jaap. 2010. *Nederlandse schrijvers en religie, 1960-2010*. Nijmegen: Vantilt.

Huxley Aldous. 1954. *The doors of Perception*. NY: Chatto & Windus.

Joubert Elsa. 1995. *Die reise van Isobelle*. Kaapstad: Tafelberg.

Kozain Rustum. 2011. Op reis na verlossing. *Rapport*, 5 Junie.

Pascal Blaise. 1995. *Pensées and Other Writings*. Vertaal deur Honor Levi. Oxford: Oxford University Press.

Ullyatt Gisela. 2011. 'the only chance to love this world'; Buddhist mindfulness in Mary Oliver's poetry. *Tydskrif vir Literatuurwetenskap* 27(2), Julie.

[Oorspronklik gepubliseer as resensie-essay op: *LitNet*, 2012. Aanlyn by: www.litnet.co.za.]

# Om te skryf oor die onbeskryflike: verlies en mistieke verlange in *Die sneeuslaper* van Marlene van Niekerk

*Vir Heilna, wat ook belangstel in raakpunte tussen literatuur en religie*

## 1.    MISTIEK, GOEDEGEBUURE EN *DIE REISE VAN ISOBELLE*

Hierdie artikel sluit aan by 'n essay wat ek geskryf het met die titel "Op soek na lig. Uitbeelding van die mistiek in *Die reise van Isobelle* deur Elsa Joubert" (Van der Merwe 2011). Daarin het ek gewys op die belang van Jaap Goedegebuure se boek *Nederlandse schrijvers en religie, 1960-2010* vir die Afrikaanse literatuurstudie. Goedegebuure argumenteer dat, veral in die sestiger- en sewentigerjare van die vorige eeu, Protestante en Katolieke so ontnugter was deur dominees, priesters en pouse dat godsdiens feitlik 'n taboe-onderwerp in intellektuele kringe geword het. Onder dié omstandighede het die opmerklike religieuse element in baie Nederlandse literêre werke by literatore verbygegaan – het hulle byvoorbeeld nie opgelet dat 'n radikale vernuwer soos Lucebert in wese 'n "Godzoeker" was nie. Hierdie leemte wou Goedegebuure met sy studie aanvul.

In dieselfde tydperk wat Goedegebuure ondersoek, 1960-2010, het religie ook in die Afrikaanse letterkunde 'n belangrike rol gespeel sonder dat dit na behore ondersoek is. Ek dink hier aan religieuse elemente in prosatekste soos *Kennis van die aand* (André P Brink) en *30 nagte in Amsterdam* (Etienne van Heerden). Ander relevante skrywers is onder andere Karel Schoeman en Anna M Louw. Dit is 'n boeiende studieveld wat braak lê. Baie mense sal die wenkbroue lig vir so 'n projek, want hulle assosieer religie met verstokte denke. Algemene woorde van die religieuse diskoers het vir baie mense besmet geraak; terme soos "religie", "godsdiens" en "God" is gevul met negatiewe assosiasies.

Die uitdaging is dan om op nuwe maniere te kyk en op nuwe maniere te skryf oor 'n tema wat in die letterkunde van wesenlike belang is. Wat dikwels in die moderne literatuur gebeur, is dat skrywers nie direk na die godsdienstema verwys nie, hoewel hul werk deurtrek is van wat tradisioneel "religie" genoem is. Die tema word indirek, verhaalmatig, opgeroep; en die leser moet die stiltes van die indirekte segging met sy eie woorde vul. So 'n teks is *Die sneeuslaper* van Marlene van Niekerk. Vir hierdie opstel sal ek die term "religie" vermy; ek sal ingaan op mistiek in *Die sneeuslaper*. Dit is 'n term wat minder "besmet" is en wat ook 'n beter aanduiding gee van die tipe religieuse ervaring waarvan daar in hierdie boek sprake is.

## 2.    WAT IS MISTIEK?

Wat word met die begrip "mistiek" bedoel? Dit is nie maklik om hierdie vraag te beantwoord nie, omdat die mistiek soveel verskyningsvorme het en die grense van die mistieke ervaring nie duidelik te bepaal is nie. *HAT* se definisie van "mistiek" is eenvoudig: "strewe na die innige vereniging van die siel met God". Dit is wel geldig vir baie ervarings wat as mistiek bestempel word, maar die definisie is te eenvoudig, want daar is baie vorms van mistiek; by die Boeddhisme en Panteïsme byvoorbeeld, is daar nie sprake van 'n ontmoeting met God nie. Parrinder onderskei tussen verskillende tipes mistiek: "Theistic mysticism seeks union with God but not identity. Monistic mysticism seeks indentity with a universal principle [...] Non-religious mysticism also seeks union with something, or everything, rather like monism" (Parrinder 1976: 15).

Ook Rudolf Otto wys op die "manifold singularities" naas die "uniform nature of mysticism" (Otto 1972: 5). Gemeenskaplik aan alle mistieke ervaring is vir hom 'n "act of union", maar meer nog, die suprarasionele aard van die mistieke ervaring:

> Mysticism enters into the religious experience in the measure that
> religious feeling surpasses its rational content [...] to the extent to which
> its hidden, nonrational, numinous elements predominate and determine
> the emotional life [...] mysticism can also exist where there is no
> conception of God at all (Otto 1972: 159).

William James verbind die mistieke ervaring met 'n "higher part" in die mens:

> The man identifies his real being with the germinal higher part of
> himself; and does so in the following way. He becomes conscious that
> this higher part is conterminous and continuous with a MORE of the
> same quality which is operative in the universe outside of him, and
> which he can keep in working touch with, and in a fashion get on board
> of and save himself when all his lower being has gone to pieces in the
> wreck (James 1960: 484, beklemtoning deur James).

Vir James is die onbewuste die skakel met die "more of the same higher quality":

> The "more" with which in religious experience we feel ourselves
> connected is on *hither* side the subconscious continuation of our
> conscious life (James 1960: 487; kursivering deur James).

Verskillende skrywers oor mistiek maak melding van die afskeid van die alledaagse realiteit as voorvereiste vir die mistieke belewenis. Weens die hoë eise wat aan die mistikus gestel word, is daar slegs enkeles wat die reis aandurf. Die onbekende 14e-eeuse outeur van *The cloud of unknowing* wys daarop dat die mistikus 'n "cloud of forgetting" tussen hom/haar en die materiële wêreld moet plaas, om as naakte siel tot God te gaan. Vir Carmody & Carmody is die banaliteit van die alledaagse werklikheid 'n stimulus om 'n reis na elders te onderneem, op soek na 'n suiwerheid wat in die wêreld ontbreek:

> The whole world lets it [the human spirit] down, and that can become
> an electric prod to its moving out of the world, denying to the world the
> lordship that, irrationally, the world seems to ask of it. Although limited,

both individual creatures and the entire "system" of the world can appear to be presenting themselves as all there is, the de facto divinity before which human beings ought to bow. When the mystics sense this, they speak of an idolatry more profound than any bowing before little gods arrayed on alters of stone and wood. Their wrestlings are with the constant inclination of a (fallen or radically ignorant) human nature to flee from the absolute, potentially terrifying demands of a truly ultimate holiness into a more manageable religion, a covenant making easier demands (Carmody & Carmody 1996: 300).

Hierdie soeke na 'n absolute heiligheid, alhoewel dit deur slegs 'n klein minderheid onderneem word, is volgens Tremingham van lewensbelang vir die hele mensdom:

The Path, in our age as in past ages, is for the few who are prepared to pay the price, but the vision of the few who, following the way of personal encounter and commitment, escape from time to know recreation, remains vital for the spiritual welfare of mankind (Tremingham 1971: 259).

Die mistieke reis word gedryf deur verlange na 'n bestemming wat Naamloos is:

The difficulty in reflecting on this dimension of desire is that it does not have a clearly defined object, although it seems to burn brighter and brighter as particular objects are burned away. "Reality" is at once too bland and too bold to say much about this new dimension of desire. Desire's most passionate pull is by "something" that lacks any face or word that conveys what it is. The Holy of Holies is empty (Farley 2005: 14).

Denise en John Carmody gee die volgende definisie van die mistiek: dit is 'n "direct experience of ultimate reality" (Carmody & Carmody 1996: 13). "Mistiek" verwys dus volgens hulle na 'n direkte ervaring, buite taal of sintuiglike waarnemings om – so direk, so oorweldigend, dat dit by die mistikus geen twyfel laat oor die werklikheid daarvan nie. Dit dui op 'n verbinding met 'n *ultimate reality*, met die grond van alle dinge, nie herleibaar tot 'n verdere, dieper grond nie. Hierdie definisie gebruik die Carmody's as "werkdefinisie", maar hulle erken dat dit nie alle probleme oplos nie. Is enige ervaring ooit volkome direk? Word 'n mens nie deur jou kulturele konteks beïnvloed nie? En kan enige mens ooit die "ultimate reality" konfronteer? Sou dit jou nie vernietig nie? Is 'n mistieke ervaring nie eerder slegs 'n glimp van die "ultimate reality" nie?

Soos in die essay oor *Die reise van Isobelle*, begin ek dus hierdie artikel sonder 'n omvattende definisie van die mistiek. 'n Aantal tipiese kenmerke van die mistieke ervaring kan egter wel aangestip word: dit kan nie deur rasionele denke omvat word nie; dit behels 'n afskeid van die alledaagse werklikheid op soek na 'n suiwerder lewe; dit word gedryf deur verlange na 'n Naamlose bestemming, met die onbewuste as skakel daarheen; en die einddoel is 'n ervaring waarin die mistikus buite hom- of haarself gelig word en 'n groter, misterievolle eenheid beleef.

### 3.   ONVERWOORDBAARHEID: DIE REËLE, DIE TRAUMATIESE, DIE MISTIEKE EN DIE SUBLIEME

Kenmerkend van die mistieke ervaring is ook die onverwoordbaarheid daarvan. Soos Carmody & Carmody (1996: 13) dit stel:

> Although mystics may say many things about what happens to them,
> they confess regularly that what they can say falls far short of what
> happens. The happening, the oneness of being they experience, is
> far more real and far richer than any words they can summon to
> represent it. Whatever they do – draw a picture, dance a dance, sing a
> song – falls short. They dance and point and sing so that they may give
> witness to their experience inasmuch as it seems something that would
> benefit others, but those others have to experience ultimate reality for
> themselves if they are to gain its full value.

Wat die onverwoordbaarheid van die ervaring betref, sluit die mistiek aan by trauma asook by die Lacaniaanse begrip van die *Reële* – dit wat buite die grense van die simboliese orde lê. Van den Berg (2011: 25) haal Zizek (2006: 26) in hierdie verband aan:

> The Real is thus the disavowed X on account of which our vision of
> reality is anamorphically distorted; it is simultaneously the Thing to
> which direct access is not possible and the obstacle which prevents this
> direct access, the Thing which eludes our grasp and the distorting screen
> which makes us miss the thing.

Hierop lewer Van den Berg tereg die volgende kommentaar:

> Das Reale ist somit das Fremde, das bevremdende, oder, im Zizekschen
> Sinne, auch das Traumatische oder Traumatisierende, also jenes Etwas,
> das die hervorkömmlichen, vertrauten und bekannten Deutungsmuster
> de Individuums überfordert und deswegen "fremd" und befremdend
> anmutet. Denn es ist ja gerade die erschreckende Fremdheit der
> traumatisierende Erfahrung, die nicht mit Worten zu fassen ist; und
> der Versuch, es dennoch darzustellen, ist wie die perspektivische
> Umkreisung eines nicht endgültig zu beschreibenden Kerns. Van den
> Berg (2011: 25)

> [Die Reële is dus die vreemde, die bevreemdende, of, in die betekenis
> wat Zizek daaraan heg, ook die traumatiese of traumatiserende
> – dus daardie Iets wat die gebruiklike, vertroude en bekende
> verklaringsmodelle van die individu oorstyg en daarom "vreemd" en

bevreemdend aandoen. Want dít is juis die skrikwekkende vreemdheid van die traumatiserende ervaring, wat nie met woorde omvat kan word nie; en die poging om dit desondanks daar te stel, is soos die omsirkeling, vanuit (af)wisselende perspektiewe, van 'n kern wat nie definitief en finaal beskryf kan word nie.]

Dit is dus in die sfeer van die Reële, die onverwoordbare, dat mistiek en trauma mekaar ontmoet. In hierdie sfeer hoort nog 'n begrip, nóú verwant aan die mistiek, wat deesdae opnuut die belangstelling van filosowe en teoloë wek: die sublieme. Ook hierdie begrip dui op 'n ervaring wat te geweldig is om te begryp of onder woorde te bring. Soos Chandler (2005: 185) dit stel:

> It is in this experience – the devaluation of symbolized meaning, and with it, the devaluation of identity, and rational, epistemological thought – that the traumatized individual encounters *the sublime*. The term *sublime* has been used by philosophers and theorists in a variety of senses, but with each use drawing upon a common image of that which is too vast or powerful to be confronted or comprehended (kursief deur Chandler).

Chandler sien "religious experience" en "mystic experience" as ervarings van die sublieme, wat volgens haar nie wesenlik in aard van trauma verskil nie – die verskil is geleë in die evaluasie van die ervaring as positief en negatief:

> Positive encounters with the sublime, including certain forms of meditation and the Unio Mystica of religious experience, also rupture the categories, terms and expressions of symbolized reason, and yet may be highly desired and sought after experiences. All experience of the sublime leaves the experiencer speechless, and with a diminished sense of subjective identity. What I would argue ultimately distinguishes such positive experiences of the sublime from "trauma" is not the quality of the experience, but rather, the evaluation of the experience as desired or undesired. In terms of the breakdown of language and subjective identity that is evoked by an experience of the sublime, however, *there is no difference between mystic experience and trauma* (Chandler 2005: 186-187; my kursivering).

Mistiek en trauma is twee begrippe wat skynbaar so ver uitmekaar lê – die een, konvensioneel, die hoogste wat die mens kan ervaar; die ander, die verskriklikste menslike ervaring. En tog word hulle op verrassende wyse verbind in die sfeer van die Reële. In die bespreking van *Die sneeuslaper* sal dit duidelik word hoe mistiek, trauma en die onmag van taal steeds met mekaar verstrengel is. Die mistieke ervaring, heerlik maar ook verskriklik, traumaties sowel as subliem, is die sentrale tema in ál vier verhale in *Die sneeuslaper*. Die mistieke ervaring gaan steeds gepaard met 'n traumatiese verlies, 'n totale aflegging, 'n disintegrasie van die bekende wêreld as voorwaarde vir die betreding van die mistieke sfeer. Nóú verbonde met hierdie tema is die onverwoordbaarheid daarvan – die paradoksale verbinding van die dwingende behoefte om de ervaring te kommunikeer en die onmag om dit na behore te doen. Die volgende aangrypende getuienis, ná die lees van ontstellende Holocaust-tekste, geld eweseer vir die mistieke as die traumatiese ervaring:

> Literature has become for me the site of my own stammering. Literature, as that which can sensitively bear witness to the Holocaust, gives me a voice, a right, and a necessity to survive. Yet, I cannot discount the literature which in the dark awakens the screams, which opens the wounds, and which makes me want to fall silent. Caught by two contradictory wishes at once, to speak or not to speak, I can only stammer (Felman 1995: 58).

## 4.   VOORUITWYSINGS NA *DIE SNEEUSLAPER*

Vir baie lesers moes *Die sneeuslaper* as 'n groot verrassing gekom het – skynbaar so radikaal anders as enigiets wat Marlene van Niekerk vroeër geskryf het. Anders as by enige van haar vorige verhale, byvoorbeeld, is ál vier stories in *Die sneeuslaper* eweseer argument as verhaal, hulle argumenteer as 't ware in die vorm van 'n verhaal. Nie net die vorm nie, maar ook die inhoud van die "argument" was onverwags. In *Die sneeuslaper* is lewensonttrekking eerder as politieke betrokkenheid van belang – wat verrassend is vir die skrywer van *Agaat*, waarin kritiek teen die morele armoede van die apartheidsera so 'n wesenlike deel van die roman uitmaak. Tog is daar 'n aantal vooruitwysings in die vroeër werk van Van Niekerk na die temas wat in *Die sneeuslaper* sentraal is. In dié verband wil ek twee van haar tekste kortliks bespreek: die kortverhaal "Die vrou wat haar verkyker vergeet het" en die roman *Agaat*. Ek kies "Die vrou wat haar verkyker vergeet het" as gevolg van die verkyker-motief in *Die sneeuslaper* wat onmiskenbaar na hierdie verhaal heenwys, en vir *Agaat* omdat *Die sneeuslaper* 'n uitbouing bevat van die mistieke tema wat in *Agaat* slegs subtiel aanwesig is, sodat die twee werke op 'n besonder boeiende wyse by mekaar aansluit. Vir die navorser is hier egter 'n studieveld wat veel verder ontgin kan word.

### 4.1   "Die vrou wat haar verkyker vergeet het"

Reeds in die eerste van die vier verhale van *Die sneeuslaper* kom die verkyker-motief subtiel voor, en dit word veel nadrukliker in die volgende verhaal, "Die slagwerker". Sowel die verteller, Jacob, as sy vriend Willem, die skrywer, het 'n verkyker om die nek. Die verkyker simboliseer 'n afstandelike kyk op dinge, 'n rasionele ingesteldheid. Dit dui ook op die tipiese manier waarop 'n getraumatiseerde na gebeure kyk: met 'n dwingende behoefte om waar te neem en te onthou, maar aan die ander kant ook met 'n afstandelikheid wat die oorweldigende emosies onder beheer hou. Die verkyker-motief word soveel kere in "Die slagwerker" herhaal dat dit 'n duidelike heenwysing is na die outeur se vroeëre kortverhaalbundel waarin die verkyker in die titel voorkom

– en spesifiek na die titelverhaal. Die lees daarvan verryk dan ook die leeservaring van *Die sneeuslaper* – die vier verhale in laasgenoemde is variasies en uitbreidings op die sentrale tema van "Die vrou wat haar verkyker vergeet het".

Dié kortverhaal handel oor 'n vrou wat na 'n "skrywersretraite" gaan om te mediteer en te skryf. Sy is bysiende, en het boonop haar verkyker vergeet; dit is 'n teken dat sy haar rasionalistiese, analitiese ingesteldheid aflê. Van mense verlate, word sy 'n bespieder van voëls in die paradyslike omgewing – maar sy is "méér as 'n bespieder van uiterlikhede", sy dring deur tot die "steen van wysheid" (44). Op verbeeldingryke wyse lok sy die voëls na 'n boom langs die huis, en met stukkies spieël skep sy daarin 'n ryke kaleidoskoop, 'n verrassende verskeidenheid van ongewone perspektiewe op die werklikheid. In die nagte word sy 'n priesteres wat 'n ritueel van vreemde handelinge uitvoer (47). In die proses word sy self verander – die grense tussen binne- en buite-wêreld vervaag (53); dit is 'n tipiese mistieke ervaring waarin sy één word met die natuur. Dit is asof daar 'n nuwe mens in haar gebore word: "die langsame terugweg na die geheelde lewe (het) begin deur 'n aanskouing, agter geslote ooglede, van die lomp kuikenbewegings van haar eie siel" (53). Aanvanklik het sy klein voëltjies in die boom vasgebind as kos vir die roofvoëls; mettertyd word sy self deur die roofvoëls gepik en verwond en byna vernietig. In hierdie krisis-situasie word sy deur mense van die buurt gered en verpleeg. En dan volg die verrassende slot: sy begin skryf aan 'n verhaal getitel "Die vrou wat haar verkyker vergeet het". Dit blyk nou: aan die een kant was die vervaging van grense, die natuurmistiek wat haar laat disintegreer het, lewensbedreigend; aan die ander kant het dit haar kreatiwiteit gestimuleer en die tema gebied vir die verhaal wat die leser aan die lees is.

Die belewenis van afsondering uit die gemeenskap en eenwording met die natuur – bron van suiwering asook van kreatiwiteit – kom in elk van die vier verhale in *Die sneeuslaper* voor.

## 4.2   *Agaat*

Op die oog af is *Agaat* erg krities teenoor godsdiens ingestel – in elk geval teenoor die godsdiens waarmee die Kleurling-meisie Agaat opgevoed word. Wanneer Milla, die Afrikaner-vrou, Agaat onder haar vlerk neem, forseer sy haar eie nasionalistiese godsdiens op die kind af. Hoewel sy Agaat van haar ellendige huislike omstandighede bevry het, maak sy haar opnuut 'n gevangene binne 'n korrupte ideologie.

Tog het Agaat haar eie manier om haar religieuse behoeftes te bevredig. Sy voer nagtelike rituele in die natuur uit; sy het mistieke ervarings waaroor Milla, wat haar bespied het, kripties soos volg in haar dagboek skryf:

> Daar gaan staan sy met hr gesig na die water styf op parade & sy maak
> dieselfde snaakse gebare van daardie nag op die berg met hr arms voor
> hr uit of sy die windrigtings wys of die horison verklaar [...] Daar trek
> sy hr voorskoot & hr swart rok uit & hulle vlieg tewiee-tewiee, weg met

die rooi bekke oor die swart water & sy vou hr klere op stadig netjies stuk vir stuk […] sy stap oor die sand diep uitgepoelde gate vol water reguit in die see in reguit vorentoe deur die branders sonder huiwer of omdraai of arms oplig 'n boeg (327-328).

Wanneer sy dink dat niemand haar sien nie, gee Agaat op dié manier uiting aan haar mistieke verlange; sy voer 'n suiweringsritueel uit waarin sy uiteindelik een met die oseaan word. Hierdeur wil sy uitkom by 'n egte religieuse ervaring, 'n suiwer mistiek – die oerbron van alle religieë wat in die huis waarin sy opgegroei het, vervorm en vernietig is. Die opvou van haar diensklere dui op haar bevryding, tydens die nagtelike ritueel, uit die lewe wat haar nie net 'n bediende nie, maar ook 'n ideologiese slavin gemaak het. In die roman *Agaat* is die tema van die mistiek dus duidelik aanwesig.

## 5.   DIE SNEEUSLAPER

### 5.1   Inleidend

*Die sneeuslaper* bestaan uit vier "verhale". Ek plaas die term "verhaal" hier tussen aanhalings, want dit is nie verhale in die gewone sin van die woord nie. Die eerste een is Marlene van Niekerk se professorale intreerede aan die Universiteit van Stellenbosch; die laaste een is die Albert Verwey-gedenklesing wat sy in Leiden gehou het. Die verwagting word hiermee geskep dat sy gaan praat oor haar skryfkuns en haar perspektief op die literatuur. Die leser word in hierdie verwagting nie teleurgestel nie; maar die skrywer voldoen op 'n onverwagte wyse aan die verwagting. Dit gaan in die vier verhale om 'n "narratiewe betoog", 'n uiteensetting op die wyse van die verhaal, oor haar siening van wesenlike waardes in die literatuur, en ook in die lewe; en op die verband tussen lewe en letterkunde. Waar die eerste en laaste verhale akademiese lesings is, neem die tweede verhaal, "Die slagwerker", die vorm van 'n grafrede aan, en die derde een, "Die sneeuslaper", die vorm van 'n verslag. In ál die verhale is daar dus 'n betogende struktuur. In elk van die verhale word 'n argument opgebou, 'n narratiewe argument; saam vorm die vier verhale 'n sorgvuldig gekonstrueerde, oorkoepelende argument oor lewe en literatuur. Dit is hierdie argument wat in die volgende afdelings oorsigtelik bespreek word, 'n argument waarin die mistieke belewenis 'n sentrale rol speel. Mistiek word egter nie by die naam genoem nie, want dis 'n ervaring wat nie direk in 'n woord vasgevang kan word nie. Dit is eerder 'n tema wat, in die formulering van Van Wyk Louw, die:

> […] nooit-gehoorde
> dinge sê, waarvoor die mense
> huiwer, en wat om die grense
> flikker van my duister woorde ("Grense" uit *Alleenspraak*)

## 5.2    Die swanefluisteraar

Die eerste verhaal "Die swanefluisteraar" begin met die eksplisiete vermelding van die vrae wat in die intreerede behandel sal word:

> Wat doseer 'n mens as jy 'n dosent is van Skeppende Skryfkunde?
> Gaan dit oor die ware, oor die goeie of oor die skone? Betref dit kritiek
> of fantasie of geloof? Wat is die nut van die letterkunde, die waarde
> daarvan op die groot doek van menslike inspanninge? En miskien moet
> ek vra: Is 'n verhaal iets wat 'n mens kan troos? (9)

Hierdie vrae, wat taamlik konvensioneel klink, dui die sentrale temas van ál vier die verhale aan – maar die antwoorde op die vrae is allermins konvensioneel.

Die verhouding tussen skrywer en haar geskrifte, tussen literatuur en lewe, is besonder verwikkeld. Aanvanklik is daar skynbaar 'n identifikasie van verteller en skrywer; aan die woord in die verhaal is "prof Van Niekerk", skrywer en verteller. Maar die verhaal ontwikkel in 'n komplekse spel van ego's en alter ego's. Haar student, Kasper Olwagen, word haar alter ego, die formuleerder van die idees waartoe sy gekom het. Hy tree ook as haar gids op: hy is aanvanklik haar student in die kreatiewe skryfkunde, maar met verloop van tyd word die rolle omgeruil, word hy haar leermeester en sy word student. Op sy beurt het Kasper ook 'n leermeester: die swanefluisteraar, die geheimsinnige man wat met sy gefluister swane na hom lok. Hy is 'n tipe heilige; sy arms in die lug is moontlik 'n gebedshouding (35). Wanneer Kasper die eerste keer die man sien, vroeg op 'n koue wintersmôre, is dit vir hom 'n ontmoeting met "'n God in die wieg van die witbevrore môre" (21).

Hierdie "swanefluisteraar" is dus die leidsman van Kasper, en Kasper word die gids van "prof Van Niekerk". Kasper se doel is aanvanklik om by die swanefluisteraar te leer hoe om met swane te kommunikeer. Volgens Cirlot (1973) is die swaan "a symbol of great complexity". Baie van die simboliese betekenisse wat Cirlot noem, is hier ter sake. Hy noem die swaan se "immaculate whiteness"; en verder: "the swan always points to the complete satisfaction of a desire, the swan-song being a particular allusion to desire which brings about its own death". Hy verwys ook na die siening dat die swaan "pertains to the funeral-pyre, because the essential symbols of the mystic journey to the other world [...] are the swan and the harp", en noem die alchemistiese siening dat die swaan simbool is van "the mystic Centre and the union of opposites" (1973: 322). In hierdie verhaal simboliseer die swaan dan ook reinheid ("immaculate whiteness"), heelheid, die aflegging van begeerte en die mistieke reis na 'n tydlose werklikheid.

Kommunikasie met die swane kan egter nie in 'n burgerlike omgewing en in konvensionele taal geskied nie; alleen randfigure kom onder die swane se bekoring, en die gesprek geskied in 'n fluistertoon. Die swanefluisteraar is 'n verrinneweerde boemelaar wat nie in die samelewing pas nie – wanneer Kasper probeer om hom "mak te maak", hom te was en ordentlik aan te trek en by die samelewing te laat inpas, hom wil leer om verstaanbaar te praat, dan verdwyn hy.

Van die swane gaan daar 'n "aansteeklike" werking uit. Hulle lok die swanefluisteraar, wat die konvensionele lewe opgee om met hulle te kommunikeer; die swanefluisteraar lok weer vir Kasper om sy lewenstyl te volg, en die professor kom geleidelik onder die indruk van die waarheid van Kasper se onwaarskynlike storie (37). Uiteindelik is hulle almal soekers na die suiwere en skone swane, gedryf deur die begeerte om volgelinge van die swanefluisteraar te word, om sy taal te leer en dit in hul geskrifte weer te gee. Omdat die swanefluisteraar egter verdwyn het, gaan Kasper se skryfkuns wesenlik oor verlies en verlange; die trauma van verlies is ook die stimulus tot kreatiwiteit. Deur die taal kan dit wat verlore gegaan het, tog op 'n manier lewend gehou word. Kreatiewe geeste is almal treurendes oor kosbare dinge wat verlore geraak het maar nie vergeet mag word nie. Soos Kasper dit stel:

> Ek het agtergekom dat ek een is van 'n stoet, 'n stille prosessie van
> soekers en vermistes in die stad, almal van ons aan die pols gebind
> aan dieselfde eindelose swart lint, almal mense wat dink dat hulle 'n
> weggeloopte, 'n eens verdwene persoon dalk gevind het, en bang is
> om die hoop kenbaar te maak, bang om teleurgestel te word, en liewer
> meeloop in die troos van 'n gemeenskap van gelykgestemdes (39).

Kasper beland in 'n hospitaal, want volgens burgerlike norme is hy geestelik siek; later keer hy na Suid-Afrika terug en gaan op reis na die Sederberge, waar hy gedigte in nouliks verstaanbare taal skep. Prof Van Niekerk volg hom daarheen, en sien haarself nou as transkribeerder van Kasper se skeppings. Die ongerepte natuur van die Sederberge vorm 'n parallel met die swane van die swanefluisteraar – simbool van die onbesmette, van die verlore paradys, wat via Kasper na Van Niekerk en vervolgens aan die leser oorgedra word – met elke stap gaan iets verlore van wat gekommunikeer moet word, maar soms word tog iets gewen (41).

Dit blyk dat daar 'n noue verband bestaan tussen skrywer en verteller (hulle het dieselfde naam), en ook tussen verteller en karakters. Op 'n manier is die verteller/ skrywer in ál die karakters verskuil – hulle is die gemaskerde draers van haar ervarings, gevoelens en idees. Dit blyk verder dat die karakters nie alleen geskep word deur die skrywer nie, maar dat hulle ook skeppers van die skrywer is, leidsliede wat haar bring waar sy nie op haar eie sou gekom het nie. Die grense tussen epiek en liriek, en ook tussen vertelling en betoog, vervaag in "Die swanefluisteraar" (en ook in die ander verhale in *Die sneeuslaper*). Want die verhale betoog al vertellend, en dit is liriese verlange wat in die vertellings tot uiting kom.

Die gedig van Kasper wat in die verhaal verskyn (42-43), is in stotterende taal geskryf, die taal van iemand wat digter, getraumatiseerde en mistikus is. Die gedig bevestig dat die mistieke ervaring alleen in stotterende taal en by benadering weergegee kan word; dat rasionele betoog dit onmoontlik kan vasvang.

## 5.3   Die slagwerker

Hierdie verhaal neem die vorm aan van 'n grafrede, uitgespreek deur die klokhersteller Jacob ter ere van sy ontslape vriend, die skrywer Willem Oldemarkt. Die verhaal begin met 'n vertaling van 'n gedig van die Middeleeuse sufi-mistikus Rumi, en die eerste reëls lui soos volg:

> Ek was dood, en nou lewe ek.
> Ek het gehuil, en nou glimlag ek.
> Die krag van die liefde het in my gekom [...]

Rumi, wie se gedigte ver oor die grense van die Islam waardering gevind het en nog steeds vind, het dikwels geskryf oor liefdesverlange, wat vir hom die verlange na eenwording met God gesimboliseer het. Die aangehaalde gedig, wat in die kombuis van Willem opgeplak was, suggereer 'n noue verband tussen die taal van die liefde en die taal van mistiek. Die aardse liefde is simbool van die mistieke liefde, maar meer as dit: in die erotiek kry die ekstase van die mistieke belewenis 'n aardse gestalte.

'n Digter uit die Christelike tradisie wat 'n verwantskap met Rumi toon, is St Jan van die Kruis, die Spaanse mistikus uit die 16e eeu. Die titel van Willem se verhaal, "Die donker nag van die siel" (53), is 'n verwysing na die beroemdste werk van St Jan, wat in sterk erotiese terme oor die goddelike liefde geskryf het. Dit is opvallend hoedat verskillende religieuse tradisies in "Die slagwerker" verbind word – die verbindende skakel is die mistiek. Behalwe vir die Christelike en die Islam-denkrigtings, kom daar uit die Judaïstiese tradisie die verwysing na die voorsate wat in die woestyn agter 'n vuurkolom geloop het (82); en die meisie op wie die tromspeler, die "slagwerker" van die titel, verlief raak, het 'n Asiatiese gesig – 'n verwysing na die Oosterse mistiek. By laasgenoemde sluit die gedeelte aan waar Willem die aspan met 'n vuurpook bydam "asof dit 'n maanghong in 'n Zenklooster is" (59). "Die slagwerker" beeld die die soeke na 'n suiwer mistiek uit, die suiwer liefde wat by die grondlegging van verskillende godsdienste en filosofiese benaderings aanwesig was, maar met verloop van tyd deur volgelinge se mag- en selfsug vervorm is.

In *Die sneeuslaper* se teoretiese uiteensettings oor kreatiewe skryfkuns is die verhouding tussen Jacob die klokhersteller en Willem die skrywer van besondere belang. Dit word duidelik, die twee moet saamwerk om 'n goeie verhaal tot stand te bring. Volgens Jacob is sy bydrae:

> [...] my sogenaamde perfeksionisme van die professionele uurwerker, my
> aandrang op funksionaliteit, my vermeende sin vir die sinchronisering
> van alle onderdele gepaar aan my feillose estetika ... (60).

Wat die saaie Jacob op sy beurt van Willem moet leer, is om lief te hê, om vreugde te ervaar, om ekstase te beleef:

> Herehelp, Jacob! Kry tog lewe! Verbeel jou jy doen iets waaraan jy
> plesier beleef! Soos draadtrek, of bid, weet ek veel waarmee jy jouself
> vermaak! (85)

Jacob verander onder Willem se invloed, en die gevolg is dat hulle hemelse musiek maak, "'n klein perkussie wat opstyg uit die stadsgedruis, op tussen die sterre" (86). Saam is Jacob en Willem "Kronos en Kairos [...] twee gesigte van die tyd"(61). Die mistieke ekstase, die ewige dinge wat Willem aangryp (Kairos), moet in die verhaal 'n tydruimtelike gestalte kry wat die estetika van die klokhersteller tevrede stel (Kronos). Die verhaal word die inkarnasie van 'n tydlose tema.

In "Die slagwerker", nog meer as in "Die swanefluisteraar", is daar 'n komplekse verstrengeling van perspektiewe. Jacob vertel in sy grafrede van die verhaal wat Willem wou skryf oor die slagwerker se liefde vir 'n Asiatiese meisie wat, net soos die swanefluisteraar in die vorige verhaal, plotseling verdwyn. Dit blyk egter, Willem se verhaal oor die slagwerker is eintlik 'n indirekte vertelling van die verdwyning van 'n geliefde jongman uit sy lewe (93-94); en Jacob se grafrede is weer 'n indirekte vertelling van sy eie liefde vir die gestorwe Willem. Ego's en alter ego's word op verrassende wyse verbind en verwissel. Wat ál die verhale verbind, is 'n stemming van weemoed en verlange oor die dood of verdwyning van 'n geliefde. Die traumatiese verlies is die stimulus vir die skryf van 'n verhaal. Sodoende, paradoksaal, word die tydlose, die "ultimate reality", kenbaar deur gemis; die verlies word vergoed deur 'n verhaal waarin die verlange behoue bly.

In laaste instansie is dit egter die skrywer se verbeelding wat deurslaggewend is. Willem se verhaal oor die "slagwerker" is geïnspireer deur 'n "plakkaat met 'n tromstel teen die muur"; deur sy verbeelding het hy daardie leë kamer volgespeel met 'n "slagwerkextravaganza, 'n sampioenwolk van versinsels gevestig op gemis"(94); Jacob omskep weer Willem se verhaal tot sy eie verhaal oor 'n verlore liefde. Maar in en agter al die karakters is die outeur Marlene van Niekerk, wie se verbeelding die tydlose tema van verlange getransformeer het tot 'n verhaal gekenmerk deur 'n "feillose estetika" en die "sinchronisering van alle onderdele".

## 5.4 Die sneeuslaper

Van verhaal tot verhaal kom vele herhalings van karaktertipes, situasies en motiewe voor, wat suggereer dat die vier verhale eintlik as een komplekse eenheid gelees moet word. Die ruimte ontbreek hier om behoorlik op die volgehoue motiewe in te gaan; ek stip net enkele raakpunte aan. "Die sneeuslaper" het, soos die ander verhale, 'n akademies-betogende raamwerk – dit bevat die verslag van Helena Oldemarkt oor die daklose "sneeuslaper" van die verhaaltitel – 'n verslag wat deel van haar proefskrif uitmaak. Narratiewe betoog vorm ook hier die skering en inslag van die verhaal. Soos in die ander verhale, is daar 'n komplekse interaksie van ego's en alter ego's en 'n omkering van rolle. Die verhale is saam soos 'n kamer van spieëls, met verskillende perspektiewe wat elk 'n ander uitsig op die waargenome werklikheid gee. Die sterkste verbindende skakel is die afskeid van die rustige, selftevrede burgerlike lewe ter wille van 'n suiwerder vorm van bestaan.

In "Die sneeuslaper", soos in "Die swanefluisteraar", gaan dit om 'n figuur wat nie in die burgerlike samelewing pas nie, wat hom afsonder in die soeke na 'n suiwerder lewensvorm, wat van die toneel verdwyn en 'n gevoel van gemis agterlaat. Ook hier word die kleur "wit" gebruik om na suiwerheid te verwys, wat 'n verband skep met die swane van die vorige storie – daar is byvoorbeeld die wit van die sneeu waarin die daklose in die winter slaap, wanneer al die ander mense knus in die warmte van hul huise bly. Verder bevind die sneeuslaper hom in die "Witte Hartensteeg"; by nadere ondersoek ontdek Helena egter dat daar nie so 'n steeg bestaan nie – die steeg, soos op die kaarte aangedui, heet in werklikheid "Schapenburgerpad" (101-102). Teenoor die ideële "Witte Hartensteeg", die tuiste van mense met suiwer harte, staan die wêreld van die domme, eenvormige burgers, die skape van die alledaagse werklikheid.

In "Die swanefluisteraar" word die leerling die leermeester en die leermeester die leerling. Iets soortgelyks gebeur hier – die bespieder word bespied, die ondersoeker word self die fokus van 'n "ondersoek". Die blyk dat die sneeuslaper nie daarin belang stel om die neutrale objek van Helena se studie te wees nie, hy wil 'n verhouding met haar aangaan en maak erotiese toespelings om 'n reaksie by haar te wek. Hy ken haar deur en deur, hy besef dat dit vir haar psigiese welsyn nodig is om die herinnering aan haar ontslape vader, wat sy in haar onbewuste weggedruk het, tot lewe te roep. Die vader was ook 'n "sneeuslaper", 'n rustelose swerwer, "speurend na 'n on- of ander werklikheid", soos dit in die gedig van Louis MacNeice gestel word (99). Die lot van vele randfigure het hom getref: hy het in 'n gestig beland. Helena is waarskynlik bang vir die onrus wat die herinnering aan haar vader sal meebring, bang dat die vader se traumatiese ervarings in haar lewe herhaal sal word. Daarom het sy haar vader dubbeld verloor – deur sy dood en ook deurdat sy hom "wegsluit" in haar onbewuste; hy het buite en in haar gesterf. Die sneeuslaper weet dit, en hy wil die vader in haar laat herleef sodat hy haar innerlik kan bevry tot 'n avontuurliker bestaan, 'n swerwerslewe soos dié van haar vader, soekend na die mees wesenlike dinge in die menslike bestaan.

Die sneeuslaper bereik dan ook sy doel. Aanvanklik het Helena, na haar pa se dood, sy besittings in 'n koffer gestop en dit onder haar trap gebêre, sonder om weer daarna te kyk. Aan die einde sleep sy egter haar vader se goed onder die trap uit en maak die koffer oop. Sy is nou "'n vrou wat in gereedheid gebring is"; sy besef: "Die einde is in my. Ek is die slot" (153). Helena is deur haar verslag verander; sy wou oor die sneeuslaper skryf, maar hy het haar "herskryf". Háár verandering vorm die kern van die verhaal; die veranderde Helena is self die slot van die verslag wat sy geskryf het.

Helena is 'n skrywersfiguur; 'n mens sou die slot dus ook op die skrywer kon toepas. Dit word duidelik dat die skrywer se karakters 'n verhouding met haar aangaan; sy is nie net hul skepper nie, sy word ook deur hulle herskep. Dit wat in die onbewuste vasgevang was, word bevry; die swerwer in haar word uit die burgerdom verlos. Wat vir die skrywer geld, geld vir die leser. Ook die leser, wat in die leesproses die verhaal in sy psige tot lewe roep, kan deur die karakters vrygemaak word; die verhaal kan terapeuties inwerk op skrywer sowel as leser.

## 5.5    Die vriend

Elkeen van die vier verhale in *Die sneeuslaper* is gestruktureer as 'n narratiewe argument; saam vorm die verhale 'n oorkoepelende "betoog". Sienings oor lewe en letterkunde word herhaal en deur die herhaling beklemtoon; maar die herhalings geskied telkens met nuwe variasies – byna soos die herhalings en variasies in 'n simfonie. In die laaste verhaal, "Die vriend", word die narratiewe betoog tot 'n klimaks gevoer. Twee teenargumente, in opposisie tot die sentrale betoog, word aangebied, geweeg en te lig bevind; daarteenoor word die mees eksplisiete, uitgebreide uiteensetting van die taak van die kunstenaar geformuleer. Soos in die vorige verhale, is dit die spreker/verteller, prof Van Niekerk, wat aanvanklik die verwerplike standpunt uitspreek; sy word ten slotte oorgehaal tot die esiening van die fotograaf Peter Schreuder, wat deur die verhaal ondersteun word.

Die spreker was 'n student toe sy Schreuder ontmoet het. Hy was iemand met "geen kerk, geen party, 'n niemandskêrel" (158); sy daarenteen, was "'n filosofiestudentjie [...] uitgerus met die analitiese intrumentaria van die marxisme" (160). Sy was "aktief in die linkse studentepolitiek", hy was 'n "drop-out met 'n kamera om sy nek" (162). In hul gesprekke is Van Niekerk 'n gladde redenaar, maar sy redeneer in geykte terme: vir haar gaan dit in die kuns om "die bevryding van onderdruktes" en om "die hele wêreld te mobiliseer vir die stryd" (167-168). Schreuder, daarenteen, praat stotterend, half onbegryplik, oor dit wat wesenlik onverwoordbaar is:

> [...] hy het geglo in die sjrrr en die drrr van dinge, en hy wou hulle hiert
> en vort en vibrasie afneem, hulle rafel en weer, hulle falikante faldera ...
> (166).

Schreuder verset hom teen ideologies-ingestelde kunstenaars. Volgens hom vang hulle slegs een oomblik vas, een swaai van die pendulum, terwyl hy in die tydlose dinge belangstel; hulle is gerig op oppervlakkige nuusgebeure, hy is gerig op wat onder die oppervlakte is, op die aarde wat kook van binne (167). Daarom verset hy hom ook teen die latere poging van Van Niekerk om hom ideologies betrokke te kry, wanneer sy hom aanspoor om met natuurfotografie die vernietiging van die aarde deur die mens teen te gaan (177-178).

Die verteller, Van Niekerk, kom geleidelik onder die indruk van die wysheid van Schreuder se woorde. Hy het met sy kuns 'n ander tipe bevryding in gedagte as die politieke bevryding wat sy as student gepropageer het:

> Hy wou met sy foto's die dinge grýp, nie soos hulle wás nie, maar
> soos wat hulle wórd, deur wind, deur aanraking, deur die wellus van
> molekules. Hy wou hulle vang, maar sonder besering, in ysters van lig en

skaduwee, nee, hy wou hulle op ontglipping betrap, hy wou sý verlange op hulle lóslaat [...] hy wou die dinge, die kyker sélf, die óóg, sy éie oog, bevry uit 'n staat van enantiomorfose (166).

Hy wil die dinge dus vanuit 'n ongewone hoek sien – in hul wording eerder as in 'n statiese toestand; hy wil in 'n relasie met hulle tree, sy eie verlange insluit in die perspektief op die buitewêreld; hy wil die dinge bevry uit "enantiomorfose". Die betekenis van hierdie ongewone woord word later verduidelik: "enantiomorf" dui op kristalle wat spieëlbeelde van mekaar is (168). Schreuder wil dinge bevry uit die cliché-beelde wat van hulle gemaak word – hy wil "uitk-k-koevoet [...] die oë van die bunkervolk wat die dinge definieer" (166). Die bevrydingstryd waarby Schreuder betrokke is, is teen die maghebbers, die Ubu's (166) wat die denke van die menigte gevange hou.

Wanneer Schreuder in Amsterdam kom, koop hy vir hom 'n leeurikspieël, 'n instrument waarvan Van Niekerk hom vertel het. Die funksie van die leeurikspieël word in 'n nota aan die einde verduidelik: dit word gebruik om leeurike na nette of na skutters te lok; die voëls val asof gehipnotiseerd uit die lug en kan dan maklik geskiet of gevang word. Die verklaring vir die effek van die spieëls op die leeurike is onseker: daar is iets in die spieëlbeeld wat hulle aanlok – die leeurike dink moontlik dat dit "'n nuwe aarde en 'n nuwe hemel" is.

Die leeurik (Engels *lark*) het verskeie simboliese betekenisse. Wikipedia noem onder andere hul "extravagant songs given in display flight". Hulle is dus sangvoëls, skoonheidskeppers – in dié opsig verwant aan die kunstenaar. Verder simboliseer die leeurik, volgens Wikipedia, dagbreek – soos in Shakespeare se Sonnet 29: "the lark at break of day arising / From sullen earth, sings hymns at heaven's gate". Soms dui die leeurik op 'n "spiritual daybreak", op die "passage from Earth to Heaven and from Heaven to Earth". Schreuder is self 'n tipe leeurik, ook hy word deur die leeurikspieël gefassineer en "val" daarvoor; dit lei by hom tot 'n tipe "spiritual daybreak":

Die mooiste is, ek val self vir die ding. Pallaksch! Soms 'n halfuur lank. En ontwaak soos ek was voor ek iemand geword het. Glad en dig, vlakgekiel, op die eindelose rivier van my jeug, een klein schip dat zijn witte zeil doet lichten (182).

Schreuder het hier 'n traumatiese ervaring wat tegelyk 'n tipe hergeboorte is – die "val" dui nie net op sy bekoring deur die spieël nie, maar ook op sy beswyming. Dit is 'n suiwerende ervaring – hy word soos wat hy as kind was, voor hy "iemand" geword het, dus voordat die samelewing se patrone op hom afgedruk is. Nou kan hy sy wit seil lig, hy is vry om heen te vaar op 'n "eindelose rivier". Die mistieke ervaring word voorafgegaan deur iets wat vir hom pynlik moes gewees het: die aflegging van sy kosbaarste besittings, sy kameras.

En tog, paradoksaal, is die verlies van sy kameras wins vir Van Niekerk se verhaal; deur sy suiwering is hy nou 'n geskikte "leeurik" om in die narratief opgeneem te word. Die verhaal is 'n leeurikspieël wat "leeurike" lok – die suiweres, onbevlek deur die burgerlike samelewing. Die swanefluisteraar, die slagwerker en die sneeuslaper is almal leeurikke wat in die narratief "gevang" is – almal gedring deur 'n mistieke verlange na eenwording met 'n "ultimate reality". Die literêre narratief as leeurikspieël is 'n "transisionele objek" wat "instaan vir die verlies van die oorspronklike objek" (184-185) – dit hou die verlange na 'n verlore paradys in stand, asook die droom van 'n nuwe hemel en 'n nuwe aarde. Die kuns as spieël (as refleksie, as illusie) bevat moontlik die mees wesenlike lewenswaarheid: die gemis en verlange van die leeurike.

Van Niekerk kom in die verhaal uiteindelik onder die indruk van die krag van Schreuder se persoon en sy lewenshouding; sy besef hoe verkeerd sy was om hom op 'n afstand te hou:

> Die afgrond was veel nader, dit was ekself, my afgrondelike onvermoë
> tot kameraadskap, tot bondgenootskap met 'n vrygewige, vertrouende
> siel" (187).

Sy laat Schreuder by haar woon, sy maak vir hom 'n tuin waar hy in afsondering kan verkeer en met die voëls kommunikeer. Wanneer die janfrederik sing, antwoord hy, en Van Niekerk "dreun 'n begeleidinkie" (187-188). Sy is nou die kurator van Schreuder se klein museum (185), die begeleier van die samesang van Schreuder en die voëls.

Die slot bevat verskeie mistiek-religieuse bowetone. Die tuin herinner aan die paradys-motief in die Christelike en die Moslem-gelowe; die musiek van Bach wat aan die einde gespeel word, het ook 'n Christelike inslag. Schreuder wat onder die vyeboom sit, herinner aan die Boeddha onder die bodhi-boom (wildevy); en die "oorrompelende so-syn van die dinge" (186) herinner aan die strewe in die Zen-Boeddhisme "om die so-wees, die tathata, van elke ding te ontdek" (Brink 1971: 8). Ook die belangrikheid van verhoudings (van Schreuder met die voëls, van Van Niekerk met Schreuder) eggo die Zen-begeerte om:

> [...] nie meer die "ek" en die "wêreld" te skei en teenoor mekaar te stel
> nie, maar alles gesamentlik te belewe; deur nie so seer belang te stel
> in *dinge* nie as in die *verhouding* tussen hulle (Brink 1971: 8; kursief
> deur Brink).

Verskillende kunsvorme kom in die verhaal bymekaar. Die sentrale karakter is 'n fotograaf. Hy verteenwoordig die visuele kunste; musiek word ingebring met 'n kantate van Bach. Hierdie musiek, om sy volle effek te bereik, moet gehoor word; die verhaal moet dus eintlik hardop gelees en "opgevoer" word. Hierby sluit die gebruik van die leeurikspieël as "rekwisiet" aan; 'n "aanskoulike voorstelling" kenmerkend van die drama. Die verhaal beweeg in die rigting van 'n *Gesamtkunstwerk*, 'n ontwikkeling genoodsaak deur die strewe om te skryf oor die onbeskryflike.

Ten slotte kom daar 'n "broederskap" van kunstenaars tot stand. Die aandgesang van die "driemanskap" (die voëls, Schreuder en Van Niekerk) word 'n "afklanking" van die Bach-duette wat Schreuder se gestorwe famlielede, sy pa en blinde suster, gesing het (188). So ontmoet gestorwe en lewende kunstenaars mekaar – twee sangers, 'n komponis, 'n fotograaf en 'n skrywer. Bach sowel as die sangers is die "dooies wat die aarde sterk" (188); hulle is kunstenaars wat verby die dood spreek, tot versterking en troos. Dit is met hierdie "broederskap" van helende kunstenaars dat die skrywer haarself identifiseer en waarin sy graag opgeneem wil word.

## Samevatting

In elk van die vier bespreekte verhale is die mistieke belewenis as 'n subtiele ondergrond aanwesig – ek stip dit net kortliks aan. "Die swanefluisteraar" handel oor die ontnugtering met die banale alledaagse werklikheid en die reis na 'n "ander werklikheid", 'n suiwerder een, waar "God in die wieg van die witbevrore môre" is (21). In "Die slagwerker" lei die verhaal, gekombineer met die verwysings na Rumi en St Jan van die Kruis, die leser na die liefdesverlange en -ekstase waar erotiek en mistiek ontmoet. "Die sneeuslaper", die derde storie, bevat die teenstelling tussen die "Schapenburgerpad" en die "Witte Hartensteeg", simbolies van die teenstelling tussen die banale burgerdom en die reinheid van die mistieke belewenis. Helena word deur die sneeuslaper gestimuleer om die herinnering aan haar vader, wat sy in haar onbewuste onderdruk het, tot lewe te laat kom. Die onbewuste is dus die skakel wat haar lei na die onrus en verlange waarvan die mistikus vervul is.

In die slotverhaal, "Die vriend", dui die motief van die leeurik op hergeboorte en die verlange na 'n "nuwe aarde en 'n nuwe hemel". Die tuin waarin die verteller ten slotte saam met die kunstenaar-fotograaf Schreuder verkeer, roep die motief van die paradys op. Hier word sy gelei uit oppervlakkige konvensionele denke na die "oorrompelende so-syn van dinge" wat ook die fokus van die Zen-Boeddhisme is. In dié verhaal, soos in die eerste een, speel die vertellende karakter Marlene van Niekerk 'n belangrike rol. Dit is 'n gefiksionaliseerde Van Niekerk; maar die naamkeuse suggereer tog 'n verband tussen verteller en skrywer, tussen literêre teorie en lewenspraktyk. Agter 'n verskeidenheid van alter ego's is die skrywer Marlene van Niekerk verskuil, worstelend met vrae oor die sin van kuns en lewe en oor die verwoording van 'n ervaring wat wesenlik onverwoordbaar is.

Die sentrale figure in die vier verhale gaan almal in afsondering; hulle neem afskeid van die burgerlike samelewing om 'n mistieke ervaring te beleef; die afskeid van die burgerlike samelewing is traumaties sowel as suiwerend. Tog gaan die verhale nie net om afskeiding nie. In ál die verhale is daar die suggestie van 'n liminale proses wat in drie stadia verloop: (a) deel wees van die samelewing; (b) afskeiding wat lei tot transformasie; en (c) terugkeer, as gesuiwerde persoon, na die samelewing, om die ontdekte insigte en waardes te kommunikeer. Teenoor die eensame, stille tuin waarin Schreuder hom bevind, staan die kateder waar Van Niekerk haar openbare lesing gee. Die spanning tussen isolasie en kommunikasie bly behoue; dit is in die eensaamheid van 'n mistieke ervaring dat die tema gevind word wat die moeite werd is om te probeer kommunikeer, in openbare lesing en verhaal.

VERWYSINGS

Ankersmit Frank. 2007. *De sublieme historisch ervaring*. Groningen: Historische Uitgeverij.

(Anon.) 1981. *The Cloud of Unknowing* (red James Walsh). New York: Paulist Press.

Brink André P. 1971. *Die poësie van Breyten Breytenbach*. Kaapstad: Academica.

Carmody Denise L & John T Carmody. 1996. *Mysticism. Holiness East and West*. Oxford: Oxford University Press.

Chandler Eléna-Maria Antonia. 2005. *Trauma as [a Narrative of] the Sublime: the Semiotics of Silence*. PhD, University of Texas at Austin.

Cirlot JE. 1973 (2). *A Dictionary of Symbols*. Jack Sage (vert). London: Routledge & Kegan Paul.

Farley Wendy. 2005. *The wounding and healing of desire. Weaving heaven and earth*. Louisville: Westminster John Knox Press.

Felman Shoshana. 1995. Education and crisis, or The vicissitudes of teaching. C Caruth (red): *Trauma: Explorations in memory*, 13-60. Baltimore: Johns Hopkins University Press.

Goedegebuure Jaap. 2010. *Nederlandse schrijvers en religie, 1960-2010*. Nijmegen: Vantilt.

James William. 1960. *The varieties of religious experience. A study in human nature*. London: Collins (Fontana edition).

Otto Rudolf. 1972 (1932). *Mysticism East and West. A comparative analysis of the nature of mysticism*. Uit die Duits vertaal deur BL Bracey & RC Payne. New York: Macmillan.

Parrinder Geoffrey. 1976. *Mysticism in the World's Religions*. London: Sheldom Press.

Tremingham JS. 1971. *The Sufi Orders in Islam*. Oxford: Oxford University Press.

Van den Berg JPC. 2011. Trauma in Der Nazi & der Friseur von Edgar Hilsenrath. *Literator* 32: 1 (April): 21-42.

Van der Merwe Chris. 2011. Op soek na lig. Uitbeelding van die mistiek in *Die reise van Isobelle* deur Elsa Joubert. *LitNet Akademies*, 21-09-2011. Aanlyn by: www.litnet.co.za.

Van Niekerk Marlene. 1992. *Die vrou wat haar verkyker vergeet het*. Pretoria: HAUM-Literêr.

— 2004. *Agaat*. Kaapstad: Tafelberg.

— 2009. *Die sneeuslaper*. Kaapstad: Human & Rousseau.

Zizek S. 2006. *The parallax view*. Cambridge: M.I.T. Press.

[Oorspronklik gepubliseer in: *Literator* 33(2), 2012: 5-13.]

# Trauma, religie en literatuur – Jan Siebelink, Willem Jan Otten en Louis Krüger

## 1.    INLEIDING

'n Boeiende uitgangspunt vir 'n vergelykende studie van die Nederlandse en Afrikaanse literatuur is die opkoms en ondergang van kollektiewe singewende narratiewe. Theo de Wit (2012) wys daarop dat daar ná die Tweede Wêreldoorlog in Nederland 'n nasionale narratief van Nederland as gidsland vir die wêreld ontwikkel het. Nederland sou daarvolgens 'n voorbeeld vir die wêreld wees met 'n liberale demokrasie en 'n sekulêre toleransie in 'n multikulturele samelewing waarin daar geen plek vir rassisme is nie. Hierdie narratief het, volgens De Wit, onder groot druk gekom in die afgelope tyd. Vrees vir die sogenaamde "allochtonen" ("vreemdelinge" wat hul in Nederland gevestig het), aangevuur deur die moord op die filmmaker Theo van Gogh deur 'n Islamitiese ekstremis, het gelei tot 'n politieke beweging na regs, wat onder andere gereflekteer word in die groei van Geert Wilders se Partij voor de Vrijheid. De Wit merk op dat die verlies van die "zelfbewuste vooruitgangsnarratief over Nederland Gidsland en van het multiculturalisme dat ermee verbonden was" gelei het tot "een belegeringsnarratief dat fantasieën voedt over de uitdrijving van de belegeraar" (De Wit 2012: 176).

Belangrik in hierdie ontwikkeling was ook die val van die Twin Towers op 11 September 2001. Dat Amerika, soos premier Kok dit uitgedruk het, "in het hart getroffen" is deur 'n aanval van ekstremistiese Moslems, het 'n diepe indruk op Nederland, soos op die res van Europa, gemaak. Maar intussen, byna in die stilligheid, was daar ook 'n ander ideologiese ontwikkeling in Nederland, 'n ontwikkeling waarop Jaap Goedegebuure uitbrei in die inleiding tot sy boek *Nederlandse schrijvers en religie 1960-2010*. Goedegebuure gaan in op die herverskyning van die religie in die Nederlandse literatuur en literatuurbeskouing vanaf die einde van die twintigste eeu.[1] In die sestiger- en sewentigerjare van die vorige eeu, skryf Goedegebuure (2010), het die oorgrote meerderheid van die meningvormende skrywers hul heftig teen die godsdiens gekeer – mense soos Willem Frederik Hermans en Rudy Kousbroek. Verskeie skrywers het op bitter wyse in hul romans afskeid geneem van die eng godsdiens waarmee hulle opgevoed is: Jan Wolkers, Maarten 't Hart, en (aanvanklik) Jan Siebelink. Dieselfde afkeer van godsdiens was in dié tyd ook algemeen by Nederlandse literatore; by baie duur dit tot vandag toe voort. Goedegebuure (2010: 21) beweer dan ook dat:

---

1    Goedegebuure gaan slegs in op veranderinge in beskouings oor religie vanaf 1960 tot 2010; dit gaan dus nie oor, byvoorbeeld, die stryd tussen die digters van die 1880's en die dominee-digters nie.

de meeste van mijn collega-neerlandici zo gevoelig zijn voor het taboe
op religie dat ze niet wilden of misschien gewoon niet konden zien hoe
het bij tal van twintigsteeeuwse auteurs een rol speelt.

In die tagtigerjare van die vorige eeu begin die klimaat in Nederland wel verander.
In 1982 verskyn 'n boek met die titel *Over God*, waarin sewe outeurs, onder andere Oek de
Jong en Frans Kellendonk, hul siening van God uiteensit. Die feit dat sewe prominente
Nederlandse skrywers dit die moeite werd geag het om hul beskouing oor God op skrif
te stel, was iets nuuts. In die inleiding, geskryf deur die uitgewer van die boek, Jeroen
Koolbergen, verklaar hy dat die "God-is-dood-tydperk" in die Nederlandse literatuur
tot die verlede behoort. Ook in die Nederlandse literatuurstudie, stel Goedegebuure
vas, het daar 'n verandering gekom. Hy noem onder andere die beskouing van die
literator Jan Oegema, gepubliseer in 1999, dat die digter Lucebert 'n geroepe siener
was, en die studie van Jef Bogman enkele jare daarna oor Paul van Ostayen as mistikus.
Hyself lewer natuurlik met sy eie boek 'n seminale bydrae tot wat hy noem "het verhaal
van de wonderbaarlijke terugkeer van God in de Nederlandse literatuur" (24). Dit moet
egter beklemtoon word dat God nie in sy ou gestalte na die Nederlande teruggekeer
het nie. Goedegebuure wys op die agteruitgang van die tradisionele kerkgenootskappe
en sê "de metafysische behoefte hult zich in vele gedaanten" (8) – onder andere in
postchristelike spiritualiteit, mistiek gebaseer op Meister Eckhart en Zen, en ook in
allerlei okkulte praktyke.

In Suid-Afrika het vergelykbare ideologiese ontwikkelinge plaasgevind. Met
die totstandkoming van 'n demokratiese bestel in 1994 het vele ou narratiewe hul sin
verloor, parallel aan die afskeid van die godsdiens in Nederland in die sestigerjare en
die opkoms van 'n nuwe, optimistiese visie. Afrikaner-narratiewe waarin "Christelike
nasionalisme", "Christelike beskawing", "totale aanslag" en "terroriste" kernbegrippe
was, het betekenisloos geword. Nuwe, inklusiewe ideologiese terme het na vore
gekom, terme soos "reënboognasie" en "Afrika-Renaissance". In die jongste tyd is
hierdie positiewe terme egter toenemend met sinisme bejeën en het ou narratiewe
hul herverskyning gemaak – narratiewe van konflik waarin aan die een kant na die
masjiengewere gegryp word en die Boere doodgemaak moet word, en aan die ander
kant, in die plek van die "reënboognasie", die geykte visie van 'n swart en donker Afrika.

In Afrikaanse soos in Nederlandse literêre studies het die religieuse element
in die literatuur sedert 1960 weinig aandag van literatore gekry, hoewel dit konstant
aanwesig was en is, óf as 'n sentrale tema óf as 'n onderstroom. Oor die Afrikaanse
literatuur sou 'n boek soortgelyk aan die een van Jaap Goedegebuure geskryf kon word:
*Afrikaanse skrywers en religie, 1960-2011*. Afrikaanse skrywers wat by so 'n studie
betrek kan word, is legio – ek noem slegs drie name. In 1973, nie lank voor die Soweto-
opstand nie, verskyn André Brink se *Kennis van die aand*, wat 'n nuwe interpretasie
van die Jesus-narratief bied, en godsdiens, erotiek en politiek bymekaarbring. In die
werk van Etienne van Heerden maak die sondebok, die onskuldige wat moet sterf
om nuwe lewe vir ander moontlik te maak, herhaaldelik sy verskyning – ek noem

net *Toorberg, Die stoetmeester* en *30 nagte in Amsterdam*. En derdens, in Marlene van Niekerk se *Die sneeuslaper* is mistiek 'n sentrale tema – 'n tema wat reeds in *Agaat* in die vooruitsig gestel is deur die religieuse rituele wat Agaat in die natuur uitvoer, in verset teen die verslawende godsdiens wat Milla aan haar opdring. *Die sneeuslaper* handel oor mistiek wat oor die grense van godsdienste strek – naas die Christelike verwysings, is daar verwysings na mistiek in die Islam, na Joodse mistiek en na die Zen-Boeddhisme.[2] Hoewel hierdie artikel fokus op drie romans waarin die Christelike godsdiens dominant is, is dit vanselfsprekend dat die religieuse nie beperk is tot die Christelike nie. Die religieuse element verskyn in vele gedaantes in die literatuur.

Dus, sowel in Nederland as in Suid-Afrika het twee kontrasterende ideologieë in die afgelope tyd ontwikkel, aan die een kant een oor-optimisties (Nederland as gidsland; Suid-Afrikaners as reënboognasie), aan die ander kant negatief en uitsluitend ("belegeringsnarratief"; onversoenbaarheid van wit- en swartmense). Die twee ekstreme, albei ontoereikend vir die moderne tyd, het 'n ideologiese vakuum geskep waarin religie as 'n potensiële betekenisgewende faktor na vore gekom het, ook in die letterkunde – 'n faktor waarvan literatore nie altyd genoegsaam kennis geneem het nie.

Hoe pas die "trauma" in my titel in by hierdie tematiese beskouing oor religie in die literatuur? Trauma is nóú verbonde met die verlies van narratiewe soos hierbo bespreek. Ek het uitvoerig, in aansluiting by verskeie belangrike trauma-teoretici, my siening van trauma uiteengesit in twee publikasies, geskryf in samewerking met Hans Ester en Pumla Gobodo-Madikizela onderskeidelik.[3] Ek gee hier dus slegs 'n kort samevatting van my beskouings, wat sterk steun op die idees van Paul Ricoeur.

Volgens Ricoeur is die mens geneig om die lewe narratief te verwerk; "to see a certain chain of episodes in our lives as *stories not yet told*, stories that seek to be told" (Ricoeur 1991: 434). Hy verbind die narratiewe verwerking van die lewe met Socrates se bekende stelling dat die lewe wat nie ondersoek is nie, nie die moeite werd is om te lewe nie. Ricoeur glo: "Socrates's life examined is a life *narrated* (435 – kursiverings in albei aanhalings deur Ricoeur). Om die lewe tot verhaal te transformeer, beteken dat daar 'n samehangende intrige gevorm word, 'n ketting van oorsaak en gevolg; dat herhaalde temas en patrone na vore kom, asook onderliggende waardes; dit alles omskep die lewe tot 'n koherente, begrypbare geheel.

Identiteit kom vir Ricoeur op 'n narratiewe wyse tot stand. Hy onderskei tussen twee Latynse woorde wat albei met identiteit verband hou: *idem* en *ipse*. *Idem* dui op 'n onveranderlike identiteit; *ipse* daarenteen, dui op konstantheid binne verandering – *ipse* is die begrip wat sy siening van narratiewe identiteit die beste omvat:

> Unlike the abstract identity of the Same (idem), this narrative identity, constitutive of self-constancy, can include change, mutability, within the cohesion of one lifetime (Ricoeur 1988: 246).

---

2  Vergelyk Van der Merwe 2012.

3  Van der Merwe 2007, in sonderheid hoofstukke 1 en 4; Ester 2012, veral die inleiding.

Die narratief van die individu is ingebed in kollektiewe narratiewe; "my storie" is deel van "ons storie" – die storie van die familie, die stad of die land. Dit is onmoontlik om die individuele en kollektiewe verhale van mekaar los te maak. Identiteit kom nie in isolasie tot stand nie, maar in interaksie. Soos Alasdair MacIntyre dit stel:

> I am born with a past; and to try to cut myself off from that past, in the individualistic mode, is to deform my present relationships. The possession of an historical identity and the possession of a social identity coincide. Notice that rebellion against my identity is always one possible mode of expressing it (MacIntyre 1981: 205).

Trauma vernietig die koherensie wat narratiewe skep. Dit kan op individuele of kollektiewe vlak gebeur; dikwels val die twee vlakke saam. Trauma word gekenmerk deur 'n verlies van betekenis; dit "verstoort [...] op cognitieve niveau een aantal basisveronderstellingen over een betekenisvolle wereld die de mensen goedgezind is" (Hermans 2010: 10). Die identiteit wat narratief tot stand gekom het, stort ineen; die intrige verbrokkel, en die woorde om die ervaring te beskryf, ontbreek. Normaalweg word herinneringe in narratiewe vorm gestoor, sodat 'n mens later kan vertel wat gebeur het; traumatiese herinneringe, daarenteen, kan nie narratief in die geheue geïntegreer word nie:

> Traumatic memories are the unassimilated scraps of overwhelming experiences, which need to be integrated with existing mental schemes, and be transformed into narrative language (Van der Kolk *et al* 1995: 176).

Solank as die trauma nie verwoord kan word nie, bly dit onverwerk:

> [...] the experience of a trauma repeats itself, exactly and unremittingly, through the unkowning acts of the survivor and against his very will [...] The repetition at the heart of catastrophe [...] emerges as the unwitting reenactment of an event that one cannot simply leave behind (Caruth 1996: 2).

Daar is 'n sielkundige verklaring vir hierdie herhaling ("reenactment") van trauma:

> When people are traumatised, it is an experience of humiliation; they are powerless and they need a sense of control; the violation takes away the very core of who you are. When people repeat these traumas, it is an effort to be in a place where they are in control once more; it is the reclaiming of their power and the sense of control that was taken away from them by the perpetrators (Van der Merwe 2007: 35).

Dit is nodig om te onderskei tussen die traumatiese gebeurtenis en traumatiese herinnering. Dit is veral in die herinnering dat 'n trauma sy destruktiewe uitwerking laat blyk. Traumatiese gebeure word gekenmerk deur die verlies van taal; dit is te oorweldigend om te pas in die strukturele en semantiese moontlikhede van die taal wat tot beskikking van die getraumatiseerde is. Die traumaslagoffer word woordeloos gelaat. Hierdie verlies van taal en van narratief vorm die kern van my beskouing van trauma.

Literatuur kan in hierdie situasie van woordeloosheid 'n belangrike rol vervul. Skrywers het die verbeelding sowel as die taalvermoë om literêre narratiewe te skep wat traumatiese gebeure oortuigend weergee. Hulle kan trauma tot verhaal omskep deur die grense van die taal te verskuif en nuwe narratiewe moontlikhede te bedink. In die kreatiewe proses kan hulle gebruik maak van allerlei styl- en struktuurmoontlikhede wat kan help om die kompleksiteit van trauma outentiek weer te gee – aporia, ambivalensie, oop plekke en ironie (vergelyk Van der Merwe 2007: 59-63).

Hiermee is ingegaan op twee van die begrippe wat in die titel voorkom, naamlik "trauma" en "literatuur". Hoe pas die derde begrip, "religie", in by die beskouing oor literatuur en trauma? Soos trauma, raak die religieuse ervaring aan dinge buite die rasionele begripsvermoë. Versteeg lê daarom 'n verband tussen die traumatiserende gebeurtenis en die ontmoeting met dit wat heilig is (Versteeg 2012: 64). Sy wys daarop dat die traumatiese sowel as die sublieme raak "aan de grenzen van ons begrip" (69); in albei gevalle gaan dit om "een waarheid die juist niet in taal kan worden gevangen" (63). In die onmag van taal word na soortgelyke uitings gegryp om die ervaring te verwoord:

> Paradoxaal genoeg blijken wij juist voor de meest traumatische, armzalige en moeilijke omstandigheden terug te grijpen op dezelfde uitdrukkingen als voor het goddelijke en het transcendente [...] De wond lijkt in onze tijd een zekere aantrekkingskracht te hebben gekregen, als toegang tot een waarheid die we anders niet kunnen ervaren [...] (Versteeg 2012: 63).

Ook Frank Ankersmit (2007) wys op die verband tussen die traumatiese en die sublieme:

> Zowel het trauma als het sublieme verstoren dus het normale schema waarmee we de ervaringsgegevens leren begrijpen. [...] Kortom, het trauma kan gezien worden als de psychologische pendant van het sublieme, en het sublieme als de filosofische pendant van het trauma (Ankersmit 2007: 372).

Daar is dus 'n raakpunt tussen die religieuse en die traumatiese deur die onbegryplikheid en onverwoordbaarheid van die ervaring. Daar is ook ander raakpunte tussen religie en trauma. Sekere vorms van religie is hard en veroordelend; hulle is emosioneel of fisiek gewelddadig van aard, of beide, en bring erge trauma mee. Ander vorms van religie kan as helend ervaar word deur die betekenis en vertroosting wat hulle te midde van traumatiese belewenisse verskaf.

Die keuse van die drie romans vir bespreking in hierdie artikel hou verband met die bogenoemde verbande tussen literatuur, trauma en religie. Al drie romans het te make met die narratiewe verwerking van trauma; in al drie romans speel die religie 'n belangrike rol. Deur die verbinding van trauma en verlossing, waarby die Christelike narratief 'n sentrale plek inneem, is daar 'n besonder sterk verband tussen twee van die drie romans, een Nederlands en een Afrikaans: *Specht en zoon* van Willem Jan Otten en *Wederkoms* van Louis Krüger.[4] In albei vind redding plaas uit 'n traumatiese doodloopstraat deur 'n transendente ingryping. Vergiffenis en genade bring bevryding uit die destruktiewe, selfherhalende aard van traumatiese ervarings. *Knielen op een bed violen* van Jan Siebelink toon 'n ander kant van die verband tussen religie, trauma en narratief; dit beeld 'n vreesaanjaende tipe religie uit wat sware trauma oor meer as een generasie veroorsaak. Die roman voer as 't ware 'n "gesprek" met die ander twee gekose romans, dit bied 'n "teenargument": dat religie nie altyd bevryding bring nie, dat dit juis die oorsaak van trauma kan wees. Daarnaas is egter ook 'n korrektief in die roman ingebou – 'n suggestie van 'n religie wat mensliker is as die godsdiens van verskrikking wat in die verhaal soveel ellende meebring. Op dié manier tree die drie gekose romans in dialoog met mekaar oor aspekte van trauma en religie.

Voordat ek oorgaan tot die bespreking van die drie romans, wil ek beklemtoon dat hierdie artikel nie geskryf is binne die teoretiese raamwerk van die narratiewe terapie nie. Narratiewe terapie gebruik verhalende tekste om psigiese heling te bring; dit het te doen met die effek van 'n teks op die leser. Hierdie artikel is teksgerig, nie lesersgerig nie. Dit grens wel aan narratiewe terapie deur die aantoon van verhaalelemente wat heling as tema het, maar of die leser hierdie narratiewe heling tot werklikheid maak, is nie die tema van my artikel nie. My fokus is tematies van aard: op die literêre verwerking van religie en trauma. Die artikel wil stimuleer tot die studie van hierdie tema in sy baie variasies soos dit in 'n verskeidenheid literêre werke voorkom. Sodoende kan daar 'n vergelykende studie ontwikkel wat Afrikaanse sowel as Nederlandse tekste insluit.

## 2. Jan Siebelink: Knielen op een bed violen

Dat religie nie altyd help met die deurwerk van trauma nie – inteendeel, dat dit soms die oorsaak van trauma kan wees wat oor geslagte heen lewens verwoes, dit sien ons in Jan Siebelink se roman *Knielen op een bed violen* (2005). Die boek het 'n verstommende ontvangs van die publiek gekry. Meer as 'n halfmiljoen eksemplare daarvan is verkoop (Koster & Stoker 2009: 7); die eksemplaar wat ek gebruik het, was uit die vyftigste druk; twee boeke[5] en vele artikels het oor die roman verskyn; en die AKO Literatuurprys is in 2005 daarvoor toegeken.

Die hoofkarakter, Hans Sievez, besit 'n kwekery, is getroud met Margje, en die egpaar het twee seuns, Ruben en Tom. Wanneer hulle allerlei teenspoede in die kwekery beleef, kry Hans 'n visioen wat sy lewe in 'n totaal ander rigting stuur. Dit voel vir hom tydens die visioen of hy alle gewig verloor, of hy in die hemel opgetrek

---

4    Hierdie roman het ook in Nederlands verskyn; maar in 'n onderhoud wat ek vir LitNet met Louis Krüger gevoer het, het hy verklaar dat hy altyd eerste in Afrikaans skryf; daarna word dit in Nederlands vertaal.

5    Etty 2006; Koster en Stoker 2009.

word, "in de donkerheid waarin God was" – en dan hoor hy die stem van God wat hom by die naam roep: "Hans Sievez" – waarop hy soos die profeet Samuel antwoord: "Ja Heere. Hier ben ik!" Die visioen lei daartoe dat Hans weer kontak opneem met 'n vroeëre kennis, Jozef, en deur hom onder die invloed kom van 'n somber broederskap gelowiges waartoe Jozef behoort. Hulle is aanhangers van 'n godsdiens van vuur en swael, van oordeel en angs. Die blik is hemelwaarts gerig, en alle aardse dinge word as onbenullig beskou – net een vraag is van belang, naamlik of jy die hemel gaan haal en die hel ontvlug. Op hierdie vraag kan niemand met sekerheid die antwoord weet nie; tot op sy sterfbed is Hans nog vol angs oor sy redding. As gevolg van die godsdiens wat alle aardse dinge gering ag, verwaarloos Hans die kwekery, sodat dit agteruitgaan en later gesluit moet word. Die titel van die roman kan onder andere só geïnterpreteer word, dat Hans, in plaas van om die tenger viooltjies in sy kwekery te versorg, daarop kniel, en sy gekniel beskadig die plante waarvoor hy verantwoordelik is – hy kyk nie wat hy doen terwyl hy kniel nie.

Sy kontak met die broederskap werk ook katastrofies in op sy gesinslewe. Dit bring 'n skeiding tussen Hans en sy vrou, want Margje kan die broeders nie verdra nie; op 'n stadium vind sy dit so erg dat sy die huis met haar jongste seun verlaat. Later keer sy terug, op voorwaarde dat Hans kontak met sy somber vriende verbreek, waartoe hy (tydelik) instem. Hans word van twee kante gedring: Hy het Margje lief en sy huwelik is vir hom belangrik, maar hy is feitlik verslaaf aan die broederskap en kan hulle nie permanent prysgee nie. Tussen hom en Margje ontwikkel sodoende 'n steeds groter kloof. Hy hou sy godsdienstige aktiwiteite weg van haar, omdat hy vrees dat sy 'n ongeredde is; sy op haar beurt verlang na die Hans wat sy vroeër geken het.

Ook die kinders van Hans en Margje ly onder sy vreesaanjaende godsdiens. Die oudste, Ruben, probeer sy vader begryp, maar raak al hoe meer verward deur sy vreemde beskouings; die jongste, Tom, kom openlik in opstand, drink te veel en haat sy pa. Tereg sê Tom dat sy pa se godsdiens fundamenteel selfgesentreerd is. Daardeur het hy sy verantwoordelikheid ten opsigte van die kwekery verwaarloos, sodat dit gesluit moes word; deur sy selfingekeerde godsdiens het hy die nood van sy vrou en kinders geïgnoreer. Soos Tom dit stel:

> Ik heb een vader die gered wil worden. Of anderen eeuwig branden,
> snakkend naar een druppel water, maakt niet uit. Hij heeft een stem
> gehoord, wij niet (398).

Selfs op Hans se sterfbed speel die broeders die dominante rol in sy lewe. Margje word nie by hom toegelaat nie, want sy, as "ongeredde", mag dalk sy kanse bederf om die hemel te haal. Tot op die laaste hou hulle hul versie van religie aan Hans voor, met die fokus op 'n angsaanjaende oordeel en die onsekerheid van redding.

Beteken dit dat Siebelink se roman (opnuut) afreken met die godsdiens, en dat dit hierdie afrekening is waarmee die duisende lesers wat sy boek gelees het, hulle kon en wou identifiseer? Geensins – Hans Sievez se destruktiewe godsdiens is nie die enigste tipe religie wat in die roman uitgebeeld word nie. Een voorbeeld van 'n alternatief vind ons in Johanna, die vrou op wie Hans se oudste seun verlief raak. Haar ouers is albei ongodsdienstig, en sy kritiseer so 'n anti-religieuse houding (376). Aan die ander kant distansieer sy haar van sommige van Hans se rare idees – sy weier byvoorbeeld om te glo dat siekte 'n straf van God op die sonde is (413). Hans is baie lief vir haar, selfs verspot verlief, en hy neem notisie van wat sy vir hom sê.

Ook Hans se vrou Margje is nie ongodsdienstig nie, maar sy verkies om haar godsdiens op 'n rustige, aardse manier te beoefen. Sy bly tot aan die einde aan Hans getrou; hoewel die broeders haar nie by sy sterfbed wil toelaat nie, kry sy tog op 'n manier die laaste woord in. Terwyl die broeders glo dat niemand kan weet of jy as geredde persoon sterf nie, kies Margje die woorde op sy grafsteen: "IN DE HEERE ONTSLAPEN" – sy glo aan 'n Here wat aanneem, nie verwerp en veroordeel nie. Elkeen van die sewe afdelings van die roman begin met 'n motto uit Psalm 119, die lang Bybelse Psalm wat die lof van die Wet van die Here besing. Dit is die Psalm wat Ruben uit die hoof wil leer om sy pa te beïndruk; dit is 'n Psalm wat aansluit by die wettiese benadering van sy pa se geloofsgemeenskap. Maar die hele roman, ál sewe afdelings, word voorafgegaan deur 'n ander motto: "en hadde de liefde niet", uit 1 Korintiërs 13. Die implikasie is dat Margje met haar liefde die wese van die Christelike godsdiens begryp en uitgeleef het, terwyl Hans onder invloed van sy vriende die kern van die boodskap gemis het.

Die betekenis van die liefdesmotto sou verder uitgebrei kon word. Hans word met liefde uitgebeeld; naas die kritiek op sy godsdiensbeskouings is daar by die implisiete outeur veel empatie en deernis vir hom. Dit is belangrik dat die roman begin met die vertelling van hoe genadeloos Hans se pa hom behandel het, hoe sy pa hom geslaan het en sy geliefde speelding van hom weggeneem het. Dit is Hans se traumatiese ervaring as kind wat die grondslag van sy latere lewe vorm; sy handelwyse word deur sy onderbewuste gedikteer. Tipies van 'n traumaslagoffer, herhaal hy dit wat met hom gebeur het, maar keer die rolle om: hy word die een wat die mag besit en die pyn aan ander toedien. Hy volg dus, ironies, in die voetspore van die een wat hy gehaat het – hy trou met 'n vrou wat baie aan sy liefderike moeder herinner, en behandel haar dan op 'n manier wat met sy vader se optrede ooreenkom.

Die wrede behandeling deur sy vader word in sy latere lewe deur ander pynlike ervarings gevolg. Hans is arm, dit gaan sukkelend met sy kwekery en hy word telkens verneder. Sy godsdiens word dan 'n manier om homself te handhaaf en wraak op die wêreld te neem – binne sy godsdienstige raamwerk word hy verhef tot uitverkorene, iemand aan wie God verskyn het, en die oorgrote meerderheid van die res van die wêreld tot 'n gruwelike hel veroordeel. Onderliggend aan Hans se godsdiens is 'n onderdrukte woede, wat van tyd tot tyd in onverwagse aggressie na bo kom: aggressie teen die welvarendes wat hom verneder, maar ook teen die broeders wat hom in 'n nuwe gevangeskap gelei het, gevul met angs en eensaamheid.

In 'n onderhoud het Jan Siebelink uitgewei oor die outobiografiese aard van sy roman (Eugelink 2007: 223-234). Volgens Siebelink is Hans Sievez gemodelleer op sy vader; hyself was Ruben, die voorbeeldige oudste seun wat as tussenganger en vredemaker tussen sy vader en moeder opgetree het. Dit in ag geneem, word trauma in die roman sowel as in die werklike lewe ontdek, een wat van geslag tot geslag oorgedra word, oor drie generasies heen – in die roman vanaf Hans Sievez se pa na Hans na Ruben, in die werklikheid vanaf Jan se oupa na sy pa na homself. Die trauma word in die roman uitgebeeld en verwerk; dit word tot singewende verhaal omskep. Teenoor die onderdrukte woede van Hans Sievez en die verwarring van Ruben staan die narratiewe verwerking van intergenerasionele trauma in die roman van die skrywer Jan Siebelink. Miskien kan 'n mens hierdie punt nog verder neem: dat die duisende lesers van die roman hulle kon identifiseer, nie alleen met die afrekening van 'n mens-onterende godsdiens nie, maar ook met die oorweging van alternatiewe religieuse moontlikhede. Ek haal twee gedeeltes van die bogenoemde onderhoud met Siebelink uit Eugelink (2007) aan:

> Uit persoonlijke verhalen van lezers weet ik dat veel mensen zijn losgeweekt van religie, kerk, geloof, en daar toch min of meer ongelukkig mee zijn. Ze denken na over hun finitude, hun eindigheid, want er moet meer in het leven zijn dan eindeloos consumeren (233).

> *Knielen op een bed violen* gaat uit boven de zichtbare realiteit, of je dat nu God wilt noemen, of het hogere. Het is niet ironiserend. Er wordt met diepe ernst over het geloof gesproken (232).

## 3.    WILLEM JAN OTTEN: *SPECHT EN ZOON*

'n Roman waarin ook "met diepe ernst over het geloof gesproken [wordt]", is *Specht en zoon* van Willem Jan Otten, waarvoor hy in 2005 die Libris Literatuurprys ontvang het.

Die verhaal is in die vorm van 'n allegorie geskryf, met Specht van die titel as 'n God-die-Vader-figuur.[6] Dit is Specht wat aan die hoofkarakter, Schepper, die opdrag gee om 'n skildery te maak, wat hom daarvoor beloon en wat van hom rekenskap kan eis. Wanneer Schepper in sy opdrag faal, is Specht die een wat die mag het om genade aan hom te verleen en hom 'n tweede kans te gee.

Specht se antagonis is die diaboliese Minke, wie se naam aan 'n wesel herinner.[7] Soos 'n wesel, is sy 'n klein roofdier wat haar prooi tot in sy woning agtervolg met die doel om hom te verorber. Sy is 'n sinikus wat by Schepper twyfel saai of Specht nog

---

6   Sy naam herinner daaraan dat die speg met Zeus verbind word, die Griekse God-die-Vader. Volgens Rendell Harris het die aanbidding van Zeus begin met die geloof dat die donderweer 'n voël is, "a Red-headed woodpecker". (Engels *woodpecker*; Nederlands "specht"; Afrikaans "speg".) Hierdie "Red-headed woodpecker" is, volgens Harris, die "Picus who is also Zeus" (Harris 1916: vi). Picus hoort tot die speg-familie.

7   Die Amerikaanse wesel is *mink* in Engels.

leef; wat ook allerlei aanklagte teen Specht maak, onder andere dat hy 'n pedofiel is. Op 'n simboliese vlak is sy die een wat geloof ondermyn, wat beweer dat God dood is of, as Hy leef, 'n wreedaard is. Wanneer Specht langer afwesig bly as wat verwag is, behaal sy sukses by Schepper. Hy het aan Specht beloof om niemand te vertel van die skildery wat hy vir Specht maak nie; maar Minke, wat hom seksueel verlei, bring hom ook daartoe om sy skildery aan haar te wys.

Die opdrag van Specht aan Schepper is om 'n skildery van sy oorlede seun, Singer, te maak. Dit kom met verloop van tyd uit dat Singer 'n kind uit Wes-Afrika is. Hy was vasgevang in prostitusie en verslaaf aan dwelms, maar Specht het hom vrygekoop en hom as seun aangeneem. Nogtans loop Singer se lewe skeef, en uiteindelik pleeg hy selfmoord. Specht se genade word egter nie deur die seun se oortredings opgehef nie. Hy gee aan Schepper die opdrag om Singer se verlore onskuld in die skildery te herstel, om aan hom – die ongekende en ongehoorde kind van Afrika – 'n "stem" te gee. Deur die liefdevolle blik van die kunstenaar en van sy opdraggewer op 'n skynbaar mislukte lewe, deur die omskepping van 'n traumatiese lewe tot skoonheid, kan Singer as 't ware 'n tweede lewe kry, 'n langer leeftyd as sy kort tydjie op aarde. Hierdie ingryping kan maak dat hy tereg "Singer" genoem word, 'n mens wat 'n lofsang kan aanhef omdat iemand met deernis na hom gekyk en hom in 'n getransformeerde gedaante laat herleef het.

Schepper het lank reeds, voordat Specht met sy opdrag na hom gekom het, heimlik die begeerte gekoester om 'n Pietà te skilder. In sy skildery word Singer nou met die gestorwe Christus verbind, word hulle tot een persoon gemaak. Hierdie verbinding kan op verskillende maniere geïnterpreteer word. Dit herinner aan die feit dat Jesus sterk met verstotelinge soos Singer geïdentifiseer het en genade aan hulle betoon het. Waar, in die Bybelse verhaal, Jesus die Seun van God is, is die seun van die God-die-Vaderfiguur hier die dwelmverslaafde Singer – dit is juis die verlorene wat deur Specht tot seun verklaar word. Die verbinding van die gekruisigde Jesus met die dwelmverslaafde prostituut kan ook heenwys na die geloof dat Jesus vir sondaars gesterf het om hul skuld uit te wis en hul onskuld te herstel.

Daar is egter nog 'n kinkel aan Schepper se skildery. In die saamgestelde figuur wat hy skilder, word naas Jesus en Singer ook 'n vriend uit sy jeug, Tijn, opgeneem. Tijn, 'n alleenloper wat skynbaar homoseksueel was, het as skoolseun by Schepper veilig gevoel; hy het Schepper in sy vertroue geneem en op 'n dag sy gebrekkige geslagsdele aan hom gewys. Sy vertroue in Schepper is egter beskaam, want Schepper het hom ná hierdie insident vermy. Hierdie verloëning het Schepper se gewete erg gekwel; met sy skildery skep en herskep hy die seun wat hy verloën het; daarmee word die verloënde seun tot lewe geroep en met Jesus verbind. Met die herskepping van Tijn word ook Schepper se eie skuld in die skildery gekonfronteer en verwerk; Schepper se verraad kry implisiet 'n plek in die skildery van die verlosser.

Schepper se naam suggereer dan dat hy 'n skepper is wat met sy kunswerk lewe gee aan vergete randfigure, wat sin gee aan traumatiese gebeure uit sy eie en ander se lewe, wat hulle verbind aan die sterwe van die verlossersfiguur Jesus. Sy regte naam is Felix Vincent,[8] maar "Schepper"is die naam wat die verteller in die roman aan hom gee. Die verteller is 'n uiters oorspronklike personasie: hy is die skilderdoek wat Schepper koop om sy skildery op te verf. Die lotgevalle van die verteller, die skilderdoek, sluit aan by 'n sentrale tema in die roman: die skep van sin uit leegheid. Hy begin as leë wit doek – die vraag wat hom kwel, is: "Wie komt er op mij terecht? Wie word ik?" (30). Wanneer Schepper op hom die skildery maak wat hierbo bespreek is, kry sy lewe betekenis. Soos wat Specht sy liefdevolle blik op Singer laat val het, en ook op Schepper, en aan hulle lewe betekenis gegee het, so het ook Schepper vir die verteller, die skilderdoek, raakgesien en hom gebruik om sy opdrag uit te voer. Hieruit blyk dat identiteit en betekenis nie in isolasie tot stand kom nie, maar in interaksie. Mense skep en word geskep in interaksie, en die naam "Schepper" het nie net op kreatiewe kunstenaars betrekking nie; die kreatiwiteit van die liefdevolle blik geld vir alle mense.

Verder is identiteit en betekenis nie vaste, onveranderlike gegewens nie – hulle word al verhalend geskep. Ook in *Specht en zoon* is daar sprake van 'n narratiewe identiteit. Die katalisator in die gebeure is die aanbod van Specht aan Schepper, en Schepper se aanvaarding daarvan. Die negatiewe wending kom wanneer Specht ontrou is, wanneer hy toegee aan Minke se verleiding. Dit lei tot 'n totale wanhoop by hom, sodat hy 'n brandstapel bou en alles wat hoegenaamd met Singer te make het, in die vuur gooi – ál die inligting wat Specht aan hom oor Singer gegee het, en ook die skildery wat hy gemaak het – dus, die verteller beland ook in die vuur. Dit is met hierdie vuur dat die verhaal begin, en hierheen dat dit weer teruggekeer – dit wil dus voorkom of Specht se aanbod tevergeefs was, of daar geen hoop is vir Schepper en sy skepping nie. Maar dan kom die verrassende tweede kans wat Schepper kry.

Die eerste teken van hoop is die feit dat die verteller se lewe nie beëindig word wanneer die skildery in die vuur beland nie. Die skildery leef voort in die foto wat Schepper daarvan geneem het, 'n foto wat hy in twee geskeur het, maar wat hy nou saamvoeg en in sy hempsak dra. Die foto is dubbel van die werklikheid verwyder – dis 'n refleksie van 'n omskepping van die werklikheid – maar dit het die voordeel dat dit altyd naby Schepper is: "Zo vlak bij een lichaam ben ik nooit geweest," mymer die verteller (147). Verklein en geskeur, leef hy teen die hart van Schepper.

Die tweede teken van hoop is die geboorte van Schepper se kind. Ná vreeslike barensnood gee sy geliefde vrou, Lidewij, aan 'n seun geboorte wat hulle Stijn noem – die ooreenkoms met "Tijn" is opmerklik. Hierdeur word Tijn in 'n mate herdenk, en Schepper kry die kans om die trou wat Tijn moes ontbeer, aan sy seun te betoon. Hy het die geleentheid om betekenis te gee aan die "leë skilderdoek" wat sy seun nog is.

Die derde, finale teken van hoop is dat Specht weer vir Schepper besoek. Specht weet van alles wat tussen Schepper en Minke gebeur het; desondanks gee hy hom 'n tweede kans – om weer te begin aan 'n skildery van Singer. Hiermee bevestig Specht

---

8    Dit beteken: "Gelukkige oorwinnaar".

dat die ontrou van ander nie sy trou aan hulle vernietig nie; dat hy deur sy genade 'n mislukte lewe kan transformeer en daaraan betekenis kan gee.

Telkens in die roman word die paradoksale verbinding van lewe en dood herhaal. Schepper sê dat hy "naar het leven werkt" (31), met ander woorde, hy wil outentiek wees, nie die lewe vervals nie. Hierby sluit die gedagte aan wat Specht vir hom noem, dat hy met sy kuns 'n lewe kan red (vergelyk onder andere 48) – hy kan lewe gee aan die gestorwenes, ook aan die vergetenes – want as iemand uit mense se bewussyn verdwyn het, is hulle in 'n sekere sin dood. Maar aan die ander kant wil Specht weet "of je wel eens tot de dood hebt gewerkt" (53). Die verbondenheid wat tussen die twee skynbaar teenoorgesteldes, lewe en dood, gesuggereer word, kan op meer as een manier geïnterpreteer word. In die eerste plek word die vraag gestel of daar lewe ná die dood is. Ons het reeds gesien dat Schepper, deur sy skilderkuns, lewe moet gee aan mense wat gesterf het deur hulle in ander se bewussyn lewend te hou. Dit geld vir Singer, dit geld ook vir die gekruisigde Jesus, wat deur sy skildery "verewig" word. Die feit dat Schepper geld bymekaar wil maak om die ateljee met die simboliese naam "Nimmerdor" te koop, en dat Specht die nodige geld hiervoor verskaf, suggereer waarskynlik dat daar lewe is ná die dood, 'n lewe wat nooit sal verdor nie.

Belangriker nog as die vraag of daar lewe ná die dood is, is die vraag of daar lewe is *deur* die dood. Die toneel waarmee die roman begin, en waarnatoe later teruggekeer word, van die skildery op die brandstapel, is 'n toneel van hooploosheid – 'n mens sou kon sê, in die bekende woorde van Sint Jan van die Kruis, dat dit "die donker nag van die siel" simboliseer. Daar word dus 'n spel met die leser gespeel – jy is onder die indruk dat die verhaal afstuur op 'n totale verlies van sin en hoop. Die verhaal word dus as 't ware in die duisternis van trauma gehul. Maar juis hierdie verwagting van die leser, en ook van die karakters, dat alles verlore is, maak die ingryping van buite soveel meer verrassend en vreugdevol. Die reddelose situasie open die deur vir vergiffenis en genade; wanneer Schepper homself nie meer kan red nie, gryp Specht in om hom te red. Die trauma wat gelyk het na 'n doodloopstraat, waar alle uitsig verdwyn en alle sin verlore gaan, word omskep tot 'n weg na Nimmerdor. Hierdie uitsig op die bevrydende werking van genade en vergiffenis sluit sterk aan by die visie wat uitgebeeld word in *Wederkoms* van Louis Krüger.

## 4. LOUIS KRÜGER: *WEDERKOMS*

Louis Krüger se roman *Wederkoms* is deurtrek van trauma, sowel op die vlak van die individu en die gesin as van die samelewing as geheel. In die gesin van die hoofkarakter, Jannes, is die vader 'n onbetroubare man wat afwesig is by die geboorte van Jannes; hy is 'n man wat juis daardie nag, soos vele ander nagte, owerspel pleeg. Hy is ook iemand wat sy gesin met geweld regeer. Jannes se vrou Myrte het in soortgelyke omstandighede grootgeword, in 'n huis waar die vader 'n vreesaanjaende figuur was – sy word deur haar pa aangerand en seksueel misbruik. In albei gevalle word die gewelddadige vader self die slagoffer van geweld. Jannes se pa word katswink geslaan deur die pa van 'n jong meisie by wie hy sy flikkers gegooi het, en later neem Jannes se oudste broer Hendrik die leiding in 'n geveg teen die vader, weldra geesdriftig ondersteun deur sy broer Lodewykie, met Jannes wat halfhartig sy pa wil beskerm teen die aanval van sy kinders (69-70). Hierdie insident is die begin van die einde van Jannes se vader, en hy sterf, nie lank daarna nie, in "poetic justice", in die kleinhuisie. Ook Myrte se pa word uiteindelik die slagoffer van die geweld wat hy in die huis gesaai het – vier mans, onder leiding van Kallas, wat met Myrte se suster Lena getroud is, slaan hom dood. Hierdie keer word Jannes betrek by die siklus van geweld, en slaan hy (aanvanklik) wild saam met die ander vier, sodat hy deel het aan die moord op sy skoonvader.

Myrte is die slagoffer van gesinsgeweld en verkragting. Die gebeure waarvan sy niemand wil vertel nie, spook in haar onderbewuste, sodat sy moeilik in 'n bestendige liefdesverhouding met Jannes betrokke kan raak, selfs al wil sy. Aanvanklik ontmoet hulle mekaar gereeld by hul ontmoetingsplek, die rivier wat deur die dorp vloei; maar dan bly sy weer vir lang tye weg. Wanneer hulle getroud is, begin sy stemme in haar kop hoor en begin sy gewelddadig teenoor hul seuntjie Bas optree. Uiteindelik hang sy haarself op. Hierdie handelwyse is kenmerkend van die slagoffer van trauma. Die herinnering aan situasies van magteloosheid bly in die onderbewuste geheue bewaar en lei tot die begeerte om die situasie van die verkragting om te keer, om self die mag uit te oefen oor 'n weerlose slagoffer. Dit is die verklaring vir die optrede van Myrte teenoor haar seun wat vanuit haar onderbewuste gedikteer word. Die selfveragting wat uiteindelik tot haar selfmoord lei, is ook tipies van die effek van verkragting – die haat en veragting van die verkragter werk aansteeklik en lei tot skaamte, selfhaat en selfveragting by die slagoffer.

Jannes is getuie van die trauma. Hy, wat Myrte se traumatiese lewe van naby ervaar het, weier egter om die waarheid van haar verkragting deur haar pa te konfronteer – hy wil die tekens nie lees nie, want die waarheid is vir hom ondraaglik. Daarom het Jannes ook skuld aan Myrtle se ondergang, want as gevolg van sy ontkenning van die werklikheid het hy haar nie behoorlik bygestaan nie (144). Dus, die gesinne van die twee hoofkarakters word gekenmerk deur geweld wat lei tot geweld, deur trauma wat van die een generasie tot die volgende oorgedra word en deur ontkenning van dit wat te pynlik is om te konfronteer.

Wat in die mikrokosmos van die gesin gebeur, reflekteer die endemiese geweld wat die samelewing tref. Kallas, die swaer van Jannes, is die verbindende figuur tussen gesin en samelewing. Kallas is nie 'n volkome onsimpatieke persoon nie; die reg is in 'n mate aan sy kant, maar sy rol is uiteindelik destruktief. Sy vrou Lena is gewillig om in die hof te getuig oor haar pa se verkragting van sy dogters, maar Myrte het nie die moed om dit te doen nie. Dan neem Kallas, soos reeds genoem, die reg in sy eie hande, en vermoor hy sy skoonpa met die hulp van sy makkers.

Kallas neem ook die leiding wanneer die regering, in samewerking met die konstruksiemaatskappy Genco, die dorp se rivier wil opdam – wat beteken dat die dorp onder die water sal verdwyn. Kallas organiseer die invoer van wapens na die dorp en betrek Jannes teen sy wil hierby – Jannes moet 'n skuit met wapens deur die rivier bring. Drie duikers van die regering wat in die dorp kom spioeneer het word doodgeskiet, en uiteindelik bars 'n gewapende stryd los tussen die regeringsoldate en die versetstryders van die dorp.

In die uitbarsting van geweld speel die Kerk 'n toenemend belangrike rol. In die aangesig van die bedreiging van die dorp verenig die twee kerkgenootskappe wat in die verlede vyandig teenoor mekaar was, en saam bestry hulle die vyand. Die kerkgebou word al hoe meer soos 'n fort; daar word toenemend uit die Ou Testament gepreek, en die gebod dat jy jou vyande moet liefhê, word steeds minder gehoor (205, 211). So versprei die gewelddadigheid soos 'n aansteeklike siekte deur die dorp, en 'n kollektiewe skuld ontwikkel waarvan niemand volkome vry is nie.

Jannes, wat deur Kallas gedryf word om deel van die geweld te word – sowel die geweld teen sy skoonpa as die geweld teen die bouers van die dam – voel toenemend dat hy hom nie met die ontwikkelinge kan identifiseer nie. Uiteindelik verkry hy die innerlike selfstandigheid en die moed om hom tydens 'n kerkdiens teen die ophopende geweld uit te spreek. Hy verkondig dan 'n alternatiewe godsdiens, een van vrede, wat kontrasteer met die gewelddadigheid van die Kerk: "Ons moes nie die brûe opgeblaas het nie [...] Jesus sê salig is die vredemakers," betoog hy (214). As gevolg van sy pasifistiese standpunt word hy uit die dorp gedryf, en ten slotte word hy en sy seun Bas deur die soldate van die regering doodgeskiet.

Uit hierdie uiteensetting wil dit voorkom asof die gebeure op 'n hooplose einde afstuur. Geweld wek geweld, diegene wat hul van die geweld distansieer word uit die weg geruim, die slagoffer van gesinsgeweld neem uiteindelik haar eie lewe. Tog is die hoofkarakter Jannes se van nie verniet Hoop nie, want dit is 'n verhaal waarin hoop die laaste woord het. Die verhaal begin met die einde, waar Jannes op die punt is om te sterwe, waar hy op sy lewe terugkyk en sy verlede tot verhaal vorm. Hierin is alreeds die eerste punt van hoop, dat hy daarin slaag om sy lewe tot verhaal te orden. Dit is 'n verhaal met 'n betekenisvolle ontwikkeling, waarin Jannes gelouter word en vry kom van die gewelddadigheid wat so vernietigend op die hele gemeenskap inwerk. Sodoende word hy (sowel as sy seun Bas) beelddraers van Christus die verworpene, gekruisig as gevolg van sy boodskap van liefde en vrede, maar triomfantelik oor die dood.

Jannes se lewensverhaal eindig dan ook met 'n duidelike hemelse dimensie. Hy word deur engele ontmoet; hy sien Jesus se refleksie; en hy ervaar 'n wedergeboorte waarin hy opgeneem word in 'n kosmiese eenheid, waarin die ganse heelal vernuwe en gesuiwer word. Die feit dat die verhaal begin met sy lewenseinde, waar hy engele ontmoet, en uiteindelik na hierdie punt terugkeer, beteken dat die hele verhaal as 't ware omraam word deur 'n boodskap van hoop.

Dit is egter nie slegs aan die einde van sy lewe dat Jannes engele ontmoet nie. Reeds by sy geboorte, in kontras met sy afwesige vader, is daar 'n vreemdeling wat opdaag, 'n hemelse besoeker wat oor sy lewe die wag hou. Ook sommige van die karakters wat hom in sy lewe tot troos dien, kan beskou word as engele in aardse gedaante – karakters soos die lorrieman wat hom oplaai wanneer hy, op soek na sy suster Greta wat die huis verlaat het, reddeloos verlore voel (85).

Daar loop dus twee kontrasterende drade deur die roman. Aan die een kant is daar 'n siklus van geweld en vernietiging, ook selfvernietiging; aan die ander kant is daar tekens van hoop. Die hoop word meegebring deur die moontlikheid van genade en vergiffenis, wat bevryding uit die noodlotsgang van geweld en vernietiging bring. Myrte se selfmoord, wat in die kerk as 'n doodsonde beskou word, val tog nie buite die genade nie, is Jannes se slotsom (109), want "God se genade is altyd groter as wat 'n mens dink" (210). Wat sy eie pyn betref: Deur sy pa te vergewe, kan hy die skade uitwis wat sy pa hom aangedoen het, want "net wat vergewe word, kan vir ewig uitgewis word" (29). In 'n onderhoud wat ek met Louis Krüger gevoer het en wat in 2011 op *LitNet* gepubliseer is, het hy 'n opmerking gemaak wat hier ter sake is. Ek haal aan:

> Die religieuse perspektief bring 'n deurbreking van so 'n uitsigloosheid. Selfs dít bring egter nie 'n literêre oplossing nie; maar dit bring 'n finale positiewe noot, die besef dat ons deel is van 'n groter geheel, en die groter geheel staan in die teken van liefde, goedheid, barmhartigheid, suiwerheid (Van der Merwe 2011).

Hierdie siening spreek baie duidelik uit die vergestalting van die temas van trauma en religie in *Wederkoms*. Die einde is die finale positiewe element wat die hele verhaal 'n ander toon en strekking gee.

'n Tweede opmerking in dieselfde onderhoud is ook hier ter sake: "Die belangrikste ding in die lewe is om die sigbare aan die onsigbare te verbind, om deur die sigbare dinge tot die onsigbare te kom." Die verbinding van die sigbare aan die onsigbare kom tot uiting in die simbolies-allegoriese struktuur van die roman. Ek wys net op 'n paar simboliese elemente. Die van "Hoop" spreek vanself; "Jannes" dui op Johannes, die skrywer van die apokaliptiese boek Openbaring; sy pa se naam "Adam" wys op die sondeval, wat verband hou met die kollektiewe skuld wat die gemeenskap besmet. Uiters belangrik in hierdie verband is die rivier wat deur die dorp loop – dit verwys na die rivier in die Godstad, beskryf in Openbaring 22: 1-2, wat lewe en genesing bring (ook na dieselfde tipe rivier in Esegiël 47: 1-12). Dit is by die rivier dat Jannes en Myrte mekaar ontmoet en waar hulle gereeld bymekaarkom – simbolies van die gedagte dat hulle liefdesverhouding vanuit die hemel bestem is. By die rivier, wanneer hy vis met 'n fuik vang, ontdek hy 'n ander, misterieuse wêreld: "Hy verbeel hom dat hy die fuik uit 'n heel ander wêreld, ver weg en diep onder die oppervlak, optrek" (126).

Wanneer die regering die rivier wil opdam, wil hulle van 'n lewegewende stroom 'n vernietigende vloed maak. Hierdie vernietiging het egter nie die laaste woord nie, want daar is in die roman 'n suggestie van 'n ander uiteindelike vloed, 'n suiwerende vloed, teken van 'n kosmiese hergeboorte waarin die aardse en die hemelse, die tydruimtelike en die eindelose, finaal met mekaar verbind sal word.

## 5.  TEN SLOTTE

Die doel van die voorafgaande uiteensetting was om, deur die ondersoek van die verbinding van trauma en religie, nuwe moontlikhede voor te stel waarop na die Afrikaanse literatuur gekyk kan word, en om te wys op verwaarloosde skakels in die vergelykende studie van die Afrikaanse en die Nederlandse literatuur. Die siening van trauma omvat in hierdie artikel die diepe verwonding deur 'n gewelddadige oortreder, 'n verwonding wat diep in die onderbewuste sy letsels laat, soos wat ons in *Wederkoms* vind, sowel as die traumatiese verlies van 'n singewende narratief, soos wat ons in al drie die bespreekte werke vind. Trauma word dus ondersoek vanuit die gesigspunt van traumatiese betekenisverlies en betekenisgewing, van verwonding sowel as heling van die gees, en van die rol wat religie in die proses speel. Literatuur is ten nouste verbonde aan 'n kernaspek van menswees, naamlik die soeke na betekenis en die traumatiese verlies daarvan. In hierdie bemoeienis met betekenis speel die religie, in 'n verskeidenheid gestaltes, steeds 'n wesenlike rol.

## VERWYSINGS

Ankersmit Frank. 2007. *De sublieme historische ervaring.* Groningen: Historische Uitgeverij.

Caruth C. 1996. *Unclaimed Experience: Trauma, Narrative, and History.* Baltimore: Johns Hopkins University Press.

De Wit Theo. 2012. Land zoekt verhaal. Het traumatische afscheid van Nederland gidsland. In Hans Ester *et al.* 167-180.

Ester Hans, Chris N van der Merwe & Etty Mulder (reds). 2012. *Woordeloos tot verhaal. Trauma en narratief in Nederlands en Afrikaans.* Stellenbosch: Sun Press.

Etty E *et al.* 2006. *En hadde de liefde niet. Beschouwingen over* Knielen op een bed van violen. Amsterdam: De Bezige Bij.

Eugelink L. 2007. *"niets in mij gelooft dat." Over religie in de moderne Nederlandse literatuur.* Kampen: Ten Have.

Freriks Kester, Jeroen Koolbergen *et al.* 1983. *Over God.* Amsterdam: Tabula.

Goedegebuure Jaap. 2010. *Nederlandse schrijvers en religie 1960-2010.* Nijmegen: Vantilt.

Harris Rendel. 1916. *Picus who is also Zeus.* Cambridge: Cambridge University Press.

Hermans F. 2010. *Trauma en beschaving: Een historisch-sociologisch onderzoek naar de opkomst en verbreiding van de zorg voor slachtoffers van schokkende gebeurtenissen.* Dieman: Stichting Arq.

Koster E & W Stoker. 2009. *Roman en religie. Bespiegelingen over godsdienst in "Knielen op een bed van violen."* Zoetermeer: Meinema.

Krüger Louis. 2009. *Wederkoms. Die lewe en geskiedenis van Johannes Hoop.* Kaapstad: Human & Rousseau.

MacIntyre Alasdair. 1981. *After Virtue. A Study in Moral Theory.* Notre Dame, Ind.: University of Notre Dame Press.

Otten Willem Jan. 2008 (2004). *Specht en zoon.* Amsterdam: Maarin Muntinga (Rainbow Pockets).

Ricoeur Paul. 1988 (1985). *Time and Narrative, Volume 3.* Vertaal deur Kathleen Blamey en David Pellauer. Chicago: University of Chicago Press.

Ricoeur, Paul. 1991. Life: A story in search of a narrator. Mario Valdés (red): *A Ricoeur Reader: Reflection and Imagination*: 425-437. Toronto: University of Toronto Press.

Siebelink Jan. 2009 (2005). *Knielen op een bed violen.* Amsterdam: De Bezige Bij.

Van der Kolk Bessel A; O van der Hart. 1995. The intrusive Past: The Flexibility of Memory and the Engraving of Trauma. In C Caruth (red): *Trauma. Explorations in Memory*, 158-182. Baltimore: Johns Hopkins University Press.

Van der Merwe Chris N. 2007. *Narrating our Healing. Perspectives on Working through Trauma.* Newcastle: Cambridge Scholars Publishing.

— 2011. Onderhoud met Louis Kruger, op *LitNet.* Aanlyn by: www.litnet.co.za.

— 2012. Om te skryf oor die onbeskryflike: verlies en mistieke verlange in *Die sneeuslaper* van Marlene van Niekerk. Aanvaar vir publikasie deur *Literator.*

Versteeg Wytske. 2012. De afgrondervaring. Trauma tussen aporie en passage. In Ester et al: *Woordeloos tot verhaal. Trauma en narratief in Nederlands en Afrikaans.*

[Oorspronklik gepubliseer in: Yves T'Sjoen & Ronel Foster (reds). 2013. *Toenadering. Literêre grensverkeer tussen Afrikaans en Nederlands*, Leuven: Acco. 211-228.]

# Die aanspraak van lewende wesens:
## 'n Postmoderne quest-verhaal

### DIE AANSPRAAK VAN LEWENDE WESENS AS REISVERHAAL

'n Mens kan jou nie 'n roman indink waarin *reis* glad nie 'n rol speel nie – soms 'n ondergeskikte rol, soms 'n dominante een. Die reistema bied allerlei boeiende moontlikhede vir 'n romanskrywer. Karakters wat nuwe ruimtes betree, ontdek nuwe lewensmoontlikhede wat tot verrassende keuses aanleiding kan gee; die reis kan nuwe insigte en ontwikkelinge by die reisiger meebring. Reise is meestal doelgerig – daar is 'n bestemming wat bereik en 'n doel wat verwesenlik moet word; die reis kan daarom eindig in sukses of mislukking. Al hierdie moontlikhede kan 'n bydrae lewer tot die spanningselement wat noodsaaklik is om die belangstelling van die romanleser te behou.

Ingrid Winterbach se roman *Die aanspraak van lewende wesens* kan as reisverhaal getipeer word omdat reise so 'n dominante rol daarin speel. Daar is twee verhaallyne wat albei met 'n reis te make het. Karl Hofmeyr kry 'n oproep van Josias Brand, eienaar van 'n plaas aan die voet van Tafelberg waar randfigure 'n herstelkans gegun word, en waar Karl se broer Ignatius (Iggy) hom bevind. Volgens Josias het Iggy egter nou ontoerekenbaar geword, en hy dring daarop aan dat Karl sy broer moet kom haal. In die tweede verhaallyn is Maria Volschenk op reis na Stellenbosch om te probeer uitvind waarom haar suster Sofie selfmoord gepleeg het; op 'n tweede reis is sy op pad na haar seun Benjy, wat in Kaapstad woon en in 'n krisis verkeer. Die reise in die twee verhaallyne begin albei in Durban en eindig op die plaas van Josias.

Verskeie vrae, moontlikhede en verwagtings word deur die reise geskep. Wat is met Iggy verkeerd? Gaan Karl vir Iggy vind, die rede vir sy aggressiwiteit agterkom en verligting in sy broer se situasie bring? Wat sou die rede vir Sofie se selfmoord wees, en sal Maria agter die waarheid kom? Wat is die probleem met Maria se seun, en sal sy hom in sy nood kan help? En verder: beide Maria en Karl het 'n geskiedenis van mislukte verhoudings; Maria ervaar tans 'n psigiese leegte en Karl is oorgelewer aan allerlei irrasionele angste – sal hul reise hulle by mekaar uitbring en die geluk skenk wat hulle steeds ontwyk? In watter mate sal die verskillende reise eindig in sukses of mislukking? Na aanleiding van die veranderinge wat die reise meebring, sal ek kyk na die *openbaring* van die ruimtes waardeur die reisende karakters gaan en die selfopenbaring wat daarmee gepaard gaan; die mate waarin die *doel* van die reis verwesenlik word; en die *veranderinge* wat by die hoofkarakters plaasvind in die loop van die reis.

Die reismotief in *Die aanspraak van lewende wesens* sluit aan by 'n eeue-oue motief in die literatuur, naamlik die *quest*-motief. Helaas het ons nie 'n Afrikaanse ekwivalent vir *quest* nie. (In Nederlands word van 'n *queeste* of *queste* gepraat – moet ons dalk hierdie verlore woord in ons taal opneem?) Ek het 'n óú metgesel van my, H van Gorp se *Lexicon van Literaire Termen*, nader getrek en daardeur geblaai om te kyk wat hy oor oor *queeste* te sê het. Hier volg 'n samevatting en parafrase van die dinge wat myns insiens direk op Winterbach se roman van toepassing is:

Die *quest* vorm die kern van die sogenaamde "ridderromans", waarin die hoofse wêreld van die Middeleeue weerspieël word. In die ridderromans gaan die ridder op 'n soektog (*quest*), wat die belangrikste struktuurelement vorm in 'n andersins episodies opgeboude verhaal. Die doel van die *quest* is om die orde wat versteur is, te herstel; om die hoofse waardes uit te dra na 'n buitewêreld wat arm aan norme is. 'n Bepaalde tipe ridderroman is die "graalroman" waarin die graal die doel van die soektog is. Oor die oorsprong van die graalmotief is daar onsekerheid, maar een moontlikheid is dat dit teruggaan op die soeke na die legendariese "steen der wijzen". In die ridderromans word die graalmotief verchristelik, en is die graal die beker wat Jesus tydens die Laaste Avondmaal gebruik het of die skottel waarin Josef van Arimatea die bloed van Jesus opgevang het. Die *quest* is dus 'n soektog na iets van besondere waarde; daar is struikelblokke wat oorkom en vyande wat verslaan moet word; dit stel besondere eise aan die krag en volharding van die ridder.

*Die aanspraak van lewende wesens* sluit nie alleen by die *queste* van die ridderromans aan nie; dit herinner ook aan Christelike reisverhale soos die 17e-eeuse *The Pilgrim's Progress* van John Bunyan, wat handel oor die mens se reis na die dood en uitstippel wat nodig is om veilig te kom by die doel van die reis, die hemelse bestemming.

Winterbach se roman bevat vele eggo's van hierdie vervloë wêreld. So is daar byvoorbeeld die tema van die siel van Ignatius wat bedreig word deur demoniese magte en gered moet word. Die hoofkarakters reis ook by Winterbach deur 'n wêreld waarin die orde versteur is, en daar word gesoek na waardes wat dit kan herstel. Dit is wesenlik 'n speurtog na die "steen der wijzen", die sleutel tot die alchemistiese transformasie van die mens. Soos in Bunyan se *Pilgrim's Progress*, word daar gesoek na die essensies van die lewe en na etiese rigsnoere wat kan standhou. Maar *Die aanspraak van lewende wesens* het nie net 'n Middeleeuse en 17e-eeuse aanslag nie; dit is ook 'n postmoderne werk, gevul met ambivalensie, onsekerheid en ironie. Dit is inderwaarheid 'n postmoderne *quest*-verhaal.

## ARGIEF VAN DIE ONBEWUSTE

Ek kry dikwels die indruk dat die werk van Ingrid Winterbach in gesprek verkeer met die oeuvre van Etienne Leroux. Hierdie roman van Winterbach het raakpunte met Leroux se *Die derde oog* – in albei gevalle gaan dit om 'n reis wat dieper wil dring as waartoe die oppervlakkige rasionalistiese samelewing bereid is; 'n reis op soek na die sin van die lewe en die wese van goed en kwaad. Verder bevat *Die aanspraak van lewende wesens*, soos Leroux se *Magersfontein, o Magersfontein!* en *Onse Hymie*, 'n protes teen die oppervlakkige rasionalisme van die tyd. Ook word Winterbach se werk, soos dié van Leroux, sterk gekenmerk deur ironie en ambivalensie. Hierdie roman het my veral laat dink aan *Sewe dae by die Silbersteins*, wat soos *Die aanspraak van lewende wesens* handel oor 'n reis waarin die individuele en kollektiewe onbewuste tot openbaring kom; die vreemde plaas van Josias Brand het my herinner aan Etienne Leroux se Welgevonden – wat nie slegs 'n plaas is nie, maar ook 'n mikrokosmos bevolk met tipes uit die hedendaagse samelewing sowel as argetipes uit die onbewuste. Let wel, die verband met Leroux is geen swakheid in Winterbach se werk nie – die "gesprek" voeg 'n ekstra boeiende element by haar oeuvre.

Die twee hoofkarakters reis albei na Josias se plaas. Dit is, volgens die getuienis van Jacobus Coetzee wat op die plaas woon, "'n Pleegplaas, standplaas, varkplaas [...] waar die slaap van die rede monsters voortbring" (12). Op die plaas kan dus, deur die "slaap" van die rede, die "monsters" van die onbewuste tot openbaring kom. 'n Lesingreeks wat Maria oor die naakfiguur in die kuns bywoon, sluit hierby aan. Dit is veral die naakfiguur as beliggaming van ekstase wat ter sake is:

> Die naakfiguur as beliggaming van ekstase doen afstand van die wil –
> die liggaam word in besit geneem deur een of ander irrasionele mag.
> Saters, bos- en seenimfe verteenwoordig in die Griekse verbeelding die
> irrasionele elemente van die menslike natuur, die oorblyfsels van die
> dierlike impuls wat die Olimpiese godsdiens probeer sublimeer of tem
> het (42-43).

Die reise in die roman is ontdekkingsreise wat indring in die domein van die onbewuste. Die soeke van Karl en Maria na Iggy en Sofie onderskeidelik openbaar konflikte en verlangens wat in die hedendaagse rasionalistiese en sekulêre samelewing verdring word – die stryd teen demoniese magte by Iggy, die spirituele verlange by Sofie. Sterk emosioneel gekleurde werklikhede wat in ons tyd veelal bedek of geïgnoreer word, word hier blootgelê – die werklikhede van leegheid en verlange; van woede, aggressie en frustrasie; van verganklikheidsbesef en, gepaard daarmee, spirituele verlange. Die reise in die roman bring ongekaarte wêrelde in kaart; dit bou 'n argief op van die individuele en kollektiewe onbewuste.

## VERLORE WOORDE

In 2012, by die aanvaarding van die CL Engelbrecht-prys vir haar roman *Die boek van toeval en toeverlaat,* het Ingrid Winterbach die volgende opmerkings gemaak:

> 'n Mens wil nog iets kan sê oor die ewige dinge – maar dit word steeds
> moeiliker. Ons bemoei ons deesdae nie meer met die ewige nie, dit
> het 'n té relatiewe begrip geword. Dit het verdring geraak deur kennis
> van die eindigheid van alles – selfs van die uitdyende heelal. Al wat
> oorbly, is om die lieflike woorde van die sterflike taal aan die agterpoot
> te probeer beetkry, voordat hulle soos meerkaaie, soos jakkalse, in die

erdvarkgat verdwyn. Dorskuur en dorsnood, dos, douraam, doodsjordaan en doodvalsiekte. Begrafnisbanket en bedroewend. Edelmoedig en erbarming. Erbarming, so lieflik, die woord, en net soos ewigheid, in onbruik verval. (Aangehaal deur Naomi Bruwer op *LitNet Akademies*, 8/9/2012, www.litnet.co.za)

Woorde wat in onbruik verval, hou verband met begrippe wat verlore gaan, waardeur die lewe verarm word. Die skrywer se taak is, volgens die bogenoemde aanhaling, om "die lieflike woorde van die sterflike taal aan die agterpoot te probeer beetkry", om dit wat verlore geraak het, te probeer red. "Aan die agterpoot beetkry" suggereer dat dit wat verlore is, vandag nie meer maklik teruggekry kan word nie; dat hulle half verlore is en tog nie heeltemal laat vaar mag word nie. Dit is veelseggend watter woorde en begrippe Winterbach hier aandui: onder andere "dood" en "ewigheid", "bedroewend" en "erbarming". Dit is almal woorde wat in *Die aanspraak van lewende wesens* 'n belangrike rol speel. Erbarming is die dryfveer vir die reise wat die twee hoofkarakters onderneem; deur erbarming word kennis geneem van en gereageer op die aanspraak van 'n naasbestaande. Die dood is van wesenlike belang in die verhaal, onder andere in Maria se soeke na haar gestorwe suster; en "sterflikheid" gaan gepaard met 'n teenstellende begrip, naamlik "ewigheid". In *Die aanspraak van lewende wesens* word die kwessie van woorde wat verlore gaan, eksplisiet genoem: "Sy wonder of sy behoefte aan 'n ander woordeskat het: Ootmoedig. Swygsaam. Noulettend. Vergifnis, suiwerheid, berou" (41).

In die roman word ruimskoots gebruik gemaak van 'n religieuse woordeskat om oor wesenlike aspekte van mens-wees te kommunikeer. Die romanwêreld word bevolk deur redders en demone, daar is siele wat gered word en ander wat verlore gaan. Daar is iets Middeleeus-Christelik in die voorstelling van die plaas van Josias, en in sonderheid van die worstelstryd van Iggy. Dit herinner aan die skilderye van 'n Middeleeuse skilder soos Giotto, byvoorbeeld *Die laaste oordeel*. Dit is interessant dat daar herhaaldelik in Winterbach se *Die benederyk* waarderend na Giotto verwys word; en in *Die aanspraak van lewende wesens* is Sofie ook vol bewondering vir sy werk (120).

## Iggy se stryd

Iggy se stryd word uitgebeeld met behulp van woorde en begrippe wat vandag byna verlore geraak het. Dit gaan om die redding van Iggy siel, om 'n worsteling teen demoniese magte, gevare van die hel en onsigbare spirituele werklikhede agter die waarneembare werklikheid. 'n Geheimsinnige man, Joachim, ontmoet vir Karl op sy reis en praat in hierdie halfvergete taal met hom. Joachim het in 'n ski-ongeluk by die dood omgedraai, maar het oorleef – sy hande, wat persrooi is en na mismaakte kloue lyk, is die tekens van sy naelskraapse ontkoming. Nou kom hy, as't ware uit die dood, na Karl met 'n "belangrike boodskap" oor sy broer: "Ignatius verkeer in doodsgevaar" (69). "Die opponerende magte is sterk. Hulle is uitgeslape en demonies." Ignatius is, volgens

Joachim, aan die stry met "'n mag wat sluimerend in die hele skepping teenwoordig is". Joachim beklemtoon die kritieke toestand waarin Iggy verkeer: "Jy begryp dat Iggy se siel, sy wese, hier bedreig word, dat hy op die rand van 'n bodemlose afrond beweeg, nè?" (70). Joachim vrees dat Iggy reeds in die Sheddim, die ryk van die demone, verkeer (71); sy situasie is gevaarlik juis omdat hy oor kennis van die spirituele wêrelde besit – "kennis van [...] die wêrelde agter die waarneembare wêreld – [agter] die materiële of fisiese dimensie van realiteit, die laagste van die vier spirituele wêrelde" (71).

Is Joachim 'n profeet of 'n charlatan? Joachim opper self die kwessie teenoor Karl: "Jy dink ek praat nonsens, nè, jy dink ek is 'n freak en 'n charlatan,' sê die man (for sure, dink Karl)" (72). Op Karl se vraag waarmee hy hom besig hou, kom sy antwoord: "Met die ware aard van dinge [...] met die waarheid agter die illusie" (72). Die gesprek word beëindig deur die binnekoms van drie mans, en Joachim gee sy telefoonnommer en 'n kaart aan Karl en verdwyn.

Sommige van Joachim se stellings, byvoorbeeld oor "die waarheid agter die illusie", gee die indruk van valse sekerheid en grootheidswaan, maar daar is geen betroubare verteller wat ontwyfelbaar uitsluitsel gee oor die mate van betroubaarheid van Joachim se insigte nie. Joachim en Karl se sienings word naas mekaar gestel – Karl se skeptisisme teenoor Joachim se geloof aan onsigbare, spirituele kragte. Is Joachim 'n dwaas of 'n profeet? Is Karl se skeptisisme geregverdig of mis hy deur sy rasionalisme wesenlike aspekte van die werklikheid? Die leser word in onsekerheid gelaat.

Iets soortgelyks gebeur met die uitbeelding van Iggy se sielestryd. In die afdeling "Die senuwees van God" (165 en verder) vertel Iggy van 'n bose man wat daarop uit is om hom stelselmatig skade te berokken, na liggaam en siel (165) – hy verwys beslis na Josias, die baas van die plaas. Hy vertel verder hoe hy seksueel misbruik is (167). Aanvanklik klink sy verslag geloofwaardig, maar wanneer hy oor God praat, begin die leser wonder oor sy stabiliteit: "Maar God is uitslúitlik senuwees. Hierdie senuwees van God verbind Hom met alles in sy ganse skepping" (170). Is dit volslae onsin, of hou sy siening verband met die wyd-aanvaarde teologie van 'n God van erbarming wat saam met die skepping ly? Aan die einde van sy verslag raak Iggy egter kennelik die kluts kwyt:

> Ek dink, ek weet dit trouens nou vir seker, dat God besig is om my te transformeer vir 'n hoër doel. God is besig om my in 'n vrou te verander, dit is die teken wat Hy my gegee het. Sodra die transformasie volledig is, sal ek onoorwinlik wees, en dit sal die einde van die Hoofman en sy verdorwe ryk beteken (171).

Tog is dit nie heeltemal seker in watter mate Iggy waansinnig of diepsinnig of 'n komplekse mengsel van die twee is nie. Karl merk op dat Iggy se taalgebruik nie dié van 'n waansinnige is nie, "dat mens nooit van Iggy se taalgebruik sou kon aflei hoe geblaas sy kop is nie" (175). Iggy is sekerlik die spoor byster, maar "sê nou net die hélfte, net 'n fráksie, net 'n greintjie van wat Iggy sê, is waar, hoe onwaarskynlik en off the wall dit ook al klink?" (175).

Die moontlikheid dat Iggy seksueel misbruik is, word nie buite rekening gelaat nie. Wanneer Karl op die plaas van Josias aankom, vra hy vir Jakobus, wat daar woon, uit oor die moontlikheid van perverse praktyke, en Jakobus se antwoord is ontwykend:

> "Maar perverse praktyke – jong, ek weet nie. Perverse praktyke," en hy gee 'n kort laggie. "Josias sou dit miskien self 'n mooi beskrywing van sy aktiwiteite vind." En hy lag weer, duidelik geamuseer deur die gedagte. As Jakobus so geamuseer is deur die idee, moet daar tog miskien 'n grein van waarheid in steek, dink Karl (322).

Dit is nie ondenkbaar dat Iggy se begeerte om in 'n vrou te verander, die gevolg is van seksuele misbruik nie – dat hy daardeur 'n afkeer van gewelddadige manlike seksualiteit ontwikkel het.

Josias se plaas is 'n ambivalente ruimte; dit skep die moontlikheid van redding óf ondergang. Die plaas is vir Jakobus 'n reddingsoord waar hy 'n holte vir sy voet vind; vir Iggy daarenteen is dit 'n "ryk van die varkhoewiges", 'n domein van die Bose wat sy siel bedreig. Jakobus verduidelik: "Daar is ewe veel goeie as negatiewe energie hier. Soms vat dit nie veel om die skaal te tip nie" (323). Dieselfde ambivalensie geld ook vir Josias, die baas van die plaas: "Josias is soos Charles Dickens, van alles wat jy oor hom kan sê, is die teenoorgestelde ook waar" (335). Die plaas is dus 'n mikrokosmos van die wêreld, waar redding sowel as ondergang moontlik is; Josias is 'n tipe ambivalente godsfiguur wat kan red of vernietig.

Albei hoofkarakters, Karl en Maria, ervaar 'n negatiewe energie op die plaas. Maria sien die varkkop met valletjieskraag wat vir Iggy die simbool van die uiterste boosheid is, die "siél van boosheid", die "prins van die onderwêreld" (201); en ook sy ervaar dit as skrikwekkend: "Genoeg gesien. Dankie, sê sy vir Jakobus, dit is soveel as wat ek in een dag kan inneem" (293). Karl neem soortgelyke angsaanjaende dinge waar op die plaas:

> Karl het [...] vir sy eie beswil en behoud besluit om nie te veel rond te kyk nie. Veral nadat hy die varkkop gesien het, het hy besluit om liewer nie in te zoom op alles om hom nie [...] bang om ingesuig te raak soos in 'n fokken tonnel waaruit hy nie weer kan onstnap nie. Soos Iggy (333-334).

Iggy is dus nie totaal die kluts kwyt wanneer hy negatiewe kragte op die plaas waarneem nie, kragte wat jou in 'n afgrond van die hel kan dompel. Die twee hoofkarakters se reaksies op die plaas ondersteun ten dele Iggy se ervaring – siele kan daar gered word of verlore gaan. Uiteindelik gee die roman geen uitsluitsel oor die vraag of die mens "werklik" 'n siel het wat gered kan word of verlore gaan en oor die vraag na die "objektiewe werklikheid" van demoniese magte nie. Wat egter wel blyk uit die reise wat in die roman onderneem word, is *die realiteit van die ervaring* van 'n sielestryd en van demoniese magte in die domein van die onbewuste.[1]

## DIE GEHEIM VAN SOFIE SE LEWE EN DOOD

Ook Sofie, soos Iggy, het in haar lewe ruimte gemaak vir spiritualiteit, maar dit geskied by haar op 'n totaal ander manier as by hom. In baie opsigte vorm hulle teenpole van mekaar – Iggy is vol angs en woede, sy lewe disintegreer; Sofie daarenteen vind (miskien) ten slotte gemoedsrus en heelheid. 'n Mens sou die twee karakters kon sien as voorbeelde van 'n siel wat verlore gaan teenoor een wat vrede vind. Wanneer Maria deur die rooi sagtebandboekie begin blaai wat Sofie vir haar nagelaat het, ontdek sy interessante dinge. Daar is byvoorbeeld 'n kaart van die Acheron-rivier, geleë in 'n streek wat "ongetwyfeld die land van die dood is" (118). Daar is verwysings na "God se energie", na "'n heilige uitstraling, na spirituele herstel", asook 'n "uiteensetting van die sogenaamde vier spirituele wêrelde" (121). Die pendant van Sofie se doodsbesef is haar belangstelling in spiritualiteit en in die mistiek. Kan mistieke spiritualiteit dit moontlik maak om die dood sonder verskrikking binne te gaan?

Die antwoord is moontlik geleë in die sogenaamde "Tien Hekke – tien opeenvolgende stappe op die spirituele weg van die mistikus" (121).[2] Deur hierdie tien stadiums in die ontwikkelingsgang raak die aspirant-mistikus bewus van spirituele waarhede wat hom/haar herskep tot 'n nuwe, suiwer mens. Die eerste hek lei tot die verkenning van die natuurlike wêreld om daardeur vervul te raak met ontsag en verwondering. Dit word gevolg deur hekke wat lei tot ewewig, tot vertroue in die sorg van God en die Goddelike orde, en tot aanvaarding. Vervolgens word die mistikus se opregtheid getoets, word sy blootgestel aan vertwyfeling, verwarring en wanhoop. Die hek van vertwyfeling word gevolg deur hekke wat lei tot nederigheid en boetvaardigheid. Die daaropvolgende stappe op die mistieke weg is die gerigtheid op die innerlike wêreld, waardeur die siel gesuiwer word, en die aanleer van onthouding. Die finale stap is 'n onbesoedelde en suiwer lewe (121-122).

Van besondere belang hier is die hekke van aanvaarding van en vertroue in die Goddelike orde. Dit sluit die aanvaarding van die siklus van lewe en dood in. Vertroue in die sorg van God neem die plek in van verset en angs oor die dood – het Sofie hierdie stappe meegemaak, sodat sy in vrede kon sterf? Die dood het in hierdie uiteensetting

---

1   In meer moderne taal kan die "stryd van die siel" geformuleer word as die mens se soeke na heelwording en die stryd teen disintegrasie.

2   Ek kon nie 'n bron opspoor wat ooreenkom met hierdie uiteensetting van die "Tien Hekke" nie. Ek kon wel op die internet, in die weergawe van 'n praatjie van die Boeddhistiese Yogi CM Chen, lees van "the *ten mystic gates* of causative functions of truth which belong to the Avatamsaka School – the foundations of Buddhist Tantra" (my kursivering), en het 'n boek gevind met die titel *Ten Gates. The Kon-an Teaching of Zen Master Seung Sahn*; maar geeneen kom ooreen met die Tien Hekke in Winterbach se roman nie.

nie die laaste woord nie, want daar is die suggestie van 'n ewige God aan wie die mens sigself kan toevertrou. 'n Soortgelyke suggestie vind ons later in die roman:

> Om feitekennis te hê, beteken waarskynlik niks – die leerling, of dissipel, of aspirant-mistikus [...] moet dieper kan delf – haar verwondering moet in iets ánders ingebed wees (140).

Beteken dit dat daar agter die fisieke werklikheid 'n spirituele werklikheid bestaan, dat die verwondering oor die waarneembare werklikheid moet oorgaan in verwondering oor die Ontstaansgrond van die dinge waarin dit "ingebed" is? Subtiel kom een van die woorde wat Winterbach genoem het wat dreig om verlore te raak, hier na bowe: *ewigheid*.

Maria wonder of Sofie hierdie uiteensetting ernstig of ironies bedoel het (123). Dit lyk egter, volgens Maria se vertelling van wat sy van haar suster onthou, of Sofie in bepaalde stadiums van haar lewe wel die mistieke weg betree het. Een aand het sy byvoorbeeld "soos 'n derwisj" in die rondte getol, en Maria kom tot die gevolgtrekking:

> Sofie was die aand in Dionisiese vervoering. Die verlange wat hierdie oorgawe ten grond lê, is 'n verlange na levitasie en ontsnapping – so het die dosent dit aan hulle tydens die lesingreeks uitgelê. Die Dionisiese dans is 'n manifestasie van die oudste van alle religieuse impulse – die hergeboorte van lewe na 'n doodse winterslaap (124).

Op 'n keer het Sofie vir Maria 'n Blake-aanhaling gestuur, waarin onder andere die volgende woorde voorkom: "And I know that This World is a World of Imagination and Vision [...] to Me this World is all One continued Vision of Fancy or Imagination" (145). Die feit dat Sofie deur hierdie aanhaling aangegryp is, suggereer moontlik dat sy, wat 'n digter is, ook deur haar verbeelding die verborge lewe en betekenis van dinge wil ontdek en dit in haar kuns wil weergee. Ook hierin herken 'n mens die mistikus; dit herinner aan die religieuse digter Guido Gezelle wat geskryf het: "Als de ziele luistert, spreekt het al een taal dat leeft".

Die tweedelaaste van die Tien Hekke lei tot onthouding. Dit wil voorkom of Sofie hierdie stadium wel betree het, want kort voor haar dood gooi sy 'n plastieksak vol van haar besittings weg, wat Maria laat dink: "Die Tien Hekke was dan waarskynlik waarmee Sofie besig was" (310). Sofie, wie se naam "wysheid" beteken, het moontlik die noodsaaklikheid van aflegging besef sodat sy in vrede die dood kan binnegaan.

Die laaste afdeling in die boek, getitel "Sofie", is in die eerstepersoonsvorm geskryf, vanuit Sofie se perspektief. Dit vertel van Sofie se besoek aan 'n lykhuis net voor haar dood – blykbaar met die doel om die realiteit van die dood vreesloos te konfronteer, om te sien wat met die liggaam gebeur wanneer dit sterf – na haar besoek sê sy dan ook: "Nou weet ek, het ek gedink, hoe dit voel" (355). Maar dan, in die laaste twee sinne van die boek, is Maria aan die woord: "Is dit hoe dit gebeur het, Sofie, Suster? Antwoord my!" Die suggestie is dat die voorafgaande gedeelte, uit Sofie se perspektief, 'n toneel is wat Maria haar verbeel het. Sy het haar ingedink in Sofie se posisie en 'n situasie geskep wat Sofie se dood moontlik kon voorafgegaan het. Maria, wat 'n rekenmeester is, het nou 'n nuwe taak gekry, die taak van skrywer – sy herskep haar gestorwe suster Sofie deur haar verbeelding en met haar woorde.

Hierdie ontwikkeling sluit aan by wat Sofie vroeër aan Maria geskryf het, dat Maria haar suster se hande moet erf, "sodat Maria Esegiël met die beendere kan speel" (118). Die verwysing is na Esegiël 37, waar die doodsbeendere van Israel tot lewe gewek word. Ter sake hier is ook die feit dat Maria nege maande (die tydsduur van 'n swangerskap) ná haar suster se dood begin om oor haar te wonder – Sofie word nege maande na haar dood in Maria se gedagtes "herbore". Een van die take van die skrywer kan dus wees om aan gestorwenes nuwe lewe en betekenis te skenk deur hul "heropstanding" in die skrywer se verhaal. Dit is wel belangrik om daarop te let dat die roman eindig met 'n vraag en 'n dringende aanroep van die suster om sekerheid te kry. Tydens Maria se speurtog word al haar vrae nie beantwoord nie – die skrywer skryf nie om alle raaisels op te los nie, maar eerder om moontlikhede te verbeeld. Onsekerheid het die laaste woord.

## INTRIGERENDE SIMBOLIEK

Sofie haal William Blake uitvoerig aan (144-145). Hieronder gee ek net enkele dele daaruit weer:

> I feel that a Man may be happy in This World. And I know that This
> World is a World of Imagination & Vision [...] But to the Eyes of
> the Man of Imagination, Nature is Imagination itself. As a man is So
> he Sees [...] To Me This World is all One continued Vision of Fancy
> or Imagination, & I feel flattered when I am told so (hoofletters deur
> Blake).

Volgens Blake kan die kunstenaar, deur die krag van sy verbeelding, aan die natuurlike wêreld 'n visioenêre betekenis gee. Dit wil voorkom of sommige van die diere in Winterbach se roman, in ooreenstemming met Blake se siening, draers van 'n onderliggende simboliese betekenis is. Sprinkane maak byvoorbeeld herhaaldelik 'n verskyning, een keer nogal in die titel van 'n afdeling, wat ekstra aandag daarop vestig (223). Aan die einde van die roman ontmoet Maria 'n sprinkaan wat kompleet lyk of dit 'n boodskap vir haar het:

> Diep in sy sprinkaanoog kyk sy, wat nie een keer knip, huiwer of
> terugdeins nie. Kyk hy haar priemend aan, asof hy wil sê: Ruk jou reg,
> daar's werk om te doen, dinge om te ontdek – maniere van sien waarvan
> jy nog nie die vaagste benul het nie! (350).

Let egter daarop dat die sprinkaan nie iets sê nie, dis net *asof hy wil sê*.

Ander diere wat lyk of hulle 'n simboliese betekenis kan hê, is onder andere die basilisk op die voorblad, die ganse en die varke (138), die windhond (313) en die paling (262-263). Die gedeelte oor die paling is besonder interessant. Maria lees oor die bontpaling – hy "lê onderwater in 'n rotsspleet en loer"; hy kan dalk simbool van die onbewuste wees, of van 'n diep, verborge betekenis. Maria besluit dan ook om weer 'n keer in die akwarium na 'n bontpaling te gaan kyk: "Wie weet wat sy dalk wys word" (262). Die paling is iets wat 'n mens nie moet slag en eet nie; dit sou in elk geval verkeerd wees "om so 'n mooi gepatroonde ding te slag" (262). Maar net wanneer die leser onder die indruk kom van die misterieuse skoonheid en (moontlik) verborge wysheid van die paling, volg die ontluistering: "'n Palingvel gerol soos 'n kondoom – wat sou Sofie daarvan gemaak het?! Sy sou haar gaai afgelag het" (263). Weer eens die ambivalensie, die onsekerheid.

Winterbach se roman bevat flikkerings van die verbeelding waaroor Blake geskryf het; daar is 'n vermoede van verborge betekenisse onder die oppervlak van die dinge wat waargeneem word. Maar haar simbole is nooit allegories nie – hulle het nooit 'n duidelike en eenduidige betekenis nie. Boerneef sê: "Die aandster wil-wil praat met my" – en so is dit ook met Winterbach se simboliek.

## Veranderinge by die reisigers

Die twee hoofkarakters se soektogte voer hulle na bestemmings buite hulself – Karl se broer, Maria se suster en seun. Maar miskien is die belangrikste doel van die reis eerder *in* hulle as buite hulle geleë – van groot belang is *hoe* hulle op die reis reageer, hoe hulle verander. By sowel Maria as Karl is daar duidelike positiewe ontwikkelinge merkbaar. Maria ontwikkel, soos reeds genoem, van rasionele rekenmeester tot verbeeldingryke skrywer. Sy word ook verander deur haar suster se spirituele soeke. Sy sien nie kans vir die somtotaal van Tien Hekke nie, maar begin wel met die eerste Hek, die eerste stap in die ontwikkeling van haar spiritualiteit: deur die noukeurige bestudering van die natuurlike wêreld begeer sy "om weer met ontsag en verwondering vervul te raak" (125).

Haar soektog na die suster is 'n erkenning van aspekte van haar psige wat sy verwaarloos het, onder andere die aanspraak wat haar gestorwe suster op haar maak: "Uit watter laag van haar psige kom hierdie skielike erkenning van Sofie se dood?" (15). Maria leef in hierdie stadium in isolasie – sy was getroud en is geskei van 'n selfgesentreerde beeldhouer; daarna was sy in 'n verhouding betrokke wat min emosionele eise gestel het en wat sonder drama tot 'n einde gekom het. Sy is 'n emosielose, afstandelike mens, 'n tipiese produk van 'n onpersoonlike samelewing waarin elkeen op sy eie belange fokus en die aansprake van ander ignoreer.

In die loop van die verhaal kom sy uit haar isolasie – sy raak betrokke by haar suster en haar seun en sluit ook 'n sterk erotiese verhouding met 'n besoekende hoogleraar in Stellenbosch. Dit gaan veral om *aansprake* wat ander op haar maak en waarop sy reageer. Maria is pas terug van haar besoek aan Stellenbosch in verband met haar suster wanneer haar seun Benjy laat weet dat hy in 'n krisis verkeer, en Maria vertrek dadelik na Kaapstad om hom te help. Dit blyk dat hy aan liefdesverdriet ly, en Maria neem hom op 'n rit weg uit Kaapstad, die ruimte van sy trauma. Dit gee hom kans vir 'n ontboeseming; hy begin te huil, en dit bring verligting. Volgens Benjy het sy ma se koms sy lewe gered (243).

Maria verander in die loop van die verhaal tot 'n warmer, meer simpatieke mens. Ons sien dit ook in haar gesprek teen die einde met Laura, Sofie se dogter. Maria toon berou en erken dat sy haar suster verwaarloos het: "Ek moes op 'n vliegtuig geklim en haar kom sien het. Ek moes geweet het haar stilte beloof niks goeds nie" (348). Teenoor Laura openbaar sy veel erbarming, sy sien vir die eerste keer in hoeveel Laura moes gely het, en "toe Maria haar sisterskind groet, hou sy haar lank styf teen haar vas" (348). Uit hierdie gesprek word dit duidelik dat Sofie se geringskatting en uiteindelike aflegging van die lewe ook 'n negatiewe kant het. Laura het ervaar dat haar ma haar aan die einde van haar lewe van haar kinders weggekeer het; selfs vroeër het Laura soms gevoel dat haar ma afwesig is (346). Sofie het 'n las op haar kinders gelê, omdat "sy ons die boodskap gegee het dat die wêreld nie 'n bewoonbare plek is nie" (346).

Dit is asof die roman paradoksaal twee teenoorgestelde waarhede verbind, dié van onthegting en van gehegtheid. *Onthegting*, dit het Sofie ervaar, is noodsaaklik om die dood in vrede binne te gaan; *gehegtheid* maak dit moontlik om te reageer op aansprake wat jou naasbestaandes op jou maak – dit is die les wat Maria moet leer. Hierdie paradoksale verbinding kry Maria skynbaar reg in 'n kortstondige erotiese verhouding met 'n besoekende akademikus op Stellenbosch. Dit is heeltemal 'n ander tipe verhouding as haar vorige verhoudings – veel meer intens, maar ook met 'n besef van die verbygaande aard daarvan. Sy ervaar 'n sterk verband tussen erotiek en sterflikheid: "Alles wat afstuur op uitwissing gee aan hulle samesyn 'n dringendheid, 'n bitter skerpte" (226). Sy raak lief vir hom: "Sy dink: My Here, kan dit wees, raak ek nou verslinger op hierdie man?" (265). Wanneer sy finaal van hom afskeid neem, wil sy eers aan hom vasklou (348), maar dan dring die besef deur: "hulle samesyn staan in die teken van uitwissing en eindigheid" (349).

Karl ondergaan in die loop van sy reis veranderinge wat ten dele ooreenkom met die ontwikkelinge by Maria. Soos wat sy aanvanklik haar suster uit haar gedagtes verban het, is hy eers onwillig om Iggy op die plaas te gaan haal – albei weier die aansprake wat op hulle gemaak word deur 'n naasbestaande. Karl sien homself as 'n stabiele persoon wat sy paranoïese broer moet red, maar dit is duidelik dat hy sy eie psigiese probleme het. Hy het 'n verhouding met Juliana gehad, maar dit het verbrokkel omdat hy so behep met homself is dat hy haar nie kon help toe sy in nood verkeer het nie (128). Hy is 'n obsessiewe persoon – daarvan getuig sy angs om aan enigiets olierigs te raak, en die feit dat hy soms uit die bloute nommers in sy kop kry wat hom verhinder om voort te gaan met die taak wat hy vir homself gestel het. Die nommers is waarskynlik 'n teken van innerlike weerstand teen die taak waarmee hy besig is.

Dit is ook duidelik dat hy 'n obsessie met *heavy metal* het. Die funksie van die motief van *heavy metal* in die roman verg 'n uitgebreide diskussie, en ek wil my nie daaraan waag nie. Maar ek wil tog wys op vier *songs* van *bands* (*heavy metal* en *rock*) wat in die roman genoem word en wat in sowel die lirieke as die uitvoering daarvan verband hou met die openbaring van Karl se karakter. Video's van al vier *songs* is op www.youtube.com beskikbaar.

In "Balls to the wall", 'n lied van Accept, is die element van aggressie heel sterk – soos trouens in ál die voorbeelde wat ek gevind het. Dit hoor ons byvoorbeeld in:

> One day the tortured stand up
> And revolt against the evil
> They make you drink your blood
> And tear yourself to pieces.

Die groep Armored Saint het 'n naam gekies wat dui op oorlog, 'n oorlog waarin tradisionele etiese waardes bestry word. In hul lied "Can you deliver" word liefde soos volg beskryf: "Do you know what love means / A push and then a shove". Hierdie "saints" het 'n demoniese voorkoms en neem deel aan 'n sataniese nagtelike ritueel; hulle voer 'n stryd waarin die konvensionele rolle van heilige en demoon omgekeer is.

In sy *song* "Freedom at 21" sing Jack White van 'n meisie van die 21ste eeu wat haarself vrygemaak het: "She does what she damn-well please". Dis 'n vryheid wat die ondermyning van alle etiese kodes impliseer.

"Killed by death" van Motörhead is 'n lied van geweldige protes teen ouerlike gesag, en van vasberadenheid om aan teenstrydige drifte uiting te gee: "I'm a romantic adventure / And I'm a reptile too".

Is Karl se meelewing met die musiek van *heavy metal* en *rock* 'n teken van sy eie irrasionele drifte waaraan hy slegs indirek, via hierdie musiek, aandag skenk? Is hy soos 'n "armored saint", met sy eie demone? Is hy, soos sy broer Iggy vir wie hy moet help, self vol aggressie? Is ook sý innerlike wêreld besig is om uitmekaar te val, soos dié van sy broer? Die verwysings na musiek in die roman sou as gids gesien kan word tot onderdrukte innerlike energieë in Karl – en ook as 'n gids tot die kollektiewe onbewuste van die miljoene mense van ons tyd wat opgaan in die musiek waarna verwys word.

Wat belangrik is in die karakterontwikkeling van Karl is dat *heavy metal* vir hom, op pad na Iggy, 'n struikelblok word. Hy raak soms so betrokke by gesprekke oor musiek dat hy vergeet van die dringendheid van sy eintlike taak, naamlik om sy broer te vind. Wanneer hy uiteindelik by Iggy kom, is dit waarskynlik te laat, want Iggy is nou heeltemal verdwaas. Maar dan laat vaar Karl al die opgekropte angs en weerstand van die afgelope dae en, soos Maria, bely hy sy skuld: "Ek is jammer ek het so lank geneem om hier uit te kom" (325). Hy is nou heeltemal bereid om sy broer by te staan met wat hy ook al nodig het: "Jy kan enige tyd 'n ruk lank by my kom bly" (326). Hy doen sy bes om Iggy moed in te praat: "Moenie worry nie, Iggy. Die bose of wat jy dit ook al genoem het, is verslaan. 'n Nuwe tyd breek aan, ek is seker daarvan. Jy is veilig" (326). Daar kom trane in sy oë oor die lot van sy broer (332), en hy vertel nou vir Iggy alles wat in sy gemoed opkom (332-333). Uiteindelik het Karl volledig gehoor gegee aan die aanspraak van sy broer – helaas moontlik te laat – en wanneer hy na Durban terugry, word hy geteister deur die vrees dat hy sy broer verloor het (338). Hy is nou so ingestel op Iggy dat hy verras word deur 'n onverwagte ontwikkeling: toe hy tuiskom, "besef hy dat hy die hele terugreis nie een keer getel het nie" (340). Hy het sy beheptheid met getalle verloor – sy erbarming oor sy broer het hom (tydelik?) van sy obsessie genees.

## Pastorale postmoderne roman

*Die aanspraak van lewende wesens* voer die leser op reise waarin die individuele en kollektiewe onbewuste geopenbaar word; onderdrukte energieë kom in die loop van die verhaal na bo. Irrasionele psigiese werklikhede wat as gevolg van 'n rasionalistiese ingesteldheid geïgnoreer word, kom na vore: gevoelens van leegheid en eensaamheid, van angs en aggressie; die worstelstryd van die siel teen demoniese magte; die oorweldigende werklikheid van die dood en die verlange na spirituele waarhede wat vrede kan bring en betekenis aan die lewe gee. Op die verhaalvlak is daar spesifieke doelstellings: Maria wat die raaisel van haar suster wil oplos en wat haar seun wil help; Karl wat sy broer moet red. Die doelstellings word slegs ten dele verwesenlik: Maria vind sommige dinge in verband met haar suster uit, maar baie onsekerheid bly bestaan; sy slaag wel daarin om haar sensitiewe seun te hulp te kom, maar dit bring slegs tydelike verligting. Karl vind sy broer, maar dit is miskien te laat om hom te red. Die een onbetwisbare sinvolle uitkoms van die reis is egter, in albei gevalle, dat die reisende karakters verander, dat hulle die aanspraak van 'n naasbestaande aanvaar. Daardeur word hulle van selfbeheptheid en isolasie verlos en in staat gestel om ander te help. Hulle het 'n woord en begrip leer ken wat in ons onpersoonlike samelewing dikwels vergete raak: erbarming.

Maria se vriend, Jakobus Coetzee, sê vir haar dat Josias se plaas goeie stof bied vir 'n "postmoderne pastorale roman" (126). In 'n sekere sin is hierdie frase 'n raak tipering van *Die aanspraak van lewende wesens*. Die roman is pastoraal in die sin dat daar 'n hunkering is na 'n vervloë wêreld van sekerhede, waarin die stryd tussen goed en kwaad ondubbelsinnig was, toe daar ruimte gemaak is vir 'n spiritualiteit wat die verskrikking van die dood getemper het. Aan die ander kant is die werk deurtrek van die ambivalensie, ironie en onsekerheid wat die postmodernisme kenmerk. Die postmodernistiese ingesteldheid maak dit onmoontlik om met sekerheid te weet of die spirituele wêreld 'n werklikheid of 'n illusie is. Wat egter wel seker is, is die voortbestaan daarvan in die argief van die onbewuste.

[Oorspronklik gepubliseer as resensie-essay op: *LitNet*. 2013. Aanlyn by: www.litnet.co.za.]

www.ingramcontent.com/pod-product-compliance
Lightning Source LLC
Chambersburg PA
CBHW080952020726

47505CB00009B/2174